Zeitschrift des historischen Vereins für Niedersachsen

Jahrgang 1898

Anatiposi

Anonym

Zeitschrift des historischen Vereins für Niedersachsen

Jahrgang 1898

Unveränderter Nachdruck der Originalausgabe von 1898.

1. Auflage 2023 | ISBN: 978-3-38240-128-3

Anatiposi Verlag ist ein Imprint der Outlook Verlagsgesellschaft mbH.

Verlag: Outlook Verlag GmbH, Zeilweg 44, 60439 Frankfurt, Deutschland
Vertretungsberechtigt: E. Roepke, Zeilweg 44, 60439 Frankfurt, Deutschland
Druck: Books on Demand GmbH, In de Tarpen 42, 22848 Norderstedt, Deutschland

Zeitschrift
des
Historischen Vereins
für
Niedersachsen,

zugleich **Organ** des

Vereins für Geschichte und Alterthümer
der
Herzogthümer Bremen und Verden und des Landes Hadeln.

Jahrgang 1898.

Hannover 1898.
Hahn'sche Buchhandlung.

Hofbuchdruckerei Gebrüder Jänecke in Hannover.

Inhalt.

Zeitschrift

des

Historischen Vereins

für

Niedersachsen,

zugleich **Organ** des

Vereins für Geschichte und Alterthümer

der

Herzogthümer Bremen und Verden und des Landes Hadeln.

Jahrgang 1898.

Hannover 1898.
Hahn'sche Buchhandlung.

I.

Der Bericht des lüneburgischen Feldpredigers Georg Berkkemeyer über die Feldzüge von 1674 bis 1679.

Mitgetheilt von **G. Weber**, Pastor zu Ilten.

Bei der Sammlung von Nachrichten über die Vergangenheit des großen und kleinen Freien bei Hannover fiel mir das Kirchenbuch von Obershagen bei Burgdorf in die Hände und darin ausführliche Erzählungen des Pastors Berkkemeyer über seine Erlebnisse als Feldprediger bei der Belagerung von Braunschweig 1671 und in den Feldzügen der Lüneburger gegen Franzosen und Schweden 1674 bis 1679. Weiteres Suchen ergab das Vorhandensein von Parallelberichten desselben Verfassers im Kirchenbuch von Bodenteich. Beide Kirchenbücher habe ich einsehen und die Abschriften daraus entnehmen dürfen, nach welchen die folgende Wiedergabe des Kriegsberichts von 1674/79 gemacht ist[1]).

Über des Verfassers Lebenslauf theile ich nach seinen eignen Angaben aus den Kirchenbüchern von Obershagen und Bodenteich Folgendes mit: Georg Berkkemeyer, auch Berkkenmeyer geschrieben, war der Sohn eines Müllers und Gemeindevorstehers in Wahmbeck unweit Carlshafen a. W. und wurde dort am 14. December 1639 geboren. Seine Eltern ließen ihn zunächst durch einen Privatlehrer und von 1653 an nach einander auf den Schulen zu Uslar, Einbeck und Hameln unterrichten; von 1657 bis 1660 besuchte er das Gymnasium zu Göttingen

---

1) Vergl. meinen Aufsatz: „Der Bericht des Feldpredigers Berkkemeyer über die Belagerung von Braunschweig 1671" in der Zeitschrift des Harzvereins für Geschichte u. Alterthumskunde. 1898.

und von da ab die Universität Rinteln. Dort hörte er theologische und philosophische Collegien bei Joh. Henichius, Heinr. Mart. Ekkard, Peter Musaeus, Hermann Barkhausen u. a. Als Hauslehrer bei dem Patrizier Franz Ludolf von Lüneburg in Hannover erlangte er durch den Kriegssecretair Carl von Lude eine Empfehlung an den Herzog Georg Wilhelm und wurde von diesem im December 1665 zu einer Probepredigt nach Nienburg befohlen. Noch vor Jahresschluß wurde Berkkemeyer in Celle geprüft und ordiniert und dann als Feldprediger beim Regiment von Ende angestellt. Als solcher verheirathete er sich am 14. Juni 1666 mit Anna Margaretha Rikesinger, Tochter des Pastors prim. Günther Erich Rikesinger in Gehrden bei Hannover. Weil die damaligen Friedenszeiten seinen Dienst beim Regiment entbehrlich erscheinen ließen, verlieh ihm der Herzog die Pfarrstelle zu Obershagen, wo er am 30. Januar 1667 eingeführt wurde, betrachtete und behandelte ihn aber auch später wie nur beurlaubt und für den aktiven Feldpredigerdienst stets verfügbar. Die erste Einberufung Berkkemeyers geschah am 16. Mai 1671 bei Gelegenheit des Zuges der Herzöge gegen Braunschweig. Schon am 15. Juni kehrte er nach Obershagen zurück und legte eine Beschreibung der Belagerung und Einnahme von Braunschweig im Kirchenbuch nieder. Die zweite Einberufung vom 12. Juni 1674 führte den Feldprediger mit dem Endeschen Regiment in die Feldzüge der Lüneburger als der Verbündeten des Gr. Kurfürsten von 1674—79, über welche wir ihn erzählen hören werden.

Als Berkkemeyer bei einem zeitweiligen Besuch in der Heimath im Frühjahr 1675 seine Gemeinde z. Th. „schlecht versehen" fand, legte er die Pfarrstelle zu Obershagen, deren Einkünfte ihm zum Unterhalte für Weib und Kind gelassen waren, am 5. p. Trin. — 2. Juli — 1675 nieder, begnügte sich fortan mit seiner Kriegsgage und nahm seine Familie mit in's Lager. Nach dem Frieden von Nymwegen am 5. Februar 1679, der seinem Kriegsleben ein Ende machte, wurde er zum Pastor in Bodenteich bei Ülzen ernannt, und an Dom. Cantate — 18. Mai a. St. — 1679 daselbst eingeführt. Am neuen Pfarrorte lebte er bis zu seinem Tode

19. Juni 1707. Seine erste Frau, die Gefährtin seiner Feldzüge, starb am 10. Januar 1681. Am 4. Juli 1682 heirathete er Anna Engel Poppelbaum, gest. 29. Oct. 1688; am 11. Nov. 1690 Kath. Elis. Kaulitz, welche ihn bis 1724 überlebte.

Berkkemeyers schriftliche Hinterlassenschaft, soweit sie mir bekannt geworden, ist in den Kirchenbüchern von Obershagen und Bodenteich aufbewahrt. Im Jahre 1669 verordnete der Generalsuperintendent Joachim Hildebrand in Celle, daß bei sämmtlichen Pfarren des Fürstenthums Kirchenbücher angelegt werden sollten, welche zu enthalten hätten: I. ein Verzeichnis der Kirchen- und Pfarr-Güter sowie der betr. Intraden; II. ein inventarium de supellectili oder Verzeichnis der vorhandenen Kirchengeräthe, Werthsachen u. s. w.; III. eine historia ecclesiastica im Sinne chronikalischer Aufzeichnungen über die zugehörige Kirchengemeinde. Nach diesem Schema hat Berkkemeyer auch das Kirchenbuch von Obershagen angefangen und fortgeführt. Besonders den III. Theil hat er benutzt, theils um aus der localgeschichtlichen Vergangenheit zusammenzutragen, was er finden konnte, theils um seine eigenen Pfarrhandlungen, als Taufen, Trauungen, Beerdigungen, untermengt mit Witterungsberichten, Schilderungen von Streitfällen mit Gemeindegliedern u. dgl., der Reihe nach, wie sie geschehen, darin zu verzeichnen. Auch die Beschreibung der Belagerung von Braunschweig hat er 1671 gleich nach seiner Rückkehr in den laufenden Text dieser Aufzeichnungen aufgenommen. Den Schluß macht ein Abschnitt mit der Ueberschrift: „Mein Georg Berkkenmeyers Bestallung im Kriegsdienste", welcher uns hier besonders interessiert. Was hinterher folgt, ist von der Hand seiner Nachfolger.

Im Kirchenbuch von Bodenteich bedecken die engen Schriftzüge Berkkemeyers die Blätter eines starken Foliobandes. Was er eingetragen hat, sind auch hier zunächst alle geschichtlichen Nachrichten aus der Vergangenheit des Ortes, deren er habhaft werden konnte; ferner Nachrichten aus seiner eignen Vergangenheit, darunter die Wiederholung seiner Feldzugsberichte aus den Jahren 1671 und 1674—79; endlich begleitete er auch hier die Gegenwart mit seiner Feder, alles Mögliche verzeichnend, was in der Nähe und in der Ferne sich zutrug, kirchliche Ereignisse und Handlungen in der Gemeinde, Witterung, politische Ereignisse durch ganz Europa. Auch in lateinischen und deutschen Gedichten versuchte er sich und hat sie im Kirchenbuch von Bodenteich zahlreich hinterlassen.

Von der Schreibweise Berkkemeyers werden die folgenden Seiten eine Probe geben. Sie ist zwar nach der Weise ihrer Zeit schwerfällig, entbehrt aber weder einer treffenden Schärfe noch einer lebhaften Schilderungskraft und eines derben Humors. Ein warmer Hauch deutschen Vaterlandsgefühles geht durch den Bericht über den Conzer Sieg: „war ein Tag voller Ehr und Freuden, daran dem ganzen römischen Reich ein sehr großes gelegen". Für die Wahrhaftigkeit der Erzählung bürgt des Verfassers Gewissenhaftigkeit und frommer Sinn.

Für die hier beabsichtigte Veröffentlichung des Berkkemeyerschen Kriegsberichtes von 1674—79 liegen, wie wir gesehen haben, zwei Niederschriften von seiner Hand vor, eine in Obershagen, die andere in Bodenteich. Beide sind in der Weise verwandt, daß fast der ganze Text von Obershagen in dem von Bodenteich beinahe wörtlich wiederkehrt, aber mit zahlreichen erweiternden Zusätzen. Um das Verhältnis beider Texte zu einander näher zu erläutern, bezeichnen wir den von Obershagen mit „O", den von Bodenteich mit „B", und finden:

1) O ist niedergeschrieben unmittelbar nach dem Friedensschluß. Berkkemeyer verweilte von Januar bis April 1679 in Obershagen (vergl. den Taufeintrag über Berkkemeyers Tochter Lucia Margaretha unter Anno 1679, Anm.), um nach seiner Entlassung aus dem Feldpredigerdienste auf die Verleihung einer Pfarre zu warten. Die dortige Muße benutzte er, um seine früheren Aufzeichnungen im Kirchenbuch durch diesen Bericht zu vervollständigen und mit der Meldung seiner Versetzung nach Bodenteich abzuschließen. — B ist viel später entstanden; denn der französische Gesandtschaftsprediger in Celle von 1683 wird darin erwähnt.

2) O enthält, entsprechend der Überschrift „Mein, Georg Berkkenmeyers Bestallung im Kriegsdienste“ Abschnitte über des Verfassers persönliche Beziehungen, nämlich über seine Einberufung 1674, über seinen Besuch in Obershagen und die Niederlegung des dortigen Pfarramtes 1675, endlich über seine Entlassung und Anstellung in Bodenteich 1679. — B dagegen will eine „Beschreibung des Französischen und Schwedischen Krieges und was die Braunschweig-Lüneburgischen Völker ausgerichtet“ geben und läßt diese Personalien, welche für das Kirchenbuch von Bodenteich ohne Interesse schienen, fort. Dafür ist B im übrigen Text ausführlicher und enthält drei Abschnitte, eine geographische Beschreibung der Insel Rügen und die Erzählung der Einnahme von Rügen, sowie die unmotivierte Anfügung über die Einnahme von Greifswalde, welche in O fehlen.

3) Der gemeinschaftliche Text beider Berichte stammt vermuthlich aus einer ursprünglichen Schrift, welche Berkkemeyer vielleicht tagebuchartig in den Winterquartieren verfaßt hat. Dieselbe ist in O durch die angeführten Personalien aus den betr. Acten erweitert, an anderen Stellen aber, besonders gegen das Ende, verkürzt, so daß z. B. die Erzählung über den Königsmark'schen Einfall in Mecklenburg 1678 ohne die Ergänzungen aus B theilweise unverständlich ist. B enthält dagegen diese ältere Quelle wahrscheinlich vollständig, aber erweitert. Die zahlreichen Zusätze rühren theilweise wohl aus dem Gedächtnis des Verfassers her. Die drei genannten Einschiebungen über Rügen und seine Eroberung und über die Einnahme von Greifswalde aber sind durch Benutzung anderweiter Quellen entstanden, wie diese auch sonst in B nicht ganz unbenutzt geblieben sind. Von Interesse ist in dieser Beziehung die unverkennbare Verwandtschaft der Erzählung über die Einnahme von Rügen bei Berkkemeyer mit dem entsprechenden Abschnitt bei Sam. von Pufendorf, de rebus gestis Frid. Wilh. Magni Elect. Brand. lib. XVI, § 60, sowie Anklänge in der Berkkemeyer'schen Beschreibung der Belagerung Stralsunds an Pufendorf, l. c. lib. XVI, § 62. O hat dergleichen natürlich nicht. —

Für den folgenden Abdruck habe ich B zu Grunde gelegt, obgleich es jünger ist und den Ereignissen weniger nahe steht als O. Ich habe das gethan: 1) weil B die ursprüngliche Niederschrift vollständiger enthält, als O; 2) weil es bei größerer Muße sorgsamer geschrieben ist, als dieses; 3) weil es technisch leichter erschien den ausführlicheren Text zu geben und die Kürzungen des anderen durch Noten zu bezeichnen, als umgekehrt die Erweiterungen von B unter dem kürzeren Texte von O in die Noten zu bringen. — Die drei größeren Abschnitte über des Verfassers Berufung 1674, über seinen Besuch in Obershagen 1675 und über seine Entlassung 1679, welche O eigenthümlich sind, habe ich in den laufenden Text aufgenommen, aber gekennzeichnet. Der gemeinschaftliche Text von O und B ist durchweg nach B angegeben. Die Abweichungen in O, welche nicht bloß in der Wortstellung bestehen oder sonst bedeutungslos sind, habe ich in den Noten angegeben. Die Orthographie des Verfassers und die Interpunction ist modernisiert.

Beschreibung des Französischen und Schwedischen Krieges und was die Braunschweig-Lüneburgischen Völker ausgerichtet von Anno 1674 bis Anno 1679.

Anno 1674 den 23^t u. 24^t Julii war General Rendezvous auf der gelben Weide über der Weser vor der Nienburg, da den 25^t ej., war nemerio [1]) S. Jacobi majoris, morgens mit dem früheſten der Marsch im Namen der heiligen Dreieinigkeit angetreten wurde durch Stift Minden, die Grafschaft Lippe, Stift Paderborn, Grafschaft Waldeck, Hessen-Darmstadt bei Marpurg und Frankfurt am Main vorbei und folgends bei Mainz die Cavallerie und Infanterie über die fliegenden —, die Artollerie und Bagagie aber über die Schiff-Brucken den Rhein passiret.

---

[1]) Verschrieben für „memoria“.

Der Eingang bei O[1]) lautet bis hieher:

„**Mein, Georg Berkkemeyers Bestallung im Kriegsdienste.**

Anno 1674,

den 13t Junii, war Sonnabends vor Dominica Trinitatis, als saß und auf meine Sonntagsarbeit meditirte, kam der Canzleibote auf die Pfarr und insinuirte mir einen fürstlichen Befehl mit Begehren, ihm darauf ein Recepisse zu geben, zu bezeugen, daß er den Befehl wohl zurechte gebracht. Wie ich den Fürstl. Befehl eröffnete, war dieser Inhalt drinnen begriffen, wie folget.

Copia:

Unsern freundlichen Gruß zuvor! Würdiger, wohlgelahrter, besonders guter Freund! Nachdem S. Fürstl. Durchl. bei denen zum Rendezvous beschriebenen Truppen Euch auf eine Zeitlang zu gebrauchen gnädigst resolviret, so habt Ihr Euch den 15t huius anhero zu erheben und weiteren Befehls und Nachrichtung zu erwarten. Zell, den 12t Junii ao. 1674.

Fürstlich Braunschweig- und Lüneburgische Canzler und Geheimbte Räthe.

Joh. Helv. Schütz.

Darauf habe ich mich in anberahmten Termino gehorsamst eingestellt und gebührend angemeldet und Order bekommen, auf dem Rendezvous auf der Witzendörfer Heiden mich zu sistiren; welchem auch Folge geleistet und den 18t ej. an bemeldetem Orte mich eingefunden. Als aber gehöret, daß der Marsch weit aus dem Lande oben ins Reich gehen würde, hatte ich weinig Belieben, die Pfarr, Frauen und Kinder zu verlassen und davon zu ziehen, weil es gefährlich und man nicht wissen kunnte, ob man auch das Leben erhalten könnte, wie dann auch die weinigsten wiederkommen. Supplicirte derohalben an Illustrissimum, mein diesmal zu verschonen, weil eine Frauen mit 4 kleinen unerzogenen Kindern hätte. Wüßte damit nirgends hin, und mitzunehmen fiele mir auch beschwerlich. Es erforderte ja auch die Noth solches nicht, weil zu Zell soviel Exspectanten weren, die daselbst ihr Geld verzehrten und darauf

[1]) Hier und in den folgenden Anmerkungen bezeichnet „O“ die Obershagener, „B“ die Bodenteicher Handschrift.

Achtung geben, wenn eine gute Pfarr vacant, darnach zu trachten. Deren möchte man einen (doch ohne vorschreibliche Maße) an meine Stelle erwählen. Es blieb aber bei der einmal gefaßten Resolution, ich mußte mit dem Endeschen Regiment, als dabei ich zuvor zu unterschiedenen Malen gestanden, zu Felde gehen. Und damit ich wegen Frauen und Kindern mich nicht zu entschuldigen hätte, sollte die Pfarr allhier bis zu meiner Wiederkunft bleiben, und Weib und Kindern deren Intraden nebenst den Accidentien zu ihrem Unterhalte genießen. Es solle auch Anstalt gemacht werden, daß meine Pfarr von den benachbarten Herren Predigern sollte versorget und versehen werden; welches aber Herrn Ludolf Papen zu Hänigsen am meisten betroffen, weil er der nächste war. Mir ist auch alsbald verschrieben, in die Gagie zu treten, wie auch geschehen. Da denn auch den 20t Julii befehligt worden, mich zu dem Endeschen Regiment zu verfügen, welches folgenden, als den 21t eiusd., auch gethan und dasselbe vor der Nienburg nebenst noch 3 andern Regimentern zu Fuße und 4 Regimentern zu Pferde nebenst den Dragonern auf der gelben Weiden genannt angetroffen, und den 25t eiusd., war Dies S. Jacobi majoris, von dar ab durch die Grafschaft Lippe, Stift Paderborn, Waldeck, bei Frankfurt über den Main, und folgends bei Mainz die Cavallerie und Infanterie über die fliegenden Brücken, die Artollerie und Bagagie aber über die stehenden Schiffbrücken den Rhein passiret." — —

Von dar ging die Armee, da sie sich mit denen Kaiser- Münster- Sachsen- und Lothringischen conjungiret, wie auch denen Wolfenbüttelschen, die im Paderbornischen schon zu uns kommen waren[1]), weiter durch Worms bis Speier, da die französische Armee unter dem Comnando des Generalfeldmarschalln d'Tourennen bei Hagenau sich an ein solchen vortheilhaften Ort so feste gesetzt, daß ihr unmüglich beizukommen war. Derowegen kunnten wir nicht vor uns wegen des Feindes, nicht hinter uns, weil alles verheeret, nicht zur

[1]) O.: „Von dar ging die Armee benebenst der Kaiserlichen, damit wir uns conjungirten, und den Wolfenbüttelschen, die zuvor zu uns kommen, weiter durch Worms bis Speier."

Rechten wegen der hohen Berge, nicht zur Linken wegen des Rheins, bis in 12 Tagen eine Schiffbrücke drüber nahe bei Speier gemacht wurde. Was währender Zeit die gemeine Bursch vor Hunger und Brodmangel empfunden, wissen die am meisten, die es betraf. Der Hunger — weil in 6 Tagen kein Brod ankam — zwang die Leute, das unzeitige Obst, Rüben, weißen Kohl ohn Salz und Schmalz zu essen. Dahero entstund die rothe Ruhr, daß fast der dritte Theil krank war, viele auch gar sturben. Als wir aus dem Lager marschirten, wurden die Kranken auf die Artollerei-Wagen geladen auf einen Haufen, und da man ins Lager kam und abladen wollte, alsbald die Gräber bei die Wagen gemacht, darein die Todten geworfen wurden;[1]) war ein großer Jammer anzusehen.

Sobald die Schiffbrucke fertig, den 9t Septembris, wurde der Herr Generalmajeur von Ende mit 3000 Mann zu Fuß und 1000 Pferden voran commandiret. Der mußte die Passagie auf der andern Seiten des Rheins durchs Holz und Gebüsche hauen, auch vor dem Gebüsche[2]) auf dem Felde eine Viertelmeile Weges von Philippsburg eine kleine Schanzen vor dem Feinde aufwerfen lassen und Posto fassen: bis folgenden Morgens die ganze Armee der hohen Alliirten folgete durch die Schanzen und sich vor Philippsburg ins Feld setzte, daß unsere Armee nun wieder auf dieser und die Französische auf jenseit des Rheins stunden. Marschirten also ein gegen dem andern am Rhein hinauf nach Straßburg zu, also daß wir zur Zeiten ein dem andern ins Lager sehen kunnten; lagen wir stille, so lag der Feind auch stille. Endlich, 3 Meilen unter Straßburg, lagen wir etliche Tage stille; alldar waren auch ziemliche Lebensmittel zu erlangen. Der Feind lag auch so lange, als wir, stille; war eine Finte und unsere Herrn Generalen dem alten Fuchsen d'Tourenne doch zu klug, indem der Herr Generalmajeur d'Ende in aller Stille mit etlichen Tausenden commandiret wurde, den Paß auf der Straßburger Brücken einzunehmen, welchen die Straßburger mit Herzensvergnügen den Unseren einräumeten. Tourenne, solches merkend,

1) Der Satz: „Als wir aus dem Lager — geworfen wurden" fehlt in O. — 2) „mußte die Passagie — vor dem Gebüsche" fehlt in O.

als er sahe, daß wir mit der Armee aufbrachen, brach er auch auf,[1]) setzte sich bei Straßburg in die Wanzenauer- oder Ruprechts-Aue, mit der force den von den Unseren eingenommenen Paß zu nehmen: dem aber die Unserigen von vornen, die Straßburger aber in dem Rucken derogestalt mit Stucken[2]) zugesetzt, daß er nicht stehen, sondern sich zurück und beiseits Straßburg fürbeiziehen und über Straßburg sich begeben und setzen mußte.[3])

Darauf ist unsere ganze Armee den 19t und 20t Septembris die langen Straßburger Rheinbrücken passiret, sich ½ Meilen über die Stadt an einen Paß, Gravenstade genannt, an der Ille gesetzt, denselben zu versperren. Die Kaiserlichen setzten sich besser oberwärts[4]) und stunden bis den 23t ei., da wir uns über den Fluß begaben. Die Kaiserlichen setzten sich bei Dippigheim und die Lüneburgischen bei Düttelnheim. Es hatten die Franzosen einen Succurs bekommen und sich bei Osthofen gesetzt[5]), wovon[6]) wir Nachricht bekommen, daß der Feind den Fluß, die Preusche, passiren und die Alliirten zu einer Schlacht zu bringen gedächte. Man hielt Kriegsrath und wurde resolviret, daß die Kaiserlichen den Fluß oben und die Lüneburgischen untenwerts verwahren sollten, damit der Feind nicht drüber kommen künnte: weswegen auch jeder Theil seine Verantwortung auf sich genommen. Wir wurden aber den 24t ei., als der Tag noch nicht völlig angebrochen, gewahr, daß der Feind nicht allein ungehindert passiret, sondern auch in voller Schlachtordnung gestanden und aufgezogen kommen. Hat zwar groß Nachdenken verursacht, doch aber an Herzhaftigkeit weder Hohen noch Gemeinen etwas benommen. Und weil der linke Flügel, den wir hatten, hinaufrücken und sich an die Kaiserlichen schließen mußte, solches auch so geschwinde

---

[1]) „als er sahe — auch auf" fehlt in O. — [2]) „mit Stucken" fehlt in O. — [3]) O hat kürzer: „sondern sich zurückziehen müssen." — [4]) O liest: „Die Kaiserlichen (setzten sich) bei Illkirchen, die Lüneburger aber an den Fluß Ille zu Gravenstade." — [5]) O: Mittlerweile war die französische Macht angekommen und hatte sich bei Osthofen gesetzt. — [6]) O: „wobei".

geschehen mußte[1]), daß keine Betstunde zu halten Zeit war, als nur vor unserer einen Schwadron (als zur anderen kam, war die schon in vollem Marsch) und bei der Artollerie[2]), (wir beiden Feldpredigere wohnten auch allein dem Treffen bei; die andern gingen alle mit der Bagagie auf Straßburg zu) geschah doch alles in guter Ordnung.

Unterdessen, als wir ankamen, hatten sich die Franzosen bei Ensisheim (war 2 Meilen über Straßburg) sehr vortheilhaftig postiret, mächtig trotzend auf die kluge Conduite ihres Generalfeldmarschalls d'Tourenne, auf den Vortheil des Ortes, auf den Wald, welchen sie hinter sich, ihre Stucke drein gepflanzet und ein Theil Musketirer drein logiret, wie auch auf die Graben, die sie vor sich hatten. Sie waren auch nit weiniger muthig, die Lüneburgischen Truppen zu schlagen, weil sie ihnen beschrieben, es wären neugeworbene Völker und ganz unerfahren, welche man leicht über einen Haufen werfen künnte; die sich aber weder Feuer noch Schwert schrecken ließen, folgeten ihren Generalen sehr wohl, auch schossen unsere Gestuck so wohl, daß etliche Tausend von denen Franzosen blieben. Es war im Treffen schon so weit kommen, daß sich die Franzosen retirirten, nachdem sie sahen, daß die Lüneburger keine neugeworbene Soldaten oder, wie sie sagten, Canallien wären, sondern alte tapfere Leute, und daß all ihre Furie, Geschrei und tapferes Ansetzen nichts mehr verfangen wollte, und wenn die Kaiserlichen sich nicht nach harten Treffen retiriret und sich in einen Weinberg gesetzet und auf diese Weise des Feindes linkern Flügel Luft gegeben, ihren rechten Flügel zu entsetzen, wir den Feind totaliter ruiniret hätten. Solche Retirade der Kaiserlichen verursachte, daß auch wir etwas wieder weichen und dem Feinde etliche Regimentsstucke, damit er verfolget und sobald nicht wieder zuruck gebracht werden kunnten[3]), zurucklassen mußten. Wir sponnen auch

[1]) O: „so geschah doch solches alles in guter Ordnung und wohlbedachter Eilfertigkeit". — [2]) O: „also daß die Feldprediger nicht Raum und Zeit hatten, zuerst jeder vor seinem Regiment zu beten, außer Herrn Peter Winkelmann bei der Artollerei und ich." — [3]) „Damit er verfolget — werden kunnten" fehlt in O.

eben keine Seiden dabei, verloren stattliche Leute, 2 Obristen, sc. Feigen und den von Dernoth [1]), worzu gerechnet werden 44 andere hohe und niedrige Officirer und 348 Gemeine. Ein jeder Soldat war mit 12 Schussen versehen, über welche noch 36000 bleierne Kugeln verschossen; 150 Centner Pulver, etliche tausend Stuck-Kugeln, 200 Bund Lunten wurden verbraucht, welches nicht vergebens angewandt wurde. Es war eine betrübte, blutige Actio, also daß auch die liebe Sonne selbst deroselben ihren Schein entzog, und der Himmel beweinte gleichsam mit continuirlichem Platzregen, daß die Christen unter einander Christenblut vergössen.

Nach vierstündigem Gefechte blieben beide Armeen eines Carabinerschusses weit gegen einander stehen, auch hörte man auf Feindes Seiten keinen Schuß mehr weder aus grobem oder kleinem Geschütz.[2]) Unsere Gestucken aber donnerten stattlich herdurch, daß manchmal ganze Glieder aus des Feindes Armee hinweggenommen wurden, welche doch stets aus ihrer Reserve so künstlich geschlossen und gefüllet wurden,[3]) daß man's nicht merken können. Kein Theil zog ab, bis die finstere Nacht einbrach, da zuerst die Franzosen, da es eine Stunde finster gewesen,[4]) und eine Stunde hernach die hohen Allirten, (doch nicht wissend, daß der Feind weggangen, weil derselbe eine Finte gemacht, Lunten an Stöcke gehangen, und ließ durch weinige patrolliren; war so finster, man kunnte nicht Hand vor Augen sehen)[5]) jedweder wieder in sein Lager gegangen. Wenn wir die Nacht wären stehen blieben, hätten wir undisputirlich die Victorie gehabt, nicht allein unsere Stucke, sondern auch des Feindes ganze Artollerei bekommen, weil sie dieselben müssen stehen lassen, weil die Lafetten durch die unserigen ganz zerschossen waren. Es war ein elender Abzug; die Officiere zu Fuß mit den Musketireren mußten bis über

---

[1]) Die Namen „Feigen und von Dernoth (von der Roth)" fehlen in O. — [2]) „weder aus grobem — Geschütz" fehlt in O. — [3]) O: „welche sich doch stets schlossen." — [4]) „Da es — finster gewesen" fehlt in O. — [5]) „weil derselbe eine Finte — vor Augen sehen" fehlt in O.

die Kniee durch den Dreck steigen, und hatte mancher Schuh und Strümpfe stecken lassen.[1])

Die Gefangenen, so man nachmals bekommen, haben ausgesagt, daß von den ihrigen über 4000 auf der Walstätte geblieben. Ich bin 8 Tage hernacher wider alldar gewesen. Es war ein Greuel anzusehen, wie die Leute insonderheit durch die Stuckkugeln zugerichtet. Etlichen hatten die Unserigen Riemen von den Hacken bis zum Nacken ausgeschnitten; da drang das gelbe Fett heraus, daß dem, der's ansahe, das Fleischessen verging.[2]) Kurz hernacher kam unser gnädigster Herzog zu uns, gab ordre, daß 500 Mann zu Fuße 2 Tage[3]) commandiret wurden, die sowohl die vom Feinde geblieben, als unserigen haufenweise in die vor dem Feldlande aufgeworfenen Graben schleppen und sie mit den aus denen Graben aufgeworfenen Dämmen bedecken müssen. Darzu gebrauchten sie eiserne Haken, als Misthaken; die haueten sie den Todten in den Leib und schleppeten sie also fort, wie ich's selber gesehen. Da lagen sie, wie auch auf der Walstätte, so stille, als wenn sie niemals Feinde gewesen.[4])

Wir wurden kurz hernach mit 20000 Mann Brandenburgischen Völkern (war ein recht Kernvolk, als jemals mag zu Felde geführet worden sein) verstärket. Der Herr Churfürst war selber dabei, haben aber den Feind, der auch einen namhaften Succurs bekommen, weiter nicht zum Treffen bringen können. Den 5t Octobris kamen die Brandenburger zu uns;[5]) da nahmen wir den Marsch gerade auf den Feind zu. Der stund im Kronthal bei Marlenheim; wir setzten uns bei Bläsheim: da wir den 8t huius des Nachts um 12 Uhr aufbrachen in aller Stille, vorhabens, den Feind, welcher von Waslenheim nach dem Köchersberge gangen und daselbst wohl verschanzet stund, in seinem Vortheil anzugreifen. Es wollte aber der Kaiserliche General, Duc d'Bourneville, gar nicht dran (er hatte das höchste Commando als Kaiserlicher General).

[1]) „Wenn wir die Nacht — stecken lassen" fehlt in O. — [2]) „wie die Leute — verging" fehlt in O. — [3]) „2 Tage" fehlt in O. [4]) „Darzu gebrauchten sie — Feinde gewesen" fehlt in O. — [5]) O fügt ein: „zu Gravenstade."

Der Herr Churfürst erbot sich's allein zu unternehmen; die Kaiserlichen sollten keinen Mann darzu hergeben. Wurde doch nicht consentiret,[1] ob auch schon der hohen Aliirten Lager nur eine Stunde vom Feinde[2] stund, also daß man hineinsehen können. Auch wurde die Brandenburgische Losung[3] aus 3 Gestücken gegeben. Der Feind hat sie aber nicht beantwortet, ist auch kein Schuß geschehen, wie wohl unsere Commandirte hart an des Feindes Lager gewesen des Nachts, woraus gemuthmaßet, daß der Feind sein Lager verlassen. Welches sich auch also befunden, da am folgenden Morgen recognosciret wurde, daß Tourenne sich unvermerkt aus demselben Lager über den hinter dem Lager stehenden kleinen Morast begeben und[4] besser nach dem Gebirge bis fast an Elsaß=Zabern, da des Bischofs zu Straßburg Residenz,[5] sehr vortheilhaftig gesetzt. Den 12t huius wurde das feste Schloß Waslenheim belagert und hart beschossen. Der Commendant hat sich nicht getrauet, der starken force zu widerstehen, und sich auf Accord des anderen Tages ergeben; hat 40[6] Mann bei sich gehabt, damit er sich nach des Tourenne Lager begeben. Die unserigen haben bei die 4000 Malter Korn und Mehl, auch viel Wein daselbst bekommen und den Ort besetzt gelassen.

Tourennen kunnte man nicht beikommen. Wie die Kaiserlichen, Brandenburgischen und Lüneburgischen Generalen im Recognosciren befunden, daß die Franzosen in ihrem dasigen Lager vor sich hatten ein Wasser, die Soor, und morastige enge Wege, auf beiden Seiten[7] hohe Berge und Schlösser mit Stucken und Volk besetzt, also daß ihnen ohne besorglichen Ruin der hohen Aliirten schwerlich beizukommen, auch von den Franzosen[8] daherum alles ruinirt: zogen wir uns zuruck (als erstlich daselbst noch einige Lüneburgische Völker zu uns kommen waren) bis an den Glöckelsberg bei Bläsheim, da wir im

[1] „Er hatte das höchste Commando — consentiret" fehlt in O. [2] O: „von des Feindes=Lager". — [3] O: „Brandlosung". — [4] „über den hinter dem Lager — begeben und" fehlt in O. — [5] „Da des Bisch. — Residenz" fehlt in O. — [6] O: „140". — [7] O: „hinter sich". — [8] „von den Franzosen" fehlt in O.

Lager bis den 18t Novembris stunden, da das Lager aufgehoben (nachdem im Recognosciren befunden, daß der Feind aus Mangel Fouragie verlassen)[1]) und zog jeder zu Refrischirung in sein verordnetes Quartier in's Ober-Elsaß. Das Brandenburgische Hauptquartier war in Colmar und das Lüneburgische in Schletstadt; das Endesche Regiment [2]) in Marienkirchen, einer Bergstadt an der Grenze Lothringen. Daselbst wollte unser Regiment ein französischer Obrister mit einer Partei, 3000 Mann stark, aufheben. Der wurde aber durch kluge Vorsichtigkeit unsrer Herren Generalen des Montag Morgens nach dem 2. Sonntage Adventus, war der . te [3]) eine Stunde vor Tage in seinem Vortheil von allen 4 Seiten also angefallen, daß er selber gefangen mit ohngefähr 20 Mann Officirern und Gemeinen; 14 Wohlberittene sind davon kommen, die andern alle erschlagen. Es war ein Obrister bei uns, ein Franzose, hieß Chauquet, davon auch sein Regiment den Namen, der handelte dasmal gar schelmisch, weil er die attaque führete, und gab bald im ersten Angriff ordre, man sollte sich reteriren. Dem wollte aber niemand pariren, sondern ging tapfer auf den Feind los. Wie davon wunderliche Discursen gingen, wollte er die Schuld auf einen Majeur von den Wulfenbüttelschen, namens Ludemann, bringen, welcher aber ein Krigsrecht begehrte. Darinnen wurde der Obrister vom höchsten bis zum niedrigsten überzeuget, daß er die ordre gegeben. Da wollt er's damit entschuldigen, die Bursche hätten sich verschossen gehabt und hätte es also die Noth erfodert. Drauf wurden alle Commandirte examiniret und kam heraus, daß derjenige, so am weinigsten mit Munition versehen, noch 6 Schuß im Vorrath gehabt; und der Obrister Chauquet wurde seiner Charge entsetzt, und fiel also sein ganzes Ansehen, daß er vor nichts geachtet wurde. Ich habe es angehöret, als er einsten nach Colmar reiten wollte und den Herrn Generalmajeur fragte, ob er alldar etwas zu bestellen. R.: Er sollte seinetwegen den Pförtner grüßen, wenn er hineinkäme.

[1]) Die Paranthese, in welcher B das Object, das Lager oder seine Stellung, ausgelassen, fehlt in O. — [2]) nach O zu ergänzen: „logirte" — [3]) Datum fehlt; gemeint ist der 7. December a. St.

Zuvor wußte ihn niemand genug zu ehren. Es war bei der Armee zu verwundern, daß im geheimen Kriegsrath nicht das geringste kunnte beschlossen werden, so Tourenne nicht alsbald wußte und seine Actionen darnach kunnte richten; wurde hernach auf diesen Chauquet gegeben, daß er davon Part gegeben [1]).

Wir genossen gar weinige Zeit der Winterquartiere, kam Zeitung, Tourenne wollte auf dem Ochsenfelde zwischen Basel und Colmar mit uns schlagen; worauf die Alliirten sich 8 Tage vor Weihnachten bei Colmar in's Feld gesetzet. Die ganze Braunschweig-Lüneburgische Infanterie stund in einem Dorfe, genannt Katzenthal; hatte Heu vor die Pferde und des köstlichsten Weins genug. Ich und Herr M. Wulff beim Regiment Landvölkern [2]) waren allein bei der Armee; die andern alle blieben in den Quartieren; da hatten sie's auch besser.

Den 25t Decembris, war feria I Nativitatis Christi, Mittags unter der Mahlzeit wurden in Colmar 3 Kanonen gelöset, welches die Losung war, jedermann sollte sich dahin in's Feld begeben; welches auch geschah. Es ließ sich aber desselben Tages kein Feind sehen. Des folgenden Tages, war Festum S. Stephani, wurde Bluts genug vergossen, indem man Nachmittags um 3 Uhr gewahr wurde, wie sich der Feind am Gebirge wollte um uns herum begeben, ohn Zweifel, uns die Passage nach Straßburg zu verlegen. Hatte deswegen 6000 Mann auf einen mit hohen Mauren umzogenen Kirchhof und noch andere in die Weinberge postiret. Darauf wurden die Kaiserlichen, Brandenburgischen und von den Lüneburgischen das Mollesonsche Regiment commandiret, und weil der Feind, als der daselbst aller Enden bekannt und Bescheid wußte [3]), sich seiner Gewohnheit nach sehr vortheilhaft gesetzt, kostete es viel Blut und Arbeit, ihn zurückzutreiben. Die schweren Stucke thaten viel dabei, bis um 7 Uhr niemand, als die Todten und Blessirten vom Feinde mehr vorhanden und die unserigen

---

[1]) Die ganze Geschichte vom Obrist Chauquet, „Es war ein Obrister bei uns — Part gegeben" fehlt in O. — [2]) Beim Reg. Landvölkern fehlt in O. — [3]) „als der daselbst — Bescheid wußte" fehlt in O.

rühmlich die Victorie erhalten, wie wohl wir auch viel Tote und Blessirte hatten sowohl von Officierern als Gemeinen. Ist alles vom Feinde angefangen, Breisach zu verstärken und zu proviantiren [1]). Nach geendigtem Treffen wurde resolviret, die Nacht über in voller Schlachtordnung stehen zu bleiben und den Feind mit anbrechendem Tage mit aller force anzugreifen. Aber wider jedermanns Gedanken kehrten wir dem Feinde um 10 Uhr den Rücken zu, obschon der Feind sich die Nacht 2 Meilen zurückgezogen [2]), und gingen in 3 Linien [3]) nach Schletstadt und folgends allgemählich nach Straßburg zu. Eine halbe Meile über Straßburg, bei dem Passe Gravenstade, stunden die Oberrheinischen Kriegsvölker, die wollten auch noch zu uns stoßen, unterm Commando Ihrer Gräfl. Gnaden von Hüningen [4]) als erwählten Kreis-Obristen, die mit der alliirten Armee

Anno 1675

den 1t Januarii, als in die Novi Anni, über die Straßburger Brucken gingen. Hat also die ganze Armee der Alliirten ganz Elsaß quittiret — (die Rede ging, als hätte der Herr Churfürst von Brandenburg nach dem Treffen einen Courirer bekommen, welcher die Zeitung gebracht, daß ihm die Schweden ins Land gangen; drum mußte er seine Leute conserviren und wieder in sein Land gehen, dasselbe zu conserviren, und auf die Kaiserlichen kunnten wir uns nicht sicher verlassen. Allein waren wir auch zu schwach wegen der Krankheiten, drum gingen wir mit), nur das feste Schloß W a s l e n h e i m blieb mit Kaiserlichen besetzt, wurde aber kurz hernach von den Franzosen wieder belagert. Der Commandant, ein stattlicher Cavalier, wurde von einem seiner eigenen Leute, durch französisch Geld dazu erkauft, erschossen und hernach das Schloß durch Accord erobert, und alle Gemeine unter die französische Armee versteckt. [5]) Als wir

[1]) Der Satz: Ist alles vom Feinde angefangen, Breisach zu verstärken und zu proviantiren" fehlt in O. — [2]) „obschon der Feind — zurückgezogen" fehlt in O. — [3]) O: „in dreien Marschen". — [4]) O: „von Hungen". — [5]) Hier fügt O ein: „In der Nacht zwischen dem 31. Decbr. und dem 1. Jannario schlief ich an einem Zaune, und da des Morgens unter dem Reisemantel hervorsahe, war ich ganz mit Schnee dedeckt."

über den Rhein passieret, stunden wir etliche Tage stille und wußten nicht, wo wir hin sollten. Unterdessen wurden die commissarii in Schwaben gesandt, die Herren Schwaben um die Winterquartiere zu besuchen und zu begrüßen. Den 6. Januarii, war trium regum, brachen wir auf und folgeten durch den Kinzinger Thal über den Schwarzwald bei Schiltag über einen jähen, hohen Berg, als wenn man ein Hausdach mußte hinanfahren.[1]) Was der Marsch für ein betrübtes elendes Leben gewesen, kann niemand glauben, als der es gesehen. Als wir aber erst über den Schwarzwald kommen, wurd's von Tag zu Tag besser, bis den 20t Januarii kamen wir in gute Quartiere und genossen ziemliche Erquickung bis zum Anfange Maji. Vergaßen dadurch alles ausgestandenen Jammers nach dem Sprichwort: Wenn der Soldat schon ein halbes Jahr Hunger und Kummer ausgestanden und bekommt nur eine Nacht gut Quartier, daß er wider satt isset, so ist alles vergessen[2]).

Im Anfange des Maji verließen wir die Quartire und gingen widerum dem Rheine zu. Bei Frankfurt kam unser gnädigster Herzog zu unserem Posto und musterte uns daselbst. Da geschah auch vor dem Hauptquartiere Münzenberg eine scharfe executio. Denn der Herr Generallieutenant Chauvet hatte einen Diener, welcher bei einem Kalbe ergriffen wurde und damit Schande begangen. Des Predigers Frau und Tochter hatten ihn dabei ertappet. Im Kriegsverhör hat er's auch gestanden; wurde decolliret, das Kalb durch den Scharfrichter todtgeschlagen und beide verbrannt.[3]) —

An dieser Stelle hat O folgende Einfügung:

„. . . und wieder dem Rhein zugingen. Stunden zwischen Hanau und Frankfurt eine Zeit lang stille. Da nahm ich Urlaub, nach Hause zu gehen, um zu vernehmen, wie es sowohl um die Pfarr als um die Meinigen stünde; kam Dinstags post. Dom. Trinit. allhier an, fand aber die

---

[1]) „bei Schiltag — hinanfahren" fehlt in O. — [2]) „vergaßen dadurch — so ist alles vergessen" fehlt in O. — [3]) die Erzählung von der „scharfen executio" sowie die Musterung durch den Herzog wird in O nicht erwähnt.

Gemeine von den benachbarten Predigern, nachdem Herr Ludolf Pape zu Hänigsen mittlerzeit das Zeitliche mit dem Ewigen vertauschet, schlecht versehen, außer was Herr Behre von Burgtorf gethan, deme der Herr Superintendens daselbst auch fleißige hülfliche Hand geboten. Hielte darauf zu Zell an um meine Erlassung vom Regiment, welche aber nicht erhalten können. Derowegen habe allhier von der Gemeine meinen Abschied genommen, damit dieselbe wegen meines Genießes nicht möchte verabsäumet werden, da mir sonst die Pfarr verschrieben war, die ganze Zeit über ich in Kriegsdiensten gebraucht würde. Valedicirte Dom. 5. Trinitatis und endigte mit dem herzlichen Anwunsche, daß Gott diese Gemeine mit einem guten Seelenhirten wieder beseligen und erfreuen möchte, der sich ihrer herzlich annehmen und ja mit scharfen Strafen, dessen sie sehr bedürftig, anhielte, damit sie, wo nicht alle, doch die meisten möchten selig werden.

Nach gethaner Valetpredigt fertigte die Gemeine zweene Männer an mich ab mit Bitte, noch von der Pfarr nicht gänzlich abzuziehen. Wenn ich schon von dem Regiment noch in Jahren und Tagen nicht könnte loskommen, so wollten sie doch nach mir warten und gerne mit ihrem Spann und Wagen die Predigere von anderen Orten herlangen. Aber ich blieb bei der Resolution und zog noch denselben Nachmittag im Namen Gottes fort und kam 4 Meilen über Köln bei die Armee, die mittlerzeit daselbsten herum gestanden. Da wir allgemählig Trier nähergezogen . . . ." —

Hernacher gingen wir bei Köln über den Rhein und näherten uns allgemählig Trier, welches die Franzosen mit 7000 Mann besetzt und das ganze Land damit gebrandschatzet hatten.[1]) Freitags vor dom. 8. Trinit., war,[2]) kamen wir vor Trier an, setzten uns auf einen hohen Berg, und ist stündlich des Churfürsten von Trier sehr herrliche Artollerei die Mosel herauf von Koblenz und Ehrenbreitenstein in ansehnlicher Quantität, ganzen und halben Kanonen herangeschaffet. Folgenden Donnerstags Mittags erfuhr man, wie Duc d'Crequi

[1]) „welches die Franzosen — gebrandschatzet hatten" fehlt in O. — [2]) Datum fehlt; es ist der 23. Juli a. St.

von Metz her mit einer fast stärkern Armee als die unsere war, ankommen, Trier zu entsetzen; und schlug sein Lager eine gute halbe Meile Weges von der Stadt. Zwischen den Unserigen und ihm war die Saare, über welche eine steinerne Brücke ging, die Kontzer Brücke genannt. Sobald solches kund wurde, sind 4000 Mann Münsterische bei die Artollerie und Bagagie commandiret, die in geschwinder Eile 5 kleine Schanzen zwischen Trier und der Artollerie und Bagagie vom Berge an bis nach der Mosel[1]) aufgeworfen. Setzten sich darein und brachten die schweren Gestuck zwischen die Schanzen, wie ich solches alles gesehen, als nach dem Treffen mit der erlangten Beute mich zu der Bagagie wider begeben.[2]) Ermeldeten Donnerstags Nachmittags ging die Armee von der Stadt weg dem annahenden Feinde unter Augen (welcher in den vergeblichen Gedanken stund, sie würde seiner Ankunft nicht erwarten; es wären neu geworbene Völker, und sie dahero die Lüneburgische Kanaillie genannt, auch ordre gegeben, ihnen nachzusetzen und eher bis 3 Meilen jenseits Trier keinem zu geben Quartier). [3]) Wir setzten uns auf diesseits der Saare, daß wir in des Feindes Lager und der hinwider in unser Lager sehen kunnten. Den folgenden Sonntags, war dom. 9. Trinit. und den 1t Augusti, fast zu Mittage kamen die Fouragirer und brachten vom Feinde viel großer schöner Pferde mit großen breiten Komtsehlen. Waren des Feindes Artolleriepferde, die sie vor Wagen gespannt, Commiß aus den Schiffen in's Lager zu fahren: welche Schiffe hernacher die Mosel hinunter in Trier fahren wollten, wurden aber von denen Unserigen mit Regimentsstucken gezwungen, bei uns anzulanden, und kam das Brod uns wohl zu Passe[4]). Ihr Durchl. von Zell muthmaßete daraus, der Feind könnte nunmehro seine Artollerie nicht gebrauchen, weil die Pferde weg, und gab schleunige ordre, in aller Stille auf zu sein und auf den Feind los zu gehen. Welches auch so stille geschah,

[1]) „vom Berge an — nach der Mosel" fehlt in O. — [2]) „als nach dem Treffen — wider begeben" fehlt in O. — [3]) Der Satz in Paranthese fehlt in O. — [4]) „waren des Feindes Artolleriepferde — wohl zu Passe" fehlt in O.

daß kein Spiel gerühret wurde. Die Infanterie ging über die Kontzer Brücken über die Saare, die Cavallerie untenwärts, die Artollerie aber obenwärts durch, und solches in aller Geschwindigkeit. Der Feind kunnte solches alles sehen, setzte sich vor sein Lager in 4 Linien und kam bei dem schönen hellen Gewitter so prächtig anmarschieret, daß es ein stattlichs Ansehen hatte. Als unsere erste Linie über's Wasser und kaum in Ordnung gesetzt, und die andere benebenst der Reserve noch nicht ganz völlig über, chargirte der Feind so glücklich auf seiner Seiten, daß etliche Compagnien zu Pferde von den Unserigen bis an die Saare gejagt worden. Die Officirer hatten mir, ob sie schon von unserem Regiment nicht waren, in dem Winterquartire viel Guts gethan, darum will ich sie nicht nennen. Ich sprach ihnen beweglich zu, sie möchten sich setzen, und den Feind, der sie gejagt, in einer starken Schwadron bestehend, männlich wieder zurücktreiben, um das Verscherzete wieder zu erlangen. Welches auch glücklich geschah, daß kein einziger wieder zum Feinde kam. Wie wohl die beiden Officirer dieser Compagnien es vor Trier beide wieder versahen und hernacher, da wir wider übern Rhein gingen, durch ein Standrecht cassieret wurden. Stunden sonst beide bei einer Hohen Person in sonderbarer gratia; es bleibt aber dabei: In bello semel tantum peccare licet.[1])

Die Unserigen gingen so tapfer auf den Feind los, ohngeachtet sich derselbe zum dritten Male setzte[2]), er dennoch mit Hinterlassung 4000 Todter, unter welchen viel Generalspersonen und 3000 Gefangener, der ganzen Artollerie und Bagagie, waren 11 Gestuck und ansehnliche köstliche Beute, sich nach Metz reterirte, und innerhalb 3 oder ja 4 Stunden kein Franzos, als entweder tot oder gefangen zu sehen war. Unter währendem Treffen fiel die Guarnison aus Trier, in 6700[3]) Mann stark[4]), dero Meinung, unsere Artollerie und Bagagie hineinzuholen, weil sie der gänzlichen Hoffnung lebten,

---

[1]) Statt des Satzes: „Die Offizier hatten mir, ob sie schon .... peccare licet“ hat O nur: „die sich aber recolligiret, und den Feind wieder zurückgebracht.“ — [2]) hier fehlt „daß“ in O und B. — [3]) O: „6000 und 500 Mann“. — [4]) erg. „heraus“.

unsere Armee wäre geschlagen. Sie wurden aber derogestalt bewillkommet mit den schweren Gestücken und Musketen, daß sie mit Hinterlassung vieler Toten die Stadt Trier wieder gesucht. Nach dem Treffen setzten wir uns zwischen des Feindes Lager und Hauptquartier und war alles freudenvoll. Unser gnädigster Herzog war fleißig, daß Gott sollte gedanket werden vor die Victorie. Es war niemand von Feldpredigern alldar als ich. Mir wurde auch anbefohlen, solch Dankfest vor der ganzen Armee [1]) dem Allerhöchsten Gott zu dienen. Mit einer kurzen Aufmunterungssermon ex exod. 15, v. 1. 2.[2]) habe ich dieselbe gehalten, und mit einem Dankgebet, so nach erhaltener Victorie wird gebraucht, beschlossen. Vorher wurde gesungen: Was Lobes sollen wir Dir, o Vater singen 2c. und beschlossen mit: Sei Lob und Ehr mit hohem Preis.[3]) Es wohneten diesem Gottesdienste über 9000 von Hohen und Gemeinen bei.[4]) Ihr Durchl. von Zell wie auch von Osnabrück und deren junge Prinzen, der Herzog von Holstein Plöen als Feldmarschall, auch der alte Herzog von Lothringen,[5]) führten die Regimenter selber an und erzeigten sich über die Maßen tapfer, daß also dieser Tag war ein Tag voller Ehre und

[1]) erg. „zu halten." — [2]) „Ich will dem Herrn singen; denn er hat eine herrliche That gethan, Roß und Wagen hat er ins Meer gestürzet. Der Herr ist meine Stärke und Lobgesang und ist mein Heil. Das ist mein Gott, ich will ihn preisen: er ist meines Vaters Gott, ich will ihn erheben." — [3]) Von den beiden Kirchenliedern ist das erste ursprünglich niederdeutsch, mit einem latein. Gedichte Melanchthons als Grundlage, früh in niedersächsischen Gesangbüchern geführt. Das im Hannov. Gesangbuch unter Nr. 13 geführte: Was Lobes soll man dir, o Vater singen? ist eine Umarbeitung des alten Liedes, welche kaum mehr als den Anfang mit ihr gemein hat. „Sei Lob und Ehr mit hohem Preis" ist die vorletzte Strophe von „Es ist das Heil uns kommen her" und findet sich mit der letzten Strophe früh als selbständiges Lied. Gütige briefl. Mittheilung des Herrn P. Wendebourg in Lewe v. 26. 5. 98. — [4]) O hat über das Dankfest nur: „Da habe ich vor der ganzen Armee auf gnädigsten Fürstl. Befehl müssen ein Dankfest halten und dem lieben Gott mit einer kurzen Aufmunterungssermon zur Dankbarkeit und mit Dankgebet nach erhaltener so herrlicher Victorie gedienet." — [5]) „auch der alte Herzog von Lothringen" fehlt in O.

Freuden, daran dem ganzen Römischen Reich ein sehr großes gelegen, und dahero billig, dem höchsten Gott dafür zu danken. Wie ich des folgenden Tages wieder zur Bagagie kam, fragten mich die anderen Feldprediger, wie es abgangen, weil noch keiner von der Victorie etwas wußte. Gab ich ihnen zur Antwort: Sie sollten sich jeder bei seinem Regiment haben finden lassen, so hätten sie's auch erfahren und gesehen; ich wollte ihnen nichts erzählen. Der Frau Generalmajorin aber und andern fürnehmen Officirfrauen erzehlte ich alles und daß ihre Männer, Gottlob, noch frisch und gesund; deren viel mich[1]) Geschenken beehrten und hernacher manche Wohlthat erzeigeten[2]).

Duc d'Crequi war selb 4te entrunnen und in die Stadt Trier kommen, und hatte ihn einer von Adel, so doch des Churfürsten von Trier Vasall gewesen, hineingebracht. Montags Abends, war 2. Augusti, wurde Trier würklich belagert. Die Lüneburgische Armee setzte sich bei das Kloster St. Matthias und sind viele davon durch des Feindes Stücke beschädigt. In diesem Kloster wird über dem Altar vor dem hohen Chor ein Sarg gezeiget, darinnen der Körper des Apostels St. Matthiae und der halbe Körper St. Philippi soll verwahret liegen, wie auch solches auswendig an den Sarg geschrieben ist.[3]) Es ist eine Wallfahrt dahin aus vielen Ländern und um's Altar ein eisen verschlossen Gitter, darein soll oftmals mehr Geld geopfert und geworfen werden, als vier Pferde können wegziehen.

Auf die hohen Berge vor Trier wurden 2 Batterien verfertigt; die eine wurde die spanische die andere die münsterische genannt, darauf schwere Stucke stunden. Damit wurden 17 Thürme, so in der Mauren stunden, niedergeschossen. Die Münsterischen, Spanier[4]) und Lothringer führeten die Attacke und Approchen von untenwärts, die Lüneburger aber von obenwärts, das alte Schloß vorbei, gegen welchem draußen ein alter Thurm stund, da es sich anfing[5]), und gingen bis eines

1) erg. „mit". — 2) Der Passus: „Wie ich des folgenden Tages — Wohlthat erzeigeten" fehlt in O. — 3) „wie auch sölches — geschrieben ist" fehlt in O. — 4) „Spanier" fehlt in O. — 5) „Das alte Schloß vorbei — sich anfing" fehlt in O.

Karabinerschusses mit den Approchen bis an den Stadtgraben. Es wurde auch inmittels tapfer auf die Thürme und Mauren kanoniret, welche letztere unten über 5 Ellen dicke, oben mit einem Umgange und Brustwehr von gebrannten Steinen hoch aufgeführet. Gingen also mit dem Approchiren 3 Wochen hin.

Dom. 12. Trinit. wurden Commandirte von jedem Regiment ausgenommen, mit Befehl, wenn aus 2 Morsiren Bomben der Stadt zu geworfen würden, sollten sie folgen, wohin sie ihre Officirer führeten, und sich als ehrliche Soldaten halten. Um 2 Uhr Nachmittags geschah die Losung. Herr Obrister Malortie mußte vorangehen und ein Rondeel angreifen. Da bekam er auch einen gefährlichen Schuß. [1]) Die andern fielen jeder an der Contrescarpe seinen Posten so glücklich an, ehe es die Franzosen gewahr worden, die theils über dem Essen, theils spieleten, schliefen und also überfallen und getödtet wurden. Es war die Contrescarpe mit Palissaden außen umsetzt, der Stadtgraben trocken, aber 2 Piken hoch von gebrannten Steinen aufgemauret; wenn wir Bresche geschossen, wäre die Stadt völlig eingenommen. Die Reuter waren commandiret, Faschinen auf den Pferden an die Contrescarpe zu führen; die wurden alsbald an den Palissaden aufgelegt und mit Erden beworfen. Darhinter lagen unsere Musquetirer ganz sicher und schußfrei in stetem Anschlage und vollem Feuer Tag und Nacht, daß fast kein Schuß heraus mit Musketen geschehen kunnte, auch nicht mit Stucken mehr, weil von den Batterien von dem hohen Berge ihre Stucke gelähmet wurden [2]). Dahero unsere Stucke auf's freie Feld eines Karabinerschusses von der Mauren [3]) gesetzet, und an 2 Örtern, jedem auf 100 Schritt Bresche geschossen, daß die dicke Maure der Erden gleich wurde. Und gegen jede Bresche wurde eine Mine gemacht, welche die hohe Mauren am Graben um- und in den Graben warf, daß man mit einem Fuder Heu hette durch die tiefen Graben in die Stadt fahren können: worauf die Guarnison, noch in 3000 bestehend (die übrigen waren in 3 Wochen

[1]) „da bekam — Schuß" fehlt in O. — [2]) „auch nicht mit Stucken mehr — gelähmet wurden" fehlt in O. — [3]) statt „eines Karabinerschusses von der Mauren" hat O: „nahe an den Graben".

draufgangen)[1]) anfing zu accordiren. Ehe aber der Accord anging, mußte sich der Duc d'Crequi und der Intendant gefangen stellen, die der Herr Herzog von Zell durch den Generalfeldmarschall, den Herrn Herzog von Holstein=Plönn, in dero Leibgutschen heraußerholen ließ.[2]) Der Commandant, ein rechter Mordbrenner, war dom. 9. Trinit. als das Treffen gehalten, des Abends vom Rondeel mit dem Pferde gestürzet und hatte den Hals zerbrochen. Stund neben einer andern Leiche in dem Dome in Trier noch unbegraben. Den Dom hatten sie mit Palissaden besetzt zur letzten Retirade, auch mit Pferden ganz voll besetzt, und also einen Pferdestall daraus gemacht; auch 2 schwere Gestuck in die Thür. Half doch alles nicht. Der Häuser und anderen Gebäuden wurde mit allem Fleiße mit den Gestucken geschonet, nur daß eine Bombe, die in den Graben sollt geschossen werden, in's Schloß in den Reitstall fiel, und derselbe ganz abbrannte. Bei der Uebergabe thäten die Franzosen noch eine sehr boshafte That, indem 300 Mann Franzosen ein Rondeel bei porta nov. oder das neue Thor genannt, hatten besetzt, bis die Spanischen waren einmarschiret. Lagen auf demselben Rondeel viele Handgranaten (man meinte, deren wären 500 gewesen) auf einem Haufen, deren sie sich bedienen wollen, wenn etwa das Rondeel gestürmet worden. Unter dieselben hat ein verwegener Gesell eine brennende Lunte geworfen. Die gingen in einem Knall aus, daß die Erde erschütterte, und zerquetschten nicht allein viel von denen einmarschirenden Spaniern, sondern auch denen Franzosen selber, welche über das Rondeel durch den Graben feldein liefen, die nicht beschädigt wurden, als wenn ein Schwarm vom Bienenstock ziehet. Ich hielt vor dem Thore und meinte mit hineinzukommen, um zu sehen, was drinnen passirte. Es verjagte sich aber mein Pferd vor dem Geprassel und Knall der angesteckten vielen Handgranaten, daß es mit mir feldein ging und ich's kaum wider zum Stande bringen kunnte. Diese That setzte große Verbitterung. Sie hatten

[1]) Der Satz in Paranthese fehlt in O. — [2]) Nach Heinemann, Gesch. von Braunschweig und Hannover II, S. 139, ist Crequi bei einem Ausfall trotz verzweifelter Gegenwehr gefangen.

Accord, frei mit allem ihrigen abzuziehen. Die übrigen waren schon über die Moselbrucken ausmarschiret. Diesen letzten aber ging's sehr elend; denn sie wurden von der Merodie und gemeinem Gesindlein fingernackend ausgezogen, und all des Ihrigen beraubet und also nackend, auch Frauenspersonen, wie sie von Mutterleibe geboren, darunter auch eine schwangere Frau, die keine Zeit mehr zur Geburt wußte, wie eine Heerde Vieh den Berg hinauf zu Ihr Durchl. gebracht. Welcher jedoch diese Barbaries im geringsten nicht gefallen, sondern beklagt, es were allzu grob gemacht. Doch factum infectum fieri nequit.[1])

Des Freitags post. dom. 12. Trinit. war die Uebergabe und wurde ein Dankfest gehalten ex verbis praeteriti dominicalis evangelii: Er hat alles wohl gemacht.[2]) Es waren 5 Klöster vor Trier bis in den Grund von den Franzosen gesprenget, verbrannt und ruinirt, auch die Mauren aus dem Grunde gerissen, ohne das Kloster S. Matthias, dessen zuvor gedacht. Mit den Mönchen darinnen bin ich sehr familiar geworden und ist einer von denselben ao. 1683 bei dem französischen Ambassadeur in Zell Prediger gewesen und mich von darab grüßen lassen.[3]) Sie gewährten mir aus ihrem Garten, was ich nur verlangete. Der Garte wurde ihnen durch Salvaguardien verwahret, daß nicht das geringste drinnen verwüstet worden.[4]) Sie höreten allen meinen Predigten und Betstunden zu, weil die eine Schwadron unseres Regiments nahe vor dem Klosterthore stund,[5]) und nach Endigung des Gottesdienstes conferirten sie mit mir, fragten mich, ob es bei allen Lutheranern also bei Verrichtung des Gottesdienstes herginge, ob wir so fleißig beteten und unsere Zuhörer zu Gebet und gottseligen Leben ermahneten.[6]) Sie wären von

---

[1]) Der ganze Abschnitt: „Der Commandant, ein rechter Mordbrenner — infectum fieri nequit“ fehlt in O. — [2]) Mrc. 7, 37. — [3]) „und ist einer von denselben — grüßen lassen“ fehlt in O. — [4]) „Der Garte wurde ihnen — verwüstet worden“ fehlt in O. — [5]) „weil die eine Schwadron — Thore stund“ fehlt in O. — [6]) O. kürzer: „ob bei allen Lutheranern also geprediget und Gott gedienet würde.“

ihren Superioren weit eines anderen berichtet. R., daß es bei uns noch viel viel herrlicher in Verrichtung des Gottesdienstes zuginge. Ich wäre der allergeringste und einfältigste unter allen evangelischen Predigern. Sie würden ja der Unserigen herrliche scripta haben und daraus alles ersehen können ꝛc.[1]) Gaben sie zur Antwort: Die würden ihnen zu sehen verboten ꝛc. Ich antwortete, daß sie daraus könnten ihrer Superioren Betrug abnehmen, und wie hinterlistig sie von denselben, wie in diesen, also auch in anderen, hintergangen wären. Was sie vor Bericht hätten von dem Körper St. Matthaei Apostoli, davon vorgegeben würde, daß er in dem Sarg auf'm Altar verborgen läge? R.: Ja, dem wäre also, darum ihm auch zu Ehren das Kloster erbauet und nachher genennet worden. Ich antwortete, daß ihr großer Patron St. Hieronymus schreibe: St. Matthias hätte im Morgenlande geprediget und wäre auch alldar gestorben; andere aber ex antiquitate: er habe in Judaea und Galilaea geprediget, endlich von den Juden gefangen und hart gedrungen worden, die Wahrheit zu verleugnen; da er aber dieselbe mit Beständigkeit bekannt, habe ihn der Hohepriester Ananias zum Tode verdammt mit diesen Worten: dein Mund hat wider dich selbst geredet, dein Blut sei auf deinen Kopf. Sei darauf zur Marter hingeführet, da er erstlich an den Ort Bethlaskia zum Hause der Versteinigten gebracht, und da er sein Gebet gesprochen, ist er in die Steingruben gestoßen worden und erstlich gesteinigt und darnach mit einem Fallbeilen nach römischem Gebrauch enthauptet worden. Sie sagten, sie hätten ex legendis, daß der Körper S. Matthias wäre die Mosel heraufgeflossen kommen und sich an dem Orte, wo nun das Kloster erbauet, angelandet. Und ob schon der Körper etliche mal wäre vom Ufer ab in's Wasser getrieben, so wäre er doch wieder angelandet, dabei eine Stimme gehöret worden, es wäre der Körper S. Matthiae Apostoli; man sollte denselben verehren, ein Kloster bauen, eine Wallfahrt dahin anstellen, allen sollte geholfen werden. Er hätte auch das Kloster bisher beschützet.

[1]) O: „drauß sie alles sehen, und höreten nun, daß ich darmit einstimmig."

Ich antwortete, diesmal hätten's aber die Lüneburgischen patrociniret. Denn als wir den Montag Abend die Stadt belagerten und uns bei das Kloster setzten, waren des Morgens die Franzosen noch aus Trier gewesen und das Kloster auf 18 000 Thl. gebrandschatzet; oder es sollte demselben gehen, wie denen andern (das waren ihre Glaubensgenossen). Da haben sie bis an den Abend Dilation gebeten. Mittlerzeit kamen wir an; da war ihnen das Brandschatzen verboten. Sie antworteten, das hätte der Apostel S. Matthias also gefüget und geschickt ꝛc.[1]) Eines von denen gesprengeten Klöstern hat soviel jährliche Intraden, daß die sich so hoch erstrecken, als des Churfürsten zu Trier, weiniger 3 Petermännichen (sind 9 Dreier ohngefähr; denn 45 Petermännichen machen 1 ₰) von seinem ganzen Lande.[2]) Ich hatte großen Schaden vor Trier, denn eine vierundzwanzigpfündige Kugel wurde aus Trier durch mein Zelt geschossen, meinem dreijährigen Söhnlein Georg Matthiassen[3]) über die rechte Hand, die kohlschwarz wurde und über 2 Finger dick aufgeschwollen, doch, Gottlob, durch gute Mittel curirt und conserviret wurde. Ein Zelt, war über 40 ₰ werth, von Betteparchent gemacht und inwendig mit bunten Kattun ausgefüttert, so in des Feindes Lager bekommen und, trocken zu werden, über mein gewöhnliches Zelt gehangen, darinnen verwickelte sich die Kugel, und nahm es mit weg bis an die fördere Achsen meiner Chaisen, schlug nicht allein das schöne Zelt in kleine Stucken, sondern auch die Achsen wohl in 1000 Splitter. So bald den Wagen repariren lassen, wurde mir ein schön sechsjährig Pferd[4]) des

[1]) Der ganze Bericht über die Unterhaltung mit den Mönchen von: „ich antwortete, daß sie daraus könnten ihrer Superioren Betrug abnehmen" bis hierher fehlt in O; statt dessen: „diß Kloster sollte auch gesprenget werden, oder sollte 18000 Thl. geben. Sie haben Dilation gebeten bis an den Abend, da wir die Stadt nach geendigten Treffen belagerten. Da war dem Feinde die Brandschatzforderung verboten". — [2]) O: „Eins von den ruinirten Klöstern hatte jährliche Intraden 9 Dreier weiniger, als der Churfürst von Trier von seinem ganzen Lande". — [3]) Name fehlt in O. — [4]) O fügt ein: „dafür mir zu unterschiedenen Malen 40 Thl. geboten".

Nachts abgelöset und weggestohlen. Hab auch niemals erfahren mögen, wo es hinkommen; nur daß nachmals ein Reuter von den Osnabrückischen[1]) im Diebstahl ergriffen und im Führen über die Schiffbrucken wegen meines Pferdes examinirt wurde, sich von der Brücken in's Wasser gestürzet, ehe sie sich's versehen, und ersäufet.

Dinstags post. dom. 13. Trinit. zogen wir ab, bekamen im Kölnischen 14 Tage Refrischierquartiere, gingen drauf nach Michaelis über den Rhein, durch Westfalen der Weser zu und zur Stolzenau drüber, nach dem Stift Bremen, begaben uns vor Stade. Es wurde aber die Blockade aufgehoben und gingen in die Winterquartiere, so unserm Regiment im Stifte Hildesheim fielen, und zwar dem Stabe im Amte Schladen.[2]) Carlstadt[3]) im Stift Bremen blieb belägert und mußte sich auch ergeben, wie auch Boxtehude.[4]) In diesem Winterquartiere stund ich mit der Frauen eine schwere Krankheit aus, daß kaum mit dem Leben davon kamen. Doch hat Gott gnädiglich geholfen, welchem auch dafür herzlich Dank gesagt sei.

Anno 1676: Vor Stade.

Im Anfange des Aprilis gingen wir wieder vor Stade und hielten dasselbe zu Lande und Wasser bloquiret. Die lüneburgische Infanterie und Kavallerie stund in einem Flecken, genannt Horneburg, die Artollerie in einem Hölzchen dabei.[5]) Von dar brachen wir den 8t Mai auf und gingen mit der Infanterie in's Alte Land bis Twilenfliet, die Kavallerie aber, auch etwas Infanterie[6]) bis Agathenburg. Den 25t Maji gingen Commandirte von uns zu Wasser mit 33 Segeln die Schwinger Schanzen vorbei, conjungirten sich mit den Dän- und Münsterischen und fingen ihre Approchen an sowohl gegen die großen, als kleinen Schwinger Schanzen. Die in der kleinen hielten sich den einen Tag; des Nachts aber reterirten

[1]) „von den Osnabrückischen" fehlt in O. — [2]) „und zwar dem Stabe — Schladen" fehlt in O. — [3]) gemeint ist die Carlsburg, eine von den Schweden vor kurzem angelegte Befestigung. — [4]) „Carlstadt — Burtehude" fehlt in O. — [5]) O: „Die Lüneburgische Infanterie, Kavallerie und Artollerie stunden in einem Flecken, genannt Horneburg. — [6]) „auch etwas Inf." fehlt in O.

sie sich (geschah zwischen den 26t und 27t Maji) nacher Stade. Als solches die Schweden in der großen Schanzen vernahmen, ergaben sie sich, nachdem sie 3 Tage mit Bomben und schweren Gestucken sehr geängstiget worden; geschah den 27t ej. gegen Abend. Die Gemeinen mußten alle Dienste nehmen. Der Commandant, war Obristlieutenant Baron, ging auf Cavaliersparol nach Hamburg. Vorher, ehe wir von Horneburg weggingen, ging die Schwedische Cavallerie heraus und wollten eine Heerde Schafe aus Döllern weglangen, auch in unser Quartier einfallen. Es wurde aber verkundschaftet. Wurden viele von ihnen gefangen und wenn's der verfluchte Ehrgeiz nicht verhindert hätte, wären sie alle gefangen. Die meisten reterirten sich noch kaum.[1]) Die[2]) thäten hernach noch viele Ausfälle nach der Agathenburg, aber nicht nach dem Alten Lande; doch mit schlechtem Profit. Mittlerzeit hatte die schwedische und dänsche Flotte geschlagen.[3]) Die schwedische hatte den kürzeren gezogen. Dennoch thäten die Schweden, den gemeinen Mann zu encouragiren, den 18. Junii in der späten Nacht zweimal Freudenschüsse, und obschon die Unserigen, als der Dänen Alliirten,[4]) daß die Dänen victorisiret, ließen sie doch die Stader in ihrem Glauben, bis den 2. Julii Abends um 11 Uhr, wurde im Dänischen, Münsterischen und Lüneburgischen Lager bei der Agathenburg und im Alten Lande, und also rings um Stade her, dreimal aus allen Gestucken, Haubitzen, auch kleinem Handgewehr Salve gegeben. Davon die erste scharf geladen und etliche Kugeln in die Stadt geschossen, davon eine in die Küchen im Wirthshause, zur Sonne genannt, gefallen, ein Stuck vom Kamin geschlagen und die Wirthin, wie auch andere, so dabei gesessen, sehr erschreckt. —

Den 18. Julii fingen sie an, sich zum Accord anzubieten, weil weder Munition noch Lebensmittel mehr drinnen vorhanden. Der Accord währete, bis die Unserigen den 3t August hineinzogen und die Posten besetzten und hergegen die Schweden ausgezogen.

---

1) „Der Commandant, war Obristl. Baron — sich noch kaum" fehlt in O. — 2) sc. Schweden. — 3) O: „zur See agiret". — 4) erg. „wußten".

Den 14t ei. theilete sich die Armee und ging insonderheit die Cavallerie nach dem Rheine auf Zweibrücken zu. Die andere Hälfte der Infanterie ging mit weinigen von der Cavallerie [1]) die nur die Ordinanz ritten, in Pommern, nachdem wir zuvor 14 Tage bei Horneburg[2]) stille lagen, wie auch, da wir über die Elbe gangen, so lange im Meckelnburgischen. Den 23t [3]) Septembris kamen wir vor Demmin an, an einem Sonnabend, und fingen den 24t [4]) ei. war dom. 18. Trinit.[5]) zu Abend eine neue Approchen an und gingen damit in 3 Tagen bis an den Stadtgraben. Als die Schweden den Ernst der Lüneburgischen wie auch der Münsterischen, so mit uns agirten, sahen, fingen sie an zu accordiren, da sie schon 14 Wochen belägert gewesen, und alles, auch die Kirche ausgebrannt; nur das Rathhaus und noch wohl 25[6]) Bürgerhäuser sind stehen bliben, das andere lag alles in der Asche. In derselben Kirche soll ein sölch köstlich Altar gewesen sein, so seines gleichen in der Welt nicht gehabt haben soll. Den 29t Septembris, war festum Michaelis, schossen die Schweden so stark heraus, als nicht die ganze Zeit der Belagerung geschehen war; aber des Nachmittags fingen sie an zu accordiren. Den 2t Octobris zogen die Brandenburgischen ein und besetzten die Posten, den 31t ei. zogen die Schweden aus. Der Commandant hieß Obrister von der Noth, eine kleine Person, höflich und sehr berühmet.[7]) Der schwedische berühmte Parteigänger, Rittmeister Johann Ernst Wiesel, dem boshaftige Leute den Namen Mausemarten gegeben, war auch mit darinnen. Hatte mit eines Bürgers Tochter, Flor genannt, Hochzeit gehalten, als die Stadt zum ersten Mal beschossen, und bei den Schüssen hatten die Hochzeitgäste Gesundheit getrunken.[8]) Er wurde als ein Teutscher

---

[1]) O: „und ging die Hälfte nach dem Rhein zu, die andere Hälfte von der Inf. ging mit gar weinig Cav., die nichts, als nur die Ordinanzen ritten, in Pommern". — [2]) O: „im alten Lande". — [3]) O: „den 24ten" — [4]) O: „den 25ten" — [5]) „war Dom. 18. Trin." fehlt in O. — [6]) O: „15" — [7]) „Der Commandant — sehr berühmt" fehlt in O. — [8]) „hatte mit eines Bürgers-Tochter — Gesundheit getrunken" fehlt in O.

avocirt, und bekam unter Ihr. Durchl. zu Zell eine Compagnie zu Pferde. Der Churfürst von Brandenburg hätte ihn auch gerne gehabt. Der drang auch sehr darauf, wir sollten noch mit nach Stettin, welches er zu der Zeit auch belagert und schon beschießen ließ. Es hatte aber der Generalmajeur[1]) darzu keine ordre, war auch wohl genug gethan, in einem Sommer solche 2 Hauptfestungen, als Stade und Demmin, wegzunehmen.[2]) Zogen derowegen den 16t Octobris in's Mecklenburgische, da es gute Quartiere gab. Mein beständig Quartier war in Gadebusch.[3])

Anno 1677.

Diesen Vorsommer lagen wir ziemlich lange stille in den Quartieren, bis den 18t Junii zogen wir wieder in Pommern, aber sehr langsam. Wir lagen zu großen Gibitz über 14 Tage stille. Wie wir dahin kamen, kam der Pastor daselbst, Herr Statius . . .[4]) zu mir auf die Gassen, als ich nach dem Billiet wartete, bat, ich möchte mein Quartier bei ihm nehmen; er wollte mir alle möglichen Wohlthaten erweisen. Nach langer Entschuldigung ließ mir's gefallen und gereuete mir nicht, nur daß ich einem so wohlthätigen Manne mußte beschwerlich sein. Entschuldigte mich zum öftern, er wollte es aber nicht annehmen; bat die andern Stabsbedienten, die möchten doch auch zusprechen, er hätte Essen und Trinken gnug und kein Kind darzu. Die Frau war ebenso zuthätig. Wir

---

1) O. „Generalmajeur vor Ende". — 2) „war auch wohl genug gethan — wegzunehmen" fehlt in O. — 3) hier fährt O fort: „da erfreute der liebe Gott meine Frau und entband sie in Gnaden und bescheerte ihr den 21. Decbr. Abends um halbelf Uhr in ♃ eine junge Tochter. Folgends, den 28t Decbr. ließ sie taufen. Die Frau Generalmajeurin, die Hochedelgeb. Frau Anna Marie, geboren von Lenthen, stund allein Gevatterin. Gab ihr den Namen Maria Charlotta. Der liebe Gott verleihe ihr guten Wachsthum am Leibe und Gemüthe, daß sie seine Dienerin sei und dermaleins das ewige Himmelserbe erlange, um Jesu Christi willen. Amen." — 4) Berkemeyer scheint Statius für den Vornamen gehalten zu haben und läßt für den Familiennamen Raum frei. Nach güt. Mitth. des Herrn P. Willers in Groß Gievitz, Präpositur Waren in Meckl., hieß der Pastor Daniel Statius, vociert 1667, gest. 1717. Seine Frau war Dorothee, geb. Thasaens.

alle waren so fromm gegen diese Leute, als auch die Schuldigkeit erforderte, und sagten ihnen großen Dank. Den 13t Junii[1]) kamen wir vor Stetin an; war ein sehr heißer Tag, wurden übel bewillkommet. Der Commandant hieß Generallieutenant Wulff, der heulete laute mit den groben Geschützen. Es war bei ihm der gewesene Kommandant in Demmin, Obrister von der Roth. Man kunnte es merken, daß diese sich besser wehren wollten, als die Stader. Wir fingen bald die ersten Nacht an zu approchiren und kamen bis den 4. Augusti so weit (NB. Das Brandenburgische Lager war eine Meile Weges von der Stadt; wir stunden aber so nahe dafür, daß der Feind allemal in unser Lager oder überhin spielen kunnte), daß wir unterwärts eine Batterie an der Oder verfertigten, darauf stunden 3 Feldschlangen, 2 Morsirer und 2 Haubitzen, Bomben damit in die Stadt zu werfen, davon die erste in die Contrescarpe gefallen, und dem beruhmten Obristen von der Roth, so auch Commandant in Demmin gewesen, oben den Kopf hinweggeschlagen. Den 6t Aug. war noch eine andere Batterie verfertigt. Von derselben[2]) wurde die Stadt mit feurigen Kugeln beschossen, davon eine des Morgens mit anbrechendem Tage in den Domthurm, genannt S. Maria[3]) oben in die Spitze geschossen, so den Thurm angezündet, und bis zum Mittage gerauchet; und weil der Thurm vielleicht inwendig zu stark verbauet, daß man darzu nicht kommen können zu löschen, ist er sammt der Kirchen, so mit schönen alten Documenten gezíret, ganz ausgebrannt. In denen Gewölben an der Seiten, in denen Kapellen, waren wieder eben neue Stühle gebauet, darauf bei Verrichtung des Gottesdienstes sich niederzusetzen, wie ich's nach der Übergabe gesehen.[4]) An dem Walle stund eine kleine sehr schöne Kirche; die braunte auch mit ab, und noch etwa 2 Häuser. Die folgende Nacht wurden wieder glühende Kugeln in die Stadt geschossen und wieder eine in die Spitzen des schönen Thurmes der herrlichen

[1]) muß heißen: „Julii." — [2]) „war noch eine andere — von derselben" fehlt in O. — [3]) „genannt S. Maria" fehlt in O. Es wird die Jacobikirche mitten in der Stadt gemeint sein. — [4]) „In denen Gewölben — nach der Übergabe gesehen" fehlt in O.

S. Johanniskirchen, war dem vörigen an allem gleich und eine schöne Zierde der ganzen Stadt,[1]) brannte auch rein aus bis auf den Grund; blieb nur das Mauerwerk stehen. War mitten in der Nacht sehr gräulich anzusehen.

Es thäten die Schweden viel Ausfälle und wurden diese Zeit an 3 Orten starke Batterien verfertigt, also daß die Stadt den 29t Augusti mit mehr als 90 schweren Gestucken beschossen wurde. Und solche Batterien wurden von Tag zu Tag vergrößert, also daß an Churbrandenburgischer Seiten eine war, darauf hab ich gezehlet 75 Stuck. Darunter waren 6 Fünfviertelkanonen, die 60 ℔ Eisen schossen. Eine Kugel davon wurde des Morgens, als eben Betstunde hielt, oben durch die Stadt geschossen, fiel vor unserm Lager nieder, daß sich das ganze Lager dafür erschütterte. Auf dieser Batterien stunden auch[2]) 40 Morsirer und 6 Haubitzen, daraus Bomben geschossen wurden. Die 75 Gestuck wurden, als Bresche geschossen wurde, als eine Salve mit einem Knall gelöset.[3])

Den 6t Septembris thäten die Schweden einen starken Ausfall.

Den 9t Octobris fielen sie noch stärker aus an unser Seiten.[4]) Es blieben viele von uns, auch der wackere fromme Herr Obrister Jäger, welcher von jedermann sehr bedauert wurde. War eines Predigers Sohn und darzu so fromm, darum billig zu verwundern, wie er zur Charge eines Obristen gelanget. Ohn allen Zweifel muß ihn Tugend und Tapferkeit darzu erhoben haben.[5]) Die Unserigen wurden aus den Approchen geschlagen, die Approchen angezündet, und soviel davon weggebrannt, als man kaum in 14 Tagen wider bauen kunnte. Zwei Regimentsstuck, so auf der Contrescarpe stunden und vor den Ausfall dienen sollten, nahmen sie mit in die Stadt, und an 2 halben Kanonen hiben sie die Speichen in den Rädern ent=

[1]) „war dem vörigen — ganzen Stadt“ fehlt in O. — [2]) „eine Kugel davon — stunden auch“ fehlt in O. — [3]) „Daraus Bomben — Knall gelöset“ fehlt in O. — [4]) O: „auch an unser Seiten“. — [5]) „welcher von jedermann — darzu erhoben haben“ fehlt in O.

zwei. Die Schweden hatten sich ganz toll und voll gesoffen und begehrten kein Quartir, wenn man ihnen schon das Leben schenken wollte. Die Todten wurden hernacher anstatt der Faschinen in die aufgeworfenen Graben gelegt.[1])

Bis den 13t Decembris erboten sich die Stetiner zum Accord, wurden aber noch die folgende Nacht sehr mit Bomben geängstet. Was sie ausgestanden, wird ihr keine Stadt im Reiche nachthun, sie sind lobenswerth, so lange die Welt stehet; denn sie wehreten sich, bis daß mehr unmüglich war zu widerstehen. Mit den Approchen waren wir durch die Stadtgraben bis auf ihre Batterien gangen. An unser Seiten hatten wir 5 halbe Kanonen auf ihrer hohen Batterie postiret, so an den rechten Wall gehenket. Sie hergegen hatten 4 halbe Kanonen in den alten Wall geschnitten und kanonierten so tapfer auf unsere 5, daß dieselben kaum ½ Stunde gegen sie gebraucht, da waren viere von denselben schon unbrauchbar gemacht. Die ließen sie zurück in den Stadtgraben laufen, und wurde noch 4 Nächte gearbeitet und die Schießgatter dicker gemacht, hernacher 4 andere Kanonen aufgebracht; damit wurde noch etliche Tage und Nächte scharf gefeuert. Unter den Stucken approchierten die Commandirten immer näher dem alten Walle zu, so nahe, daß der Feind und die Unserigen ein den andern mit Sensen und Morgensternen die Köpfe fassen kunnten. Darauf ging den 15t Decembris der Accord recht an und geschahe kein Schuß mehr. Da stunden wir und redeten mit ihnen offenbar. Sie ließen mich über den Wall in die Stadt gehen, 2 gute Freunde zu besuchen, den Generalproviantmeister Herrn Schlütern und Artollereicommissarium Herrn Haßeln zu besuchen, welche sie hatten bei der Läkenitz gefangen bekommen, als sie voraus gingen, und die ganze Zeit der Belägerung gefangen bei sich in der Stadt gehalten. Am Abend wurde ich eben an dem Orte wieder über und hinaus gelassen. Da scherzete ich noch mit ihnen, daß sie jetzo so fromm und freundlich und noch des vörigen Tages so basch gewesen. Sie

[1]) „Die Schweden hatten sich — Graben gelegt" fehlt in O.

antworteten, das hatte die Kriegsraison nicht anderst mitgebracht; wir hätten ihnen das Leben auch saur gnug gemacht.[1])

Den 17[t] Decembris geschah die Übergabe. Bin 3 Tage nacheinander drin gewesen und alles besehen, wie elende es darinnen ausgesehen, und gehöret, wie die Leute gelamentiret, wie angst und bange ihnen gewesen. Gott bewahre vor Kriegsnoth, Pest und einem bösen schnellen Tod![2]) Den 21ten zogen wir ab und gingen allgemählig durch die Uckermark auf Pasewalk, darinnen der Kaiserliche Obrister Götze so greulich Anno 1630 tyrannisiret,[3]) in's Mecklenbürgische in die Winterquartiere. Gingen wider durch Großen Gibitz, da mein Wohlthäter, dessen zuvor gedacht, mich durchaus nicht weglassen wollte, verfolgete mich auf eine halbe Meile Weges und hielt an mit Bitten, bei ihm zu bleiben, welches endlich nicht verweigern kunnte.[4]) Mein Quartier fiel in Schwan, ist ein Städtlein 2 Meilen diesseit Rostock und 2 Meilen jenseit Gustrau. Dahin kamen wir den 31[t] Decembris. Da war das Jahr und die Campagnie zu Ende.[5])

Anno 1678.

[6]) Mit Anfang des Martii kam Graf Königsmark, der schwedische Feldherr, mit 7000 Mann aus Pommern, ging

---

[1]) Der Absatz: „Bis auf den 13[t] Decembris erboten sich die Stetiner — saur gnug gemacht“ lautet bei O: „bis auf den 13[t] Decembris erboten sich die Stetiner zum Accord, wurden aber noch die folgende Nacht sehr mit Bomben geängstet. Was sie ausgestanden, wird ihr keine Stadt im römischen Reiche nachthun. Sie sind lobenswerth, so lange die Welt stehet. Den 15 Decembris ging der Accord recht an und geschahe kein Schuß mehr. Mit den Laufgraben gingen wir zu ihnen auf ihre Batterien und Wälle so nahe zu ihnen, daß beide Parteien mit Morgensternen und Sensen ein dem andern nach den Köpfen schlugen“. — [2]) „wie elende — schnellen Tod“ fehlt in O. — [3]) „auf Pasewalk — tyrannisirt“ fehlt in O. — [4]) „gingen wider durch Großen Gibitz — verweigere kunnte“ fehlt in O. — [5]) „da war das Jahr — zu Ende“ fehlt in O. — [6]) Der Bericht von 1678 beginnt bei O: „Den 19. Jannarii Abends um 11 Uhr starb mir daselbst mein jüngstes Söhnlein Georg Matthias, wie schon p. — zu ersehen. Er ruhe in Hoffnung fröhlicher Auferstehung von den Toten zum ewigen Leben. Amen! Dieses Vorjahr mit Anfang des Martii . . .“ —

zu Tribsees über in's Meckelnburgische, ging vor Ribbenitz und nahm das ein, ließ die Fußvölker alldar stehen und ging mit der Kavallerie weiter, kam auch vor Schwan (Ribbenitz war so wenig zur Defension als Schwan, und obschon in Ribbenitz 200 Mann Kreisvölker lagen, war's doch kein nütze zu resistiren, weil keine Gestucke vorhanden, auch keine Bequemlichkeit, dieselben zu postiren). Das Endesche Regiment lag an der Güstrowischen Grenze wohl auf 20 Meilen umher, drum hatte er keinen Widerstand. Nur in Schwan stund unser Herr Obristlieutenant Nettelhorst mit 300[1]) Mann vom Regiment. Der hatte ordre, da Königsmark Schwan angriffe, sollte er sich wehren bis auf den letzten Mann; wenn aber Königsmark höher ginge und sich abschrecken ließe, sollte er sich nach Rostock reteriren. Wir hatten nur 2 Regimentsstuck bei uns; dafür wurde in geschwinder Eile eine kleine Batterie an dem Schlagbaum gemacht und die Brucke abgeworfen bis an die Schlagbrucken, welche aufgezogen und die Stucke aufgebracht wurden. Als Königsmark auffordern ließ, wurden ihm weinig gute Worte gegeben. Da ging er vorbei höher zwischen Güstrow und Bützow weg, in Willens, über Bützow bei dem Kloster[2]) über das Wasser (Randbemerkung: Das Wasser hieß Warnau) zu gehen, wie er auch des folgenden Tages thät; und der Herr Obristlieutenant Nettelhorst marschirte nach empfangener ordre mit seinen 300 Mann auf Rostock zu. Ich hatte Verlangen, einsmal in's Lüneburgische zu reisen, und weil man nicht wissen können, wie lange diese Unruhe währen möchte, ging ich mit den Meinigen aus Schwan nach Bützow. Da wies mir der Commandante (dem es aber hernacher stattlich besalzen wurde) das Thor, oder wenn Königsmark darvor käme, müßte er mich gefangen hinausgeben. Ich begab mich hinaus und gedachte der Elbe näher zuzueilen, kunnte Wismar auf einen Tag erreichen, das war mein Trost. Wie ich aber hinaus kam, stunden 4 Compagnien zu Pferde, war Herrn

[1]) O: „700" — [2]) Name fehlt. Es ist das Kloster Rühn, 1233 als Cisterzienser-Nonnenkloster gegründet, 1575 nach der Säcularisation von Herzog Ulrich seiner Tochter geschenkt.

Obristen de Eschin Schwadron. Darbei war Herr Generalmajeur von Ende; der hatte etliche Fußvölker auch versammlet. Dem erzehlte ich, wie mir's in Bützow ergangen; welcher sagte: Bützow were uns ja zur Retirade verschrieben. Aber als er darum anhielt, bekam er die Antwort, die mir gegeben, und sahen wir also, wie der Herzog Christian Ludwig von Mecklenburg so fälschlich mit uns handelte. Darauf ging ich allgemählich fort. Wie ich bei das Kloster kam gegen die Brücke, so abgeworfen und mit 11 Mann von den Unserigen besetzt war, kamen die Vortruppen der Schweden bei der Brucken an, die zu repariren; riefen mir zu, ich sollte warten, sie wollten mit marschiren. R: Jetzt wäre es meine Gelegenheit nicht; wenn sich's besser fünde, so könnte es wohl geschehen. Der Herr Generalmajeur hielt mit den 4 Compagnien zu Pferde vor der Brucken die Schweden auf, daß die 200 Mann Fußvölker und die Bagagie kunnten einen wackern Weg voraus kommen. Je weiter wir marschirten, je mehr wir verstärket wurden, weil wir durch unsere Quartire kamen und die Unserigen aufgeboten waren, die immer mehr und mehr zu uns kamen. Wie der Generalmajeur nicht länger resistiren kunnte vor der Brucken, weil die Schweden zu stark waren, gab er ordre, in guter Ordnung so stark möglich zu jagen, damit sie ehr bei die Infanterie kämen und sich postiren künnten. Kamen denselben Abend in ein Dorf, hieß Meckelnburg; kunnten wegen Müdigkeit nicht weiter, mußten ein weinig ruhen. So wurde auch dem Feinde eine Finte gemacht, als der ½ Meile vor uns stund und auch sehr müde war, meinte uns am Morgen anzugreifen. Wir legten große Feuer an, als wenn wir die Nacht stehen bliben; es wurde aber ordre gegeben, wenn um 9 Uhr der Zapfenstreich gethan würde, das sollte der Marsch sein. Jedermann sollte sich alsdann fertig halten. So auch geschahe, also daß wir des Morgens um 2 Uhr vor Schwerin stunden, und war zwischen uns und dem Feinde eine See 3 Meilen Weges lang. Da ging Königsmark wieder zuruck, das Land zu brandschatzen, und quartirte sich zu Schwan ein, auf 2 oder 3 Wochen alldar zu bleiben. Aber wir recolligirten uns aus allen Quartiren, bekamen auch Succurs aus dem Land Lüneburg; der Herr Generallieutenant Chavet [1]) kam auch; Parcheim war das Hauptquartier. Zwei Regiment zu Pferde von den Brandenburgischen kamen auch zu uns. Als solches Königsmark vermerket, ist er eilends des Abends um 10 auf, da er kaum 1 Tag im Quartir gewesen, und ging wieder in Pommern hinein auf die Insul Rügen. Als wir uns nach Möglichkeit verstärket, gingen wir bei Demmin in Pommern, Königsmark zum Treffen zu nöthigen, der aber schlechte Beliebung dazu hatte und ausbliebe. Wir legten uns vor die neuen sehr festen reparirten Schanzen auf dem Dammgarter Damme. Des Sonnabends vor Ostern, war. te [2]), wurde sie beschossen. Aber auf den Oster-Tag wurde geschwinde wieder Ordre gegeben, uns abzuziehen, so auch geschag, und gingen darauf fort nach Bützow, welches uns wider gethane Parole die Retirada versagt, und wie zuvorgedacht, mir das Thor wiesen; nahmen das mit Manier ein, daß es der Commandante nicht einmal gewahr wurde, besatzten dasselbe und gingen darauf ein jeder wieder in sein Quartier, und lagen darinnen bis [3])

[1]) richtiger „Chauvet". — [2]) Datum fehlt. — [3]) Die Erzählung über den Königsmarkschen Einfall in Mecklenburg: „Mit Anfang des Martii ... bis: und lagen darinnen bis" ist in B stark überarbeitet und ausführlicher. Der kürzere Bericht bei O lautet: „Dieses Vorjahr (1678) mit Anfang des Martii kam der Graf Königsmark mit 7000 Mann aus Pommern und fiel ins Mecklenburgische. Und weil unser, als das Endische Regiment, an der Grenze im Güstrowischen wohl auf 20 Meilen umher lag, hatte er keinen Widerstand bis Ribbenitz, in welchem Städtlein etliche Kreisvölker, bei 200 Mann lagen. Weil aber der Ort nicht zur Defension, mußten sie sich ergeben. Da ging er weiter und kam auch für Schwan, forderte das auf. Unser Obristlieutenant Nettelhorst lag mit 700 Mann alldar und 2 Regimentsstucken; hatte Ordre, so die Schweden ihn angreifen würden, sollte er sich bis auf den letzten Mann wehren; so sie aber höher gingen, sollte er sich nacher Rostock reteriren. Als Königsmark sahe, daß man ihn nicht überlassen wollte, ging er nach Bützow, und über demselben ½ Meile passirte er die Warnaw. Der Herr Generalmajeur hatte 4 Compagnien zu Pferde und wohl 200 Mann zu Fuß. Mit der Reiterei hielt er der Schweden Vortruppen vor der abgeworfen Brucken auf, daß die Bagage und Fußvölker ein weinig kurz vorankommen; etwan

den 25t Julii, war S. Jacobi Majoris Tag. Daran bewegten wir uns aus den Quartiren, gingen nach Ribbenitz, stunden alldar 14 Tage. Darnach gingen wir nach Pommern, stunden in einem Städtlein, Grimmen genannt, 14 Tage. Darnach setzten wir uns eine Meile vor Stralsund, hieß Brandeshagen, bauten alldar gegen der neuen Fehr-Schanzen so auf der Insel Rügen liegt, über eine neue Schanzen, und reparirten die alten Stern-Schanzen. Mittlerweile, daß solches geschach, ging der Herr Churfürst von Brandenburg auf die Insel Rügen los, welche Königsmark innen hatte und sie vorigen Winter den Dänen wider abgenommen, welche Rumor commandiret und die neuen Fehr-Schanzen belagert hatte und dafür mit einer Kanonenkugel erschossen wurde.[1])

---

ein paar Stunden darnach gab er ordre, wer jagen kunnte, der sollt es thun. Unser Hauptquartier und des Feindes war den Abend ½ Meile, so eben nicht groß, von einander. Es war aber des Abends die Losung, wenn um 9 Uhr der Zapfenstreich geschehen, sollte sich jeder zur Marsch fertig halten: so auch geschah, also daß wir des Morgens um 2 Uhr vor Schwerin stunden und war zwischen uns und dem Feinde eine See über 3 Meilen Weges lang. Da ging Graf Königsmark zurück, das Land zu brandschatzen, und quartirte sich zu Schwan ein, auf 2 oder 3 Wochen alldar zu bleiben. Aber wir recolligirten uns aus den Quartiren, kamen in Parcheim zusammen. Solches Herr Königsmark vermerkend brach eilends des Abends um 10 Uhr auf, da er kaum einen Tag im Quartier gewesen, und ging wieder in Pommern hinein auf Rügen. Ihre Durchl. von Zell schickte uns unterdessen Succurs soviel als möglich. Damit gingen wir mit 2 Regimentern Brandenburgern zu Roß die Wochen vor Ostern in Pommern, Königsmarken zum Treffen zu nöthigen, der aber schlechte Beliebung darzu hatte und außen blieb. Wir legten uns vor die neu reparirte sehr feste Schanz auf dem Damgarter-Damme. Den Sonnabend vor Oster wurde sie beschossen; auf den Ostertag aber geschwind wurde Ordre gegeben, abzuziehen, so auch geschah, und gingen darauf fort vor Bützow, welches uns wieder die gethane Verschreibung die Retirada versagt, und nahmen das ein und gingen darauf jeder wieder in sein Quartier und lagen darinnen bis den 25t Julii, war S. Jacobi Majoris Tag, ...“

[1]) Der Satz: „Mittlerweile, daß solches geschach — erschossen wurde“ lautet bei O: „Mittlerweile, daß solches geschah, ging der Herr Churfürst von Brandenburg mit den Dänen und 1000 Mann

Diese Insul Rügen ist eine von den fürnehmsten Insulen des ganzen baltischen Meeres und eigentlicher Sitz der alten streitbaren Rugianer. Die Größe ist 7 Meilen in die Länge und Breite, im Umkreise 22 teutscher Meilen, wie wohl derselbe Umkreis durch die See an vielen Orten unterbrochen: welches sowohl von Natur als Gewalt des Meeres geschehen, weil vor Zeiten diese Gegend vielen Ueberschwemmungen unterworfen gewesen, gestalt noch im Jahre 1303 die kleine Insul Rügen,[1]) so gegen dem Pena-Strom über gelegen, durch eine grausame Wasserfluth und Sturm vom festen Lande Rügen abgerissen und zur Insul gemacht. Wiewohl solches zufällig der Stadt Stralsund groß Glück gewesen, weil dadurch eine neue Fahrt zu ihrer Stadt entstanden, vermittelst welcher die größesten Schiffe von Osten her sich ihr nahen können, da die andere Ausfahrt nach Westen durch Mittagswinde und Ausschüttung vielen Ballastsandes schier vor mittelmäßige Schiffe unbrauchbar worden und kaum 3 Ellen tief geblieben: also da ich bei der neuen Fehrschanzen etliche Pferde ließ überschwemmen, dieselben die meisten Zeit gehen kunnten; nur recht in der Fahrt hatten sie ein weinig zu schwimmen. Dahero auch der andern Straßen der Name der neuen Tiefe gegeben. Bestehet demnach die Insul meistentheils jetziger Zeit schier aus ganzen und halben Insulen und ist derogestalt von der See durchgerissen, daß kaum ein Ort darinnen enthalten, so eine Meile vom Strande entfernet. Die namhaftigsten Theile sind die Halbinsel Wittau und Jasmund, sammt dem Lande Bergen, item die Insul Ummantz, Hiddersee, Züder rc. Eine feste Stadt darf auf dieser Insul wegen des Privilegii, so die Stadt Stralsund hat, nicht gebauet werden. Dahero ist der vornehmste Ort Bergen, ein Städtlein, doch offen, und ohne Mauern; mag doch wohl etwan 400 Bürger und Einwohner

---

Lüneburgern, so der Herr Obrist Malortie commandirte, zu Wasser und fielen den 13. 7. bris Rügen so glücklich an, daß den 14. ej. gegen Abend das ganze Land erobert ohn Verlust sehr einzelner Personen und kein Schwede mehr drauf zu sehen gewesen, als nur die Besatzung in der neuen Fehrschanzen".

[1]) Es ist die kleine Insel Ruden gemeint.

haben. Alldar wohnet der Landvoigt, auch der Probst, so 27 Pfarren unter sich hat. Ueber welches noch ein fürstliches Schloß und Jungfern-Kloster in der Stadt befindlich ist. Es ist auch daselbst der Umschlag oder ein beruhmter Jahrmarkt. Es sind auch 3 andere offene Städtlein auf dieser Insul, sc. Sagard, Jungst und Garz. An etlichen Orten, sonderlich um Jasmund, hat's auch etliche Gehölze, und in Wittau gegen der See hohe Berge. Die Fruchtbarkeit dieser Insel ist so groß, daß man's auch an dem Viehe merket, ja auch an den Gänsen, deren es an keinem Orte so gibt, als auf Rügen, wie es in Ungarn soll die größesten Läuse geben, wie die werden wissen, so sich daselbst in Kriegsdiensten haben gebrauchen lassen. Diese Insul wird insgemein der Nachbaren Kornspeicher genannt oder ihr Brodhaus, dahero sich Stralsund und andere Städte, sonderlich die schwedischen Lande, davon ernähren. Es ist darauf eine vortreffliche Viehzucht, Ackerbau und Fischerei, viel ansehnliche Rittersitze und Edelleute, noch mehr aber eine große Menge Einwohner, daß man wohl 7000 Mann streitbarer Soldaten darunter gefunden. Vor diesem ist darauf die wendische Sprache gebräuchlich gewesen und ist merklich, daß im Jahre Christi 1404 ein Weib auf dieser Insul, namens Juliza, gestorben, welche die letzte gewesen, die Wendisch reden können.

In disem 1678. Jahr, wie vorgedacht, hat die dänische Flotte unter dem Herrn Admiral Juel sich nach der Insel Rügen zu begeben, und den 12. Septembris mit dem Volke, so er auf den Schiffen hatte, unter dem Generalmajeur Löwenheim zu Wittau Post gefasset. Die Schweden hatten ihnen dem Ansehen nach eingebildet, daß es daselbst gelten sollte, weil sie etliche Mannschaft dahin beordert hatten, welche den Dänen das Landen mit Gewalt wehren sollten. Mußten aber endlich mit Hinterlassung 26 Gefangener und vieler Todten zurückweichen, wogegen die Dänen nur 30 Mann verloren und etliche verwundet wurden.

Es sollte aber die eigentliche Landung auf Rügen durch den Churfürsten von Brandenburg geschehen; denn das vorige, als der Dänen Vornehmen, war nur Spiegelfechten, damit die schwedische Macht möchte vertheilet werden. Darum hat der Churfürst mit der Einschiffung seiner Volkes, welches er darzu von allen Orten zusammengebracht und mit 1000 Mann Lüneburgern verstärket, auf den 9t Septembris St. V. zu Peinemund einen Anfang machen lassen, welches bis des andern Tages währete, und ist darauf den Nachmittag um 4 Uhr selber zu Schiffe gangen, blieb aber dieselbe Nacht vor den Baaken ligen. Des andern Tages, war den 11ten ei. da das obgemeldete Volk in den Schiffen war, ließen Se. Churfürstl. Durchl. die Anker aufheben, fuhren etwas voran bis für die Drachen, und wartete daselbst mit den Kriegsschiffen, bis daß die übrigen Schiffe auch angekommen. Den 12t ei. thäten Se. Churfürstl. Durchl. eine Stunde vor Tage 3 Losungen, daß alles unter Segel gehen sollte, und wurde also in guter Ordnung mit einem Ost-Süd-Westen [1]) Winde nach der Insul Rügen gerichtet. Es waren da 210 Schiffe, die Segel führeten, und 140 Botten und Chaloupen, welche alle in eine Schlachtordnung gestellet waren, als die Trouppen, so darauf waren, an's Land steigen sollten. Den ersten Flügel commandirte General Schönberg [2]) und waren dabei an Reutern von der Trabanten und der Churprinzessin und Dörfflings und Götzky Regimentern jedem eine Escadron und eine Escadron von den Grumkowischen; an Fußvolk von den Holsteinischen, Schöningischen und Barfüßischen Regiment jedem eine Bataillon. Den linken Flügel führte Generalmajeur Alart, und bestund die Reuterei in 4 Escadronen vom Leibregiment, Anhaltischen, Hamburgischen und Treffenfeldischen Regimentern, mit einer Escadron von den Dörfflingischen Dragonern und an Fußvolk 3 Bataillons vom Goltzischen und Löbenischen Regiment. Das corpus der Schlachtordnung, worbei die Artillerie war, bestund aus 5 Schlachthaufen von der Guarde, der Churprincessin, Dörfflingischen, und zwei Lüneburgischen unterm Obristen Malortie, welche der Generallieutenant Götzky [3]) commandirete. Der Herr Feldmarschall Dörffling hatte unter Ihr Churfürstl. Durchl. das Obercommando. Der Herr Graf Tromp, welcher

[1]) Die wunderbare Windrichtung ist Berkkemeyerscher Erfindung. — [2]) richtiger: Schöning. — [3]) richtiger: „Götz".

dieser Action freiwillig beiwohnete, dirigirte die Flotte, und wurde das Haupt- oder Commandir-Schiff genannt der Churprinz, und wurde seinem Rath in dem Anlanden gefolget. Man wandte sich erstlich mit der Flotte nach Palmerort, die Schweden dahin zu ziehen, damit man sich hernacher plötzlich nach Putbus umkehren und daselbst anlanden möchte. Als man aber des Nachmittags bei Palmerort ankam, wurd es ganz stille, und des Nachmittags wehete der Wind östlicher, so daß es unmüglich war, gegen den Wind nach Putbus zu laviren, so daß man zwischen Palmerort und Putbus die Anker auswerfen mußte. In währender solcher Stille und indem die Flotte so nahe am Lande war, schossen die Schweden aus 8 oder 10 Stucken ohn Aufhören auf sie, und war es ein groß Wunder, daß nicht mehr als 2 Personen beschädigt wurden, ein Obrister von den Brandenburgischen tot (Randbemerkung: Namens Krummensee von des Churprinzen Regiment zu Fuß) und einem Lüneburgischen Musketirer die Schüssel in der Hand entzwei, deren Stiel ihm die Hand zerschmetterte, doch wieder geheilet wurde, da sie doch über 320 Schüsse gethan.

Es hatte das Ansehen, als ob sie sich eingebildet, daß man daselbst landen wollte, darum auch die Schweden alle ihre Macht dahin brachten. Aber den 13t ei. Morgens, nachdem Ihr. Churfürstl. Durchl. befohlen hatte, daß die Segel sollten aufgezogen werden, um dahin zu fahren und zu landen, wo sie der Wind hinführen würde, kam der Freiherr Juel von der Königlichen Dänischen Flotte mit Bericht, die Dänen hetten schon des Tags zuvor auf der Spitze zu Wittau gelandet und Poste gefasset. Darauf der Churfürst befahl, daß man desto mehr eilen sollte, damit der Graf Königsmark keine Zeit hätte, die Dänen daselbst anzugreifen. Um den Mittag wurde es wieder stille, aber man ließ die Schiffe, welche das grobe Geschütz führten, mit Chaloupen nach dem Lande zu führen, und sobald dieselben bequemlich gestellet waren, so eilete das Volk also nach dem Lande zu, daß die Pikenirer ihre Piken und ander Schaufeln und Spaden vor Ruder gebraucheten, desto eher an's Land zu kommen. Etliche, als sie nicht weit mehr vom Lande waren, sprungen in's Wasser, so tief bis an die Arme, etliche bis an den Kopf im Wasser stunden. Die Schweden ließen sich unterdessen bei unsern Annahen und an's Land zu setzen auf den Bergen mit ihrer Reuterei sehen, und war Graf Königsmark, wie berichtet wurde, selber dabei, bei sich habend 6 oder 8 Gestuck, woraus er einige Schuß auf die Brandenburger thät, da sie aus den Schiffen an's Land stiegen. Da er aber ihren Ernst sahe, und daß sie sich seiner ungeachtet in Schlachtordnung stelleten, ja auch ihre Stucke, ihm zu antworten, an's Land gebracht, verließ er denselben Posten und begab sich in großer Eile zurucke. Der Churfürst gab ordre, daß man die Reuterei ferner sollt an's Land setzen, begab sich auch selbst zu Lande. Ist also die ganze Churfürstliche Armee, bestehend in 9000 Mann, auf die Insul Rugen kommen allein mit Verlust 1 Toten und 1 Blessirten. Unterdessen ist der Feldmarschall Dörffling mit so viel Reuterei, als man hat können zu Lande bringen, den Schweden nachgefolget; 200 Reuter troffen mit 8 schwedischen Bataillonen und trieben dieselben zuruck, weil der Schrecken drinnen war, und wurde den Schweden 1 metallen Stuck und 1 Standarte abgenommen. Denselben Tag und Nacht bekam der Herr Churfürst 200 Gefangenen. Graf Königsmark zog all sein Volk zusammen und begab sich damit nach der alten Fehrschanzen, damit er im Fall der Noth nach Stralsund übersetzen möchte; liegt gerade Stralsund über nahe an der See, ist ganz nicht feste, und hat einen niedrigen Wall.

Den 14t ei. sehr fruhe marschirte der Feldmarschall Dörffling den Schweden auf dem Fuße nach in großer Eile nach der alten Fehrschanzen, griff dieselben mit 500 Mann zu Fuß an mit den Degen in der Faust, eroberte den Ort mit Sturm. Wurden 1000 niedergemacht und 700 gefangen nebenst mehr als 2500 Pferden, deren sie selber viel beschädigt aus Bosheit, damit sie uns nicht sollten alle zur Beute werden. Man hat auch sonsten viel andere Ausrüstung, auch alles Geschütz bekommen. Graf Königsmark, nachdem er sich tapfer gewehret, ist noch mit vielen in Chaloupen gesprungen und über nach Stralsund gefahren, als er ersehen, daß alles verloren. Ist also diesen 14t Septembris vor Abend das ganze Land erobert mit Verlust weinig Soldaten, etwa 30 oder zum höchsten 40 vor der alten Schanzen, daß kein Schwede mehr, als Gefangene und Tote, darauf gewesen. Darauf sind etliche Völker commandiret, die neuen Fehrschanzen, deren zuvor gedacht, anzugreifen; gingen den 15t ei. wirklich dafür. Herr Obristlieutenant Klinkowström hatte das Commando darinnen; bei ihm war Majeur Peterswald, 4 Capitänen, 3 Lieutenants, 2 Fähndriche mit 200 gemeinen Soldaten, und der Ort war sehr feste und wohl zur Defension aptirt.[1]) An diesem 15ten wurde ein Versuch gethan, ob man aus den beiden Haubitzen, so in der gedachten Sternschanzen stunden, auch kunnte Bomben über die See in die Schanzen werfen. Die erste wurde über hingeworfen, die andere darvor nieder in die See, die 3. aber in die Schanzen in eine Baracken und schlug einen Sergeanten so klein, daß man von ihm keinen Finger mehr zeigen können. Blut und Eingeweide saß unter dem Balken und an den Wänden, wie ich's den 17t ei. selber mit Entsetzen angesehen. Mit den schweren Gestucken, so in diesen beiden Schanzen stunden, wurde auch in die neuen Fehrschanzen geschossen. Auf der andern Seiten auf Rügen wurden auch die Stucke angefahren.[2]) Als die in der Schanzen solchen Ernst sahen, rebellirten sie denselben Abend um 9 Uhr. Der Commandant hatte ein Stuck laden lassen und wollte dasselbe auf den Feind losbrennen lassen. Dessen bemächtigten sich die Rebellirenden, warfen es von der Affuite auf die Erden, also daß die Officirer sich bezwungen sahen, zu reteriren, insonderheit, weil diese Aufrührer schon ein Thor eröffnet und die Brandenburgischen einlassen wollten: daß also die Schanze, welche den Dänen zuvor so große Mühe gekostet, auch dem Generalmajeur Rumor sein Leben, nun so plötzlich und ohne Mühe ist übergangen. Der Churfürst commandirte darauf

[1]) Die gesammte geographische Beschreibung der Insel Rügen und die ausführliche Erzählung ihrer Einnahme durch den Gr. Churfürst von: „diese Insel Rügen ist eine von den fürnehmbsten Insuln" bis: „zur Defension aptirt" fehlt in O. — [2]) „Mit den schweren Gestücken — angefahren" fehlt in O.

2000 Mann auf die Insel Dänholm, so nahe vor Stralsund in der See ligt, daß wir auch hernacher Batterien darauf gebauet und die Stadt davon beschossen, welche Attacke der Generalmajeur Allard geführet. Es waren aber die Schweden davongelaufen und in Stralsund reteriret, ehe sie gejagt wurden.[1])

Den 16t ei. gingen wir vor Stralsund und belagerten dasselbe wirklich, und wurden sofort desselben Abends 3000 Mann commandiret, die Vorwerke, darauf die Windmühlen stunden vor dem Frankenthore,[2]) zu stürmen. Wie sie dahin kommen und drauf losgegangen, haben sie befunden, daß der Feind alles verlassen und sich in die Stadt begeben. Zur Anzeige dessen haben sie die schönen Windmühlen angesteckt und abgebrannt, daselbst Post gefasset[3]) und Batterien gebauet. Sobald dieselbe, nebenst noch einer andern vor dem Triebseeßer Thore,[4]) und die Morsirer, Haubitzen und Gestuck, deren 100 gewesen,[5]) aus deren vielen glühende Kugeln geschossen wurden, darauf gebracht, und die Stralsunder zuvor gnugsam gewarnet: ist den 10t Octobris Abends um 11 Uhr, da es vor Nebel sehr dunkel war,[6]) die Stadt beschossen und bald (in) der ersten Viertelstunde an 4 Örtern in Feuer gestanden und so grausam gebrannt, daß die Belägerten 2 Stund vor Tage vom Domthurm eine weiße Fahnen ausgehangen und, damit sie von uns bei finsterer Nacht möchte gesehen werden, Leuchten

---

[1]) Der Abschnitt: „Als die in der Schanzen solchen Ernst sahen" bis „ehe sie gejagt wurden" lautet bei O: „Nachdem solches (Beschießung der neuen Fährschanze) den 15. zu Abends um 9 Uhr sich begeben, rebellirte die Guarnison und lief heraus. Darauf wurde auch der Denenholm, so nahe vor Stralsund in der See gelegen, daß wir hernacher Batterien darauf gebauet, und die Stadt davon beschossen, angefallen und ohn Verlust einiges Mannes gewonnen, dieweil die Schweden alle davon gelaufen. — [2]) „Darauf die Windmühlen — Frankenthore" fehlt in O. — [3]) O kürzer: „Wie die recognosciret (sc. die Vorwerke), haben sie befunden, daß der Feind alles verlassen; da sie dann alsbald Post gefasset." — [4]) erg. „fertig waren". — [5]) „Deren 100 gewesen" fehlt in O. — [6]) „Da es vor Nebel sehr dunkel war" fehlt in O.

dabei ausgehangen. Darum mußte die Noth sehr groß sein, denn durch's Feuer wurde in die Länge und Quere mit Stucken gespielet, damit niemand retten künnte.[1]) Des Morgens um 8 Uhr wurde nachgefragt, ob sie accordiren wollten, weil sie das weiße Fähnlein ausgesteckt. Drauf Königsmark r., die Bürgerschaft hätte das vor sich gethan, ginge ihn nicht an. Er wäre als ein Feldherr resolviret, wenn auch die ganze Stadt in Feuer aufginge, dennoch Wall und Maueren zu defendiren. Drauf ging's wider an, und die Stadt in die Quere und Länge durchschossen und von oben mit Bomben derogestalt geängstet, daß sie gezwungen wurden, noch vor 12 Uhren denselben Tag um Accord anzuflehen. Als man aber noch nicht einig werden kunnte, ging das jämmerliche Schießen wider an und geschag noch denselben Nachmittag der allergrößeste Schade. 1545 Häuser und eine Kirche brannten ab, und ist noch denselben Abend der Accord angefangen und kein Schuß mehr hinein gethan. Geisel schwedischerseits heraus: Generalmajeur Buchwald und Obrister Maqueder, Brandenburgischer: Generalmajeur Schöning, Obrister Marwitz und und Rittmeister Wangenheim.[2])

Den 16[t] ei marschirten kurz vor Abend noch 1 1/2000 Mann Brandenburgische zum Triebseer Thore[3]) hinein und besetzten die Posten, und den 18ten ei. die Schweden aus mit 32 Standarten und 34 Fähndlein sammt Bagagie. Im vorigen dreißigjährigen Kriege Anno[4]) hat sie der Wallenstein mit der Kaiserlichen Armee Jahr und Tag belagert und beschossen, — der dicke Thurm vor dem Franken Thore zeigt's noch, wie manchen Schuß er ausgehalten, — hat sich verlauten lassen, er wollte die Stadt haben und wenn sie auch mit Ketten am Himmel hinge,[5]) und dennoch hat er müssen abziehen. Dismal ist sie nicht 24 Stunden beschossen und kein ganz Monat belägert gewesen und dennoch gewonnen.

[1]) „Darum mußte die Noth — retten künnte" — fehlt in O. — [2]) „Geißel schwedischerseits — Wangenheim" fehlt in O. — [3]) „zum Triebseer Thore" fehlt in O. — [4]) Jahreszahl **1628** fehlt; bei O nur „im vörigen Kriege". — [5]) „Der dicke Thurm — Himmel hinge" fehlt bei O.

Den 24ten Octobris und also 8 Tage nach der Übergabe zogen wir weg, da sich kurz vorher die Dammgarter Schanze an die Unserigen, so in Ribbenitz stunden, ergeben. Welches Widerwillen zwischen uns und den Brandenburgischen setzte, wie auch darum, daß die Unserigen keine ordre hatten, mit nacher Greifswalde zu gehen, welches auch belagert war und sich den 6t Novembris zum Accord ergeben und mit demselben ganz Pommern.[1]) Es ist aber solcher Widerwille bald in aller Güte beigelegt.[2]) Es ist auch in dem folgenden Winter, den .[3]), ein Friede zwischen denen beiden Kronen Frankreich und Schweden und denen Durchl. Häusern Braunschweig und Lüneburg geschlossen und der Churfürst ganz allein gelassen, weil auch der römische Kaiser, König in Spanien und die Holländer rc. solchen mit eingetreten; und mußte hernach Brandenburg alles wiedergeben, so mit so großer Mühe und Blutvergießen erworben, und hatte also durch Gottes Gnade ein rühmlich's auf unser Seiten und ein glückliches Ende.[4])

Freitags, als der 25t Octobris, brachen Ihr Churfürstl. Durchl. von Lüdershagen auf und am 26t ei. kamen sie zu Wrangelsburg an. Die Armee stund schon bei Greifswalde, welcher Stadt Magistrat, Universität und Ministerium auf Churfürstliches Aufboth und Warnung supplicirten und, um mit Feuer verschonet zu werden, baten. Sie bekamen aber Antwort, wie die Stralsunder. Der Commandant zu Greifswald, Obrister von Witting, suchte zwar Accord mit dem Beding, erst in nächstkünftigen Januario die Festung zu übergeben; wurde ihm aber abgeschlagen. Als man nun vor der Stadt mit Batterien und voller Anstalt fertig, ließ Se. Churfürstl. Durchl. die Stadt noch einmal warnen, auch dem Commandanten zum dritten Mal einen raisonablen Accord

---

[1]) „welches auch belagert war — ganz Pommern" fehlt in O. — [2]) Hier folgt bei O: „Wir lagen in Ribenitz bis den 30t Novembris, da jeder seinem Winterquartier zugangen, so unserm Regimentsstabe dismals im Stift Bremen im Altenlande fiel. — [3]) Datum fehlt; Friede zu Nimwegen 5. Febr. 1679. — [4]) „Es ist auch in dem folgenden Winter — glückliches Ende" fehlt bei O.

anbieten. Der schlugs aber ab. Darauf ist Ordre ertheilet, mit Kanonen und Feuer einzuwerfen anzufahen. Welches auch Dienstag den 5t Novembris in der Nacht mit solchem Ernst und Nachdruck geschehen sein soll, daß um 2 Uhr des Nachts an vielen Orten in der Stadt das Feuer aufgangen. Der 6t ei. frühe Morgens war ein Trommelschläger herausgeschickt mit Anbringen, daß einige aus dem Ministerio und der Bürgerschaft zu Ihr. Durchl. wollten; baten, daß man sie möchte heraus- und durchlassen. Aber der Herr Feldmarschall hat's abgeschlagen, antwortend, so es dem Commandanten ein Ernst wäre, sollt er Geißel herausschicken und derselben wider erwarten. Inzwischen ist mit Feuerwerfen und Schießen bis auf den Mittag fortgefahren. Der Commandant, Obrist von Witting, hat abermals einen Trommelschläger herausgesandt und sich erboten, einen Majeur und Kapitän herauszuschicken, wenn man derogleichen hereinsenden wollte. Ließ auch dabei vermelden, daß einige vom Magistrat, Ministerio und von der Universität mitkommen würden. Beides geschahe bald; die Geißel sind gegen einander ausgewechselt und sammt den übrigen Deputirten zu Se. Churfürstl. Durchl. gebracht, darauf auch alsofort ein guter Accord aufgesetzt und vollenzogen. Den 9t Novembris der Schwedischen Ab- und der Brandenburgischen Einzug geschehen.

Der Schluß des Berichtes bei O lautet:

Anno 1679 NB. NB.

Den 24t Aprilis wurde mir ein Fürstlicher Befehl zugestellet des Inhalts, daß der Herr Droste zu Bodendiek, Herr Probst zu Ülzen und der Herr Amtmann zu Bodendiek mich durch eine Probepredigt den sämmtlichen Eingepfarrten des Fleckens und der dazugehörigen 17 Dörfer sollten vorstellen. Welches auch Dominica Cantate geschehen, und mit jedermanns Herzensbegierde angenommen und darauf Angesichts introducirt worden. Bin die folgenden Wochen alsbald darauf angezogen und Dominica Rogate die ersten Amtspredigt gehalten. Der allerhöchste Gott verleihe, daß der Tag und die Stunde glücklich sei. Er bewahre mich vor dergleichen Herzeleid, so mir 2 Männer[1]) in Obershagen zugefügt, und bekehre sie, so sie zu bekehren sein, segne sie insgesaummt mit zeitlichen und himmlischen Gütern zu zeitlicher und ewiger Wohlfahrt und beschere ihnen allen ein seliges Ende.

NB. NB.

Den 16t Aprilis Abends zwischen 8 und 9 Uhr ist mir ein Töchterlein in ☉ geboren und drauf folgenden Tages, war Grüner Donnerstag, von der groß ehr- und viel tugendreichen Frauen Frau Lucien Margareten, des Wohlehrwürdigen Ehrn Hermanni Bartholomaei Löhnern[2]), Pastoris allhier, Eheliebsten, aus der heiligen Taufe gehoben und Lucia Margareta genandt. Gott verleihe ihr Alter und Gnade bei Gott und den Menschen um Christi willen.[3]) Amen!

---

[1]) Der eine war Hans Behnke in Obershagen, ein alter Störenfried und wahrscheinlich geisteskranker Mensch, den „ex faucibus diaboli" zu retten, weder Berkkemeyer noch dem Superintendenten Käseberg in Burgdorf gelingen wollte. Der andere hieß Marten Fuhrberg. Berkkemeyer hatte vielen Verdruß mit ihm und schreibt, Chron. v. Obersh. 1672, daß vor oft angezogener Hans Behnke gegen diesen Marten Fuhrberg zu vergleichen, wie ein heil. Engel mit dem Teufel. — [2]) Berkkemeyer's Nachfolger in Obershagen, eingeführt am 4. Novbr. 1675 durch Sup. Mag. Jacob Käseberg; seit April 1685 Pastor in Wichmannsburg. — [3]) Der Taufeintrag von Löhners Hand in der Chron. von Obersh. Anno 1679 lautet: „♀ d. 16. Aprilis des Abends erfreuete der liebe Gott meines Herrn Antecessoris Georg Berckenmeyer's p. t. Feldpredigers unter dem Emdischen Regiment, (welcher von heil. 3 Königtag an bis auf diese Zeit allhie zum Obershagen, damit er seiner anderweiten Beförderung wegen Zelle desto näher wäre, sich aufhielte) Eheliebste mit einem jungen wohlgestalten Töchterlein. Selbiges Kind wurde den folgenden Tag, war der grüne Donnerstag, zur heil. Tauf befördert und nach meiner Frauen, welche das Kind als Taufzeugin bei der heil. Tauf vertrat, Lucia Margaretha genannt. Gott gebe, daß dieses Kind möge zunehmen an Alter, Weisheit und Gnade bei Gott und den Menschen. Amen!"

II.

Philipp Manecke.

Lebensbild eines Syndikus der Stadt Hannover.

Von Dr jur. **Theodor Roscher.**

Dem Kenner Hannoverscher Landesgeschichte, zumal wenn er etwas eingehendere Quellenstudien getrieben, ist auch der Name Manecke nicht fremd. Fast sprichwörtlich waren seiner Zeit die Gründlichkeit und der Bienenfleiß, mit dem der bekannteste Träger dieses Namens, der alte Urban Friedrich Christoph Manecke,[1]) in einem langen Leben zusammengetragen hat, was immer an Nachrichten über seine niedersächsische Heimath und insonderheit seine Vaterstadt Lüneburg gesammelt werden konnte, und selten werden die in seinen Schriften und Collectaneen[2]) aufgespeicherten Wissensschätze Diejenigen im Stich lassen, die auf dem Gebiete der Geschichte Niedersachsens den Verhältnissen früherer Jahrhunderte nachforschen. „Unstreitig der größte Sammler aller das Vaterland betreffenden Notizen und ein sehr kenntnisreicher Mann“ — so bezeichnete ihn nach seinem Ableben zutreffend mit nüchternen und doch eine hohe

[1]) Urban Friedrich Christoph Manecke, geb. 2. 9. 1746, Zöllner d. i. der obere Beamte des alten herrschaftlichen Land- und Wasserzolls zu Lüneburg, gest. 31. 10. 1827. Mittheilungen über sein Leben und seine Werke finden sich in einem Artikel Krause's in der Allgemeinen Deutschen Biographie sowie namentlich in dem Vorwort v. Lenthe's zu dem von diesem 1858 herausgegebenen Werke Urban Friedrich Christophs: „Topographisch-historische Beschreibungen der Städte, Ämter und adelichen Gerichte im Fürstenthum Lüneburg“. — [2]) Dieselben sind zum großen Theil in den Besitz öffentlicher Bibliotheken, namentlich in den der Königlichen Bibliothek zu Hannover gelangt.

Anerkennung enthaltenden Worten ein Nekrolog im Neuen Vaterländischen Archiv (Jahrgang 1828, Band 2, Seite 310), und nicht ohne Berechtigung ist neuerdings seinem nach dem Leben gemalten Portrait im Lüneburger Museum ein Ehrenplatz im Versammlungssaale über dem Sitze des Vorsitzenden des Museumsvereins eingeräumt. Urban Friedrich Christoph ist indeß nicht das einzige Glied der Familie Manecke, dessen Bildniß im genannten Museum Aufstellung erhalten hat; in einem anderen Saale findet man ferner die in Öl ausgeführten Portraits seines Vaters Johann Philipp,[1]) seines Großvaters Lorenz Bernhard[2]) und seines Urgroßvaters Philipp Manecke und damit durch mehrere Generationen hindurch in zusammenhängender Reihe die lebenswarme Erinnerung an ein Geschlecht, dessen Geschichte mannigfache interessante Einzelheiten aufweist und dessen Geschicke länger als ein Jahrhundert namentlich mit den Geschicken der Stadt Lüneburg und was den Urgroßvater Philipp Manecke anlangt, auch mit denen der Stadt Hannover eng verknüpft gewesen sind. Und nicht etwa die Abstammung allein ist es, was Urban Friedrich Christoph mit seinen genannten drei Vorfahren verbindet, auch an seinem literarischen Schaffen haben die letzteren einen hervorragenden Antheil. Der historische Sinn, der von Generation zu Generation in der Familie gepflegt wurde, erklärt ganz wesentlich den Eifer und das Geschick, mit dem Urban Friedrich Christoph von Jugend auf Forschungen und Arbeiten unternahm, die außerhalb seiner eigentlichen Berufsthätigkeit lagen und deren Durchführung seinem Leben den Stempel aufgedrückt hat. Ein großer Theil seiner Werke beruht aber auch direct auf schriftlichen Vorarbeiten, welche von seinen genannten Vorfahren herrührten und deren Besitz sich vom Vater auf den Sohn regelmäßig weiter vererbt hatte, so daß Urban Friedrich Christoph bereits ein reichhaltiges Material vorfand.

---

[1]) Hofrath Johann Philipp Manecke, geb. 3. 5. 1713, Erster Bürgermeister (Protoconsul) und Polizeidirector zu Lüneburg, gest. 30. 4. 1778. — [2]) Lorenz Bernhard Manecke, geb. 10. 11. 1678, Erster Syndikus (Protosyndikus) der Stadt Lüneburg, gest. 4. 4. 1747.

Die Familie Manecke stammt aus Mecklenburg. Eine Stammtafel des „Edlen Geschlechtes der Manecke", gedruckt zu Wismar 1733, geht bis ins 14. Jahrhundert zurück und stellt die Familie als ein altes Rittergeschlecht dar, das zur Zeit der Reformation das Adelsprädikat „von" abgelegt haben soll. Die Ablegung des Adels, die heutzutage so vielfach als ein Titel zur Erlangung desselben geltend gemacht wird, obwohl kaum ein einziger Fall einer solchen Ablegung historisch beglaubigt sein dürfte, hat also auch bei Aufstellung jener Tafel gespukt, die ein phantasiereiches Jugendwerk Johann Philipps sein wird. Sein Sohn Urban Friedrich Christoph hat, wie so oft, auch hier es an gesunder historischer Kritik nicht fehlen lassen. „Mir will es nicht bei", schreibt er, „daß unsere Vorfahren sich einer vornehmen Abkunft rühmen können, wenn dies wirklich eine wahrer Ruhm ist, sondern ich halte vielmehr dafür, daß sie gute ehrliche Bauersleute gewesen sind, die in der Gegend um die Stadt Boitzenburg gewohnet und sich mit der Zeit in der Stadt niedergelassen haben". Der älteste Vorfahr, der als solcher unzweifelhaft nachgewiesen ist, war Joachim Manecke, Bürger des genannten Städtchens Boizenburg, geb. 1570 und gest. 1620. Sein Sohn Lorenz, Kaufmann und Rathsverwandter in Boizenburg, geb. 1602 und gest. 1674, war der Vater von Urban Friedrich Christophs obengenanntem Urgroßvater Philipp Manecke, dessen Andenken diese Zeilen gewidmet sind. Die nachfolgenden Mittheilungen beruhen auf durchweg authentischen, im Familienbesitz konservierten und großentheils bislang nicht veröffentlichten Materialien.

Philipp Manecke wurde geboren am 9. Februar 1638 in Boizenburg unter den Stürmen des dreißigjährigen Krieges, als gerade fremde Heerschaaren den Ort heimsuchten. Die Mutter mußte mit dem Säugling aufs dortige Schloß und von hier, kurz bevor dasselbe vom Feinde durch angelegte Minen in die Luft gesprengt wurde, nächtlicher Weile nach Hamburg flüchten. In Anlaß der Gefahr, der er so in seinen ersten Lebenstagen entronnen, wurde er durch ein Gelübde seiner Mutter für den geistlichen Stand bestimmt. Nachdem er die Johannisschule in Lüneburg (seit 1651) und die große

Rathsschule in Lübeck (seit 1655) besucht, bezog er, um Theologie zu studieren, die Universität Rostock, wo er laut Matrikel vom 12. April 1656 unter die Zahl der akademischen Bürger aufgenommen wurde und bereits am 4. März 1657 unter Leitung des ihm sehr gewogenen (späteren Hannoverschen Hofpredigers und Consistorialraths) M. Theodor Jordan eine gedruckt vorliegende Dissertatio de theologia abstractiva öffentlich vertheidigte. Ostern 1658 ging er nach Wittenberg und wandte sich dort dem Studium der Jurisprudenz zu, das er, nachdem er sich während des Jahres 1659 in Lüneburg und Hamburg aufgehalten, 1660 in Rostock fortsetzte, um dann auf mehrere Jahre bei dem Sohn eines mecklenburgischen Edelmanns die Stellung eines Hofmeisters zu übernehmen, eine Stellung, die in jener Zeit, namentlich wohl wegen der damit verbundenen Reisen, nicht nur von Theologen und Philologen, sondern nicht minder von Juristen und Medicinern nach beendetem Studium gesucht war. 1663 unternahm er eine Reise ins Ausland; er selbst schreibt darüber:

„Anno 1663 Johannis bin ich auf meine eigenen Kosten gereist durch Holland, Braband und Flandern nach Paris, als aber die Französische manier mit meiner humeur sich gar nicht accordirte, so bin nach einigen Monaten, in welchen ich den Königlichen Hof sambt anderen hochgeachteten Dingen zu Paris, St. Cloud, Rouen, St. Germain, Versailles, St. Denys, Bois de Vincennes und anderswo besehen, auch nachdem ich eine tour nach Orleans und Fontainebleau gethan und wieder zu Paris angelangt, nach Rouen, Dieppe und Engelland gereiset, woselbst ich mehr plaisir gefunden als in Franckreich, auch fast täglich zu Hofe gangen in London, und nachdem ich daselbst auch zu Hamptoncour, Oxfourt und Cambridge die collegia, bibliothequen und vornehmbste Leute gesehen, meine Rückreise genommen auf Rotterdam und so weiter durch Ostfriesland nach Bremen und Hamburg."

Als 1664 das Niedersächsische Kreiskontingent von Kaiser Leopold zum Krieg gegen die Türken aufgeboten wurde, ward Philipp Manecke von Seiten Mecklenburgs zum Auditeur der

Kreis-Cavallerie ernannt und ging er mit den Kreistruppen nach Ungarn, wo er am 1. August 1664 der Schlacht bei St. Gotthard an der Raab beiwohnte, in der die Kaiserlichen unter Montecuccoli einen entscheidenden Sieg über die Türken erfochten und dieselben zum Abschluß eines zwanzigjährigen Waffenstillstandes zwangen. Als die Kreistruppen zurückkehrten, wurde er auf Befürwortung des Markgrafen von Baden dazu auserſehen, den Kaiserlichen Gesandten Graf Leslie nach Constantinopel zu begleiten, eine heftige Krankheit, die ihn in Wien befiel, vereitelte indeß die Ausführung dieses Vorhabens. 1665 ließ er sich als Advokat in Lübeck nieder. 1666 machte er eine Reise nach Schweden und Dänemark, wobei ihm ein an den schwedischen Hofmarschall von Lützow gerichtetes Empfehlungsschreiben des Bischofs August Friedrich von Eutin, mit dem er 1663 in Paris zusammengetroffen war, zu Statten kam. Ende August 1668 trat er in Ausübung seines Berufs eine lange Reise an, um im Auftrage Lübecker Kaufleute im Auslande große Summen einzuziehen. Er kam nach Finnland, Carelen, Ingermannland, Esthland und Livland, nicht minder führte ihn sein Reisezweck nach Nowgorod und Moskau, überall betrieb er selbst die nöthigen Processe für seine Mandanten, und erst Johannis 1670 kehrte er von Riga aus nach Lübeck zurück. Die Reise scheint eine recht lucrative gewesen zu sein. Nachdem er seinen Auftraggebern Rechnung gelegt und Decharge erhalten, wandte er sich nach Hamburg in der Hoffnung, „daselbst nicht minder gute Parthie zu treffen“. Diese Hoffnung ging indeß nicht in Erfüllung, und gegen Ende des Jahres 1670 ließ er sich in Lüneburg als Advokat nieder. Auf einer Vergnügungsreise, die er 1671 nach Holland unternahm, kam er auch nach Franeker, einer Stadt im niederländischen Friesland, welche damals Sitz einer (1811 von Napoleon aufgehobenen) Universität war. Wie er hier am 3. Juli zum Doktor der Rechte creirt wurde, beschreibt er selbst mit folgenden Worten: „Bin auch zu Franeker von den Herren Professoribus mit sonderbarer Höflichkeit genötiget gradum Doctoris anzunehmen, welches habe auf ihr unabläßliches freundliches Ansuchen, praevio tentamine, examine rigoroso ac disputatione inaugurali, in templo Academico solenniter, in Gegenwart des Printzen und Statthalter von Friesland, auch der ganzen academia, geschehen lassen." Nach der gedruckt vorliegenden Dissertation vertheidigte er bei dieser Gelegenheit 23 Thesen ex jure canonico, 20 ex jure civili privato, 14 ex jure civili publico und 12 ex consuetudinibus feudorum. Da die advokatorische Praxis in Lüneburg nicht einträglich genug war — er versichert, daß er dort mehr verzehrt als erworben —, verlegte er 1675 seinen Wohnsitz nach Hannover. Nachdem er auch hier fünf Jahre lang advocirt, wurde ihm im October 1680 fast gleichzeitig von der Landesherrschaft das Gerichtsschulzenamt in Göttingen und von dem Rath der Altstadt Hannover das Stadtsyndikat angeboten. Letzteres Angebot, das etwas früher als das erstere zu seiner Kenntnis gelangt war, wurde von ihm sofort acceptiert. Die Berufung hat folgenden Wortlaut:

„Woll Edler Vest undt Hochgelahrter sonders großgünstiger Herr undt viellwehrter Freundt.

Wier geben Demselben zu vernehmen, ist ihme auch vorhin bekandt, welcher gestalt der algewaltige Gott nach seinem gnedigen Willen Unsern gewesenen Syndicum Hr. Lt. Jacobum Türcken, für wenig Wochen auß dieser Müheseligkeit ab- und zu sich in die Ewige Freude gefodert, undt versetzet hatt. Wann nun dadurch der Syndicat-Dienst bey dieser Stadt erlediget, Unß aber alß ordentlicher Obrigkeit hieselbst, Ambts halber gebühret, solche vacirende Stelle mit einem qualificirten Subjecto hinwieder zu besetzen, undt dan des Hr. Doctoris probitas morum auch peritia juris tam privati quam publici nicht allein von andern unß gerühmet, sondern auch unß selbst guter maßen bekandt ist:

Demnach haben Wier Denselben nebenst andern in Vorschlag bracht, undt darüber eine ordentliche Wahl angestellet, welche dan dahin außgeschlagen, daß die Majora den Hr. Doctorem getroffen und er rechtmäßig darzu eligiret worden.

Diesem nach wollen Wier denselben zu dem Syndicat Platze bey dieser Stadt krafft dieses legitime vociret undt freundtfleißig ersuchet haben, Er wolle Gott zu Ehren daneben gemeiner Stadt und Bürgerschafft zu Nutze und Aufnahme mehrbesagten solchen Syndicat über sich nehmen denselben bestes seines Fleißes und Verstandes, Consulendo, Advocando et Defendendo derogestalt verwalten und vertreten, wie es salus hujus civitatis undt bonum publicum jederzeit erfodern wirdt, und Wier daß gute Vertrauen zu ihm haben, auch zu erstattung seiner getreuen Dienste undt Fleißes mit der jährlichen Besoldung welche dessen praedecessori gereichet sich vergnügen laßen. Erwarten darauf nachrichtliche allerfoderlichste Erklährung, befehlen ihm damit Gottes gnädiger Obhutt undt verbleiben

Hannover unter Unsern Stadt Signet d. 7. Octobris Anno 1680.

Unsers großgünstigen Herrn Doctoris
Dienst-freundtwillige
Bürgermeister undt Rath
Hierselbst."

Wenige Tage, nachdem Philipp Manecke auf sein nunmehriges Amt verpflichtet war, am 13. October 1680, hielt Ernst August, der Nachfolger des Herzogs Johann Friedrich, seinen feierlichen Einzug in Hannover, und dem Syndikus fiel die Aufgabe zu, den neuen Landesherrn zu begrüßen. Vom Schlosse fuhr der letztere durch die Dammstraße zunächst nach der Marktkirche, wo unter Leitung des Hofpredigers Barkhausen ein Gottesdienst stattfand, und begab sich dann ins Rathhaus, in dessen großem Saale der Syndikus Philipp Manecke eine Ansprache hielt, welcher von Rehtmeyer in dessen Braunschw. Lüneb. Chronika (III. S. 1729) das Epitheton „wohl geputzt" beigelegt wird und von der der Redner selber referiert, daß er „Herrn Ernst August Bischof zu Osnabrück und Herzog zu Braunschweig und Lüneburg Hochfürstl. Durchl. bei der Huldigungsceremonie auf dem Rathhause im Nahmen Bürgermeister und Raths, auch der ganzen Stadt, in Gegenwart Sr. Durchl. selbst und dero eltisten Printzen, imgleichen aller Herren Geheimbt- und anderer Räthe, nicht minder der Deputirte von der gantzen Landschaft und sehr vieler anderer vornehmer Leute, auf die Proposition des Hr. Vicecantzlers Ludolff Hugo, angeredet, die Verwandtniß eines Regenten und der Unterthanen, das gnädige Verfahren der vorigen Hertzoge zu Braunschweig und Lüneburg mit der Stadt, insonderheit des jüngst abgelebten Hr. Johann Friedrichs, sambt den Rechten und Privilegien der Stadt generaliter vorgestellet, das gute Vertrauen E. E. Raths zu Sr. Hochfürstl. Durchl. glimpflicher Regierung und gnedigster Manutenenz der Concordaten zu erkennen gegeben, ad praestationem solennium unterthänigst Oblation gethan, auch das juramentum nebst den principalen selbst wirklich prästirt, und zu der angetretenen Regierung, cum applausu omnium auditorum, Glück gewünschet."

Nahezu sechs Jahre verblieb Philipp Manecke in der Stellung als Syndikus. Im Laufe der Zeit war es zu ernsten Mißhelligkeiten zwischen ihm und seinen Collegen gekommen. Er beklagt sich über Intriguen, die die Folge davon seien, daß er, wie er ohne sich zu rühmen behaupten könne, bei seinem officio stets „den Lieben Gott, die heilsame Justitz und beschriebene Rechte sowohl als erwiesene vernünftige Gewohnheiten, die Wohlfahrt der Stadt und des Landes ohne einiges Nebenabsehen, passion und corruptelen schnurgerade vor Augen gehabt". Es ist menschlich, wenn er dabei seine eigenen Schwächen übersieht, die zu dem Zerwürfnis erheblich mit beigetragen haben werden; namentlich eine seinen Wünschen nicht entsprechende Bürgermeisterwahl scheint ihn tief gekränkt und seinen schon an sich streitbaren Sinn angefacht zu haben. Im Jahre 1686 hatten die Verhältnisse sich so zugespitzt, daß der Rath in seiner Mehrheit nach einer Gelegenheit suchte, sich seiner zu entledigen. Weil früher die Syndiken regelmäßig nur auf drei Jahre angenommen waren, so wurde beschlossen, Philipp Manecke nach Ablauf seines zweiten Trienniums zu entlassen. Noch vor solchem Ablauf, bereits am 22. Juli 1686, erwirkte der Rath bei der Regierung die Erlaubnis, dem Syndikus, welcher damals gerade nicht in Hannover anwesend war, die Rathsacten aus dem Hause holen zu lassen, derselbe wurde auf diese Weise in seiner Abwesenheit depossediert und der Rath erwählte auch für ihn, entgegen dem Willen der Regierung, sofort einen Nachfolger. Philipp Manecke war nicht der Mann danach, dieses Verfahren ruhig hinzunehmen. Er wurde gegen den Rath klagbar, und ein Spruch der Juristenfacultät in Gießen, an welche die Acten verschickt wurden, fiel zu seinen Gunsten aus. Einer weiteren Verfolgung des Processes machte der Landesherr ein Ende durch folgenden in Originalausfertigung vorliegenden Bescheid, der zwar als ein Act von Cabinetsjustiz sich darstellt, nach Lage der Verhältnisse aber als eine weise und der Billigkeit entsprechende Entscheidung angesehen werden muß:

„Von Gottes Gnaden Wir Ernst August Bischoff zu Osnabrück, Hertzog zu Braunschweig und Lüneburg, fügen hiemit in Gnaden zu wissen. Demnach Unß Unsere zur Regierung verordnete Vice Cantzler und Räthe unterthänigst zu vernehmen gegeben, wasmaßen in der wegen abgesetzeten Syndicats alhier zu Hannover zwischen Dr. Philip Maneken und Burgermeister und Rath rechtschwebenden Sache von Giessen eingeholten Urtel gedachten Maneken die Restitution in integrum zuerkanndt; Alß nun zwar zu redressirung sothanes judicati Burgermeister und Rath von solcher Urtel suppliciret, und sich befunds, auß denen hinc inde eingekommenen Schrifften, daß die Verbitterung der Gemüther immer hefftiger worden, gleichwohl aber sich auch ohne merkliche praejuditz des publici die von erwehnten Maneken vorhabende Restitution nicht practiciren lassen will: So seynd Wir in Gnaden gemeynt, diese sonst annoch weit außsehende Streitsache solcher gestalt aufzuheben, daß, weil die Aufffagung besagten Dr. Maneken unzeitig geschehen, ihm wegen des daher veruhrsachten Abgangs dreyhundert Thlr. zu geben, auch übrigens ihm annoch ein gautzes Jahr die Freyheit, so er sonst alß Syndicus gehabt, gegönnet und verstattet werde; auch was also durch diesen bey Rathause vorgegangenen Wiederwillen veranlasset, Keinem zur Verkleinerung oder Nachtheil seiner Ehre gereichen solle.

Uhrkundlich Unsers Fürstl. Handzeichens und untergelesten Fürstl. Cantzley Secrets.

Geben Hannover am 17 Aprilis Ao 1689.

L. S. Ernst August.
Hattorff."

Sprach auch die landesherrliche Entscheidung aus, daß das Geschehene keinem der Streittheile zur Verkleinerung oder Nachtheil seiner Ehren gereichen solle, so wurde doch Philipp Manecke's stolzer Sinn dadurch nicht befriedigt. Es griff eine immer mehr zunehmende Verbitterung bei ihm Platz, das Fehlen einer berufsmäßigen Beschäftigung und Todesfälle in der Familie kamen dazu, um ihm den Aufenthalt in Hannover zu verleiden, und so reifte in ihm der Entschluß, die Stadt zu verlassen. 1692 verkaufte er sein Haus in Hannover [1]) und siedelte wieder nach Lüneburg über. Als Ernst August davon hörte, soll er gesagt haben: „Das thut mir leid; ich habe immer noch gedacht, der Mann sollte mein Vice-Kanzler

[1]) Es war, wie Herr Stadtarchivar Dr. Jürgens aus den städtischen Schoßregistern festgestellt hat, das jetzt unter Nr. 13 am Markte belegene, dem Weinhändler Mumme gehörige und durch das hannoversche Königswappen kenntliche Haus, dessen Façade allerdings später (namentlich in Folge Hinzunahme eines Nachbargebäudes) eine veränderte geworden ist. Johann Duve, der durch seinen Gemeinsinn bekannte Hannoversche Bürger, hatte dasselbe ums Jahr 1645 gebaut und lange darin gewohnt. Philipp Manecke hatte es 1675 bezogen und war seit 1683 Eigenthümer des Hauses. Bei seinem Fortgange von Hannover 1692 veräußerte er dasselbe für 5000 Thaler an Kurfürst Ernst August's französischen Hofkoch Hyard. Im 18. Jahrhundert war das Haus lange im Besitz der Familien v. Hardenberg und v. Arnswaldt. Es wurde, weil es mit der Rückseite an das „Königliche Palais an der Leinstraße" grenzt und weil letzteres die erforderlichen Räume für die Hofdienerschaft nicht enthielt, 1837 vom König Ernst August angekauft und für die Bedürfnisse der Hofhaltung in Stand gesetzt, woraus sich die Anbringung des Königswappens erklärt. 1863 wurde es von König Georg wieder verkauft, weil es für die Hofhaltung entbehrlich geworden und auch das bekannte Lavessche Projekt eines das Haus in Mitleidenschaft ziehenden Durchbruchs vom Markte zur Leinstraße auf das Portal des Leine-Residenzschlosses zu aufgegeben war.

werden, wenn mein alter Hugo stürbe." Im folgenden Jahre 1693 wurde dem gewesenen Syndikus die Ehre zu Theil, daß Kurfürst Ernst August und dessen Sohn Maximilian bei ihm in seinem Hause in Lüneburg während der mit der Lauenburgischen Erbfolge zusammenhängenden Belagerung des benachbarten Ratzeburg vier Wochen lang ihr Absteigequartier nahmen.[1]) Schon damals mag Philipp Manecke sich mit der Hoffnung getragen haben, durch die Gnade des Kurfürsten in nicht zu ferner Zeit wenn auch nicht in die hohe Stellung des Vice-Kanzlers so doch in ein anderes seinen Fähigkeiten entsprechendes Staatsamt berufen zu werden und dadurch wieder zu einer befriedigenden Stellung und Thätigkeit zu gelangen. Offen geäußert hat er den Wunsch nach Erlangung eines solchen Staatsamts ein Jahrzehnt später im Jahre 1703, nachdem Ernst August bereits das Zeitliche gesegnet, in einer Eingabe an dessen Nachfolger Georg Ludwig, wohl dadurch ermuthigt, daß letzterer kurz vorher auf Grund einer commissarischen Untersuchung der städtischen Verhältnisse in Hannover mit wenigen Ausnahmen den ganzen Rath daselbst, darunter die damaligen Hauptwidersacher des Syndikus, abgesetzt hatte. Erfolg hat jene Eingabe des damals bereits Fünfundsechzigjährigen nicht gehabt, und Philipp Manecke hat

[1]) Von Interesse ist, daß Prinz Maximilian bereits 1693 beim Kurfürsten wieder zu Gnaden gelangt war. Erst kurz zuvor war er das Haupt der Verschwörung gewesen, die sich gegen die von Ernst August eingeführte Primogenitur richtete und als deren Werkzeug 1692 der Oberjägermeister von Moltke dem Henkerbeil anheimgefallen war. Als Erinnerung an jenen Lüneburger Aufenthalt ist ein auch sonst interessantes kleines Kunstwerk erhalten, bestehend aus einem von Philipp Manecke's Sohn Lorenz Bernhard sauber gezeichneten vollständigen Atlas, welcher später von Lorenz Bernhards Sohn Johann Philipp mit folgender Notiz versehen ist: „Die hierin befindlichen Charten sind alle sämtl. von meinem sehl. Vater weiland Ober-Syndiko Manecke, wie er 12 oder 13 Jahre alt war, mit der bloßen Feder gezeichnet und hat wie Churf. Ernst August nebst den Printzen Max Ao. 1693 wärender Belagerung von Ratzeburg allhie zu Lüneburg das hohe Ablager bei seinem Vater weyl. Syndico Dr. Manecke nam, jetzt besagter Printz ein gar besonderes Vergnügen an diesen Charten genommen."

seit seinem Fortgange von Hannover irgend eine öffentliche Stellung nicht wieder bekleidet.

Voll großer Gelehrsamkeit und reich an Erfahrungen, hat Philipp Manecke namentlich die Zeit seiner unfreiwilligen Muße durch vielseitige schriftstellerische Thätigkeit auszufüllen gesucht. Durch den Druck sind von ihm, so viel bekannt, (außer den obenerwähnten Dissertationen) nur veröffentlicht drei in Lüneburg 1700 und 1701 pseudonym herausgegebene, gegen den Superintendenten Wehrenberg daselbst gerichtete theologische Streitschriften sowie ein gleichfalls pseudonym (ohne Angabe des Druckorts und Jahres) erschienenes, den Standpunkt des Juristen vertretendes lesenswerthes Schriftchen, betitelt: „Ob die beschriebene Rechte und Rechts-Gelehrten nütz und nöthig oder schädlich sind auff der Welt. In einem Schreiben dargestellet von Sincero Wahremundt." Handschriftlich hat er zahlreiche Werke hinterlassen, von denen dem Verfasser noch einige die verschiedensten Gebiete des menschlichen Wissens behandelnde, übrigens durchweg stark mit Theologie durchsetzte dicke Bände vorliegen. Am bekanntesten von seinen Manuscripten ist eine in der Königlichen Bibliothek zu Hannover befindliche (in dem Register zu Bodemann's Handschriftenkatalog irrthümlich nicht Philipp Manecke sondern dessen Enkel Johann Philipp zugeschriebene) 1107 Seiten umfassende Arbeit:

„Merkwürdige Sachen und gründliche Nachrichtungen der Stadt und Fürstlichen Residenz Hannover wie auch des Fürstenthums Braunschweig. Anno 1686."

Daneben sind noch zu nennen ein Commentarius ad Statut. Luneb. sowie Accessiones zu des Bürgermeister Barkhausen, Dr. Langen, M. Meiers und Math. Gosewischen Jahrbüchern von Hannover.

Philipp Manecke starb zu Lüneburg am 9. März 1707 und ist in der dortigen Nikolaikirche beigesetzt.

Er war verheirathet gewesen mit Anna Elisabeth Duve, einer Tochter des Commerziendirectors Bernd Duve und Großnichte des um die Stadt Hannover so hochverdienten

Johann Duve.[1]) Erhalten ist noch das gedruckte Formular eines von Philipp Manecke — nicht von dem Schwiegervater — ausgegangenen Einladungsschreibens zu der Hochzeitfeier, welche am 18. Januar 1676 in Hannover stattfand. Da sonst angenommen wird, gedruckte Hochzeitseinladungen seien gleich gedruckten Heirathsanzeigen zuerst im 18. Jahrhundert in Frankreich aufgekommen, so mag der Inhalt des Schreibens hier wiedergegeben werden:

„De . . . selben kan hiemit wolmeinentlich nicht bergen, wie nach der allwaltigen Vorsehung des Höchsten, ich mich mit der Hoch Ehr= und Tugendreichen Jungfer Anna Elisabeth Duven, des Wol Ehren Vesten, Groß=Achtbaren und Wolfürnehmen Hn. Berend Duven, Bürgers und Handelsmanns allhie, eheleiblichen Tochter, in eine eheliche Verlöbniß eingelassen, und bey Christlicher Versamblung vornehmer Herren und Freunde am negstkünfftigen 18. Januar ferner durch priesterliche Copulation einsegnen zu lassen entschlossen. Und wan denn . . . . dabey auch

[1]) Gemeinsamer Stammvater ist der Kaufmann und Diakonus der Marktkirche Gottschalk Duve zu Hannover, geb. 1582 und gest. 1647. Sein wohlerhaltenes und sehenswerthes Epitaph, welches ihn mit seiner Gattin, seinen 7 Söhnen und seinen 4 Töchtern darstellt, befindet sich an der westlichen Außenwand der Nikolaikapelle zu Hannover rechts vom Eingang. Zu den Söhnen gehören Georg (gest. 1654) und der bekannte Johann (geb. 8. 3. 1611, gest. 2. 9. 1679). Georg war der Vater des obengenannten Bernd Duve (geb. 9. 1. 1634, gest. 21. 1. 1681). Der reichverzierte Grabstein des letzteren findet sich an der Nordseite der Kreuzkirche zu Hannover. An der Südseite dieser Kirche ist die Grabkapelle Johann Duve's angebaut; die unter derselben befindliche Gruft wurde 1875 bei Umpflasterung des Kreuzkirchhofs geöffnet und darin das Vorhandensein einer größeren Anzahl von Särgen konstatirt. Eine vollständige Biographie Johann Duve's besitzen wir bislang leider ebensowenig wie der schon mehrfach aufgetauchte Gedanke verwirklicht ist, Hannovers bestem Bürger in seiner Vaterstadt ein Standbild aus Erz und Granit zu errichten. Eine Romanschriftstellerin (L. Haidheim) ist dem Historiker und dem Bildhauer zuvorgekommen mit einem vom Geiste der Poesie durchhauchten literarischen Denkmal: „Johann Duve. Roman aus der Hannoverschen Stadtgeschichte". (Jena bei Costenoble 1897. Zwei Bände.)

gerne sehen und haben möchte; So gelanget an selbige . . . . hiemit mein dienstfreundliches suchen, ... geruht mir und meiner Liebsten die hohe Ehre zu erweisen, und an vorbemeldtem Tage umb . . . . Uhr Vormittags allhie in . . . . zu erscheinen, mit einem andächtige Gebeth der Copulation beyzuwohnen, und darauf mit einem geringen Hochzeitmahl vorlieb zu nehmen. Solches bin ich in derogleichen und andern Fällen nach Möglichkeit zu erwidern geflissen, und verbleibe nechst Empfehlung Göttlicher Obacht . . . ."

Anna Elisabeth, geboren am 4. Februar 1658, starb bereits zu Hannover am 23. April 1688, wie ihr Gatte berichtet an gebrochenem Herzen in Folge der ihm Seitens des Raths widerfahrenen Behandlung. Sie hat in der Hannoverschen Marktkirche ihre Ruhestätte gefunden. Ihr Portrait befindet sich neben demjenigen ihres Gemahls im Lüneburger Museum.

III.

Ein Brief von Werther's Lotte.

Mitgetheilt von Dr. med. **Otto Brandes**.

Durch die Liebenswürdigkeit einer befreundeten Familie in der Goethestadt Weimar wurde mir vor etwa Jahresfrist für meine Handschriftensammlung ein Originalbrief von Charlotte Kestner geb. Buff, dem Urbilde von Werther's Lotte, als Geschenk überwiesen, welcher bisher noch nicht veröffentlicht ist. Dieser Brief Lotte's, obwohl nach Weimar gerichtet an ihre Schwester Amalie Ridel, deren Mann als vormaliger Erzieher des Erbprinzen, wie auch sie selbst schon von jüngeren Jahren her nicht ohne Beziehung zu Goethe waren, enthält nun allerdings keinerlei directen Hinweis auf Goethe, was bei der Jahreszahl des Briefes — 1810 — ja auch nicht zu erwarten. Charlotte Kestner war damals 57 Jahre alt, seit etwa 10 Jahren Witwe, hatte Goethe seit der Trennung in Wetzlar im Jahre 1772 nicht persönlich gesehen; auch war nach dem Tode ihres Mannes die bis dahin ziemlich lebhafte briefliche Verbindung zwischen Goethe und Kestner selbstverständlich nicht weiter fortgesetzt. Da der unten mitgetheilte Brief indeß geradezu ein Spiegelbild der ganzen damaligen trostlosen Zustände der Fremdherrschaft in Hannover giebt und beweist, wie unter diesen gerade das Haus Kestner zu leiden hatte, dürfte eine Veröffentlichung nicht ohne Interesse sein, umsomehr auch, da derselbe mancherlei Anregung giebt, den Beziehungen einzelner, namentlich jüngerer Mitglieder des Hauses Kestner zu Goethe nachzugehen; ist doch der Name Kestner durch Lotte unauflöslich mit dem Namen Goethe's verbunden.

Joh. Christ. Kestner, Hofrath und Archivar in Hannover, seit April 1773 mit Charlotte Buff vermählt, war im Mai 1800 zu Lüneburg auf einer Dienstreise verstorben. Für Lotte trat dadurch die Erziehung und Fürsorge für ihre zahlreichen Kinder noch mehr in den Vordergrund als bisher, zumal auch die politischen Wirren auf die Lebensbedingungen in Hannover nicht ohne Einfluß blieben; wenigstens sehen wir im Jahre 1803 Lotte mit einem Theile ihrer Kinder aus Anlaß der französischen Occupation für einige Zeit nach Wetzlar flüchten, wo die Berührung mit dem Boden der Heimath die Erinnerung an die schönen Jugendtage noch einmal wieder lebendig machte und zu einem Briefwechsel mit Goethe führte. Lotte wurde in dem ersten Jahrzehnt nach ihres Mannes Tode durch die Sorgen für ihre zehn Kinder jedenfalls vollauf in Anspruch genommen; denn waren auch die vier ältesten Söhne bei des Vaters Ableben schon im Alter von 23 bis 26 Jahren und soweit selbständig, daß sich zwei von ihnen schon ein resp. zwei Jahre nach des Vaters Tode verheirateten, so waren die fünf jüngsten Kinder zu dieser Zeit erst im Alter von fünf bis sechzehn Jahren. Lotte hatte also der Mutterpflichten genug und wie sehr sie, auch zehn Jahre nach Kestner's Tode, noch ganz und gern den Mittelpunkt der Familie, ihrer zahlreichen Kinder bildete, zeigt uns der folgende Brief. Derselbe ist zum Jahreswechsel geschrieben und gewährt uns einen „Abriß im ganzen", sozusagen einen „historischen" Jahresbericht über das Ergehen Lotte's selbst und von neun ihrer Kinder, und zum Schluß erwähnt die Schreiberin noch einige befreundete Familien, sodaß wir auch einen Einblick gewinnen, wer ihrem Hause zu der Zeit besonders nahe stand.

Die Adressatin, Lotte's Schwester Amalie, war seit Neujahr 1791 vermählt mit dem späteren Kammerdirector Ridel in Weimar; zu Goethe's Zeit in Wetzlar war Amalie zwar erst sieben Jahre alt, Goethe bewahrte ihr aber doch ein lebhaftes Andenken, wie die wiederholten Grüße erkennen lassen, welche Goethe für „Amalgen" in den Briefen an Kestner sendet. Als im Jahre 1791 Amalie Buff sich an Ridel nach Weimar vermählte, schreibt Goethe am 10. März dieses Jahres an Kestner: „Recht willkommen war mir der Anblick Amalien's, der mich zugleich verjüngte und älter machte". Ich erwähne noch, daß ein Besuch bei dieser Schwester in Weimar im Jahre 1816 zu dem ersten Wiedersehen seit den Wetzlarer Tagen zwischen der damals 63jährigen Lotte und dem 67jährigen Goethe führte.

Lotte's Brief lautet wörtlich folgendermaßen:

„An
Frau Cammer Räthin
Ridel
in
Weimar.

D. g. B.

Hannover, den 30. Decbr. 1810.

Beste Schwester Amalie.

Wie lang schon bin ich mit dem Wunsch und Willen herumgegangen, Dir zu schreiben, aber leider immer abgehalten durch Begebenheiten, die das Hertz angreifen, die Laune verderben — freilig hat sich nichts gebessert, aber Frl. v. Alten, die morgen zu Euch abreißt, um ihre Schwester die Grävin Marschall über den Tod ihres Sohnes zu trößten, hat mir angebothen diesen Brief zu besorgen. Mit dieser Frl. v. Alten hatte ich schon voriges Jahr Abrede genommen im nächsten Sommer Partie zu machen und Euch zu besuchen. — Ach liebe Amalie! wer kan ietz Abrede nehmen von einem Jahr zum andern —.

Klagen will ich nicht, sondern Dir nur historisch von meinem und meiner Kinder Ergehen erzählen. Lotte u. Carl hatten lang mich beredet einen Sommer in Straßburg zu zu bringen, Fritz ist auch da, Eduard hatte ich ebenwohl lang nicht gesehen, also reißte ich Anfang Mai über Wetzlar nach Straßburg. In Wetzlar erkundigte ich mich nach dem was Du mir auftrugst, gab Bruder Hans den ferneren Auftrag, wen Du dahin kommen woltest, allein Du hast wie es scheint gantz davon abgestanden. In Straßburg lebte ich 4 Monate sehr ruhig auf Carl seiner Fabrick, die eine halbe Stunde von Straßburg auf dem Land ist. Theodor heiratete während meines Aufenthaltes in Frankfurt ein sehr liebenswürdiges Mädgen daselbst, und hat nun seinen Arzt mit dem eines Fabrikanten vertauscht, und ist ietzt in Marsellie, wo Carl ebenwohl eine Fabrick hat. In Straßburg lebte ich mit dem größten Theil meiner Kinder. Carl selbst, Eduard 11 Meile davon, ebenfalls auf einer Fabrick, sahen wir oft, Lotte und Clara, sonst Sophie genant, Fritz und Theodor mit seiner jungen Frau, waren mehrere Wochen bey uns. Diese Zeit ging geschwind vorüber — freilig wurde auch diese Ruhe durch die traurigen Umständte in unserem Land sehr gestöhrt, und meine Kinder wolten mich nicht wider weglassen, ich hatte aber hier im Land auch noch 4, wovon in Hannover 2 waren, meine Wohnung, meinen Garten, meine Pension, die ich freilig eine gantze Zeit garnicht, und hernach nur halb bekam, alles dies erforderte meine Rückkehr. So traurig hatte ich mir die Dinge nicht gedacht, wie ich sie fand — viele Menschen, worunter manche Freunde sind mit schlechtem Gehalt, der kaum das Leben erhält an andere Orte versetzt: manche hier wider angestellt, und viele gantz ohne Stellen, also ohne Brodt: unter den letzten finden sich den leider meine beyden Söhne Georg und August. Dieser ist bis auf andere Zeiten, wen Gott sie besser geben will zu seinen Brüdern nach Straßburg und Marsellie gegangen. Georg hat eine Frau und 5 Kinder, muß also natürlich hier bleiben, und warten, ob ihm eine Anstellung wird. Meine beste Amalie Ihr seid ausgeplündert, habt aber Euren Fürsten, Eure Verfassung behalten, seid nicht von Westphalen organisirt — ob ich einen Pfennig Pension behalte — alles ist noch nicht ausgemacht, bekomen habe ich noch nichts, muß aber alle Tage auszahlen, und so ein ieder. Glaubst Du wohl, daß die beyden genanten Söhne und ich jährlich gegen 3000 Rth. verlieren. — Es ist schrecklig — Wilhelm ist in Osterode Tribunals Richter, hat 600 Rth. Dieser hat im Sommer die Tochter von Iffland's geheiratet, eine brave und sparsame Frau. Iffland ist noch gut weggekommen, er hat beynah die Hälfte seiner Einnahme behalten und ist Mair geworden. Wen ietzt iemand die Hälfte behält, so schätzt man sich sehr glücklig. Zu allem Glück, hatte ich Clara auch in Straßburg gelassen, weil es hier äußerst still, und für junge Leute besonders traurig und ohne alle Zerstrenung ist. Nun bin ich also gantz allein und kan mich einschränken, so viel ich will. Ich habe daher gar keinen Haußhalt, nur ein Mädgen und lasse das Essen holen. — Sieh liebe Schwester so haben sich die Dinge, die Verhältniße geändert. — Unser freundliches angenehmes Hannover ist öde und verlassen. Dazu die drückenste Einquartirung ohne Ende. Ich würde nicht aufhöhren können, wen ich ins Detail gehen wolte über vieles. Du hast also nur einen Abriß im gantzen, und auch in Eile, weil der Morgen, welcher Dir bestimmt war, mir gantz geraubt ist. Las mich nun bald einige Worte des Trostes von Dir hören, daß es Dir wohl geht und den Deinigen. Was mich bey meiner Rückkehr noch sehr niederschlug, war der Tod meines langjährigen Freundes Brandes. —

Leb wohl meine Beste ich soll den Brief abliefern. Grüße Deinen lieben Mann und Kinder hertzlich und behalte lieb Deine tr. Schwester

C. Kestner.

Rudlof und Iffland's fragen oft nach Dir. Von Hertzen ein fröhliges Neues Jahr."

Um zunächst kurz die äußere Form des Briefes zu erwähnen, führe ich an, daß derselbe wenn auch „in Eile", so doch sorgfältig und leserlich geschrieben, fast drei Seiten in großem Quartformat füllt, während die vierte Seite die Adresse trägt.

Gehen wir nunmehr auf den Inhalt des Briefes näher ein, so ergiebt sich daraus zunächst, in welchem Maße zu jener Zeit (1810) die Einwohner Hannovers unter der Fremdherrschaft zu leiden hatten. Durch den fast fortgesetzten Wechsel der Regierungsgewalt — in den Jahren 1803—1813 waren sich französische, hannoversche, preußische und wieder französische Verwaltung gefolgt, bis Hannover dem Königreich Westfalen angegliedert wurde — war das Land aufs ärgste heimgesucht und hatte Schweres zu erdulden. Ständige Einquartierung und Truppendurchzüge, selbst von englischen und russischen Truppen, hatten allmählich eine gewisse Verarmung und Erschöpfung herbeigeführt. Als Napoleon dann im Jahre 1807 die hannoverschen Domänen für kaiserliche Krondomänen erklärte, um deren Einkünfte in den folgenden Jahren meistens zu Geschenken an französische Generale und hohe Beamte zu verwenden, mußten die Steuern in kaum zu ertragender Weise erhöht werden, und wenn diese nicht ausreichten, wurden bei den Wohlhabenderen Zwangsanleihen gemacht. Im October 1807 wurde u. A. eine Kriegscontribution ausgeschrieben und im December 1807 folgte das Emprunt forcé von 16 Mill. Frcs. Welche Zustände schließlich auch das Regiment Jerome's gezeitigt hatte, beweisen uns die Klagen in Lottens Briefe — sie hatte schon eine ganze Reihe von Jahren unter wiederholt wechselnder Fremdherrschaft gelebt, im Jahre 1810 aber, da Jerome im Sommer seinen feierlichen Einzug in Hannover gehalten, schreibt sie: „So traurig hatte ich mir die Dinge nicht gedacht, wie ich sie fand" (d. h. nach ihrer Reise), und dann hören wir, daß viele nur mit Gehalt angestellt sind, „der kaum das Leben deckt" oder ihre Anstellung ganz verloren, darunter ihre beiden Söhne Georg und August, und daß sie selbst infolge Einhaltung ihrer Pension sich in ihrer ganzen Lebensweise erheblich habe einschränken müssen — „dazu die drückendste Einquartirung ohne Ende; unser freundliches angenehmes Hannover ist öde und verlassen". Fürwahr, ein Spiegelbild jener traurigen Zeit, das als von einer Zeitgenossin jener Tage besonderes Interesse erwecken muß.

Des weiteren giebt uns dann der Brief einen ausführlichen Bericht über Lotte's Familie — „Klagen will ich nicht" — heißt es — „sondern Dir nur historisch von meinem und meiner Kinder Ergehen erzählen" — so erfahren wir von Lotte's Sommerreise im Jahre 1810 über Wetzlar und Frankfurt nach Straßburg i. E.; die Reise wurde Anfang Mai angetreten. In Wetzlar besuchte Lotte ihren ältesten Bruder Hans — geb. 1757 —, welcher den Posten eines gräfl. Solms'schen Kammerdirectors bekleidete. Diesen Bruder Hans, der zu Goethe's Zeit in Wetzlar erst 15 Jahre alt, also noch fast ein Knabe war, scheint Goethe schon damals im Hause Buff besonders gern gehabt zu haben. In den Briefen an Kestner nach Wetzlar sendet Goethe seinen „lieben Bubens" oft viele Grüße und „Hansen viel Glück". Im April 1773 nach Lotte's Hochzeit wird Hans zunächst der Vermittler der Correspondenz mit dem abwesenden jungen Paare und unterhält auch die fernere Verbindung mit dem Hause Buff. In der Briefsammlung „Goethe und Werther" (siehe Anm.) finden sich allein neunzehn Briefe Goethe's an Hans Buff, aus denen zur Genüge die fortlaufenden freundschaftlichen Gesinnungen gegen Lotte's ältesten Bruder — wenigstens bis 1788 — zu verfolgen sind. In Frankfurt wohnte Lotte der Vermählung ihres fünften Sohnes Theodor bei und verbrachte dann vier Monate „eine halbe Stunde von Straßburg auf dem Lande" sehr ruhig mit dem größten Theile ihrer Kinder.

Es würde den Rahmen dieser Mittheilung überschreiten, sich hier in Einzelheiten über Lotte's sämmtliche Kinder einzulassen; es möge nur gestattet sein, für weniger Orientierte die Kestner'schen Kinder in chronologischer Reihenfolge aufzuführen und bei denen, die nach außen mehr hervorgetreten, etwas weiter auszugreifen; an mancherlei Anknüpfungen an Goethe dürfte es dabei nicht fehlen.[1])

1) Georg 1774—1867. 2) Wilhelm 1775—1848. 3) Carl 1776—1846. 4) August 1777—1853. 5) Theodor 1779—1847. 6) Eduard 1784—1823. 7) Hermann Septimus 1786—1871. 8) Charlotte 1788—1877. 9) Clara, „sonst Sophie genannt", 1793—1866. 10) Fritz 1795—1872.

---

[1]) Ausführlicheres über die Familie K. findet sich u. A. in: Römische Studien, von A. Kestner 1850. — Goethe und Werther, Briefe Goethe's 2c., herausgegeben von A. Kestner 1854. — Die Kestner, eine genealogische Skizze von H. K. Eggers (Lotte's Urenkel) 1882. — Charlotte Buff, von Karl Janicke, Deutsche Warte 1872. — Der römische Kestner, von Otto Mejer, Breslau (ohne Jahreszahl); letztere Schrift „zum größten Theile auf bisher unbenutzten Quellen beruhend, welche die Familie K. die Güte gehabt hat, zur Verfügung zu stellen".

Der älteste Sohn Georg, Archivrath in Hannover, war der Begründer eines bedeutenden Autographen- und Kupferstichcabinets, dem Schreiber dieser Zeilen noch lebhaft in Erinnerung, wenn er in seiner altmodigen Kutsche den Weg zwischen seiner Stadtwohnung und Lotte's Garten vor der Stadt zurücklegte. Goethe erwähnt ihn schon in dem Briefe an Kestner vom 25. April 1787: „Grüßet den guten Georg. Er soll mir mehr schreiben. Er scheint ein wackrer Knabe zu sein." Georg Kestner's ältester Sohn Georg, der lange Zeit als Senior der Familie in Dresden lebte, war nach des Vaters Tode der Hüter der Kestner'schen Correspondenz mit Goethe und der umfangreichen Autographensammlung, wovon die erstere nach Weimar, die letztere aber nach Leipzig gelangte. Georg's — des Vaters — jüngster Sohn Hermann — geb. 1810 — war ein eifriger Sammler von Volksliedern, namentlich italienischen; im wesentlichen lebte er indeß im elterlichen Hause seinen Kunstschätzen, der väterlichen Kupferstichsammlung und der von dem Onkel August K. ihm hinterlassenen Sammlung (vergl. unten), welche von dem letzten Besitzer mit einem ansehnlichen Kapitale der Heimathstadt geschenkt wurde und den Grundstock zu dem im Jahre 1889 in Hannover eröffneten Kestner-Museum bildete.

Lotte's vierter Sohn August ist als der sogen. römische Kestner auch weiteren Kreisen bekannt geworden. Gerade für Hannover ist derselbe — wie erwähnt — neuerdings noch dauernd in den Vordergrund des Interesses gerückt als Begründer der Sammlungen des Kestner-Museums. Nach Vollendung der juristischen Studien verlor er seinen Vater (1800). Er widmete sich alsbald der Beamtenlaufbahn, „aber sein Herz und seine freien Stunden gehörten der Poesie, der Musik — und vor Allem der Malerei, welcher er so leidenschaftlich anhing, daß er wieder und wieder erwog, ob es nicht thunlich sei, sich ihr ganz zu widmen." [1]) Nach vorübergehender Anstellung im Ministerium unter den mehrfach wechselnden politischen Verhältnissen, verbrachte August K. im

[1]) Vergl. O. Mejer, der röm. Kestner, Seite 9.

Jahre 1808 zunächst aus Gesundheitsrücksichten einen längeren Urlaub in Rom, wo er in nähere Verbindung mit Thorwaldsen, Koch und den Brüdern Riepenhausen trat, und versuchte danach sogar — wie unser Brief erwähnt — sich einem ganz anderen Berufe zu widmen. Doch gab er diesen Versuch bald wieder auf und erlangte auch im Jahre 1813, nachdem die Fremdherrschaft überwunden, eine erneute Anstellung beim Ministerium in Hannover. In diese Zeit — Herbst 1815 — fällt auch ein Besuch August Kestner's bei seinem Bruder Theodor in Frankfurt a. M., durch welchen der Anlaß zur persönlichen Bekanntschaft mit Goethe gegeben wurde, der damals einen mehrwöchigen Aufenthalt bei der Familie von Willemer auf der Gerbermühle bei Frankfurt genommen.[1]) Es findet sich darüber in Kestner's Tagebuche eine längere begeisterte Mittheilung[2]): „Dieses war die merkwürdige Stunde, die schon viele Jahre her das Ziel meiner Wünsche gewesen, wo ich den ersten Dichter des Zeitalters von Angesicht zu Angesicht gesehen habe, wo ich selbst in die Augen gesehen habe, die so vieles durchschaut, die Stirne, in der so mancher tiefe und große Gedanke aufgestiegen, den Mund selbst reden gehört, von welchem so manches seelenvolle Wort gekommen war" u. s. w. Es folgt dann noch eine längere Beschreibung der äußeren Erscheinung Goethe's.

Als im Jahre 1816 die hannoversche Regierung infolge der Vergrößerung des Landes durch vorwiegend katholische Landestheile den Entschluß faßte, in Rom eine Gesandtschaft zu errichten, wurde August K. derselben als Secretär beigegeben, und dieses Ereigniß führte dazu, daß er von 1817 an — abgesehen von vorübergehenden Reisen — bis an sein Lebensende im Jahre 1853 dauernd in Rom verblieb — seit 1825 als Geschäftsträger und später als Ministerresident; und als im Jahre 1849 aus Sparsamkeitsrücksichten die Gesandtschaft in Rom aufgehoben wurde, konnte er sich von der ewigen Stadt nicht mehr lossagen. In diesem ganzen

---

[1]) Vergl. Briefwechsel zwischen Goethe und Marianne von Willemer (Suleika), herausgegeben von Th. Creizenach. 2. Aufl., Seite 45. — [2]) Vergl. O. Meier, der röm. Kestner, Seite 18 f.

fast 36 jährigen Zeitraume trat er mit Diplomaten verschiedenster Länder, mit Künstlern, Gelehrten und angesehenen Reisenden in großer Zahl in Berührung, zum Theil in dauernde Verbindung; ich erwähne nur Niebuhr, Bunsen, mit dem Kestner zwanzig Jahre gemeinsam in Rom verlebte, die Brüder Riepenhausen, Gerhard, von Stackelberg; mit dem letzteren machte Kestner archäologische Ausflüge in die Campagna, nach dem südlichen Etrurien und nach Sizilien, deren Ausbeute den Anlaß und Grundstock zu seinen später nicht unbedeutenden Sammlungen bildete. Ich nenne ferner Cornelius, Wilh. Schadow, Overbeck, Thorwaldsen, „mit dem ich unter einem Dache wohne“ — wie K. selbst schreibt — Preller, Lepsius, Abeken. Das gleiche Streben dieser kunstbegeisterten Männer, die ähnliche Interessen dort zusammengeführt hatten, zeitigte bei einem Theile derselben — sie nannten sich römische Hyperboräer — alsbald den Wunsch, die Ausbeute ihrer Forschungen würdig veröffentlicht zu sehen, und diesem Drängen entsprang schließlich im Jahre 1829 unter Bunsen, Kestner und Gerhard das deutsche archäologische Institut in Rom, welches nachher durch die vielseitigste Förderung der deutschen Künstler in Rom einen nachhaltigen, günstigen Einfluß auf die Entwicklung der Archäologie übte. In welchem Grade der dauernde Verkehr mit solchen Männern, wie auch der ständige Genuß hervorragender Werke altitalienischer oder damals in Italien lebender Meister auf fast allen Gebieten der Kunst in Sonderheit anregend und fördernd auf Kestner wirkte, erweisen seine „römischen Studien“, Tagebücher und Briefe; wir lernen Kestner nicht allein als Diplomaten, sondern auch als Dichter, Zeichner und Archäologen kennen, auch die Musik findet in ihm einen begeisterten Verehrer. Über Kestner's Sammlungen sagt Ed. Gerhard[1]), der bekannte Archäologe: „K. gewährte durch seine schönen Sammlungen und durch seine Gastlichkeit den dauernden Anlaß und Mittelpunkt belebter Gespräche über die tagtäglich neu vermehrten Gegenstände alter Kunst.“ K.'s Sammlungen — jetzt Kestner-Museum in

[1]) Vergl. Hyperboräisch-röm. Studien.

Hannover — zeigen eine bedeutende Anzahl antiker Münzen, eine große Reihe antiker Lampen, geschnittene Steine und sonstige Miniaturkunstwerke des Alterthums, auch größere Antiken, Gemälde altitalienischer Meister und Handzeichnungen.

Im October 1830 war auch Goethe's einziger Sohn August auf seiner längeren Reise durch Italien, bei der er anfangs von Eckermann begleitet war, August Kestner in Rom näher getreten; dieser hatte ihn denn auch zu Thorwaldsen geführt. Schon nach kurzem Aufenthalte erkrankte Goethe's Sohn an den Blattern und verstarb am 27. October 1830 — ein eigenartiges Geschick fügte es, daß Goethe's einziger Sohn unter der Obhut und Pflege von Lotte's Sohn sein Leben aushauchte. Der darüber von A. Kestner mit Goethe geführte Briefwechsel zeigt uns, wie K. alles aufbot, um dem so schwer heimgesuchten Vater die erschütternde Kunde mit möglichster Schonung zu übermitteln, wofür es ihm an Goethe's dankbarer Anerkennung nicht fehlte. Auch im Jahre 1831 trat Goethe mit K. noch in Verbindung, da er die Ruhestätte seines Sohnes in Rom „auf irgend eine Art bescheidentlich bezeichnet" wünschte.

Schließlich sei hier noch besonders der von August Kestner bewirkten Zusammenstellung und Veröffentlichung der Goethebriefe an seine Eltern [1]) gedacht, welche ihm die Mutter hinterlassen. Die Bearbeitung und Abfassung der Einleitung erfolgte bereits im Jahre 1833, gelegentlich eines Aufenthaltes bei den Geschwistern in Thann. Die Veröffentlichung verzögerte sich indeß bis nach K's Tode, da K's Geschwister aus Zartgefühl gegen ihre Eltern, die sie im Werther so bloßgestellt sahen, der Veröffentlichung widerstrebten. Diese Goethebriefe gewähren uns einen trefflichen Einblick in das Verhältniß zwischen Goethe und dem Hause Buff und Kestner in den Jahren 1772—1798.

Von den übrigen Kestner'schen Kindern traten noch Theodor, Eduard und Charlotte mit dem Goethe'schen Hause in freundschaftliche Beziehungen. Mit Theodor, der — wie

[1]) „Goethe und Werther" vergl. oben.

erwähnt — 1815 seinen Bruder August zu Goethe führte, fand sich die erste persönliche Berührung, als Goethe im Juni 1801 auf seiner Reise nach Pyrmont einige Tage in Göttingen weilte, wo Theodor K. um diese Zeit seine medizinischen Studien beendete. Der Kestners nahe befreundete Blumenbach, mit dem auch Goethe viel verkehrte, dürfte dazu den Anlaß gegeben haben. In G's Tagebuche findet sich von Göttingen, Montag, 8. Juni 1801 die Notiz: „Bey Kestner von Hannover". Es wurde bei dieser Gelegenheit auch ein Besuch G's bei Lotte in Hannover geplant, der indeß nicht zur Ausführung kam.[1]) Eduard K. kam schon als kleiner Knabe im Jahre 1787 zu Goethe's Mutter nach Frankfurt zum Besuch[2]), und Charlotte K. stand Goethe's Mutter als deren Pathenkind besonders nahe; in einem Briefe vom 23. October 1788 an das Elternpaar Kestner — „den lieben Herrn Gevatter und die vortrefliche Frau Gevatterin" — giebt G's Mutter ihrer Freude darüber Ausdruck, „Pattin von Lotte's Tochter" zu sein. Auffallend ist es noch, daß in unserem sonst so ausführlichen Briefe als einzigstes in der ganzen Zahl der K'schen Kinder der siebente Sohn Hermann Septimus nicht genannt ist. Bei der großen Anzahl der Kinder beruht dieses Versäumniß vielleicht auf einem Zufall, da die Kinder in dem Briefe nicht der Reihe nach aufgeführt werden und Lotte „in Eile" schrieb. Doch liegt auch die Vermuthung nahe, daß Lotte diesen Sohn nicht besonders mit aufführt, da er als Pflegesohn einer befreundeten Familie der Mutter überhaupt von jeher weniger Sorge machte.

Was nun die in Lotte's Briefe noch erwähnten Namen Iffland, Rudloff und Brandes betrifft, so war Chr. Ph. Iffland, ein Bruder des Dramatikers und Schauspielers A. W. Iffland, dem Hause Kestner nahe verbunden, indem seine Tochter mit Lotte's zweitem Sohne Wilhelm sich vermählte; seit 1799 war er Bürgermeister der Stadt Hannover und hatte also gerade das Regiment der Stadt unter den schwierigsten und

---

[1]) Vergl. den Brief Goethe's vom 26. Juni 1801. Weimarer Goethe-Ausg. Bd. 15, Seite 239. — [2]) Vergl. den Brief Goethe's vom 24. October 1787 in „Goethe u. Werther".

wechselndsten politischen Verhältnissen zu führen. Im September 1810 wurde er mit Auflösung der städtischen Verfassung zum Maire ernannt: „Iffland ist noch gut weggekommen, er hat beinah die Hälfte seiner Einnahme behalten und ist Maire geworden". Im November 1813, nach Auflösung des Königreichs Westfalen, trat Iffland wieder an die Spitze des alten Magistrats zurück. Er gehörte zu den zahlreichen Patrioten, welche — wenn auch unter beständigen Schwierigkeiten — lieber in ihrer amtlichen Stellung ausharren, als das Land der Willkür völlig fremder und unkundiger Beamten preisgegeben sehen wollten. So glaubte man den Druck der Fremdherrschaft doch nach Möglichkeit zu erleichtern, gegen die Übermacht aufzutreten hätte vollends keinen Zweck gehabt. Jedenfalls hatte die Familie Kestner unter allen Drangsalen der damaligen Zeit an dem Oberhaupte der Stadt einen zuverlässigen Freund und Berather.

Wilh. Aug. Rudloff war unter den schwierigen Zuständen des Jahres 1803 vor der ersten französischen Occupation als Geh. Cabinetsrath Mitglied des Hannoverschen Ministeriums und sein Einfluß in diesem galt für so bedeutend, daß er allgemein als die Seele desselben angesehen und infolgedessen auch überall für die Katastrophe des Jahres 1803 verantwortlich gemacht wurde. Als im Herbste des Jahres 1805 das Gros der Bernadotte'schen Armee das Land Hannover verließ, kehrte das hannoversche Ministerium, welches inzwischen nach Mecklenburg geflüchtet war, zeitweise — bis zur preußischen Besetzung — zurück; es fand indeß eine Umbildung desselben statt und im Frühjahr 1806 erhielt auch der „allmächtige" Rudloff seine Entlassung. Auch als Schriftsteller war R. mehrfach thätig; er galt als einer der hervorragendsten Vertreter staatswissenschaftlicher Literatur in der hannoverschen Beamtenwelt.

Ernst Brandes — der dritte als Freund des Hauses Kestner in Lotte's Briefe genannte — stand der Familie K. besonders nahe; er machte sich hauptsächlich verdient um das Gedeihen der Universität Göttingen als Nachfolger seines Vaters in der Besorgung der Angelegenheiten der Universität im Ministerium. Im Jahre 1806 wurde er Rudloff's Nachfolger als Geh. Cabinetsrath „wegen besonderen Wohlverhaltens während der unglücklichen Invasion des Landes". Die vorhergehende Anstellung von französischer Seite hatte Br. allerdings als „unerträglich, quälend und drückend" empfunden. Br. galt nicht nur für einen angesehenen Staatsmann, sondern auch für einen geistvollen Schriftsteller. Heyne charakterisirt ihn in seiner Biographie: „er war geliebt, auch gehaßt von Einzelnen, gesucht und gescheut von Vielen, geachtet von Allen, selbst denen, die ihn haßten". Infolge sorgfältiger Erziehung von Seiten seines auch als Kunstsammler bekannten Vaters — eines Freundes von Winckelmann — und durch längere Reisen, auch in Frankreich und England, war ihm große Welt- und Menschenkenntniß zu eigen. Wie sehr Lotte in so ernsten Zeiten den Verlust eines solchen Mannes für ihr Haus empfand, besagen uns ihre eigenen Worte: „Was mich bei meiner Rückkehr noch sehr niederschlug, war der Tod meines langjährigen Freundes Brandes".

Aus den drei im Briefe zuletzt angeführten Namen sehen wir somit bestätigt, daß es dem Hause Kestner, auch nachdem es sein Haupt verloren und der größere Theil der Mitglieder dasselbe verlassen, nicht an anregendem freundschaftlichen Verkehre mit bedeutenden Männern fehlte, deren Interessen sich nicht auf ihr Amt begrenzten, sondern auch auf idealere Bestrebungen gerichtet waren.[1]) Im übrigen gewinnen wir schließlich aus dem Briefe aufs neue die Überzeugung, daß Lotte trotz der schlimmsten Sorgen auch im Alter „in unvergänglicher Jugend" der Schaar ihrer Kinder noch ebenso nahe stand, wie in Wetzlar in jungen Jahren den zahlreichen Geschwistern, da sie denselben die fehlende Mutter zu ersetzen hatte, als deren vollkommenes Abbild sie galt. Lotte's liebevolles häusliches Walten diente schon Goethe für seinen

---

[1]) Ausführlicheres über den ganzen Kreis politisch und literarisch angesehener Männer, zu dem das Haus K. vor und nach K's Tode in Beziehung stand und unter dessen Einfluß auch die K'schen Kinder zum Theil heranwuchsen, erfahren wir aus der bereits oben genannten Schrift: „Der röm. Kestner", Seite 6 f.

Werther als Vorbild und er hat dies getreu nach der Wirklichkeit geschildert. So sehen wir auch im Alter „die ewige Lotte" noch „von der Seite, wo sie ihre Stärke hat, von der häuslichen Seite", wie Kestner schon in Wetzlar begeistert an ihr hervorhebt, und wir empfinden auch bei diesem Briefe die Worte, die Goethe im Jahre 1803 an Lotte nach Wetzlar schrieb, daß aus ihrem Schreiben „ihr thätiger Geist lebhaft hervorblickt".

IV.

Neue Mittheilungen zur Geschichte der hohen oder geheimen Polizei des Königreichs Westfalen.

Von Dr. **Friedrich Thimme.**

Wohl selten hat ein Staatswesen und sein Oberhaupt bei der Nachwelt eine so herbe Verurtheilung gefunden, wie die Regierung des von Napoleon im Jahre 1807 aus den verschiedensten Gebietstheilen bunt zusammengewürfelten Königreichs Westfalen und der König Jerome. Kaum war die Fremdherrschaft unter den Schlägen der Alliierten zusammengebrochen, als sich eine Hochfluth von Schmähschriften ergoß, die das Königreich als einen Hexensabbat und seinen Beherrscher als einen in den wüstesten Orgien versunkenen, kein Recht und keine Sitte achtenden Despoten hinstellten. Diese Auffassung ist seither in weiten Kreisen mit einer gewissen Vorliebe festgehalten worden, obwohl es nicht an zuverlässigen Zeugnissen gefehlt hat, daß alle Pasquille und Pamphlete über Westfalen entweder vollständig unwahr oder doch übertreibend und entstellend gewesen sind.[1]) Eine ernsthafte Geschichtsschreibung wird mit völliger Nichtachtung allen Klatsches, der über Jerome und seine Regierung zusammengetragen ist, und mit möglichster Unparteilichkeit an der Hand nur wirklich zuverlässigen Materials die Vorzüge und Schattenseiten des ephemeren Staatsgebildes abzuwägen haben. In diesem Sinne habe ich in dem zweiten Bande meiner „Inneren Zustände des Kurfürstenthums Hannover unter der französisch-westfälischen Herrschaft“ ein getreues und unbefangenes Bild von dem Königreich

---

[1]) Piderit, Geschichte der Haupt- und Residenzstadt Cassel, II. Aufl., S. 333, Anm.

und seinem Herrscher zu entwerfen mich bemüht und dabei auch der westfälischen Polizei, die unter allen Einrichtungen des neuen Staatswesens am meisten gefürchtet, verhaßt und verabscheut gewesen ist, in einem besonderen Kapitel gerecht zu werden versucht. Leider stand mir gerade für dieses Kapitel nur wenig actenmäßiges Material zur Verfügung. Da ist es mit Freuden zu begrüßen, daß sich in dem hiesigen königlichen Staatsarchiv ein bisher nicht benutztes Actenfascikel betreffend die geheime Polizei im ehemaligen Königreich Westfalen gefunden hat, welches weitere Aufschlüsse über diese „Pest des Königreichs" besonders in den hannoverschen und braunschweigischen Gebietstheilen gewährt. Dieses Fascikel enthält außer einer werthvollen, anscheinend im Jahre 1814 entstandenen officiellen Denkschrift über die hohe Polizei Westfalens, die als Anhang zu diesem Aufsatz abgedruckt ist, im wesentlichen die Papiere des Generalcommissars der hohen Polizei Guntz zu Braunschweig aus den Jahren 1811—13, dessen Amtsbezirk neben dem Ockerdepartement auch das Allerdepartement mit der Stadt Hannover umfaßte. Dieselben wurden von dem preußischen Oberstlieutenant von der Marwitz auf seinem kühnen Streifzuge nach Braunschweig am 25. September 1813 erbeutet und nach Berlin gesandt. Von hier gelangten sie durch Vermittelung des hannoverschen Legationsraths von Duve in den Besitz der wiederhergestellten hannoverschen Regierung.

Die hannoverschen Cabinetsminister von der Decken und von Bremer hatten nämlich im November 1813 gehört, daß der russische General Tschernitscheff auf seinem Zuge nach Cassel die Papiere des Chefs der westfälischen Polizei, General Bongars mit sich fortgeführt und demnächst an das aus dem Generallieutenant von l'Estocq und dem Geheimen Staatsrath von Sack bestehende Militär- und Civilgouvernement in Berlin abgeliefert habe. Da es nun begreiflicherweise der hannoverschen Regierung von dem größten Interesse sein mußte, in sichere Erfahrung zu bringen, ob und welche Mitglieder der Königlichen Staatsdienerschaft oder andere Landesunterthanen als geheime Agenten und Spione in dem Dienste der westfälischen Polizei gestanden hatten, so beauftragten sie den

Legationsrath von Duve, sich nach Berlin zu begeben, die Bongars'schen Papiere nach erhaltener Erlaubnis einzusehen und daraus „diejenigen Personen aus der königlichen Dienerschaft oder von anderen hiesigen Landesunterthanen zu bemerken, welche von der westfälischen geheimen Polizei zu deren Geschäften und Ausrichtungen gebraucht worden sind, auch sonstige wichtige Notizen aus selbigen zu extrahieren oder davon Abschrift zu nehmen".

Duve kam dem erhaltenen Auftrage sofort nach und konnte unter dem 14. December nach Hannover berichten, l'Estocq und Sack hätten ihm mit zuvorkommender Willfährigkeit die ungehinderte Durchsicht aller nach Berlin geschafften Papiere der vormaligen westfälischen geheimen Polizei, soweit sie die kurbraunschweigisch-lüneburgischen Lande nebst Hildesheim beträfen, gestattet. Allerdings seien die in dem Besitz des preußischen Gouvernements befindlichen Papiere nicht die des vormaligen Generalinspectors Bongars in Cassel, sondern die von dem Oberstlieutenant von der Marwitz aufgefangenen Papiere des Generalcommissars Guntz und seines Vorgängers Mercier. Aus einer ihm gleichzeitig zugestellten Specification der Guntz'schen Papiere ersehe er, daß ihm zwei Kisten mit Actenstücken vorenthalten seien, welche sich auf die dem Generalcommissar Guntz neben seinem Amte übertragene Administration französischer Dotationen, über das polizeiliche Rechnungswesen, über den Tugendbund und über die Überwachung mehrerer Staatsdiener aus den westfälisch-preußischen Provinzen und speciell der unter Schill und dem Herzog von Braunschweig-Oels angestellt gewesenen vormaligen preußischen Officiere beträfen. Indessen fänden sich schon in den ihm mitgetheilten Papieren genug Notizen über alle diese Gegenstände, um ihn zu überzeugen, daß durch die Nichtzustellung jener beiden Kisten die Ausrichtung seines Auftrages nicht beeinträchtigt werde.

Mit seinem Berichte vom 14. December 1813 übersandte von Duve eine Reihe von Anlagen, so ein Verzeichnis der wichtigsten ihm mitgetheilten Papiere nebst Auszügen aus ihnen, ein von Guntz aufgestelltes Verzeichnis aller von dem

Braunschweiger Generalcommissariate ressortirenden Polizeicommissare mit näheren Angaben über sie, ferner Listen aller Personen, welche mit der hohen Polizei in Braunschweig in Berührung gestanden hatten, sowie der geheimen Agenten im engeren Sinne,[1]) eine Liste der geheimen Agenten des sogenannten Tugendbundes u. s. w.

Versuchen wir es, auf Grund dieser Papiere und einiger anderen neu heranzuziehenden Quellen das früher nur flüchtig skizzirte Bild von der hohen oder politischen Polizei Westfalens weiter auszuführen und zu vervollständigen. Wenn wir uns dabei im wesentlichen auf die Jahre 1811 — 13 zu beschränken haben, so wird doch des besseren Verständnisses wegen ein Überblick über die Geschichte der ersten Jahre vorauszuschicken sein.[2])

Die Einführung einer politischen Polizei in dem neugegründeten Königreiche lag schon an und für sich in den Verhältnissen begründet. Eine aufgedrungene Fremdherrschaft, die der Sympathien der unterworfenen Bevölkerung nicht sicher sein kann, wird naturgemäß immer aus Mißtrauen und Argwohn zu der sorgfältigen Überwachung der politischen Gesinnungen geführt werden. In der ersten Zeit des jungen Königreichs freilich floß der Moniteur, das officielle Organ der Regierung, von pomphaften Versicherungen über das gegenseitige Zutrauen zwischen König und Volk über. Gewiß waren diese Versicherungen auch von Seiten des jugendlich-vertrauensseligen Herrschers aufrichtig gemeint. Es ist nicht anders, Jerome brachte seinen neuen Unterthanen ein Vertrauen entgegen, das der Großherzigkeit nicht entbehrt. Von einer hohen oder geheimen Polizei im engern Sinne war anfänglich überhaupt keine Rede,[3]) vielmehr ward die gesammte

[1]) Letztere Liste liegt leider nicht mehr vor. — [2]) Für das folgende vergl. Innere Zustände II, 164 ff. — [3]) Auch A. W. Rehberg bestätigt, in der ersten Zeit des Königreichs habe sich das Publikum, ohne deswegen etwas befürchten zu müssen „einem behaglichen Tone allgemeiner Freimüthigkeit über Menschen und Sachen, die sich nur scheute, die höchsten Personen und einige entschiedene Günstlinge zu verletzen", überlassen. Zur Geschichte des Königreichs Hannover, S. 29. In demselben Sinne äußert

Polizei unter dem Befehle des Justizministers Siméon den Provinzial- und Localverwaltungsbehörden, nämlich den Präfecten und Unterpräfecten in den Departements und Districten und den Maires in den Communen, übertragen. Nur in der Hauptstadt des Königreichs wurde eine besondere Polizeibehörde unter dem Namen einer Polizeipräfectur errichtet, die aber schon nach wenigen Wochen ihre Existenz einbüßte. Unter den Präfecten standen Departementalcompagnien von je 50 Mann, die zur Handhabung der Polizei an den Hauptorten der acht Departements und speciell zur Bewachung der Präfecturen, der öffentlichen Kassen, Gefängnisse und Anstalten, keineswegs aber zur Handhabung der politischen Polizei bestimmt waren. Auch die durch ein Decret vom 9. Januar 1808 ins Leben gerufene Legion Königlicher Gendarmen hatte zunächst nur die Aufgabe, die gute Ordnung im ganzen Königreiche zu erhalten und die Aufrechterhaltung einer guten Polizei zu sichern. Sie zählte in den ersten Jahren mit Einschluß der Officiere 144 Mann und zerfiel in Brigaden, bestehend aus je einem Brigadier und drei Gendarmen. In jeden der 27 Districtshauptörter war eine Brigade gelegt; nur die Städte Cassel, Magdeburg, Braunschweig und Osnabrück, nach der Einverleibung Hannovers auch die Hauptstadt dieses Landes, erhielten je zwei Brigaden. Anfangs empfahl Napoleon seinem Bruder Jerome, die Gendarmerie nur aus Franzosen zu rekrutiren; unliebsame Vorkommnisse in Braunschweig gaben ihm aber bald Anlaß, zu erklären, daß französische Gendarmen in Westfalen nicht am Platze seien und durch Deutsche ersetzt werden müßten.

Es war auch Napoleon, der im Spätsommer 1808 Jerome durch die Mittheilung, daß geheime Agenten der vertriebenen Fürsten das Land auf alle Weise aufwiegelten, und daß die westfälische Polizei, welche nicht das mindeste tauge,

sich G. P. von Bülow, Beiträge zur neueren braunschweigischen Geschichte, S. 95: „Anfangs schien gegenseitiges Vertrauen zu walten, und nur stufenweise bildete sich dieser Verwaltungszweig (die hohe Polizei) aus, so wie der Druck des französischen Systems zunahm und die Hoffnung einer bessern Zukunft zurückwich."

von jenen am Narrenseil geführt werde, aus seiner blinden Sicherheit aufrüttelte. Unglücklicherweise traf es sich, daß eben damals der bekannte unselige Brief des preußischen Ministers von Stein den Franzosen in die Hände fiel, in dem unter Bezugnahme auf die im Westfälischen herrschende Gährung der Plan eines allgemeinen Aufstandes gegen Jerome empfohlen wurde. Angesichts dieses Briefes, der der westfälischen Regierung den Abgrund, vor dem sie stand, mit erschreckender Klarheit enthüllte, konnte Jerome gar nicht anders als energische Maßregeln zum Schutze seiner Krone treffen. Fast unmittelbar nach dem Bekanntwerden des Briefes erfolgte durch ein Decret vom 18. September 1808 die Errichtung einer Centralbehörde für die politische Polizei: der Generaldirection der hohen oder allgemeinen Polizei unter den Befehlen des Justizministers. Die bisher bestandene directe Verbindung der Präfecten mit dem Minister in Polizeisachen hörte auf; doch blieb ihnen die innere Polizei der Departements. Ihnen zur Seite traten besondere, lediglich von der Generaldirection ressortirende Generalcommissare der hohen Polizei; auch wurde die Anstellung von Polizeicommissaren in den Städten und größeren Communen verfügt, die hinsichtlich der hohen Polizei gleich der Gendarmerie der Generaldirection unterstanden. Zu dem Wirkungskreise des Generaldirectors gehörte alles, was wir mit dem Worte politische Polizei zu bezeichnen pflegen. Seine Befugnisse gingen so weit, daß er alle ihm irgend verdächtig scheinenden Personen zum Verhöre vor sich führen, ja sie provisorisch verhaften lassen konnte; doch mußte er in letzterem Falle sogleich die Befehle des Königs durch das Organ des Justizministers einholen: eine Bestimmung, wodurch das Publikum wenigstens in etwas vor willkürlichen Verhaftungen geschützt wurde.

Es begreift sich, daß der wichtige Posten des Generaldirectors einem Franzosen, dem Chevalier Legras de Bercagny anvertraut wurde. Aber eine ungeeignetere Wahl hätte Jerome nicht treffen können. Nicht nur, daß Bercagny von den deutschen Verhältnissen und der deutschen Sprache nicht die mindeste Kenntnis hatte; er war auch ein gewissenloser, habgieriger und gleichzeitig unfähiger Mensch, der bei seinem Amte nach dem ausdrücklichen Zeugnisse des französischen Gesandten in Cassel, Reinhard, nur von dem Gesichtspunkte geleitet wurde, sich binnen zwei Jahren ein Vermögen zu erwerben.

Die ersten Erlasse des neuen Generaldirectors athmen freilich eitel Milde und Wohlwollen. In einer Instruction, welche er kurz nach seinem Amtsantritt den Präfecten zugehen ließ, war u. a. gesagt: Jerome wolle nicht, daß die Polizei auf unüberlegte Äußerungen, welche dem Staate keine Gefahr bringen könnten, Gewicht lege; vielmehr sei es die ausgesprochene Absicht des Königs, daß die Ruhe der Unterthanen nie durch eine beunruhigende und vexatorische Überwachung gestört werde, die der öffentlichen Ordnung nur schaden könne. Aber Bercagny's Handlungen straften solche schönen Worte Lügen. Er ließ es sein erstes sein, eine Schaar geheimer Aufpasser und Spione in seinen Sold zu nehmen, denen gerade das, was er in seinen Erlassen so weit von sich gewiesen hatte: die schärfste Überwachung der öffentlichen Meinung, zur ersten Pflicht gemacht wurde. Bald war man so weit, Conduitenlisten über alle politisch verdächtigen Personen anzulegen. Die übeln Folgen eines solchen Systems machten sich alsbald in einem solchen Maße geltend, daß es Klagen und Beschwerden gegen die hohe Polizei regnete. So heißt es in einem Berichte des Präfecten vom Elbdepartement aus dem Anfang des Jahres 1809, im Publikum habe sich die Meinung allgemein verbreitet, daß die hohe Polizei nur darauf ausgehe, die Gesinnungen der Unterthanen zu erforschen, und daß sie zu diesem Zwecke geheime Spione und Aufpasser in die geselligen Vereinigungen und selbst in die Familien schicke, um alle Äußerungen, die nur den geringsten Bezug auf die gegenwärtigen politischen Verhältnisse hätten, höheren Orts zu denunciren. Da das Publikum ferner zu bemerken glaube, daß die hohe Polizei den Aussagen dieser feilen Agenten unbedingten Glauben beimesse und nur zu sehr geneigt sei, harmlose und scherzhafte Äußerungen auf das nachtheiligste auszulegen, so habe alle Geselligkeit einen gewaltigen Stoß erlitten. Einer mißtraue dem andern so sehr, daß Niemand mehr ein Urtheil über die Zeitereignisse zu fällen wage; und wem irgend ein freies Wort darüber entschlüpft sei, der werde sofort von der Sorge gepackt, dafür verantwortlich gemacht zu werden.[1])

Der Präfect läßt in seinem Berichte ja durchblicken, daß die Angst des Publikums vor der hohen Polizei übertrieben sei, er stellt sogar dem Generalcommissar der hohen Polizei in Magdeburg, Moisez, das Zeugnis eines humanen Menschen von trefflichem Charakter aus, aber um so schärfer greift er ein System an, das zu einer solchen Vergiftung des öffentlichen Geistes führen mußte. Nicht minder lebhafte Beschwerden kamen von anderen Seiten; es gab bald kaum eine Behörde, die nicht in Krieg und Hader mit der hohen Polizei gelebt hätte. Wie hätte es auch anders sein können, da diese sich überall einmengte und sich ein Aufsichtsrecht über alle Verwaltungszweige, ja über den Gang der Ministerialgeschäfte anmaßte. Wiederholt mußten die Minister gegen die immer weiter um sich greifenden Übergriffe des Generaldirectors protestieren. Aber selbst dem Justizminister Siméon, unter dessen Befehlen doch die politische Polizei stand, gelang es nicht, Bercagny in die gebührenden Schranken zurückzuweisen. Denn Jerome, der unter dem Eindrucke der aufständischen Bewegungen

---

[1]) Extrait du comte rendu par Mr. le Préfet du Département de l'Elbe des travaux et actes de son administration pendant l'année 1808, von Bercagny unter dem 16. September 1809 an sämmtliche Generalcommissare der hohen Polizei mit dem Auftrage geschickt, um jeden Preis zu ermitteln, ob auch die übrigen Präfekten in ihren comtes rendus im gleichen Sinne berichtet hätten. „Il ne s'agit pas moins que de déjouer une intrigue qui se présente fondée sur des rapports officiels . . . C'est un coup de partie, je vous en previens. Il y va peutêtre de l'existence de la haute police. En conséquence ne negligez aucun moyen pour vous procurer la minute restée dans le bureau du préfet. S'il faut y dépenser quelque argent, la nécessité de la haute police est pour moi une chose démontrée et les attaques qu'elle reçoit me prouvent de jour en jour davantage qu'il est essentiel de la maintenir." Dieses Schreiben ist recht bezeichnend für Bercagny.

des Jahres 1809 und insbesondere des Verrathes Dörnbergs von seiner anfänglichen Vertrauensseligkeit zurückkam, stellte sich regelmäßig auf die Seite des Generaldirectors. Er ließ sich fast täglich von ihm Bericht erstatten und schenkte seinen leichtfertigen und übertriebenen Angaben, die darauf ausliefen, dem König immer größere Angst vor den Conspirationen der Deutschen einzujagen und sich um so unentbehrlicher zu machen, lange Zeit unbedingten Glauben. Aber das Sprichwort: Der Krug geht so lange zum Wasser, bis er bricht, sollte auch hier eintreffen. Bercagny hatte es besonders auf den Finanzminister von Bülow, das Haupt der deutschen Portei am westfälischen Hofe, abgesehen, in dem er den geheimen Mittelpunkt aller Verschwörungen vermuthete. Da Bülow nun dem spähenden Auge der Polizei keine greifbare Blöße bot, so setzte der Chef der westfälischen Polizei eine heimliche Durchsuchung seiner Privatcorrespondenz ins Werk. Die Organe Bercagnys verfuhren aber dabei so ungeschickt, daß der Minister die Attentäter auf frischer That ertappen konnte. Wohl oder übel mußte Jerome, der allerdings dem Anschlage selbst nicht fern gestanden haben dürfte, dem beleidigten Bülow Genugthuung verschaffen. Der am meisten compromittierte Generalsecretär der hohen Polizei von Schalch, Bercagnys rechte Hand, wurde des Landes verwiesen. Bercagny selbst hätte sich vielleicht zu halten vermocht, wenn er sich wenigstens sonst in seiner Eigenschaft als Chef der hohen Polizei bewährt hätte. Statt dessen hatte er sich von dem Aufstande im Jahre 1809 völlig überraschen lassen. Jerome mußte später selbst zugeben: „Nie habe ich von ihm etwas erfahren können.“ Trotzdem mochte der König den Günstling nicht ganz fallen lassen. Wohl entzog er ihm sein bisheriges Amt (October 1809), übertrug ihm aber dafür die von der Präfectur des Fuldadepartements wieder abgezweigte Polizeipräfectur der Stadt Cassel. Hier setzte Bercagny sein altes Treiben in womöglich noch gehässigerer Weise fort. Schließlich compromittierte er sich durch eine in usum regis ausgeheckte Verschwörung derart, daß Jerome ihn im Mai 1811 auch aus dieser Stelle entfernen mußte.

Die Generaldirection der hohen Polizei blieb nach Bercagnys Degradation unbesetzt. Die den Präfecten zu Anfang 1808 übertragenen polizeilichen Befugnisse wurden im alten Umfange wieder hergestellt. Die Generalcommissariate der hohen Polizei blieben zwar bestehen, wurden aber den Präfecten untergeordnet; auch wurden sie ausdrücklich von dem Justizminister Siméon angewiesen, nicht zu viel Gewicht auf die Angaben besoldeter Agenten zu legen, deren Name allein ein Schrecken für die westfälischen Unterthanen sei.

Eine solche Neuorganisation der hohen Polizei konnte nur günstig wirken. Der französische Gesandte Reinhard bestätigt Anfang 1810, seit der Aufhebung der Generaldirection höre man in Westfalen weder von schlechten Gesinnungen noch von Umtrieben und Unordnungen. Freilich war die Zeit, während welcher die Generaldirection in Wegfall kam (October 1809 bis April 1811), überhaupt verhältnismäßig ruhig. Das Jahr 1810, welches dem Königreiche bekanntermaßen in dem bisher unter französischer Herrschaft verbliebenen größeren Theile von Hannover einen erheblichen Zuwachs brachte, kann als der Höhepunkt der westfälischen Herrschaft angesehen werden. Aber bald ging es um so tiefer abwärts. Schon Ende 1810 entriß Napoleon in der ihm eigenen rücksichtslosen Art seinem Bruder mit dem nördlichen Hannover auch werthvolle altwestfälische Gebietstheile, um sie dem eigenen Kaiserreiche einzuverleiben. Der gigantische Krieg gegen Rußland, der sich damals vorbereitete, warf durch erhöhte finanzielle und militärische Lasten, die das von Anbeginn an mit finanziellen Schwierigkeiten kämpfende Reich dem Bankerott entgegenführten, seine Schatten voraus. Von Neuem verbreitete sich eine dumpfe Gährung in der Bevölkerung, der Vorbote kommender stürmischer Ereignisse; und wieder war es Napoleon, der seinen Bruder auf die im Schooße des Volkes dräuenden Gefahren hinwies und Maßregeln dagegen verlangte. Jerome kam dieser Aufforderung nach, indem er durch ein Decret vom 20. April 1811 die hohe Polizei mit der Generalinspection der Gendarmerie vereinigte. Schon vorher war die Gendarmerie auf 151 Brigaden zu Pferde und 29 Brigaden zu Fuß vermehrt worden; jetzt wurden dem Chef der Gendarmerie die (späterhin auf die Hälfte reduzierten) Generalcommissare der hohen Polizei und die übrigen Polizeibeamten untergeordnet, während der Justizminister die Competenz in Polizeisachen ganz verlor.

Leider war der Generalinspector der Gendarmerie General Bongars um kein Haar besser als Bercagny. Auch er arbeitete darauf hin, den König in Furcht und Schrecken vor Verschwörungen zu erhalten und ihn geradezu gegen die Deutschen zu verhetzen. Das gelang ihm auch so gut, daß der französische Gesandte Reinhard, gewiß ein unverdächtiger Zeuge, Anfang 1812 nach Paris berichten mußte: alle Minister sprächen mit schmerzlichem Unwillen von Bongars, der das Ohr Jeromes besitze und dem Königreiche unberechenbaren Schaden zufüge. Denn da derselbe ein Interesse daran habe, möglichst viele Entdeckungen zu machen, und ohne Unterschied an jede neue Entdeckung glaube, so bausche er die Bedeutung seiner Berichte so sehr auf, daß der verängstigte König sich zu unüberlegten Schritten fortreißen lasse, die Bongars nicht einmal beabsichtigt habe.

Auch die Bevölkerung suchte Bongars durch Furcht und Schrecken im Zaum zu halten. Zu diesem Zweck war ihm jedes Mittel und jedes Werkzeug recht. Die Überwachung der öffentlichen Meinung ward noch schärfer als unter Bercagny gehandhabt, wobei die planmäßige Verletzung des Briefgeheimnisses eine große Rolle spielte. Die Gendarmen mußten allerorten Conduitenlisten anlegen und ihren Chefs regelmäßig über die Gesinnungen der Einwohner Bericht erstatten. Auch umgab sich Bongars nach dem Vorbilde Bercagnys mit einer großen Anzahl geheimer Spione und Agenten, durchweg verworfenen Kreaturen, die ihre Stellung in niederträchtigster Weise zur Befriedigung ihrer Leidenschaften, vornehmlich ihrer Habgier, mißbrauchten. Zum Glück für die Bevölkerung Westfalens war die Unfähigkeit dieser Subjecte fast noch größer als ihre Verworfenheit. So war und blieb die geheime westfälische Polizei stets mehr schreckenerregend als wirklich furchtbar. Es ist nicht zu viel gesagt, wenn die als Anhang abzudruckende Denkschrift über die westfälische Polizei bemerkt: „Die geheime oder sogenannte hohe Polizei im ehemaligen Königreiche Westfalen war im Ganzen genommen ein solches System von Erbärmlichkeit, daß sie in der That selbst nicht einmal das Ansehen verdiente, das ihr als einer Tochter der berüchtigten französischen geheimen Polizei, die Furcht des Publikums und das Dunkel, in welches sie ihre größtentheils unbedeutenden und schlecht ausgeführten Operationen hüllte, verschafft haben." Die Papiere des Generalcommissars Guntz, auf die wir im Folgenden näher eingehen, bieten dafür vielfache Belege.

Es bestätigt sich zunächst aus diesen Papieren, daß Bongars systematisch darauf ausging, das Publikum durch ein gewaltthätiges und brutales Vorgehen in dem lähmenden Banne der Angst zu erhalten. Bei dem geringsten Anlasse ließ er Personen jeden Standes in das Castell zu Cassel, das „Zwing-Uri" der Westfalen, abführen und dort ohne Verhör schmachten. Dieses Loos traf u. a. den ersten Präfecten des Allerdepartements v. Schele, einen Bruder des Staatsraths und nachmaligen hannoverschen Cabinetsministers G. v. Schele, der sich durch eine heimliche Reise nach Berlin (Januar 1811) verdächtig gemacht hatte, den Pastor Wolbert zu Bordenau bei Neustadt a. R., einen Glockengießer Wiedemann aus Hannover, der mit Bezug auf Jerome die unehrerbietige Äußerung gethan hatte: „wenn ein ehemaliger Ladenschwengel Soldaten halten wolle, müsse er sie auch füttern" [1]) und viele andere mehr. Besonders hoch stieg die Zahl der Verhaftungen begreiflicherweise im Jahre 1813; es seien hier unter anderen der Unterpräfect von Hildesheim Freiherr von Hammerstein [2]) und der Oberappellationsrath von Zesterfleth zu Celle [3]) hervorgehoben. Mitunter ließ Bongars gleich Verhaftungen im Großen vornehmen. So wurden in der zweiten Hälfte des Jahres 1811 in der Umgegend von Hannover und Celle eine ganze Reihe von Personen unter dem Verdachte der Werberei für England gefänglich eingezogen. Neun derselben, bei denen

[1]) Aufzeichnungen des Amtmanns Meyer. — [2]) Vgl. Geschichte der freiherrlich von Hammersteinschen Familie, S. 317 f. — [3]) Vgl. v. Strombeck, Darstellungen aus meinem Leben und aus meiner Zeit II, 174.

der Verdacht sich zu bestätigen schien, wurden der französischen Militärbehörde überantwortet und auf Befehl des Fürsten von Eckmühl vor ein französisches Kriegsgericht in Magdeburg gestellt. Es waren dies: ein Schuhmacher Schüddekopf aus Laatzen, der erst vor kurzem aus englischen Diensten zurückgekehrt war, ein Gastwirth A. Kracke aus Wülfel, die Landwirthe Chr. Kracke, W. Kracke und C. Bartmer aus Laatzen, W. Bartmer und Chr. Bartmer aus Wülfel, ferner zwei ehemalige hannoversche Officiere, Ludwig von Roden aus Hannover und Karl Friedrich Otto von Mauderode, Sohn des verstorbenen Obersten von Mauderode und dessen Gemahlin geb. von Bennigsen aus dem Hause Banteln zu Celle. Letzterer war bereits zu Beginn des Jahres 1811 von der westfälischen Polizei unter dem Verdacht der englischen Werbung verhaftet und vor ein Kriegsgericht gestellt, damals aber, Dank der geschickten Vertheidigung des Rechtsanwalts Manstädt freigesprochen und nach sechsmonatlicher Haft in dem Cleverthorgefängnis zu Hannover wieder in Freiheit gesetzt worden. Auch Schüddekopf war erst unlängst (30. November 1811) von einem Kriegsgericht freigesprochen worden. [1]) Diesmal sollte es ihnen, obwohl sich speciell Mauderode nach dem Zeugnisse seiner Mutter nichts Neues hatte zu schulden kommen lassen, [2]) schlimmer ergehen. Zwar schien sich die Untersuchung auch diesmal zu seinen Gunsten zu lenken, aber gerade während der entscheidenden Sitzung des Kriegsgerichts, traf neues Belastungsmaterial gegen ihn, von dem französischen Divisions-

---

[1]) Bericht des Polizeicommissars Grahn in Hannover an Guntz vom 4. Januar 1812. — [2]) Eingabe der Oberstin von Mauderode vom 16. August 1814 an das Cabinetsministerium. — Die unglückliche Mutter klammerte sich trotz der Bekanntmachung in den westfälischen Anzeigen, daß die Todesstrafe vollstreckt worden sei, an die Hoffnung, daß „dieser Mord" nicht vollbracht sei, sondern daß sich ihr Sohn noch irgendwo im Kerker befinde. Sie bat daher das Cabinetsministerium, „einer im höchsten Grade betrübten und unglücklichen Mutter die Gnade zu erweisen, dem Schicksal ihres verlorenen Sohnes nachzufragen". Das Cabinetsministerium kam dieser Bitte nach, konnte aber der Oberstin von Mauderode nur den Tod ihres Sohnes bestätigen.

general Gudin übersandt, ein. Auf Grund desselben ward er (28. December 1811) ebenso wie Schüddekopf einstimmig der „Schleichwerberei für England“ für schuldig befunden und mit diesem gemäß dem Gesetz vom 4 Nivose An 4 zum Tode durch Erschießen verurtheilt. Die Vollziehung des harten Urtheilsspruchs fand bereits am folgenden Tage statt. Es soll nicht unerwähnt bleiben, daß nach einem im Kriegsarchiv des Großen Generalstabes zu Berlin ruhenden Briefe des damaligen Majors von Boyen an General von York der noch jugendliche Mauderode dem Tode mit einer wirklich „heroischen Standhaftigkeit“ entgegengegangen ist.[1]) Von den übrigen Angeklagten konnte sich von Roden nur mit Mühe von der Anklage directer Betheiligung an Mauderodes Werbungen reinigen, nicht so aber von dem Verdachte, dieses Verbrechen indirect begünstigt zu haben. Der Spruch des Kriegsgerichts verurtheilte ihn dafür zu zehnjähriger Gefängnißstrafe. Auch der Gastwirth Kracke ward nur mit vier Stimmen gegen drei von der Anklage der Schleichwerberei freigesprochen und erhielt nur eine dreimonatliche Gefängnisstrafe, weil er französische Soldaten heimlich beherbergt und dadurch der Desertion Vorschub geleistet habe. Die anderen sechs Angeklagten wurden einstimmig von aller Schuld freigesprochen und konnten Anfang Januar 1812 zu ihren angstvoll harrenden Angehörigen zurückkehren.[2]) Offenbar waren sie von Bongars gleich so vielen anderen ohne jeden Grund gefangen gesetzt worden.

---

[1]) Boyen an York, Berlin, 11. Januar 1812: „Auch in Westfalen muß die Regierung große Besorgnisse hegen, denn es geschehen dort täglich Verhaftungen, und es werden eine Menge Menschen angeblich englischer Werbung wegen füsiliert. Ein ehemaliger Lieutenant Mauderode, den in Magdeburg dies Loos traf, ist dem Tode mit einer wirklich heroischen Standhaftigkeit entgegengegangen.“ — [2]) Bericht Grahns an Guntz vom 4. Januar 1812. Durch eine Präfecturverfügung vom 28. Januar 1812 wurden die von dem Magdeburger Kriegsgerichte gegen Mauderode, Roden und Kracke erkannten Strafen zur Warnung des Publikums bekannt gemacht.

Wie leichtfertig Bongars Verhaftungen anordnete, ergiebt sich unter anderem auch aus einem dem Generalcommissar Guntz in Braunschweig im Frühjahr 1813 ertheilten Befehle, 15 braunschweigische Bürger auf ganz vage Verdachtgründe hin verhaften und nach Cassel abführen zu lassen und bei weiteren 16 Bürgern Haussuchungen zu veranstalten. Als der wohlwollende Guntz Anstand nahm, so weitgehende Befehle zu erfüllen, mußte er sich ein geharnischtes Schreiben Bongars vom 24. April gefallen lassen, worin es in brutalem Tone hieß: „Sie haben offenbar aus Furcht vor demnächstigen Gefahren den Kopf verloren. Ich lasse mich aber auf solche Beweggründe nicht ein. Wenn die Personen, deren Verhaftung Ihnen befohlen ist, nicht heute in drei Tagen in Cassel angelangt sind, so werde ich Ihre Absetzung von Sr. Majestät verlangen."

Die Verhaftsbefehle Bongars konnten nicht immer vollzogen werden. Oft hatten sich die bedrohten Personen der Einkerkerung durch die Flucht entzogen, oft war auch ihr Aufenthaltsort nicht ausfindig zu machen. Ein Verhaftsbefehl, den Bongars am 1. Juni 1812 gegen den ehemaligen bremischen Landrath von Wersebe erließ, dessen hervorragender Antheil an den hannoverschen Aufstandsplänen des Jahres 1809[1]) durch Verrath zur Kenntnis der hohen Polizei gelangt war, mußte schon darum unerledigt bleiben, weil dieser tapfere Patriot inzwischen im Auslande verstorben war. Auch ein Lettre de cachet gegen den früheren Verdener Amtsschreiber Palm vom 4. November 1812 blieb erfolglos. Der Name Palm's figurierte in einer Liste der geheimen Agenten des Tugendbundes, welche der hohen Polizei von dem westfälischen Gesandten am Dresdener Hofe zugestellt worden war.[2]) That-

[1]) Vgl. darüber des Verfassers Aufsatz: „Die hannoverschen Aufstandspläne im Jahre 1809 und England" in dem vorigen Bande dieser Zeitschrift. — [2]) Die bei den Acten liegende Liste stimmt mit der in der Schrift „Die entlarvte hohe und geheime Polizei des zerstörten Königreichs Westfalen" (S. 183 f.) abgedruckten „Liste der geheimen Agenten der berühmten Vereinigung der Tugend, welche direct mit dem Herrn Gruner correspondierten"

sächlich war Palm nichts weniger als ein Anhänger oder gar Agent des Tugendbundes, vielmehr stand er, nachdem er eine Anstellung als provisorischer Polizeicommissar im französischen Departement der Wesermündung (Januar 1811—März 1812) aufgegeben hatte, als Geheimagent im Dienste der Pariser Polizei, und seit dem April 1813 als eine Art Privatdetectiv in Napoleons persönlichen Diensten mit einem monatlichen Gehalte von 3000 Fr. Im Frühjahr 1812 ward er von Paris nach Deutschland gesandt, um den damals verbreiteten Gerüchten über allerhand gefährliche Verschwörungen an Ort und Stelle nachzuspüren. Er besuchte auf dieser Mission u. a. Karlsruhe, Darmstadt, Frankfurt, Cassel, Bremen, Leipzig, Prag und Wien und hielt sich besonders lange im Westfälischen auf. Nichts ist wahrscheinlicher, als daß er Anknüpfungen mit den Anhängern der Patriotenpartei, die unter dem allerdings nicht zutreffenden Namen des Tugendbundes zusammengefaßt wurden, gesucht und vielleicht auch gefunden hat; beruhte doch sein vorzugsweise angewandter Kniff darin, sich der Maske eines geheimen englischen Agenten zu bedienen, um sich durch diese in das Vertrauen der Patrioten einzuschleichen. Es läßt sich sogar die Vermuthung nicht abweisen, daß er die französische Regierung selbst in den Besitz der Liste der Tugendbündler, in der auch sein Name stand, gesetzt, und daß er u. a. auch die vielbesprochene Verhaftung J. Gruners in Prag indirekt herbeigeführt hat.[1]) Auffallend bleibt dabei freilich, daß Bongars von der

---

überein, nur daß erstere noch folgende drei Namen enthielt: 1) Lang (Furke, Werder), arrêté en Bohême; 2) P. Müller (Hannsen), arrêté à Berlin; 3) Heiligenstadt (Eisfeld), arrêté à Berlin. Etwa die Hälfte der in dieser Liste aufgeführten Personen kehrt auch in der aus dem Nachlaß Gruners stammenden Liste seiner geheimen Agenten wieder, so auch Palm, als dessen Wohnort Frankfurt angegeben wird (Fournier, Stein und Gruner in Österreich, Deutsche Rundschau LIII). Ein Beweis, daß der hier genannte Palm mit dem Amtsschreiber P. identisch war, ist nicht vorhanden. Bongars nahm dies aber unbedenklich an.

[1]) Vgl. den Aufsatz J. v. Gruners, „Die Gründe der Verhaftung Justus Gruners in Prag in der Nacht vom 21.—22. August 1811.“ „Deutsche Revue“, J. XXVII, Bd. 1, S. 258.

Qualität Palms als eines der hervorragendsten französischen Polizeispione nichts wußte, vielmehr ihn allen Ernstes als Tugendbündler verfolgen ließ.[1])

Überhaupt war das Verhältnis der westfälischen Polizei zur französischen ein recht eigenthümliches. Einerseits waren die westfälischen Polizeibeamten angewiesen, den Requisitionen der französischen Polizei so viel als möglich nachzukommen, dergestalt, daß letztere sich der ersteren fast unbeschränkt zu ihren Zwecken bedienen konnte. So half die westfälische Polizei der französischen beispielsweise bei der Überwachung der Mitglieder der mährischen Brüdergemeinde, unter deren Conventikeln man sich weiß der Himmel was für staatsgefährliche Verschwörungen vorstellte. Als nun im Mai 1813 die Papiere eines Missionars dieser Secte in dem Hause eines braunschweigischen Bürgers Namens Stobwasser der westfälischen Polizei in die Hände fielen, sandte diese sie unverweilt dem französischen Polizeidirector in den Hanseatischen Departements D'Aubignose zu und setzte ihn zugleich von den Aussagen Stobwasser's in Kenntnis, aus denen sich die ganze Harmlosigkeit dieser Secte ergab. St. erklärte im Verhör u. a.: er bekenne sich seit langer Zeit zur mährischen Brüdergemeinde, die in Braunschweig und Umgegend, in Hannover, Bremen u. s. w. viele Anhänger zähle. Diese zu besuchen und im Glauben an das seligmachende Evangelium zu stärken sei der Zweck und die Pflicht der reisenden Missionare, deren einer sich seit 1765 ständig in seinem Hause aufgehalten habe. — D'Aubignose ward hierdurch unschwer überzeugt, daß die mährischen Brüder keine Verschwörer seien und schickte die be-

[1]) Vgl. auch den als Anhang abgedruckten Aufsatz. — Palm ward nach der Restauration (1816) von der hannoverschen Justizkanzlei wegen Hochverraths zu lebenslänglichem Zuchthaus und Confiskation seines Vermögens verurtheilt, vom Könige aber unter dem 11. Juli 1823 begnadigt. Näheres über seine abenteuerliche Laufbahn findet sich in einem durch verschiedene Gnadengesuche zu Gunsten Palms veranlaßten Berichte des Cabinetsministeriums an den Prinzregenten vom 11. Februar 1819. Vgl. ferner Ompteda, Politischer Nachlaß des Staats- und Cabinetsministers L. von Ompteda I, 418 Anm.

schlagnahmten Papiere nach Braunschweig zurück, ohne sie auch nur eingesehen zu haben.

Ging hier die westfälische Polizei mit der französischen Hand in Hand, so bekunden andere Befehle Bongars das stärkste Mißtrauen und eine schlecht verhehlte Abneigung gegen dieselbe. Ging er doch soweit, die ihm untergebenen Generalcommissare unter dem 13. November 1811 zu instruieren, sie sollten die Emissäre der französischen Polizei auf das genaueste überwachen. Eine gleichzeitige Weisung an Guntz enthält das Gebot, jeden Schritt eines französischen Geheimagenten Namens Senaux zu verfolgen. „Um Sie desto besser in den Stand zu setzen", heißt es darin, „hinter die Pläne und die Entdeckungen des Herrn Senaux zu kommen, habe ich dem gegenwärtig in Halberstadt befindlichen Geheimagenten Rosenmeyer[1]) Befehl ertheilt, sich auf der Stelle zu Ihnen zu begeben. R. ist ein Mann, dem Sie völlig vertrauen können. Sie werden gut thun, ihn dem Herrn Senaux als einen thätigen und discreten Agenten zu empfehlen. Weisen Sie R. an, S. immer mehr entgegenzukommen. Hat er dessen Vertrauen hinreichend gewonnen, so mag er ihm insinuieren, daß die westfälische Polizei ihre Agenten nur kärglich bezahle, und daß die französische Regierung diese Thätigkeit weit besser belohne." — Man begreift diese Überwachung der französischen Polizeiagenten, wenn man hört, daß diese hinwieder das Verhalten der westfälischen Polizei scharf controlierten und die genauesten Berichte über die westfälischen Verhältnisse, ja selbst über das Leben und Treiben bei Hofe nach Paris sandten, wodurch sie dem Könige wie den westfälischen Behörden manche Verlegenheiten bereiteten.

Natürlich waren die Agenten der französischen Polizei nicht die einzigen Personen, welche unter der sogenannten „Surveillance" der westfälischen Polizei standen. Im Gegentheil, die Zahl derer, die davon betroffen wurden, war Legion. Es gab kaum eine durch Geburt oder Stellung hervorragende

[1]) Aus einem bei den Acten befindlichen Berichte desselben ersehen wir, daß er Doctor der Rechte war. Näheres über ihn ist nicht bekannt.

Persönlichkeit im ganzen Königreiche, die nicht Aufnahme in die überall geführten Conduitenlisten gefunden hätte. Selbst die offenkundigsten und überzeugtesten Anhänger der westfälischen Regierung waren nicht sicher davor, in solche „schwarze" Listen eingetragen zu werden. Beispielsweise hieß es in einer derselben über den Generaldirector des öffentlichen Unterrichts Staatsrath von Leist, dessen Prahlerei, „daß er mit Napoleon stehe und falle" allgemein bekannt war,[1]) er solle zu dem Göttinger Professor Harling gesagt haben: „Wenn Sie nach Paris gehen wollen, so nehmen Sie sich ja vor der hohen Polizei in Acht; denn Sie werden an allen Enden und Ecken ihren geheimen Agenten begegnen. Falls Sie eine Gallerie besuchen, so wird man genau darauf achten, welche Gemälde Sie betrachten, welche Miene Sie dabei aufsetzen u. s. w. Freilich ist es in Göttingen nicht anders, seit die hohe Polizei wieder ins Leben getreten ist." Auch der ehemalige Geheime Cabinetsrath und Präsident der Gouvernements-Commission Patje, der doch so sehr in das westfälische Fahrwasser eingelenkt war, daß die wiederhergestellte hannoversche Regierung trotz aller seiner Verdienste nichts mehr von ihm wissen wollte, entging dem Verdachte der hohen Polizei nicht. „Seit Baron von Patje", so instruierte Bongars den Vorgänger von Guntz, Mercier, „so hoch gestiegen ist, als er wollte, sind seine Prinzipien nicht mehr dieselben, und es ist erforderlich, daß er ebenso genau wie die anderen beobachtet werde." Gleicherweise stand der Präsident der westfälischen Ständeversammlung und spätere braunschweigische Minister Graf von der Schulenburg-Wolfsburg unter ständiger Aufsicht. Ein cassierter Oberförster von Speth in Vorsfelde dicht bei Wolfsburg erhielt die Aufforderung, gegen eine jährliche Remuneration von 200 Thalern den Grafen zu beobachten und über ihn und alle in Wolfsburg ein- und ausgehenden Fremden zu berichten. Zum Glück für den Grafen suchte von Speth in dieser Angelegenheit den Rath des Friedensrichters Bode zu Bardorf, eines warmen

[1]) Nach einem Briefe des Ministers von Bremer an Graf Münster vom 28. November 1809. Vgl. über Leist: Innere Zustände II, 85 f.

Verehrers Schulenburgs. Bode überredete ihn den Auftrag anzunehmen und gab sich sogar her, seine Berichte in das Französische zu übersetzen, natürlich nur in der Absicht, von allen gegen den Grafen und sein Haus gerichteten Schritten Kenntnis zu erhalten und diesen jederzeit warnen zu können: eine Comödie, die bis zum Untergang des Königreichs fortgesetzt wurde.[1])

Einer besonders scharfen Controle wurden seitens der westfälischen Polizei alle aus Preußen kommenden Personen unterworfen. So signalisierte Bongars im Mai 1812 dem Braunschweiger Generalcommissar einen Major von Hedemann, angeblich Flügeladjutant des Prinzen Wilhelm von Preußen, und einen Baron von Wangenheim, Sohn einer Frau von der Decken, welche eben damals von Berlin über Braunschweig nach Hannover reisen wollten, als „enragierte Feinde des gegenwärtigen Systems" und befahl ihm kategorisch: „Kein Schritt dieser Personen darf uns unbekannt bleiben, treffen Sie also Ihre Maßregeln, um über jeden derselben auf das Genaueste unterrichtet zu werden."[2]) Ein gleicher Befehl erging bezüglich eines ehemaligen österreichischen Majors von Nostiz, der unter dem Namen eines preußischen Majors von Natzmer im Sommer 1812 mit mehreren Bekannten über Hannover nach Pyrmont, angeblich zum Gebrauch des Bades reiste. Ebenso waren die westfälischen Polizeiagenten angewiesen, auf

[1]) P. Zimmermann, Graf Bülow und der Abschied von Cassel. Zeitschrift des Harz=Vereins für Geschichte und Alterthumskunde, Bd. XXIV, S. 49 f. — [2]) Anscheinend ist dieser Herr von Hedemann identisch mit einem Rittmeister von H., von dem der Polizeicommissar Claren (oder Clarendt) zu Celle unter dem 4. Juni 1812 berichtet: Am 2. sei hier ein Rittmeister von H. zum Besuche seiner Verwandten angekommen. Durch einen expressen Boten des Polizeicommissars Mertens zu Hannover habe er (Cl.) erfahren, daß derselbe genau zu surveillieren sei. „Dieser Herr von Hedemann lebt hier sehr verdachtlos bei seinen Verwandten". Er war übrigens weder Rittmeister noch Major, sondern Oberstlieutenant und gleich dem Oberschenk Baron von Wangenheim Hannoveraner. Ihre Bezeichnung als Preußen ist vielleicht darauf zurückzuführen, daß sie in Folge einer Ordensverleihung durch den König von Preußen nach Berlin gereist waren.

alles ein scharfes Auge zu haben, was mit den bekannten Führern und Mitgliedern der preußischen Patriotenpartei in Zusammenhang stand; so waren speciell Scharnhorst, Gneisenau, Chasot, J. Gruner, sowie alle diejenigen Officiere, die infolge der preußischen Alliance mit Frankreich gegen Rußland (1812) ihren Abschied genommen hatten, der Wachsamkeit der Polizei in Braunschweig und Hannover empfohlen.

Es ehrt die Hannoveraner, daß sie der westfälischen Regierung in Bausch und Bogen fast ebenso verdächtig schienen wie die Preußen. Man lebte in Cassel der nichts weniger als gerechtfertigten Überzeugung, in Hannover sei eine Insurrection soweit vorbereitet, daß es nur des allergeringsten Anlasses bedürfe, um sie zum Ausbruche zu bringen, und es existiere bereits ein heimlich ausgearbeiteter Plan über den Aufstand und die neue Organisation des Landes. „In der Regel", heißt es in der bereits erwähnten amtlichen Denkschrift über die westfälische Polizei, „war jeder Hannoveraner besonders in den höheren Ständen verdächtig, vorzüglich, wenn er in seinen vormaligen Umgebungen und Verhältnissen geblieben war. Den sämmtlichen Adel im Hannoverschen aber hielt man beinahe ohne Ausnahme für eingeweiht in den Insurrectionsplan."

Der schlechte Ruf, in dem der hannoversche Adel bei der westfälischen Regierung stand, gründete sich hauptsächlich darauf, daß die meisten Mitglieder desselben bei der Vereinigung Hannovers mit Westfalen (1810) die ihnen angebotenen Ehrenstellen am westfälischen Hofe ausgeschlagen hatten.[1]) Es sind mehrere Zeugnisse dafür vorhanden, daß Jerome darüber äußerst aufgebracht war und am liebsten scharfe Maßregeln gegen die renitenten Adligen angewandt hätte. Der damalige Staatsrath von Schele hat späterhin das Verdienst für sich in Anspruch genommen, den bereits beschlossenen Ruin des hannoverschen Adels durch seinen persönlichen Einfluß bei Jerome abgewandt zu haben.[2]) Seit jener Zeit stand der weitaus größte Theil des hannoverschen Adels unter „Sur-

[1]) Vgl. Kleinschmidt, Geschichte des Königreichs Westfalen S. 381. — [2]) Schele an das hannoversche Cabinetsministerium, 2. Januar 1814.

veillance". Mit dieser Überwachung hatte es nun freilich nicht viel auf sich. Die Berichte der sie ausübenden Agenten lauteten gewöhnlich: „N. N. hat mit dem und dem gesprochen, ist da und da in Gesellschaft gewesen, hat Briefe geschrieben oder erhalten. Was aber N. N. gesprochen, was in der Gesellschaft vorgefallen, an wen und von wem die Briefe, und was der Inhalt derselben gewesen, davon sagten die Rapporte der geheimen Agenten gewöhnlich nichts." [1]) Besonders drastisch zeigt sich dies an der Überwachung des westfälischen Ex-Finanzministers von Bülow, der seit seiner Entlassung (April 1811) auf seinem Landgut Essenrode bei Braunschweig lebte. Kaum eine andere Persönlichkeit ward von der westfälischen Polizei so scharf controliert als dieser. Nach einer Instruction von Bongars (13. November 1811) sollte jeder Schritt Bülow's auf das genaueste beobachtet werden. [2]) Zu dem Zwecke wurde eine ganze Schaar von Spionen und verkappten Gendarmen in Bewegung gesetzt. Auch in Braunschweig waren mehrere Angestellte der Polizei, insbesondere der Polizeiinspector Frömbling, der uns später als Polizeicommissar in Hannover entgegentreten wird, beauftragt, den gefährlichen Mann bei seinen häufigen Besuchen in dieser Stadt keinen Moment aus den Augen zu lassen. Es finden sich bei den Acten eine Reihe von Berichten Frömbling's und anderer Agenten darüber, die einen ergötzlichen Beleg zu dem classischen „parturiunt montes" gewähren. Der erste dieser an Guntz gerichteten Berichte ist datiert vom 6. Juli 1812. „Um 2 Uhr begaben wir uns dem Befehle Ew. Hochwohlgeboren zu Folge auf unsere angewiesenen Posten und vernahmen dann wie der Forstinspector von Bülow benebst den Gastwirth Niemeyer und noch einen

---

[1]) S. den Anhang. — [2]) Dieser Befehl erstreckte sich auch auf die Angehörigen und Freunde Bülow's. Als dieser z. B. im Juli 1813 von seinen Schwiegereltern, dem Kriegsrath Schmucker und Frau aus Berlin, besucht wurde, erging sofort der Befehl an Guntz: „Üben Sie eine genaue Aufsicht über diese Personen, treffen Sie Ihre Maßregeln danach, um von allem ihrem Thun und Treiben Kenntnis zu erlangen und suchen Sie hinter den Zweck ihrer Reise zu kommen".

Fremden aus der Behausung des H. van Meerbecke ging; bald hernach kam er wieder heraus und ging nach dem Kaffeehaus; um 6½ Uhr ging derselbe abermals nach dem H. van Meerbecke. Um 7 Uhr kam der Professor Strohmeyer aus Göttingen aus dem Teutschen Hause, auch kam der Baron von Kattendick aus der Behausung des General von Bülow. Um 10 Uhr kamen die sämmtlichen Herren von der Frau von Kalm; in einem Kutschwagen saß der vorige Minister, der Herr von Bülow, der General von Bülow und fuhren sämmtlich nach ihren Logiments; auch waren noch bei der Frau von Kalm gewesen das Fräulein von Bülow, die Generalin Pelnitz und der Herr Präfect von Reimann, auch noch ein Herr und eine Dame, die wir aber nicht kannten. Übrigens sind wir bis 11 Uhr zu recognosciren bereit gewesen, haben aber weiter nichts mehr vernommen.“ Am folgenden Morgen legte sich Frömbling wieder auf die Lauer. „Um 11 Uhr ging der Minister von Bülow zu dem Postsecretär Bayer auf dem Marstall, blieb daselbst eine halbe Stunde, ging wieder zu seinem Logis im Teutschen Hause; nach einem Aufenthalt von einer Viertelstunde begab er sich zu der Wohnung des General von Bülow auf dem Eiermarkt; nachdem er sich daselbst eine halbe Stunde aufgehalten hatte, ging er zum Königlichen Postamt durch die Hinterthür. Da aber die Königliche Post drei verschiedene Auswege hat, so war es mir, obgleich ich attent genug war, nicht möglich, ihn ferner zu beobachten. Der Postdirector Falkenberg, der gleichfalls mit mir in dieser Angelegenheit beauftragt war, konnte erst 7½ Uhr sich mit mir vereinigen, und von dieser Zeit an konnten wir erst gemeinschaftlich mit einander würken. Wir beobachteten das Brendeke'sche Haus von verschiedenen Seiten und glauben, daß er nicht diesen Nachmittag da, sondern vielmehr bei der Frau von Kalm sich nebst dem Grafen von Bülow daselbst aufgehalten hat. Zweifelhaft, wo wir ihn treffen könnten, begaben wir uns nach den verschiedenen Thoren und untersuchten der Einnehmer ihre Register, ob sie vielleicht schon hinauspassirt wären. Auf der Rückkehr fanden wir einen Wagen in der Alten Wieck, welcher dem Herrn Geheimrath von Bülow zu Schliestedt gehörte; er selbst war nicht in dem Wagen, sondern hielt sich bei dem vormaligen Geheimen Canzleirath Stirn auf der Friesenstraße auf; dieses war um 4 Uhr, er kam hierauf zurück, setzte sich mit einem kleinen Burschen in den Wagen und fuhr zum Steinthor hinaus.

Von hier aus begaben wir uns wieder nach der Neuenstraße, wo wir bis ½ 6 Uhr von beiden Seiten das Local beobachteten; hierauf fuhr ein Wagen vor, welcher zur Abreise gepackt wurde und so abfuhr; wir begleiteten denselben bis zum Hagenmarkt, der Wohnung der Frau von Kalm. Daselbst stieg der vormalige Minister von Bülow und der Graf von Bülow in den vorbenannten Wagen und fuhren um 6 Uhr zum Fallersleber Thor hinaus."

Einem dritten Berichte Frömblings vom 7. Juli entnehmen wir; er habe am Abend zuvor Gelegenheit gehabt, den Kutscher des Exministers im „Deutschen Hause" zu sprechen, ohne daß derselbe ihn erkannt habe. Er habe dabei erfahren, daß Bülow am 12. mit einem Vetter — er wisse aber nicht genau, ob der Kutscher gesagt habe: mit dem preußischen Geheimen Finanzrath von Bülow oder mit dem Grafen von der Schulenburg auf Wolfsburg [1]) — eine Reise nach Wien antreten wolle. Im übrigen reise Bülow nach der Aussage des Kutschers nur wenig auswärts umher; Graf von der Schulenburg und der in Braunschweig privatisierende ehemalige hannoversche General von Bülow kämen öfters nach dem Gute des Ministers; die übrigen Besuchenden wisse der Kutscher, der erst kürzlich nach dem Tode seines bisherigen Herrn, des Präfecten Henneberg, in den Dienst Bülow's getreten sei, nicht zu nennen.

Wir sehen, die mit einem solchen Aufwand von Mühe ins Werk gesetzte Überwachung Bülow's blieb gänzlich ergebnislos. [2]) Da kann man sich denken, wie wenig bei der

[1]) Über die Verwandtschaft Bülows mit Schulenburg s. P. Zimmermann a. a. O., S. 50. — [2]) Auch eine Beschlagnehmung der Bülowschen Privatcorrespondenz, die auf die Denunciation eines kassierten Försters, vrmuthlich des Oberförsters von Speth erfolgte, und eine ein- oder zweimalige Verhaftung Bülow's.

minder scharf gehandhabten Überwachung des hannoverschen Adels und anderer verdächtiger Personen herauskam. Und doch wurde seitens dieser Personen keineswegs immer die erforderliche Vorsicht beobachtet. Im Gegentheil, manche verabschiedete Legionsofficiere u. s. w. benahmen sich so unvorsichtig, daß es kaum begreiflich erscheint, daß sie unbehelligt blieben. Wiederholt klagt der Minister von Bremer in dem heimlich mit Graf Münster geführten Briefwechsel über das allzu sorglose Verhalten der aus Spanien, England etc. kommenden Officiere. Er sah sich sogar veranlaßt, den dringenden Wunsch auszusprechen, daß es nie oder wenigstens nicht ohne die wichtigsten Gründe Legionsofficieren etc. gestattet werden möge, sich nach Hannover zu begeben und dort aufzuhalten. Auch der Geheime Canzleisecretär Roscher[1]) hatte beispielsweise am 7. October 1809 an Münster geschrieben: „Aus dem Hannoverschen höre ich jetzt sehr über Officiere klagen, die, ohne ihre militärische Qualität im mindesten zu verhehlen, im Lande herumreisen, von ihren Reisen nach und von England, von Talavera und von anderen verbotenen Gegenständen so reden, als ob wir mitten im Frieden lebten, und sich z. Th. damit brüsten, daß ihnen Se. Excellenz der Herr Graf Münster eine Civilanstellung im Lande oder Auszahlung der Landespension oder sonst irgend etwas versprochen habe . . . . Wie sehr dadurch andere Menschen im Lande compromittiert werden können, hat das Beispiel des Oberst-

stellten sich als ein Schlag ins Wasser heraus. Vgl. darüber Zimmermann a. a. O., Kleinschmidt S. 421, 577. Bülow hätte sich den Verfolgungen der westfälischen Polizei gern durch den Eintritt in preußische Staatsdienste entzogen, konnte aber hierzu nicht die Erlaubnis Jeromes erlangen, welcher seinem kaiserlichen Bruder auf eine diesbezügliche Intervention rund heraussagte „qu'il ne pouvait consentir que quelqu'un qui possédait tout le secret de ses finances pensât à un service étranger". Bericht des Generals von Krusemark, preußischen Gesandten in Paris, an den Staatskanzler von Hardenberg vom 31. Februar 1812. Geheimes Staatsarchiv.

[1]) Vgl. über diesen meinen Aufsatz in dem vorjährigen Bande dieser Zeitschrift.

lieutenants Behr bewiesen.[1]) Es steht wirklich zu befürchten, daß die schon oft geäußerte Drohung der Franzosen, alle Officiere im Lande ohne Unterschied nach Verdun zu schicken, einmal realisiert werde".[2])

Damals — im Herbst 1809 — war ja allerdings noch keine regelrechte westfälische Polizei in Hannover eingeführt. Aber die immer von neuem auftauchenden Gerüchte über eine drohende Insurrection im Hannoverschen hatten den König Jerome eben damals veranlaßt, den Generalsecretär der hohen Polizei v. Schalch nebst mehreren Geheimagenten mit dem Auftrage nach Hannover zu schicken, über den Insurrectionszustand der hannoverschen Provinzen nähere Nachrichten einzuziehen und in dieser Hinsicht wichtige Entdeckungen zu machen.[3]) Auch Napoleon entsandte um dieselbe Zeit einen seiner Geheimagenten, Namens Charles Schulmeister zu dem gleichen Zwecke nach Hannover.[4]) Sollte man es glauben, daß selbst die vereinigten Nachforschungen[5]) dieser beiden Koryphäen der geheimen Polizei fast gänzlich vergeblich blieben, obwohl es gerade im Sommer 1809 im Hannoverschen um ein Haar zu einem Aufstande gekommen wäre, obwohl die Verbindung mit England und die Werbung für die Deutsche Legion fast offen betrieben wurde, und die Patrioten kaum ein Hehl aus ihren Gesinnungen machten?

Dieser erste Mißerfolg der französisch-westfälischen Polizei im Hannoverschen ist großentheils einem Hannoveraner, dem ehemaligen Amtsschreiber Meyer aus Bedenbostel zu verdanken,

[1]) Dieser war von den Franzosen verhaftet und nach Verdun abgeführt worden; er ward jedoch auf Verwendung des Generalgouverneurs Lasalcette wieder in Freiheit gesetzt. — [2]) Gräflich Münstersches Familienarchiv zu Derneburg. — [3]) Schalch nahm während seines Aufenthalts in Hannover u. a. einen Schulmeister Kriete aus Herrenhausen als Spion in Sold. Wir werden denselben noch näher kennen lernen. — [4]) Vgl. darüber Innere Zustände I, 381. Nähere Nachrichten über Schulmeister finden sich bei (Hormayr), Lebensbilder aus dem Befreiungskriege III, 134 Anm. — [5]) Daß Schulmeister auch mit der westfälischen Polizei in Zusammenhang stand, ergiebt sich daraus, daß er von Hannover aus eine Zusammenkunft mit Bercagny in Pyrmont hatte. Aufzeichnungen des Amtmanns und Polizeidirectors Meyer.

dem die Gouvernementscommission, um der gedrohten Einsetzung eines französischen Polizeidirectors zu entgehen, bereits im Februar 1809 die Functionen eines solchen für die Stadt Hannover übertragen hatte.[1]) Meyer war es nicht nur geglückt, jenen französischen Spion als solchen entlarven und dadurch aus dem Hannoverschen zu verscheuchen, sondern er hatte auch die Nachforschungen von Schalch's so zu lenken gewußt, daß sie unschädlich blieben. Auch in dem Übergangsjahre 1810 sollte sich Meyer große Verdienste um das Hannoversche erwerben. Es gelang ihm, das volle Vertrauen des von Jerome mit der Besitzergreifung Hannovers beauftragten Staatsraths Malchus, des späteren Nachfolgers Bülow's im Finanzministerium, zu erwerben, so daß ihm dieser das lobende Zeugnis ausstellte (11. April 1810), er genieße in Bezug auf Charakter und Kenntnisse eines vorzüglichen Rufes, entfalte auf dem Gebiete der Polizei einen unermüdlichen Eifer und bringe seinem neuen Souverän aufrichtige Ergebenheit entgegen. Meyer selbst schildert in seinen hinterlassenen Aufzeichnungen sein Verhalten gegen Malchus mit den Worten: Ich schien offen und war zugeknöpft, ich schien alles zu wissen, und mein Wissen war beschränkt, ich war bloß aufrichtig in der Rechtlichkeit meiner Gesinnungen". Durch seinen Einfluß auf Malchus erreichte es der hannoversche Polizeidirector, daß jener, der es darauf abgesehen zu haben schien, der hohen Polizei ins Handwerk zu pfuschen, und der sich bei seinem Aufenthalte in Hannover sogar öffentlicher Mädchen bediente, um in Erfahrung zu bringen, wer Tabaksdosen mit dem Bildnisse des Herzogs von Braunschweig-Öls benutze,[2]) von

[1]) Vgl. über ihn Innere Zustände I, 377 ff. — [2]) Zur Ehre des westfälischen Justizministers Siméon muß bemerkt werden, daß er dieses entschieden mißbilligte. Kaum glaublich ist indessen, was Fr. Müller (Cassel seit 70 Jahren, II. Aufl., S. 24 f.) erzählt: Das Bildnis des Herzogs Friedrich Wilhelm von Braunschweig-Öls sei in Cassel beinahe in allen Häusern zu finden gewesen, selbst in den Kunstläden und hinter den Schaufenstern der Buchbinder habe man die Bilder des tapferen Herzogs, Schill's und Hofer's erblicken können, und es sei sogar ein Orgellied über Schill's Tod mit schwarzem Rande und Trauervignette anstandslos

der Anordnung mancher gehässiger Maßregeln Abstand nahm. So widersetzte Meyer sich mit Erfolg der Absicht Malchus', nach dem im Frühjahr 1810 erfolgten Tode des Geheimen Cabinetsraths Ernst Brandes dessen Papiere versiegeln und untersuchen zu lassen. Ein anderes Beispiel sei mit Meyer's eigenen Worten wiedergegeben: „Malchus war unterrichtet, daß eine Menge englischer Briefe bei den ersten Familien eingetroffen wären; ich sollte bei denselben visitieren und ihm die Briefe bringen. Ich bemühte mich, Ihm das Gehässige, Nutzlose des selbst von den Franzosen nie gebrauchten Mittels gewaltsamer Eindringung in Familienverhältnisse und Geheimnisse auseinanderzusetzen, und er stand willig davon ab." Es war nach allem diesen nur zu bedauern, daß der Vorschlag Malchus', Meyer zum Generalcommissar der hohen Polizei in Hannover zu ernennen, keine Berücksichtigung fand.[1])

Für das Allerdepartement ist ein eigener Generalcommissar überhaupt nicht ernannt worden, vielmehr ward es zum Bezirk des Braunschweiger Generalcommissariats geschlagen. Diesem stand bis in das Jahr 1812 hinein ein Franzose Mercier vor; dann wurde M. in gleicher Eigenschaft nach Cassel versetzt, wo er später zum Polizeipräfecten aufrückte. Über seine Thätigkeit in Braunschweig verlautet nur wenig. Im Allgemeinen scheint er seines Amtes nicht ohne Wohlwollen gewaltet zu haben. Das Gleiche gilt von seinem Nachfolger Guntz, der vorher Generalcommissar im Departement der Leine gewesen war. Wir haben vorhin gesehen, daß er nicht immer den harten Befehlen Bongars ohne Zögern nachkam.

---

verkauft worden, in dem es u. a. geheißen habe: „Schill verband sich selbst die Wunde; Mit dem Schnupftuch um den Fuß, Focht er noch dreiviertel Stunde, That noch manchen Hieb und Schuß". Daß die westfälische Polizei ein besonderes Auge auf die Anhänger Herzog Friedrich Wilhelms hatte und selbst die verwerflichsten Mittel anwandte, um allen Einverständnissen zu seinen Gunsten auf die Spur zu kommen, ergiebt sich aus Heusinger, Geschichte der Residenzstadt Braunschweig von 1806—1831, S. 123, Anm. In den Papieren Guntz' bezw. Mercier's findet sich über die dort geschilderten Vorgänge nichts.

[1]) Meyer ward statt dessen Präfect des Norddepartements.

Auch fehlt es nicht an Beispielen, daß er das Verhalten des Publikums und einzelner Individuen bei Bongars zu entschuldigen suchte.[3]) Immerhin waren der Bethätigung seines Wohlwollens enge Schranken gezogen. Unter ihm standen eine große Anzahl niederer Polizeiofficianten und Geheimagenten, die wir im folgenden Revue passieren lassen, soweit sie uns in den Acten entgegentreten. In Braunschweig finden wir zunächst drei Polizeicommissare: Haase und Hoffmann, beide seit Mai 1808 angestellt, und Müller, letzterer seit Januar 1811. Dem Erstgenannten wird von Guntz gute Aufführung, Intelligenz und Diensteifer nachgerühmt, doch tadelt G., daß Haase sich durch sein grobes, unmanierliches Auftreten die Sympathien des Publikums verscherzt habe, auch soll sein Patriotismus nicht echt gewesen sein. Hoffmann wird gleichfalls im allgemeinen sehr gelobt, jedoch mit der Einschränkung, daß er zu tolerant und seiner politischen Gesinnung nach indifferent sei. Schlechter kommt Müller weg: er wird als unthätig, zu nachlässig und ein wenig leichtsinnig charakterisiert, daneben soll er als geborener Braunschweiger die Anhänglichkeit an die frühere Regierung bewahrt haben und eben deswegen in der öffentlichen Meinung gut angeschrieben und der Günstling des Präfecten gewesen sein. Von den Berichten dieser drei Commissare liegt nur ein Schreiben Müllers an Guntz vom 28. Mai 1813 vor, das uns erkennen läßt, wie wenig genügte, um den Argwohn der hohen Polizei zu erwecken. Der ehemalige Geheime Justizrath Duroi hatte nämlich kurz nach dem in England erfolgten Tode der Herzogin Auguste von Braunschweig (14. Januar 1813), der Gemahlin Karl Wilhelm Ferdinands, Trauerkleidung angelegt und Müller war beauftragt worden, ihn wegen dieses hochverdächtigen Umstandes auszuforschen. Nach dem Berichte Müllers hatte Duroi indessen versichert, der einzige Grund sei der kürzlich erfolgte Tod seiner Nichte, einer Pastorin Breithaupt, nicht aber der Tod der Herzogin von Braunschweig. „In Betreff der letzteren äußerte Herr Duroi, daß er diese

---

[1]) Innere Zustände II, 192.

Frau zwar in seinem Herzen sehr aufrichtig betrauert habe, weil sie die Wohlthäterin seiner Familie gewesen sei, aber sie auch äußerlich zu betrauern, dazu habe er keine Veranlassung gehabt, da er ihr nicht persönlich attachiert gewesen sei.“ Es spricht für Müllers rechtliche Gesinnung, daß er Duroi bei Guntz das Wort redete. „Wahr ist es, daß Madame Breithaupt vor kurzem im Wochenbette verstorben ist, wahr ist es auch, daß diese eine Nièce des H. Duroi war, und daß sie von ihrer Familie noch jetzt betrauert wird“.

Weniger humane Gesinnung als Müller scheint der Polizeicommissar Haase an den Tag gelegt zu haben. Er machte sich durch seine Amtsthätigkeit so verhaßt, daß er im Jahre 1813 von den Alliierten arretiert und nach Berlin geschleppt wurde. Hier ward er von dem Staatsrath Le Coca am 7. October 1813 vernommen und sagte über die polizeilichen Verhältnisse in Braunschweig u. a. folgendes aus: Das Geschäft der Policeicommissare habe darin bestanden, Personen zu vernehmen, die ihnen von dem Generalcommissar zugewiesen seien, ferner die täglichen Ereignisse in einen Rapport zusammenzufassen und diesen dem Generalcommissar an jedem Morgen vorzutragen. Die völlige Unterordnung der Polizeicommissare unter den Generalcommissar datiere erst seit dem Februar 1812. Unter Guntz habe sich das Personal der Braunschweiger Polizei sehr vermehrt. Von Mercier's Employés sei besonders ein gewisser Mack hervorgetreten. „Dieser schlich unter mannigfaltigen Gestalten in der Stadt und der Umgebung umher; er sammelte die Notizen in Beziehung seiner Stellung und war der Vertraute des Mercier und dessen Correspondent in deutscher Sprache.“ Als französischer Correspondent habe ein Agent Bock gedient, „auch einer von denen, die der Partie ihres Amtes mit ganzer Seele anhingen.“ Von den übrigen Vigilanten sei ihm nur ein Schneider aus Braunschweig Namens Weberling erinnerlich, die anderen habe er nicht gekannt. Unter Guntz seien noch angestellt worden: ein Polizeiinspector Baxmann, ein Wachtmeister Sander, die Sergeanten Kroschke, Sander und Timpe und mehrere Polizeidiener. „Von den Sergeanten war der Kroschke ein verschmitzter, aber auch ein malicieuser Kerl. Er suchte sowohl den Bürgern als auch den Bauern in den Umgebungen zu schaden; er war der lebendige Denunciant." Von den Polizeidienern seien vorzüglich Gahre und Winckler gefährlich und besonders thätig gewesen. Zur „Espionage" seien außerdem besonders der Polizeidiener Zeddies (richtiger Zedias), ein Jude Goldstein, ein „anschaulicher" Frachtfuhrmann Michelmann, ein gewisser Behrens und ein Doctor Wilhelmy gebraucht worden.

Auf die Aussagen Haase's ist natürlich kein großer Verlaß. Es leidet keinen Zweifel, daß außer den von Haase genannten Individuen noch manche andere Geheimagenten in Braunschweig und Umgegend thätig waren; in dem Dr. Rosenmeyer,[1]) dem Postdirector Falkenberg und dem Oberförster a. D. von Speth haben wir ja bereits mehrere derselben kennen gelernt. Auch den verrufensten unter allen westfälischen Polizeispionen, Würtz,[2]) der allerdings nicht lange in Braunschweig angestellt gewesen zu sein scheint, übergeht Haase mit Stillschweigen. Auf der anderen Seite bestätigt es sich, daß der Sergeant Kroschke einer der verworfensten unter den Polizeiofficianten gewesen ist. Ein wahres Schauergemälde wird von diesem in der Schrift „Die entlarvte hohe und geheime Polizei des zerstörten Königreichs Westfalen" entworfen. „Kroschky (so lautet hier die Schreibweise des Namens), ein Sachse, zu einer Gaunerbande gehörig, war in dieser Qualität zuerst nach Cassel in Arrest

---

1) Ein Schreiben desselben an Gunn d.d. Hildesheim 20. October **1811** enthält u. a. die Bemerkung: „Man glaubt in hiesiger Gegend, daß irgendwo eine Verschwörung müsse im Werke sein. Lassen Sie uns also alles aufbieten, dieses zu erfahren." Betr. des übrigen Inhalts dieses Schreibens s. u. — 2) Über dies Scheusal vgl. die Schrift „Die entlarvte hohe und geheime Polizei des zerstörten Königreichs Westphalen, S. 77 ff. und Hensinger, Geschichte der Residenzstadt Braunschweig, S. 65, 66. Erstgenannte Schrift ist allerdings nur mit großer Vorsicht zu benutzen, da sie viele gehässige Übertreibungen enthält. Doch zeigt sich ihr anonymer Verfasser häufig gut unterrichtet, und die in ihr mitgetheilten Actenstücke sind, so weit sich das verfolgen läßt, echt. Eine Probe aus dieser Schrift s. oben.

gekommen. Seine Konkubine fand Eingang und Gnade bei Savagner[1]) der seinen Kerker lüftete und bald als Schwager ihm zu der Stelle eines Sergeanten verhalf. Von nun an war dieser Erzbösewicht der Liebling des Herrn Generalsecretärs und der intimste Bundesgefährte von Würtz . . . Kr. war Anfangs lange Zeit unerschöpflich in Berichterstattungen, die ihm um so leichter und geläufiger wurden, als er sehr sinnreich in Erdichtungen zum Verderben anderer war . . . Am Ende verwickelte sich aber Kr. in solche Verbrechen, daß er arretiert und kriminalisch behandelt wurde. . . Allein Savagner verließ ihn nicht und es gelang ihm, ihn wieder in Freiheit zu setzen. Ganz Cassel war erstaunt und aufgebracht diesen Menschen frei und sogar auf seinem vorigen Posten zu sehen. Die Bürger, die diesen gerichtlich anerkannten Verbrecher nicht länger in ihrer Mitte dulden wollten und konnten, traten zusammen und bewirkten durch eine gemeinschaftliche Vorstellung seine Entfernung. . . K. wurde nach Braunschweig, in dieses durch Würtz entstandene Botanybay des Polizeiauswurfes versetzt, wo er zum Glück der Menschheit in eine kritische Epoche gefallen und bei der ersten Veranlassung so derb durchgeprügelt worden sein soll, daß er nur noch mit einem blauen Auge davon kam". Kroschke war selbst unter seinen Collegen in dem Maße verhaßt und verachtet, daß einzelne unter ihnen das Publikum insgeheim vor ihm warnten. Ein Zeugnis dafür gewährt der Bericht eines Geheimagenten Freystädter an Guntz (vom 3. August 1812), worin es u. a. heißt: „Ich finde mich genöthiget, Ihnen durch Gegenwärtiges anzuzeigen, daß ein gewisser Heinemann, ehemaliger Compagnon des Heiliger,[2]) den in Civilkleidung gehenden Agenten Kroschke allenthalben kennbar macht und an mehreren Orten gesagt hat, daß dieses ein verkleideter Polizeiwachtmeister sei, der hier in Braunschweig bleibt. Da mich dieser Heinemann vorgestern zu Hause traf, als ich zu dem Herrn Generalcommissar ging und sogar stehen blieb, bis ich

[1]) S. war Generalsecretär der hohen Polizei in Cassel, Vorgänger und wieder Nachfolger Schalch's. Vgl. Innere Zustände II, 178 f. — [2]) Wir werden beide weiter unten kennen lernen.

wieder raus ging, so befürchte auch ich diese Unannehmlichkeit von ihm. Besonders wird er den Agenten Kroschke sehr in Ausübung seines Dienstes hindern."

Weniger hervorstechend als Kroschke sind die übrigen von Haase bei seinem Verhör namhaft gemachten Offizianten. Von Mack heißt es in einem Berichte des Polizeicommissars Läntzel aus Hildesheim, mit dem wir uns später zu beschäftigen haben werden: der ehemalige Schatzeinnehmer Mack, welchen er fortwährend beobachten lasse, setze seine bisherige Lebensweise fort, indem er fortwährend alle Lustbarkeiten und Wirthshäuser besuche und gar nicht arbeite, obgleich er sich den Anschein gebe, als ob er noch viel und zwar für die hohe Polizei arbeite. Neuerdings suche Mack ihn, Läntzel, zu verdächtigen. Es sei sehr zu wünschen, daß es Mack untersagt werde, sich fernerhin fälschlich als Mitglied der Polizei zu gerieren. Hiernach scheint Mack damals nicht mehr zu den Geschäften der geheimen Polizei gebraucht worden zu sein. — Über die Thätigkeit der Agenten Goldstein, Michelmann und Zedias gewährt uns ein Borderau über die Einnahme und Ausgabe des Braunschweiger Generalcommissariats im zweiten Quartal 1813 [1]) dürftige Anhaltspunkte. In dem Ausgabenverzeichnisse kommen nämlich folgende Posten vor:

21. Mai.	Bezahlt an den Agenten Michelmann auf Befehl Sr. Excellenz (Bongars)	120 Fr.
	desgl. an den Agenten Goldstein während der letzten Messe	60 Fr.
21. Juni.	Desgl. an den Agenten Zedias für eine Reise nach Osterwiek, Blankenburg und Halberstadt zur Beobachtung des Feindes............	13 Fr. 60
22. Juni.	Besoldung des Agenten Michelmann pro Juni....................	50 Fr.
		u. s. w.

Von dem Polizeiwachtmeister Sander liegt ein kurzer Bericht vom 6. März 1813 bei den Acten, wonach ein Soldat

[1]) Dasselbe weist eine Einnahme von 8054 Fr. 26 und eine Ausgabe von 6077 Fr. 97 auf.

des an diesem Tage aus Braunschweig ausrückenden 148. Linienregiments gesagt haben sollte: „Ach wir wissen wohl, daß wir vor die Russen sollen; laßt uns nur hinkommen, wir werfen unsere Gewehre bei Seite. Wozu sollen wir noch fechten, die Engländer stehen ja schon in Holland."

Ausführlichere Berichte finden sich hingegen von dem Polizeiinspector Barmann, dem in den Acten das Prädikat eines „vorzüglich thätigen Agenten" ertheilt wird. Er ward insbesondere im Frühjahr und Sommer 1813 zu Beobachtungsreisen nach dem Kriegsschauplatz an der unteren Elbe gesandt, doch gelang es ihm keineswegs immer zuverlässige Kunde heimzutragen. Am 8. Juni berichtete er u. a. aus Lüneburg: Hier herrsche fast noch größere Ungewißheit als in Braunschweig. Man wisse nicht einmal wie stark das Corps des Fürsten von Eckmühl sei; nach den meisten Gerüchten solle es 15000 Mann, nach neueren Nachrichten aber nur 7000 bis 8000 Mann stark sein, wovon etwa 1000 Mann in Hamburg lägen. Ob Davout selbst in der Elbstadt sei, könne ihm Niemand sagen; einige wollten wissen, daß er sich in Wandsbeck aufhalte, andere behaupteten wieder, er sei in den vorhergehenden Treffen verwundet worden. Bis vor etwa 4 Tagen hätten noch viele Russen in Hamburg gelegen, sobald diese aber abmarschiert seien, hätten etwa 500 Mann Dänen die Stadt besetzt,[1]) gleich alle erreichbaren Fahrzeuge an sich gezogen und nach Harburg herübergebracht, um die Franzosen holen zu lassen.[2]) In Hamburg sei die Verwaltung angeblich noch so, wie sie unter den Russen eingerichtet worden; denn Dänemark solle den französischen Autoritäten zur Pflicht gemacht haben, keine Neuerungen einzuführen und jeden in seinen Würden zu schützen.[3]) Auch solle Dänemark die Ausschreibung einer Kontribution von mehreren Millionen gehindert haben. — Hier in Lüneburg sei am ersten Pfingsttage der Sieg bei Lützen durch eine Beleuchtung gefeiert worden. An demselben Abend aber hätten sich einem allgemeinen Gerüchte zufolge

---

[1]) Dies war am Mittag des 30. Mai geschehen. — [2]) Vgl. darüber Mönckeberg, Hamburg unter dem Drucke der Franzosen 1806—1814, S. 113. — [3]) Vgl. das. S. 112.

150 Kosacken von Ülzen her kommend, vor dem Altbrücker Thor gezeigt, einzelne Vorposten aufgehoben und die angelegten Verschanzungen in Augenschein genommen. Der Kommandant der Stadt suche diesem Gerücht auf alle mögliche Weise zu widersprechen, indessen sage alle Welt, daß fast jede Nacht Kosacken in der nächsten Umgebung Lüneburgs herumstreiften und Vorposten und Piketts aufhöben. Gestern Abend habe man hier eine starke Kanonade aus der Gegend bei und oberhalb von Boitzenburg gehört; aber obgleich Boitzenburg nur drei Meilen von Lüneburg entfernt sei, habe man doch keinerlei gewisse Nachrichten.

In ähnlicher Weise wie Barmann wurden seitens der westfälischen Polizei noch andere Kundschafter und verkappte Spione nach der Elbe gesandt. In dem Borderau über die Ausgaben des Braunschweiger Generalcommissariats kehrt der Posten „aux agents pour observer l'ennemi le long de l'Elbe" häufig wieder. Wie aber schon der Bericht Barmann's vom 8. Juni ergab, haben diese Agenten nur ausnahmsweise sichere Nachrichten gemeldet; in der Regel beschränken sich ihre Berichte auf die Wiedergabe mehr oder weniger unzuverlässiger Gerüchte. In den meisten Fällen dürften sich auch die ehrenwerthen Spione, die sich begreiflicherweise hüteten, ihre Haut zu Markte zu tragen, nicht weit genug vorgewagt haben, um aus unmittelbarer und eigener Anschauung berichten zu können. Am weitesten gelangte, wie es scheint, ein als Handelsmann verkleideter Agent Namens Lefeldt aus Braunschweig, welcher Mitte Mai über Buxtehude, Jork und Blankenese nach Altona reiste. Hier ließ er sich die Erlaubnis geben, so lange zu bleiben, als es seine Handelsgeschäfte erforderten, und kehrte dann über Stade, Mittelkirchen, Jork, Buxtehude u. s. w. wieder zurück. In Altona hörte er, wie er nach Braunschweig berichtete, in der Nacht vom 22./23. eine starke Kanonade vom entgegengesetzten Elbufer her. Am Abend des 23. ging das Schießen von Neuem an. Folgenden Tags verbreitete sich in Altona das Gerücht, daß die in Hamburg befindlichen alliierten Truppen sich größtentheils nach dem Zollenspieker eingeschifft hätten. Andere umherschwirrende Gerüchte besagten, daß der

Herzog von Braunschweig-Öls vor einigen Tagen in Hamburg gewesen und von dort nach dem russischen Hauptquartier abgereist sei, ferner daß Dänemark eine Allianz mit Frankreich abgeschlossen habe u. s. w. Auf der Rückreise hörte Lefeldt von mehreren als zuverlässig sagen, daß bei Ritzebüttel und Cuxhaven einige 60 englische Fahrzeuge mit Truppen angekommen und zum Theil schon ausgeschifft sein; doch wußten andere ebenso zuverlässig, daß die Dänen selbige nicht zulassen wollten.

Ebenso unbestimmt und unzuverlässig wie die Berichte solcher Kundschafter waren durchweg die Nachrichten, die Guntz von auswärtigen Polizeibeamten und anderen Correspondenten empfing. Ein eifriger Correspondent (der aber darum noch nicht als zur geheimen Polizei gehörig angesehen werden darf) war der Maireadjoint Richter zu Ülzen. Ferner lernen wir aus Berichten über kriegerische Begebenheiten die Polizeicommissare Klemmen (oder Clemen) in Helmstedt und Haas in Celle kennen. Klemmen, der von Guntz als ein sehr intelligenter, thätiger, moralisch einwandsfreier und dem westfälischen Gouvernement ganz ergebener, freilich aber von dem Publikum z. Th. verabscheuter Beamter geschildert wird, berichtet z. B. am 7. September: nach heute angelangten Nachrichten aus Wolmirstedt und Gardelegen habe sich der Feind in diesen Gegenden noch nicht wieder blicken lassen. Leute, die in diesen Tagen von Halberstadt nach Helmstedt zu Markte gekommen, wollten unterwegs die Nachricht gehört haben, daß 2000 Mann russischer Truppen in Bernburg eingerückt seien, doch werde dem von anderer Seite widersprochen. Ebenso unverbürgt sei das Gerücht, daß Wittenberg nach einem viertägigen Bombardement von den Preußen am 3. September mit Sturm genommen sei. Gleichfalls eine durch Marktleute hierher gebrachte Sage sei, daß der Kaiser Napoleon binnen Kurzem in Magdeburg erwartet werde. — Wichtiger als dieser nur vage Gerüchte wiedergebende Bericht Klemmen's ist ein Bericht des Polizeicommissar Haas vom 21. September 1813.[1]) Da-

[1]) Aus den sonstigen Berichten von Haas sei hervorgehoben, daß er am 30. August 1813 die Papiere der Gemahlin des Majors

nach war am Morgen des 20. ein feindliches Detachement, zusammengesetzt aus Kosacken, Estorff'schen Husaren, Kielmannseggeschen Jägern und 2 englischen Husaren in die Stadt eingeritten, die Husaren von dem Major von Estorff selbst befehligt, die Jäger von dem ehemaligen Procureur du Roi beim cellischen Appellationshofe, Elderhorst. Das Detachement ging gleich daran, Siegel an die öffentlichen Kassen zu legen, konnte die Gelder aber nicht mehr fortführen, da gegen Mittag eine Abtheilung westfälischer Gardecavallerie eintraf, vor denen die Alliierten das Feld räumen mußten. Haas hatte gefürchtet, daß das feindliche Detachement sich von Celle nach Hannover wenden würde. Da er nun den „Haß der Verbündeten" gegen seinen dortigen Collegen Frömbling kannte, so beauftragte er den Polizeiagenten Wedemeyer, sich nach Hannover durchzuschlagen, um jenen zu warnen. W. ward indessen den Estorff'schen Husaren verrathen, von ihnen verfolgt und unter Mißhandlungen zurückgebracht. Auffallend erscheint, daß die Verbündeten sich nicht der westfälischen Behörden und insbesondere des Polizeicommissars versicherten; offenbar wurden sie nur durch den übereilten Rückzug daran gehindert.[1]) Haas, der erst am 13. Juli 1813 von Münden nach Celle versetzt war, sollte aber seinem Schicksal nicht entgehen. Am 13. October ward er von einem Haufen Kosacken aufgehoben, zwischen zwei Pferde gebunden und unter reichlichen Knutenhieben in das Hauptquartier zu Dannenberg geschleppt. Hier ward während einer dreimonatlichen Gefangenschaft Haas, die rauhe und selbst grausame Behandlung fortgesetzt. U. a. erhielt er, um ihn dadurch „zu einem verweigerten Geständnisse zu nöthigen", auf

von Peuß in Celle, welcher in der Nacht vom 22./23. August bei Reichenberg in Schlesien zu den Österreichern übergetreten war, beschlagnahmte.

[1]) Erst kurz vorher hatten die Kosacken den Unterpräfecten von Düring zu Ülzen nach Dömitz abgeführt. Mit Bezug darauf schrieb Klemmen am 19. September an Gruß: „Da sich derselbe (von Düring) mitunter harter Bedrückungen gegen adliche Familien, deren Verwandte in der englischen Legion dienen, soll haben zu schulden kommen lassen, so fürchtet man, daß er nicht sehr glimpflich behandelt werden dürfte."

das Geheiß des Obersten Grafen von Kielmansegge acht Streiche mit dem Kantschu. Zu guterletzt ward er nochmals öffentlich auf dem Dannenberger Markte durchgeprügelt und dann nach Celle zurückgebracht, wo die wiederhergestellte cellische Justizkanzlei auf Befehl des hannoverschen Cabinetsministeriums eine Untersuchung gegen ihn eröffnete. Die gegen ihn vorgebrachten Beschuldigungen umfaßten hauptsächlich drei Punkte: 1) Daß er Agent der geheimen Polizei gewesen sei und als solcher seinem Vaterlande und dessen Einwohnern geschadet habe: ein Vorwurf, der sich namentlich auf eine in Cassel vorgefundene Liste der Polizeiagenten und geheimen Spione, welche sich besonders ausgezeichnet hätten, gründete. 2) Daß Haas am 20. September 1813 die Stärke des Estorff'schen Corps durch einen Polizeidiener auszuforschen bemüht gewesen sei, um das stärkere westfälische Corps in Hannover davon zu benachrichtigen. Der Beweis für diese Anschuldigung ward darin gesehen, daß bei dem an diesem Tage vor den Thoren Celles angehaltenen Polizeidiener Wedemeyer sich eine von Haas ausgestellte Sicherheitskarte gefunden hatte. 3) Daß Haas Spione in die Gegend von Ülzen und Dannenberg geschickt habe, um sichere Nachrichten über den Stand und die Stärke der Aliierten einzuziehen. — Haas wußte diese Beschuldigungen indessen mehr oder minder zu entkräften. Auch sprach sein sonstiges Benehmen laut zu seinen Gunsten. Wie das hannoversche Justizdepartement selbst anerkannte, hatte Haas als Polizeicommissar von Münden (1808—1813), „so sehr zur Zufriedenheit der Mündener sehr patriotischen Einwohner" gewaltet, daß „auch nicht eine einzige Klage über den Mißbrauch oder auch nur über harte Ausübung seines Amtes vorgefallen war." Ganz im Gegentheil hatte er „stets mit großer Menschlichkeit gehandelt und nie sein gefährliches und verhaßtes Amt zu irgend einer schlechten Handlung, zu Denunciationen oder gar zum Verderben seiner Mitbürger mißbraucht, vielmehr seine Autorität und seinen Einfluß bei den ihm vorgesetzten Behörden zur Schonung und zur Rettung mehrerer Personen in Münden sowohl wie in Celle benutzt." Die Mündener bekundeten ihre Dankbarkeit gegen Haas, indem sie sich im Herbst 1813 bei dem Oberstcommandierenden der alliierten Streitkräfte an der Elbe, General Graf Wallmoden, für seine Befreiung verwandten.[1]) — Unter diesen Umständen verfügte das hannoversche Cabinetsministerium am 26. März 1814 die Niederschlagung der Untersuchung gegen Haas und ließ ihn wieder in Freiheit setzen. Später trat Haas mit einer ästimatorischen Injurienklage gegen den nunmehrigen Generallieutenant von Kielmansegge auf, worin er von diesem wegen der im Jahre 1813 auf dessen Befehl erlittenen schweren Mißhandlungen eine Entschädigung von nicht weniger als 10 000 Rthlr verlangte. Aber weder die Justizcanzlei zu Hannover noch das Generalkriegsgericht wollten die Klage annehmen; auch eine Beschwerde über Justizverweigerung, die Haas bei der Anwesenheit König Georgs IV. in Hannover 1821 einreichte, blieb ohne Erfolg.

Über den Vorgänger von Haas in Celle, Commissar Claren, verlautet nur wenig. Nach der amtlichen Liste der Polizeicommissare zeichnete er sich durch entschlossenes Auftreten und große Thätigkeit aus; seine sonstige Aufführung und sein Patriotismus gaben aber zu Tadel Anlaß und beim Publikum war er verhaßt. Letzteres gilt in gleichem Maße von den Polizeicommissaren Riese in Goslar und Schulz in Wolfenbüttel. Wenn man die Charakteristik derselben liest, so muß man sich wundern, daß sie nicht längst den Laufpaß erhalten hatten. Heißt es doch von Riese, er sei den Spirituosen ergeben und mit Schulden überhäuft, in seiner Amtsführung unordentlich und habe nicht die mindeste Anhänglichkeit an die Regierung. Seinem Wolfenbütteler Collegen wird Mangel an Intelligenz und Thätigkeit, sowie Verstecktheit in seinen politischen Gesinnungen vorgeworfen, und Guntz bemerkt ausdrücklich, in Wolfenbüttel thue ein zuverlässigerer Commissar noth.[2])

[1]) Es ist also gänzlich unwahr und ein Beweis dafür, wie wenig die populäre Überlieferung in allem, was die westfälische Polizei betrifft, Glauben verdient, wenn Lotze, Geschichte der Stadt Münden (S. 189) behauptet, Haas habe seine Functionen als Polizeicommissar „mit der größten Strenge und Brutalität ausgeübt“ und sei sehr verhaßt gewesen. — [2]) Charakteristische Berichte von Claren, Riese und Schulz liegen nicht vor.

Ein größeres Interesse als die drei letztgenannten Persönlichkeiten beanspruchen die beiden Hildesheimer Commissare, Firnhaber und Dr. Carl Christian Lüntzel. Beide entstammten geachteten Hildesheimer Familien und ragten durch ihre Bildung — sie hatten beide studiert — über die Mehrzahl ihrer Collegen weit hinaus. Der Bedeutendere unter ihnen war zweifelsohne Lüntzel. Der Legationsrath von Dube nennt L. in seinem Berichte vom 14. December 1813 den thätigsten unter allen Polizeicommissaren, die dem Braunschweiger Generalcommissariate unterstanden. Auch Guntz stellt seinem Auftreten, seiner gesammten Dienstführung und seinem Patriotismus das beste Zeugnis aus, während er von Firnhaber bemerkt, dieser sei wohl in seinem Benehmen untadelhaft, aber in seiner Amtsführung schwach, daher ohne Einfluß und Gewicht, und alles in allem besser zum Advokaten als zum Polizeicommissar geeignet. Auch hat Guntz an Firnhaber auszusetzen, daß er das westfälische Gouvernement, wenn auch nicht hasse, so doch auch nicht liebe. In der That bestätigen die Berichte der beiden Hildesheimer Commissare, daß Lüntzel ebenso eifrig, als Firnhaber lässig im Dienste der hohen Polizei gewesen ist. Von den Berichten des Letzteren verdient nur einer vom 15. Juni 1813 Erwähnung, worin es heißt, die Nachricht von dem Waffenstillstand zwischen Napoleon und den Alliierten habe in Hildesheim eine „angenehme Sensation" hervorgerufen, weil Jedermann hoffe, daß demselben bald ein dauerhafter Frieden folgen werde, wonach das ganze Publikum sich sehne. Lüntzel's Berichte aus dem Jahre 1813 beschäftigen sich wiederholt mit dem Ende August [1]) verhafteten und nach Cassel abgeführten

[1]) Nicht Ende April, wie Kleinschmidt irrthümlich (S. 564) behauptet. Der Befehl, H. zu arretieren, wurde am 28. August ertheilt, demselben Tage, als die Nachricht von dem Übertritt des Obersten William von Hammerstein zu den Österreichern in Cassel eintraf. Zugleich mit dem Unterpräfecten von H. wurden sämmtliche übrigen in Westfalen lebenden Mitglieder der Familie Hammerstein verhaftet, z. B. der Cantonmaire von Rodenberg, B. v. Hammerstein, und der Sous-Inspecteur der Forsten C. v. Hammerstein zu Seesen. Geschichte der Freiherrlich von Hammersteinschen Familie S. 37, 320, 342. Die Hammerstein'sche Familie

Unterpräfecten von Hammerstein, sowie mit dessen Nachfolger von Nordenflycht. Am 20. September meldete Lüntzel, der neue Unterpräfect, der sich übrigens bereits sehr beliebt gemacht habe, lasse sich sehr freie Äußerungen hinsichtlich der jetzigen politischen Verhältnisse zu schulden kommen. So habe er auf der Domschenke erklärt, die Sachen ständen nicht gut für Frankreich und es scheine fast, als sei es aus mit der Dynastie Napoleon: eine Äußerung, die auf einen Brief zurückgehen solle, den Nordenflycht von dem Braunschweiger Präfecten Reimann erhalten habe. Andere Berichte Lüntzel's befassen sich mit den umherschwirrenden Gerüchten und Nachrichten vom Kriegsschauplatze. In einem Rapport vom 13. September 1813

scheint der westfälischen Polizei auch schon früher verdächtig gewesen zu sein, wenigstens wurden verschiedene Mitglieder derselben im Jahre 1811 von dem Geheimagenten Dr. Rosenmeyer überwacht. „Den gegenwärtigen Aufenthalt des bewußten G. M. v. H(ammerstein)" schreibt R. in seinem uns bereits bekannten Berichte an Gunz d.d. Hildesheim, 20. October 1811, „habe ich noch immer nicht ausfindig machen können. Nach dem was ich in der Gegend seines Vaters von ihm habe erfahren, mußte ich glauben, daß er zu seinem Herrn Bruder, dem dänischen Gesandten (General Hans von Hammerstein-Egnord) nach Cassel abgereist sei, indem mir soeben der Bediente dieses Gesandten, welcher von Cassel mit seinem Herrn per Extrapost mit einem Korbwagen hier eingetroffen, versicherte, daß der bewußte v. H.(ammerstein) sich daselbst nicht befinde. Jetzt ist guter Rath theuer, diesen Herrn auszufindigen, woran doch sehr gelegen. In Rocklum ohnweit Wolfenbüttel, wo er am 6. dieses in dem dortigen Wirthshause ohnweit der Post übernachtet, ist er wie plötzlich verschwunden. Sollte es Ihnen, hochgeschätzter Herr Generalcommissar, nun nicht möglich sein, vom dortigen Wirth genau zu erfahren, wohin er seinen Weg genommen? Wie der dänische Gesandte von Cassel hier eintraf, fand ich ihn sehr verlegen. Er ließ sich ein besonderes Zimmer geben und schrieb nichts als Briefe, die sein Bedienter fortbringen mußte. Beim Weggehen fragte er den Wirth, ob er nicht wüßte, was bei seinem Vater vorgefallen sei, indem dieser ihm einen Boten nach Cassel geschickt, um schleunig nach Haus zu kommen. Im Fall er nach Braunschweig kommen sollte, bitte ihn genau beobachten zu lassen und mir das Resultat davon gefälligst mitzutheilen". Wir sehen hier wieder, wie geringfügig das Ergebnis der Überwachung ausfiel.

heißt es, das Gerücht erhalte sich hier hartnäckig, daß General Vandamme in Böhmen geschlagen sei, desgleichen, daß der Fürst von Eckmühl einigen Verlust erlitten und sich nach Hamburg zurückgezogen habe. Auch verbreite sich die Nachricht, daß die feindlichen Truppen in der Gegend von Ülzen und Celle Streifereien vornähmen, doch sei ihm bis jetzt nichts Sicheres darüber bekannt. Vollends unsicher scheine ihm das ebenfalls colportierte Gerücht, daß Dänemark von dem Bündnisse mit Frankreich wieder abgefallen sei. Am folgenden Tage fügt Lüntzel hinzu, er bringe soeben in Erfahrung, daß man in Hannover die Thore sehr frühzeitig sperre und auch sonst weitgehende Vorsichtsmaßregeln anwende, woraus mit Bestimmtheit zu schließen sei, daß sich feindliche Truppen in der Nähe befinden müßten. Nach ebenfalls in Hannover verbreiteten Nachrichten, die aber lediglich auf ganz unzuverlässigen Gerüchten beruhten, habe sich Kaiser Franz von Österreich mit Zustimmung von Rußland, Schweden, Preußen, England und Spanien wieder zum römischen Kaiser erklärt.

In enger Verbindung mit Lüntzel standen zwei Geheimagenten, Heiliger aus Moritzberg und Heinemann Frensdorf aus Hildesheim, deren Namen uns bereits in dem Berichte des Geheimagenten Freystädter begegnet sind. Beide waren Juden, wie denn überhaupt ein verhältnißmäßig sehr großer Procentsatz unter den geheimen Agenten und Spionen der jüdischen Nation angehörten. Der gemeinsame Glaube verhinderte aber nicht, daß sie, offenbar aus Brodneid, die erbittertsten Feinde waren und sich gegenseitig bei Lüntzel und Guntz auf das ärgste denunzierten und verdächtigten. So berichtet Heiliger einmal, daß Frensdorf andere Leute zu verbotenen Spielen aufreize und, wenn er verloren habe, sie anzeige. Einige wortgetreue Proben aus Heiliger's Berichten mögen zeigen, auf einer wie niedrigen Bildungsstufe er und mit ihm die meisten Agenten standen. Am 18. August schreibt Heiliger an Guntz: „Hir in Puplicum geht daß Gerede daß der Finanzminister Malchus seine Demesion Erhalten habe und zwar will man wissen er soll den König gegen dem Keiser verleumdet haben, er soll hir in Cognito gewesen sein und soll sich gegenwärtig zu Holle bey seinem Schwager dem Canton Maire Stolten aufhalten, auch gehet daß Gerede daß wir Französisch werden und unser König soll nach Holland versetzt werden, auch sagt man daß zu Witteberg das Gewitter eingeschlagen hat ins Pulfer Magazin, so daß alle Festungswerke zernichtet worden sind, auch gehet das Gerede der Keiser von Östreich wehre Erstochen worden von sein Bruder der Erzherzog Carl.“ Und am 24. August folgt die Mittheilung: „So eben bin ich in dem Gastwirth Sehlenerschen Hause in Hildesheim als ein gewisser Grefe welcher als Schnufler mit nach Magdeburg war, öffentlich aussagte daß die Russen gegen die Franzosen einen außerorndlichen Sieg Erfochten und 6000 Franzosen zu gefangene gemacht die Westphalen weren alle zum Russen übergegangen auch wäre es zum jammer was für Plisirte eingekommen währen, sollten Sie die Sache untersuchen lassen, so schlagen Sie nur als Zeugen mit fohr damit ich nicht als Denonciant puplik werde.“

Auch Frensdorf scheint mit Vorliebe unbedachten Reden nachgespürt zu haben. So zeigte er am 19. December 1812 Lüntzel an, ein Tanzmeister Menniens habe im Hôtel de France öffentlich gesagt: „Es kommen 40000 Wagen mit Plesurte hier an, wofür das Kapuzinerkloster eingeräumt wird.“ Lüntzel ließ den unglücklichen Tanzmeister, der seine Worte nicht ableugnen konnte, daraufhin verhaften und Frensdorf theilte Guntz triumphirend mit, Mennicus werde vermuthlich nach Cassel transportirt werden. Ebenso veranlaßte Fr. Anfang December 1812 die Arretierung eines Braunschweiger Einwohners Namens Thiele, der in Hildesheim erzählt hatte, der Herzog von Braunschweig-Öls sei nicht weit von hier und könne leicht der französischen Armee in den Rücken fallen [1]), auch sei die letztere nicht im besten Stande.

Die Nachforschungen Heiliger's und Heinemann Frensdorf's, die wegen ihres Diensteifers wiederholt von Bongars und

[1]) Hier sei erwähnt, daß nach einem Schreiben des Justizministers Siméon an Guntz vom 26. Mai 1813 in Bettmar ein Individuum, Namens Kirsch-Aaron Boch, der sich für einen Abgesandten des Herzogs von Braunschweig-Öls ausgab, verhaftet worden war. Näheres darüber ist nicht bekannt.

Siméon belobt und belohnt worden, beschränkten sich keineswegs auf die Stadt Hildesheim und deren nächste Umgebung, sondern erstreckten sich bis nach Braunschweig, Hannover u. s. w. Ihre häufigen Reisen nach Hannover bezweckten besonders die Aufspürung von den verbotenen englischen Waaren. So vernehmen wir, daß im Juni 1811 auf eine Denunciation Heiliger's hin eine Haussuchung nach Colonialwaaren bei dem Spediteur und Kaufmann Frederich vorgenommen wurde. Eine zweite Visitation fand ebenfalls auf Grund einer Denunciation Heiliger's im November desselben Jahres bei dem Kaufmann Capelle in Hannover statt, und einem ausdrücklichen Befehle Bongars' zufolge mußte Heiliger diesmal die Haussuchung selbst mit Assistenz der Localpolizei ausführen. In der That wurden beide Male große Quantitäten von Colonialwaaren gefunden.[1]) Doch waren die Kaufleute hier wie dort im Stande, durch Certifikate die Erlegung der gesetzmäßigen Abgaben, unter denen der Verkehr mit Colonialwaaren seit dem Decret von Trianon freistand, zu beweisen. Heiliger gab sich indessen mit diesem negativen Resultate nicht zufrieden. Rachedürstend schrieb er an Guntz, er sei fest davon überzeugt, daß sich in Hannover sehr viele verbotene Waaren befänden. Diese könnten aber nur durch eine zweckmäßige Generalvisitation ausfindig gemacht werden; denn wenn man die Läden einzeln und nach der Reihe durchsuche, so sei es möglich, daß ein Kaufmann seine (nicht auf den Inhaber lautenden) Certifikate dem anderen leihe, besonders wenn die Localpolizei mit den Kaufleuten unter einer Decke stecke, wie das namentlich von dem Polizeicommissar Mertens verlaute.

Dieser Bericht Heiliger's leitet uns zu den Polizeicommissaren und Geheimagenten in Hannover hinüber. Außer dem eben genannten Mertens finden wir dort als Polizeicommissar Grahn, beide geborene Hannoveraner in noch sehr jugendlichem Alter.[2]) Ihre Anstellung datiert vom 29. August 1810.

[1]) Vgl. das Nähere darüber Innere Zustände II, 189. — [2]) Nach der aus dem Jahre 1812 stammenden Liste der Polizeicommissare zählte Grahn 25, Mertens 24 Jahre, während u. a. Lüntzel 32, Claren 37 und Firnhaber 58 Jahre alt waren.

Von Grahn heißt es in der amtlichen Charakteristik, seine moralischen Eigenschaften und seine Aufführung seien nur lobenswerth, weshalb er auch eines guten Rufes genieße, aber sein Amtseifer sei nicht so groß, wie er sein müßte. Von seinem Patriotismus lasse sich nur sagen, daß G. bislang keine Beweise des Gegentheils gegeben habe; verdächtig aber sei doch, daß einer oder zwei seiner Brüder in englischen Diensten ständen.[1]) Dagegen erhält Mertens ein uneingeschränktes Lob: sein Benehmen sei sehr gut, er erfülle seine Dienstverrichtungen mit Auszeichnung, habe Beweise seines Patriotismus gegeben und werde vom Publikum sehr geliebt und geachtet.

Grahn war in der That im Herzen ein guter Hannoveraner, der sein Amt nie mißbraucht hat, um seinen Landsleuten vorsätzlich zu schaden. Seine Amtsführung erhielt auch bei den Patrioten solchen Beifall, daß er nach der Restauration zum Polizeicommissar in der Stadt Hannover und späterhin zum Ober-Polizeiinspector ernannt wurde, in welcher Stellung er lange Zeit segensreich gewirkt hat.[2]) Natürlich konnte er in der westfälischen Zeit nicht umhin, auf den Befehl seiner Oberen politisch Verdächtige zu überwachen und selbst zu verhaften,[3]) aber er suchte doch überall widrige Vorkommnisse als harmlos und unbedeutend hinzustellen und hob immer wieder den ruhigen und ordnungsliebenden Sinn der hannoverschen Bürgerschaft hervor. So berichtete er am 16. Februar 1813 an Guntz, die französischen Soldaten begingen fast täglich Excesse, und obgleich die betroffenen Übelthäter streng bestraft würden, bleibe doch der größte Theil derselben unbekannt, weil zu viele verschiedene Detachements in der Stadt lägen, und die westfälischen Militärbehörden nicht allen Unordnungen zuvorkommen könnten. Zum Glücke seien die Bürger der Stadt nicht zu Gewaltthätigkeiten geneigt, so daß bislang noch keine ernstlichen Streitigkeiten zwischen ihnen und den Soldaten vorgefallen seien. Um dieselbe Zeit (27. Januar 1813) meldete

[1]) Beamish, Geschichte der Königlich Deutschen Legion führt in der That zwei Officiere Namens Grahn auf. — [2]) Gleichzeitig war er Rechtsanwalt und Notar. — [3]) Beispiele dafür s. Innere Zustände II, 191.

Grahn seinem Vorgesetzten, Tags zuvor habe ein Schreiber Namens Grethen, welcher bereits verschiedentlich um Beschäftigung auf dem Polizeibureau nachgesucht habe, neben der Kreuzkirche ein Blatt Papier mit der Aufschrift gefunden:

„Hannoveraner! Eure Erlösung ist da!
Mordet, die Euch unterdrücken, denn ihr Ende ist da!“
GR.

Er habe Grethen befohlen, Stillschweigen über diesen Vorfall zu bewahren und werde mit seinen Collegen alles aufbieten, um den Urheber dieses Aufrufs zu ermitteln. Seines Erachtens gehöre derselbe zu der Klasse der Unglücklichen, die nichts zu fürchten hätten, und bei der Erregung von Unruhen nur profitieren könnten. — Am 14. September 1813 schloß Grahn einen gemeinschaftlich mit seinem Collegen abgefaßten Bericht über die Annäherung der Alliierten mit den Worten: man hätte erwarten sollen, daß diese Ereignisse und die Hoffnung den Feind in Hannover zu sehen, das Publikum in Aufregung versetzt und zu Handlungen hingerissen haben würden. Nicht ohne Überraschung hätten sie daher bemerkt, daß die Bevölkerung durchgehends so ruhig geblieben sei, als ob nichts geschehen wäre, und eine Haltung beobachtet habe, die man nur loben könne.

Ein weniger gutes Andenken als Grahn hat Mertens hinterlassen. Sein Name ist für immer gebrandmarkt durch einen wahren Judasstreich, den er an einem Jugendfreunde Namens Bertrand beging. Dieser, ein Mitglied des Hallischen Patriotenkreises, hatte die Unvorsichtigkeit begangen, sich dem Freunde, den er für die gute Sache anzuwerben hoffte, anzuvertrauen. Mertens ließ sich auch scheinbar bewegen dem Bunde beizutreten, hatte aber nichts Eiligeres zu thun als Bertrand und die übrigen Theilnehmer, deren Namen er erfahren hatte, zu denuncieren. Damit nicht zufrieden, gab sich Mertens, als die angestellte Untersuchung nichts Belastendes gegen die in das Castell abgeführten Opfer seiner Denunciation zu ergeben schien, noch einmal zu einem seiner Verrätherei die Krone aufsetzenden Vertrauensmißbrauch her. Unter der Maske eines wegen seiner patriotischen Gesinnung gefangen Gesetzten ließ er sich zu Bertrand ins Gefängnis führen und wußte diesen durch heuchlerische Worte und Thränen so zu umgarnen, daß er dem Verräther in neuerwecktem Vertrauen rückhaltslos alles erzählte, was er von dem Bunde und seinen Mitgliedern wußte. Während dessen saßen die Untersuchungsrichter an einem verborgenen Orte, wo sie Wort für Wort des unfreiwilligen Geständnisses niederschreiben konnten.[1]) Seinen Oberen empfahl sich Mertens durch diesen schnöden Verrath so sehr, daß er im Juni 1812 zum Generalcommissar der hohen Polizei in Göttingen ernannt wurde. In Hannover erhielt er den mehrerwähnten Polizeiinspector Frömbling zum Nachfolger. Dieser gehörte zu den Polizeiofficianten, die den Mangel an Talenten durch die Härte und Gehässigkeit ihres Auftretens auszugleichen strebten. Von ihm trifft es auch keineswegs zu, wenn der Legationsrath von Duve auf Grund der ihm vorgelegten Papiere in seinem Berichte vom 14. December 1813 behauptet, die Polizeicommissare in Hannover hätten nur höchst selten unaufgefordert über Gegenstände der hohen Polizei berichtet. Seine Gehässigkeit leuchtet schon aus den bereits früher aus seinen Berichten mitgetheilten Auszügen[2]) hervor. Einige weitere Proben aus seinen Berichten mögen seine Charakteristik vollenden. Daß Frömbling alle Hannoveraner schlechthin für antiwestfälisch und übelgesinnt ansah, sprach er in einem Schreiben vom 28. September 1812 deutlich aus. „Kein Publikum glaubt und hofft so sicher auf die Wiederherstellung der alten Dinge wie das hiesige Volk.“ Besonders aber hatte Frömbling es auf den Adel abgesehen. „Da die deutschen Adligen“, bemerkt er einmal (7. Juli 1812), „wie ich äußerlich gehört habe, eine große geheime Verbindung unter dem Namen: die schwarzen Brüder unter sich errichtet haben sollen, so möchte es wohl consilii sein, denselben bei ihrer notorischen Unzuverlässigkeit während der gegenwärtigen Kriegskrisis vorzüglich

[1]) Die Einzelheiten dieser Episode werden von Heinrich Steffens (Was ich erlebte VI, 309 ff.) und in der Schrift: Die entlarvte hohe und geheime Polizei, S. 51 ff. fast übereinstimmend wiedergegeben. Vgl. Innere Zustände II, 187 f. — [2]) Innere Zustände II, 191 f.

strenge aufpassen zu lassen.“ Auf denselben Gegenstand kommt Frömbling in einem Berichte vom 28. März 1813 zurück. Dort heißt es: es habe sich auch in Hannover die Nachricht von der Ankunft des Grafen von Münster aus England verbreitet. Dieser habe sich schon seit einigen Monaten in Kopenhagen aufgehalten, um das Vorrücken der Russen abzuwarten, und unterdessen wahrscheinlich Dänemark vermocht, keinen activen Antheil zu Gunsten Napoleons an dem Kriege zu nehmen.[1]) Der eigentliche Zweck seiner Reise, das Hannoversche zu reorganisieren, sei schon früher bekannt gewesen. Das Lauenburgische solle er nach Aussage der Reisenden bereits für England wieder in Besitz genommen und dort die alte Einrichtung der Dinge wiederhergestellt haben. Wenn sich die angeblich am 22. d. M's. bei Bremerlehe erfolgte Landung der Engländer bestätigen sollte, so möchte er auch wohl bald über die Elbe kommen. Daß Münster mit allen hannoverschen Adligen in geheimer Verbindung stehe, lasse sich leicht abnehmen, da man den politischen Charakter der Adligen kenne. Wirklich seien bereits insgeheim ohne Pässe und Vorwissen der Polizei von hier abgereist: der Graf von Schwicheldt, die Herren von der Decken, ein Herr von Bremer und ein Herr von Wangenheim, aber nicht der Herr von der Wense, welcher sich nach wie vor in Hannover aufhalte. Bei den von der Polizei in den Familien der Abgereisten direct angestellten Nachfragen seien Besuche bei Verwandten vorgeschützt; er aber glaube, daß sie hinüber ins Lauenburgische zu dem Grafen von Münster seien.[2]) „So zweckmäßig es auch wäre, in der jetzigen Krisis allen Adligen bei Strafe der Arretierung zu befehlen, sich nicht aus ihrem Canton zu entfernen, so existiert doch kein solcher höherer Befehl, und man kann diesen Herren also das Abreisen nicht verwehren. Hierauf müßte bei Sr. Excellenz (Bongars) angetragen werden, denn diese Classe ist dem Gouvernement die gefährlichste. Aus der hiesigen um-

[1]) Das ist natürlich falsch. Graf Münster und der Herzog von Cambridge kamen erst im December 1813 auf geradem Wege von England nach Hannover. — [2]) Die Minister von der Decken und Bremer, sowie der Oberschenk von Wangenheim hatten sich in der That nach der Befreiung Hamburgs hierher begeben.

liegenden Gegend kommen die Adligen jetzt häufiger als sonst hierher, bleiben mehrere Tage hier und halten Zusammenkünfte."

Der Wunsch Frömbling's nach einer speciellen Überwachung aller Adligen hätte sich schon aus Mangel an Gendarmen und Geheimpolizisten nicht durchführen lassen. Im ganzen Allerdepartement lagen nur 6 Brigaden Gendarmerie, zwei in Hannover selbst und je eine zu Celle, Nienburg, Rodenberg und Altbruchhausen. Den Befehl über diese führte zuerst ein Escadronschef von Kalm, der aber bald durch den Kapitän de la Grée ersetzt wurde. Beider Thätigkeit tritt jedoch sehr in den Hintergrund. Der hervorragendste unter den Gendarmen war der Brigadier Scheffert zu Rodenberg.[1]) Er stand mit Frömbling und Guntz in genauer Verbindung, scheint aber seinem unmittelbaren Vorgesetzten de la Grée wegen seines übergroßen Diensteifers unbequem gewesen zu sein. In einem Schreiben an Frömbling vom 23. Juni 1812 spricht Scheffert die Befürchtung aus, daß die Rodenberger Clique ihn bei seinem Chef verleumdet habe. Als er neulich bei demselben in Hannover gewesen sei, habe er Vorwürfe erhalten, weil er sich mit den Localbehörden nicht vertragen könne, woran sich die Drohung geknüpft habe, ihn aus Rodenberg zu versetzen. Er habe de la Grée darauf erwidert, soweit es der Dienst erlaube, komme er mit allen Maires seines Arrondissements gut aus; wenn etwa der Spielbanquier[2]) Londeyx anderes über ihn behauptet habe, so seien das Lügen. Londeyx hänge mit der Rodenberger Clique zusammen und stehe in seinem Polizeiregister selbst als verdächtig aufgezeichnet. Über diese Äußerung sei de la Grée wie vom Donner gerührt gewesen, da er erst neulich bei jenem zu Mittag gespeist habe.

Über die Anzahl der unter dem Polizeicommissariate zu Hannover stehenden Polizei-Sergeanten und Diener sind wir nicht unterrichtet. Während der Anwesenheit des Königs

[1]) Auszüge aus dessen Berichten s. Innere Zustände II, 190 f. — [2]) Nach einem Berichte Reinhards vom 10. August 1812 hätte Bongars aus gewinnsüchtigen Motiven Spielhäuser in Hannover errichtet. Innere Zustände II, 184. Vermuthlich hängt der Spielbanquier Londeyx mit den Spielhäusern zusammen.

Jerome in Hannover im August 1810 mußte die Polizeiwache um 8 Unteroffiziere und 37 Gemeine verstärkt werden. Dies verursachte der Stadt so große Kosten, daß der Magistrat der Altstadt sich an die Gouvernementscommission wandte. „Wir müssen bei der allgemein herrschenden Ruhe und dem gesitteten Betragen der hiesigen Einwohner dafür halten, daß es thunlich sein werde, die vermehrte Anzahl der Wachen wieder abgehen zu lassen," eine Bitte, der die Commission dann auch entsprach. Nach der Organisation der Departementalcompagnie in Hannover scheint die Polizeiwache auf wenige Mann zusammengeschmolzen zu sein.

Auch über die Anzahl der Geheimagenten und Spione im Hannoverschen läßt sich nur feststellen, daß sie eine sehr geringe gewesen ist. Bongars soll beständig geklagt haben, daß es so schwer halte, im Hannoverschen gute Agenten zu erhalten.[1]) Ein Register der Agenten, welches in der mehrerwähnten Denkschrift über die geheime westfälische Polizei aus dem Jahre 1814[2]) enthalten ist, weist nur 13 Namen auf.

An erster Stelle wird dort ein Lakai Canne, ehemaliger Bedienter der Gräflich Steinbergschen Familie genannt. An ihm glaubte man in Cassel eine „vorzügliche Acquisition" gemacht zu haben. Aber die Hoffnung, durch ihn wichtige Nachrichten über die angesehensten hannoverschen Adelsfamilien zu erhalten, erwies sich als trügerisch. Denn Canne war ein unfähiges Subject, das bald entlassen werden mußte.

In zweiter Linie wird ein Advokat Holtensen genannt. Er soll sich besonders an den Generalsekretär der hohen Polizei von Schalch und an de la Grée angeschlossen haben. Es wird hinsichtlich seiner bemerkt: da er von manchen hannoverschen Verhältnissen Kenntniß gehabt und sich oft an öffentlichen Orten gezeigt habe, so hätte er „schädlich genug" werden können. Ob er es aber wirklich geworden ist, darüber schweigt die Denkschrift. In den übrigen Acten erscheint sein Name nicht wieder, ebensowenig ein unter Nr. 3 genannter Dr. jur. Westhof, der auch nach der Denkschrift nur eine untergeordnete Rolle gespielt hat.

[1]) S. den Anhang. — [2]) Desgleichen.

Unter Nr. 4 und 6 figurieren zwei ehemalige hannoversche Polizeidiener Namens Eyßel und Höfer. Letzterer war wegen seines schlechten Betragens seiner Stelle entsetzt worden; auch sein Verhalten als geheimer Agent war derartig, daß man davon Abstand nehmen mußte, ihm Sachen von Wichtigkeit anzuvertrauen und sich seiner in Kürze wieder entledigte. Von Eyßel heißt es, er sei ein durchaus verdorbener Mensch gewesen und demgemäß nur wenig gebraucht worden. Angeblich hat er zugleich den Franzosen als Spion gedient und in Gemeinschaft mit einem ebenso verworfenen Subjecte, Namens Cour, einem ehemaligen Unterofficier der Gendarmerie, zur Arretierung des Lieutenants von Mauderode mitgewirkt.

Wie diese beiden, so scheint auch der unter Nr. 5 aufgeführte Meyer Morjé, ein Verwandter des übel berufenen Juden Meyer Joseph aus Hannover nur vorübergehend im Dienste der geheimen Polizei gestanden zu haben.

Besser unterrichtet sind wir über die beiden in der Folge genannten Personen, zwei Schulmeister aus Herrenhausen und Latwehren, Kriete[1]) und Gade mit Namen. Ersterer bot sich selbst zum Agenten an, angeblich um seinen Vorgesetzten, den Pastor Petrosilius zu Hainholz, den er tötlich gehaßt haben muß, zu verderben, und um sich durch seine Verbindung mit der hohen Polizei eine gute Anstellung zu verschaffen. Er wachte besonders über Pastoren und andere angesehene Personen aus der Gegend von Neustadt a. R., Hudemühlen u. s. w. Während der Anwesenheit des Generalsekretärs von Schalch in Hannover (1809) entfaltete er eine große Thätigkeit und ward selbst auf Reisen ins Braunschweigische u. s. w. geschickt. In den Acten finden sich zwei Berichte von ihm aus Braunschweig (vom 12. und 14. Juli), die in einem so miserabelen Französisch geschrieben sind, daß es schwer hält, sie zu enträthseln. Beide Berichte beschäftigen sich besonders mit der Person eines Herrn von Bennigsen. Dieser soll nach dem ersten Berichte mehrere Jahre hindurch englischer Agent gewesen und nachmals in die Dienste des Prinzen von Galles[2]) ge-

[1]) Auch wohl Criete geschrieben. — [2]) Prinz von Wales.

treten sein. Ob er noch in demselben stehe, bemerkt Kriete, wisse er nicht; doch habe der Herr von Bennigsen im Gespräch mit ihm eine große Anhänglichkeit an den Prinzen von Galles kundgegeben. Im zweiten Berichte Krietes heißt es, Bennigsen sei von den Engländern als geheimer Agent nach Rußland gesandt worden; späterhin habe er in Hannover Rekruten für England angeworben und sie dorthin verkauft u. s. w. Die Abneigung Kriete's gegen die Geistlichkeit tritt in der Bemerkung zu Tage, sie seien alle Engländer und unter den gegenwärtigen Umständen gefährliche Menschen. Die öffentliche Stimmung in Braunschweig fand Kriete laut seinen Berichten überaus schlecht. Allenthalben würden falsche Gerüchte in Umlauf gesetzt; so verlaute, daß 60000 Engländer in Stade und Ritzebüttel gelandet seien, daß Rußland und Preußen Frankreich den Krieg erklärt hätten, daß die Österreicher, nachdem sie die Franzosen geschlagen und Wien wieder eingenommen hätten, bereits im Harz ständen u. s. w. Die Übelgesinnten kämen hauptsächlich bei dem Brauer Steinmann auf dem Steinwege zusammen; die Gendarmen dürften sich nicht blicken lassen, da das aufgeregte Volk sie „frottieren" wolle, hätten doch selbst die Mitglieder der Departementalcompagnie, welche alle boshafte Verräther wären, die Insassen der Gefängnisse aufgereizt u. s. w. Solche Auslassungen bestätigen es vollauf, wenn es in der ofterwähnten Denkschrift heißt: „Kriete's Denunciationen und Berichte zeigten es deutlich, daß sie verfaßt waren, um seine Privatrache zu befriedigen und um sich dadurch Ansehen und Zutrauen zu verschaffen, daß er alles im nachtheiligsten Lichte darstellte."

Auf einer höheren Stufe als Kriete stand der Organist, Schulmeister und Steuereinnehmer Gade zu Latwehren, eine der interessantesten Personen unter den Agenten der westfälischen Polizei. Er wird von Scheffert, der ihn für den Dienst derselben angeworben hatte,[1]) als ein schöner großer Mann, honett und stolz gekleidet, der nur kurz und wenig spreche, beschrieben. Die Denkschrift von 1814 nennt ihn einen sehr

[1]) Vgl. darüber des Näheren Innere Zustände II, 188.

gefährlichen Menschen, der die Gabe gehabt habe, die Leute der geringen Klasse und Domestiken treuherzig zu machen und ihnen manche der hohen Polizei interessante Notizen zu entlocken. „Er schlich in der ganzen Gegend von Wunstorf bis Alfeld herum, horchte in allen Häusern und adligen Höfen, fragte die Bedienten über ihre Herrschaften aus und theilte die auf diese Weise gesammelten Materialien der Polizei zu weiterer Verarbeitung mit. Seine Berichte gingen zuletzt gewöhnlich direct an den General Bongars."

„Meine Vigilanz", beschreibt Gade selbst in einem Bericht an Scheffert vom 1. Juni 1812 sein ehrenwerthes Gewerbe, „nehme ich des Nachmittags, nachdem ich meine Dienste abgewartet habe, in einem Umkreise von etwa 4 Stunden vor; des Mittwochens wird ein ganzer Tag, mit noch anderen Geschäften verbunden, mit sehr großer Vorsicht und Klugheit dazu angewandt. Ich wünschte, daß ich eine bessere Einnahme und eine dazu passende Stelle hätte, als z. B. ein Kreisaufseher, und nicht von Nahrungssorgen gedrückt, so viel Zeit auf Nebenverdienst zu verwenden brauchte, so würde ich meine Vigilanz noch weiter erstrecken und ich würde dann im Stande sein, noch mehr große adlige Feinde unseres so wohlthätigen Gouvernements der Wahrheit gemäß zu charakterisieren." In der That erhielt Gade für seine Spionendienste nur das kärgliche Gehalt von jährlich 400 Fr.[1]) Der Finanzminister Malchus sagte ihm allerdings auf Verwendung Bongars' eine Anstellung zu, die ihm die Möglichkeit gewähren würde, im ganzen Lande umherzureisen und zu spionieren; doch ist es dazu nicht mehr gekommen.

Die bei den Acten liegenden Berichte Gade's stammen durchweg aus dem Jahre 1812. Eine „gehorsamste Anzeige" vom 1. Juni 1812 ist besonders gegen die Geistlichkeit und den Adel gerichtet. Bei den Predigern zu Lenthe, Gehrden, Stemmen, Kirchwehren, Seelze und Colenfeld, heißt es dort, würden des Sonntag Nachmittags abwechselnd Zusammenkünfte gehalten, worin auch über Staatsangelegenheiten „zum

---

[1]) Das.

Nachtheil unsers gütigsten, gnädigsten und besten Gouvernements" gesprochen werde. Nach langen zuverlässigen Nachforschungen könne er heilig versichern, daß alle diese Geistlichen heimliche Feinde der Regierung seien. Sie unterließen es oft, das vorgeschriebene sonntägliche Kirchengebet für den König Jerome nach der Predigt zu verlesen, und wenn es ja geschehe, so verrichteten sie es mit sichtbarem Widerwillen. Den Pastor Herbst zu Lenthe denuncierte Gade speciell, daß er von Zeit zu Zeit politische Nachrichten von dem vormaligen Staats- und Cabinetsminister von Lenthe, welcher sich jetzt auf seinen Holsteinschen Gütern aufhalte, aber auch öfter auf sein Stammgut Lenthe komme, erhalte und diese seinen Amtsbrüdern mit dem Bedeuten, es ja nicht weiter zu erzählen, mittheile. „Die Frauen dieser Geistlichen haben aber nicht reinen Mund und sagen dann und wann ein Wort den Gemeindegliedern, wodurch der Hang und der Glaube, daß wir noch einmal unter englische Herrschaft kämen, genährt und unterhalten wird."

Das besondere Mißfallen Gade's erregte der ehrwürdige Pastor primarius Sievers an der Kreuzkirche zu Hannover. „Derselbe predigt zu Zeiten sehr anspielend und nachtheilig gegen unser Gouvernement, selbst Advocaten in Hannover, welche ihm zugehört, sagen aus, daß es sehr gewagt wäre, so anspielend zu predigen, und es wundere sie, daß man ihn nicht längst eines Besseren belehrt habe; sie befürchten, daß er am Ende den Kürzeren dabei zöge. Daher kommt es denn auch, daß diejenigen Hannoveraner, die z. Th. auch Feinde von unserem Gouvernement sind, ihm gerne zuhören mögen. In einer Predigt, welche er in der Schloßkirche kurz vor der Organisation der neuen Departements hielt, und welcher ich zuhörte, sagte er, man müsse gerecht, billig gegen seinen Nächsten sein, ihn nicht unterdrücken, weder Gewalt noch Unrecht thun, und doch schiene es, als wenn man heutigen Tages ganze Völker und Nationen recht eigentlich dazu anreizte und gebrauchte, solches zu thun."

Des weiteren denuncierte Gade den Cantonmaire Friedrichs zu Wunstorf und den Kreisaufseher v. Grävemeyer ebendort als heimliche Feinde der Regierung. Ersterer habe einen Sohn als Offizier in der Königlich Deutschen Legion. „Wenn nun Soldaten, die man in England nicht mehr brauchen kann, hier ankommen und nur Nachrichten von seinem Sohn mitbringen, so werden sie von ihm auf alle Art begünstigt, durchgeholfen und tractiert noch dazu: dies ist bei dem Soldat Reese in Holtensen der Fall gewesen.“ Grävemeyer habe selbst den Engländern als Capitän gedient und sei erst vor Kurzem aus England zurückgekehrt. Daß man ihn sogleich zum Kreisaufseher gemacht habe, wundere viele Menschen. Bei seinen Dienstreisen besuche Grävemeyer immer die Adligen, welche mit ihm gleiche Gesinnungen hätten.

In einem anderen Berichte Gade's aus dem September 1812 wird der Baron von Knigge zu Leveste nebst seiner Gemahlin beschuldigt, unbedachte Äußerungen über das siegreiche Vordringen der Russen gethan zu haben. Einem dritten Berichte aus dem Juni 1813 entnehmen wir, ein vor etwa drei Monaten aus England nach Linden zurückgekehrter Soldat habe Ende Mai in Almhorst und Kirchwehren die Einwohner durch die Nachricht in Alarm gesetzt, daß die Engländer im Anzuge seien und in 14 Tagen in Hannover sein würden, daß der Prinz von Cambridge und der Graf von Münster bereits heimlich und verkleidet in Hannover wären u. s. w. Auch habe der Soldat geprahlt, er wisse Briefe sicher nach England hinüberzuschaffen und sei bereit dazu, wenn man ihm für je einen Brief 3 Gute Groschen bezahle. Alles dieses habe der Soldat die Leute durch vieles Fluchen und Betheuern glauben machen wollen.

Hinsichtlich der übrigen in der Denkschrift von 1814 genannten geheimen Agenten können wir uns kurz fassen. Von einem, dem Mairiesecretair Borgmann oder Breckmann in Elze heißt es, es sei nicht bekannt, ob und welche Dienste er geleistet habe. Bei einem anderen, dem ehemaligen Cantonmaire Bradt zu Obernkirchen, wird bemerkt, er sei zwar von seinem Jugendfreunde Frömbling bewogen worden, auf Gegenstände der hohen Polizei zu achten und sich darüber in Correspondenz und zwar besonders mit dem General Bongars einzulassen; ob er aber wirklich dem westfälischen Gouvernement sehr ergeben gewesen sei und in diesem Sinne gehandelt habe, werde noch bezweifelt. Bei einem Dritten, einem Osteroder Tribunalrichter, auf dem man anscheinend viel Zutrauen gesetzt haben soll, wird uns nicht einmal der Name mitgetheilt. Den Beschluß der Liste machen ein Sprachmeister Leonnard in Ülzen und ein ehemaliger hannoverscher Cavallerieoffizier Namens Bußmann aus Bodenteich. Letzterer soll namentlich im Frühjahre 1813 viele Nachrichten über die Stellung und Stärke der Alliierten eingezogen und der westfälischen Polizei mitgetheilt haben.

Es sind also nur verschwindend wenige und überdies durchweg obscure Persönlichkeiten gewesen, die sich im Hannoverschen [1]) dem elenden Gewerbe eines geheimen Polizeispions gewidmet haben, mag auch die mitgetheilte Liste nicht vollständig sein. In den Verdacht, der verrufenen hohen Polizei zu dienen, sind damals freilich viele Leute gerathen. Das war ja der Fluch des Systems, daß einer dem andern mißtraute und jeden, den er nicht ganz genau kannte, der schwärzesten Verrätherei für fähig hielt. Selbst hochangesehene Männer haben unter jenem Verdachte zu leiden gehabt. So wurde der zweite Präsident des Appellationshofes zu Celle Friedrich Carl von Strombeck vielfach von dem Publikum mit der geheimen Polizei in Verbindung gebracht. Thatsächlich hatte Strombeck, ein Braunschweiger von Geburt, sich dem Wunsche des ihm befreundeten Justizministers Siméon, vertrauliche Berichte über die öffentliche Meinung zu erstatten, [2]) nicht entziehen können; aber darum darf er doch nicht entfernt mit den feilen Geheimagenten in Zusammenhang gebracht werden, um so weniger, als er den ihm gewordenen Auftrag nur dazu verwandte, um seinen Mitbürgern so viel als möglich zu nutzen. Auch der frühere Hofgerichtsassessor und spätere Landdrost von Campe in Hannover ward durch das allgemeine

[1]) Anderwärts scheint die westfälische Polizei allerdings mehr Agenten angeworben zu haben. Das Magdeburger Generalcommissariat besoldete allein 39 Agenten. Goecke, Das Königreich Westfalen, S. 102. Auch Goeckes Mittheilungen über die Magdeburger Polizei bestätigen übrigens, wie ungeschickt der Dienst der geheimen Polizei gehandhabt wurde. — [2]) Vgl. Kleinschmidt S. 525.

Gerücht einer Verbindung mit der geheimen Polizei bezichtigt. Als aber Ende 1813 der in Hannover angelangte leitende hannoversche Minister, Graf Münster, Campe förmlich danach fragte, versicherte dieser seine völlige Unschuld und zwar in so starken Ausdrücken, daß „nur der verworfenste Mensch gegen die Stimme seines Gewissens sich solche hätte erlauben können".[1]) Auch andere, dem gleichen Verdacht, wie Campe unterworfene Personen haben ihre Schuldlosigkeit darzuthun vermocht. So können wir durchaus dem Urtheile des Legationsraths von Duve beipflichten, der seinen Bericht über die Papiere der geheimen Polizei mit den Worten schließt: „Als endliches Resultat aller meiner Nachforschungen kann ich Ew. Excellenz mit wahrem Hochgefühl die der Wahrheit völlig gemäße Versicherung ertheilen, daß auch nicht ein angesehener hannoverscher Staatsdiener oder irgend ein anderer angesehener hannoverscher Landesunterthan in den Papieren der vormaligen westfälischen Polizei als Mitglied vorkommt."

[1]) Bericht des Cabinetsministeriums an den Prinzregenten vom 22. Februar 1814. Auch schriftlich betheuerte von Campe dem Grafen Münster (28. December 1813): „Wenn Ew. Excellenz einem Mann von Ehre, der sie nie verletzt hat, Glauben beimessen wollen, so versichere ich bei allem, was mir vor Gott und Menschen heilig sein kann, daß ich nie, nie auch nicht die geringste Communication weder schriftlich noch mündlich mit der geheimen Polizei des Feindes gehabt, nie einen Gedanken, nie eine Handlung begangen, die nur im mindesten hierauf Bezug gehabt hätte, und will ich weder in diesem noch in jenem Leben wieder je eines seligen Augenblickes genießen, wenn ich je nur einen einzigen Buchstaben oder Wort schriftlich oder mündlich mit selbiger gewechselt."

Anhang.

Bemerkungen über die hohe Polizei im ehemaligen Königreiche Westfalen.[1])

Die geheime oder sogen. hohe Polizei im ehemaligen Königreiche Westfalen war, im Ganzen genommen, ein solches System von Erbärmlichkeit, daß sie in der That selbst nicht mal das Ansehn verdiente, das ihr als einer Tochter der berüchtigten französischen geheimen Polizei, die Furcht des Publikums und das Dunkel, in welches sie ihre größtentheils äußerst unbedeutenden und schlecht ausgeführten Operationen hüllte, verschafft haben.

Bei einem Staate, der entstanden war wie Westfalen und während seiner ephemeren Existenz in einem solchen untergeordneten, drückenden Verhältnisse zu einem andern Reiche stand wie Westfalen zu Frankreich, bei einem Staate, dessen Hilfsquellen schon vorher durch das französische Aussaugungssystem so erschöpft waren, wie die von Westfalen, konnte natürlich die geheime Polizei nicht in dem Umfange und mit den Mitteln wirken, also auch nicht eine solche Furchtbarkeit erlangen wie in Frankreich.

Die westfälische geheime Polizei war freilich der französischen, aber in sehr verjüngtem Maßstabe nachgebildet.

Einer der vorzüglichsten Zwecke der geheimen westfälischen Polizei war, das Wohlwollen nicht allein des französischen Gouvernements, sondern sogar einzelner höherer französischen Civil- und Militärbeamte für das Königreich zu gewinnen und zu erhalten. Zu dem Ende war man stets bereit, den in allerlei Formen versteckten französischen Befehlen, so viel wie möglich die pünktlichste Folge zu leisten. Die französische Polizei konnte sich ziemlich unbeschränkt der westfälischen zu ihren Zwecken bedienen, und war von französischer Seite eine Person als verdächtig

---

[1]) Die im nachstehenden veröffentlichte Denkschrift über die geheime westfälische Polizei ist undatiert und anonym; doch erhellt aus ihrem Inhalt so viel, daß sie im Jahre 1814, kurz nach der Wiederherstellung der hannoverschen Regierung, entstanden und vermuthlich in ihrem Auftrage von jemandem verfaßt worden ist, der in der Lage gewesen, genaue Kenntnisse von dem Walten der geheimen Polizei zu sammeln.

signalisiert, so fiel es niemanden in Westfalen ein, an dieser Verdächtigkeit zu zweifeln, sondern jene Person wurde, ohne weitere Rücksicht auf alle mögliche Weise verfolgt.

Ein anderer Hauptzweck der geheimen Polizei war, die Gesinnungen der Unterthanen des Königreichs, vorzüglich der ausgezeichneteren Classe derselben und den Grad ihrer Anhänglichkeit an das alte oder neue Gouvernement kennen zu lernen.

Trotz aller pomphaften Deklamationen in öffentlichen Blättern und bei feierlichen Gelegenheiten, wo viel über die gegenseitige Anhänglichkeit des Gouvernements und der Unterthanen geredet wurde, überzeugte man sich bald, daß auf die Zuneigung der Unterthanen nicht viel zu rechnen sei, und daß sie in dem durch militärischen Despotismus geschaffenen Staate nur durch despotischen Zwang zusammengehalten würden.

Das böse Gewissen erhielt daher die Machthaber in Cassel fast beständig in Furcht und Angst vor geheimen Verbindungen und Verschwörungen, die gewöhnlich in der Wirklichkeit nie existierten. Diese politische Gespensterseherei wurde soweit getrieben, daß selbst solche Individuen sie höchst lächerlich fanden, deren Anhänglichkeit an das Gouvernement über allen Zweifel erhaben war.

Die Zahl der Personen, denen man traute, war sehr gering, selbst Polizeioffizianten und Agenten konnten sich das Zutrauen der Oberbehörde in Cassel nicht völlig, sondern nur bis zu einem gewissen Grade erwerben. Dagegen war die Anzahl der Verdächtigen bei weitem stärker.

Viele wurden dazu gerechnet, weil sie zu einer Klasse von Staatsbürgern gerechnet wurden, die man schon im allgemeinen für verdächtig hielt.

Zu diesen verdächtigen Klassen gehörten der ganze Adel, vielleicht nur mit sehr wenigen Ausnahmen. Ferner viele Geistliche und Schullehrer, diejenigen Personen, die schon früher bei einem anderen Gouvernement eine Anstellung gehabt hatten, in einiger Maße auch die Rechtsgelehrten. Vor letzteren hatte man sogar eine gewisse Art Scheu, vielleicht weil die öffentlichen Audienzen ihnen eine dem übrigen Publico nicht dargebotene günstige Gelegenheit gaben, bittere Wahrheiten zu sagen, und weil die geheime Polizei in manchen Fällen den Kontrast zwischen der Art und Weise ihrer polizeilichen und der einer rechtlichen Prozedur fühlen mochte.

Gefährlicher aber als alle übrigen Klassen zusammen blieb immer der Adel.

Für die Zwecke der hohen oder geheimen Polizei sollten besonders wirken die General- und Polizei-Commissare und deren Untergebene, die Gendarmerie, die Maires, mehr oder weniger die

Postoffizianten und die geheimen Agenten. Außerdem mag noch mancher Einzelne in Verbindungen gestanden haben, in denen er, ohne es selbst zu wissen, ebenfalls für jene Zwecke benutzt wurde.

Es verdient bemerkt zu werden, daß es auch in einem Stande, in dem man nicht so leicht Spione gesucht hätte, eine große Zahl geheimer Aufpasser gab, nämlich unter dem französischen Offiziercorps.

Beinahe jeder französische General oder Commandeur hatte eine geheime Polizei, um die politischen Gesinnungen und Meinungen der Landesunterthanen zu erforschen. Er brauchte dazu seine Offiziere, die in der Gunst ihres Generals oft mehr durch die von ihren Wirthen oder sonst erhorchten Äußerungen als durch kriegerische Thaten zu steigen hofften.

Die französischen Generale setzten auf diese unmilitärische Aufpasserei ein sehr großes Gewicht, unterhielten über diesen Gegenstand, soviel man weiß, einen beständigen Briefwechsel mit ihren Vorgesetzten, die ihnen das Spionieren zur Pflicht gemacht hatten.

Der französische General Bourcier, welcher sich längere Zeit in Hannover aufhielt, interessierte sich vorzüglich für Gegenstände der geheimen Polizei.

Er hatte gleich den meisten Franzosen eine sehr nachtheilige Meinung von dem politischen Charakter der Hannoveraner, von denen er immer eine Empörung befürchtete. Seine über diesen Gegenstand an den Kaiser wiederholt abgestatteten Berichte bewirkten, daß der Kaiser den ehemaligen König Hieronymus vor einer Insurrection warnte, die im Hannoverschen auszubrechen drohe.

Dieser schickte darauf den Herrn von Schalch nach Hannover, der über den Insurrectionszustand der Hannöverschen Provinzen nähere Nachrichten einziehen und in dieser Hinsicht wichtige Entdeckungen machen sollte. Es steht sehr zu bezweifeln, daß er wirklich Entdeckungen von Wichtigkeit gemacht habe, indeß war seine Anwesenheit in Hannover doch in mehr als einer Hinsicht lästig.

Was die sogenannten geheimen Agenten anbetrifft, so herrschten darüber hin und wieder sehr irrige Meinungen im Publico.

Man hat geglaubt, die Anzahl der geheimen Agenten oder, wie man es nannte, derer, die unter der geheimen Polizei wären, gehe bis ins Unendliche, und es wären darunter Personen aus allen Ständen.

Allein dem war nicht so, wenigstens, so viel man weiß, nicht in Hannover und wahrscheinlich auch nicht in andern Gegenden des ehemaligen Königreichs.

Denn schwerlich wird man diejenigen Personen unter die Klasse der geheimen Agenten rechnen wollen, die im gesellschaftlichen Umgange beim zufälligen Zusammentreffen mit wirklichen geheimen Agenten, in gleichgültigen Gesprächen, ohne alles Arg Äußerungen machten, von denen sie nicht einst ahnen konnten, daß sie eine Beziehung zur geheimen Polizei haben könnten, und die dennoch auf irgend eine Weise benutzt wurden. Solche Personen trifft höchstens der Vorwurf der Unvorsichtigkeit, dieser aber auch mit um so größerm Recht, da jeder Vernünftige in jener Zeit wußte oder ahnte, wie viele Mittel angewandt wurden, um Nachrichten herauszulocken und den Unbedachtsamen Fallen zu legen, und jeder deshalb sehr vorsichtig in seinen Reden war, damit nicht, zum Nachtheile eines anderen, ein unschuldiger Ausdruck von ihm mißdeutet oder aus seinen Worten Gift gesogen werden möchte.

Die Anzahl der geheimen Agenten, d. h. derjenigen, die für Geld oder andere Vortheile stets die geheimen Aufpasser für die hohe Polizei machten, war sehr beschränkt und die Fähigkeiten dieser Agenten in der Regel noch beschränkter als ihre Zahl.

Es war eine beständige Klage der Obern in Cassel, daß es an guten Agenten fehle, und namentlich, daß es so schwer halte, im Hannoverschen gute zu bekommen.

Das in Folgendem aufgestellte Register derselben ist, wie man sich überzeugen wird, nicht sehr beträchtlich:

1) Ein gewisser Canne, ehemaliger Steinbergischer Bedienter, war in Cassel sehr empfohlen und man glaubte an ihm eine vorzügliche Acquisition gemacht zu haben. Man hoffte durch ihn wichtige Notizen über einige angesehene Häuser in Hannover zu erhalten. Der Erfolg scheint aber den Erwartungen nicht entsprochen zu haben, weil dem Canne die nöthigen Fähigkeiten abgingen.

2) Der Advokat Holtensen arbeitete auch als geheimer Agent. Da er von manchen hiesigen Verhältnissen Kenntnis hatte und sich oft an öffentlichen Orten zeigte, so konnte er schädlich genug werden. Er attachierte sich besonders an den Herrn von Schalch und den Herrn de la Grée.

3) Der Doctor juris Westhof trieb das Handwerk eines geheimen Agenten wohl nur aus Noth. Auch hatte er zu wenig Verstand und Klugheit, um in sehr wichtigen Sachen gebraucht werden zu können.

4) Der ehemalige Polizeidiener Eyssel, ein durchaus verdorbener Mensch, wurde wenig von der Polizei gebraucht. Er hat den freilich nicht zu erweisenden Verdacht gegen sich, daß er den Franzosen gedient habe. Besonders soll er in Gemeinschaft mit einem ebenso verdorbenen Menschen Namens Cour, ehemals Unteroffizier der Gendarmerie und Schwiegersohn der verwitt-

weten Zahlcommissärin Barth zur Arretierung des in Magdeburg erschossenen Herrn von Manderode mitgewirkt haben.

5) Ein Verwandter des berüchtigten hiesigen jüdischen Einwohners Meyer Joseph, Meyer Morjé wurde ehemals von der Gendarmerie als Agent benutzt, hat sich aber schon seit längerer Zeit aus Hannover entfernt.

6) Der ehemalige, wegen seines schlechten Betragens abgesetzte Polizeidiener Höfer. In der letztern Zeit ist er wenig gebraucht, auch hat man ihm schwerlich Sachen von Wichtigkeit anvertraut.

7) Der Schulmeister Kriete in Herrenhausen bot, so viel bekannt ist, sich selbst zum Agenten an, um seinen Prediger, den Pastor Petrosilius in Hainholz, dessen Aufsicht er übergeben war, und den er tödtlich haßte, zu stürzen und um durch seine Verbindung mit der hohen Polizei irgend eine gute Anstellung zu erhalten. Seine Denunciationen und Berichte zeigten es deutlich, daß sie verfaßt waren, um seine Privatrache zu befriedigen und um sich dadurch Ansehen und Zutrauen zu verschaffen, daß er alles im nachtheiligsten Lichte darstellte.

Er ertheilte besonders Notizen über Prediger und über verschiedene Personen aus der Gegend von Neustadt, Hudemühlen u. s. w.

Während der Anwesenheit des Herrn von Schalch zu Hannover wurde er Anfangs ziemlich gebraucht, es bedurfte inzwischen nur kurzer Zeit, um diesem ein gerechtes Mißtrauen gegen die Denunciationen des Kriete beizubringen.

8) Der Schulmeister Gade in Alfeld, ein sehr gefährlicher Mensch, hatte die Gabe, die Leute der geringen Classe und Domestiken treuherzig zu machen und von ihnen manche der hohen Polizei interessante Notizen herauszulocken. Er schlich in der ganzen Gegend von Wunstorf bis Alfeld herum, horchte in allen Häusern und allen adligen Höfen, fragte die Bedienten über ihre Herrschaften aus und theilte die auf diese Weise gesammelten Materialien der Polizei zu weiterer Verarbeitung mit.

Seine Berichte gingen zuletzt gewöhnlich direct an den General Bongars.

Seine Dienste wurden nicht besonders bezahlt, doch hatte ihm der Minister Malchus, auf Verwendung des Generals Bongars eine Anstellung in seinem Departement versprochen, welche ihn in den Stand gesetzt haben würde, im ganzen Lande umher zu reisen und zu spionieren.

9) Der ehemalige Mairiesecretär Borchmann oder Breckmann in Elze war auch als geheimer Agent engagiert, doch ist nicht bekannt, ob und welche Dienste er geleistet hat.

10) Der ehemalige Canton-Maire Bradt in Oberkirchen, vorher hessischer Amtmann, ein Jugendfreund des Commissars Frömbling. Letzterer scheint ihn dahin disponiert zu haben, auf Gegenstände der hohen Polizei zu achten und sich darüber in Correspondenz, und zwar besonders mit dem General Bongars einzulassen. Ob er aber wirklich dem westfälischen Gouvernement sehr ergeben sei und in diesem Geiste operiert habe, wird noch bezweifelt.

11) Ein ehemaliger Tribunalrichter in Osterode, welcher früherhin eine Anstellung in Rinteln gehabt hatte. Man scheint viel Zutrauen in ihn gesetzt zu haben.

12) Ein gewisser Leonnard, ein Sprachmeister in Ülzen, correspondierte gleichfalls über Gegenstände der Polizei.

13) Bußmann in Bodenteich, ehemals hannoverscher Cavallerie-Unterofficier, soll von der Gendarmerie als Agent gebraucht sein und besonders im Frühjahre vorigen Jahrs viele Nachrichten über die Stellung und Stärke der Alliierten in jener Gegend der Gendarmerie mitgetheilt haben.

Man hat davon gesprochen, daß es in Westfalen mehrere geheime Polizeien gegeben habe, daß namentlich der König und der General Bongars jeder eine besondere für ihre eigene Person gehabt hätten. Dies ist auch nicht ganz unrichtig, nur muß man die Sache nicht für mehr nehmen, als sie wirklich ist.

Der König schien nach allen Nachrichten, die man darüber hat, sich sehr für alles, was Polizei heißt, zu interessieren. Daher glaubten sich vielleicht manche bei ihm zu empfehlen, wenn sie ihm mittelbar oder unmittelbar Notizen zukommen ließen, die in Hinsicht auf die geheime Polizei von Interesse waren. Außerdem mag er aber auch noch mehrere besoldete geheime Aufpasser gehabt haben, von deren Existenz nur er etwas wußte.

Die hohe Polizei wurde durch diese Controle immer in Furcht und Thätigkeit erhalten, da sie besorgen mußte, daß der König durch seine eigenen Verbindungen Nachrichten von Wichtigkeit erhielt, von denen sie nichts wußte, und daß er deswegen an dem Eifer und dem guten Willen des Chefs der Polizei und seiner Untergebenen zweifeln könnte.

Auf dieselbe Weise hatte wahrscheinlich auch der General Bongars seine besondern Verbindungen und seine besondern Agenten, die außer ihm niemand kannte.

Ferner suchten auch die meisten Polizeiofficianten Verbindungen und Bekanntschaften zu bekommen, die sie in den Stand setzten, wichtige Notizen zu sammeln und ihren Oberen mitzutheilen, weil sie wußten, wie sehr sie dadurch in ihrer Gunst stiegen, und wie sehr dadurch ihr Credit sowohl in Beziehung auf ihre Fähigkeiten als ihre Anhänglichkeit gegen das Gouvernement wuchs.

Waren sie denn so glücklich gewesen, ein Wort oder eine Neuigkeit aufzufangen, so suchten sie den Canal, durch den sie erfahren, auf das sorgfältigste zu verbergen, damit nicht ein Anderer denselben Canal zu seinem Vortheil benutzen, und damit man glauben möchte, daß sie dasjenige, was sie vielleicht nur durch einen Zufall erfahren hatten, durch ihre geheimen Verbindungen und ihre eigenen geheimen Agenten erforscht hätten.

So herrschte bei der ganzen Polizei nichts als Mißtrauen und Täuschung. Jeder wollte steigen, wollte sich ein Ansehen von Wichtigkeit geben, und immer sah einer in dem andern einen geheimen Aufpasser, der nur darauf lauerte, daß man sich eine Blöße gab oder eine verdächtige Äußerung sich entschlüpfen ließ, um solches höhern Orts anzubringen.

Es ist schon oben die Rede davon gewesen, daß man beständig vor Verschwörungen und Empörungen besorgt war. In dieser Hinsicht fürchtete man vorzüglich Hannover, besonders wegen seiner Verbindung mit England, ebenfalls Preußen und dessen Einfluß auf die ehemaligen preußischen, zu dem Königreiche Westfalen geschlagenen Grenzprovinzen. Auch das Fürstenthum Bückeburg war bei der geheimen Polizei nicht gut angeschrieben.

Es ist bekannt, welche Rolle das englische Gold und die geheimen auf dem Continente herumreisenden englischen Agenten in den französischen Zeitungen und den offiziellen Bekanntmachungen der französischen Regierung und der unter ihrem Einflusse stehenden Gouvernements seit längerer Zeit gespielt haben.

Man hielt diese Declamationen hin und wieder immer bloß für leere Phrasen, allein mit Unrecht. In Cassel wenigstens war man fest davon überzeugt, daß eine Menge englischer Agenten im Lande umherreiseten, allenthalben den Samen der Empörung aussäeten und die Gemüther bearbeiteten.

Zugleich glaubte man, daß im Hannoverschen eine Insurrection soweit vorbereitet sei, daß es nur des allergeringsten Anlasses bedurfte, um sie zum Ausbruche zu bringen, und daß bereits ein förmlich ausgearbeiteter Plan existierte über die neue Organisation und Verfassung des Landes.

In der Regel war jeder Hannoveraner besonders in den höhern Ständen verdächtig, vorzüglich wenn er in seinen vormaligen Umgebungen und Verhältnissen geblieben war. Den sämmtlichen Adel im Hannoverschen aber hielt man beinahe ohne Ausnahme für eingeweiht in den Insurrectionsplan.

Unter den Mitteln, den Ausbruch der Insurrection zu verhindern, schien es den Machthabern eins der zweckmäßigsten, den

Adel als die Hauptttheilnehmer an derselben, in eine Art Arrestationszustand zu setzen, indem die Ertheilung eines Passes an einen Adligen auf alle Art erschwert wurde.

Außerdem stand der größte Theil der Adligen unter der sogenannten Surveillance, das heißt auf ihr Betragen, ihre Handlungen und Reden wurde im allgemeinen und bei einzelnen Individuen noch besonders durch geheime Agenten geachtet.

Indeß war diese Surveillance im ganzen nicht so gefährlich, wie das Publikum glaubte, wenn man erwägt, welche Subjecte die geheimen Agenten waren, die die Surveillance vorzugsweise ausüben sollten.

Ihre Berichte lauteten gewöhnlich: N. N. hat mit dem und dem gesprochen, ist da und da in Gesellschaft gewesen, hat Briefe geschrieben oder erhalten. Was aber N. N. gesprochen, was in der Gesellschaft, in welcher er sich befunden, vorgefallen, an wen und von wem die Briefe, und was der Inhalt derselben gewesen, davon sagten die Rapporte der geheimen Agenten gewöhnlich nichts.

Auf diese Weise konnten die Nachrichten, die man in Cassel erhielt, in der Regel nur sehr dürftig ausfallen. Sie ergaben keine wichtige Resultate, sondern die Folgerungen daraus mußte man in Cassel machen. Dieses geschah, indem die Machthaber nach ihren einseitigen Ansichten falsche Voraussetzungen zum Grunde legten und so Entdeckungen da machten, wo nichts zu entdecken war, und vor Gefahren zitterten, die nie existiert hatten. Daher kann man sich die vielen Mißgriffe in der Polizei erklären.

Man fürchtete gleichfalls für die Ruhe von Westfalen von den in Preußen existierenden Verbindungen, namentlich von dem Tugendbunde.

Die Nachrichten, die man über diese Verbindung und deren Glieder einzuziehen bemüht war, scheinen jedoch nicht immer ganz zuverlässig gewesen zu sein.

So war man zum Beispiel lange darüber uneinig, ob der ehemalige Amtschreiber Palm Mitglied des Bundes sei oder nicht.

Er hatte vorzüglich durch seine Reisen schon lange die Aufmerksamkeit des westfälischen Gouvernements auf sich gezogen. Eine Zeit lang hielt man ihn für einen geheimen französischen, dann für einen englischen Agenten, darauf für ein Mitglied des Tugendbundes, zuletzt aber hatte es das Ansehen, daß man der Meinung war, er arbeitete im Interesse des französischen Gouvernements.

In Beziehung auf den Tugendbund spielte der preußische Major von Nostiz in den Papieren der geheimen Polizei eine wichtige Rolle. Im Sommer 1812 nämlich wurden der Major von Nostiz, genannt von Natzmer, und der Rittmeister von Hedemann in preußischen Diensten durch die französische Polizei der westfälischen als sehr gefährlich signalisiert. Sie und mehrere ihrer Bekannten sollten daher, als sie in jener Zeit in Hannover und Pyrmont sich aufhielten, auf das allergenaueste surveilliert werden.

Diese Surveillance war indeß ganz so, wie sie vorhin beschrieben ist, das heißt, man erfuhr, daß sie etwas geschrieben, gesprochen und gethan, aber nicht was sie geschrieben, gesprochen und gethan hatten, und diese Surveillance ergab also eigentlich gar kein Resultat.

Auch das Fürstenthum Bückeburg stand in Cassel, wie schon erwähnt, in einem schlechten Credite.

Man glaubte so viel Schlimmes von den politischen Gesinnungen der Einwohner dieses Landes, daß der Herr von Schalch sogar den inzwischen nicht angenommenen Vorschlag that, dahin zu reisen, um den Fürsten hierauf und auf die Folgen, die für ihn daraus entstehen könnten, aufmerksam zu machen.

Der üble Ruf, in welchem Bückeburg stand, hatte seinen Grund wahrscheinlich darin, daß man daselbst in polizeilicher Rücksicht wirklich nicht so streng war als in dem benachbarten Westfalen. Dann aber war es auch ein vortrefflicher, gewiß sehr oft benutzter Entschuldigungsgrund für die westfälischen Polizei-Officianten und Agenten in Fällen, wo eine verbotene Zeitung oder eine schlimme Nachricht ihrer Aufmerksamkeit entgangen war, und wo sie der Quelle der Nachrichten nicht nachspüren konnten, sich mit der Erklärung zu helfen: sie kommt aus dem bösen Bückeburger Lande.

Obige Bemerkungen werden die im Eingange gemachte Äußerung über den Werth der westfälischen geheimen Polizei rechtfertigen. Sie mußte beinahe alle Furchtbarkeit für den verlieren, der nur in etwas in ihre Geheimnisse eingeweiht war.

Eigentlichen reellen Nutzen konnte das Institut für Niemand, selbst nicht für das westfälische Gouvernement haben, wenn solche verworfene, durch die allgemeine Meinung des Publikums gebrandmarkte Menschen, wie vorhin angegeben sind, die Hauptquellen waren, durch die das Gouvernement die wichtigsten Staatsgeheimnisse zu erfahren hoffte.

Dagegen war der Nachtheil nicht zu berechnen, den die geheime Polizei nothwendig stiften mußte, und in den Verhältnissen noch mehr gestiftet haben würde, je tiefer sie in der Folge Wurzel gefaßt hätte. Denn an ein Stillstehn war nicht zu denken, sondern sie griff immer weiter um sich. Den Ränken und der Bosheit war dadurch ein unbegrenztes Feld eröffnet. Jeder Bösewicht, wenn er nur verschmitzt genug war, konnte auf diesem Wege sein Glück machen und seine Privatrache befriedigen. Einer mißtraute dem andern, Treue und Glauben wurde ganz verbannt; denn es war Princip: die heiligsten Versicherungen und Versprechungen in Beziehung auf einen Gegenstand der geheimen Polizei sind nicht verbindlich, insofern das Beste des Dienstes und die Zwecke der hohen Polizei durch den Wortbruch befördert werden.

Dieses Princip ist eines Gouvernements ganz würdig, welches diebische Bedienten und verdorbene Advokaten und Schulmeister als die vorzüglichsten Stützen des Staats betrachtete, und dessen Zutrauen man dadurch am leichtesten gewann, wenn man seine Furcht und seine Besorgnisse zu theilen schien, nach dessen Beispiele in jedem Mitbürger einen heimlichen Feind und Empörer, in seinen unverdächtigsten Handlungen Spuren großer Verbrechen sah, dessen Gnade man aber auf immer verscherzte, wenn man nur einmal die Partei seiner Mitbürger gegen das mißtrauische Gouvernement nahm.

V.

Urkunden-Regesten von Stadthagen.

Von Archivrath Dr. R. Doebner.

Der verhältnismäßig reichhaltige Urkundenvorrath des Rathsarchivs zu Stadthagen wurde im Auftrage des dortigen Magistrates 1883 von mir repertorisiert.[1]) Mit dessen Genehmigung veröffentlichte ich die Regesten bis zum Jahre 1450 in Nr. 1 bis 3 des Correspondenzblattes des Gesammtvereins der deutschen Geschichts- und Alterthumsvereine von 1893 mit dem Vorbehalte, eine Auswahl der inhaltlich wichtigeren Stücke folgen zu lassen. Bei näherer Prüfung dieser Frage aber ergab sich die Überzeugung, daß auch die Urkunden nach 1450 nicht nur für die Geschichte und Topographie von Stadthagen und Umgegend, sondern auch über die Schaumburgschen Grenzen hinaus werthvolle Nachrichten, besonders über Stifter, Klöster und Adelsgeschlechter, darbieten. Dies möge rechtfertigen, daß jetzt im Einvernehmen mit der Redaction des Correspondenzblattes das ganze Urkunden-Verzeichnis den Forschern zugänglich gemacht wird. —

1. 1280 Juli (mense Julii) Schaumburg (Scowenburh).

G[erhard], Graf von Holstein und Stormarn[a]) und Schauenburg, gestattet den Einwohnern von Stadthagen (opidi Indaginis), zur Zeit der Ernte ihr Getreide von dem Stadtfelde nach richtiger Ablieferung des Zehnten bei Strafe der Verfolgung vor dem Richter heimzuführen.

Sgl. vom Pergstr. ab.

---

[a]) Danach eingeschoben benedictus deus.

[1]) Vgl. H. Ermisch und R. Doebner, Aus dem Stadtarchiv zu Stadthagen in v. Löhers Archival. Zeitschrift VIII (1883), S. 202—228.

2. 1312 April 20 (fer. V post Jubilate) Schaumburg (Schowenburgh).

Adolf, Graf von Holstein und Schauenburg, bekennt, daß er mit Zustimmung Bischof Gottfrieds von Minden und des Archidiakonen sowie des Pfarrers zu Probsthagen (Provesteshagen) in dem Orte Bischoperode (Bysschopingherode) eine Kapelle errichtet habe, zu deren Geistlichen er den Presbyter Gyselbert bestellt, und dotirt dieselbe mit je einer Hufe bei Bischoperode, zu Wichmersdorf (Wychmerestorpe), Linthorst, Rheinsen (Reynessen) und auf dem Stadtfelde (uppeme stadvelde).

Beschäd. Sgl. des Ausstellers am Pergstr.

3. 1317 Februar 26 (sabbato post quadragesimam) Stadthagen.

Adolf, der junge Graf (domicellus) zu Holstein und Schauenburg, befreit alle Kaufleute aus seinen Städten und Flecken von Entrichtung des Zolles oder Ungeldes in der Stadt Hamburg und verpflichtet seinen Zöllner daselbst, ihnen willige Dienste zu leisten.

Zeugen: Johann Busghe, Ludolf von Tunderen, Ludwig und Richard Posth, Ludolf von Mandesle, Arnold von Bardeleve, Ritter und Räthe des Grafen.

Beschäd. Sgl. des Ausstellers am Pergstr.

4. 1322 August 24 (Bartholomei) Stadthagen.

Adolf, Graf zu Holstein, Stormarn und Schauenburg, der Junge, ertheilt der Stadt Stadthagen, um ihre weitere Verarmung zu verhüten, die Freiheiten, daß er den Kaufleuten und Einwohnern der Städte Hannover, Wunstorf, Hameln, Lemgo, Minden und Nienburg freies Geleit zum Verkauf ihrer Waaren in Stadthagen und Sicherheit im Falle des Krieges mit ihren Landesherren gewährt.

Verletztes Sgl. des Ausstellers am Pergstr.

5. 1324 Dezember 6 (Nicolai).

Walther, Propst zu Obernkirchen und Archidiakon zu Stadthagen, bekennt, daß Johann Grip zur Abhaltung bestimmter täglicher Messen an dem vernachlässigten Altar in der Kirche zu Stadthagen vier zehntfreie Hufen zu Wichmersdorf (Wichmensdorpe) schenkte, wogegen der Stadtpfarrer die Oblationen des Altars empfangen und von dem Vikar jenes Altars im Messelesen unterstützt werden soll.

Beschäd. Sgl. des Ausstellers, Johann Grips und des Pfarrers Heinrich, seines Sohnes, und das schönerhaltene Stadtsgl. am Pergstr., letzteres mit der Umschrift: + S · CIVITATIS · INDAGINIS · COMITIS · ADOLFI · DE · SCOWENBURCH; gedruckt nach einem Kopiar bei Wippermann, Urkundenbuch des Stifts Obernkirchen. Rinteln 1855 n. 164.

6. 1328 Mai 12 (**ascensionis domini**) Stadthagen (**actum et datum sollempniter**).

Helena, Wittwe des Grafen von Holstein, Stormarn und Schauenburg, dotirt den Altar der hh. Peter und Paul in der Pfarrkirche S. Martini zu Stadthagen mit einer zu ihrer Leibzucht gehörigen Hufe in der Feldmark von Wichmersdorf (**Wychmensdorpe**) und ordnet Seelenmessen für ihren Gemahl und ihre Vorfahren an.

Junker Adolf, Graf zu Holstein, Stormarn und Schauenburg, Erich, erwählter Dompropst zu Hamburg, und Gerhard, Domherr zu Hildesheim und Minden, ertheilen zu der Schenkung ihrer Mutter ihren Konsens.

Beschäd. Sgl. der Gräfin Helene und des Grafen Adolf (Reitersgl.) an Pergstr., die beiden andern Sgl. ab.

7. 1328 Juli 23 (**X kal. Aug.**) Stadthagen.

Walther, Propst zu Obernkirchen und Archidiakon zu Stadthagen, bekundet, daß Helena, Wittwe des Grafen Adolf von Holstein, Stormarn und Schauenburg, zu Beider Seelenheil dem Altar der hh. Peter und Paul in der Kirche S. Martini zu Stadthagen drei zehntfreie Hufen zu Wichmersdorf (**Wychmenstorpe**) mit der Bestimmung schenkte, daß dagegen der Pfarrer (zu Stadthagen) die dem Altar gewidmeten Oblationen empfangen solle.

Gräfin Helena und Heinrich, Pfarrer, Kanonikus zu Minden, siegeln mit.

Sgl. des Ausstellers, der Gräfin Helene, beide beschädigt, und des Kanonikus Heinrich (Griph), an Pergstr.

8. 1329 (**actum et oblatum**) September 20 (**XII kal. Oct.**).

Adolf, Gerhard, Domherr zu Hildesheim und Minden, und Erich, Dompropst zu Hamburg, Grafen zu Holstein und Schauenburg, Gebrüder, schenken dem Nonnenkloster zu Obernkirchen (**Overenkerken**) das Patronatsrecht der Kirche S. Martini zu Stadthagen mit den zugehörigen Vikarien und der Kapelle S. Johannis zu Bischoperode (**Bischepingherode**) und bestimmen die Lieferung von Naturalien an die Konventualinnen.

Helena, Wittwe des Grafen Adolf, Mutter der Aussteller, ertheilt ihren Konsens und siegelt mit.

Erstes und viertes Sgl. vom Pergstr. ab, zweites und drittes eingenäht.

9. 1330 Juli 30 (**fer II post festum Jacobi ap.**).

Johann Grip der Aeltere, Johann Hoben, Bernhard Schekel, Johann Honebick, Konrad von Arnum, Johann Haleman, Johann von Oleberghe, Johann von Apelderne, Konrad Tatere, Eberhard

Mule, Johann von Lewenhaghen und Johann Godeman, Rathmannen zu Stadthagen, bekennen, daß Gertrud genannt Goyesche, Müllerin vor dem Oberen Thore, der Kirche S. Martini ihren halben Garten zum Besitz nach ihrem Tode und bei ihren Lebzeiten davon 6 Pfennige Zins schenkte.

Bruchstück des Stadtsgls. am Pergstr.

10. 1330 August 7 (Donati).

Ludolf von Nyenborch, Prior, und der Konvent der Dominikaner zu Minden bekennen, daß sie ohne Zustimmung der Bürger zu Stadthagen (Indago) ihr Hospiz daselbst nicht erweitern oder zu einem Bethause oder Kapelle umbauen, dagegen Reparaturen vornehmen dürfen.

Sgl. vom Pergstr. ab.

11. 1331 März 18 (Montag vor Palmen).

Die Stadt Stadthagen bittet den Grafen von Wunstorf um seine Entscheidung in der Klage der Aleke, Wittwe Ludolfs von Tunderen, gegen sie, nach welcher jene die Stadtweide über die gezogenen Gräben hinaus als zu ihrer Leibzucht gehörig unrechtmäßig in Anspruch nehme.

Bruchstücke des Stadtsgls. am Pergstr.

12. 1333 März 17 (Gertrud).

Johann Grip der Aeltere, Bürger (oppidanus) zu Stadthagen, schenkt mit Zustimmung seiner Ehefrau Adelheid und seiner Söhne Heinrich, Domherr zu Minden, Johann und Gottfried der Kirche S. Martini zu Stadthagen eine Hufe auf dem westlichen Stadtfelde bei dem Hölzchen (indago) Nortsehl (Nortseele) zu Lichtern u. A. am Altar der h. Barbara.

Der Rath zu Stadthagen, der die Ausführung überwachen soll, siegelt mit.

Beide Sgl. vom Pergstr. ab. Die Urkunde hat durch Moder gelitten.

13. 1337 Januar 22 (in crastino b. Agnetis).

Ghyso, Kaplan der Kapelle zu Bischoperode (Biscopingherode), und Heinrich von Polde, Gebrüder, schenken der Kalandsbrüderschaft S. Barbarae ihre Kemnate bei dem Kirchhofe zu Stadthagen mit einer bis zu dem Hofe des Bürgers Johann Hoben sich erstreckenden Hofstätte unter Verpflichtung zur Abhaltung von Memorien für den Schenker, den verstorbenen Grafen Adolf von Schauenburg und Gräfin Helene, seine Gemahlin.

Sgl. des Ausstellers v. Pergstr. ab.

14. 1337 Oktober 10 (in crastino Dyonysii et sociorum).

Adolf, Graf zu Holstein, Stormarn und Schauenburg, der Junge, bekennt, daß die Bürger und Einwohner der Stadt Stadthagen ihm in seiner Noth eine Bede (precaria vel contribucio) vom Vieh nicht aus Gewohnheit oder Recht, sondern zum Nutzen des ganzen Landes aus besonderer Freundschaft gegeben haben, und verpflichtet sich und seine Nachfolger, sie mit solchen Bitten nicht weiter zu belästigen.

Beschäd. Reitersgl. des Ausstellers am Pergstr.

15. 1344 Mai 10 (Montag vor Himmelfahrt).

Beseke von Rutenberg, Domherr zu Hildesheim, bezeugt, daß der von ihm von seinem früheren Wohnhause zu Stadthagen nach dem Steinwerke (steenwerk) gebaute Weg und die auf der Mauer errichtete Kammer mit Genehmigung des Rathes angelegt seien und nach dessen Belieben entfernt werden können.

Verletztes Sgl. des Ausst. am Pergstr.

16. 1344 August 12 (pridie idus Augusti) Stadthagen (datum et actum in Indagine).

Adolf, Graf zu Holstein und Schauenburg, ertheilt der Einwohnerschaft von Stadthagen das von seinen Vorfahren bei der Befestigung des Fleckens ihr verliehene und hier aufgezeichnete Stadtrecht (libertas) und verleiht der Stadt außerdem das Recht von Lippstadt (jus Lippense).

Reitersgl. des Ausstellers mit Rücksgl. an roth- und grünseidener Schnur.

17. 1344 August 12 (pridie id. Aug.).

Adolf, Graf von Holstein und Schauenburg verpflichtet sich, der Bürgerschaft zu Stadthagen das ihr von ihm verliehene Lippstädter Recht (Lippense) und alles von seinen Vorfahren bei der Befestigung der Stadt ihr gewährte Recht zu bewahren und zu vermehren, und verleiht ihr (*sic*) das Recht von Lippstadt.

Verletztes Sgl. des Ausstellers am Pergstr.

18. 1344 Dezember 6 (Nicolaus).

Hedwich (Heylwich), Gräfin zu Holstein und Schauenburg, Gemahlin des Grafen Adolf, bestätigt mit Zustimmung des Letzteren der Bürgerschaft zu Stadthagen das von Adolfs Eltern verliehene Recht.

Sgl. der Ausstellerin an grünseidener Schnur.

19. 1344 Dezember 26 (1345 in deme neghesten dage des nighenjares dage).

Erich, erwählter und bestätigter Bischof von Hildesheim, bekennt, daß die Huldigung, welche der Rath und die Stadt zu Stadthagen seiner Schwester Hedwig, Gräfin zu Schauenburg, geleistet haben, mit seinem Willen geschehen sei, und bestätigt dieselbe.

Sekret des Ausstellers am Pergstr.

20. 1346 Januar 3 (III non. Jan.).

Heinrich, Prior, und der Konvent der Augustiner-Eremiten zu Herford bekennen, daß Adelheid, Wittwe Ritter Ludolfs von Tunderen, ihnen ihre steinerne Kemnate hinter ihrem Hause bei der Stadtmauer zu Stadthagen mit einem Gang und Treppe zu der Kemnate schenkte, welche letztere durch Verordnung des Rathes nach Adelheids Tode in Wegfall kommen und durch einen anderen Zugang mit Treppe ersetzt werden solle, und daß sie mit Wissen des Rathes jene zu schmale Kemnate gegen eine Hofstätte von der Länge und Breite derjenigen der Dominikaner (fratres majores) zu Minden daselbst eintauschen dürfen unter der Bedingung eines Vorkaufsrechtes des Rathes; diese Hofstätte soll nur zum Hospiz für durchpassirende und terminirende Ordensbrüder dienen und nicht durch eine angrenzende Hofstätte erweitert werden.

Verletztes Sgl. des Priors und Konvents am Pergstr.

21. 1347 Dezember 9 (sequenti die concepcionis Marie).

Erich, erwählter und bestätigter Bischof von Hildesheim, bekundet, daß die von ihm bewohnte Kemnate mit einer zugehörigen Hofstätte ihm von der von dem verstorbenen Priester Giselbert begründeten Brüderschaft der h. Barbara (zu Stadthagen) eingeräumt sei und an diese, falls er sie resigniren werde, zurückfalle.

Sgl. v. Pergstr. ab.

22. 1352 April 29 (dominica tercia post pascha).

Ernst, Prior, und der Konvent des Augustiner-Eremitenhauses zu Herford bestätigen den von Albert und Johann, Lectoren zu Osnabrück und Herford, mit dem Knappen Berthold von dem Hus über die von der verstorbenen Alheid von Tunderen ihnen geschenkte Kemnate zu Stadthagen auf der Stadtmauer geschlossenen Vertrag, falls sie wieder in den Besitz derselben gelangen, und verpflichten sich, jenem diese Kemnate zu resigniren, falls er binnen drei Jahren die Kemnate Jordans von Apelderen mit einem Gartenstück und zwar als von dem Grafen und dem Rathe befreit schenke.

Schön erhaltenes Konventssgl. von Herford am Pergstr.

23. 1352 Dezember 4 (Barbare).

Adolf, Graf von Holstein und Schauenburg, und Hedwig (Heylwigis), seine Gemahlin, verkaufen ihrem Hospitale zu Stadthagen um 29 Pfund Hannoversche Pfennige wiederkäuflich den Worthzins in der Stadt, zu dessen Eintreibung sie den Provisoren einen aus ihrer Umgebung schicken wollen.

Beschäd. Sgl. der Gräfin am Pergstr., das erste Sgl. ab.

24. 1353 Juli 14 (des nagesten sondaghes na sunte Margareten daghe).

Adolf, Graf zu Holstein und Schauenburg, der Junge, bestätigt Rath und Gemeinde zu Stadthagen das bei Lebzeiten seiner Mutter besessene Recht.

Kreisrundes Sgl. des Ausstellers an grünseidener Schnur.

25. 1353 Juli 14 (in crastino Margarethe).

Dietrich, Bischof von Minden, Johann, Propst des Nonnenklosters zu Obernkirchen, und Jordan von Helbeke, Knappe, bezeugen, daß in ihrer Gegenwart die Junker Simon, Bernhard und Otto, Söhne des verstorbenen Grafen Otto von Schauenburg, den Rath von Stadthagen baten, mit der Gemeinde ihrem Bruder Adolf Huldigung und Treueid zu leisten, wozu jene drei nach dem Tode ihrer Mutter der Stadt ihren Konsens ertheilt hatten.

Sgl. der drei Aussteller an Pergstr., die ersten beiden beschädigt.

26. 1355 April 28 (Vitalis).

Der Rath zu Lüneburg zeigt Adolf, Grafen zu Schauenburg, Holstein und Stormarn, an, daß Johann Stoteroche, ihr Mitbürger, und Ludeke Rigehus dessen Diener Gregor Suverthin zu ihrem Prokurator behufs Wiedererlangung ihnen geraubter Güter bestellten, und bittet um seine Verwendung in dieser Angelegenheit.

Rest des rückwärts aufgedrückten Stadtsekrets.

27. 1361 April 12 (fer. II. post Misericordias domini).

Gerhard von Schauenburg, Domküster und Vorsteher (vormunde) des Hochstiftes Minden, bekennt, daß er die von dem Bischof von Hildesheim früher bewohnte und Holthuzen verliehene Kemnate zu Stadthagen dem Kaland zu S. Barbarae wieder resignire.

Beschäd. Sgl. des Ausstellers am Pergstr.

28. 1364 Dezember 14 (des neysten daghes sunte Lucien).

Der Rath zu Stadthagen überläßt an Arnd Mowe eine Stelle vor dem Unteren Thore, um auf derselben ein geschütztes (velich) Haus zu erbauen, von welchem er jährlich 4 Schill. Zins an den Rath zu zahlen habe, und behält sich ein Vorkaufsrecht an demselben vor.

Stadtsgl. am Pergstr.

29. 1367 Oktober 31 (in vigilia Omnium sanctorum).

Otto, Graf zu Holstein und Schauenburg,, befreit mit Zustimmung seiner Mutter Hedwig der Bürgerschaft zu Stadthagen das Land zu beiden Seiten der Becke (Beke) zwischen dem Lauhagener (Lowenhegher) und Pollhagener (Polhegher) Wege von dem Zehnten. Hedwig, Gräfin zu Schauenburg, siegelt mit.

Reitersgl. des Ausstellers und kreisrundes Sgl. der Gräfin Hedwig, beide an grünseidener Schnur.

30. 1369 März 5 (fer. II post Oculi).

Otto, Graf zu Holstein und Schauenburg, der Junge, befreit unter Bestätigung des von seinen Vorfahren verliehenen Rechtes von Lippstadt (Lyppe) die Bürgerschaft von Stadthagen von der Abgabe des Heergeweddes und der Gerade an die Herrschaft und Andere und verflichtet die mit Tuch handelnden Kaufleute, an den Jahrmärkten das Stättegeld auf dem Rathhause (cophus) zu erlegen.

Hedwig, Gräfin zu Schauenburg, Mutter des Ausstellers, ertheilt ihren Konsens und siegelt mit.

Reitersgl. des Ausstellers und Sgl. der Gräfin Hedwig, beide in grünem Wachs, an grünseidenen Schnüren.

31. 1370 April 22 (fer. II post Quasimodogeniti).

Johann von Münder (Mundere), Prior, und der Konvent des Klosters zu Stadthagen (tome Haghen)[a]) verpflichten sich, dem Rathe daselbst von einer ihnen verliehenen Hofstätte zwischen der Kemnate des Klosters und der Dethard Spikers jährlich einen Schilling Zins zu bezahlen.

Sgl. des Priors am Pergstr.

32. 1373 Juli 6 (in octava Petri et Pauli).

Jungfrau Hanne von Wersingehusen bekennt, daß sie von dem Kaland S. Barbarae dessen Kemnate bei dem Kirchhofe zu Stadthagen gegen 1 Mark Osnabr. Pfennige zu lebenslänglichem Genuß empfangen habe.

Otto, Graf zu Holstein und Schauenburg, siegelt für die Ausstellerin und verzichtet auf alle Ansprüche an die Kemnate.

Verletztes Sgl. des Grafen Otto am Pergstr.

33. 1374 September 23 (sabbato proximo post Mauricii et soc.).

Mechtild, Gräfin zu Holstein und Schauenburg, bestätigt der Bürgerschaft von Stadthagen, welches zu ihrer Leibzucht gehöre, bei der Huldigung ihr Recht.

Sgl. der Ausstellerin an grünseidener Schnur.

---

[a]) Orig. to Mehaghen.

34. 1380 April 15 (Jubilate).

Johann, Prior, und der Konvent des Klosters Marienau (Marienouwe) gestatten Gunter von Lemgo, Bruder des Ordens vom Berge Karmel, sein von ihm auf eigene Kosten gebautes Lehmhaus und das alte Haus daneben bei ihrem Hause zu Stadthagen (Haghen) zu verkaufen.

Verletztes Sgl. des Propstes und Konvents an Pergstr.

35. 1385 November 14 (crastino Brictii).

Otto, Graf zu Holstein und Schauenburg, verzichtet mit Zustimmung seiner Schwester Gräfin Mathilde zu Holstein und Schauenburg auf alle Eigenthumsansprüche an Bürger zu Stadthagen und ordnet an, daß künftig der Rath bei seiner Umsetzung am 6. Januar (binnen den twelf nachten to wynachten) der Herrschaft die neu aufgenommenen Bürger anmelden und diese die Eigenthumsfrage binnen 6 Wochen untersuchen solle, nach deren Ablauf jene freie Bürger und Bürgerinnen sind; zugleich darf der Rath dreimal im Jahre an den drei Jahrmärkten (vryge keremisse) von den wandschneidenden Kaufleuten 18 und von den Krämern 6 schwere Pfennige Standgeld (stedepenninge) erheben.

Beschädigte Sgl. des Ausstellers und seiner Schwester an grünseidenen Schnüren.

36. 1386 November 24 (am abende Katharine).

Dietrich Krentelere, Ludwig Post und Gerd von dem Wede, Knappen, ertheilen im Voraus ihren Konsens zu der etwaigen Vergabung von 12 Morgen Landes vor der Stadt Stadthagen gegenüber Bertholds Mühle.

Zwei Sgl. von Pergstr. ab und Sgleinschnitt.

37. 1387 August 17 (crastino Arnulfi).

Der Rath zu Stadthagen verkauft Aleke, Tochter weiland Johann Sunenichts, und Johann Sunenicht, Priester, ihrem Bruder, um 10 Mark 1 Mark wiederkäufliche Rente.

Sgleinschnitt.

38. 1387 Oktober 25 (Crispini et Crispiniani).

Hermann Rode, geschworener Richter zu Stadthagen, bekennt, daß vor ihm im gehegten Dinge Johann Leest, Pfarrer zu Münder, und Heinrich Leest, sein Bruder, der Kirche S. Martini zu Stadthagen einen Garten vor dem Westeren Thore bei Wylkens Garten zu Lichtern von dem h. Kreuze in der Zeit zwischen Ostern und Himmelfahrt schenkten mit der Bestimmung, daß Godeke von der Delebruggen den Garten auch ferner gegen Zins besitzen soll.

Fürsprecher Arnold von Tzersne, Dinglente: Heinrich Wichman und Helmerik Gryp.

Gleichzeitige, von dem Notar Friedrich Bodeker, Kleriker der Diözese Münster, beglaubigte Abschrift auf Pergament.

39. 1390 Dezember 31 (1391 **Sylvestri pape**).

Otto, Graf zu Holstein, Stormarn und Schauenburg, und Junker Adolf, sein Sohn, verpflichten sich, dem Rath und der Gemeinde zu Stadthagen die ihnen geliehene und zum Nutzen ihrer Herrschaft und bei ihrer Gefangenschaft verwandte Summe von 450 rh. Gulden mit den Zinsen, welche die Stadt selbst dafür zu zahlen hat, bis Mariä Lichtmeß über ein Jahr zurückzuzahlen.

Beschädigte Sgl. der Aussteller an Pergstr.

40. 1394 November 24 (**in profesto Katharinae**).

Heinrich von dem Wede, Ludwig Post, Ludolfs Sohn, und Gerd von dem Wede, Knappen, schenken zu ihrem Seelenheile dem Siechenhause vor dem Unteren Thore zu Stadthagen 6 Acker Landes und ebenso viel Morgen vor dem Oberen Thore von dem Wege bei der Sandkule bis zu dem bei dem Luckewolde.

Verletztes Sgl. der beiden ersten Aussteller an Pergstr., das dritte Sgl. ab.

41. 1394 Dezember 30 (1395 **in profesto Silvestri**).

Heinrich von dem Ouhaghen verkauft mit Zustimmung seines Vaters Hardeke und seiner Erben Heinrich Wichmannes und Burchard Weywind, Vorstehern des Siechenhauses vor dem Unteren Thore zu Stadthagen, um 12 Mark weniger 1 Schill. $2^1/_2$ Acker Landes von $5^1/_2$ Morgen vor dem Unteren Thore hinter seinem Garten.

Hardeke von dem Ouhaghen ertheilt seinen Konsens und siegelt mit.

Beide Sgl. von Pergstr. ab.

41 a. 1394.

Otto, Graf zu Holstein und Schauenburg, überläßt Hengke Happekingk, Bürger zu Stadthagen (**Hagen**), 4 kurze Stücke (**hollen**) Landes hinter der Kirche daselbst neben dem Garten Cord Schroders von dem Querwege am Stadtgraben an zum Gebrauch als Gartenland.

Sgl. von Pergstr. ab.

42. 1396 Juli 7 (**crastino octave Petri et Pauli**).

Der Rath zu Stadthagen bezeugt, daß vor ihm Burchard Makike der Kirche S. Martini daselbst zum Kirchenbau (**to der buwet**) 6 Acker Landes vor dem Oberen Thore gegenüber der Oberen Mühle, genannt de Venstersterne und bis zu dem Rusch reichend, schenkte unter Verpflichtung des Dechanten zu gewissen Distributionen an die Kirchendiener bei zwei jährlichen Seelenämtern für den Schenker und seine Freunde.

Stadtsgl. am Pergstr.

43. 1397 November 26 (**crastino b. Katherine**).

Hermann Rode, geschworener Richter des Grafen Otto zu Holstein und Schauenburg zu Stadthagen, urkundet über den Verlauf der Klage Borchards von Reden mit seinem Fürsprecher (**vorspreke**) Claus Hardeman gegen Berthold Lammercraghen als seinen Eigenen, dessen Fürsprecher Godeke von Lente, und die Abweisung der Klage, weil der Fürsprecher des Klägers verfestet war und der Kläger das Gericht verließ.

Burchard Weywind und Gerhard Eghelke siegeln als Dingleute mit.

Sgl. des Ausstellers und der Dingleute an Pergstr.

44. 1399 April 16 (**fer. IV post Misericordias domini**).

Gerd von dem Wede, Knappe, vertauscht dem Siechenhause vor dem Niederen Thore zu Stadthagen 2 Acker Landes von 6 Morgen vor demselben Thore gegen ebenso viel Land vor dem Oberen Thore von dem Wege bei der Sandkule an bis zu dem Wege bei dem Luckewolde.

Sgl. vom Pergstr. ab.

45. 1400 Januar 20 (**Fabiani et Sebastiani**).

Ylsebe von Bardeleben, Aebtissin, und der Konvent des Stiftes zu Flotho (**Vloto**) lassen Heylwig Hoherdingh, Tochter Kirstians auf dem Krupeshagen, frei.

Verletztes Konventssgl. am Pergstr.

46. 1400 März 3 (**fer. IV in capite jejunii**).

Bürgermeister und Rath sowie der Dechant der Kirche zu Stadthagen verkaufen Kunne, Wittwe Gherke Haverlands, 6 Mark lebenslängliche Rente, welche nach ihrem Tode zur Vertheilung von Stadthagener (**Heghersch**) Tuch (**laken**) an die Armen bei der Feier einer Memorie in der Kirche und von bestimmten Geldspenden an Pfarrer, Kapläne und die terminirenden Barfüßer-, Prediger- und weißen Mönche sowie an die Armen bei bestimmten Gebeten für Johann Gummeren, Gherke Haverlandes, Kunnes verstorbene Ehemänner, verwandt werden sollen; dagegen schenkt Kunne der Stadt ihr zwischen den Häusern Helmerik Grips und Cord Wickens gelegenes Haus und Hof und wird ihrerseits von der Stadtpflicht befreit.

Sgl. vom Pergstr. ab.

47. 1401 Mai 13 (crastino ascensionis domini).

Bürgermeister und Rath zu Stadthagen verkaufen Johann von der Neustadt, Prior, Bruder Rodinger von Lemgo und dem Konvent zu Marienau um 80 rh. Gulden ein Haus in der Weverolestraße, dessen terminirender Bruder zu jährlich 12 Schill. Schoß und 2 Schill. Wachtgeld verpflichtet wird, während der Konvent auf jedes Anrecht an sein wegen der Stadtmauer abgebrochenes Haus verzichtet, ohne Mitwissen des Rathes keine Bauten daran vorzunehmen verspricht und dem Rathe ein Vorkaufsrecht einräumt.

Beschäd. Stadtsgl. am Pergstr.

48. 1401 Mai 13 (crastino ascensionis domini).

Johann von der Neustadt, Prior, Bruder Rodinger von Lemgo und der Konvent des Klosters Marienau bekennen, daß sie von dem Rath zu Stadthagen um 80 rh. Gulden ein Haus in der Weverolestraße mit der Verpflichtung kauften, daß der Besitzer oder der terminirende Bruder davon jährlich 12 Schill. Schoß und 2 Schill. Wachtgeld an den Rath entrichten soll, sprechen dem Rath alles Anrecht an ihre frühere, durch die Stadtmauer in Abbruch gekommene Wohnung zu und verpflichten sich, einen tüchtigen Terminirer in das Haus zu setzen, dasselbe ohne Zustimmung des Rathes nicht baulich zu erweitern und nur an Bürger zu verkaufen.

Beschädigte Sgl. des Priors und des Konvents an Pergstr. (Vgl. n. 47.)

49. 1401 November 7 (fer. II proxima post Omnium sanctorum).

Gerd Rodepape, geschworener Richter Graf Ottos zu Holstein und Schauenburg und des Rathes to dem Haghen zu Stadthagen, bekennt, daß vor ihm im gehegten Gerichte Johann von Lude der Aelteste mit Hinse Langeleve als Fürsprecher beschwor, für seine Lebzeit der Herrschaft von Schauenburg, dem Rathe und der Bürgerschaft zu Stadthagen nicht Feind zu sein, bei Strafe des Ausschlusses aus der Herrschaft auf zehn Meilen weit im Falle der Anzeige aus der Bürgerschaft.

Dingleute: Johann Bitere und Serke Kersteuing.

Sgl. des Ausstellers, der Dingleute und Johanns von Lude an Pergstr.

50. 1402 August 4 (fer. V post Petri ad vincula).

Johann Snarre, geschworener Richter der Stadt Minden, bezeugt, daß vor ihm im gehegten Gerichte Burchard Weywind, Bürger daselbst, und Elzeke, seine Ehefrau, an Johann Cosyn 30 Morgen Landes vor dem Niederen Thore zu Stadthagen bei Hardeke Ouhaghens Lande nach der Kirche zu um 70 rh. Gulden und 3 Acker Landes mit einem Streifen (gheren) vor dem Oberen

Thore gegenüber dem h. Geisthospital bis zum Stadtgraben verkauften und durch Johann von Rederen und Jakob Kok aufließen.

Albert von Leceken, Bürgermeister, und Cord Gherse, Rathmann zu Minden, siegeln als Dingleute mit.

Beschädigte Sgl. des Ausstellers und der Dingleute an Pergstr.

51. 1403 Oktober 8 (in profesto Dionysii).

Otto, erwählter und bestätigter Bischof von Minden, gestattet dem Rathe und den Einwohnern zu Stadthagen auf ihre Bitten die für die Kapelle S. Johannis vor dem Niederen Thore neben dem Leprosenhause eingehenden Almosen einem Kleriker nach ihrer Wahl in Verwahrung zu geben, ferner dem Kaplan der Kapelle, Messe zu lesen unbeschadet dem Archidiakon und dem Pfarrer zu Stadthagen, und genehmigt die Ausstellung des Leichnams Christi auch während des Interdiktes.

Sekret des Ausstellers am Pergstr.

52. 1405 Januar 25 (S. Pauli Bekehrung).

Adolf, Graf zu Schauenburg der Junge, Adolf von Holte, Burchard Busche, Ritter, Johann Post, Richards Sohn, Hugo Post, Ludwig von Ekkenstein, Henneke Post, Sohn des Ryken Post, und Johann Casle, Knappen, verpflichten sich, dem Rathe und der Bürgerschaft zu Stadthagen ein Darlehn von 200 rh. Gulden zu Pfingsten auf dem Rathhause daselbst zurückzuzahlen und im Falle der Säumniß auf Mahnung des Gläubigers an sie oder den Pförtner des Schlosses, auf welchem sie wären, zum Einlager in Rinteln und zur Verzinsung der Schuld mit 10 %.

Sechs meist beschädigte Sgl. der Aussteller an Pergstr., zwei ab. Die Urkunde hat durch Schmutz gelitten.

53. 1405 April 4 (Ambrosii).

Adolf, Graf zu Holstein und Schauenburg, sichert Rath und Gemeinde zu Stadthagen bei der ihm geleisteten Erbhuldigung die Beobachtung ihrer Rechte und Freiheiten zu.

Sgl. des Ausstellers am Pergstr.

54. 1406 Februar 11 (Donnerstag nach Scholastice).

Henning, Ernst und Dietrich von Reden, Heinrichs Söhne, quittieren dem Rathe zu Stadthagen über 600 rh. Gulden und die Zusicherung der Zahlung weiterer 400 Gulden, Beides als Abzahlung einer Schuld des Grafen Adolf von Holstein und Schauenburg gegenüber den Ausstellern im Betrage von 400 Mark.

Verletzte Sgl. der Aussteller an Pergstr.

55. 1414 Februar 5 (Agathe).

Johann Rumeschottel verpfändet dem Rathe zu Stadthagen für ein Darlehn von 11 rh. Gulden eine Pfanne (panne) und ein kleines Feuergewehr (lotbusse).

Sgl. des Ausstellers am Pergstr.

56. 1414 November 23 (Freitag vor Katharinae).

Helena, Gräfin zu Schauenburg, bekennt, daß die Bürgerschaft zu Stadthagen mit Willen ihres Gemahls Adolf, Grafen zu Holstein und Schauenburg, ihr wegen ihrer Leibzucht huldigte, und bestätigt der Stadt ihre Freiheiten und Gewohnheiten.

Sgl. der Ausstellerin an grünseidener Schnur.

57. 1414 Dezember 1 (sabbato post Katharinae).

Johann Vornhaghe, geschworener Richter zu Stadthagen, bekennt, daß vor ihm im gehegten Dinge Stacies Perleberghe, Pfarrer zu Ovenstede, dem Rathe zu Stadthagen einen Acker Landes von $2^1/_2$ Morgen bei der Sandkule zwischen seinem und dem Lande Eberhards von Escher verkaufte und aufließ.

Dingleute: Stacies von Northeim (Northem) und Arnd Ruschapp.

Sgl. des Ausstellers und der Dingleute an Pergstr.

58. 1416 Januar 8 (Mittwoch nach twelften).

Johans Schillingh, Sohn Johanns von Diepholz (Depholte), bittet Bürgermeister und Rath zu Stadthagen, seinem Schwager Henneke Duventacke eine bei dem Rathe aufbewahrte Urkunde zu überantworten, in welcher ihn sein Vater mit einem Hofe zu Algesdorf (Alkestorpe) ausstattet, welchen er laut einer Urkunde des Rathes zu Lübeck Henneke überlassen habe.

Sgl. Johann Schillinghs, Bürgers zu Lübeck, welcher für den Aussteller siegelt, am Pergstr.

59. 1416 Juli 14 (des neysten dages na sunte Margarethen dage).

Heinrich Serke, geschworener Richter zu Stadthagen, bekennt, daß vor ihm im gehegten Gerichte Heinrich Sluter, Bürgermeister daselbst, und Johann, sein Sohn, dem Rathe und der Gemeinde 7 Acker Landes auf der Sandkule vor der Stadt verkauften.

Dingleute: Gottfried Schonehaghen und Johann Vornhagen.

Gerichtssgl. von Stadthagen am Pergstr.

60. 1417 März 5 (fer. VI post Invocavit).

Der Rath zu Stadthagen bekennt, daß vor ihm Bruder Johann Ghiseke von dem Convente zu Marienau und Henke Hoben sich dahin verständigten, daß Letzterer die streitige Rinne zwischen seinem Hause in der Weverole und dem Conventshause auf eigne Kosten und ohne Schaden für jenes in Stand zu halten sich verpflichtet.

Sgleinschnitt.

Durch Einschnitt kassirt.

61. 1417 Dezember 6 (Nicolai).

Cord von Balge, Propst zu Obernkirchen, bekennt, daß der Rath zu Stadthagen mit seiner Zustimmung einen früher Stacies Perlebergh gehörigen Acker Landes von $2^1/_2$ Morgen vor dem Oberen Thore zwischen der Sandkule und der Stadtkirche (kerke to dem Haghen) gegen einen anderen Acker neben der Sandkule bei dem Wege, der von den Oberen Wurden nach der Stadt führte, vertauschte, weil die Bürger den letzteren durch zu nahes Sandgraben verdarben.

Sgl. des Ausstellers am Pergstr.

62. 1419 Mai 19 (Freitag vor Himmelfahrt).

Johan Bornhaghen, geschworener Richter zu Stadthagen, bekennt, daß vor ihm im gehegten Dinge Beneke Smedingk erklärte, nie Streit und Unwillen mit der Bürgerschaft zu Stadthagen haben zu wollen, und sich eidlich verpflichtete, im Falle von Streitigkeiten den Schiedsspruch des Rathes anzuerkennen und, falls der Zwist auf dem Rechtswege nicht beizulegen sei, auf Anordnung des Rathes sich entweder in die Haft daselbst zu begeben oder die Stadt zu verlassen; für Smedingk leisten Bürgschaft Egherd Hoben, Vogt auf dem Schlosse zu Stadthagen, Wissel Schekel und Tileman Wissel genannt Schekel.

Dingleute: Dethard von Holthusen und Conrad Cosszin, Johanns Sohn.

Sgl. des Ausstellers und der beiden Dingleute an Pergstr.

63. 1420 Januar 15 (fer. II post festum beatorum Felicis et Inpinsis martirum) (*sic*).

Egherd Hoben, Vogt auf dem Schlosse zu Stadthagen, und Leneke, seine Ehefrau, bekennen für sich und ihre Tochter Walbergh, daß sie von dem Rathe daselbst auf ihrer drei Lebzeiten ein Stück Landes hinter der Kirche vor der Stadt bei dem Stadtgraben zum Garten erhalten haben, und verpflichten sich, nach Ablauf von drei Jahren davon jährlich 3 Schill. Zins zu bezahlen.

Sgl. des Ausstellers am Pergstr.

64. 1420.[a])

Dethard von Holthusen, geschworener Richter zu Stadthagen, bekundet, daß vor ihm im gehegten Gerichte Christian Knolleke

[a]) Weitere Datierung nicht ausgefüllt.

erklärte, daß ihm der Rath mit Zustimmung seiner Ehefrau Anneke die streitige Kemnate mit Haus auf der Stadtmauer vor dem Hofe der Steneke'sche lebenslänglich überlassen habe, und verpflichtet sich, im Kriegsfall auf Geheiß des Rathes die beiden äußersten Dachsparren (span) abzureißen und auf einem auf der Ostseite nach dem Graben zu zu erbauenden Erker Nachts einen Wächter zu dulden.

Hinso Langheleff und Heinrich Serke siegeln als Dingleute mit.

Sgl. des Ausstellers und Heinrich Serkes an Pergstr., Sgl.-einschnitt.

65. 1421 März 4 (fer. III post Letare).

Heinrich Bloybom tritt auf Vermittelung seines Oheims Heinrich Botel und seiner verstorbenen Schwester Aleke Stacies von Northem und Metteke, dessen Ehefrau, seiner Schwester, zur Befriedigung ihrer Forderungen seinen Antheil an dem väterlicherseits ererbten Lande und Garten ab.

Sgl. des Ausstellers am Pergstr.

66. 1421 Juli 11 (fer V post octavas b. Petri et Pauli).

Der Rath zu Stadthagen bekennt, daß vor ihm Hartmann de Woltsmed den Vorstehern des Siechenhauses S. Johannis vor der Stadt Heinrich Hoke und Heinrich Hannenkamp um 8 rh. Gulden 2 Acker Landes von 9 Morgen bei dem Kirpeshaghen zwischen dem Lande der S. Martinikirche und dem Lande Hartmann Kudernapps wiederkäuflich verkaufte.

Sgl. v. Pergstr. ab.

67. 1421 August 5 (Oswaldi r.).

Der Rath zu Stadthagen bekennt, daß vor ihm Johann Hoyger und Hans von Münster, Aelterleute (hovetheren) der Kirche S. Martini daselbst, Dethard von Holthusen und Aleke, dessen Ehefrau, für Beider Lebzeiten die von der verstorbenen Hampe Hertoghin besessenen 3 Acker Landes ‚by den lestes bueschen' zwischen ‚der virde roden' und Cord Bruninghorsts Land gelegen verkauften.

Beschäd. Stadtsgl. am Pergstr.

68. 1422 Januar 17 (Antonii).

Adolf, Graf zu Holstein und Schauenburg, und Junker Otto, sein Sohn, ertheilen dem Rathe und der Stadt das Privileg, daß derjenige, der sich dem Amte im Rathe und der Gemeinde durch unbegründeten Wegzug aus der Stadt entziehe und seine Bürgerschaft aufkündige, ein Jahr lang die Stadt meiden muß und im Uebertretungsfalle seiner Güter beraubt oder gefangen gesetzt wird.

Sgl. der Aussteller, das zweite beschädigt, an Pergstr.

69. 1422 Juni 3 (Mittwoch in Pfingsten).

Protokoll über die vor dem Rathe zu Stadthagen im gehegten Gerichte angebrachte Klage Heinrich Knigghes, Wulbrands Sohnes, gegen Heinrich von Wymmingehusen wegen Bruches des von dem Rathe ihm gewährten Geleites und deren Vorladung vor Gericht, falls sie sich nicht friedlich geschieden hätten; Heinrich Knigghe, Hermann von Mandelslo, Stacius' Sohn, und Ludwig von Cersne verpflichten sich, in keinem Falle den Rath in dieser Sache anzufechten, und siegeln.

Pap. 3 Sgl. der Genannten an Pergstr.

70. 1422 Juli 6 (Rom in der Kirche S. Eustachii).

Hartungus Molitoris von Cappel, Doktor des römischen Rechtes, päpstlicher Caplan und Auditor des h. Palatium, verkündigt dem Clerus der Diöcesen Hildesheim und Minden die Aufhebung der auf Klage Heinrich Duvels, Pfarrers zu Foerste (Vorste) in der Diöcese Hildesheim, über Swederus von Holt, Burchard von Dalen, Hermann Busche, Ludeman von Yesse, Stacius Post, Otto und Ludolf Ekkersten, Gebrüder, Heinrich von Schaumburg, Conrad von Holle, Johann von Bardelaghe, Ludwig von Tzersten, Dietrich von Wede, Stacius von Landsberg und Burchard Bodeker, Knappen, durch die päpstlichen Auditoren Thomas de Berengariis und Germanus de Prato verhängten resp. bestätigten Excommunication.

Mit Zeugen. Von zwei Notaren beglaubigt.

Schön erhaltenes Siegel des Ausstellers in rothem Wachs an rother Seidenschnur.

71. 1423 Mai 20 (fer V ante penthecostes).

Jordan Becker, geschworener Richter zu Stadthagen, bekennt, daß vor ihm im gehegten Gerichte Bertold Rindes, Schreiber des Grafen von Schauenburg und Elemosinar der Almosen in dem h. Geisthospital vor Stadthagen, bekannte, daß er von Burchard von Wygherdessen 84[a]) Morgen Landes Weichbildsgut für das Almosen kaufte und sich verpflichtete, dieses wie das andere Weichbildsgut vor der Stadt dem Rathe jährlich zu verschossen.

Dingleute: Stacius von Northem und Heinrich Hanenkamp.

Sgl. des Ausstellers, der Dingleute und Bertold Rindes an Pergstr.

72. 1423 Juni 4 (Freitag nach Frohnleichnam).

Durch Cord Herdingh und Cord Knipaf seitens Tileke Dornhop und Johann Vornhaghen und Albert Verken als Vertreter des

[a]) vere unde achtentich auf Rasur mit anderer Dinte geschrieben.

Rathes vermittelter Vergleich zwischen diesem und Tileke Dornhop, nach welchem Letzterer 80 Mark an den Rath zu bezahlen sich verpflichtet.

Sgl. (Hausmarken) der Vermittler an Pergstr.

73. 1423 Dezember 9 (crastino concepcionis Marie).

Jordan Becker, geschworener Richter zu Stadthagen, bekennt, daß vor ihm im gehegten Gerichte Berthold, Sohn Cord Bruninghorsts, eidlich erklärte, mit dem Rathe und der Bürgerschaft wegen seines Gefängnisses im Thurme verglichen zu sein, unter Strafe von 5 Mark bei Ueberschreitung der Sühne und des Einlagers; Cord Bruninghorst verbürgt sich für seinen Sohn.

Dingleute: Johan Bornhaghen und Johan Hoyger.

Sgl. des Ausstellers und der Dingleute an Pergstr.

74. 1423 Dezember 9 (crastino concepcionis Marie).

Jordan de Becker, geschworener Richter zu Stadthagen, bekennt, daß vor ihm im gehegten Gerichte Hans Kavel erklärte, mit dem Rathe daselbst wegen der Stätte zwischen dem Oberen Thore und dem Hirtenhause (der herde hus) dahin verglichen zu sein, daß er von dem auf derselben erbauten Hause dem Rathe jährlich 10 Schilling zu bezahlen sich verpflichtet und ihm ein Vorkaufsrecht einräumt.

Dingleute: Johann Bornhaghen und Johann Hoyger.

Sgl. des Ausstellers und Johann Hoygers an Pergamentstreifen, das mittlere Sgl. ab.

75. 1424 Juli 19 (fer. IV ante Marie Magdalene).

Alff Jorden, geschworener Richter zu Stadthagen, bekennt, daß vor ihm im gehegten Gerichte Herman Pilstert mit Ludwig Hoben als Fürsprecher erklärte, daß sein Zwist mit dem Rathe daselbst wegen des Langen Brand zu Ripen in Gegenwart der Gildemeister beigelegt sei bei Strafe von 30 Mark.

Dingleute: Albert Verken und Jordan Becker.

Sgl. des Ausstellers, der Dingleute und Hermann Pilsterts an Pergstr.

76. 1424 August 21 (Montag nach assumpc. Mariae).

Bürgermeister und Rath zu Ellnbogen (Elleboghe) schreiben dem Rath zu Stadthagen, daß vor ihnen Arnold Rorkertze, der Gerichtsschreiber (stoolscriver), Heinrich Hane und Hans Blancke eidlich bezeugten, daß Hans Margreve Hans Poleye 4 Arrassche Gulden (? arramske gueldene) übergab, um sie Mettеke, seiner Ehefrau, nach Stadthagen zu überbringen, und daß Arnold die Begleitbriefe schrieb.

Secret von Ellnbogen am Pergstr.

77. 1424 September 29 (Michaelis).

Gerd von dem Wede, Johann, Gerd und Dietrich, seine Söhne, verpfänden Lampe Seluter und Mygeke, seiner Ehefrau, um 20 rh. Gulden ihren Mühlengarten vor dem Oberen Thore zu Stadthagen mit vier Stücken Landes zwischen dem Mühlenwege und dem Garten Heinrich Scherers.

Sgl. der Aussteller am Pergstr.

Durch Einschnitte cassirt.

78. 1425 August 5 (Sonntag vor Laurentii).

Johann von Milinctorpe, Freigraf der Herrschaft zu Lippe, bekundet, daß er im Auftrage des Rathes zu Stadthagen am 2. August (Donnerstag nach vincula Petri) desselben Jahres in der Stadt Wiedenbrück bei Jacob Stoffregen, Freigrafen des Grafen zu Teklenburg, in Gegenwart des Junkers Johann von Rietberg die Einwände des Rathes gegen seine Vorladung vor das Gericht Stoffregens auf Klage Rembert Drupenichts und, daß sie Letzterem am rechten Orte Recht zu stehen bereit seien, angebracht habe.

Zeugen: Heinrich Vinke, Walter Varnsel, Johann Asholt, Heinrich de Heveren, Bürgermeister zu Wiedenbrück, Siverd Badingh, Hans und Heinrich Scroders.

Beschäd. Sgl. des Ausstellers am Pergstr.

79. 1425 November 19 (Elisabeth).

Jacob Stoffregen, Freigraf des Grafen Otto von Teklenburg des Jungen, bekennt, daß die Vorladung der Bürger von Stadthagen (Haghen) auf Klage Reymerds Trupenychtes und seiner Freunde nach Niederschlagung der Klage erledigt sei.

Verletztes Sgl. des Ausstellers am Pergstr.

80. 1426 Oktober 9 (Dionysii).

Otto, Graf zu Holstein und Schauenburg, bestätigt dem Rathe und der Gemeinde zu Stadthagen bei der Erbhuldigung ihre Rechte, Freiheiten und Gewohnheiten.

Sgl. des Ausstellers am Pergstr.

81. 1427 Mai 7 (Mittwoch nach Walburgis).

Jacob Stofreghen, Freigraf des Grafen Otto von Teklenburg, bekennt, daß die von ihm vorgeladenen Freischöffen aus Stadthagen Cort Kossyn, Heyneke Greve, Heinrich Serke, Heinrich Sluter, Hillebolt Hoker, Dethart Beschorn, Wilken Kossyn, Heinrich Hoben, Albert Verken, Claus Gomer, die beiden Yessen, Jacob von Rederen, Hans von Münster, Wolter von Zerssen, Arnd Byteke, Herman Rydder, Heinrich Trippenmeker, Heinrich von Sterborch, Bernhard Bodeker, Walter Byter, Tileman Wissel und Arnd von Zerssen sich mit ihren Klägern friedlich einigten.

Gerichtszeugen (de dat hilge rykes recht mede bestunden in der hemelken kameren des rykes): Heinrich Scroders, Johann der Jude, Heinrich Peters, Cord Tredepoel, Helmich de Loer.

Sgl. des Ausstellers und der beiden ersten Zeugen an Pergstr., in der Umschrift des letzteren de Jude, im Wappen drei Hüte.

82. 1427 Mai 7 (Mittwoch nach Walburgis).

Jacob Stoffreghen, Freigraf des Grafen Otto zu Teklenburg, bekennt, daß die im Fehmgericht vor ihm erschienenen Freischöffen aus Stadthagen Cord Kozin, Heynike Greve, Heinrich Serke, Heinrich Sluter, Hillebold Hoker, Dethard Beschorn, Wilken Kozin, Heinrich Hoben, Albert Verke, Claus Ghomer, beide Gossen, Jacob von Reder, Hans von Münster, Walter von Tzertzen, Arnd Butik, Herman Rudder, Heinrich Trippmeker, Heinrich von Stenberch, Bernhard Bodeker, Walter Biter, Tileman Wyssel und Arnd von Tzertzen sich untereinander mit ihren Klägern friedlich verständigt haben.

Zeugen: Die heimlichen Schöffen Johann de Loyze, Heinrich Peters, Cord Tredepel und Helmich de Loer.

Sgl. des Ausstellers am Pergstr.

83. 1427 September 25.

Bürgermeister und Rath zu Stadthagen bezeugen, daß vor ihnen Burchard Kudernap, Vizepfarrer zu Probsthagen (Provesteshaghen), der Kapelle S. Johannis bei dem Leprosenhause vor dem Unterthore 36 Morgen Landes in der westlichen Stadtfeldmark von dem Lauenhegher Beke bis zu dem Fußwege nach Nortsehl zwischen dem zu dem Almosenamt der Kapelle S. Spiritus gehörigen Lande Bertold Rinds und Ludeman Yessens Länderei schenkte, und übertragen Burchard die Kapelle und das damit verbundene Almosenamt mit der Verpflichtung, wöchentlich wenigstens zwei Messen zu lesen.

Zeugen: Adolf Jorden, weltlicher Richter, Hermann Minste, Hermann Ridder und Heinrich Kudernap, Bürger zu Stadthagen.

Beglaubigt vom Notar Heinrich Beschoren, Cleriker der Diöcese Minden.

Notariatszeichen. Zwei Sgl. v. Pergstr. ab.

84. 1427 September 25 Stadthagen.

Zweite Ausfertigung von Nr. 83.

Stadtsgl. von Stadthagen und Sgl. Burchard Kudernaps an Pergstr. Notariatszeichen.

85. 1427 Dezember 4 (Barbare).

Hillebolt Rindes bekennt, daß die Auflassung des von Hans Weywint dem Alten seinem Bruder Bertold Rindes verkauften Hauses in der Weverole zwischen dem Hofe Heinrichs von dem

Vorstele und dem Hause des Vogtes Nolte vor dem Rathe an ihn selbst geschehen sei, weil Berthold nicht Bürger sei, und verzichtet auf jeden Anspruch an dasselbe.

Beschäd. Sgl. des Ausstellers am Pergstr.

86. 1428 April 17 (sabbato ante dominicam Misericordia domini).

Cord Bloybom bestätigt den durch Ludeman Yesse, Jordan de Becker, Johan Strippeke, Heinrich Sluter, Heinrich Hanenkamp und Alff Jorden vermittelten Schiedsspruch zwischen ihm und dem Rathe zu Stadthagen und verpflichtet sich, dessen Inhalt zu beobachten.

Sgl. des Ausstellers am Pergstr.

87. 1428 Juni 8 (fer. III infra octavas Corporis Christi).

Alff Jordens, geschworener Richter des Grafen von Schauenburg zu Stadthagen, bekennt, daß vor ihm im gehegten Gerichte Bernd von Dudensen mit Johann Vornhaghe als Fürsprecher Gheseke Klutemannes, Tochter seiner Schwester, sein Anrecht an den Nachlaß seines Bruders Johann von Dudensen genannt Kluteman übertrug.

Dingleute: Jordan Becker und Heinrich Hoben.

Geringes Sglbruchstück an erster Stelle, die beiden anderen Sgl. von Pergstr. ab.

88. 1429 März 2 (Mittwoch vor Mittfasten).

Elisabeth, Gräfin zu Schauenburg, bestätigt dem Rathe und der Bürgerschaft der ihr zur Leibzucht verschriebenen Stadt Stadthagen mit Zustimmung ihres Gemahls, Grafen Otto zu Holstein und Schauenburg ihre Freiheiten und Gewohnheiten.

Sgl. der Ausstellerin an grün- und rothseidener Schnur.

89. 1429 September 9 (Gorgonii).

Robbert von Steynberch bekundet seinen Consens zu der Verpfändung des durch seine verstorbene Mutter von Heinrich Bloybom gekauften Gartens und Landes vor Stadthagen seitens Stacies von Northem an Bernhard Bodeker und Johann Ruschap.

Sgl. v. Pergstr. ab.

90. 1430 September 21 (Matthaeus).

Wulfard von Cersen, Friedrich Post und Friedrich Bok, Knappen, bezeugen, daß in ihrer Gegenwart Henneke Duventacke beschwor, daß weder er noch Jemand in seinem Auftrage den Bischof und das Domcapitel von Hildesheim bei Stadthagen mit Raub oder Brand beschädigt habe.

Henneke Duventacke siegelt mit.

Pap. Verletzte Sgl. der Aussteller und Hennekes D. an Pergstr.

91. 1430 November 13 (Brixii).

Johann, Graf zu Hoya, der Junge bekennt, daß vor dem auf seine Anordnung durch Heinrich von der Horclaghe auf der Brücke vor dem Schlosse Stolzenau gehegten Gerichte Gerd von dem Wede der Aeltere, Johann, Gerd und Dietrich, seine Söhne, dem Rathe und der Bürgerschaft zu Stadthagen um 160 Mark Lüb. ihre zu Stadthagen belegene Hofstätte verkauften und [allen] Unwillen darüber für beigelegt erklärten.

Dingleute: Johann von Werpe und Ghise von Landesberghe, Knappen.

Sgl. des Ausstellers, des Richters und der Dingleute an Pergstr.

92. 1433 Februar 6 (Dorothee).

Dethard von Holthusen und Heinrich Hanenkamp seitens des Rathes zu Stadthagen einerseits, Heinrich Snawe, Priester, und Hardeke Hoppenkamp seitens Cord Knipaffs andererseits fällen zwischen dem Rathe und Cord Knipaff einen Schiedsspruch nach Inhalt des durch den Rathsschreiber Burchard Wicberti in das Stadtbuch eingetragenen Spruches, sodaß Cord, Hans, sein Sohn, Heinrich und Arnd Snawe, Gebrüder, Priester, seine Oheime, bei Strafe von 100 rh. Gulden sich verpflichten, den Rath unangefochten zu lassen.

Cord Knypaff und Hans, sein Sohn, beschwören die Beobachtung des Schiedsspruches und Cord siegelt mit.

5 zum Theil beschädigte Sgl. an Pergstr.

93. 1434 Januar 24 (in vigilia conversionis Pauli).

Otto, Graf zu Holstein und Schauenburg, der Junge bestätigt als Lehnsherr den Verkauf des früher den von Holte gehörigen und neben dem Hofe Alberts von Jeynsen gelegenen Hofes, in welchem Steneke von dem Hamme wohne, durch Otraven von Landsberg und Ulrich, seinen Sohn, an Bürgermeister und Rath zu Stadthagen um 125 rh. Gulden.

Sgl. des Ausstellers am Pergstr.

94. 1434 Februar 15 (fer. II post Invocavit).

Heinrich von Lynne, Freigraf des heiligen Reichs, beurkundet auf Antrag der Sendeboten des Grafen Otto von Holstein und Schauenburg und der Bürgerschaften zu Stadthagen und Rinteln Wesselus und Heinrich von Steynborch die Mittheilung des Protestes derselben in der Halle (lückhus) vor der Kirche Unser lieben Frauen zu Dortmund an Albert Swynd, Freigrafen des Freistuhls in der Krummen Grafschaft, wegen deren Vorladung auf Klage

Dietrichs von Eglo und die Verweisung der Sache an eine der drei Städte Minden, Lemgo und Herford nach Wahl des Klägers.

Von den anwesenden Freischöffen Conrad von Lindenhorst, Graf zu Dortmund und Freigraf des Römischen Reiches, Johann von Dale, Johann ton Husen, Detmar Popinghus, Johann Prume, Dietrich von Renteleu der Goldschmied, Ewolt, sein Sohn, Heinrich Eggert, und Johann Voirman siegeln fünf und außerdem Tonies Ovelacker mit.

Sgl. des Ausstellers und der sechs Mitsiegler an Pergstr.

95. 1434 März 5 (**fer. VI post Oculi**).

Otto, Graf zu Holstein und Schauenburg, und die Bürgermeister und Räthe der Städte Stadthagen und Rinteln verpflichten sich, den Rath zu Minden wegen der laut der inserierten Urkunde des letzteren vom 1. März (**fer. II. post Oculi**) von ihm geleisteten Bürgschaft bei Albert Swynd, Freigrafen des Freistuhls in der Krummen Grafschaft, in der Klagesache Dietrichs von Ecklo wegen Henneckes Swake schadlos zu halten.

Alle drei Sgl. von Pergstr. ab.

96. 1434 März 9 (**fer. II post Letare**).

Bürgermeister, Schöffen und Rath der Stadt Lemgo verkünden allen Freigrafen und Freischöffen der heimlichen Acht im Reiche, daß sie gegenüber Albert Swind, Freigrafen des Freistuhls in der Krummen Grafschaft, sich dafür verbürgten, daß Otto, Graf zu Holstein und Schauenburg, und die Räthe und Einwohner der Städte Stadthagen und Rinteln auf Klage Dietrichs von Eklo der durch den Knappen Thonnis Ovelacker in der Halle (**lichus**) vor der Kirche Unser lieben Frauen zu Dortmund erfolgten Ladung Folge leisten werden.

Sekret der Stadt Lemgo am Pergstr.

97. 1434 Mai 13 (**octava die ascensionis domini**).

Conrad Stute, Freigraf der Herrschaft Ravensberg, zeigt Kaiser Sigismund an, daß vor ihm am Freistuhl zu Schildesche Godeke van Lente der Jüngere und Wessellus, Secretär des Grafen Otto zu Holstein und Schauenburg, als Prokuratoren des Grafen Otto und der Städte Stadthagen und Rinteln Klage erhoben gegen Dietrich von Eklo und Johann Swake wegen unberechtigter Vorladung Jener vor den Freigrafen Albert Swynd und an den Kaiser appellirten.

Zeugen: Assipeloen (?) Hornepenich, Johann Barnekote, Freigrafen, Albert von Roden, Johann von Rede, Eberhard Bolte, welche mitsiegeln.

3 Sgl. an Pergstr., an 1., 2. und letzter Stelle Sgleinschnitte.

98. 1434 Juni 27 (Sonntag nach Joh. bapt.) Ulm.

Kaiser Sigismund beauftragt wegen anderweitiger Geschäfte, nachdem Otto, Graf zu Holstein und Schauenburg, und die Städte Stadthagen (Hagen) und Rinteln am Freistuhl zu Schildesche und vor Conrad Stute, Freigrafen der Herrschaft Ravensberg, an ihn gegen das Verfahren Albrecht Schwinds, Freigrafen in der Krummen Grafschaft, am Freistuhl zu Herbode in der Klage Dietrichs von Eklow appellirt hatten, Bürgermeister und Rath zu Dortmund mit Untersuchung und Entscheidung der Sache.

Reste des aufgedrückten Oblatensgls.

99. 1435 August 30 (in crastino decollacionis Johannis).

Heinrich von Grozen, Freigraf des von Kaiser Sigismund bestätigten Freigrafen Rollete von Meldrike, zieht seine Ladung des Rathes zu Stadthagen und Wilken Koldemans nach deren gütlichem Vergleiche mit Hans Han zurück.

Pap. Beschäd. Sgl. des Ausstellers am Pergstr.

100. 1435 November 4 (Freitag nach Allerheiligen).

Bürgermeister und Rath der Stadt Minden bitten den Rath zu Stadthagen, bei Ludeke von Zersen, Arnds Sohn, Floreke, seinem Sohne, Heinrich und Friedrich Wend, Gebrüdern, und dem Gerichte der Herrschaft zu Lippe für sie dahin Bürgschaft zu leisten, daß sie vor letzterem auf einer Tagfahrt mit dem Hochstifte Minden und der Herrschaft zu Lippe diesen wegen der am Frohnleichnamstage vor der Stadt geschehenen Unruhe (schicht) den erforderlichen Schadenersatz leisten.

Stadtsgl. von Minden am Pergstr.

101. 1436 Februar 8 (Helene).

Otto, Graf zu Holstein und Schauenburg, verlegt mit Consens seiner mitsiegelnden Gemahlin Elisabeth als Leibzüchterin auf Bitten des Rathes zu Stadthagen mit Beirath der Stände des Landes den von seinen Vorfahren der Stadt verliehenen freien Wochenmarkt vom Sonntag auf den Sonnabend.

Sgl. des Ausstellers und seiner Gemahlin an Pergstr.

102. 1437 März 5 (Dienstag vor Mittfasten).

Hermann Vryge, geschworener Richter des Grafen von Schaumburg zu Stadthagen bekennt, daß vor ihm im gehegten Gerichte in Gegenwart des Vogtes auf dem Schlosse, des gesammten Rathes und vieler Bürger Herman Slyker und Metteke, seine Ehefrau, mit Heinrich Hanenkamp als Fürsprecher erklärten, daß sie wegen der Gefangensetzung Mettekes im Thurm durch Ludolf von Münchhausen nach deren Befreiung durch den Grafen keinerlei Forderung an Letzteren, Ludolf oder den Rath hätten.

Dethard von Holthusen und Jordan Becker bezeugen dies als Dingleute und siegeln mit.

Sgl. des Ausstellers und der Dingleute an Pergstr.

103. 1437 April 23 (Georgii).

Bürgermeister, Schöffen und Rath zu Herford zeigen dem Rath zu Stadthagen an, daß vor ihnen Alheyd, Tochter Deterd Ketellers, mit dem eidlichen Zeugnisse des Bürgers Dietrich Bloyte und des Mitbewohners Ghereke Reymelynch ihre Erbansprüche an den Nachlaß der zu Stadthagen verstorbenen Heylwych Kerstenynch, ihres Vatersbruders Kind, erwies, und bitten den Rath, Jener zu ihrem Erbe zu verhelfen.

Stadtsgl. von Herford am Pergstr.

104. 1440 Juni 13 (Montag vor Viti).

Der Rath zu Stadthagen verkauft Johann, Pfarrer zu Nenndorf, und Johann Rintelmann, seinem Oheim, um 230 rh. Gulden 12 Gulden Leibrente mit der Bestimmung, daß nach dem Tode des Pfarrers der Letztere nur 8 Gulden Leibrente genießen, der Rest halb für Kleidung der Armen des Siechenhauses S. Johannis vor dem Niederen Thore zu Stadthagen und halb zu Lichtern in der Kirche zu Groß=Nenndorf verwandt werden solle; nach Beider Tode fällt die Rente dem Inhaber der Capelle bei dem Siechenhause zu, ebenfalls mit der Verpflichtung zur gleichen Verwendung jener 4 Gulden.

Stadtsgl. am Pergstr.

105. 1440 Juni 22 (zehntausend Ritter).

Bürgermeister und Rath zu Rodenberg schreiben dem Rathe zu Stadthagen, daß vor ihnen Hermann Hoygers de Rode, Busse und Ernst Bodeker, ihre Mitbürger, eidlich bezeugten, daß die in Stadthagen verstorbene Ilseke Bremersche, als Tochter Eilhard Ulenhaghes, und Tile und Bernd Sangkmester als Söhne Alheid Sangkmesters Geschwisterkinder seien, und bittet, den Letzteren zum Antritt ihrer Erbschaft zu verhelfen.

Beschäd. Siegel von Rodenberg am Pergstr.

106. 1441 Juni 13 (fer. III post Trinitatis).

Ludeke Herteghe, geschworener Richter zu Rinteln, bekennt, daß vor ihm im gehegten Gerichte Hans und Cord Hod und Hylle, ihre Schwester, dem Knappen Otto von Eckersten ihren von Berteke Plessesche, Bürgerin zu Stadthagen, ererbten Antheil an deren Erbgut daselbst aufließen.

Dingleute: Dietrich Schele, Heinrich Landeringk und Hans Pylser.

Pap. Siegel des Ausstellers am Pergstr.

107. 1441 August 4 (Justini m.).

Tyleke und Bernd genannt Sanckmester, Gebrüder, und Dietrich, ihr Vetter, überlassen dem Rathe zu Stadthagen und der Kirche S. Martini daselbst ihr Anrecht an 6 Hollen Landes bei der Lauenhagener Beke und 30 rh. Gulden aus dem Nachlaß der Bremersche.

Stacies von Wynnynghusen siegelt für die Aussteller.

Pap. Siegel Stacies' von Wynnynghusen am Pergstr.

108. 1441 Dezember 17 (Sonntag nach Lucie).

Otto, Graf zu Holstein und Schauenburg, der Junge quittirt dem Rath und der Gemeinde zu Stadthagen (Hagen) über 400 rh. Gulden freiwillige Bede und verpflichtet sich, sie nicht weiter um eine solche anzugehen.

Sgl. des Ausstellers am Pergstr.

109. 1442 November 12 (Montag nach Martini).

Reymert Trupenicht, geschworener Richter des Grafen Otto zu Holstein und Schauenburg zu Stadthagen, bekennt, daß vor ihm im gehegten Gerichte Staties Plesse allen Rechtsansprüchen an den Nachlaß seiner verstorbenen Ehefrau Berteke, mit welcher er in Gütertrennung lebte, entsagte und sich verpflichtete, eine etwaige Klage gegen den Langen Johann, Bürger zu Stadthagen (tom Haghen), bei dem Rathe anzubringen.

Dingleute: Ludwig Hobeen und Heinrich Hanenkamp.

Pap. Beschädigte Sgl. des Ausstellers, der Dingleute und Staties Plesses an Pergstr.

110. 1445 März 4 (fer. VI ante Letare).

Hans und Stacies Rascherdes verzichten nach Empfang einer Entschädigungssumme von dem Rathe zu Stadthagen diesem gegenüber auf ihr Anrecht an dem Leibgedinge, welches Hermann von Lemmede für sich selbst und sie beide von dem Rathe gekauft hatte.

Für Stacies Rascherdes siegelt Dietrich von Münchhausen.

Pap. Verletzte Sgl. Hans Rascherdes und Dietrichs von Münchhausen an Pergstr.

111. 1448 Mai 26 (des andern sondages na pinxten).

Bürgermeister, alter und neuer Rath zu Stadthagen bekennen, daß ihnen von Ludeke und Hardeke von Halle, Gebrüdern, 3 auf 700 rh. Gulden lautende Briefe von den von der Lippe, Berthold von Landsberg und Johann Mollenbeke zur Verwahrung übergeben wurden, und verpflichten sich, im Falle des Todes Ludekes oder seiner Ehefrau Jutta in bestimmter Weise zu verfahren.

Sekret von Stadthagen am Pergstr. (cf. n. 112.)

112. 1448 Mai 26 (des anderen sondages na pinxten).

Ludeke von Halle, Knappe, und Hardeke, Domherr zu Minden, sein Bruder, bekennen, daß sie bei dem Rathe zu Stadthagen (**Hagen**) für Jutta von Münchhausen (**Monneckhusen**), Ludekes Ehefrau, drei Urkunden der von der Lippe, Bertholds von Landesberge und Johann Mollenbekes über 700 rh. Gulden mit der Bestimmung hinterlegten, daß, falls Ludeke, ohne Kinder zu hinterlassen, sterbe, jenes Kapital seiner Witwe mit ihrer Morgengabe, Gerade, fahrenden Habe, Kleidern und Kleinodien überliefert werde; falls Kinder zurückbleiben, soll Hardeke der Wittwe eine Rente von 80 Gulden von jenem Kapital und sonstigen Gütern gewähren, während Jutta keinerlei Ansprüche an die Güter selbst hat.

Sgl. der Aussteller an Pergstr.

113. 1449 Juni 15 (des sondages negest na des h. lichames dage).

Wilken Kolterman verkauft der Brüderschaft des h. Leichnams zu Stadthagen seinen Garten vor dem Westeren Thore in der Twegte zwischen den Gärten seines Schwagers Berthold und des Schuhmachers Eylherd und empfängt ihn gegen 15 schwere Pfennige Pachtzins zurück.

Herman Hundertmark siegelt für den Aussteller.

Sgl. v. Pergstr. ab.

114. 1449 September 1 (Egidii).

Johann, Graf zu Hoya, gestattet dem Rathe und der Bürgerschaft zu Stadthagen, Erbgut, Heergewedde und Gerade in seinem Lande einzufordern, wogegen jene seine Unterthanen umgekehrt bei Einziehung solchen Gutes befördern wollen.

Sekret des Ausstellers am Pergstr.

115. 1449 Oktober 9 (Dionysii).

Bürgermeister und Rath zu Oldendorf unter der Schaumburg verwenden sich bei dem Rathe zu Stadthagen zu Gunsten Ilsebes, Wittwe Tileke Siikmans, Tiles, ihres Sohnes, Konventualen des Klosters Heiligenberg, und Mettekes, Ehefrau Hans Scheelarndes, wegen des Nachlasses ihrer zu Stadthagen verstorbenen Verwandten Metteke Sibesche.

Stadtsekret von Oldendorf am Pergstr.

116. [Erste Hälfte saec. XV.] [a])

Bürgermeister und Rath zu [Herford] schreiben dem Rath zu Stadthagen, daß nach Aussage Alheids, Tochter Dethard Kettelers, als nächster Erbin, ihres Richters Ludeke Tegeller und anderer Gerichtspersonen die Ansprüche der Gebrüder Friedrich und Heinrich de Wend auf den Nachlaß der Hedwig Kerstennigh als ihrer Eigenhörigen unberechtigt seien.

Pap. Einzelne Stücke durch Moder zerstört. Sglrest. Einschnitte.

117. 1450 Mai 12 (Dienstag vor Himmelfahrt).

Elisabeth von Hohnstein, Gräfin zu Holstein und Schauenburg, ertheilt mit Bezug auf ihre Leibzucht ihren Consens zu der von ihrem Gemahle Grafen Otto dem Rathe und der Gemeinde zu Stadthagen ertheilten Erlaubnis, ihre Feldmark mit Landwehr und Gräben zu befestigen.

Sgl. der Ausstellerin am Pergstr.

118. 1450 Mai 13 (am h. abend der himmelfahrt).

Otto, Graf zu Holstein und Schauenburg, der Junge gestattet nach Empfang von 400 rh. Gulden freiwilliger Bede der Stadt Stadthagen, ihre Landwehr zu befestigen, verspricht, bei der Ausstattung seiner Tochter, der von der Lippe, oder sonst die Bürgerschaft nicht um Beisteuer anzugehen, und bestätigt der Stadt ihre Privilegien und Freiheiten.

Sgl. des Ausstellers am Pergstr.

119. *[c. 1450.]*

Beschwerdeschrift Dietrichs und Everts von Münchhausen gegen die Bürgerschaft zu Stadthagen wegen Wegnahme von Korn, Hausgeräth u. A. vor Ausbruch der Fehde; gewaltsamer Einnahme ihres Freihofes zu Stadthagen, Abbrennung ihrer Gebände und verschiedener anderen Punkte.

Pap.

120. 1451 August 24 (Bartholomaei).

Dietrich Scrader, Johann Blomberch und Hermann Ruschap, Vorsteher der Brüderschaft des h. Leichnam (zu Stadthagen), urkunden über ihren Ländereikauf mit Johann Happeken (vergl. n. 121).

Gleichzeitige Copie auf einem Pergamentblatt.

121. 1451 August 24 (Bartholomaei).

Johann Happeke, Priester, schenkt in letztwilliger Verfügung zu seinem Seelenheile der Brüderschaft des h. Leichnam zu Stadthagen 3 Acker Landes mit einem kurzen Streifen (gheren) von 9 Morgen hinter der Kirche zwischen dem Lande der Klöster Loccum (Lucken) und Schinna (Schynne) und ein Gartenstück vor dem Westeren

[a]) Vielmehr [1437] vgl. n. 103.

Thore zwischen Johann Stappekens und Hans Rorekersens Grundstücken und 23 Mark behufs Verwendung der Einkünfte zur Abhaltung von Memorien und Vertheilung von Almosen an die Armen Montags und Donnerstags nach Inhalt einer darüber ausgefertigten besonderen Urkunde der Vorsteher der Brüderschaft.

Sgl. v. Pergstr. ab.

122. 1451 November 29 (Montag nach Katharinae).

Der Rath zu Neustadt (am Rübenberge) theilt dem zu Stadthagen (Hagen) mit, daß Henneke Meiger von Dunsen (Dudensen) Ludike, sein Bruder, Janne, Adelheid, Drudeke und Geseke, ihre Schwestern, als durch Zeugeneid des Gogrefen zu Eilvese (Elvesen) Dietrich Broegehane und Luetert Culemans erwiesene Erben des zu Stadthagen verstorbenen Bürgers Johann Cluteman und der Bürgerin Geseke Clutemans Henneke, Gogref zu Nöpke (Noebeke), und Heinrich Costers zum Antritt der Erbschaft bevollmächtigten.

Verletztes Stadtsgl. von Neustadt am Pergstr.

123. 1451 Dezember 18 (Sonnabend vor Nicolai).

Durch Moder größtentheils zerstörte Urkunde für eine Brüderschaft zu Stadthagen.

Sgl. v. Pergstr. ab.

124. 1452 Mai 1 (Philippi et Jacobi).

Bürgermeister und Rath zu Neustadt (a. R.) zeigen dem Rathe zu Stadthagen an, daß nach eidlicher Aussage Dietrich Riquerdincks zu Dudensen (Dudesen), Henneke Groppers zu Suttorf (Suttorpe) und Werneke Cales daselbst die Ehefrau des Schneiders Tzeliges zu Stadthagen ein außereheliches Kind Bernd Kocks zu Mariensee und Aleke Leygmans sei.

Stadtsgl. von Neustadt am Pergstr.

125. 1452 Mai 5 (Godehardi).

Bürgermeister und Rath zu Hannover verwenden sich bei Bürgermeister und Rath zu Stadthagen für Marquard Kopeken und Adelheid, seine Schwester, Ehefrau Tilekes von Peyne, behufs Erlangung des Nachlasses ihrer zu Stadthagen verstorbenen Muhme (modder) Ghezeke Klotes auf Grund des Zeugeneides der Bürger Dietrich Luczeken und Luder Seekel.

Secret der Stadt Hannover am Pergstr.

126. 1452 Mai 13 (Sonnabend vor Vocem jocunditatis).

Dietrich Scrader, Hans Rode und Burchard Cudernap, Bürger zu Stadthagen, verpflichten sich, den Rath daselbst schadlos zu halten für etwaige Forderungen an ihn in Folge des inserirten Intercessionsschreibens desselben an den Rath zu Crempe (in Holstein) vom Tage vorher zu Gunsten Dietrich Scraders behufs Erhebung einer Erbschaft aus dem Nachlasse des dort verstorbenen Ludeke Belkes im Auftrage des Vaters des Letzteren.

Sgl. der Aussteller an Pergstr.

127. 1452 Juli 26 (Mittwoch nach Jacobi).

Ludeke und Hardeke von Halle, Gebrüder, Knappen, bekennen, daß Rath und Gemeinde zu Stadthagen ihnen als Pfandinhabern des Schlosses daselbst mit Zustimmung Ottos, Grafen zu Holstein und Schauenburg, und Elisabeths von Hohnstein, seiner Gemahlin, gehuldigt haben, und bestätigen ihnen ihre Freiheiten und Gewohnheiten.

Sgl. der Aussteller an Pergstr.

128. 1452 Juli 26 (Mittwoch nach Jacobi).

Otto, Graf zu Holstein und Schauenburg, und Elisabeth von Hohnstein, seine Gemahlin, bekennen, daß Rath und Gemeinde zu Stadthagen auf ihr Geheiß Ludeke und Hardeke von Halle, Gebrüdern, wegen eines Pfandschillings auf dem Schlosse zu Stadthagen gehuldigt haben unbeschadet der der Herrschaft geleisteten Huldigung und der Rechte der Stadt.

Sgl. der Aussteller an Pergstr.

129. 1452 Juli 27 (Donnerstag nach Jacobi).

Bernhard (Bernd), Edelherr zu Lippe, nimmt mit Zustimmung Ottos, Grafen zu Holstein und Schauenburg, seines Schwiegervaters (vader), Elisabeths, dessen Gemahlin, und deren Sohnes die Stadt Stadthagen auf vier Jahre in seinen Schutz gegen Jedermann, ausgenommen die oben Genannten, gegen Tragung der Kosten seitens der Stadt, und verpflichtet sich, namentlich die Kaufleute aus Stadthagen in ihren Geschäften zu befördern.

Beschäd. Sgl. des Ausstellers am Pergstr.

130. 1452 December 19 (Dienstag vor Thomä).

Hans Knypaff, Bürger zu Stadthagen, leistet dem Rathe und der Gemeinde daselbst nach seinem mit Gefängniß für ihn verknüpften Streite Urfehde.

Sgl. des Ausstellers am Pergstr.

131. 1453 März 25 (Palmarum).

Ludeke von Halle, Knappe, bekennt als Pfandinhaber des Schlosses zu Stadthagen, daß die Verpfändung der Rothpforte (noetporte) hinter dem Schlosse durch den Grafen Otto zu Holstein und Schauenburg an den Rath zu Stadthagen, welcher das Recht habe, sie zumauern zu lassen, mit seiner Zustimmung geschehen und der ihm geleisteten Huldigung unschädlich sei. (cf. n. 132.)

Sgl. des Ausstellers am Pergstr.

132. 1453 März 25 (Palmarum).

Otto, Graf zu Holstein und Schauenburg, der Junge verpfändet dem Rathe und der Bürgerschaft zu Stadthagen für ein Darlehn von 600 rh. Gulden die Nothpforte hinter dem Schlosse daselbst, sodaß der Rath dieselbe zumauern lassen darf, und erklärt allen Zwist mit der Stadt für beigelegt.

Elisabeth von Hohnstein, seine Gemahlin, ertheilt als Leibzüchterin ihre Zustimmung und siegelt mit.

Sgl. des Ausstellers und seiner Gemahlin an Pergstr.

133. 1453 April 8 (Quasimodogeniti).

Otto, Graf zu Holstein und Schauenburg, und Elisabeth von Hohnstein, seine Gemahlin, bekennen, daß die von dem Rathe und der Bürgerschaft zu Stadthagen den Gebrüdern Ludeke und Hardeke von Halle wegen deren Pfandschaft des Schlosses zu Stadthagen geleistete Huldigung mit ihrem Willen erfolgt sei.

Sgl. der Aussteller an Pergstr.

Die Urkunde ist durch Schmutz zum Theil unleserlich.

1453 April 13 (Freitag nach Quasimodogeniti).

Bürgermeister und Rath zu Stadthagen bekennen, daß vor ihnen Lange Johann und Johann Blomberch, Dechant und Provisor der Kirche S. Martini daselbst, gegenüber dem Priester Johann Happeken sich verpflichteten, die Zinsen von einem ihnen gewährten Darlehn von 100 rh. Gulden zur Beleuchtung des Kirchhofes und Abhaltung einer jährlichen Memorie in näher beschriebener Weise zu verwenden.

Gleichzeitige Copie, auf einem Pergamentblatt mit n. 120 verbunden.

134. 1453 Mai 1 (Walburgis).

Bürgermeister und Rath zu Stadthagen bekennen, daß sie von Ludeke und Hardeke von Halle, Gebrüdern, zu Behuf Juttas von Münchhausen, Ludekes Ehefrau, eine Pfandverschreibung des Grafen Otto zu Holstein und Schauenburg, Elisabeths von Hohnstein, seiner Gemahlin, Adolfs und Erichs, ihrer Söhne, und Bernds, Edelherrn zu Lippe, auf Stadt und Schloß Stadthagen wegen einer Schuld von 2800 Gulden lautend, in Verwahrung erhalten haben unter gewissen Bestimmungen über die Auslieferung der Urkunde im Falle des Todes Ludekes vor seiner Ehefrau.

Stadtsgl. am Pergstr.

135. 1453 August 3 (invencionis Stephani).

Otto, Graf zu Holstein und Schauenburg, Adolf und Erich, seine Söhne, bekennen, daß sie alle Streitigkeiten zwischen Wilke Klencke und der Bürgerschaft zu Stadthagen beilegten und daß

Ersterer die Stadt wegen des Gerichtes zu Sachsenhagen (Sassenhagen) im Besitz lassen will, wie dies früher seitens Otravens von Landsberg und Wentes von Holle geschah.

Sgl. des Grafen Otto am Pergstr.

136. 1453 December 3 Hameln auf dem Kirchhofe des Bonifaciusstiftes.

Hermann von Brenke, Archidiakon des Bannes Ohsen im Hochstifte Minden, als laut inserirter Vollmacht Erzbischof Dietrichs von Coeln dd. Coeln Mai 30 desselben Jahres ernannter Richter in der Appellationssache Conrad Bleschenners, Vicars am Bonifaciusstifte zu Hameln, als Procurators der Bürgermeister und Rathmannen zu Stadthagen Nicolaus Gomer, Arnold von Sertzen genannt Minsten, Conrad Cossin, Richard Knipaff, Hermann Nolten, Dethard Tasch genannt Trupenicht, Benecke von Polde, Johann Stoffregen, Gerhard Lindeman genannt Harsebeken, Johann Conradi, Hermann Greven und Bernhard Bodeker, beurkundet die auf Antrag Gottfried Stanwers, Dechanten des Stiftes zu Hameln, und Gottfrieds von Lenthe, Propstes zu Obernkirchen, als Procuratoren des Beklagten Heinrich Mauricii, erfolgte Vertagung des Termins und die schließlich in Folge Contumacialverfahrens gegen den Letzteren durch inserirtes Urtheil erfolgte Cassation des Spruches Alberts von Lethelen, Offizials und Domherrn zu Minden.

Z. Eberhard Ebbinckhusen, Canonikus am Bonifaciusstifte zu Hameln, und Heinrich Bernsen, Bürger daselbst.

Beglaubigt von dem Notar Heinrich Wytgherwer, Cleriker der Diöcese Minden.

Archidiakonatssgl. des Ausstellers am Pergstr. Notariatszeichen.

137. 1454 April 15 (Montag nach Palmen).

Heinrich Koller, geschworener Richter des Rathes zu Stadthagen, und Hermann von dem Broke und Hartmann Trippenmaker, Bürger und Dingleute daselbst, bekennen, daß vor ihnen im gehegten Gerichte Heinrich Monnickeberch und Ludeke, sein Bruder, erklärten, daß Heinrich Lyndeman, Propst zu Wennigsen, und Florcke von Cerssen, Ludekes Sohn, Knappe, für Jene und Arnd Eckman, ihren Bruder, einerseits und Claus Gomer, Bürgermeister, Heinrich Glisman und Gereke Lyndeman, Rathmannen zu Stadthagen, zugleich für Dethard Stotintlant als Vertreter des Rathes und der Gemeinde andererseits einen Vergleich abschlossen wegen des Todtschlages Henccke Eckmans, des Stiefvaters der Genannten.

Sgl. der Aussteller an Pergamentstreifen.

138. 1454 April 24 (am gudensdage to paschen).

Bürgermeister und Rath der Stadt Minden bitten Bürgermeister und Rath zu Stadthagen auf Grund des von ihnen abgelegten Zeugeneides ihrer Mitbürger Hermann Bonyneges, Henncke

Marquardynceg und Johann Walbom, ihrem Bürger Ernst Gherse und dessen Bruder Johann, Söhnen Johann Gherses, zu dem Besitz des Nachlasses ihres in Stadthagen verstorbenen Bruders Rysser Gherse behülflich zu sein.

Stadtsgl. von Minden am Pergstr.

139. 1455 Februar 13 Rom.

Antonius, Cardinalpriester tituli sancti Grisogoni, genannt Ylarda hebt unter Inserirung der vom Papst Nicolaus V. früher dem Auditor des päpstlichen Palatium Ludwig von Ludovisi und dann ihm selbst ertheilten Mandate in dem von dem Official Albert von Letelen zu Minden entschiedenen Processe zwischen Heinrich Glisseman, Heinrich von Dorne, Hermann Akeman, Dethard Strincholt, Gerhard Mauwert, Johann Deneweten dem Kleinschmied, Conrad Greve, Johann Greve, Bernhard von Polde Johann Mestwarte, Eberhard Meyger, Gottfried Segher, Heinrich Wapen, Ludolf Swarte, Heinrich Trupenicht, Hermann von dem Brocke, Christian von der Cute, Hermann Trippemeker und Consorten gegen Arnold Bley und Johann Tolner, Procuratoren des bischöflichen Gerichts zu Minden, wegen der dem Bürger Johann Knipaff auferlegten Steuern die über die Erstgenannten verhängte Excommunication auf.

M. Z. Notariell beglaubigt.

Sglbruchstück an rothseidener Schnur. Notariatszeichen.

140. 1456 Mai 4 auf dem Kirchhofe der Kirche S. Martini zu Stadthagen.

Johann Sertoris, Pfarrer zu Vehlen (Velden) und Vizepropst des Klosters b. Mariae zu Oberukirchen, bekennt, daß, als er auf Ansuchen der Handwerker und Gemeinde zu Stadthagen Jacob Vinger, Vicar und Pfarrer zu S. Martini daselbst, Conrad Kunnekingk und Conrad Bevessen, Priester der Diöcese Minden, durch den Notar Dietrich Junevrowenswagher zum Gericht auf den Kirchhof vorladen ließ, vor ihm erschienen Heinrich Renoghe, Reymar und Heinrich Trupenicht und andere Bürger und Reymar für die ganze Gemeinde aussagte, daß 1452 am Dienstag vor Thomä (Dec. 19) jene 3 Capläne auf dem Rathhause für den Bürger Johann Knypaff ein Geschäft erledigten, als dessen Inhalt darauf jene drei eidlich erklärten, daß sie mit Heinrich Glisseman, Heinrich von Dornde und Johann Greven als Bevollmächtigten damals einen Streit zwischen Johann Knypaff und der Gemeinde beigelegt hätten.

Z. Johann Winter, Cleriker der Diöcese Münster, und Caspar Bading, Cleriker der Diöcese Brandenburg.

Beglaubigt vom Notar Dietrich Junevrowenswagher.

Beschäd. Sgl. des Ausstellers am Pergstr. Notariatszeichen.

141. 1456 Mai 31 auf dem Kirchhofe der Pfarrkirche zu Stadthagen.

Johann Poldeman, Presbyter der Diöcese Minden, verkündigt als auf Grund der inserierten Vollmacht Bischof Alberts von Minden vom 28. Mai desselben Jahres deputirter Commissar und unter Inserierung der von Johann Duve, Syndicus des Rathes, übergebenen Klageschrift des Rathes gegen Johann Knypaff sowie nach dem Zeugenverhör des Presbyters Jacob Vingher, Heinrich Glissemans, Johann Grevens, Hermann Trippemekers, Heinrich Trupenichts und Hermanns von dem Broke, das gegen den Verklagten verhängte Contumacialurtheil.

Z. Heinrich Tast, Domvicar zu Minden, Johann Winter und Caspar Bading, Cleriker der Diöcesen Münster und Brandenburg.

Beglaubigt durch den Notar Hermann Schodebusch, Cleriker der Diöcese Minden.

Sgl. des Ausstellers am Pergstr. Notariatszeichen.

142. 1456 Juni 4 (Freitag vor Bonifacius).

Eilhard von Heveren, geschworener Richter zu Stadthagen, urkundet über das auf Antrag Reymar Trupenichts als Vorspreken der Gilden und der Gemeinde daselbst erfolgte eidliche Verhör Heinrich Glissemans, Hans Grevens, Hartmann Trippenmakers, Hermanns von dem Broke, Carstens von der Kute und Heinrich Trupenichts über den Hergang des gütlichen Vergleiches zwischen den Gilden und der Gemeinde einerseits und Hans Knypaff andererseits auf Anregung Jacob Vingers, Pfarrers zu Stadthagen, mit seinen beiden Caplanen Cord Kunneking und Cord Bevessen vor dem Rathe.

Dingleute: Heinrich Koller und Hermann Widensoler, Bürger zu Stadthagen.

Sgl. des Ausstellers und der Dingleute an Pergstr.

143. 1456 October 21 (**am dage der elven dusent megede**).

Friedrich der Jüngere, Herzog zu Braunschweig und Lüneburg, nimmt Ludeke von Halle, die Seinigen und ihre Güter, Bürgermeister, Rath, Gilden, Gemeinde und Einwohner zu Stadthagen auf sechs Jahre in seinen Schutz.

Secret des Ausstellers am Pergstr.

144. 1456 December 15 (**des gudensdages na Lucie**).

Heinrich Feckeler, Freigraf im Hochstifte Paderborn, zieht seine Ladung des Rathes und der Gemeinde zu Stadthagen vor seinen Freistuhl zu Schonenlo auf peinliche Klage Johann Knypaffs zurück, nachdem jene durch Ludeke von Halle und Johann von Ohme der Ladung zu folgen sich verbürgt hatten, während der Kläger Folge zu leisten sich weigerte.

Beschäd. Sgl. des Ausstellers am Pergstr.

145. 1457 (vichtich) Mai 26 (Himmelfahrt).

Otto, Graf zu Holstein und Schauenburg, der Junge bekundet als Lehnsherr, daß Martin Fabri, Inhaber der Vicarie des h. Geistes vor Stadthagen (**Haghen**), mit seiner Zustimmung dem Rathe daselbst erlaubt habe, zur Befestigung ihrer Feldmark an den Vicarieländereien zu graben.

Sgl. des Ausstellers am Pergstr.

146. 1457 Juni 7 (des dinxedaghes to pinxten).

Martin Fabri, Vicar der Vicarie zum h. Geist vor Stadthagen (**Haghen**), gestattet mit Einwilligung des Grafen Otto zu Holstein und Schauenburg als seines Lehnsherrn dem Rath und der Gemeinde zu Stadthagen, zur Befestigung ihrer Landwehr einen oder auch zwei Gräben durch das Vicarieland zu führen.

Sgl. des Ausstellers am Pergstr.

147. 1457 October 3 (Montag nach Michaelis).

Friedrich, Ludeke, Arnd, Berthold, Ludwig, Lubbert, Othraven und Claus von Cerssen, Gebrüder, Knappen, quittiren Rath und Bürgerschaft zu Stadthagen den Empfang von 200 rh. Gulden als Entschädigung für eine Reihe specificirter Forderungen, derentwegen sie die Stadt befehdeten, namentlich Forderungen an Heinrich von dem Wede, Wolter Byter u. A.

8 Sgl. der Aussteller an Pergstr.

148. **1457** November 10 (**am h. abende s. Martini**).

Bürgermeister, alter und neuer Rath zu Stadthagen verkaufen dem Priester Johann Happeke um 100 rh. Gulden 7 Gulden wiederkäufliche Rente.

Stadtsgl. am Pergstr.

149. 1458 Mai 14 (**in crastino b. Servacii**).

Conrad von Diepholz, erwählter und bestätigter Bischof zu Osnabrück, quittirt Ludolf von Münchhausen über 70 rh. Gulden, welche er ihm wegen der Gefangenschaft Dietrichs von Edingerode schuldete, und erklärt den verlorenen Schuldbrief für kraftlos.

Sgl. des Ausstellers am Pergstr.

150. **1458** November 22 (Mittwoch vor Katharinae).

Otto, Graf zu Holstein, Stormarn und Schauenburg, spricht Helmich Lunyngh, Freigrafen des Freistuhls zu Warendorf (**Vardorppe**), nachdem er auf Klage Reymar Trupenichts den Rath zu Stadthagen und die Bürger Heyneman Mynsten, Ghereke Lyndeman, Heinrich Glisman, Claus Gomer, Ludwig Kamp, Heinrich Koller, Hermann Wydensoler, Carsten von der Kuthe, Eilhard von Heveren, Beneke von Polde, Cord Cossyn, Hans Cleynsmed, Johann Lange,

Herman Hersebeke, Ernst Jordens, Hans Rode, Heyneman Olderogghe, Gereke Kolteman, Dethard Tast, Hermann von dem Broke, Heinrich Blomberch, Heinrich Flenteke, Hermann Droghe und Beneke Merhoff vor sein Gericht geladen, das Recht dazu auf Grund der Ordnungen des Reiches ab, und ladet den Kläger vor sein Gericht, dem die Stadt und Bürgerschaft unterworfen seien.

Ludeke von Halle und Johann von Bodeke, Knappen, verbürgen sich als Freischöffen für die Ehrlichkeit der genannten Bürger.

Sgl. des Ausstellers und der beiden Bürgen an Pergstr.

151. 1458 November 23 (Donnerstag vor Katharinae).

Heyneman Mynste, Ghereke Lindeman, Bürgermeister, Heinrich Glissman, Claus Gomer, Ludwig Kamp, Heinrich Koller, Hermann Widensoler, Carsten von der Kuthe, Eilhard von Heveren, Cort Kossyn, Beneke von Polde, Hans Kleynsmed, Johann Lange, Hermann Hersebeke, Ernst Jordens, Hans Rode, Heyneman Olderogghe, Dethard Tast, Hermann von dem Broke, Heinrich Blomberch, Heinrich Flenteke, Hermann Droghe und Ghereke Kolteman, Rathmannen zu Stadthagen, bevollmächtigen Heinrich Semel, in der Klagesache Reymar Trupenichts dem Freigrafen Helmich Lunynch zu Warendorf eine von Ludeke von Halle und Johann von Bodeke mitbesiegelte Bürgschaftserklärung des Grafen Otto zu Holstein und Schauenburg, ihres Landesherrn, zu überbringen und sie vor Gericht zu vertreten.

Stadtsgl. am Pergstr.

152. 1458 November 29 (in vigilia b. Andree).

Albert, Bischof von Minden, bestätigt die Gründung eines Almosenamtes zu Ehren des Leichnams Christi durch Johann Happeke und Conrad Kunneking, Priester der Diöcese Minden, zu Stadthagen und dessen Dotirung mit 7 Gulden Rente beim Rathe daselbst und Getreiderenten von dem Zehnten des Knappen Wilkin Busche zu Kobbensen und dem Meierhofe zu Remeringhausen (Remeringhehusen) von der Wittwe Alheid von Zulde, Rudolf, ihrem Sohne, und Conrad Cosyne, Bürger zu Stadthagen, unter Festsetzung gewisser Messen für die Frohnleichnamsbrüderschaft, der Wahl des Priesters des Almosens durch den Rath und Bestimmung des Brüderschaftshauses auf der Stovenstraße zur Wohnung für den Almosner.

Sgl. des Ausstellers am Pergstr.

153. 1458 November 29 (in vigilia b. Andree).

Zweite Ausfertigung von n. 152.

Sgl. Bischof Alberts von Minden am Pergstr.

154. 1459 April 3 (am andern dinxedage dem h. paschedage neistvolgende).

Cord Peckelheringk, Freigraf der Edelherren Bernd und Simon von Lippe, beurkundet die vor ihm am Freistuhl zu Biist in der Feldmark zu Lemgo auf Klage Heinrich Harnischs, Procurators des Grafen Otto zu Holstein und Schauenburg, gegen Reymer Trupenicht erfolgte Gerichtsverhandlung der heimlichen Acht.

Z. Johann und Heinrich Qwaditesse, Gebrüder, Jordan von Wessendorpe genannt Thor, Vogt zu Blomberg, Cord Hardeman, Richter zu Lemgo, Cord Mestworte, Gogref des Gogerichtes vor Lemgo, Hermann Arnsbergh, Johann Langeludeke und Cord Brakel.

Sgl. des Ausstellers und der Zeugen an Pergstr.

155. 1459 April 24 (Dienstag nach Cantate).

Cord Peckelheringk, Freigraf der Edelherren Bernd und Simon zu Lippe, urkundet über eine weitere Verhandlung vor dem heimlichen Gericht zu Biist in der Feldmark Lemgo in dem Processe des Grafen Otto von Schaumburg und des Rathes zu Stadthagen gegen Reymer Trupenicht.

Z. Heinrich Qwadites, Ludeke Kruse, Bürgermeister zu Lemgo, Cord Hardeman, Richter daselbst, Cord Mestworte, Gogref vor Lemgo, Hermann Arnsbergh, Johann Langeludeke, Cord Brakel, Freischöffen.

Sgl. des Ausstellers und der Zeugen an Pergstr.

156. 1459 Juni 10 (dominica proxima post Bonifacii).

Cord Hardeman, geschworener Richter der Edelherren Bernd und Simon zu Lippe und der Stadt Lemgo, bekennt, daß vor ihm im Gericht Hermann Bevissen und Rabe Zemelen seitens des Grafen Otto zu Holstein und Schauenburg und Gherke Lindeman und Heinrich Ghyseman, Bürgermeister, und Heinrich Koler, Rathmann, seitens des Rathes zu Stadthagen einerseits und Reymar Trupenicht andererseits nach Klagen und Verhandlungen vor dem Freistuhl zu Warendorf, dem Freigrafen Helmich Luning und dem Freigrafen Cord Peckelhering am Freistuhl zu Biist durch Johann Quadites, Ludolf von Impteshausen, Knappen, Engelbert Floreken und Johann Cacheman, Bürgermeister zu Lemgo, Cord Peckelhering, Freigrafen in der Herrschaft Lippe, und Cord Mestwerten, Gogref von Lemgo, als Schiedsleute dahin verglichen wurden, daß Reymer dem Rathe 40 Gulden Entschädigung bezahlen und Abbitte thun, dagegen sein Schuhmacherhandwerk unbehindert von der Schuhmachergilde zu Stadthagen betreiben solle. Für Reymer verbürgen sich: Cord Bitter, Bürger zu Lemgo, und Heinrich Poldeman, Bürger zu Stadthagen.

Dingleute: Ernst Voghel, Bürgermeister zu Lemgo, und Johann, sein Sohn.

Sgl. der Dingleute an Pergstr., an erster Stelle Sgleinschnitt.

157. 1460 Januar 2 (Mittwoch vor Drei Könige).

Otto, Graf zu Holstein und Schauenburg, quittirt dem Rathe, Ämtern und der Bürgerschaft zu Stadthagen über 50 rh. Gulden, die sie ihm bei dem Verluste des Landes Holstein geliehen.

Pap. Sgl. des Ausstellers am Pergstr.

158. 1460 Juni 26 (Donnerstag nach Joh. bapt.).

Der Rath zu Stadthagen bekennt, daß vor ihm Greteke, Wittwe Wolter Byters, den Siechen zu S. Johannis vor der Stadt eine hinter der Kirche zwischen den Äckern des S. Veitaltars und Hans Knypans gelegene Hufe Landes, die früher ihrem ersten Ehemann Wilkyn Kossyn gehörte, schenkte, wogegen Heinrich Blomberch und Dethard Stotintland, die Älterleute des Siechenhauses, sie über 60 rh. Gulden, welche Hermann Byter, Rathmann zu Wismar, ihres Mannes Bruder, dem Siechenhause geschenkt hatte, quittiren und ihr 2 Gulden Leibrente und nach ihrem Tode Gebete für ihr Seelenheil zusichern.

Sgl. v. Pergstr. ab.

159. 1460 Juni 26.

Gleichzeitige Copie auf Perg. von n. 158.

160. 1460 October 11 (sabbato post festum Dionysii).

Der Rath zu Stadthagen verkauft dem Priester Hermann Blidecker um 100 rh. Gulden 6 Gulden wiederkäufliche Rente, welche nach seinem Tode theils an Johann, Sohn Hans' von Zelle, zu Oberukirchen theils an den Caplan zu S. Johannis vor der Stadt behufs Abhaltung einer Memorie für Hermann und nach Johann Sellemans (!) Tode zu letzterem Zwecke allein fallen sollen.

Beschädigtes Stadtsgl. am Pergstr.

161. 1460 December 3 (Mittwoch vor Nicolai).

Von Bürgermeister und Rath zu Stadthagen vidimirte Copie des Stadtrechtsprivilegs Herzog Adolfs von 1344 August 12 (n. 17).

Spur des rückwärts aufgedrückten Sgls.

162. 1461 Februar 25 (fer. IV ante Reminiscere).

Irmgard von Reden, Äbtissin, und der Convent des Klosters Fischbeck (Visbeke) verpflichten sich nach Empfang von 20 rh. Gulden von dem Priester Johann Happeken zur Abhaltung einer jährlichen Memorienfeier für Graf Otto, Metteke, seine Gemahlin, Graf Adolf, Helena, seine Gemahlin, Metteke, ihre Tochter, Äbtissin zu Überwasser (Overwater), alle von Schauenburg, Ilsebe von Dorstad, Berthold und Othraven von Landsberg und deren Ehefrauen, Gyse von Landsberg, Dietrich Klenke und dessen Ehefrau, Johann Klenke, Sander von Holle, Gentes von Holle, Johann Happeken, Heinrich und Geseke, seine Eltern, Tyleke, seinen Bruder, Johann Blydingehusen, Johann Heysen, Cord Kunnekingk und dessen Eltern und Kunneke von Zersen.

Sgl. der Äbtissin und des Convents von Fischbeck an Pergstr.

163. 1461 April 17 (Freitag nach **Quasimodogeniti**).

Ghereke Lyndeman und Greteke, seine Ehefrau, verkaufen Johann Duve, Priester des Hochstiftes Minden und Inhaber der Capelle S. Johannis vor Stadthagen, um 36 rh. Gulden den von Elisabeth von Schaumburg, Äbtissin zu Wunstorf, ihr und weiland Ebeling Herdingehusen, ihrem ersten Ehemanne, verkauften Hof zu Beckedorf (**Bekedorpe**).

Sgl. des Ausstellers am Pergstr.

164. 1461 Juli 23 (Donnerstag vor Jacobi).

Carsten von der Cuthe, geschworener Richter zu Stadthagen, bekennt, daß vor ihm im gehegten Dinge zu Stadthagen Heinrich Truyenicht und Hans, sein Sohn, zugleich für den anderen Sohn Heinrich, Otto, Grafen zu Holstein und Schauenburg, dessen Söhnen, Land und Leuten sowie dem Rathe, den Gilden und der Gemeinde zu Stadthagen wegen des Gefängnisses Heinrichs im Thurme daselbst und der daraus entstandenen Unruhe (**schicht**) Urfehde schworen und Hermann Droghen, Arnd Kerckman, Heinrich Poldeman, Herman Poldeman der Schuhmacher, Hermann Greve und Conrad Greve, Hans Rode und Dietrich, sein Sohn, Everd Meyer, Hermann Stoffrehgen, Henneke Auhaghe, Tileke Bomhauwer und Berthold, sein Sohn, Heyne Schade, Hans Ernstingh, Ernst Wullenwever, Friedrich Wullenwever, Heinrich von Bersel, Richard Moller, Hans Brige, Arnd Moller, Friedrich von Münster der Schuhmacher, Friedrich Yessen und Jacob Seryver Bürgschaft leisteten.

Dingleute: Hans Kleynsmed und Werneke Suthaghe, Bürger zu Stadthagen. Zeugen: Ludeke von Halle, Johann von Bodeke, Ludwig Rumeschottel und Heyneke von Wynnigehusen, Knappen.

Sgl. des Ausstellers und von sechs der Bürgen an Pergstr.

165. 1461 November 26 (Donnerstag nach Katharinae).

Der Rath zu Stadthagen bezeugt, daß vor ihm Heinrich Blomberch und Dethard Stotintland, Dechant, Älterleute und Vorsteher der Kapelle und des Siechenhauses zu S. Johann vor der Stadt, erklärten, von Hans Rode und Dietrich Scrader 40 rh. Gulden empfangen zu haben zur Vertheilung von je 1/2 Mark an sieben Tagen des Jahres an die Siechen.

Sgl. v. Pergstr. ab.

166. 1461 Dezember 13 (Lucian).

Otto, Graf zu Holstein und Schauenburg, bekennt, daß Johann von Mandelslo mit seiner Zustimmung die von seinen Vorfahren an Gerd von Münchhausen verkauften und Johann von seiner Mutter erblich zugefallenen Bierpfennige (berpenninge) zu Stadthagen um 140 rh. Gulden an Heyneke von Münchhausen verkauft habe, und verpflichtet sich, vor Rückkauf derselben an die Herrschaft diesem zu der Kaufsumme zu verhelfen.

Sgl. des Ausstellers am Pergstr.

167. 1462 Januar 26 (Dienstag nach conversionis Pauli).

Hans Knppaff, Bürger zu Minden, verkauft der Kalandsbrüderschaft U. l. Frauen beiderlei Geschlechts zu Stadthagen um 65 rh. Gulden wiederkäuflich innerhalb 10 Jahren seine 19 hollen Landes bei der Gripesbrücke an der Westseite der Lauenhagener Becke (beke) und seine Äcker und Stücke (ghere) gegenüber von der Lauenhagener Becke an, den Grasweg entlang bis nach der Nordseeler reghete.

Sgl. des Ausstellers am Pergstr.

168. 1462 Juli 15 (divisionis apostolorum).

Otto, Graf zu Holstein und Schauenburg, entscheidet in der Streitigkeit zwischen den Städten (Hessisch-) Oldendorf und Stadthagen, daß der Rath von Stadthagen die von ihm behauptete Freiheit seiner Bürger vom Marktgelde zu Oldendorf zu beweisen habe.

Pap. Rest des aufgedrückten Sgls.

169. 1462 August 27 Stadthagen.

Bürgermeister und Rath zu Stadthagen übertragen das von Johann Happeke und Conrad Kunnekingk, Presbytern der Diöcese Minden, gegründete und ihrer Präsentation unterliegende Almosenamt auf Grund der Bestimmung des Bischofs Albert von Minden mit Zustimmung Hermann Soests, Pfarrers an der Pfarrkirche daselbst, auf den Altar Corporis Christi in der Capelle b. Mariae virg. zwischen den Oberen Thoren der Stadt.

Beglaubigt von dem Notar Hermann Soest, Cleriker der Hildesheimischen Diöcese.

Notariatszeichen. Beschädigtes Stadtsgl. am Pergstr.

170. 1463 Juni 10 (Freitag vor Viti).

Otto, Graf zu Holstein und Schauenburg, entscheidet auf dem Tage zu Rodenberg mit Beirath seines Sohnes Erich und seiner Räthe Godeke von Leuthe, Propst zu Obernkirchen, Burchard Wieberti, Pfarrer zu Apeler (Apeldern), Ludeke von Halle und Johann von Bodeke, Knappen, einen Streit zwischen Stadthagen und (Hessisch-)

Oldendorf (Oldendorpe), in welchem letzteres auf Grund eines herrschaftlichen Privilegs von den zum Markte kommenden Kaufleuten von Stadthagen Marktgeld beanspruchte, dahin, daß er denen von Stadthagen den eidlichen Beweis von drei Zeugen für ihre Behauptung auferlegt, daß seit 31 Jahren oder länger gegenseitige Befreiung vom Marktgelde bestehe.

Sgl. des Ausstellers am Pergstr.

171. 1463 October 27 (Donnerstag vor Simonis u. Judae).

Der Rath zu Stadthagen bekennt, daß vor ihm der Bäcker Egghard Hobeyn um 15 Mark an Hermann von dem Broke und Wobbeke, seine Ehefrau, eine Mark wiederverkäufliche Rente von seinem in der Oberen Straße zwischen den Häusern Hans Dencwetes des Kleinschmieds und Brun Merhoves belegenen Hause und Hofe verkaufte.

Beschäd. Stadtsgl. am Pergstr.

172. 1464 Mai 22 (Dienstag in der Pfingstwoche).

Gottfried von Lenthe, Propst, Windeke Postes, Priorin, Amtfrauen und der Convent des Stiftes zu Obernkirchen bekennen, daß ihr Unwille gegen den Rath und die Bürgerschaft zu Stadthagen über vermeintlichen Schaden an den Stiftsgütern während der Fehde der Stadt mit den von Zerßen beigelegt sei.

Beschäd. Sgl. des Propstes und des Convents an Pergstr.

173. 1464 November 8 (Donnerstag nach Allerheiligen).

Der Rath zu Stadthagen verkauft Heinrich Blomenbergh und Adelheid, seiner Ehefrau, um 100 rh. Gulden 5 Gulden wiederkäufliche Rente.

Sgleinschnitt. Ein Stück der Urk. durch Moder zerstört.

174. 1465 März 6 (Mittwoch nach Invocavit).

Adolf und Erich, Grafen zu Holstein und Schauenburg, Gebrüder, benachrichtigen den Rath zu Stadthagen von der Verschiebung der Tagfahrt zur Beilegung eines Streites zwischen den Bürgern Heinrich Aspelcamp und Arnd Suthagen.

Pap. Sglrest.

175. 1465 Mai 2 (Donnerstag nach Misericordia domini).

Der Rath zu Stadthagen bekennt, daß vor ihm Hermann Holtorp, Sohn des Großen Bernd, und Metteke, seine Ehefrau, den Vorstehern des Siechenhauses und der Capelle S. Johannis vor der Stadt Heinrich von Dornde und Stotintland um 15 Mark eine Mark wiederkäufliche Rente von ihrem auf der Niederen Echteren Straße zwischen den Häusern der Rodesche und Heinrich Bynnens gelegenen Hause verkauften.

Stadtsgl. am Pergstr.

176. 1465 Mai 6 (Montag nach Jubilate).

Adolf, Erich, Otto, Heinrich und Anton, Grafen zu Holstein und Schauenburg, Gebrüder, beleibzuchten Irmgard, Schwester der Grafen Otto und Friedrich zu Hoya und Bruchhausen, bei ihrer Verheirathung mit dem Grafen Adolf, dem sie 3300 rh. Gulden als Brautschatz mitbringt, mit dem Schlosse Bückeburg (Buckeborch) und bestimmen, daß, falls nach Adolfs Tode seine Brüder das Schloß der Wittwe nicht lassen wollen, sie ihr 6000 rh. Gulden zu entrichten haben.

4 Sgl. der Aussteller an Pergstr., das erste Sgl. ab.

177. 1465 November 16 (Sonnabend nach Martini).

Bürgermeister, alter und neuer Rath zu Stadthagen verkaufen Cord Kunnekingh, Almosner und Vicar der Frohnleichnamsbrüderschaft am Altar Corporis Christi der Kapelle U. l. Frauen zwischen den Oberen Thoren der Stadt, um 50 rh. Gulden 3 Gulden wiederkäufliche Rente.

Stadtsgl. am Pergstr.

178. 1465 Dezember 4 (Barbaran).

Adolf und Erich, Grafen zu Holstein und Schauenburg, Gebrüder, quittiren bei dem Antritt ihrer Regierung Rath und Gemeinde zu Stadthagen über ein Geschenk von 450 rh. Gulden, bestätigen ihnen ihre Freiheiten und Gewohnheiten, verpflichten sich zu ihrer Vertheidigung und erklären, bei der bevorstehenden Huldigung kein Geld mehr zu beanspruchen.

Sgl. der Aussteller an Pergstr.

179. 1467 September 7 (Montag vor nativitatis Mariae).

Bernd Wissel, Doktor der h. Schrift und Domherr zu Lübeck, und Bürgermeister und Rath der Stadt Stadthagen beurkunden die Beilegung eines durch einen Brief des Ersteren hervorgerufenen Streites, welchen sie zur Entscheidung an die Grafen Adolf und Erich zu Holstein und Schauenburg und diese an das Domcapitel und den Rath zu Lübeck gebracht hatten.

Sgl. Bernd Wissels und Stadtsecret an Pergstr.

180. 1468 April 30 (Sonnabend vor Misericordias domini).

Cord von Mandelsloh, Johanns Sohn, Knappe, verkauft dem Rath und der Gemeinde zu Stadthagen um 156 rh. Gulden wiederkäuflich die durch Erbschaft von der Herrschaft zu Schauenburg auf ihn gekommenen Bierpfennige zu Stadthagen.

Beschäd. Sgl. des Ausstellers am Pergstr.

181. 1468 December 18 (Sonntag nach Lucie).

Adolf und Erich, Grafen zu Holstein und Schauenburg, gestatten Rath und Gemeinde zu Stadthagen eine Roßmühle (rosmole) anzulegen, in welcher sie, falls die gräfliche Mühle vor der Stadt nicht im Stande ist, mahlen sollen.

Elisabeth von Hohnstein, Gräfin zu Holstein und Schauenburg, ertheilt als mit Schloß und Stadt Stadthagen beleibzuchtet ihren Consens.

Sgl. der Aussteller und der Gräfin Elisabeth an Pergstr.

182. 1469 September 29 (Michaelis).

Bürgermeister und Rath zu Hameln verkaufen Ghereke Lindeman um 300 rh. Gulden 15 Gulden wiederkäufliche Leibrente zahlbar an Greteke Lindemans, Gherekes Mutter, Metteke, Wittwe Heinke Voghedes, und Stacies Lindeman.

Beschäd. Stadtsgl. von Hameln am Pergstr.

183. 1469 October 5 (Donnerstag vor Dionysii).

Bürgermeister und Rath zu Stadthagen verkaufen Beneke Poldeman, weiland Henneke Poldemans Sohn, um 115 rh. Gulden 6 Gulden wiederkäufliche Rente.

Bruchstück des Stadtsgls am Pergstr. Durch Einschnitt cassirt.

184. 1469 November 28 (Dienstag nach Katharinae).

Hermann Widensoler, geschworener Richter zu Stadthagen, bekennt, daß vor ihm im gehegten Gerichte Heinrich Blomberch und Heinrich Valhusen, Kämmerer, für den Rath zu Stadthagen von Wobbeke, Wittwe Hermanns von dem Broke, deren Haus bei der Oberen Straße daselbst zwischen den Häusern Heinrichs Flenteken und Cord Knyvegerns kauften.

Dingleute: Hermann Droghe und Everd Stofreghen.

Sgl. des Ausstellers und der Dingleute an Pergstr.

185. 1470 Januar 31 (Mittwoch vor Mariae Lichtmeß).

Gottfried von Leuthe, Propst zu Obernkirchen, verpflichtet sich aus Dank für die Befreiung des früher Wolter Biter und jetzt dem Kloster gehörigen Hofes und Hauses auf der Niederen Echteren Straße bei der Weveroyle von den städtischen Lasten für seine Lebenszeit, jährlich dem Rath zu Stadthagen 18 Schill. zu bezahlen bis zu seinem Tode oder Wegzug aus der Stadt und nur sein eigenes Gesinde in dem Hause aufzunehmen.

Beschäd. Sgl. des Ausstellers am Pergstr.

186. 1470 Juni 15 (Viti).

Floreke von Zerßen (Tzertsen), Propst zu S. Martini in Minden und Obedientiar zu Garbsen (Gerboldessen), ertheilt seinen Consens zu dem Verkauf eines Fuders Korn von dem von seiner

Obedienz lehnrührigen Gute zu Smeringen durch Ludwig Kamp und Heinrich Vercken an Magister Johann Kamp als Inhaber des Altars s. Johannis evang. in der Kirche U. l. Frauen zu Minden.

Das Domcapitel zu Minden willigt ein und siegelt mit dem Siegel ad contractus mit.

Beschäd. Sgl. des Ausstellers und des Domcapitels zu Minden an Pergstr.

187. 1470 Juni 22 (zehntausend Ritter).

Ludwig Kamp, weiland Ludwigs Sohn, und Heinrich Vercken, weiland Alberts Sohn, Bürger zu Minden, verpfänden dem Inhaber der Commende des Altars s. Johannis evang. in der Kirche U. l. Frauen zu Minden nach Empfang von 50 rh. Gulden, welche weiland Ludwig Kamp der Ältere geschenkt hatte, jährlich ein Fuder Kornrente von ihrem von Floreke von Zerßen, Obedientiar der Obedienz zu Garbsen (Gerbòldessen), lehnrührigen Gute zu Smeringhen.

Sgl. der Aussteller an Pergstr.

188. 1471 März 22 (des anderen dages na sunte Benedictus dage).

Gebhard, Prior, Johann, Lesemeister, Johann, Subprior, und der Convent des Dominicanerklosters zu Minden vergleichen sich mit dem Rathe zu Stadthagen über ihr von dem Bruder Johann Kolteman gekauftes und gebautes neues Haus mit Pferdestall bis zu des termyns Mauer, zwischen der Terminei des Klosters und dem Hofe des Kalandes S. Barbarae gelegen, in der Weise, daß der Terminirer, falls er das Haus an stadtpflichtige Leute vermiethet, dem Rathe 3, im anderen Falle 5 Schillinge als Schoß jährlich bezahlen soll und das Kloster das Haus nur an Bürger nach Stadtrecht (wiebeldesrecht) verkaufen darf.

Sgl. der Dominicaner zu Minden am Pergstr.

189. 1473 Januar 28 (Karoli conf.).

Ulrich von Landsberg bekennt, daß er zu Behuf Ludolfs von Münchhausen, Ludolfs Sohn, eine von Graf Johann von Spiegelberg besiegelte Urkunde bei dem Rath zu Stadthagen hinterlegt habe.

Pap. Ausgeschnittener Zettel.

190. 1474 Juni 5 (am negesten sondage na pinxsten).

Erich, Graf zu Holstein und Schauenburg, befreit mit Zustimmung seiner Mutter Elisabeth von Hohnstein, welcher das Schloß zu Stadthagen zur Leibzucht verschrieben ist, die zur Vogtei des Schlosses gehörige Geseke, Tochter Hennecke Rasches, wohnhaft zu Volkstorf (Volkstorppe), von aller Dienstpflicht.

Sgl. des Ausstellers am Pergstr.

191. 1474 September 3 (Sonnabend vor u. Frauentag nativitatis).

Irmgard (Armegardt), Gräfin zu Schauenburg, bekennt, daß Rath und Bürgerschaft zu Stadthagen ihr auf Geheiß der Grafen Erich, Anton, Otto und Johann als Leibzüchterin gehuldigt haben, und verpflichtet sich, die Freiheiten und Gewohnheiten der Stadt zu bewahren.

Beschädigtes Sgl. der Ausstellerin an grün- und rothseidener Schnur.

192. 1474 September 10 (Sonnabend nach Gorgonii).

Dietrich Hagen, Propst des Klosters Marienwerder bei Hannover, quittiert dem Rathe zu Stadthagen über 4 rh. Gulden halbjährliches Leibgedinge der am 28. Juni (in vigilia Petri et Pauli) verstorbenen Alheit Beyers.

Pap. Rest des aufgedrückten Sgls.

193. 1474 Oktober 4 (Dienstag nach Michaelis).

Erich, Graf zu Holstein und Schauenburg, quittiert dem Rathe und der Gemeinde zu Stadthagen über 300 rh. Gulden freiwillige Bede, verpflichtet sich, sie nur bei Ausstattung einer Tochter oder im Falle des Krieges oder der Gefangenschaft wieder um eine Bede anzugehen, bestätigt ihre Freiheiten und Privilegien und gestattet ihnen, verkauftes Getreide unbeschwert durch ihr Land zu führen.

Sgl. des Ausst. am Pergstr.

194. 1474 October 9 (Dionysii).

Ulrich von Landsberg, Knappe, quittiert dem Rathe zu Stadthagen über 285 rh. Gulden, die er im Auftrage des Grafen Erich zu Holstein und Schauenburg empfing.

Pap. Rest des aufgedrückten Sgls.

195. 1476 März 7 (Donnerstag nach Invocavit).

Erich, Anton und Johann, Grafen zu Holstein und Schauenburg, quittieren dem Rathe zu Stadthagen den Rückempfang der ihnen verpfändeten Kleinodien, darunter zwei Edelsteine.

Pap. Rest der aufgedrückten Sgl. Theile der Urkunde durch Moder zerstört.

196. 1476 April 4 (Ambrosii).

Gereke Lindeman, Einwohner der Stadt Minden, bekennt, daß Stacies Lindeman, sein Vetter, mit seinem Willen eine Leibrentenverschreibung des Rathes von Hameln, lautend auf die verstorbene Mutter des Ausstellers, Metteke, Wittwe Henneke Voghedes, Stacies' Mutter, und diesen selbst, und nach deren Tode auf den Aussteller, über 100 Gulden Leibrente von einem Capital von 300 Gulden besitze.

Sgl. des Ausstellers am Pergstr.

197. 1476 April 28 (Vitalis).

Anna, Wittwe Heynekes von Wynnyngehusen, verkauft dem Rathe zu Stadthagen um 20 Mark Hannov. ihre Leibzucht- und andere Rechte an dem Hause auf der Echteren Straße bei der Hofstätte der von Wynningehusen gegenüber dem Hofe Johanns von Badeke, welches ihr Ehemann für ihrer Beider Lebzeiten von dem Bürger Johann von Mynneste gekauft hatte.

Pap. Sgl. der Ausstellerin aufgedrückt.

198. 1467 April 23 (Georgii m.).

Heinrich, Bischof von Minden, bestätigt die inserierte undatierte Fundationsurkunde Ludwig Kamps des Älteren, Bürgers zu Stadthagen, Johanns, seines Sohnes, Canonikus zu S. Martin in Minden, und Gretekes, seiner jetzigen Ehefrau, Wittwe Albert Berkens, über die von ihnen am Hochaltar der h. Geisteapelle am Markte zu Stadthagen gegründeten Vicarie, deren Dotation und die näheren Bestimmungen über die Besetzung und den kirchlichen Dienst an der Vicarie.

Dethard von Letelen, Dechant, und das Capitel zu S. Martin in Minden, Hartmann von Letelen, Bürgermeister, und der Rath zu Minden siegeln mit.

Sgl. Bischof Heinrichs, des Stiftes S. Martin und des Rathes zu Minden an Pergamentstreifen.

199. 1477 April 30 (Dienstag nach Jubilate) Rodenberg.

Erich, Graf zu Holstein und Schauenburg, fordert den Rath zu Stadthagen auf, ihren Mitbürger Hans Merhoff zur Bezahlung einer Schuld von $5^1/_2$ Mark an seinen Knecht Lubbe Sluter anzuhalten.

Pap. Sglreste.

200. 1477 Mai 13 Stadthagen.

Instrument des Notars Friedrich Bodeker, Clerikers der Diöcese Münster, über die Schenkung ihres gesammten Vermögens und ihrer Renten durch Metteke de Voghedynne, Wittwe, an ihren Sohn Justacius, Cleriker der Diöcese Minden.

Z. Johann Badeken der Ältere, Gerhard Lindeman, Johann Nendorp, Bernhard Hertoghen und Ludwig Kramer, Lehnleute und Bürger zu Stadthagen.

Notariatszeichen.

201. 1477 Juni 4 (in profesto Corporis Christi).

Conrad Kunnekyngk, Priester des Hochstiftes Minden, schenkt der von ihm und weiland Johann Happeke gegründeten Commende des h. Leichnam zu Stadthagen 25 rh. Gulden Capital auf Gütern zu Horsten auf der Karspauwe unter Deponierung der darüber lautenden Urkunde Heinrichs von Hesensen und des Willebriefs weiland Graf Ottos (von Schauenburg) bei dem Rathe als Patron der Commende.

Sgl. des Ausstellers am Pergstr.

202. 1478 Juni 28 (in vigilia Petri et Pauli).

Heinrich, Bischof von Minden, bestätigt die mit der Feier von Vigilien und Messen besonders am Donnerstag und Sonntag in der Frohnleichnamsoctave verbundene Bruderschaft Corporis Christi in der Pfarrkirche zu Stadthagen und ertheilt für die Theilnahme an jener kirchlichen Feier und Beisteuern für die Brüderschaft einen 40tägigen Ablaß.

Beschäd. Sgl. des Ausstellers am Pergstr.

203. 1478 December 17 (Donnerstag nach Lucie).

Der Rath zu Stadthagen bezeugt, daß vor ihm Cord Rolant und Metteke, seine Ehefrau, Arnd Kergkman und Hermann Roden, Älterleute des Siechenhauses zu S. Johann vor der Stadt, um 30 Mark 2 Mark wiederkäufliche Rente von ihrem auf der Niederstraße zwischen Claus Ghomers und Hermann Jordenyngks Häusern gelegenen Hause und Hofe verkauften.

Sgleinschnitt.

204. 1479 März 19 (Freitag vor Laetare).

Bürgermeister und Rath zu Stadthagen bezeugen, daß vor ihnen Hermann Weldyngk und Elsebe, seine Ehefrau, Arnd Kerckman und Hermann Rode, Älterleute des Hospitals zu S. Johann, ihren vor dem Westerthore nahe bei Nortsehl (Nortzelle) bei Hans Plochvorsworens und Heinrich Vynnens Gärten gelegenen Garten schenkten unter Verpflichtung zu gewissen Geldspenden an den Caplan der Capelle S. Johannis und die Armen.

Bruchstück des Stadtsgls. am Pergstr.

205. [1479.]

Johann Marler, Prior des Predigerklosters zu Minden, quittiert dem Rathe zu Stadthagen den Empfang der dem Kloster zu entrichtenden jährlichen Rente von $2^1/_2$ rh. Gulden für das Jahr 1479.

Pap. Oblatensgl.

206. 1480 November 13 (Brictii).

Der Rath zu Stadthagen bekennt, daß vor ihm Hans Lynenwever und Metteke, seine Ehefrau, den Vorstehern des Siechenhauses zu S. Johannis Arnd und Hermann Roden um $7^1/_2$ Mark Hannov. $^1/_2$ Mark wiederkäufliche Rente von ihrem in der Niederen Echteren Straße an der Stadtmauer bei dem Hause Gesekes von Coeln (Kollen) gelegenen Hause verkauften.

Stadtsgl. am Pergstr.

207. 1480 November 16 (Donnerstag nach Martini).

Der Rath zu Stadthagen verkauft Hermann Droghe um 100 Mark Hannov. 5 Mark wiederkäufliche Rente.

Sgl. v. Pergstr. ab. Durch Einschnitt cassirt.

208. [c. 1440—80].

Beschwerdeschrift der von Münchhausen an Graf Otto zu Holstein und Schauenburg wegen Beraubung durch die Lippischen.

Pap. Ohne Spur der Besiegelung.

209. 1481 Februar 14 (Valentini m.).

Johann von Badeke der Junge und Jutta, seine Ehefrau, verpflichten sich, nachdem der Rath zu Stadthagen Johann zum Bürger angenommen, von ihrem Weichbildgute alle Stadtpflicht, nämlich Schoß, Wacht, burwerk, uthlopen myt perdeholdende, zu leisten und ihr Gut nur an Bürger zu veräußern.

Johann von Badeke der Ältere, Thomas und Dietrich, seine Söhne, bezeugen dies und siegeln mit, Dietrich unter dem Siegel seines Vaters.

Sgl. Johanns von Badeke, seines Vaters und seines Bruders Thomas an Pergstr.

210. 1481 August 19 (dominica infra octavas assumpcionis b. Marie v.).

Der Rath zu Stadthagen bekennt, daß ihm ein Hauptbrief und ein Willebrief über um 400 rh. Gulden von dem Kloster Loccum gekaufte Güter zu Horsten an der Aue von Hermann Mynneste und Bernd Verken resp. nach des Letzteren Bestimmung für den Inhaber des von Johann Valkenberch zu Minden gestifteten Lehns in Verwahrung gegeben wurden.

Stadtsecret am Pergstr.

211. 1482 Januar 24 (Donnerstag nach Antonii).

Der Rath zu Stadthagen verkauft Everd Stoffregen und Hermann Minsten, Älterleuten der Pfarrkirche S. Martini, um 50 rh. Gulden $2^1/_2$ Gulden wiederkäufliche Rente.

Stadtsgl. am Pergstr.

212. 1483 März 21 (Freitag nach Judica).

Der Rath zu Stadthagen bekennt, daß vor ihm Claus Bomer von dem Nachlasse Heinrich Botels, weiland Domherrn zu Hamburg, den Vorstehern der Kirche S. Martini zu Stadthagen Everd Stofregen und Hermann Minneste einen Pfandbrief des Raths über 3 Gulden Rente mit der Bestimmung übergab, daß in der Kirche jährlich am Tage Gertrudis (März 17) zwei Memorien abgehalten werden sollen, eine für die Mitglieder des Schaumburgschen Hauses, die andere für die verstorbenen Domherren zu Hamburg Heinrich Botel und Johann Wigen, beide unter Theilnahme von 10 Priestern, nämlich des Pfarrers und seiner beiden Caplane, 3 Terminirer, des Priesters des Lehns auf der Burg zu Stadthagen, der Priester zu S. Johannis, und der Lehen des h. Leichnam und am Altar S. Viti, und in näher festgesetzter Weise.

Stadtsgl. am Pergstr.

213. 1483 October 14 (Calixti).

Bürgermeister und Rath zu Stadthagen verkaufen dem Priester Cord Kunnekyng, Vicar der Commende des h. Leichnams in der Pfarrkirche St. Martini daselbst, um 50 rh. Gulden $2^1/_2$ Gulden wiederkäufliche Rente.

Stadtsgl. am Pergstr.

214. 1483 October 16 (Galli conf.).

Der Rath zu Stadthagen verkauft Evert Stoffregen und Hermann Myneste, Älterleuten der Kirche S. Martini, um 50 rh. Gulden $2^1/_2$ Gulden wiederkäufliche Rente.

Beschäd. Stadtsgl. am Pergstr. Durch Moder theilweise zerstört.

215. 1483 October 16 (Galli).

Bürgermeister und Rath zu Stadthagen verkaufen Everd Stofregen und Hermann Minsten, Älterleuten der Pfarrkirche S. Martini, um 100 rh. Gulden 5 Gulden wiederkäufliche Rente.

Stadtsgl. am Pergstr.

216. 1484 Januar 25 (Pauli conversionis).

Bürgermeister und Rath zu Stadthagen bekennen, daß vor ihnen Evert Stoffreghen und Hermann Myneste, Älterleute der S. Martinikirche daselbst, nach Empfang von 50 rh. Gulden von Hylle, Wittwe Otravens von Landsberg, sich zur Abhaltung einer Memorie für Otraven, die Familie von Münchhausen und die Schenkerin am Todestage der Letzteren in näher festgesetzter Weise verpflichteten.

Stadtsgl. am Pergstr.

217. 1484 Mai 28 (Freitag nach Himmelfahrt).

Ludolf von Münchhausen, Ludolfs Sohn, mahnt in einem Schreiben an den Bürgermeister Bernd Verken nach vergeblichen mündlichen Verhandlungen seines Sohnes Stacius den Rath zu Stadthagen, ihm zu Eintreibung seiner Gelder von Roland und anderen Bürgern daselbst behülflich zu sein.

Pap. Sglrest.

218. 1485 Januar 19 (in crastino s. Prisce).

Bürgermeister und Rath zu Stadthagen verkaufen Arndt Kerkmann um 100 Mark Hannov. 5 Mark wiederkäufliche Rente.

Stadtsgl. am Pergstr. Durch Einschnitte cassirt.

219. 1486 April 6 (Donnerstag nach Quasimodogeniti).

Der Rath zu Stadthagen bekennt, daß vor ihm Hermann Lemendekker und Metteke, seine Ehefrau, den Vorstehern des Siechenhauses zu S. Johann Heyneman Beste und Cord Kopman um 15 Mark 1 Mark wiederkäufliche Rente von ihrem in der Niederen Echteren Straße zwischen Gereke Kempes und Heinrich Vynnes Häusern gelegenen Hause verkauften.

Stadtsgl. am Pergstr.

220. 1486 Juli 16 (am sondage vor Magdalene) Hamburg.

Bürgermeister und Rath zu Hamburg schreiben dem Rath zu Stadthagen, daß die Bürgerin Gritke Kokes, Wittwe Hans Ebelings, und Hermann Ebeling als Vormund ihres Sohnes Andreas Ebeling Heinrich Blomenberch, Bürgermeister zu Stadthagen, bevollmächtigten, um für Andreas den Nachlaß des zu Stadthagen verstorbenen Verwandten Gottschalk Langejohan anzutreten auf Grund der eidlichen Zeugenaussage der Hamburgischen Bürger Heinrich Berndes und Reust vom Glynde.

Secret von Hamburg am Pergstr.

221. 1488 Juli 10 (Donnerstag nach Udalrici).

Bürgermeister und Rath zu Stadthagen bekennen, daß vor ihnen Jutta, Wittwe Richard Knipafs, mit Jacob Suthagen und Hans Hessen als ihren Vormündern der Kirche S. Martini daselbst zu ihrem, ihres Mannes und ihres Geschlechtes Seelenheil folgende Güter schenkte: 2 Morgen bei Heinrich Wiens Land, 6 Morgen bei Heinrich Akemans Land bei der Mühle, 36 Morgen hinter der Kirche neben dem Camp des Stiftes Obernkirchen vom Stadtgraben bis zu'm Driftgraben, 3 Morgen bei der Dakule hinter der Kirche, ferner 60 Mark Capital auf Hermann Boedekers Hause und 24 Mark auf Heinrich Marquards Hause, 3 näher bezeichnete Gartenstücke am Steinwege bei S. Johannis und 4 Morgen Land vor dem Westerthore gegenüber S. Martinscamp. Dagegen verpflichten sich Hermann Minneste und Ludeke Stoffregen, die Älterleute der Kirche, zur Abhaltung von vier Memorien am Freitag Abend in der Quatember zum Gedächtnis weiland Hans Ruschaps, des Vaters der Schenkerin, Richard Knipafs, Ilsebes Verkensche und ihrer selbst.

Verletztes Stadtsgl. am Pergstr.

222. 1488 December 21 (Thomäe).

Dietrich und Everd von Münchhausen, Gebrüder, verzichten nach Empfang von 150 rh. Gulden auf alle Ansprüche an den Rath und die Bürgerschaft zu Stadthagen wegen des von diesen abgebrochenen steinernen Gebäudes (steynwerk) bei dem Westerthore an der Stadtmauer gegenüber ihrem Hofe und überlassen ihnen diese Baustelle.

Heinrich, Bischof zu Minden, Erich und Anton, Grafen zu Holstein und Schauenburg, siegeln als Vermittler mit.

Sgl. der Aussteller und Vermittler an Pergstr.

223. 1489 Januar 7 (in crastino epiphanie).

Bürgermeister und Rath zu Stadthagen verkaufen Arnd Kerkman um 100 Mark Hannov. 5 Mark wiederkäufliche Rente.

Sgl. vom Pergstr. ab. Durch Einschnitt cassirt.

224. 1489 April 20 (Montag in paschen).

Erich und Anton, Grafen zu Holstein und Schauenburg, Gebrüder, quittiren dem Rathe und der Bürgerschaft zu Stadthagen über 210 rh. Gulden Bede, bestätigen ihnen ihre Freiheiten und Gewohnheiten und verpflichten sich zu ihrer Vertheidigung.

Sgl. der Aussteller an Pergstr.

225. 1489 April 25 (Marci ev.).

Bürgermeister und Rath zu Stadthagen verkaufen Prior und Convent des Klosters S. Dionysii regulirter Canoniker des Augustinerordens zu Moellenbeck um 132 rh. Gulden 6½ Gulden wiederkäufliche Rente.

Sgl. v. Pergstr. ab. Durch Einschnitt cassirt.

226. 1490 Juni 30 (in crastino Petri et Pauli).

Bürgermeister und Rath zu Stadthagen verkaufen Arnd Kerckmann um 100 Mark Hannov. 5 Mark wiederkäufliche Rente.

Stadtsgl. am Pergstr. Durch Einschnitt cassirt.

227. 1491 Januar 10 Minden im Hause des Stacius Lindeman.

Notariatsinstrument des Notars Eghard Hoben über die gütliche Beilegung eines Streites zwischen Stacius Lindeman, Priester der Diöcese Minden, und Johann Rasche, Bürger zu Oldendorf unter der Burg Schaumburg, wonach Letzterer allen Ansprüchen an streitiges Erbgut entsagte.

Z. Johann Polinck, Cleriker, und Hans Ebelinck, Laie der Diöcese Minden.

Notariatszeichen.

228. 1492 Juli 23 (in crastino Mariae Magdalenae).

Otto, Graf zu Holstein und Schauenburg, bestätigt dem Rath und der Bürgerschaft zu Stadthagen ihre Freiheiten und Gewohnheiten und nimmt sie in seinen Schutz.

Sgl. des Ausstellers an roth- und gelbseidener Schnur.

229. 1493 April 23 (Georgii).

Bürgermeister und Rath zu Stadthagen verkaufen Everd Stoffregen um 100 Mark Hannov. 5 Mark wiederkäufliche Rente.

Stadtsgl. am Pergstr. Durch Einschnitt cassirt.

230. 1494 April 6 (Quasimodogeniti).

Otto und Antonius, Grafen zu Holstein und Schauenburg, Gebrüder, quittiren dem Rathe und der Bürgerschaft zu Stadthagen über 150 rh. Gulden Bede, bestätigen ihre Freiheiten und Privilegien und verpflichten sich zu ihrer Vertheidigung.

Sgl. der Aussteller an Pergstr.

231. 1494 April 7 (Montag nach Quasimodogeniti).

Bürgermeister und Rath zu Stadthagen verkaufen Beneke Merhoff, Tyleke Bodensen, Hans Bynke und Hans Rendorpp, Vorstehern der Frohnleichnamsbrüderschaft daselbst, um 50 rh. Gulden $2^1/_2$ Gulden wiederkäufliche Rente.

Sgl. v. Pergstr. ab. Durch Einschnitte cassirt.

232. 1494 April 10 (Donnerstag nach Quasimodogeniti).

Bürgermeister und Rath zu Stadthagen verkaufen Hermann Rode und Ghereke Owernemoller, Vorstehern des Siechenhauses zu S. Johann, um 50 Mark Hannov. $1^1/_2$ Mark wiederkäufliche Rente.

Beschäd. Stadtsgl. am Pergstr. Durch Einschnitt cassirt.

233. 1494 April 10 (Donnerstag nach Quasimodogeniti).

Bürgermeister und Rath zu Stadthagen verkaufen Beneke Poldeman und Weneke, seiner Ehefrau, um 50 rh. Gulden $2^1/_2$ Gulden wiederkäufliche Rente.

Stadtsgl. am Pergstr. Durch Einschnitt cassirt.

1495 Januar 22 (Vincencii m.).

Eberhard Stoffreghen, Canonikus zu S. Johannis in Minden, Tyle Bodensen, Beneke Merhoff, Hans Byncke und Hans Goltsmed, Älterleute und Vorsteher der Brüderschaft des h. Leichnams zu Stadthagen, stiften mit Beihülfe Johann Kerckmans, Clerikers des Hochstiftes Minden, zu Ehren des h. Leichnams und der h. Lucia eine neue Vicarie in der S. Martinikirche daselbst, dotieren sie mit 125 rh. Gulden, bestimmen, daß nach dem Tode Eberhard Stoffregens als ersten Patrons das Patronat der Vicarie an den Rath zu Stadthagen fallen soll, und treffen eine Reihe weiterer Bestimmungen über die Besetzung und den kirchlichen Dienst der neuen Stiftung.

Inseriert in der Bestätigung Bischof Heinrichs von Minden d.d. 1495 Januar 25 (n. 234).

234. 1495 Januar 25 (conversionis b. Pauli).

Heinrich, Bischof von Minden, bestätigt die inserierte Fundationsurkunde Eberhard Stoffregens und Genossen über eine neue Vicarie in der Kirche S. Martini zu Stadthagen vom 22. Jan. desselben Jahres (s. da) und verleiht den Besuchern der Kirchen zu Stadthagen am Feste der h. Lucia (Dec. 13) einen 40tägigen Ablaß.

Dethard Doringelo, Propst, und Helena von Bennigsen, Priorin des Stiftes Obernkirchen, bestätigen dies und siegeln mit.

Fünf Siegel an Pergstr.

235. 1495 April 30 (am abende Philippi et Jacobi).

Bruder Hermann Dreyger, Doktor der heil. Schrift, Generalvicar in Westfalen, Johann von Bekem, Prior, Johann Herstellis, Lesemeister, Ambrosius, Subprior, Hermann Cramer, Procurator, und die übrigen Brüder des Augustinereremitenklosters zu Herford verkaufen Stacius Lyndeman, Vicar zu Stadthagen (Hagen), Wobke Jüncking, seiner Magd, Heinrich und Anneke, seinen Kindern, ihr Haus zu Stadthagen mit der Bestimmung, daß es nach deren Tode dem Kloster heimfalle.

Conventssgl. am Pergstr.

236. 1496 April 13 (Mittwoch nach Quasimodogeniti).

Bürgermeister und Rath zu Stadthagen verkaufen Beneke Merhof und Gerd Owernemoller, Vorstehern des Siechenhauses zu S. Johann vor der Stadt, um 100 Mark Hannov. 5 Mark wiederkäufliche Rente.

Beschäd. Stadtsgl. am Pergstr. Durch Einschnitt cassirt.

237. 1496 Mai 18 Stadthagen 1) in der Sacristei (armarium) der Kirche S. Martini 2) in der S. Mariencapelle im Oberenthore daselbst (intra valvas superioris porte).

Notariatsinstrument des Notars Conrad Bartoldi, Clerikers der Diöcese Minden, über die auf Befehl Bischof Heinrichs von Minden durch ihn vorgenommene Einführung Friedrich Bodekers in das von den Priestern weiland Johann Hapken und Conrad Kunnekingk gegründete Almosen Corporis Christi in der Pfarrkirche S. Martini zu Stadthagen.

Z. Marcus Trumpkere und Ludeke Scrodere, Einwohner zu Stadthagen.

Notariatszeichen.

238. 1496 Juli 13 (Margarethe).

Bürgermeister und Rath zu Stadthagen verkaufen Beneke Merhof und Ghereke Owernemoller, Vorstehern des Siechenhauses zu S. Johannis, um 50 Mark Hannov. $2^1/_2$ Mark wiederkäufliche Rente, wovon jährlich 6 Schill. als Schoß zurückbehalten werden, der Rest zu vier Geldpfründen an bestimmten Tagen verwandt werden soll.

Verletztes Stadtsgl. am Pergstr.

239. 1498 Februar 3 (Blasii m.)

Der Rath zu Verden verpflichtet sich, den Rath und die Bürger zu Stadthagen für etwaige Kosten und Forderungen wegen des Gefängnisses ihres Stadtdieners Zeghert Zegherdes und der Greteke Strode, welche Jener wegen Diebstahls aufgriff, nach Beider Freilassung auf Vermittlung des Grafen Anton zu Holstein und Schauenburg schadlos zu halten.

Secret der Stadt Verden am Pergstr.

240. 1498 Februar 3 (Blasii m.).

Anton, Graf zu Holstein und Schauenburg, bekennt, daß auf sein Bitten die Bürgerschaft zu Stadthagen Zechert Zegherdes, Diener der Stadt Verden, welcher wegen mangelnden Beweises bei der peinlichen Anklage einer Frau aus Verden Namens Greteke Stroeden mit dieser in Haft gebracht und wegen Bruches der städtischen Freiheit ihrem Spruch verfallen sei, freigelassen habe und daß dieser Präcedenzfall den städtischen Privilegien keinen Abbruch thue.

Sgl. des Ausstellers am Pergstr.

241. 1498 October 10 (in crastino Dionysii et soc.).

Bürgermeister und Rath zu Stadthagen verkaufen Dietrich und Claus des Vasmers, Gebrüdern, und Lencke und Hylle, ihren Schwestern, um 100 rh. Gulden 14 Mark wiederkäufliche Rente.

Beschäd. Stadtsgl. am Pergstr. Durch Einschnitt cassirt.

242. 1499 April 8 (Montag nach Quasimodogeniti).

Anton und Johann, Grafen zu Holstein und Schauenburg, bestätigen dem Rathe und der Bürgerschaft zu Stadthagen nach Empfang einer freiwilligen Bede von 150 rh. Gulden ihre Freiheiten und Gewohnheiten.

Sgl. der Aussteller an Pergstr.

243. 1499 April 8 (Montag nach Quasimodogeniti).

Bürgermeister und Rath zu Stadthagen verkaufen Ludeke Stoffregen und Hille, seiner Ehefrau, um 300 Mark Hannov. 15 Mark wiederkäufliche Rente.

Beschäd. Stadtsgl. am Pergstr. Durch Einschnitt cassirt.

244. 1499 April 11 (Donnerstag nach Quasimodogeniti.)

Der Rath zu Stadthagen bekennt, daß vor ihm Cord Kyvegerne den Älterleuten der Kirche S. Martini daselbst Hans Koller und Dethard Kerkman um 30 Mark 2 Mark wiederkäufliche Rente von seinem auf der Oberen Straße zwischen den Häusern Hans Kollers und Tryppenmerkers gelegenen Hause verkaufte.

Sehr beschäd. Stadtsgl. am Pergstr.

Theile der Urk. durch Moder zerstört.

245. 1500 September 30 (Hieronymi).

Bürgermeister und Rath zu Minden verkaufen Johann Bobert dem Alten, Bürger daselbst, und Ilseke, seiner Ehefrau, 5 rh. Gulden wiederkäufliche Rente um 100 rh. Gulden, mit welchen sie eine Obligation der Wunne, Wittwe Gherke Lyndemans, Tochter Reyneke Wilhelms, von dem Domvikar Bernd Becker einlösten.

Stadtsgl. von Minden am Pergstr.

246. 1500 (die Datierung unvollendet).

Der Rath zu Stadthagen bekennt, daß vor ihm Hermann Struckmeiger und Aneke, seine Ehefrau, den Älterleuten der Kirche S. Martini Christoph Bloiming und Carsten Pickerth um 30 Mark 3 Mark wiederkäufliche Rente von ihrem zwischen Ludeke Peithemans und Tonis Hermenyngs Häusern vor dem Westeren Thore gelegenen Hause verkauften.

Stadtsgl. am Pergstr.

Die Urkunde hat durch Moder gelitten.

247. *[saec. XV.]*

Urkunde des Rathes, wie es scheint, für die S. Martinikirche.

Stadtsgl. am Pergstr.

Die Schrift durch Moder zerstört.

248. 1501 April 22 (Donnerstag nach Quasimodogeniti).

Bürgermeister und Rath zu Stadthagen bekennen, daß vor ihnen Heinrich Bordeyg und Ilsebe, seine Ehefrau, an Hans Sudersen um 45 Mark 3 Mark wiederkäufliche Rente von ihrem in der Niederen Straße zwischen den Häusern weiland Tileke Somers des Alten und Tileke Somers des Jungen gelegenen Hause verkauften.

Sgl. v. Pergstr. ab.

Die Urk. hat durch Moder gelitten.

249. 1501 October 4 (Montag nach Michaelis).

Bürgermeister und Rath zu Stadthagen verkaufen Bernd Rode dem Alten und Geseke, seiner Ehefrau, um 100 rh. Gulden 4 Gulden wiederkäufliche Rente.

Sgleinschnitt. Durch Einschnitt cassirt.

250. 1501 November 5 (Freitag nach Allerheiligen).

Bürgermeister und Rath zu Minden verkaufen Johann Bobert dem Alten und Ilseke, seiner Ehefrau, um 100 rh. Gulden, welche sie für Geschütze (slanghen) verwandten, 5 Gulden wiederkäufliche Rente.

Verletztes Stadtsgl. am Pergstr.

251. 1502 Juli 7 (Donnerstag nach visitationis Marie).

Bürgermeister und Rath zu Stadthagen verkaufen ihrem Mitbürger Hermann Droghe und Engele, seiner Ehefrau, um 100 Mark 5 Mark wiederkäufliche Rente.

Beschäd. Stadtsgl. am Pergstr. Durch Einschnitt cassirt.

252. 1503 Mai 5 (in profesto Johannis ante portam Latinam).

Anton und Johann, Grafen zu Holstein und Schauenburg, Gebrüder, quittieren Rath und Bürgerschaft zu Stadthagen über 150 rh. Gulden freiwillige Bede und verpflichten sich, sie bei ihren alten Freiheiten und Gewohnheiten zu belassen.

Sgl. der beiden Aussteller am Pergstr.

253. 1504 Juni 1 (up den avent der h. drevoldicheyt).

Bürgermeister und Rath zu Wismar ersuchen den Rath zu Stadthagen, ihren Unterrichter zum Ersatz von 60 Mark an die Kirche S. Georgii zu Wismar anzuhalten, um welche Summe diese in Folge der Neuweihung des Kirchhofes nach der Erschlagung des Stadthagener Bürgers Hans Holtorps geschädigt sei.

Pap.

254. 1505 Juli 4 (Freitag nach visitationis Marie).

Drohbrief Hans Berssels an den Rath und die Bürgerschaft zu Stadthagen, falls er in seiner Klage gegen Hans Holtorpes nicht zu seinem Rechte gelange.

Pap. Spur des Oblatensgls.

255. 1505 Oktober 3 (am abende Francisci).

Bruder Hermann Dreyger, Doktor der h. Schrift und Provinzial der Provinzen Sachsen und Thüringen, Heinrich Goldsmedes, Prior, Johann Bechem, Hieronymus Dückman, beide Lesemeister, Heinrich von Horne, Subprior, Johann Mensendiick der Jüngere, Sacristan, und die übrigen Conventsbrüder des Klosters der Augustinereremiten zu Herford verkaufen Stacins Lindeman, Vicar zu Stadthagen, Wobbeke Jünginck, seiner Magd, Heinrich und Jost, seinen Söhnen, und Anneke, Ehefrau Johann Jüngings, seiner Tochter, für ihrer aller Lebzeiten das von weiland Johann Zegher bewohnte freie Haus und Hof zu Stadthagen, hinter Hans Buschs Haus gelegen.

Beschäd. Conventssgl. am Pergstr.

256. 1507 April 11 (Quasimodogeniti).

Bürgermeister und Rath zu Stadthagen bekennen, daß vor ihnen Heinrich Fredericks und Gerke Owernemoller, Dechant und Vorsteher des Siechenhauses S. Johannis vor der Stadt, Stacius Lindeman um 30 Mark Hannov. 18 Schill. wiederkäufliche Rente verkauften.

Sgleinschnitt.

257. 1507 April 28 (Vitalis).

Johann, Graf zu Holstein und Schauenburg ꝛc., quittiert dem Rathe und der Gemeinde zu Stadthagen über 150 rh. Gulden Bede und bestätigt ihnen ihre Freiheiten und Gewohnheiten.

Sgl. des Ausstellers am Pergstr.

258. 1507 December 31 (Silvestri).

Anton und Johann, Grafen zu Holstein und Schauenburg, Gebrüder, quittieren Rath und Bürgerschaft zu Stadthagen über 150 rh. Gulden Bede, bestätigen ihnen ihre Privilegien und Gewohnheiten und nehmen sie in ihren Schutz.

Sgl. des Grafen Anton am Pergstr., Einschnitt.

259. 1508 Mai 1 (Montag nach Quasimodogeniti).

Bürgermeister und Rath zu Minden verkaufen ihrer Mitbürgerin Hedwig (Heylewich), Wittwe Johann Boberdes des Jungen, um 150 rh. Gulden $7^1/_2$ Gulden wiederkäufliche Rente.

Sgl. v. Pergstr. ab.

260. 1509 April 21 Minden vor dem Paradiese des Domes.

Notariatsinstrument des Notars Heinrich Claren, Clerikers der Diöcese Minden, über den Verkauf einer Wiese auf der Lauenheger Becke, 2 Acker Landes gegenüber gewissen Gärten hinter der Kirche und eines Gartens vor dem Westerthore zu Stadthagen durch die Gebrüder Johann Farken, Canonikus des Stiftes S. Johannis, und Albert Farken, Bürger zu Minden, an Ludeke Stoffregen, Einwohner zu Stadthagen (Stadhagen), um 70 Gulden.

Z. Albert Garßener und Tileman Tympen, Bürger zu Minden.

Notariatszeichen.

261. 1509 September 29 (Michaelis).

Bürgermeister und Rath zu Stadthagen verpflichten sich, nachdem sie bereits dem Augustiner-Eremitenconvent zu Herford ein ihnen 1430 geliehenes Capital von 560 rh. Gulden gekündigt hatten, in Anbetracht des langjährigen freundschaftlichen Beisammenwohnens mit dem Convent aufs Neue zur Belassung des Capitals, doch unter Herabsetzung der wiederkäuflichen Rente von 25 auf 20 Gulden.

Beschäd. Stadtsgl. am Pergstr.

Durch Einschnitt cassirt.

262. 1509 October 4 (Donnerstag nach Michaelis).

Bürgermeister und Rath zu Stadthagen verkaufen der Priorin und dem Convent des Klosters Egestorf (Eggestorp) um 200 rh. Gulden 8 Gulden wiederkäufliche Rente.

Beschäd. Stadtsgl. am Pergstr.

263. 1510 Januar 10 (Donnerstag nach trium regum).

Bürgermeister und Rath zu Stadthagen verkaufen Everd Stofregen, Hermann Widensaler, Hans Koller und Heinrich Blomeberg, Vorstehern (procuratores) des Kalands U. l. Frauen daselbst, um 100 Mark 4 Mark wiederkäufliche Rente.

Durch Einschnitt cassirt.

264. 1510 März 11 (Montag nach Lätare).

Bürgermeister und Rath zu Hameln verkaufen Stacius Lyndeman um 100 rh. Gulden 5 Gulden wiederkäufliche Rente.

Verletztes Stadtsgl. am Pergstr.

[vor 1510 August 17.]

Stacies Lyndeman fundiert zwei neue Vicarien, welche bis zu dem Bau einer neuen Capelle durch Graf Johann in dem bomhoff auf der Burg (Haghen) in die Capelle zwischen den Oberen Thoren zu Stadthagen gelegt werden, stattet sie mit 600 Gulden, halb beim Rathe zu Hameln und halb auf den von Zerßenschen Gütern zu Hülshagen (Hulsshagen) und Lauenhagen, seinem Missal und mehreren Kirchengeräthen aus, verleiht dem Rathe zu Stadthagen das Recht, dem Propste zu Obernkirchen zwei Priester, zunächst aus seiner Verwandtschaft, zu präsentieren, und trifft über die von den beiden Vicaren abzuhaltenden Messen und die damit verbundenen Spenden Bestimmungen; im Falle der Säumigkeit des Rathes fällt dies Collationsrecht des Lehns an den Schaumburgschen Kaland zu Oldendorf.

Inseriert in der Bestätigung Bischof Franz's von Minden von 1510 August 17 (n. 265).

265. 1510 August 17 (Sonnabend in der Octave assumptionis Mariae).

Franz, Herzog zu Braunschweig und Lüneburg, erwählter und bestätigter Bischof von Minden, bestätigt die inserierte Fundationsurkunde Stacius Lyndemans ohne Datum über die mit Consens Dethards Dorgelo, Propstes zu Obernkirchen, von ihm am Altar der Jungfrau Maria in der Capelle zwischen den Oberen Thoren vor Stadthagen gegründeten beiden Vicarien.

Vicariatssiegel des Ausstellers und beschädigtes Siegel Stacies Lindemans an Pergstr.

266. 1510 September 30 (Montag nach Michaelis).

Bürgermeister und Rath zu Stadthagen verkaufen Hans Bynnen und Greteke, seiner Ehefrau, um 50 rh. Gulden 9 Mark Hannov. wiederkäufliche Rente.

Beschädigtes Stadtsgl. am Pergstr. Durch Einschnitt cassirt.

267. 1511 April 24 (Donnerstag in paschen).

Bürgermeister und Rath der Stadt Minden verkaufen Hedwig, Wittwe Johann Boberdes des Jungen, ihrer Mitbürgerin, um 150 rh. Gulden $7^1/_2$ Gulden wiederkäufliche Rente.

Beschädigtes Stadtsgl. am Pergstr.

268. 1511 Mai 11 (Jubilate).

Johann Wüllenbudel, Dechant, Johann Bruns und Bartold Bleydistell, Procuratoren des Kalands U. l. Frauen zu Grove vor Rodenberg, quittieren Anton, Grafen zu Holstein und Schauenburg, über 16 Mark Hannov. wegen des Seidenstickers Ludolf Bode und verzichten auf etwaige Ansprüche an das Haus ihres verstorbenen Kalandsbruders Wissel und dessen Ehefrau.

Pap. Kalandssgl. am Pergstr.

269. 1511 Oktober 2 (Donnerstag nach Michaelis).

Bürgermeister und Rath zu Stadthagen verkaufen ihrem Mitrathmann Hermann Drogen um 100 Mark Hann. 5 Mark wiederkäufliche Rente.

Beschäd. Stadtsgl. am Pergstr. Durch Einschnitte cassirt.

270. 1511[a]).

Anton, Graf zu Holstein und Schauenburg, bestätigt dem Rathe und der Bürgerschaft zu Stadthagen ihre Freiheiten und Gewohnheiten.

Sgl. des Ausstellers an roth- und gelbseidener Schnur.

271. 1513 October 6 (Donnerstag nach Michaelis).

Bürgermeister und Rath zu Stadthagen verkaufen Hille, Wittwe Ludeke Stoffregens, um 100 rh. Gulden 18 Mark Hannov. wiederkäufliche Rente.

Sgleinschnitt.

Durch Einschnitte cassirt.

272. 1514 Januar 1 (circumcisionis domini) Rodenberg.

Schreiben Antons, Grafen zu Holstein und Schauenburg, an Bürgermeister und Rath zu Stadthagen wegen Beilegung einer Streitigkeit der Stadt mit Johann von Rode.

Pap. Sglrest.

---

a) Monats- und Tagesdatum nicht ausgefüllt.

273. 1514 Januar 12 (Donnerstag nach Trium regum).
Der Rath zu Stadthagen bekennt, daß vor ihm Jost Bruningk und Anna, seine Ehefrau, an Bernd Rode um 20 rh. Gulden 5 Mark 4 Schill. wiederkäufliche Rente von ihrem auf der Oberen Straße gelegenen Hause und Hofe verkauften.
Stadtsgl. am Pergstr.

274. 1514 Juni 26 (Montag nach Johannis bapt.).
Bürgermeister und Rath zu Stadthagen verkaufen Heinrich Bulle um 50 rh. Gulden 10 Mark wiederkäufliche Rente.
Beschäd. Stadtsgl. am Pergstr. Durch Einschnitt cassirt.

275. 1514 October 5 (Donnerstag nach Michaelis).
Bürgermeister und Rath zu Stadthagen verkaufen der Wittwe Engel Bruns um 40 Mark Hannov. 2 Mark wiederkäufliche Rente.
Stadtsgl. am Pergstr. Durch Einschnitt cassirt.

276. 1515 October 16 (Flotho im Hause Burchard Kroghers).
Notariatsinstrument des Notars Johann Grove, Clerikers der Diöcese Münster, über die Cession seiner von seinem verstorbenen Bruder Hans, Einwohner zu Stadthagen, ererbten Güter durch Johann Ploger, Einwohner zu Flotho, an seinen Oheim Burchard Hacken.
Z. Heinrich tom Stenhus und Burchard Kroegher, Einwohner zu Flotho.
Notariatszeichen.

277. 1516 August 5 (Dominici conf.).
Johann Bussze genannt Pagendarm, Propst, Helena von von Bennigsen (Bennexenn), Priorin, und der Convent des Stiftes zu Obernkirchen gestatten dem Priester Stacius Lyndeman, zwei Vicarien am Altar SS. Petri et Pauli in der Pfarrkirche (unser kerken) S. Martini zu Stadthagen zu gründen und dotieren.
Beschädigte Sgl. des Propstes und des Convents an Pergstr.

278. 1516 September 13.
Der Offizial der bischöflichen Curie zu Minden bestätigt das Testament des verstorbenen Presbyters Eustachius Lindemann.
Pap. Oblatensgl.

279. 1516 October 6 (Montag nach Michaelis).
Bürgermeister und Rath zu Stadthagen verkaufen um 110 rh. Gulden, welche sie von Heinrich Rode, Domvicar zu Bremen, empfangen haben, den Älterleuten der Kirche S. Martini zu Stadthagen 17 Mark Hannov. ewige Rente, wogegen sich die Älterleute in Gegenwart Heinrich Rodes verpflichteten, jährlich am Freitag

nach Reminiscere für Heinrich und Johann Rode, Gebrüder, Tileke und Metteke, ihre Eltern, und die ganze Familie eine Memorie mit bestimmten Geldspenden abzuhalten.

Bruchstück des Stadtsgls. am Pergstr.

280. 1516 November 29 (in vigilia s. Andreae).

Heinrich, Bischof von Lydda und Generalvicar in pontificalibus des erwählten und bestätigten Bischofs Franz von Minden, bekundet die Ertheilung der niederen Weihen an Heinrich Bruns, Scholar der Diöcese Minden.

Sehr beschädigtes Sgl. des Ausstellers am Pergstr.

281. 1516 December 4 (Barbarae).

Hans Coller, Bürgermeister, und der Rath zu Stadthagen präsentieren Johann Busse genannt Pagendarm, Propste des Stiftes zu Obernkirchen, für die durch den Tod des Stifters Stacius Lyndeman erledigten beiden Vicarien am Altar SS. Petri et Pauli der Kirchspielkirche (S. Martini) den Cleriker Heinrich Bruninck.

Stadtsecret am Pergstr.

282. 1517 Februar 24 (Matthiae).

Bruder Gottschalk Kropp, Lesemeister der h. Schrift, Prior des Augustinereremitenklosters zu Herford, quittiert Everd Stoffregen, Stacius Narske, Meister Heinemann Mynste, und Jost Kannegeter, Testamentsvollstreckern Stacius Lindemans, über eine Rentenstiftung desselben von jährlich 6 Gulden, wogegen sie sich zur Abhaltung von vier Memorien verpflichten.

Pap. Oblatensgl.

Stücke der Urk. durch Brand zerstört.

283. 1517 April 15 (Mittwoch in paschen).

Bürgermeister und Rath zu Stadthagen quittieren Johann Syndorpp, Secretär des Rathes zu Hannover, im Namen des abwesenden Claus Fridag über den Empfang von 70 Gulden im Auftrage Helmolt Benthems.

Pap. Oblatensgl.

284. 1517 Juni 3 (Mittwoch in Pfingsten).

Bürgermeister und Rath zu Stadthagen verkaufen den Gebrüdern Johann und Heinrich Rode, Inhabern der Kommende zum h. Geist vor der Stadt resp. Domvicar zu Bremen, um 60 rh. Gulden 8 Mark jährliche Rente, welche in vorgeschriebener Weise für Singen in der Frohnleichnamsoctave in der Pfarrkirche S. Martini an den Pfarrer, die Vicare zu S. Johannis, zum h. Kreuz und zum h. Geiste und am Altar S. Viti und die sonstigen Officianten vertheilt werden sollen.

Stadtsgl. am Pergstr.

285. 1517 October 1 (Donnerstag nach Michaelis).

Bürgermeister und Rath zu Stadthagen verkaufen Geseke Herbordes, Tochter weiland Herbords, Meiers zu Wackerfeld, um 50 Mark Hann. 2 Mark wiederkäufliche Rente.

Stadtsgl. am Pergstr. Durch Einschnitte cassirt.

286. 1517 Oktober 1 (Donnerstag nach Michaelis).

Der Rath zu Stadthagen bekennt, daß vor ihm Heinrich Meger, der Maler, und Agnete, seine Ehefrau, dem Bürgermeister Hans Coller um 60 Mark Hannov. 4 Mark wiederkäufliche Rente von ihrem am Markte zwischen den Häusern Heinrich Wischmans und Wilken Stalhoyds gelegenen Hause verkauften.

Stadtsgl. am Pergstr.

287. 1517 October 5 (Montag nach Michaelis).

Der Rath zu Stadthagen bekennt, daß vor ihm Johann Wobbekinck und Illye, seine Ehefrau, den Vorstehern der Kirche S. Martini daselbst um 30 Mark 2 Mark wiederkäufliche Rente von ihrem auf der Oberenstraße zwischen dem Hause des verstorbenen Bürgermeisters Johann Kamp und der Bude Heinrich Snyttekers gelegenen Hause verkauften.

Stadtsgl. am Pergstr. Durch Einschnitt cassirt.

288. 1518 September 30 (Donnerstag nach Michaelis).

Bürgermeister und Rath zu Stadthagen verkaufen Rabe Semmelen und Gertrud, seiner Ehefrau, um 400 rh. Gulden 16 Gulden wiederkäufliche Rente.

Sgl. v. Pergstr. ab. Durch Einschnitt cassirt.

289. 1518 November 10 (am abende Martini).

Schreiben Hans Prutzes an den Rath zu Stadthagen über Mittheilung einer Klageschrift des Rathes durch Hermann Kock, Vogt Herzog Erichs zu Braunschweig und Lüneburg, wegen einer Forderung an Richard Kock.

Pap. Sglrest.

290. 1519 Februar 3 (am negesten dage U. l. Frauen tho lechtmissen).

Othraven von Landsberg, Knappe, weiland Dietrichs Sohn, quittiert Everd Stoffregen, Stacies Raske, Meister Heyneman Mynste und Jost Bruninges, Testamentsvollstreckern Stacius Lindemans, über 75 rh. Gulden als Kaufpreis für diesem geliefertes Korn.

Pap. Oblatensgl.

291. 1519.[a])

Franz, Administrator des Hochstifts Minden, bestätigt die Vermehrung der näher verzeichneten Güter des unter dem Patronate des Rathes stehenden Lehns der Capelle S. Johannis bapt. vor dem Osterthore zu Stadthagen durch dessen Inhaber Johann Bradenstall und nach dem Testamente Anthons Tuderna mit Getreiderenten zu Rodenberg und Grove und die Verwendung der Einkünfte zu Memorien und zum Besten der Siechen.

Beschäd. Sgl. des Ausstellers am Pergstr.

292. 1520 April 5 (in bona quinta feria) Oldendorf.

Johann Bradenstal, Secretär des Rathes zu Stadthagen, quittiert dem Schwesternhause zu Oldendorf über 75 Goldgulden, welche sie dem Rathe schuldeten.

Pap. Oblatensgl.

293. 1520 April 12 (Donnerstag in den h. paschen).

Bürgermeister und Rath zu Stadthagen verpflichten sich, dem Schwesternhause Marienstedt zu Oldendorf unter der Schaumburg ein Darlehn von 125 Gulden entgegen dem Hauptbriefe schon das erste halbe Jahr zu verzinsen.

Pap. Oblatensecret.

294. 1520 April 19 (Donnerstag nach Quasimodogeniti).

Bürgermeister und Rath zu Stadthagen verkaufen Johann Kerckman um 100 rh. Gulden, den Gulden zu 42 Mathier, 4 Gulden wiederkäufliche Rente.

Beschäd. Stadtsgl. am Pergstr. Durch Einschnitte cassirt.

295. 1520 October 4 (Donnerstag nach Michaelis).

Bürgermeister und Rath zu Stadthagen verkaufen Dethardt Anden, Pater des Schwesternhauses Marienstedt zu Oldendorf unter Schaumburg, um 50 rh. Gulden 2 Gulden wiederkäufliche Rente.

Beschäd. Stadtsgl. am Pergstr. Durch Einschnitt cassirt.

296. [c. 1480—1520.]

Hermann von dem Broke und Bartold von Luthardessen schreiben an Bürgermeister und Rath zu Stadthagen, daß nach ihrer Unterredung mit den Gebrüdern Heinrich und Friedrich de Wend auch diese bereit seien, ihre Streitigkeit mit Stadthagen zur Entscheidung durch die Burgmannen und den Rath zu Rinteln zu stellen.

Pap. Rest des Oblatensgls.

---

[a]) die Veneris; weiteres Datum nicht ausgefüllt.

297. 1521 Januar 15 (Dienstag nach Felicis).
Anton, Graf zu Holstein und Schauenburg, entläßt Anton Lamestinck genannt Gragerth, Hans' Sohn, zu Groß-Nenndorf aus seinem Eigenthum frei.
Sgl. des Ausstellers am Pergstr.

298. 1521 April 2 (Dienstag in den h. Ostern).
Otraven von Landsberg verkauft Eberhard Stoffregen und Johann Kerckman, Canonikern zu S. Johannis in Minden, um 300 rh. Gulden 3 Fuder Korn wiederkäufliche Rente von dem halben Zehnten zu Altenhagen (Oldenhagen), Westerwald (Westerwolde) und Hattendorf (Hattendorpe).
Anton, Graf zu Holstein und Schauenburg, ertheilt als Lehnsherr seinen Consens und siegelt wie Dietrich von Landsberg, des Ausstellers Vetter, mit.
Sgl. des Ausstellers und beschäd. Sgl. des Grafen Anton an Pergstr., das mittlere Sgl. ab.

299. 1521 April 28 (Cantate).
Bürgermeister und Rath zu Stadthagen verkaufen Cord Lyppolt um 120 rh. Gulden 6 Gulden wiederkäufliche Rente.
Sgl. v. Pergstr. ab.
Durch Einschnitte cassirt.

300. 1521 October 3 (Donnerstag nach Michaelis).
Bürgermeister und Rath zu Stadthagen verkaufen Hans Sure um 80 Mark Hannov. 6 Mark Leibrente.
Beschäd. Stadtsgl. am Pergstr.
Durch Einschnitt cassirt. Durch Mäusefraß zum Theil zerstört.

301. 1522 October 2 (Donnerstag nach Michaelis).
Der Rath zu Stadthagen bezeugt, daß vor ihm Johann Wobbekulen [?] und Illye, seine Ehefrau, den Älterleuten zu S. Martini Hans Huge und Berndt Rode um 15 Mark 1 Mark wiederkäufliche Rente von ihrem in der Oberen Straße zwischen weiland Johann Kampes und Hermann Bodekers Häusern gelegenen Hause verkauften.
Stadtsgl. am Pergstr. Durch Einschnitt cassirt.

302. 1523 April 9 (Dorntage in den h. paschen).
Bürgermeister und Rath zu Stadthagen verkaufen Johann, Cord, Ernst, Thomas, Gerd und Hermann von Veren, Gebrüdern, um 200 rh. Gulden 8 Gulden wiederkäufliche Rente.
Sgl. v. Pergstr. ab. Durch Einschnitte cassirt.

303. 1523 April 9 (Donnerstag in den h. paschen).

Bürgermeister und Rath zu Stadthagen verkaufen Johann, Cord, Ernst, Thomas, Gerke und Hermann von Beren, Gebrüdern, um 200 rh. Gulden 8 Gulden wiederkäufliche Rente.

Bruchstück des Stadtsgls. am Pergstr. Durch Einschnitte cassirt. Durch Moder und Feuchtigkeit sehr beschädigt.

304. 1523 September 27 (Cosme et Damiani).

Moritz von Amelunxen (Amelungessen) quittiert Anton und Johann, Grafen zu Holstein und Schauenburg, Gebrüdern, Simon, Edelherrn zur Lippe, dem Jungen und Jost, Grafen zu Hoya und Bruchhausen, dem Jungen über 200 rh. Gulden Abschlagszahlung von einer ihm verschriebenen Summe von 4000 Gulden.

Pap. Sgl. des Ausstellers am Pergstr.

305. 1523 October 1 (Donnerstag nach Michaelis).

Bürgermeister und Rath zu Stadthagen verkaufen den Priestern Johann und Heinrich Rode, Gebrüdern, um 120 Mark Hannov. 5 Mark ewige Rente, zahlbar an die Frohnleichnamsbrüderschaft daselbst, zur Vertheilung eines täglichen Brodes an einen Armen in der Pfarrkirche unter dem Kirchthurme.

Sgl. v. Pergstr. ab. Die Urk. hat durch Moder gelitten.

306. 1524 März 4 (Freitag nach Oculi).

Johann Koller, Propst zu S. Johann in Lüneburg, Ludolf Slichte, Vicco Passow, Herbord Schadeken, Vicare, und Heinrich Hammenstede, Commendist, als Testamentsvollstrecker des verstorbenen Vicars Friedrich Horninges, verpflichten sich, den Siechen vor der Stadt Stadthagen (Stadthagen), woher Friedrich stammte, ein Legat desselben von 8 Züneb. Schillingen jährlich auszuzahlen, und bitten um Gebete für dessen Seelenheil.

Beschädigtes Sgl. des Propstes Johann am Pergstr.

307. 1524 *[?]* April 3 (in octava pasce).

Bürgermeister und Rath zu Stadthagen verkaufen Roleff Welman und Joest Tzelleman, Vorstehern der Schuhmachergesellen (schoknechte)-Brüderschaft U. l. Frauen um 20 Mark Hannov. eine Mark wiederkäufliche Rente.

Sgl. v. Pergstr. ab.

308. 1524 April 7 (Donnerstag nach Quasimodogeniti).

Der Rath zu Stadthagen bekennt, daß vor ihm Tilcke Tymmerman und Metteke, seine Ehefrau, den Älterleuten des Siechenhauses zu S. Johannis vor der Stadt um 30 Mark Hannov. 2 Mark wiederkäufliche Rente verkauften.

Stadtsgl. am Pergstr.

309. 1524 September 22 (Mauricii et soc.)

Hedwig, Wittwe Johann Boberdes, Bürgerin zu Minden, schenkt zu ihrem, ihrer verstorbenen Ehemänner Johann Boberdes und Johann Buthen, Bürger zu Minden, ihres Vaters Reneke Poldeman und ihrer verstorbenen Mutter Hedwig, wohnhaft zu Stadthagen (Hagen) bei der hohen Gosse (gote) in der Oberen Straße, dem Rathe zu Stadthagen 500 Gulden mit der Verpflichtung, von den Renten die Almosen der 24 Armen der Pfarrkirche S. Martini zu verbessern und für Seelmessen für die Genannten und Arnd Poldeman, Canonikus zu S. Martini in Minden, in bestimmter Weise zu sorgen.

Sgl. v. Pergstr. ab.

310. 1524 September 29 (Michaelis).

Bürgermeister und Rath zu Stadthagen verkaufen Hermann Vagt und Margaretha, seiner Ehefrau, zu Reden unter der Schaumburg um 200 rh. Gulden 10 Gulden wiederkäufliche Rente.

Stadtsgl. am Pergstr.

Durch Einschnitt cassirt.

311. 1524 October 3 (Donnerstag nach Michaelis.)

Bürgermeister und Rath zu Stadthagen verkaufen Hans Frydag und Arnd, seinem Bruder, um 16 Goldgulden 5 Mark Leibrente.

Stadtsgl. am Pergstr. Durch Einschnitt cassirt.

312. 1524 October 6 (Donnerstag nach Michaelis).

Bürgermeister und Rath zu Stadthagen verkaufen der Brüderschaft des h. Leichnam daselbst um 120 Mark Hannov. 4½ Mark wiederkäufliche Rente.

Durch Einschnitte cassirt. Sgl. v. Pergstr ab.

313. 1525 April 18 (Dienstag in den h. paschen).

Bürgermeister und Rath zu Stadthagen verkaufen nach Empfang von 100 Gulden in Lübischer Währung, den Gulden zu 25 Schill. Lüb., und 40 rh. Gulden von Ludolf Slychten, Vicar der Kirche S. Johannis zu Lüneburg, dem von diesem in Minden zu stiftenden neuen Lehen 7 Gulden wiederkäufliche Rente.

Sgl. v. Pergstr. ab.

314. 1525 April 19 (Mittwoch in paschen).

Der Rath zu Stadthagen bekennt, daß vor ihm Volmer Naghel und Santeke, seine Ehefrau, Hans Hughen für dessen beide Kinder Heinrich und Lucke um 200 Mark, welche in Gegenwart der Vormünder der letzteren Tile Guden und Berndt Rodhen ausgezahlt wurden, 12 Mark wiederkäufliche Rente von ihrem auf der Niederen Straße zwischen den Häusern Barthold Heises und Hans Hughens gelegenen Hause verkauften.

Sgleinschnitt. Die Urk. hat durch Moder gelitten.

315. 1525 April 20 (Donnerstag in paschen).

Bürgermeister und Rath zu Stadthagen verkaufen Everd Stoffregen und dem Bürgermeister Heyne Mynsten, Testamentsvollstreckern weiland Stacies Lindemans, um 100 rh. Gulden, welche dieser zum Besten eines Hauses für die beiden von ihm gestifteten Vicarien bestimmte, 5 Gulden ewige Rente.

Stadtsgl. am Pergstr.

316. 1525 Mai 3 (inventionis s. Crucis).

Othraven von Landsberg, weiland Dietrichs Sohn, bekennt, daß er von der Summe von 300 Gulden, um welche er Everd Stoffreghen und Johann Karckman jährlich 1 Fuder Roggen und 2 Fuder Gerste von seinem Gute und Zehnten zu Hattendorf, Altenhagen und Westerwald verkaufte, 100 Gulden zurückzahlt und den Rest in eine Geldrente von 12 Gulden verwandelt.

Sgl. des Ausstellers am Pergstr.

317. 1525 September 7 (am abende nativitatis Marie).

Anthonius, Prior, Heinrich, Subprior, und der Convent regulierter Augustinerchorherren zu Möllenbeck und die Räthe und Gemeinden zu Stadthagen, Rinteln und Oldendorf, alle in der Grafschaft Schaumburg gelegen, verkaufen Gerhard Kock, Rentmeister zu Sparenberg, und Anna, seiner Ehefrau, um 400 rh. Gulden 20 Gulden wiederkäufliche Rente, welche durch den Prior von Möllenbeck zu Bielefeld zahlbar ist.

3 Sgl. von Pergstr. ab, an erster Stelle Sgleinschnitt.

318. 1527 September 30 (Montag nach Michaelis).

Bürgermeister und Rath zu Stadthagen verkaufen Hans Selleman und Alheid, seiner Ehefrau, um 100 rh. Gulden 5 Gulden wiederkäufliche Rente.

Sgl. vom Pergstr. ab.

Durch Einschnitt cassirt.

319. 1527 September 30 (Montag nach Michaelis).

Bürgermeister und Rath der Stadt Stadthagen verkaufen Hans Suren um 100 Mark Hannov. 7½ Mark und nach dessen Tode seinem Bruder Arnd Suren 5 Mark Leibrente.

Stadtsgl. am Pergstr.

Durch Einschnitt cassirt.

320. 1527 Oktober 3 (Donnerstag nach Michaelis).

Bürgermeister und Rath zu Stadthagen verkaufen Dietrich Schomaker zu Sachsenhagen (Sassenhagen) um 70 Gulden 4 Gulden wiederkäufliche Rente.

Sgleinschnitt. Durch Einschnitt cassirt.

321. 1527 October 14 (Montag nach Dionysii).

Jobst (Jost), Graf zu Holstein und Schauenburg, bestätigt der Stadt Stadthagen ihre Freiheiten und Gewohnheiten.

Sgl. des Ausstellers an roth- und gelbseidener Schnur.

322. 1527 October 18 Stadthagen.

Bürgermeister und Rath zu Stadthagen präsentieren Franz, Administrator des Bisthums Minden, Herzog zu Braunschweig und Lüneburg, den Cleriker Hermann Luders für die durch den Tod seines Secretärs Johann Bradenstael erledigte Vicarie am Altar Corporis-Christi in der Pfarrkirche S. Martini zu Stadthagen.

Secret von Stadthagen am Pergstr.

323. 1528 April 7 (Dienstag nach Palmarum).

Jobst, Graf zu Holstein und Schauenburg, Herr zu Gehmen, rc. quittiert dem Rath und der Bürgerschaft zu Stadthagen über eine freiwillige Bede von 300 rh. Gulden und bestätigt ihnen ihre Freiheiten und Gewohnheiten.

Unbesiegelt.

324. 1528 April 13 (Montags in den h. paschen).

Hildebrand Isengardt, Propst, Anna von Mandelsloh, Priorin, und der Convent des Klosters Barsinghausen (Bersingehusen) verkaufen Antonius Grawerdes und seinem Vater Hans um 20 rh. Gulden, welche sie dem Landesherrn liehen, 3 Malter Korn Leibrente von ihrer Kotstätte zu Grove (Grone).

Sgl. des Propstes und des Conventes an Pergstr.

325. 1528 October 5 (Montag nach Michaelis).

Bürgermeister und Rath zu Stadthagen verkaufen Everd Stoffregen, Bürgermeister, und Heyne Mynsten, Testamentsvollstreckern Stacies Lyndemans, um 60 rh. Gulden 3 Gulden lebenslängliche Rente für Wobbeke Junghe, Stacies' Magd, welche nach deren Tode an die Vicare des Altars ss. Petri et Pauli in der S. Martinikirche fallen sollen.

Stadtsgl. am Pergstr.

326. 1529 März 31 (Mittwoch in paschen).

Bürgermeister und Rath zu Stadthagen verkaufen Hermann Hermeningh um 50 rh. Gulden 10 Mark Hannov. wiederkäufliche Rente.

Stadtsgl. am Pergstr.

Durch Einschnitt cassirt.

327. 1529 September 30 (Donnerstag nach Michaelis).

Bürgermeister und Rath zu Stadthagen verkaufen Dietrich Rusch und Anneke, seiner Ehefrau, um 100 rh. Gulden 20 Mark Hannov. wiederkäufliche Rente.

Sglbruchstück am Pergstr. Durch Einschnitt cassirt.

328. 1530 April 25 (Marci evang.).

Dietrich, Prior zu Lilienthal oder Falkenhagen (Valkenhagen) im Hochstifte Paderborn vom Orden des h. Kreuzes, quittiert Bürgermeister und Rath zu Stadthagen über 12 Gulden Rente, welche das Kloster und die Armen Christi zu Herford jährlich vom Rathe empfangen.

Pap. Oblatensiegel abgefallen beiliegend.

329. 1530 November 29 (am abende Andree).

Bürgermeister und alter und neuer Rath zu Stadthagen verkaufen Hermann Ludersen, Vicar an der Stadtkirche daselbst, um 100 rh. Gulden und 100 Mark Hannov. $20^1/_2$ Mark Rente, welche zu bestimmten Distributionen bei einer wöchentlichen Messe und einer jährlichen Memorie für weiland Hermann Droghe, Luder Ludersen und die aus der Familie Verstorbenen verwandt werden sollen.

Stadtsgl. am Pergstr.

330. 1531 April 13 (Donnerstag in der pascheweken).

Henny von Goltern (Golteren) verkauft Johann Richardt wohnhaft zu Neustadt um 60 rh. Gulden ein Fuder wiederkäufliche Kornrente von seinen beiden Meierhöfen zu Kirchdorf (Kerckdorp) und Egestorf (Eggestorpe) und verpflichtet sich, darüber einen Willebrief Herzog Erichs des Älteren zu Braunschweig und Lüneburg, seines Lehnsherrn, beizubringen.

Unterschrift. Sgl. des Ausstellers am Pergstr.

331. 1531 Mai 2 (Dienstag nach Jubilate).

Wilken Klenke, Droste auf der Burg zu Stadthagen (Haghen), bekennt, daß vor ihm Cord Blomenberch und Sanne, seine Ehefrau, den Vorstehern des Siechenhauses zu S. Johannis Heinrich Frederkes und Johann Louwe um 15 Mark Hannov. 1 Mark wiederkäufliche Rente von ihrem Garten bei ihrer Mühle östlich von der Becke verkauften.

Sgl. v. Pergstr. ab.

332. 1531 October 2 (Montag nach Michaelis).

Bürgermeister und Rath zu Stadthagen verkaufen Bernd Auhagen und Heinrich Bulle, Vorstehern (der Vicarie) [a] des h. Kreuzes, um 130 Mark Hann. 6 Mark wiederkäufliche Rente.

Beschäd. Stadtsgl. am Pergstr.

---

a) Vgl. n. 361.

333. 1532 Februar 3 (Sonnabend nach purificationis Marie).

Bürgermeister und Rath zu Stadthagen bekennen, daß der Rathmann Johann Holtorp ihnen 40 rh. Gulden übergab, wogegen sie sich verpflichteten, den Älterleuten der Frohnleichnamsbrüderschaft in der Stadtkirche in ihren Almosenkasten unter dem Thurm jährlich $7\frac{1}{2}$ Mark $2\frac{1}{2}$ Schilling Rente zu bezahlen zur Vertheilung von Brod an arme Familienglieder.

Sgl. v. Pergstr. ab. Durch Einschnitt cassirt.

334. 1532 April 3 (Mittwoch in paschen).

Bürgermeister und Rath zu Stadthagen verkaufen Hans Hughe und Cord Meyger, Älterleuten der Pfarrkirche S. Martini, um 400 Mark Hannov. 16 Mark wiederkäufliche Rente.

Stadtsgl. am Pergstr. Die Urk. hat durch Moder sehr gelitten.

335. 1532 April 16 (Dienstag nach Misericordias domini).

Johannes Koller, Propst in Lüneburg, gebürtig aus Stadthagen, bestimmt, daß 40 Mark Rente seines bei dem Rathe zu Hannover belegten Capitals von 1000 Mark Lüb., welche jährlich durch den ältesten Bürgermeister, den ältesten Geschworenen der Martinikirche und zwei seiner nächsten Verwandten erhoben werden, in der Weise verwandt werden sollen, daß davon zur Aussteuer einer dem Stifter oder seinem Bruder blutsverwandten Jungfrau oder Wittwe unter 40 Jahren 34 Mark, und, falls solche zu Stadthagen nicht vorhanden, zu zwei Theilen an verwandte Glieder der Familie weiblichen Geschlechts außerhalb der Stadt, endlich an arme Jungfrauen zu Stadthagen und Schüler in näher festgesetzter Weise jährlich bezahlt werden; das Capital soll nur bei einer Stadt, nicht beim Adel angelegt werden, zu der Lade für das Geld und die Stiftungsurkunden sollen der älteste Bürgermeister und der älteste Verwandte des Stifters jeder einen Schlüssel haben. Im Falle der Nichtausführung der Bestimmung haben die Testamentsvollstrecker und Heinrich Koller, Bürger zu Lübeck, des Stifters Bruder, und dessen Erben und die sonstigen Verwandten das Recht, das Capital zurückzufordern.

Unterschrift des Ausstellers; dessen Sgl. am Pergstr.

336. 1532 Mai 6 (Montag nach invencionis Crucis).

Adolf, Graf zu Holstein und Schauenburg 2c., bestätigt Rath und Bürgerschaft zu Stadthagen ihre Freiheiten und Privilegien und nimmt sie in seinen Schutz.

Sgl. des Ausstellers an roth- und grünseidener Schnur.

337. 1532 Juli 28.

Johann Koller, Propst zu Lüneburg, geboren zu Stadthagen, bekennt, daß er, nachdem sein Vater, weiland Hans Koller 10 Gulden Rente von dem ihm wegen eines Darlehns von 300 Gulden verpfändeten Zehnten zu Ober-Wöhren (Obern Worden) zum Besten der Almosen in der Kirche S. Martini zu Stadthagen geschenkt hatte, von dem übrigen Kapital von 100 Gulden nach Abfindung seines Bruders Heinrich Koller, Bürgers zu Lübeck, 5 Gulden Rente von dem Zehnten zum Ankauf von Butter für jene Armen in näher bezeichneter Weise und namentlich zu Gunsten der Armen in dem von ihm und seinem Bruder angekauften Hause am S. Martinikirchhofe bestimmte.

Sgl. des Ausstellers am Pergstr.

338. 1532 Juli 28.

Zweite Ausfertigung von n. 337.

Sgl. des Ausstellers am Pergstr.

339. 1532 August 26 (Montag nach Bartholomaei).

Adolf, Graf zu Holstein und Schauenburg 2c., verpflichtet sich, dem Rathe und der Bürgerschaft zu Stadthagen empfangene 100 Goldgulden an der Türkensteuer oder, falls diese keinen Fortgang haben sollte, an der von der Landschaft bewilligten Landbede anzurechnen.

Sgl. des Ausstellers am Pergstr.

340. 1533 April 16 (Mittwoch in paschen).

Bürgermeister und Rath zu Stadthagen verkaufen Hans Huge und Cord Meiger, Älterleuten der Pfarrkirche S. Martini, um 100 Mark Hannov. 5 Mark wiederkäufliche Rente.

Stadtsgl. am Pergstr.

341. 1533 October 2 (Donnerstag nach Michaelis).

Bürgermeister und Rath zu Stadthagen verkaufen Hans Hugen und Bernd Roden, Älterleuten der Pfarrkirche S. Martini, um 100 Mark Hannov. 5 Mark wiederkäufliche Rente.

Beschäd. Stadtsgl. am Pergstr.

342. 1533 October 6 (in octava Michaelis).

Bürgermeister und Rath zu Stadthagen verkaufen Johann Holtorp und Kunneke, seiner Ehefrau, um 350 Mark Hannov. 18 Mark wiederkäufliche Rente.

Stadtsgl. am Pergstr.

Durch Einschnitte cassirt.

343. 1534 April 7 (Dienstag in den h. Ostern).

Adolf, Graf zu Holstein und Schauenburg, verpflichtet sich, Asche von Mandelsloh ein mit 6 % verzinsbares Darlehn von 8000 Gulden nächste Ostern zurückzuzahlen, und stellt als Bürgen Sander von Holle, Statius Post, Wilken Klencke, Ludolfs Sohn, Busse von Bartensleben, Heinrich von Bülow, Jost von Reden,

Claus von Langen, Dethleff Schack, Claus von Rottorp, Ludolf von Münchhausen zu Apeleren, Philipp Meisenbug, Ludolf von Münchhausen, Everds Sohn, Heyneke Knigge, Heinrich von Reden, Hans Berner, Siverd von Rutenberg, Johann von Overichern (?), Philipp von Bortfelde, Barthold von Gadenstedt, Johann von Münchhausen, Borries' Sohn, Othraven Frese, Joachim von Rutenberg, Berward Bericher, Burchard von Ilten, Tile Berner, Thonies Frese, Johann von Holle, Wulbrand Frese, Burchard Frese den Ältern, Dietrich von Münchhausen zu Apeleren, Caspar Gevekothe, Jost von Münchhausen zu Diepenau, Hans vom Hus, Erasmus von Bennigsen, Jan von Oberg, Cord von Wettbergen den Älteren, Tonies von Wettbergen, Joachim Tribbe, Johann von Ohmen und Bernd von Extern, welche sämmtlich mitsiegeln.

Unterschrift des Ausstellers. 41 Sgl. an Pergstr.

344. 1534 April 19 (Sonntag nach Quasimodogeniti).

Asche von Mandelsloh, Asches Sohn, willigt ein, daß eine Verschreibung des Grafen Adolf von Holstein und Schauenburg über 8000 Gulden in die Hände Claus' von Rottorf übergehe.

Pap. Unterschrift und Oblatensgl. des Ausstellers.

345. 1534 Mai 19.

Eucharius von Hyrtzhorn verpflichtet sich, seinem Gevatter Anthonius ein Darlehn von 100 Goldgulden in drei Raten zurückzuzahlen.

Johann Prael, Bürger zu Coeln, bezeugt dies eigenhändig.
Oblatensgl. des Ausstellers.

346. 1534 October 1 (Donnerstag nach Michaelis).

Bürgermeister und Rath zu Stadthagen verkaufen Hans Suren um 220 Mark Hannov. $16^1/_2$ und nach dessen Tode seinem Bruder Arnd Suren 8 Mark 3 Schill. Leibrente.

Beschäd. Stadtsgl. am Pergstr.
Durch Einschnitt cassirt.

347. 1534 October 6 (in octava Michaelis).

Bürgermeister und Rath zu Stadthagen verkaufen Ilsebe, Wittwe Hans Scrivers, und ihren Kindern Johann, Cord, Heinrich, Catharina und Margaretha um 60 Gulden 11 Mark 3 Schill. wiederkäufliche Rente.

Beschäd. Stadtsgl. am Pergstr.
Durch Einschnitt cassirt.

348. 1534 October 6 (in octava Michaelis).

Bürgermeister und Rath zu Stadthagen überlassen Alheid, Wittwe Heinrich Kakes', nach Empfang von 100 Mark Hann. eine

Bude (bode) unter dem Rathhause auf Lebenszeit zur Wohnung und verpflichten sich, nach ihrem Tode ihren Erben $4^1/_2$ Mark wiederkäuflichen Zins zu bezahlen.

Stadtsgl. am Pergstr. Durch Einschnitt cassirt.

349. 1535 März 31 (**Mittwoch in paschen**).

Bürgermeister und Rath zu Stadthagen verkaufen Alheid Lyndemans, Vorsteherin, und den Schwestern des Schwesternhauses auf dem Holland zu Herford um 50 rh. Gulden $2^1/_2$ Gulden wiederkäufliche Rente.

Sgleinschnitt. Durch Einschnitt cassirt.

350. 1535 April 1 (**Donnerstag nach paschen**).

Bürgermeister und Rath zu Stadthagen verkaufen Assel, Wittwe Johann Swerthfeghers, um 25 Mark Hannov. eine Mark Leibrente, welche nach ihrem Tode den Armen in dem Beghinenhause (**in unseme beggynenhuse**) zufallen soll.

Stadtsgl. am Pergstr.

Die Urkunde hat durch Moder gelitten.

351. 1535 April 3 (**Sonnabend nach paschen**).

Bürgermeister und Rath zu Stadthagen verkaufen Anthonius Gragert, Vicar des Lehens zum h. Geiste, um 100 rh. Gulden 5 Gulden wiederkäufliche Rente.

Stadtsgl. am Pergstr.

Durch Einschnitte cassirt.

352. 1535 April 5 (Montag nach Quasimodogeniti).

Bürgermeister und Rath zu Stadthagen verkaufen Burchard und Cord Mensching, Älterleuten der Kirche zu Lauenhagen, um 40 Gulden $8^1/_2$ Mark Hannov. wiederkäufliche Rente.

Sgleinschnitt. Durch Einschnitte cassirt.

353. 1535 April 22 (Donnerstag nach Jubilate).

Der Rath zu Stadthagen verkauft Heinrich Frederkes und Johann Louwe, Älterleuten der Siechen zu S. Johannis, um 60 Mark Hannov. 3 Mark wiederkäufliche Rente.

Beschäd. Stadtsgl. am Pergstr. Durch Einschnitt cassirt.

354. 1535 September 30 (**altera die Michaelis**).

Der Rath zu Stadthagen verkauft Cord Langenbergh, Pfarrer zu Bergkirchen (**Barchkerken**), um 200 Gulden 10 Gulden an Cord und seine zu Stadthagen und Sachsenhagen (**Sassenhagen**) wohnenden Töchter Ilsebe Scrivers, Catharina Hopmans und Anneke Rustes zahlbare wiederkäufliche Rente.

Beschädigtes Stadtsgl. am Pergstr.

Durch Einschnitt cassirt.

355. 1535 December 7 (Dienstag nach Nicolai).

Adolf, Graf zu Holstein und Schauenburg und Coadjutor des Erzstiftes Coeln, bekennt, daß er Claus von Rottorf wegen seiner zu Moellenbeck mit Johann Kostken, Propst zu Obernkirchen, Thomas Krevet, Johann von Münchhausen, weiland Borries' Sohn, und Hans Berner gehaltenen Abrechnungen 6000 Gulden schulde und gegen Übergabe einer Asche von Mandelsloh verschriebenen Urkunde über 8000 Gulden 2000 Gulden von ihm geliehen habe.

Pap. Unterschrift und Oblatensgl. des Ausstellers.

356. 1536 Februar 26.

Johannes Coller, Propst zu Lüneburg, quittiert Claus Fridag über von seinem Vater, weiland Hans Coller, entliehene 200 rh. Gulden.

Pap. Oblatensgl. Unterschrift.

357. 1536 April 19 (Mittwoch in der paschenweken).

Heinrich Gheveke, Bürger zu Stadthagen, und Anneke, seine Ehefrau, verkaufen Everd Stoffregen ebendaselbst um 100 Mark Hannov. 5 Mark wiederkäufliche Rente von ihrem Hause und Hofe in der Oberen Straße zwischen den Häusern Everd Wasmers und Arnd Cellemans.

Sgl. des Ausstellers am Pergstr. Die Urk. hat durch Feuchtigkeit gelitten.

358. 1536 April 20 (Donnerstag in paschen).

Bürgermeister und Rath zu Stadthagen verkaufen Cord Borcherdingh, Pfarrer zu Catrinhagen (Catharinenhagen), um 100 Mark Hannov. 4 Mark wiederkäufliche Rente.

Beschäd. Stadtsgl. am Pergstr.

Durch Einschnitt cassirt.

359. 1537 April 5 (Donnerstag in paschen).

Claus Friidach bekennt, daß er bei dem Rathe zu Stadthagen 500 Gulden hinterlegt habe, wovon nach dem Hauptbriefe des Rathes jährlich graues Mindener Tuch (? Münder) zur Vertheilung an die Armen gekauft werden soll.

Unterschrift und Sgl. des Ausstellers am Pergstr.

360. 1537 April 23 (Montag nach Jubilate).

Bürgermeister und Rath zu Stadthagen verkaufen Hans Suren um 100 Mark Hannov. $7^1/_2$ Mark und nach Hans' Tode dessen Bruder Arnd 5 Mark lebenslängliche Rente.

Stadtsgl. am Pergstr.

Durch Einschnitt cassirt.

361. 1537 September 11 (Prothi et Jacincti *etc.*).

Johann Vercken und Johann Kerckman, Canoniker der Collegiatkirche S. Johannis in Minden, Testamentsvollstrecker ihres verstorbenen Mitcanonikus, Seniors Everd Stoffregen, weisen der Vicarie des h. Kreuzes zwischen den Unterthoren zu Stadthagen wegen eines Everd als deren Inhaber gewährten Darlehns von 140 rh. Gulden zwei von Jenem an Othraven von Landsberg resp. Thomas Poyteman, Bürger zu Stadthagen, verliehenen Capitalien von 100 resp. 40 Gulden zu, außerdem als Schenkung Everds ein Capital von 30 rh. Gulden bei dem Kloster Barsinghausen.

Beschädigte Sgl. der Aussteller an Pergstr.

362. 1537 September 17 (Lamberti).

Johann Vercken und Johann Kerckman, Canoniker der Collegiatkirche zu S. Johann in Minden, übergeben als Testamentsvollstrecker weiland Everd Stoffregens, Seniors derselben Kirche, aus dessen Nachlaß 100 Mark Hann., welche Heinrich Gheveke, Bürger zu Stadthagen (Stadhagen), gegen Zins von seinem Hause geliehen, der Vicarie Corporis Christi in der Pfarrkirche daselbst zu Lichtern und bestimmten anderen Zwecken.

Sgl. der Aussteller am Pergstr.

363. 1537 December 14 (altera die Lucie v.).

Bürgermeister und Rath zu Stadthagen verpflichten sich, nachdem der Bürgermeister Meister Heyne Mynste und Hille, seine Ehefrau, der Stadt 250 rh. Gulden geschenkt, ihnen jährlich 10 Gulden lebenslängliche Rente und nach ihrem Tode diese in bestimmter Weise theils an die städtischen Beamten theils an die Hausarmen (**husarmen**) zu bezahlen, unter Vorbehalt des Rückkaufes der Rente.

Sgleinschnitt.

Durch Moder beschädigt.

364. 1538 April 24 (Mittwoch in paschen).

Der Rath zu Stadthagen bekennt, daß vor ihm Levyn Meyger und Barteke, seine Ehefrau, an Hans Hughen und Cord Meyger, Älterleute der S. Martinikirche daselbst, um 100 Mark Hannov. 5 Mark wiederkäufliche Rente von ihrem auf der Niederen Straße zwischen den Häusern Heinrich Bleydistels und des Langen Johann gelegenen Hause verkauften.

Beschäd. Stadtsgl. am Pergstr.

365. 1538 April 24 (Mittwoch in den paschen).

Bürgermeister und Rath zu Stadthagen verkaufen Hans Suren um 100 Mark Hann. $7^1/_2$ Mark und nach dessen Tode seinem Bruder Arnd Suren 5 Mark Leibrente.

Stadtsgl. am Pergstr.

Durch Einschnitt cassirt.

366. 1538 April 24 (Mittwoch in den paschen).

Der Rath zu Stadthagen bezeugt, daß vor ihm Tonnies Bentenberch (?) und Catharina, seine Ehefrau, den Älterleuten des Siechenhauses zu S. Johannis Brun Poyteman und Johann Louwe um 20 Mark Hannov. 1 Mark wiederkäufliche Rente von ihrem auf der Niederen Echteren Straße zwischen Henning Hopmans und Helmichs von Norden Häusern gelegenen Hause verkauften.

Sgl. v. Pergstr. ab.

367. 1538 Juni 4 (Dienstag nach Erasmi).

Johann Grelle, Pfarrer zu Lachem, quittiert dem Rath zu Stadthagen den Rückempfang von Urkunden, welche jenem von ihm und Tileman Busing zur Aufbewahrung gegeben waren.

Pap. Eigenhändige Unterschrift des Ausstellers.

368. 1538 Juni 17 (altera die post Trinitatis).

Durch Cord Doringelo, Pfarrer, und Johann Costede, Terminirer zu Minden, vermittelte Übereinkunft über die Beilegung eines Streites zwischen dem Terminirermönch Eylhard Rynd von Marienau und Tonnies Grawerth, Nachbarn, wegen des Ersteren Verwundung an der einen Hand durch den Letzteren, welcher Eilhard 12 Mark, 1 Malter Gerste und 2 Fuder Holz als Schadenersatz entrichtet.

Pap. Zerter. Unterschrift Eylhard Rinds.

369. 1538 August 10 (Laurentii) Petershagen.

Bürgermeister und Rath zu Petershagen verkündigen die ihrem Flecken nach erlittenem Brandschaden durch Franz, bestätigten Bischof zu Münster und Osnabrück, Administrator des Hochstiftes Minden, gewährte Verleihung von zwei Freimärkten auf der Neustadt am Sonntage Oculi und Sonntag nach Aegidii und den drei folgenden Tagen, und fordern zum Besuche auf.

Pap. Oblatensigl.

370. 1538 September 30 (alte.a die Michaelis).

Der Rath zu Stadthagen bekennt, daß vor ihm Hans Dyremisse und Ilsebe, seine Ehefrau, den Älterleuten der Kirche S. Martini daselbst Hans Hughen und Ludolf Scrader um 20 Goldgulden 2 Mark Hannov. wiederkäufliche Rente von ihrem Hause auf der Niederen Straße zwischen den Häusern Gerds Volkeren und Hans Tutinges verkauften.

Verletztes Stadtsigl. am Pergstr.

Die Urkunde hat durch Moder gelitten.

371. 1539 April 8 (Dienstag in den h. Ostern).

Franz Goldener, Bürger zu Stadthagen, und Margarethe, seine Ehefrau, verkaufen Bartold Bleidistel und Gherke Dichnid, Vorstehern des Kalandes S. Barbarae daselbst, um 40 Mark 2 Mark wiederkäufliche Rente von ihrem Hause auf der Oberen Straße zwischen dem Hause des Organisten und der Straße bei Spiegelbergs Hofe.

Sgl. des Ausstellers am Pergstr.

372. 1539 April 9 (Mittwoch in den h. Ostern).

Adolf, Graf zu Holstein und Schauenburg, Coadjutor des Erzstiftes Coeln, verpflichtet sich, Jost von Rheden und Jutta, seiner Ehefrau, ein Darlehen von 1200 rh. Gulden zu verzinsen, und stellt Sander von Holle, Statius Post, Lippold von Kanstein, Heinrich von Rheden, Claus von Rottorf, Johann von Münchhausen, weiland Borries' Sohn, Tonnies von Warberge, Ludolf von Münchhausen, weiland Everds Sohn, Wilhelm Lunynck, Caspar Gevekote, Johann von Langen und Jost von Huis als Bürgen, welche mitsiegeln.

Unterschrift des Ausstellers; 13 Sgl. an Pergstr.

373. 1539 Juni 14 (am abende Viti).

Floreke, Johann und Geseke Clare, Geschwister, verkaufen Johann Barcke, Vicar der Vicarie Aegyptiacae zu Minden, um 150 rh. Gulden $7^1/_2$ Gulden wiederkäufliche Rente von ihren Häusern und Gütern zu Minden.

Sgl. der beiden Brüder an Pergstr.

374. 1539 October 6 (in octava S. Michaelis).

Johann Brandt, Wychman Tellege, Jodocus Sudersen, Conrad Hunth, Jordan Borchardi, Johann Fuerboter, Georg Laman, Ludolf Lynthwedel und Bernhard Cramer, Conventualen des Minoritenklosters zu Hannover, verkaufen dem Rathe zu Stadthagen ihr zwischen den Termineihäusern der Augustiner und der Prediger an der niederen Mauer gelegenes Termineihaus gegen jährlich 5 Pfund Lüb. Zins und die Verpflichtung, einem dort etwa terminierenden Bruder des Ordens Wohnung bei dem Kirchhofe zu gewähren, in welchem letzteren Falle der Rath von seinem Zins befreit wird.

Conventssgl. am Pergstr.

375. 1540 April 1 (Donnerstag in paschen).

Der Rath zu Stadthagen verkauft Greteke, Wittwe Gerke Dickehunds, um 75 rh. Gulden 13 Mark und 9 Schill. Rente, welche theils zu Spenden an die Siechen vor der Stadt theils für die 25 Armen „unter dem Thurm“ (Frohnleichnamsbrüderschaft) in vorgeschriebener Weise verwandt werden sollen.

Stadtsgl. am Pergstr.

376. 1540 April 1 (Donnerstag in paschen).

Der Rath zu Stadthagen verkauft Gerd Bucke und Johann Louwe, Älterleuten der Siechen zu S. Johannis, um 20 rh. Gulden vom Nachlasse weiland Wilken Clenkes 4 Mark wiederkäufliche Rente.

Beschäd. Stadtsgl. am Pergstr.

377. 1540 April 16 (Mittwoch in paschen).

Bürgermeister und Rath zu Stadthagen verkaufen Hans Brugghemau um 30 rh. Gulden $1^1/_2$ Joachimsthaler wiederkäufliche Rente.

Stadtsgl. am Pergstr. Durch Einschnitt cassirt.

378. 1540. a)

Adolf, Coadjutor des Erzstiftes Coeln, und Johann, Grafen zu Holstein und Schauenburg ꝛc., Gebrüder, bestätigen Rath und Bürgerschaft zu Stadthagen nach Empfang einer Bede von 600 rh. Gulden ihre Privilegien und Gewohnheiten.

Sgl. der Aussteller an Pergstr.

379. 1541 April 21 (Donnerstag in paschen).

Der Rath zu Stadthagen bekennt, daß vor ihm Everd Heelth und Catharina, seine Ehefrau, Bernd Auhagen und Hermann Stuke, Vorstehern des h. Kreuzes, um 60 Mark Hannov. 3 Mark wiederkäufliche Rente von ihrem auf der Niederen Echteren Straße zwischen Everds von dem Hamme und Johann Vischers Häusern gelegenen Hause verkauften.

Stadtsgl. am Pergstr.

380. 1541 April 21 (Donnerstag in den h. paschen).

Der Rath zu Stadthagen bezeugt, daß vor ihm Johann Schoneboem und Anneke, seine Ehefrau, den Älterleuten des h. Kreuzes um 20 Mark Hannov. eine Mark wiederkäufliche Rente von ihrem in der Oberen Echteren Straße zwischen den Häusern der Westfalsche und der Flentesche gelegenen Hause verkauften.

Stadtsgl. am Pergstr.

381. 1541 April 21 (Donnerstag in den paschen).

Bürgermeister und Rath zu Stadthagen verkaufen Hans Fridag genannt Suren um 100 Mark Hannov. $7^1/_2$ Mark und nach dessen Tode seinem Bruder Arnd Suren 5 Mark Leibrente.

Stadtsgl. am Pergstr. Durch Einschnitt cassirt.

382. 1541 April 28 (Donnerstag nach Quasimodogeniti).

Bürgermeister und Rath zu Stadthagen verkaufen Bernd Auhaghen und Herman Stuke, Älterleuten des h. Kreuzes, um 40 Mark Hannov. 2 Mark wiederkäufliche Rente.

Beschäd. Stadtsgl. am Pergstr.

---

a) Weitere Datierung nicht ausgefüllt.

383. 1541 September 20 (am abende Matthaei).

Anton von Meyen und Johann Beren, Aleke und Elseke, Schwäger und Schwestern, einerseits und Anton Gragert andererseits bekennen, daß sie sich wegen des Nachlasses ihrer Schwester Fyghen gütlich geeinigt haben.

Papierzerkn.

384. 1542 April 15 (Sonnabend in der pascheweken).

Jost von Reden cediert Segebodo Frydag einen von Adolf, Coadjutor des Erzstiftes Coeln, Grafen zu Holstein und Schauenburg, und Genannten von Adel als Bürgen besiegelten Brief über 1200 rh. Gulden.

Pap. Oblatensgl. des Ausstellers.

385. 1543 März 16 (Freitag nach Judica).

Bürgermeister und Rath zu Stadthagen bezeugen dem Rathe zu Hildesheim auf Grund der eidlichen Aussagen von Cord Wycke, Hermann Wedeghe und Johann Bunthe, daß Henning Hoppe, ihr Mitbürger, und Alheid, dessen Schwester, als Kinder Hans Hoppes und Alheid, dessen Ehefrau, die nächsten Blutsverwandten des zu Hildesheim verstorbenen Heinrich Hoppe seien, und bitten den Rath, Jenen zu dem Nachlasse zu verhelfen.

Beschäd. Stadtsgl. am Pergstr.

386. 1543 October 6 (in octava Michaelis).

Der Rath zu Stadthagen verkauft Gerd Bucke und Johann Louwe, Älterleuten der Siechen zu S. Johann, um 60 Mark Hannov. 3 Mark wiederkäufliche Rente.

Beschäd. Stadtsgl. am Pergstr. Durch Einschnitt cassirt.

387. 1544 April 20 (in octava pasce).

Bürgermeister und Rath zu Stadthagen verkaufen Albert Metzerfeld und Lucke, seiner Ehefrau, um 60 Gulden 3 Joachimsthaler wiederkäufliche Rente.

Sgl. v. Pergstr. ab. Durch Einschnitt cassirt.

388. 1544 April 24 (Donnerstag nach Quasimodogeniti).

Der Rath zu Stadthagen bekennt, daß vor ihm Anneke, Wittwe Johann Wobbekings, den Älterleuten der Kirche S. Martini daselbst Ludolf Scrader und Arnd Snethage um 35 Mark Hannov. 21 Schill. wiederkäufliche Rente von ihrem auf der Oberen Straße bei Ludwig Camps Hause und Jost Wobbekings Bude gelegenen Hause verkaufte.

Stadtsgl. am Pergstr.

Durch Einschnitt cassirt.

389. 1544 Mai 23 (Freitag nach ascensionis domini).

Adolf, Coadjutor des Erzstiftes Coeln, Graf zu Holstein und Schauenburg ꝛc., schenkt dem Rathe und der Bürgerschaft zu Stadthagen die wüste Stelle des abgebrannten vormaligen Gasthauses und der Capelle S. Spiritus vor dem Oberen Thore, nachdem der Rath an deren Statt neben der Hauptpfarrkirche eine neue Capelle S. Trinitatis errichtet hat.

Unterschrift. Sgl. des Ausstellers am Pergstr.

390. 1544 October 6 (in octava Michaelis).

Der Rath zu Stadthagen verkauft Gerd Bucke und Johann Louwe, Älterleuten der Siechen zu S. Johannis, um 40 Mark Hannov. 2 Mark wiederkäufliche Rente.

Stadtsgl. am Pergstr. Durch Einschnitt cassirt.

391. 1545 März 27 (Freitag nach Judica).

Der Rath zu Stadthagen verkauft Hans Hughen und Johann Sallig, Älterleuten zu S. Martini, um 60 Mark Hannov. 6 Mark wiederkäufliche Rente.

Bruchstück des Stadtsgls. am Pergstr.

392. 1545 April 12 (in octava pasche).

Der Rath zu Stadthagen verkauft Gerd Bucke und Johann Louwe, Älterleuten des Siechenhauses zu S. Johannis, um 40 rh. Gulden 20 Mark Hannov. wiederkäufliche Rente.

Stadtsgl. am Pergstr. Durch Einschnitt cassirt.

393. 1545 April 12 (in octava pasce).

Der Rath zu Stadthagen verkauft Gerd Bucke und Johann Louwe, Älterleuten der Siechen zu S. Johannis, um 60 Mark Hannov. 3 Mark wiederkäufliche Rente.

Beschäd. Stadtsgl. am Pergstr. Durch Einschnitt cassirt.

394. 1545 April 18 (des andern satterdages na ostern) Herford.

Wilhelm zur Helle verpflichtet sich, dem Geistlichen Anthonius Gragerth zu Stadthagen ein Darlehn von 250 Goldgulden zum nächsten Obernkirchener Neujahrs- (tom achtendage) Markte zurückzuzahlen.

Pap. Oblatensgl.

395. 1545 Mai 23 (in vigilia pentecostes).

Der Rath zu Stadthagen bekennt, daß er von Cord Bruns, Stadtsecretär und Vicar der Capelle S. Johannis bapt., die von weiland Anton Tuder, Caplan zu Hannover, der Capelle und dem Siechenhause zu bestimmten Zwecken geschenkten 60 rh. Gulden empfangen habe, und verkauft ihm dafür 3 Gulden wiederkäufliche Rente.

Stadtsgl. am Pergstr.

396. 1545 October 6 (in octava Michaelis).
Bürgermeister und Rath zu Stadthagen verkaufen Engelle, Wittwe Everds von Münchhausen, um 100 Joachimsthaler 4 Gulden Rente, welche an die Vorsteher des Siechenhauses zu S. Johann vor der Stadt zum Ankauf von Schweinen zu bezahlen ist.
Stadtsgl. am Pergstr.

397. 1545 December 21 (Thome Cantuariensis).
Bürgermeister und Rath zu Stadthagen verkaufen Hans Friidag genannt Suren um 100 Mark Hannov. 8 Mark lebenslängliche Rente und nach seinem Tode Ilseke, der Schwester seines Bruders Arnd Suren, 3 Mark Leibgedinge.
Stadtsgl. am Pergstr.
Durch Einschnitt cassirt.

398. 1546 Mai 2 (in octava pasce).
Der Rath zu Stadthagen verkauft Bernd Auhaghen und Hermann Stuke, Älterleuten des h. Kreuzes, um 60 Mark Hannov. 3 Mark wiederkäufliche Rente.
Stadtsgl. am Pergstr.

399. 1546 December 7 (altera die Nicolai).
Der Rath zu Stadthagen verkauft Jacob Balken und Hermann Horstmeygers, Vormündern Jacob Buschmans, um 90 Mark Hannov. 9 Mark wiederkäufliche Rente.
Beschäd. Stadtsgl. am Pergstr.
Durch Einschnitt cassirt.

400. 1547 April 12 (Dienstag in Ostern).
Otto, Graf zu Holstein und Schauenburg, verkauft Heinrich Vinne und Martin Suerssen, Vorstehern der Armen an der Pfarrkirche zu S. Martini, unter Einlösung des von seinem Vorfahren Grafen Johann um 300 rh. Gulden an Hans Koller, Bürgermeister zu Stadthagen, verpfändeten und von diesem mit Bewilligung Johanns, Propstes zu Lüneburg, und Heinrich Kollers, Bürgers zu Lübeck, den Armen jener Kirche vermachten Zehnten vor Stadthagen seinen Hof zu Kohlenstedt (Koldenstede) unter Vorbehalt des Wiederkaufes.
Unterschrift. Sgl. des Ausstellers am Pergstr.

401. 1547 April 13 (Mittwoch in den h. Ostern).
Der Rath zu Stadthagen verkauft dem Bürgermeister Heyne Mynste für die mit Hülfe eines Freundes aufgebrachte Summe von 100 rh. Gulden $7^1/_2$ Joachimsthaler wiederkäufliche Rente.
Sgleinschnitt.
Durch Einschnitt cassirt.

402. 1547 April 17 (in octava pasce).

Bürgermeister und Rath zu Stadthagen verkaufen Enghel von Münchhausen, Everds Wittwe, um 50 Joachimsthaler zu 29 Mariengroschen $2\frac{1}{2}$ ₰ wiederkäufliche Rente, von welcher die Vorsteher des Siechenhauses S. Johannis vor der Stadt jährlich Malz zum Brauen für die Siechen ankaufen sollen.

Sgl. v. Pergstr. ab.

Durch Einschnitte cassirt.

403. 1547 April 17 (in octava pasce).

Bürgermeister und Rath zu Stadthagen verkaufen Heinrich Bynne und Martin Sudersen, Älterleuten der Brüderschaft des h. Leichnam daselbst, um 100 rh. Gulden von dem Legate des früheren Kanzlers Thomas Kreveth für die Armen unter dem Thurme der Pfarrkirche 5 Gulden wiederkäufliche Rente.

Sgl. vom Pergstr. ab.

404. 1547 April 17 (in octava pasce).

Der Rath zu Stadthagen verkauft Gerd Bucke und Johann Louwe, Älterleuten des Siechenhauses zu S. Johannis, um 60 Mark Hannov. vom Legate des Kanzlers Thomas Krevet 6 Mark wiederkäufliche Rente.

Beschäd. Stadtsgl. am Pergstr.

405. 1547 October 6 (in octava Michaelis).

Der Rath zu Stadthagen verkauft Heinrich Bynne und Martin Sudersen, Älterleuten (der Brüderschaft) des h. Leichnam, um 200 Mark Hannov., welche weiland Evert Grotekop für die täglich unter dem Thurm der Pfarrkirche an die Armen vertheilten Almosen vermacht hatte, 10 Mark wiederkäufliche Rente.

Sgleinschnitt. Durch Einschnitt cassirt.

406. 1547 November 12 (altera die Martini).

Der Rath zu Stadthagen verkauft Gerd Bucke und Johann Louwe, Älterleuten der Siechen zu S. Johannis, um 30 Mark Hannov. $1\frac{1}{2}$ Mark wiederkäufliche Rente.

Stadtsgl. am Pergstr. Durch Einschnitt cassirt.

407. 1548 October 6 (Sonnabend nach Michaelis).

Asche und Heinicke Knigge, Gebrüder, Joachim von Gladebeck und Friedrich Schwartte, Vormünder Juttas, Wittwe, und der Kinder Hermann Knigges bevollmächtigen Adolf Schwartte zur Verhandlung mit Otraven von Landsberg wegen einer ihren Mündeln schuldigen Summe von 900 Gulden.

Pag. Oblatensgl.

408. 1549 Februar 12 Stadthagen (Haghene) in der Raths-schreibstube (in domo scriptorie ejusdem opidi).

Instrument des Notars Conrad Bruns, Clerikers der Diöcese Minden, über die Ausstellung einer Generalvollmacht durch den Drosten (drossatus) Nicolaus von Rottorf für Ludwig Zeigeler, Doktor der Rechte und Advokat der kaiserlichen Kammer, als seinen Generalprocurator.

Z. Heinrich Wever und Magister Dietrich Baden, Bürger zu Stadthagen.

Notariatszeichen.

409. 1549 October 6 (in octava Michaelis).

Der Rath zu Stadthagen verkauft Hans Huge und Jost Tjelleman, Älterleuten der Pfarrkirche zu S. Martini, um 100 Mark Hann. 5 Mark wiederkäufliche Rente.

Stadtsgl. am Pergstr.

410. 1549 April 28 (in octava pasche).

Bürgermeister und Rath zu Stadthagen verkaufen Jost Tzelle-man und Greteke, seiner Ehefrau, um 100 rh. Gulden 25 Mark Hannov. wiederkäufliche Rente.

Beschäd. Stadtsgl. am Pergstr. Durch Einschnitt cassirt.

411. 1549 October 6 (in octava Michaelis).

Der alte und neue Rath zu Stadthagen verpflichten sich nach Empfang von 10 Joachimsthalern von Meister Johann Kosteker, Meister Jürgen Wyschman, Heinrich Ludeke, Meister Heyne Mynsten und Ludwig Campe, Bürgermeistern daselbst (thome Haghe) als Testamentsvollstreckern Thomas Crevets, an Gerd Vicke und Heinrich Hagen, Älterleute des Siechenhauses zu S. Johann, jährlich 1/2 Thaler wiederkäufliche Rente zu bezahlen.

Beschäd. Stadtsgl. am Pergstr.

412. 1550 Februar 25 (Dienstag nach Invocavit).

Übereinkunft zwischen Claus von Langen, Burchard von Ilten, Hans Berner und Tonnies Frese als Bürgen weiland Othravens von Landsberg bei weiland Hermann Knigge mit Adolf Swarte, vermittelt durch Magister Johann Kosteken, Propst zu Obernkirchen, Joachim Post, Friedrich Swarthe, Johann von Gladebeck und Magister Heyneman Mynsten, Bürgermeister, wegen Rückzahlung der Schuld.

Pap. Oblatensgl. abgefallen beiliegend.

413. 1550 October 6 (in octava Michaelis).

Der Rath zu Stadthagen verkauft Gherd Bucken und Heinrich Hughen, Älterleuten des Siechenhauses S. Johannis daselbst, um

10 rh. Gulden aus dem Nachlasse Burchards von Landsberg ½ Joachimsthaler wiederkäufliche Rente.

Sgl. vom Pergstr. ab. Durch Einschnitt cassirt.

414. 1551 März 31 (Dienstag in den h. Ostern).

Arnt Snithagen und Martin Sunsseim, Vorsteher der Armen unter dem Thurme zu Stadthagen, bekennen, daß sie von Burchard von Landsberg und Elisabeth, seiner Ehefrau, 210 rh. Gulden empfangen und bei dem Rathe zu Stadthagen laut der in der Armenlade verwahrten Briefe angelegt haben, mit der Bestimmung, daß von jener Summe 110 Gulden zur jährlichen Vertheilung von 26 Paar Schuhen am Donnerstag nach Bartholomaei an die Armen unter dem Thurme durch den Kämmerer, vom Reste je 2 Gulden theils zu täglichen Almosen an einen Armen, theils zur Aufbesserung der an die Armen vertheilten Butter und Speck verwandt werden sollen.

Beschäd. Sgl. der Armen am Pergstr.

415. 1551 April 1 (Mittwoch in Ostern).

Der Rath zu Stadthagen verkauft Geske Poldemans um 100 Mark 5 Mark wiederkäufliche Rente, welche nach ihrem Tode Franz Poldeman, dem schwachsinnigen natürlichen Sohne ihres Bruders, zufallen soll.

Stadtsgl. am Pergstr. Durch Einschnitt cassirt.

416. 1553 April 5 (Mittwoch in den h. Ostern).

Ludwig Kamp, Bürgermeister zu Stadthagen, verpflichtet sich zugleich für Hille, seine Ehefrau, seinem Sohne Lorenz Kamp als derzeitigen Vicar der Capelle zum heil. Geist in Minden, früher am Markte belegen, ein Darlehn von 105 rh. Gulden mit 5 Gulden und 1 Ort jährlich zu verzinsen.

Sgl. des Ausstellers am Pergstr.

417. 1553 April 12 (Mittwoch nach Quasimodogeniti) Oldendorf (Aldendorf).

Otto, Graf zu Holstein und Schauenburg, urkundet über die Aufbringung der 20000 ₰ durch die Landschaft, welche er nach in Gemeinschaft mit seinem Bruder Anton, Dompropst und Dechanten, zu Coppenbrügge gepflogenen Verhandlungen an Heinrich den Jüngern und Philipp Magnus, Herzöge zu Braunschweig und Lüneburg, zur Abwehr ihres Kriegsvolkes von der Grenze in Folge des Mansfeldischen Zuges zu bezahlen genöthigt ist.

Unterschrift des Ausstellers und dessen Sgl. an Pergstr.

418. 1555 April 25 (Donnerstag nach Quasimodogeniti).

Der Rath zu Stadthagen bekennt, daß vor ihm Tiges Wedekingk und Barbara, seine Ehefrau, Hans Hugen und Carsten Pickerd,

Älterleuten der Kirche S. Martini, um 20 Mark Hannov. 1 Mark wiederkäufliche Rente von ihrem auf der Oberen Straße zwischen Michael Lubbekings und Arnd Hoffmeisters Häusern gelegenen Hause verkauften.

Stadtsgl. am Pergstr.

419. 1556 April 7 (Dienstag in den h. Ostern).

Bürgermeister und Rath zu Stadthagen verkaufen ihrem Miteinwohner Gherd von Neilen, Mette, dessen Ehefrau, und ihren Erben auch aus Mettes Ehe mit Johann Alferdinges um 150 rh. Gulden $7^1/_2$ Gulden wiederkäufliche Rente.

Stadtsgl. am Pergstr.

Durch Einschnitt cassirt. Am oberen Rande der Urk. ist ein Stück abgeschnitten.

420. 1556 April 7 (Dienstag in den h. Ostern).

Bürgermeister und Rath zu Stadthagen verkaufen Jost Bussenschutthe um 50 rh. Gulden $2^1/_2$ Gulden wiederkäufliche Rente.

Stadtsgl. am Pergstr.

Durch Einschnitt cassirt.

421. 1556 April 8 (feria quarta pasce).

Bürgermeister und Rath zu Stadthagen verkaufen Margarethe, Wittwe Gerke Dickehuds, um 400 Mark Hannov. 18 Mark Rente, welche laut Testamentes derselben Catharina Backhuses und Margaretha, Tochter Johann Schnoirs, genießen sollen, nach deren Tode 13 Mark jährlich zu Ostern an die Älterleute der Pfarrkirche S. Martini für die Armen im Beghinenhause zu Stadthagen bezahlt werden.

Stadtsgl. an Pergstr.

422. 1556 April 16 (Donnerstag nach Quasimodogeniti).

Der Rath zu Stadthagen bekennt, daß vor ihm Johann Vischer und Gese, seine Ehefrau, Christoph Bloming und Carsten Pickerd, Älterleuten der Kirche S. Martini daselbst, um 20 Mark Hannov. 1 Mark wiederkäufliche Rente von ihrem zwischen den Häusern Jacob Heynes und Everd Helds gelegenen Hause verkauften.

Stadtsgl. am Pergstr.

423. 1556 September 29 (Michaelis).

Jodocus Rasche, Dechant, Heinrich Frederkes, Heinrich Schade, Procuratoren, Anthon Grawert, Conrad Bruns, Hermann Ludersen, Eilhard Rynde und Heinrich Torneman, Brüder des Kalands S. Barbarae zu Stadthagen, vertauschen aus Noth dem Rathe daselbst ihren Kalandshof bei dem Kirchhof neben Thomas Krevets Hause mit Schenne und Zubehör gegen ein anderes Haus.

Kalandssgl. am Pergstr.

Beiliegend Copie dieser Urk. saec. XVI—XVII.

424. 1556 September 30 (altera die Michaelis).

Der Rath zu Stadthagen bekennt, daß vor ihm Wilken Bartherman und Metteke, seine Ehefrau, an Johann Wilhelm und Jost Koenen, Älterleute des h. Kreuzes, um 40 Mark Hannov. 2 Mark wiederkäufliche Rente von ihrem auf der Oberen Echteren Straße zwischen Dietrich Weners und Johann Rodenbergs Häusern gelegenen Häuschen verkauften.

Stadtsgl. am Pergstr.

425. 1556 October 1 (Donnerstag nach Michaelis).

Bürgermeister und Rath zu Stadthagen vertauschen dem Kaland S. Barbarae daselbst für deren Kalandshof ihr bei dem Kirchhofe zwischen dem Hause der Geske Luderske und ihrer von Geske Nortzelink bewohnten Bude gelegenes Haus.

Stadtsgl. am Pergstr.

426. 1556 December 13 (Lucie).

Bürgermeister und Rath zu Stadthagen verkaufen Hans Fridag genannt Sur um 40 Mark Hannov. 6 Mark Leibrente.

Stadtsgl. am Pergstr.

Durch Einschnitt cassirt.

427. 1557 Januar 9 (Sonnabend nach trium regum).

Bürgermeister und Rath zu Stadthagen verkaufen Magister Johann Kosteke, Propst zu Obernkirchen, Magister Heineman Minsten und Ludwig Kampe, Bürgermeistern zu Stadthagen, als Testamentsvollstreckern des verstorbenen Schaumburgschen Kanzlers Thomas Krevet, um 100 rh. Gulden 4 ₰ Rente, welche den Vorstehern der Pfarrkirche zur Verwendung für gewisse in dem Testamente Krevets bezeichnete kirchliche Zwecke auszuzahlen ist.

Sgl. v. Pergstr. ab.

428. 1557 Mai 8 Stadthagen.

Otto, Graf zu Holstein und Schauenburg ꝛc., vermittelt zwischen Johann Kostgen, Propst, Anna von Cramm, Priorin, Anna von Tossen, Subpriorin, und dem Convent des Stiftes Obernkirchen einerseits, Bürgermeister, Rath und Gemeinde zu Stadthagen andererseits wegen der Stiftsländereien vor und um die Stadt folgenden Vergleich: Die die Ländereien bebauenden Bürger und Censiten zu Stadthagen haben jährlich von jeder Hufe dem Stifte 5 Gulden Zins zu bezahlen und alle fünf Jahre mittelst Weinkaufes das Meiergut neu zu empfangen, dagegen verpflichtet sich das Stift, die Güter um Stadthagen nur an dasige Bürger zu vermeiern, verkaufen oder verpfänden; Zwistigkeiten wird der jedesmalige Graf von Schauenburg entscheiden; über einzelne streitige Fälle besonders wegen der Meier Arndt Illies und Wolther Hogelke werden besondere Bestimmungen getroffen.

Unterschrift des Grafen Otto. Sgl. des Grafen, Propstei- und Conventssgl. von Obernkirchen und Stadtsgl. von Stadthagen an Pergstr.

429. 1557 Juli 9 (Freitag nach Kiliani).

Bürgermeister und Rath zu Stadthagen bekennen, daß Christoph Bloimingk und Carsten Pyckerth, Älterleute der Pfarrkirche S. Martini daselbst, von Christoph von Münchhausen, Everds Sohn, und Margaretha, seiner Ehefrau, 50 rh. Gulden empfingen, deren Zinsen einem Prediger des reinen Evangeliums gewährt und nur, falls ein solcher nicht vorhanden, zum Bau der Kirche verwandt werden sollen.

Stadtsecret am Pergstr.

430. 1557 October 5 (Dienstag nach Michaelis).

Bürgermeister und Rath zu Stadthagen verkaufen Stacius Kemmerer und Martin Surssen, Älterleuten der Frohnleichnamsbrüderschaft (des h. lichammess), um 50 Goldgulden, welche Christoph von Münchhausen, weiland Everds Sohn, zur Aufbesserung der Almosen für die Armen schenkte, $1^1/_2$ Joachimsthaler wiederkäufliche Rente.

Sgl. v. Pergstr. ab.

Durch Einschnitt cassirt.

431. 1557 October 5 (Dienstag nach Michaelis).

Bürgermeister und Rath zu Stadthagen verkaufen Ludwig Mensching und Carsten Pickert, Älterleuten der Pfarrkirche S. Martini, um 50 rh. Gulden, welche Christoph von Münchhausen, weiland Everds Sohn, der Kirche geschenkt hatte, $1^1/_2$ Joachimsthaler wiederkäufliche Rente.

Stadtsgl. am Pergstr.

432. 1557 October 15 (am abende Galli conf.).

Anton Gragerdes, Propst des Neuklosters im Erzstifte Bremen, bevollmächtigt Christoph Blomyng, Rathmann zu Stadthagen, seine Geld- und anderen Geschäfte mit Wilhelm zur Helle zu Herford zu führen.

Pap. Oblatensgl. des Ausstellers.

433. 1557.

Otto von Münchhausen quittiert den Älterleuten (zu S. Martini) in Stadthagen den Rückempfang seiner Lade.

Pap. Oblatensgl. u. Unterschrift des Ausstellers.

434. 1558 December 20 (Dienstag nach Lucie).

Bürgermeister und Rath zu Stadthagen bezeugen, daß vor ihnen Ludeke Holle und Mettcke, seine Ehefrau, den Älterleuten des h. Kreuzes zwischen den Unteren Thoren Johann Wilhelm und Jost Kuthe um 50 Mark Hannov. $2^1/_2$ Mark wiederkäufliche Rente von ihrem zwischen dem Unteren Thore und Heinrich Bockelmans Hause gelegenen Hause verkauften.

Stadtsgl. am Pergstr.

435. 1559 August 28 (Montag nach Bartholomaei) Stadthagen.

Heinrich Mestwarthe, Prior, und Heinrich Carstens genannt Torneman, Conventuale des Klosters Marienau, verkaufen dem Rathe zu Stadthagen ihre Hausstätte der in den vorigen Jahren abgebrannten Terminei und erklären den verlorengegangenen Kaufbrief für kraftlos.

Conventssgl. von Marienau am Pergstr.

436. 1559 September 6 (Mittwoch nach Egidii).

Bürgermeister und Rath der Stadt Stadthagen treffen mit Jost Rhasche, Heinrich Schoke, Johann Suthagen, Cord Bruns und Hermann Luder, Dechant, Procurator und Brüdern des Kalandes S. Barbarae ein Abkommen dahin, daß diese dem Rathe alle ihnen ausgestellten Schuldbriefe als kraftlos restituieren, dagegen der Rath verpflichtet ist, ihnen lebenslänglich die in den Briefen und Registern verzeichneten Leibrenten auszuzahlen und nach ihrem Ableben den Armen für 4 Mark Brot zu spenden.

Beschäd. Stadtsecret am Pergstr.

437. 1559 September 20 Stadthagen.

Otto, Graf zu Holstein und Schauenburg ꝛc., bestätigt den Ständen des Landes nach Bewilligung von 30000 Joachimsthalern zur Abtragung seiner Schulden ihre alten Privilegien und namentlich die von dem verstorbenen Grafen Adolf, gewesenen Erzbischof von Coeln, und Graf Johann, seinem Bruder, ihnen 1539 ertheilten Freiheiten und verspricht, sie mit keiner Landschatzung zu beschweren.

Unterschrift. Sgl. des Ausstellers am Pergstr.

438. 1559 December 29 (Thome).

Bürgermeister und Rath zu Stadthagen verkaufen nach Empfang von 100 Mark Hannov. von den Testamentsvollstreckern weiland Margarethe Dickehuds den Älterleuten und Meisterknappen der Schuhmacherbrüderschaft (schoknechte) daselbst 5 Mark wiederkäufliche Rente, wovon diese jeden Dienstag für einen Schilling Brot an die Armen in der Pfarrkirche auszutheilen sich verpflichten

Sgl. v. Pergstr. ab. Durch Einschnitt cassirt.

439. 1560 April 5 (Freitag nach Judica).

Bürgermeister und Rath zu Stadthagen bekennen, daß vor ihnen Heinrich Bruningk und Margaretha, seine Ehefrau, von ihrem in der Weverole zwischen Johann Fockes und Johann Salgens Häusern gelegenen Hause Gerd Bucke und Heinrich Hugen, Älterleuten des Siechenhauses S. Johannis, um 150 Mark $7^1/_2$ Mark wiederkäufliche Rente verkauften.

Beschädigtes Stadtsgl. am Pergstr.

440. 1560 September 26 (Donnerstag nach Matthaei).

Johann Erthman, Bürger zu Bremen, belehnt als Bevollmächtigter seines Schwiegervaters Dietrich Nigenborch, Bürgers zu Bremen, als Patrons, Jost Lüderssen, Bürgermeister zu Stadthagen, mit der durch den Tod Johann Eickmanns erledigten Vicarie b. Mariae virg. in der Pfarrkirche zu Stadthagen.

Sgl. des Ausstellers am Pergstr. Unterschrift.

441. 1562 April 1 (Mittwoch in Ostern).

Bürgermeister und Rath zu Stadthagen quittieren Otto, Grafen zu Holstein und Schauenburg, über bei ihnen durch den Secretär Johann Witschive deponierte 100 Gulden nach der Erbtheilung mit Ottos Bruder, Grafen Wilhelm, Dompropst zu Hildesheim.

Pap. Oblatensecret.

442. 1562 April 1 (Mittwoch in den h. Ostern) Stadthagen.

Contract zwischen dem Rathe zu Stadthagen und den Dachdeckermeistern Vith Krekeler und Hans Trunkens aus Lüchtringen (Luchteringe) unterhalb Corvey über Lieferung von 100 Schock Dachsteinen bis nach Groß-Wieden an der Weser und den Abbruch des alten Daches und Anbringung eines neuen auf dem Rathhause, dem Kirchthurm und der Capelle gegen die Summe von 70 ℳ.

Z. Jost Selleman, Kirchengeschworener, und Jost Schlerlberges.

Papierzerter.

443. 1562 Mai 23 (Sonnabend nach Pfingsten).

Vergleich zwischen Bürgermeister und Rath zu Stadthagen einerseits und Magister Laurentius Weber, Stadtsecretär zu Coeln, und Johann Stummeke, früherem Vicar des von weiland Johann und Heinrich Rode gestifteten Lehns an dem neuen Altar b. Mariae virg. in der Pfarrkirche S. Martini daselbst, andererseits über die streitige Verwendung von Stiftungsgeldern.

Pap. Oblatensgl. Unterschrift Joh. Stumkes.

444. 1562 Mai 28 (Corporis Christi).

Bürgermeister und Rath zu Stadthagen bekennen, daß vor ihnen Hans Backhus und Greteken, seine Ehefrau, Gerd Bucken und Jost Kuten, Vorstehern des Siechenhauses zu S. Johannis, um 100 Mark Hannov. 5 Mark wiederkäufliche Rente von ihrem zwischen dem Hause Johann Suthagens und einer Hausstätte des Rathes in der Weverole gelegenen Wohnhause verkauften.

Stadtsgl. am Pergstr.

Die Urk. hat durch Feuchtigkeit gelitten.

445. 1563 November 1 (Allerheiligen).

Bürgermeister und Rath zu Stadthagen bekennen, daß sie von Ludolf und Claus von Münchhausen, Gebrüdern, vier Schuldbriefe Bernds, Edelherrn zur Lippe, Bischof Simons von Paderborn, seines Bruders, Gerds und Johanns, Grafen von Spiegelberg, Gebrüder, Heinrichs Grafen zu Pirmont, Gerke Werpups, Friedrichs von Zerßen und Friedrich Wends über 400 rh. Gulden in Verwahrung empfangen haben bis zur Ausstattung Hilles von Münchhausen, der Schwester Ludolfs und Claus'.

Pap. Stadtsecret am Pergstr.

446. 1564 Januar 14 Stadthagen.

Magister Johann Gogreve, gräflich Schaumburgscher Kanzler, reversiert sich zur Beobachtung der inserierten Urkunde des Rathes zu Stadthagen vom gleichen Tage, in welcher dieser ihm, seiner Ehefrau Mette und ihren männlichen Erben das auf der Niederen Straße zwischen den Häusern Ludolf Visches und der Wittwe Jacob Stumbechens gelegene Wohnhaus gegen einen jährlichen Zins von 3 Joachimsthalern von allen städtischen Lasten befreit.

Unterschrift des Ausstellers und dessen Sgl. am Pergstr.

Beiliegend gleichzeitige Copie (n. 446a) der inserierten Urkunde auf Pergament.

447. 1564 Februar 8 (Dienstag nach purificationis Mariae).

Arnt Snithagen, Bürger zu Stadthagen, überläßt das nach dem Tode seines Bruders Johann Snithagen ihm als dem Ältesten der Familie zugefallene geistliche Lehn am Altar S. Viti der Pfarrkirche S. Martini zu Stadthagen mit allem Vermögen, ausgenommen die Länderei mit einer Wohnung an dem Kirchhof bei dem Beghinenhause, die er sich und seinen Erben mit der Verpflichtung vorbehält, zum Gottesdienste jährlich 6 Gulden von ihrem zwischen Jost Kutens Hause und der Weverole gelegenen Hause zu entrichten.

Sgl. des Ausstellers am Pergstr.

448. 1564 April 3 (Montag in den h. Ostern) Schloß Stadthagen.

Otto, Graf zu Holstein und Schauenburg rc., verzichtet nach Empfang von 800 rh. Gulden, welche er zur Einlösung der von dem Grafen Johann, seinem Vorfahren, dem Rathe verpfändeten

Niedermühle verwandte, zu Gunsten der Stadt Stadthagen auf das Recht der Wiedereinlösung der 1453 von dem Grafen Otto ihr um 600 rh. Gulden verpfändeten Nothpforte von dem Schlosse zu Stadthagen.

Unterschrift. Sgl. des Ausstellers am Pergstr.

449. 1564 September 29 (Michaelis).

Bürgermeister und Rath zu Stadthagen bekennen, daß vor ihnen Brandt Scrader und Katharina, seine Ehefrau, den Stadtkämmerern Johan Salgen und Jost Selleman um 150 Mark Hannov. $7^1/_2$ Mark wiederkäuflichen Zins von ihrem am Markte zwischen den Häusern Franz Dollens und Gerd Dilligens gelegenen Wohnhause verkauften.

Bruchstück des Stadtsgls. am Pergstr.

450. 1566 Januar 3 (Donnerstag nach Neujahr).

Bürgermeister und Rath zu Stadthagen bekennen, daß Wilken Mehrpoell und Ilsebe, seine Ehefrau, sich vor ihnen verpflichteten, den Stadtkämmerern Ludolf Vischk und Arnd Suthagen und ihren Nachfolgern ein Darlehn von 60 Mark Hannov. mit 3 Mark jährlichem Zins von ihrem in der Weveroele bei Johann Tutinges Hause gelegenen Wohnhause zu verzinsen.

Beschäd. Stadtsgl. am Pergstr.

451. 1566 April 15 (Montag in Ostern).

Die Räthe zu Stadthagen und Rinteln verkaufen Claus Everding, Rathmann zu Minden, und Anna, seiner Ehefrau, um 2000 Joachimsthlr. 120 ₰ wiederkäufliche Rente und verpflichten sich im Falle der Säumigkeit zum Einlager in Minden.

Beide Sgl. v. Pergstr. ab.

452. 1567 September 9 (Dienstag nach nativitatis Mariae).

Bürgermeister und Rath zu Stadthagen verkaufen Hermann Tuting, Canonicus und Mitpastor zu Wunstorf, um 100 rh. Gulden 5 ₰ wiederkäufliche Rente.

Stadtsgl. am Pergstr.

Durch Einschnitte cassirt.

453. 1570 Februar 21 Stadthagen im Hause des Schaumburgischen Kanzlers Johann Gogreve.

Instrument des Notars Johann Leuwe über die Schenkung ihres sämmtlichen Vermögens auf den Todesfall durch Johann von Essen, Bürger zu Hameln, und Margaretha, dessen Ehefrau, an Heinrich Klot und Barbara, seine Ehefrau.

Z. Magister Johann Gogreve, . . . sein Sohn, Heinrich Schluter, Kämmerer zu Minden, Hans Meß und Friedrich Wackerveldt.

Notariatszeichen.

Früher zum Einband verwandt.

454. 1570 Juni 13 Schloß Stadthagen.

Otto, Graf zu Holstein und Schauenburg 2c., bestätigt dem Rathe und der Bürgerschaft zu Stadthagen ihre Privilegien und Gewohnheiten.

Unterschrift. Sgl. des Ausstellers an grün= und rothseidener Schnur.

455. 1571 Februar 3 Stadthagen.

Schulordnung der Herrschaft zu Schaumburg und des Rathes zu Stadthagen für die im Jahre 1565 von Graf Otto und dem Rathe neuerbaute Schule zu Stadthagen, welcher der Graf einen Hof zu Grove und 2 Höfe zu Beckedorf mit deren Einkünften, ferner auf seine Veranlassung Hermann von Mengersen, weiland Hermanns Sohn, 1000 Joachimsthaler schenkte, wozu aus dem Nachlasse Johann Kostchens, Propstes zu Obernkirchen, die gleiche Summe kam.

4 verbundene Perg.=Blätter. Sgl. des Grafen Otto und ein Sglbruchstück an roth= und blauseidener Schnur. Unterschrift des Grafen Otto.

456. 1572 August 16.

Bürgermeister und Rath zu Stadthagen überlassen nach Empfang von 60 ℔ an Jobst von Landsberg ihren neben dem v. Landsbergschen Hofe auf der Kleinen Straße gegenüber der Pastorei gelegenen Hof zum lebenslänglichen lastenfreien Gebrauch durch Jobst, Anna von Landsberg, seine Schwester, auch im Falle ihrer Verheirathung, und Metteke Rorßen, seine Dienerin, für die Lebzeiten dieser drei Personen, wogegen Jobst sich verpflichtet, den Hof von Grund aus mit zwei Gebäuden neuzubauen.

Beschädigtes Stadtsgl. am Pergstr.

457. 1572 December 18 Stadthagen auf dem Schlosse.

Otto, Graf zu Holstein und Schauenburg 2c., bekennt, daß die von ihm auf dem Landtage zu Oldendorf am 19. Dec. 1571 den Ständen der Grafschaft vorgelegte und nach Prüfung durch eine aus Hermann Weningh, Prior des Klosters Moellenbeck, Joachim Post, Borries von Münchhausen, Ludolfs Sohn, Tonnies von Zerßen, Christoph von Landsberg, den Bürgermeistern zu Stadthagen, Rinteln und Oldendorf und den Räthen Johann von Langen und Johann Gogreve bestehende Commission am 28. August 1572 zu Stadthagen ratificierte Holzordnung, welche in 3 Exemplaren den drei Ständen zugefertigt sei, den Rechten der Stände und Unterthanen keinerlei Abbruch thun solle.

Unterschrift des Ausstellers u. dessen Sgl. am Pergstr.

458. 1572 December 18.
Vidimierte Abschrift vom J. 1870 von n. 457. Oblatensgl.

459. 1574 Mai 20 (**ascensionis domini**).
Thomas Timpe, Bürger zu . . ., und Marie, seine Ehefrau, verpflichten sich, Georg Gogreve, Dechant zu S. [Martin] in Minden, eine Schuld von 190 ₰ bis zu der verzögerten Rückzahlung mit 6 % zu verzinsen, und setzen Johann Lendeken, Domherrn zu Lübeck, ihren Schwager und Vetter, als Bürgen.
Unterschriften des Ausstellers und des Bürgen; deren Sgl. an Pergstr.
Ein Stück der Urkunde am oberen Rande zerstört.

460. 1574 November 3 (**Mittwoch post festum Simonis et Judae**).
Georg, Prior, und der Convent des Klosters Locum verzichten gegenüber dem Rath zu Stadthagen auf die jährlich an ihre Küsterei zu entrichtenden 4 Schill. Hannov., nachdem jener sich verpflichtete, ihnen jährlich 2 Mark zu bezahlen.
Conventssgl. von Locum am Pergstr.

1575 Februar 17 Obernkirchen.
Priorin und Convent des Stiftes zu Obernkirchen überlassen nach dem Tode Adolf Ringemohts, Bürgers zu Stadthagen, auf Verwendung Johanns von Langen, Drosten zu Schaumburg und Arensburg, und weiland Johann Posts, damaligen Drosten zu Bückeburg, die von Ringemoht besessene Hufe Landes vor Stadthagen, bei Bisperode bei der Länderei des Grafen Otto zu Holstein und Schauenburg und neben dem Gerichtsplatz gelegen, gegen Zins an Johann Wittschieven und Ilsebe, dessen Ehefrau.
Transsumiert in der Urkunde von 1660 October 19 (n. 528).

461. 1575 Mai 14 Stadthagen.
Catharina von Rottorf, Äbtissin, und der Convent des Stiftes zu Fischbeck, Hermann, Prior, und der Convent zu Moellenbeck, Caspar vom Hause, Joachim von Staffhorst, Lambert von Amelunxen, Ernst Klencke, Hermann von Mengersen, Borries von Münchhausen, weiland Johanns Sohn, Otto von Oheim und die Bürgermeister und Räthe der Städte Stadthagen, Rinteln und Oldendorf als die Stände der Grafschaft Schaumburg verpflichten sich, Joachim Post, Johann von Langen, Borries von Münchhausen, Tonnies von Zerßen, Christoph von Landsberg und Brand von Münchhausen wegen deren Bürgschaft für Graf Otto zu Holstein und Schauen-

burg bei dessen Auseinandersetzung mit seinem Bruder Grafen Ernst schadlos zu halten.

7 Unterschriften der Aussteller; 12 Sgl. an Pergstr., zuletzt das Secret von Stadthagen und die Stadtsiegel von Rinteln und Oldendorf.

462. 1575 Mai 14 Stadthagen.

Otto, Graf zu Holstein und Schauenburg, verpflichtet sich, die Landsassen Joachim Post, Johann von Langen, Borries von Münchhausen, weiland Ludolfs Sohn, Tonnies von Zerßen, Christoph von Landsberg und Braut von Münchhausen wegen ihrer Bürgschaft bei der Abfindung seines Bruders, des Grafen Ernst nach einem Erbschaftsprocesse beim Reichskammergericht und bei der Einlösung von Crudenborch und Schlangenhole schadlos zu halten.

Unterschrift des Ausstellers; dessen Sgl. am Pergstr.

463. 1575 Mai 14 Stadthagen. Zweites Exemplar von n. 462.

Unterschrift des Ausstellers und dessen Sgl. am Pergstr.

464. 1575 Juni 30 (Donnerstag nach Petri et Pauli).

Bürgermeister und Rath zu Stadthagen bekennen, daß vor ihnen Tilke Engelkingk und Engel, seine Ehefrau, an Jost Bucke und Peter Korner, Vorsteher der Siechen zu S. Johannis, wegen einer Schuld von 295 Mark Hannov. $14\frac{1}{2}$ Mark Zins von ihrem Wohnhause in der Weveroele bei dem alten Kirchhofe (? der salgen woestenstede) verkauften.

Stadtsgl. am Pergstr.

465. 1576 April 25 (Mittwoch in den h. Ostern).

Bürgermeister und Rath zu Stadthagen verkaufen den Gebrüdern Ludeke und Martin Widdel zu Nehren an der Aue um 100 ₰ 5 ₰ wiederkäufliche Rente.

Stadtsgl. am Pergstr.

Durch Einschnitt cassirt.

466. 1576 December 15 Bückeburg.

Otto, Graf zu Holstein und Schauenburg 2c., incorporiert der Pfarrkirche S. Martini zu Stadthagen zum Nutzen des dritten Predigers das zuletzt von Heinrich Ladegingh besessene geistliche Lehen an dem Altar S. Jacobi auf dem Schlosse Schaumburg.

Wegen der Krankheit des Ausstellers von dem Notar Lambert Corner beglaubigt. Notariatszeichen. Sgl. des Ausstellers am Pergstr.

467. 1577 October 6 (in den acht tagen zu Michaelis).

Die verordneten Schaumburgischen Regierungsräthe verpflichten sich, den Testamentsvollstreckern des verstorbenen Magisters Heineman Minsten ein zu Spenden für die Armen bestimmtes Capital von

500 Gulden und 400 ₰, welche sie zur Ablösung eines von weiland Grafen Otto von Schaumburg Brant von Münchhausen auf die Propstei zu Obernkirchen verschriebenen Pfandschillings verwandten, mit jährlich 25 Gulden resp. 20 ₰ zu verzinsen.

Unterschrift des Kanzlers Anton von Wietersheim.

Regierungssgl. am Pergstr.

468. 1578 Juli 23.

Die verordneten Schaumburgischen Regierungsräthe legen das durch den Tod Georg Gogreves, Dechanten zu S. Martini in Minden, erledigte geistliche Beneficium mit den specificierten Naturaleinkünften zu der Caplanei zu Stadthagen behufs gleicher Vertheilung der Einkünfte unter die beiden Capläne.

Unterschrift Dr. Anton Wietersheims.

Regierungssgl. am Pergstr.

469. 1579 September 29 (Michaelis).

Bürgermeister und Rath zu Stadthagen bekennen sich Johann Tzimmerman, Pastor zu Ottensen im Lande Holstein, und Margaretha Ringemodes, dessen Ehefrau, zu einer Schuld von 100 ₰.

Pap. Oblatensgl.

Ein Stück der Urk. zerrissen.

470. 1579 December 26 (Stephani).

Bürgermeister und Rath zu Stadthagen verpflichten sich, Cord Mensching, Pastor zu Apeleren, und Catharina, seiner Ehefrau, ein Darlehn von 200 ₰ mit 10 ₰ zu verzinsen.

Pap. Spur des Oblatensgls.

471. 1580 April 1.

Hermann Sperver, Kornschreiber des Domcapitels zu Hildesheim, verkauft Hans Zeelman und Thomas Kampen, Bürgern zu Stadthagen, für den Rath und die Bürgerschaft daselbst 20 Fuder Roggen Hildesh. Maß, das Fuder für 29 Goldgulden.

Pap. Oblatensgl.

472. 1582 März 29.

Vor dem Rathe überträgt Ludolf Peitemann, Rathmann und Dechant der Pfarrkirche S. Martini zu Stadthagen, im Namen der beiden Wittwen Kunneke Mehrhan und Emerentia Welleman, Lorenz Kamp als ältestem Provisor des von ihnen bewohnten Kollerschen Wittwenhauses ein Capital von 30 ₰ bei Cord Meiger dem Höker und Metteke, seiner Ehefrau.

Pap. Oblatensecret der Stadt.

473. 1582 Mai 17.

Bürgermeister und Rath zu Stadthagen belehnen Hermann Peitemann, Sohn ihres Mitbürgers Dietrich Peitemann, wegen seiner Neigung zur Schule und zur Lehre der freien Künste mit einem Theile des von weiland Statius Lindeman für seine Blutsverwandten gestifteten geistlichen Lehens.

Beschäd. Stadtsgl. am Pergstr.

474. 1582 November 20 Schloß Stadthagen.

Adolf, Graf zu Holstein und Schauenburg ꝛc., bestätigt dem Rathe und der Bürgerschaft zu Stadthagen ihre Privilegien.

Unterschrift. Sgl. des Ausstellers am Pergstr.

475. 1583 Januar 7 Schloß Stadthagen.

Elisabeth Ursula geb. Herzogin zu Braunschweig und Lüneburg, Gräfin zu Holstein, Schauenburg und Sternberg, Frau zu Gehmen, nimmt den Rath und die Bürgerschaft der ihr zu Leibzucht verschriebenen Stadt Stadthagen nach der Huldigung in ihren Schutz und bestätigt ihnen ihre Freiheiten und Gerechtigkeiten.

Unterschrift. Sgl. der Ausstellerin am Pergstr.

476. 1589 Januar 23 (Donnerstag nach Vincentii).

Bürgermeister und Rath zu Stadthagen bekennen, daß vor ihnen Hans Blome und Ilsebe, seine Ehefrau, sich verpflichteten, Anton Pickert und Dietrich Peiteman als Provisoren der Armen zu S. Johannis eine Schuld von 40 Mark Hannov. mit 2 Mark Zins von ihrem in der Echteren Straße neben der Hofstätte der Gebrüder Gogreve belegenen Hause zu verzinsen.

Stadtsgl. am Pergstr.

477. 1590 September 30 (Mittwoch nach Michaelis).

Bürgermeister und Rath zu Stadthagen verkaufen ihrem Kämmerer Lorenz Hoegelken um 100 ℳ 5 ℳ wiederkäufliche Rente.

Sgleinschnitt.

Durch Einschnitt cassirt.

478. 1591 Januar 3.

Armenordnung des Rathes zu Stadthagen.

Copie. Pap.

479. 1591 Mai 18 Stadthagen.

Protokoll über die auf Grund des inserierten Befehls des Grafen Adolf zu Holstein und Schaumburg von 1590 Juli 22 erfolgte erneute Beziehung der Grenzen zwischen der Stadt Stadthagen und den Wackerfeldern und Enzern wegen der Hut und

Weide im Stocke durch den Kanzler Dr. Anton Wietersheim und Hans von Ditfurth, Drosten zu Stadthagen, im Beisein des Amtmanns Tilemann Wedemeier und des Vogtes Hans Bocklohe.

Unterschriften der beiden Räthe.

Beschäd. Sgl. Hans' von Ditfurth am Pergstr.

480. 1591 Mai 19 (Mittwoch nach Himmelfahrt).

Bürgermeister und Rath zu Wunstorf stellen Bartold Bade, Sohn Dietrich und Alheid Bades, ein Geburtszeugnis aus.

Stadtsgl. von Wunstorf am Pergstr.

481. 1594 Juni 27.

Bürgermeister und Rath der Stadt Stadthagen bekennen, daß vor ihnen der Bürger Melchior Anhagen und Hille, seine Ehefrau, an Caspar Kock und Ludwig Puteman, Vorsteher der Armen an der Pfarrkirche S. Martini, wegen einer Schuld von 70 ℳ $3^1/_2$ ℳ Zins von ihrem zwischen Cord Carstennings und Heine Rakens Häusern gelegenen Wohnhause verkauften.

Verletztes Stadtsgl. am Pergstr.

482. 1594 October 24 (crastino Severini).

Heinrich Fabri, genannt Guden, Vicar zu Coeln, bittet den Rath zu Stadthagen, ihren Mitbürger Heyneke Schulte zur Rückerstattung eines Darlehns von 2 Goldgulden anzuhalten.

Pap. Sglspur.

483. 1595 April 23 (Mittwoch in Ostern).

Bürgermeister und Rath zu Stadthagen verkaufen Conrad Backhaus, Pastor zu Hohnhorst (Hoinhorsth), und Anna Roden, seiner Ehefrau, um 500 Reichsthl., welche zum Theil zur Erhaltung der Rathsapotheke verwandt wurden, 20 ℳ wiederkäufliche Rente.

Stadtsgl. am Pergstr.

Durch Einschnitt cassirt.

484. 1595 August 25 (postridie Bartholomaei).

Bürgermeister und Rath zu Stadthagen verpflichten sich, Nicolaus Solter, Pastor, Hermann Meiger, Cord Woltematen und Jost Lhuman, Älterleuten, und der Gemeinde zu Deckbergen (Deckbar) eine Schuld von 80 Gulden wegen des Jenen bisher verpfändeten Hauses weiland Christoph Kocks mit 4 Gulden zu verzinsen.

Beschäd. Stadtsgl. am Pergstr.

Durch Einschnitt cassirt.

485. 1595 November 11 (Martini).

Bürgermeister und Rath zu Stadthagen verpflichten sich, Johann Heineken, ihrem Pastor, und Ilsebe, seiner Ehefrau, ein Darlehn von 200 Reichsthlr., welche sie zur Verbesserung und Erbauung des Rathhauses verwandten, mit jährlich 10 ₰ zu verzinsen.

Beglaubigt vom Notar und Stadtschreiber Johann Lowe.

Stadtsgl. am Pergstr.

486. 1596 Januar 18.

Bürgermeister und Rath zu Wunstorf quittieren Hans Seleman und Curd Meiger, Kämmerern zu Stadthagen, über an die Armenvorsteher bezahlte rückständige 8 ₰.

Pap. Oblatensgl.

487. 1596 April 13 (Dienstag in den h. Ostern).

Bürgermeister und Rath zu Stadthagen verpflichten sich, Dietrich Brames, Pfarrer zu Mandelsloh, und Anna, seiner Ehefrau, ein Darlehn von 200 Reichsthlr., welche sie zum Neubau und Herstellung des Rathhauses verwandten, mit 10 ₰ zu verzinsen.

Sgl. vom Pergstr. ab.

Durch Einschnitte cassirt.

488. 1598 April 26 (Mittwoch nach Quasimodogeniti).

Bürgermeister und Rath zu Stadthagen verkaufen Hans Selman und Bartold Boden, Vorstehern des Siechenhauses S. Johannis vor der Stadt, um 70 ₰, zum Theil von den Schenkungen weiland Heinrich Hugens und Magdalenas, Wittwe Lorenz Hoegelchens, $3^1/_2$ ₰ wiederkäufliche Rente.

Sgl. vom Pergstr. ab.

Durch Einschnitte cassirt.

489. 1598 September 29 (Michaelis).

Bürgermeister und Rath zu Stadthagen verkaufen Magdalena Wietersheim, Wittwe Lorenz Hogelkens, um 200 Reichsthl. 10 ₰ wiederkäufliche Rente.

Stadtsgl. am Pergstr.

Durch Einschnitte cassirt.

490. [c. 1560—1600.]

Spruch der Schöffen zu Magdeburg an Arndt Boger über die fragliche Gleichberechtigung seiner beiden Schwestern mit ihm zu der Erbschaft der Mutter, obwohl jene während seiner Abwesenheit bei ihrer Verheirathung ausgestattet waren.

Einschnitte vom Verschluß.

491. (saec. XVI—XVII.)

Heinrich Frigdach erklärt, im Begriff außer Landes zu reiten, sich einverstanden mit der Abmachung seines Vaters in Gegenwart seines Bruders Tonyes mit dem Rathe zu Stadthagen wegen einer Summe von 800 Gulden.

Pap. Oblatensgl.

492. 1600 Mai 14 (Mittwoch in Pfingsten).

Bürgermeister und Rath zu Stadthagen verpflichten sich, Dietrich Brames, Pastor zu Mandelsloh, und Anna, seiner Ehefrau, ein Darlehn von 200 Reichsthl. mit 10 ℳ zu verzinsen.

Sgl. v. Pergstr. ab. Durch Einschnitte cassirt.

493. 1601 April 14 (Dienstag in den h. Ostern) Worms.

Othraven von Landsberg, weiland Christophs Sohn, verpflichtet sich, Dietrich Peitman, Bürger zu Stadthagen, ein Darlehn von 200 Goldgulden, welche von dem von Dietrichs Großvater Statius Lindeman gestifteten und jetzt an Dietrichs Söhne verliehenen geistlichen Beneficium genommen wurden, mit 11 Reichsthlr. jährlich zu verzinsen.

Pap. Oblatensgl. und Unterschrift des Ausstellers.

494. 1602 April 6 (Dienstag in den h. Ostern).

Bürgermeister und Rath zu Stadthagen (Grevenalveshagen) bezeugen, daß Bernd Buener und Thomas Kamer, Provisoren der Armen der Pfarrkirche S. Martini daselbst, sich verpflichteten, ihrem Mitbürger Hermann Deterdingk und Anna, seiner Ehefrau, ein Darlehn von 100 ℳ, welches sie mit von Jobst Bolthen entliehenen 100 ℳ zur Einlösung einer Obligation des Stiftes Moellenbeck über 300 ℳ von Heinrich Barthram verwandten, mit $5^1/_2$ ℳ zu verzinsen.

Sgl. v. Pergstr. ab. Durch Einschnitt cassirt.

495. 1603 October 8 Stadthagen.

Dietrich von Brinck, gräflich Schaumburgischer Rath und Droste, erkauft sich von dem Rathe zu Stadthagen um 20 ℳ ein Erbbegräbniß in der Pfarrkirche neben seiner verstorbenen Ehefrau Christine geb. von Lehrbach und verpflichtet seine Erben zur Zahlung weiterer 100 ℳ an den Rath.

Pap. Oblatensiegel. Unterschrift.

496. 1609 April 17 (Montag in den h. Ostern).

Bürgermeister und Rath zu Stadthagen quittieren dem Grafen Ernst zu Holstein und Schaumburg über 200 ℳ, welche er als Ersatz für den zum Zwecke der Erbauung des Pfarrhofes durch den früheren Pfarrer Jacob Damman an den verstorbenen gräfl.

Schaumburgischen Kanzler Magister Johann Gogreve verkauften Pfarrcamp vor Entzen schenkte, und verpflichten sich, davon dem jedesmaligen Superintendenten und Pfarrer jährlich 10 ₰ zu bezahlen.

Sglbruchstück am Pergstr. Ein Stück der Urk. zerstört.

497. 1610 Januar 15 Stadthagen.

Jobst Sander, Bürger zu Stadthagen, verkauft dem Bürgermeister Burchard Godeker daselbst um 130 ₰ sieben dem Pfarrer zinspflichtige Morgen Landes zwischen Jost Heinens Campe und dem Stocke belegen.

Beglaubigt vom Stadtsecretär Jodocus Bolte.

Stadtsecret am Pergstr.

498. 1610 October 2 Stadthagen.

Bürgermeister und Rath zu Stadthagen bekennen, daß Magdalena Witersheims, Wittwe des Rathmannes Lorenz Hogelken, je 50 ₰ den beiden Currenden der Armen Schüler und der Armen Kinder zum Ankauf von Brod durch die Vorsteher Hermann Meier und Lorenz Kolner, ferner 50 ₰ für die neue Kirche vor dem Westerthore, 20 ₰ zur Erbauung der Stube (dornse) für die Armen auf S. Johannishofe und 50 ₰ den Provisoren der Armen unter dem Thurm (thoren) Bernd Tuner und Godert Blanckenagel zur Vertheilung von Käse schenkte und die Bestimmung traf, daß von den Zinsen eines weiteren Capitals von 100 ₰ der Rath jährlich den 3 Pastoren zu Weihnachten je einen ₰ und die zwei übrigen Thaler zum Ankauf von Currendebüchern für fleißige Kinder vertheilen sollen.

Unterschriften Dr. Antons von Wietersheim, gräfl. Schaumburgschen Kanzlers, der Stifterin Bruders, und des Stadtsecretärs Jodocus Bolte.

Stadtsgl. am Pergstr.

499. 1610 October 2 Stadthagen.

Zweite Ausfertigung von n. 498.

Stadtsgl. am Pergstr.

500. 1611 März 21 Stadthagen.

Contract zwischen Hermann von Mengersen, Drosten zu Rodenberg, und Lorenz Reineking und Heine Koch, Älterleuten der Kirche (S. Martini) zu Stadthagen, über ein Darlehn auf einen Garten zu Haverbeck.

Pap. Oblatensgl. Unterschriften.

501. 1611 September 29 (Michaelis).

Bürgermeister und Rath zu Stadthagen verpflichten sich, Hans von Ditfurth, Drosten auf dem gräflichen Schlosse daselbst, ein

Darlehn von 1000 Reichsthalern, welche sie zur Ausstattung des wiedererworbenen Rathsweinkellers mit Rheinweinen verwandten, mit 50 ℳ Rente vom Weinkeller zu verzinsen.

Sgleinschnitt. Ein Stück der Urkunde unten ausgeschnitten.

502. 1612 Juli 28 Stadthagen.

Anton von Wietersheim, Doktor der Rechte, kaiserlicher Pfalzgraf und Rath, legitimiert Jodocus Staffhorst, außer der Ehe erzeugten Sohn Johann Staffhorsts und der Adelheid Jenß zu Hoya.

Z. Heinrich Vinnen und Jodocus Busingh, Bürger zu Stadthagen.

Beglaubigt von dem Notar Johann Botticher.

Pfalzgrafensgl. des Ausstellers an grüner Schnur. Notariatszeichen.

503. 1612 December 16.

Bürgermeister und Rath zu Stadthagen stellen Hermann Holle, Sohn Johann Holles und Alheid Beckers, auf Grund des eidlichen Zeugnisses Benedix Grimmens, Bürgers daselbst, und Albert Carsteningks wohnhaft zu Helpsen einen Geburtsbrief aus.

Stadtsgl. am Pergstr.

504. 1614 December 22 Stadthagen.

Lorenz Reineking und Heine Koch, Älterleute der Kirche S. Martini zu Stadthagen, verpflichten sich, Johann Bloming, Bürgermeister daselbst, ein Darlehn von 30 ℳ mit $1^1/_2$ ℳ zu verzinsen.

Pap. Oblatensgl. Unterschriften.

505. 1615 Januar 3 Stadthagen.

Contract zwischen dem Rathe zu Stadthagen und dem Juden Nathan Spannier, nach welchem dieser, solange er in Stadthagen geduldet werde, das dem Rathe von Jost Auhagen von Wiedensahl verkaufte Haus auf der Echternstraße zwischen den Häusern Jobst Hiddensemans und Jurgen Stellefelts gegen 32 Groschen Hausschoß und 12 Groschen Vorschoß bewohnen und, falls er die Stadt verlassen muß, seinen Pfandschilling von 300 ℳ empfangen soll.

Sgl. v. Pergstr. ab.

506. 1615 Januar 3 Stadthagen.

Zweite Ausfertigung von n. 505.

Stadtsgl. am Pergstr. Unterschrift Nathans.

507. 1615 Mai 2.

Bürgermeister und Rath zu Stadthagen stellen ihrem Mitbürger Daniel Wrede, Sohn weiland Felician Wredes und Hilles von Landsberg, auf Grund der Zeugenaussagen Cord Dreiers und Martin Kahls zu Mesmerode im Amte Bokeloh (Bocklahe) ein Geburtszeugnis aus.

Sgl. vom Pergſtr. ab.

508. 1616 December 27 (den dritten tag in den h. Weihnachten).

Lorenz Reinkink und Ludwig Zelman, Geschworene und Älterleute der Kirche S. Martini zu Stadthagen, befreien Dietrich von Brincken, gräflich Schaumburgischen Geheimen Rath und Landdrosten, nach Empfang von 15 ₰ für immer von einem Zins von 10 Schillingen von seinen Landstücken hinter der Kirche.

Pap. Oblatensgl. Unterschriften.

509. 1617 April 22 (Dienstag in den h. Ostern).

Bürgermeister und Rath zu Stadthagen verpflichten sich, Conrad Bollandt, Pastor zu Meerbeck (Mehrbecke), ein Darlehn von 300 ₰, welche sie zur Ablösung eines Capitals bei Conrad Backhaus, Pastor zu Hohnhorst, verwandten, jährlich mit 15 ₰ zu verzinsen.

Stadtsgl. am Pergſtr.

Durch Einschnitt cassirt.

510. 1617 December 11.

Urtheil des Rathes zu Stadthagen in dem Processe zwischen Margaretha Boley, Wittwe Ludwig Kemerers, und Anna Dylli, Wittwe Dietrich Bohnes, über 3 Morgen Kirchenland zu Gunsten der Letzteren.

Pap. Oblatensgl.

511. 1623 December 19.

Bürgermeister und Rath der Stadt Wunstorf stellen Engelbert Zelle zu Stadthagen, Sohn weiland Heinrich Zelles, ihres Mitbürgers, nach eidlichen Zeugenaussagen einen Geburtsbrief aus.

Beschäd. Stadtsgl. in Holzcapsel an gelber Schnur.

512. 1626 April 11 (Dienstag in den h. Ostern.)

Bürgermeister und Rath zu Stadthagen verpflichten sich, Philipp Mercklein und Ludwig Selman, Älterleuten der Pfarrkirche S. Martini daselbst, ein ihnen bei dem jetzigen Kriegswesen gewährtes Darlehn von 1000 Reichsthlr. mit 60 ₰ zu verzinsen unter hypothekarischer Verpfändung des gesammten Vermögens der Stadt.

Unterschrift des Secretärs Jodocus Bolte.

Holzkapsel ohne Siegel am Pergſtr.

513. 1629 September 30 Stadthagen.

Bürgermeister und Rath zu Stadthagen verpflichten sich, Heinrich von Rhaden, Secretär der Stadt Herford, und Maria

Meyers, seiner Ehefrau, ein Darlehn von 600 Speciesthlr. jährlich mit 36 ₰ zu verzinsen, und verpfänden ihnen die sämmtlichen Güter der Stadt, insbesondere den Stadtkeller.

Sgl. v. Pergstr. ab.

514. 1631 September 15 Stadthagen.

Bernd Koritzer und Elisabeth Blehming, seine Ehefrau, schenken der Kirche S. Martini zu Stadthagen 100 ₰ mit der Bestimmung, daß die Zinsen im Betrage von 5 ₰ jährlich am Mittwoch nach Ostern an die Prediger bei der Kirche vertheilt werden, jedoch soll die Wittwe eines Predigers lebenslänglich im Genusse des Antheils ihres Mannes bleiben.

Pap. Unterschriften und Sgl.

515. 1632 Februar 8 Bückeburg.

Edict des gräflich Schaumburgischen Kanzlers Anton von Wietersheim über die Aufbringung der auf die Schaumburgische Ritterschaft entfallenden 500 ₰ von der an den Generalfeldmarschall Grafen von Pappenheim zu zahlenden Contribution von 7000 ₰.

Pap. Oblatensgl. Unterschrift zum Theil durch Moder zerstört.

516. 1633 December 3.

Der Rath zu Stadthagen schenkt aus Dank für die Dienste des Cantors an der Schule daselbst Johann Schwantesius seinen Kindern Catharina Elisabeth, Josua und Hedwig Sabine das Bürgerrecht.

Pap. Unterschrift des Stadtsecretärs L. Reineking.

517. 1634 October 29 Stadthagen.

Sabina Weberin, Wittwe des gräflich Schaumburgschen Secretärs Ernst Croppau, verschreibt in Ausführung eines Lehnbriefes ihres Mannes dem Superintendenten Alardus Baeck ein 12 ₰ Zins tragendes Capital von 200 ₰ hypothekarisch auf die zum Lehn ihres Mannes gehörigen sieben näher beschriebenen Morgen Landes.

Pap. Oblatensgl.

Mit späteren Eintragungen versehen.

518. 1639 Februar 28 Lübeck.

Vergleich zwischen Johann Wittschieve als Bevollmächtigten des Rathes und der Verwandten des Testators zu Stadthagen und Nicolaus Rothausen, Heinrich Fasterlinck und Hermann Dorckes als Vertretern der Anverwandten zu Lübeck über die Ausführung der Legate des Magisters Johann Rode, weiland Domdechanten zu Lübeck.

Pap. Unterschriften.

519. 1641 Juni 25.

Gerhard Alberdink, Notar am bischöflichen Hofe zu Münster, stellt dem Jobst Suithoff, geboren zu Gievenbeck im Kirchspiel Überwasser und jetzt zu Stadthagen wohnhaft, auf Grund der Aussagen genannter Bürger zu Münster und Umgegend ein Geburts- und Leumundszeugnis aus.

Unterschrift des Notars.

520. 1644 September 11 Stadthagen.

Receß zwischen Leonhard Soneman, Beamten zu Lübeck, als Bevollmächtigten Dr. Anton Kolers, früheren fürstlich Braunschweigischen Hofgerichts- und Appellationsraths, nachherigen fürstl. Sächsischen Kanzlers und jetzigen Bürgermeisters zu Lübeck, Dr. Benedict Wincklers, ältesten Syndicus, und Caspar Wintercampfs, Bürgers daselbst, als Testamentsvollstrecker der verstorbenen Johann Koler, Propst zu Lüneburg, und Heinrich Koler, ältesten Kammerherrn zu Lübeck, Gebrüder, einerseits und Anton Warner, ältestem Bürgermeister, Othrab Deterding, Bürgermeister, Lorenz Reineking, Secretär, Thomas Peitman, ältestem Altermann der S. Martinikirche, M. Joachim Schultze, ältestem Altermann Corporis Christi, und Georg Rinck, Testamentsvollstrecker und derzeit nächstem Anverwandten der Koler zu Stadthagen, über die Ausführung der Kolerschen Legate für Stadthagen.

4 Papierblätter. Oblatensgl. der Stadt. Unterschriften der Contrahenten.

521. 1645 December 18 Stadthagen.

Bürgermeister und Rath zu Stadthagen bewilligen dem Magister Ludolf Peittmann, Pastor, Senior daselbst, und seiner Ehefrau Esther Koch ein freies Begräbniß in der Pfarrkirche zu S. Martini neben dem Altar, bei den Grabmälern des Bürgermeisters Johann Langermann, des Dr. Bernhardt und des Dr. Christian Hasthaens.

Pap. Oblatensgl. Unterschriften.

522. 1649 Juni 28 Stadthagen.

Wichmannus Narthenius, Kämmerer zu Stadthagen, schenkt ein an den Bürger Friedrich Sprockhoff ausgeliehenes Capital von 100 ℳ der Kirche S. Martini zur Aufbesserung der Einkünfte des Organisten unter Verpflichtung zum Orgelspiel bei einem Dankpsalm in der Frühpredigt am Sonntage.

Pap. Unterschrift und Sgl. des Ausstellers.

523. 1652 März 1.

Johann Heinrich Vincke, Senior der Kathedralkirche zu Minden und Propst zu Levern (Leveren), Sibylla von Mallinckrodt, Äbtissin,

Helena von Beverforden, Seniorin, und der Convent daselbst lassen Gertrud Hollen, Tochter Martins und Gertruds Hollen, aus Oppenwehe (**Oppenwehlde**) im Amte Rahden frei.

Beschädigte Sgl. der Äbtissin und des Convents an Pergstr. Das erste Sgl. ab.

524. 1652 December 28 Stadthagen.

Othrab Deterding, Bürgermeister zu Stadthagen, verpflichtet sich, den Älterleuten der Kirche S. Martini daselbst, Christian Dolle und Arendt Selman ein Darlehn von 40 ℛ︁ mit 2 ℛ︁ zu verzinsen.

Pap. Oblatensgl. der Stadt mit der Jahrzahl 1627. Unterschrift.

525. 1653 November 4 Stadthagen.

Bürgermeister und Rath zu Stadthagen cedieren mit Consens der Älterleute der Kirche S. Martini daselbst dem Landrentmeister Anton Dolle und Elisabeth Margaretha Struve, seiner Ehefrau, ihr Anrecht an eine halbe Wiese am Witstorffer Felde vor der Brandenburg in näher bezeichneter Weise.

Oblatensgl. Unterschriften.

526. 1658 Mai 17 Stadthagen.

Bürgermeister und Rath zu Stadthagen verpflichten sich, Anna Margaretha Dehrenthals, Wittwe des gräflich Bentheimschen Rathes Hermann Münchs, welche außerdem für die Kirchen, Schulen und Armen der Stadt eine Stiftung gemacht habe, ein Darlehn von 500 ℛ︁, welches sie besonders zur Einlösung des verpfändeten Stadtweinkellers verwandten, mit 30 ℛ︁ zu verzinsen, und setzen ihre gesammten Einkünfte, auch den Rathskeller zum Unterpfand.

Stadtsgl. in Holzcapsel am Pergstr.

527. 1659 September 23 Stadthagen.

Vergleich zwischen den Vollstreckern des Bullischen Testamentes einerseits und den Testamentsfreunden andererseits über die fernere Erhebung der Legatgelder nach erfolgter Rechnungsablage.

Pap. Unterschriften.

528. 1660 October 19 Obernkirchen.

Dorothea von Bardeleben, Äbtissin, Anna Catharina von Haus, Seniorin, und der Convent des Stiftes zu Obernkirchen bestätigen Ilse Wittschieve, Wittwe Philipp Merklins, Ehefrau Michael Güglings, Apothekers zu Stadthagen, und ihren genannten Kindern auf Grund der inserierten Urkunde von 1575 Februar 17 (s. da) den Besitz einer Zinshufe Landes vor Stadthagen.

Conventssgl. von Obernkirchen in Holzcapsel am Pergstr.; Unterschriften der Äbtissin und Seniorin.

529. 1664 December 15 Stadthagen.

Bürgermeister und Rath zu Stadthagen beurkunden, daß die Jungfrau Katharina Bücken auf Grund eines Gelöbnisses nach überstandener Krankheit den Armen Corporis Christi ein Capital von 100 rh. Gulden schenkte, welches die Provisoren bei dem Bürgermeister Hermann Boetticher anlegten.

Stadtsecret in Holzcapsel am Pergstr. Unterschriften der Schenkerin und des Rathes.

530. 1675 October 14.

Notariatsinstrument über die Schenkung von $1\frac{1}{2}$ Morgen Landes auf dem Großen Kampe durch Anna Möhlenfeld, Wittwe des Bürgers Adrian Lüdersen, an die Küsterei der Martinikirche zu Stadthagen.

Z. Gerdt Deterding, Altermann der Kirche S. Martini.

Pap. Unterschrift und Sgl. des Notars.

531. 1694 December 29 Lauenau.

Bürgermeister und Rath des Fleckens Lauenau ertheilen Johann Heinrich Gerhard Dissen vom Meierhofe zu Lübbersſen im Amte Lauenau, nachdem er in Stadthagen Bürger und Brauer geworden und das Hökeramt gewonnen habe, einen Geburtsbrief.

Oblatensgl. aufgedrückt.

532. 1695 December 3 Stadthagen.

Quittung Johann Adolf Boehmers und Justus Ludwig Boettichers, Diaconen an der Kirche S. Martini zu Stadthagen, über ein bei dem Baue des Oberpfarrhofs ihnen von Christoph Michael Reichert gewährtes Darlehn von 100 ₰.

Pap. Unterschriften der Diaconen.

533. 1710 März 22 Stadthagen.

Contract über den Verkauf des von dem Amtsvogte Joachim Brunck zu Lachem erworbenen sog. Ebbekenhauses, welches zum Pfarrhause bestimmt wird, durch den Braunschweig-Lüneburgischen Major Georg Christoph Huldersen an Bürgermeister und Rath zu Stadthagen um 400 ₰.

Pap. Unterschriften und Siegel.

534. 1748 Juni 12 Bretzenau an der Noäh (?).

Zeugnis Johann Carl Wilhelms Freiherrn von Biritz ꝛc. für eine in Folge der Kriegsnöthe hülfsbedürftige Familie Artler.

Pap. Oblatensgl.

535. 1785 Januar 11 Bückeburg.

Philipp Ernst, Graf zu Schaumburg-Lippe, entläßt Anna Engel Sophie Eleonore Stüting aus Hespe, Tochter Johann Heinrich Stütings und der Anna Catharina Seggebrauck daselbst, aus seinem Eigenthum frei.

Unterschrift. Sgl. des Ausstellers in Holzcapsel.

536. 1791 December 12 Bückeburg.

Rescript der Regierung zu Bückeburg über die Bestätigung der Erhebung des Abzugsgeldes durch den Magistrat zu Stadthagen.

Pap. Vormundschaftl. Oblatensgl. Unterschrift.

537. 1793 April 4 Bückeburg und April 7 Hannover.

Juliane Wilhelmine Luise, verwittwete Fürstin zu Schaumburg-Lippe, und Johann Ludwig Graf von Wallmoden-Gimborn als Mitvormund und Mitregent bestätigen als Vormünder des Grafen Georg Wilhelm von Schaumburg-Lippe dem Rathe und der Bürgerschaft zu Stadthagen die ihnen von den Grafen Philipp, Friedrich Christian und Albrecht Wolfgang verliehenen Privilegien.

Unterschriften der Aussteller. Sgl. der vormundschaftlichen Regierung in Holzcapsel am Pergstr.

538. 1793 April 4 Bückeburg und April 7 Hannover.

Dieselben (wie n. 537) ertheilen dem Rathe und der Bürgerschaft zu Stadthagen für ihre Apotheke das Privileg, daß sie keine andere Apotheke daselbst gestatten und auch den Verkauf von Spezereien, Weinen 2c. gestatten wollen, unter Vorbehalt der Erhebung der üblichen Accise.

Unterschriften und Besiegelung wie in n. 537.

539. 1819 Januar 20 Stadthagen.

Contract über den Verkauf des zur zweiten Pfarre gehörigen Wittwenhauses am Kirchhofe durch die Stadtkirchencommission zu Stadthagen an den Bürger Daniel Deterding.

Oblatensgl. Unterschriften.

540. 1862 März 31 Bückeburg.

Adolf Georg, Fürst zu Schaumburg-Lippe, bestätigt beim Antritt seiner Regierung die Privilegien der Stadt Stadthagen.

Unterschrift. Sgl. des Ausstellers in Holzcapsel am Pergstr.

541. 1862 März 31 Bückeburg.

Adolf Georg, Fürst zu Schaumburg-Lippe, bestätigt beim Antritt seiner Regierung der Stadt Stadthagen das Privileg wegen ihrer Apotheke.

Unterschrift. Sgl. des Ausstellers in Holzcapsel am Pergstr.

542. 1862 März 31 Bückeburg.

Adolf Georg, Fürst zu Schaumburg-Lippe, bestätigt dem Rath und der Gemeinde der Stadt zu Stadthagen das Recht der Präsentation für die erledigten beiden Pfarrerstellen an der Stadtkirche daselbst.

Unterschrift des Ausstellers, dessen Sgl. in Holzcapsel am Pergstr.

VI.

Beiträge zur Stader Geschichte des 17. und 18. Jahrhunderts.

(Die Einquartierungs- und Steuerlasten.)

Aus den hinterlassenen Papieren des Geheimen Regierungsrathes **Neubourg** herausgegeben von Professor **Neubourg**.

I.

Stade unter der schwedischen und dänischen Herrschaft. 1648—1715.

Das Erzbisthum Bremen und das Bisthum Verden standen schon vor ihrem Anfalle an die schwedische Krone unter dem Schutze Schwedens zur Verhütung etwaigen Eindringens eines neuen kaiserlichen oder ligistischen Heeres. In der Stadt Stade war zwar nach der Einnahme der Stadt durch Tilly im Mai 1628 eine ligistische Garnison in einer Stärke von ca. 3600 Mann verblieben, aber diese war dann unter Pappenheim im Mai 1632 abgezogen.

Die schwedische Schutzherrschaft stand unter der Verwaltung des zumeist in Hamburg residierenden Staatsraths Salvius und des Staatsraths Höpken, der seinen Aufenthalt im Erzstift hatte. Das Militär-Commando führte der Generalmajor Leslie. Der eigentliche Landesherr, Erzbischof Johann Friedrich, residierte dagegen in Vörde (Bremervörde). Nach einer zwischen diesem und dem Staatsrathe Salvius abgeschlossenen Capitulation sollte zwar die Stadt Stade nur mit zwei Compagnien (Finnen) belegt werden. Es sind aber wiederholt im Laufe der Jahre bis Ende 1638, wo die Schweden aus dem Erzbisthum abzogen, auf längere und kürzere Zeit weit größere schwedische Truppentheile in die Stadt gelegt worden.

Der Abzug der schwedischen Truppen war durch den Erzbischof vermittelt, wofür demselben von der Landschaft ein zweimaliges Subsidium bewilligt ward, zu dem die Stadt 3733 ₰ resp. 1000 ₰ beizutragen hatte.

Es hat noch einmal ein Einfall kaiserlicher Truppen in die Bisthümer im Jahre 1637 stattgefunden. Derselbe ist jedoch sehr bald von dem Erzbischofe gegen eine Abfindungssumme von 6000 ₰ rückgängig gemacht worden, die freilich von der Landschaft aufgebracht werden mußte. Der Antheil der Stadt Stade betrug dabei 2283 ₰. Auch finden sich in den bei dem Rathe der Stadt geführten Extrajudicial-Protokollen noch in den weiteren Jahren des 30jährigen Krieges einzelne Durchzüge von schwedischen, selbst spanischen Truppen erwähnt. Namentlich aus Anlaß der letzteren im Jahre 1640 ist seitens der Landschaft wegen der dem Erzbisthum zugesagten Neutralität Protest erhoben.

Im ganzen haben die hiesigen Landestheile unter den Drangsalen und Verheerungen des 30jährigen Krieges weniger zu leiden gehabt als andere Gegenden Deutschlands. Stade selbst hatte freilich bei der Belagerung durch die schwedischen Truppen unter Königsmark im Jahre 1645 die gänzliche Zerstörung einer Vorstadt zu beklagen.

Wie sehr übrigens, um die Zeit von 1632 wieder aufzunehmen, der Schwedenkönig Gustav Adolf trotz der nominellen Landesherrschaft des Erzbischofs als der eigentliche und wirksame Schutzherr des Erzstifts angesehen wurde, bezeugt folgender Vorgang. Nachdem die ligistischen Truppen unter Pappenheim abgerückt waren, wurde von der Stadt eine Deputation an den König gesandt, um ihm verschiedene Anliegen in Betreff der städtischen Interessen vorzutragen. Diese bestand aus den Rathsherren Reusse und Niclas Höpke. Sie hatte erst in Rothenburg a. Tauber Gelegenheit, den König zu treffen, und über das Ergebnis der Verhandlungen liegt ein sehr dürftiger und wenig klarer Bericht vor. Es scheint, daß die angebrachten Anliegen vom Könige sehr gnädig aufgenommen wurden; dieser habe „alle königliche Gnade verheißen“, auch „ein sonderbares großes Aufsehen auf den Ort gehabt“

und dem Herrn Commissario (dem Staatsrath Dr. Höpken, der die Deputation begleitete) anbefohlen, in forma patentis alle und jede Commandanten, so allhier pro tempore sein würden, anzuweisen, die Alliance, so zwischen Ihro Königl. Majestät Abgesandten und Herrn Salvius aufgerichtet, stets und ununterbrochen zu halten; welches denn auch geschehen und in die geheime Kanzlei abgeliefert sei". Dann wird in der Berichterstattung noch besonders erwähnt, daß die Einführung des Hamburger Bieres zur Sprache gekommen und von Seiner Majestät gnädigst bewilligt, daß solche nicht so häufig zu geschehen habe, wie bisher. Ferner war erwähnt die Wegnahme und der Verkauf der städtischen Bibliothek durch den schwedischen Regiments-Commandeur; die Erstattung des Schadens wird erbeten. Endlich handelte es sich um die Befreiung der Stadtländereien von der Contribution.

Man muß sich verwundern, mit wie geringfügigen Anliegen der König auf seinem Marsche behelligt wurde, und man kann nur die Geduld bewundern, mit der jene entgegengenommen wurden. Der baldige Tod des Königs hat übrigens die meisten Punkte unerledigt bleiben lassen.

Höchst auffällig sind die Notizen der Extrajudicial-Protokolle über die Katastrophe vom 6. November (alten Stils). Erst im Protokolle vom 19. November wird des Sieges gedacht, indem Seine Excellenz (Salvius?) den Rath hat wissen lassen — weilte Ihre Königliche Majestät durch Verleihung von Gottes Gnade eine herrliche Victorie erhalten und Se. Excellenz im Willen wäre Salve schießen zu lassen, als möchte Euer Ehrbarer Rath auch das Ihrige dabei thun und die Pastores ermahnen lassen, daß sie eine allgemeine Danksagung von den Kanzeln thäten. — Dann ist laut Protokoll vom 24. November ein fürstliches Schreiben eingegangen, (wohl vom Erzbischof) worin begehrt wird, drei Sonntage nach einander das Te deum laudamus vor der Predigt und hernach auch eine öffentliche Danksagung, auch für Ihre Königliche Majestät in specie und das evangelische Wesen zu bitten. Erst zum Protokolle vom 27. November zeigt der präsidierende Bürgermeister dem Rathe an, daß, weillen leider die betrübte Zeitung wegen Ihrer Königlichen Majestät Tode nunmehr überall erschollen, die Musik bei einer an dem Tage abgehaltenen Hochzeit abzustellen sei. Weitere Veranstaltungen wurden nicht getroffen. Also erst am 19. November ist hier die Nachricht von der Schlacht bei Lützen eingetroffen und dazu ohne gleichzeitige Meldung von dem Tode des Königs; diese wurde volle 8 Tage später bekannt gemacht! Und dies in einem deutschen Landestheile, der damals unter schwedischer Verwaltung stand!

Bei dem westfälischen Friedens-Verhandlungen sind die Interessen der Stadt Stade nicht unvertreten geblieben. Zu deren Wahrnehmung war der damalige Stadtsyndikus Dr. Niclas Höpken, später Bürgermeister und nach Uebertritt in den königlichen Dienst Hofgerichtsdirektor und Geheimrath, im Juli 1647 nach Osnabrück gesandt. Hier erwirkte er durch die schwedischen Friedensunterhändler die Schenkung der Güter des Marienklosters an die Stadt, wofür er mit einigen Meierhöfen aus den der Stadt geschenkten Klostergütern bedacht wurde.

Mit dem Jahre 1648 trat nun die schwedische Regierung über die der Krone Schweden durch den westfälischen Frieden zugefallenen Herzogthümer Bremen und Verden ein, die in Stade ihre Residenz nahm.

Welche Drangsale diese Zeit und die sich daran schließenden wenigen Jahre der dänischen Herrschaft, in Folge der Kriege zwischen den Schweden und Dänen, für die Herzogthümer und nicht zum wenigsten für die Stadt Stade mit sich geführt hat, wie schwere Lasten und Opfer zu tragen gewesen sind, findet sich in der Geschichte der Stadt von Jobelmann im Archive unsers Vereins näher dargestellt. Es darf also auch bezüglich der schweren Geschicke, welche die Stadt während dieser Zeit betroffen hat, namentlich des Brandes vom 26. Mai 1659, auf diese Geschichtsschreibung verwiesen werden. Indessen mögen hier noch specielle Angaben aus den Acten des Magistrates und der Bremen- und Verdenschen Landschaft mitgetheilt werden, welche die schweren Heimsuchungen der Stadt noch anschaulicher machen. Sie betreffen theils die schwere Einquartierungslast, theils sonstige Opfer, welche die Stadt mit den übrigen Landestheilen der Herzogthümer hat bringen müssen.

1. Die Einquartierungslast.

Die Akten enthalten zunächst aus der schwedischen Zeit von 1650—1711 unausgesetzte Klagen über die schwere Einquartierung, und die beweglichsten Bittgesuche der Stadtverwaltung, Rath und Bürgerschaft, um Erleichterung. Es betraf diese Beschwerde nicht nur die zahlreiche Garnison, sondern wesentlich auch die Menge der den Leuten angehörigen Weiber und Kinder. Wiederholt wird gebeten, die Stadt nur mit Nationalvölkern, d. h. Schweden, zu belegen, weil diese weniger Anhang mit sich führten. Der größere Theil der in schwedischen Diensten stehenden Truppen bestand aus Söldlingen der verschiedensten Länder; einmal wird von einer Compagnie englischer Nation gesprochen. Nach ursprünglicher Bestimmung sollten nur 3 Compagnien Infanterie die Garnison bilden, indessen wurden schon 1650 2 Compagnien mehr eingelegt. Im Jahre 1663 haben zwar nur 4 Compagnien Infanterie in der Stadt gelegen, aber in der Stärke von 1086 Mann mit 387 Frauen (Kinder sind dabei nicht erwähnt, werden aber nicht gefehlt haben), außerdem 47 Mann Artillerie, deren Weiber nicht gerechnet. Un diese Last ruhte auf der Bürgerschaft wenige Jahre nach dem Brandunglücke, durch das zwei Drittel der Stadt in Asche gelegt waren. Im Jahre 1667 bestand die Garnison wieder aus 5 Compagnien mit 1248 Mann und 419 Weibern, wozu noch eine nach Bremervörde detachierte Abtheilung von 133 Mann mit 78 Frauen hinzukam. Im Jahre 1684 ist der Quartierbestand angegeben zu 1492 Mann und 438 Frauen. Diese Zahlen erhöhen sich gegen Ende des Jahrhunderts noch beträchtlich. Aus einer Acte des Jahres 1697 betreffend eine Beschwerde der hiesigen Artillerie über den ihr im Falle der Ausqartierung zustehenden Service, der geringer ausfiel als in Pommern und Wismar, wird die Stärke der Garnison angegeben:

von der Infanterie 1149 Mann mit 507 Frauen,
von der Artillerie 91 Mann mit 75 Frauen.

In einer Vorstellung vom April 1703 wird die Zahl der zu Bequartierenden auf 1600 angegeben; trotzdem erfolgte noch in demselben Jahre ein neuer Zuwachs, sodaß die Einquartierung steigt auf

Infanterie 1661 Mann mit 335 Frauen,
Artillerie 70 Mann mit 60 Frauen,

zusammen 2126 Köpfe, ohne die Anzahl der jedenfalls zahlreichen Kinder. Wie sehr außer den Frauen auch die Kinder die Einquartierungslast erhöhten, ergiebt eine Zusammenstellung aus dem Jahre 1700. Danach waren zu berücksichtigen:

	Mann	Frauen	Kinder
von der Infanterie	1281	399	804
von der Artillerie	71	58	124
von dem Feldstab	152	73	134
bei der Fortifikation	19	4	—
	1523	739	1062

Summa 3324 Köpfe, wovon wegen Ueberfüllung der Stadt 48 Verheirathete mit ihren Kindern in Camp untergebracht wurden.[1] Die den Quartierwirthen obliegenden Leistungen bestanden nach den verschiedenen von der Regierung erlassenen Ordonnanzen von 1666, 1673 und 1682 in der Gewährung des Obdachs und der Lagerstatt sammt Feuerung und Licht, wie der Quartierwirth es selbst im Hause hat und gebraucht. Den Lebensunterhalt hatte der Einquartierte selbst zu bestreiten; dafür erhielt aus der Landeskasse der Infanterist monatlich

für Speisung und gering Bier	1 ₰ 32 ß
an Baargeld	10 ß
	1 ₰ 42 ß

also täglich 3 ß

(gerechnet wird hier der Reichsthaler zu 48 Schillingen),

der Cavallerist monatlich

für Speisung und gering Bier	2 ₰
an Baargeld	36 ß
	2 ₰ 36 ß

also täglich ca. $4\frac{1}{2}$ ß

daneben auf 1 Pferd 2 Himten Hafer und Gras, monatlich 1 ₰ 32 ß.

Aus den Acten geht hervor, daß für diesen geringen Service die Quartierswirthe selbst die Beköstigung der Mannschaften übernahmen; von dem Rechte der Selbstbeköstigung werden diese wohl nicht allzu häufig Gebrauch gemacht haben.[2] Nicht ersichtlich ist, auf welche Weise die Frauen und Kinder unterhalten wurden, die doch das Unterkommen der Männer theilten. Vermuthlich lag die besondere Härte der Einquartierungslast für die Wirthe gerade in der ihnen angesonnenen unentgeltlichen Verpflegung der Frauen und Kinder. Durch verschiedene Erlasse der schwedischen Regierung wurde verfügt, daß den nach Abmarsch bequartierter Mannschaften zurückbleibenden Frauen die Lagerstatt zu verbleiben habe.

Wie groß die durch diese starke Garnison der Bürgerschaft auferlegte Last in der schwedischen Zeit gewesen ist, wird besonders anschaulich durch den Hinblick auf die verhältnismäßig geringe Zahl der Hausbesitzer, auf denen die Last ruhte. Wiederholt wird in den Beschwerden der Hausbesitzer angeführt, daß ihre Zahl auf ca. 440 zurückgegangen sei, die mit den Buden etwa in 500 Gelassen

Quartier leisten müßten. Bei der starken Garnison fielen 5—9 Mann auf ein Quartier. Dabei mangelte es natürlich an Betten, wenn auch 2, im Sommer 3 Mann sich in ein Bett theilten. Es sei häufig vorgekommen, daß die Einquartierung sich in die Betten der Wirthsleute gelegt und diesen überlassen hätte, sich für die Nacht ein Unterkommen zu suchen. Mehrere Bürger hätten deshalb schon ihre Häuser im Stich gelassen und seien auf das Land gezogen, um dort als Arbeiter ihren Unterhalt zu suchen. Andere hätten sich lieber als Soldaten anwerben lassen, um dann als solche einquartiert und unterhalten zu werden.

In einer Vorstellung vom Jahre 1700, wo es sich um jene 3324 Köpfe handelte, ist angeführt, daß diese Einquartierung auszuführen sei von 485 Bürgern, Wittwen und —, so in Kellern, Buden und Sälen ihr Hauswesen halten, worunter leider sehr viele arme und unvermögliche Leute —; dann seien noch herangezogen

aus der Zahl der Adjacenten	5
Musikanten, Organisten, Küster	9
der Strom-Maurermeister	1
6 Soldaten, die im eigenen Hause Nahrung treiben	6
	21 Personen.

Es kommen also im ganzen 506 Quartierleistungspflichtige in Betracht. Unter solchen Umständen wurde die Heranziehung der königlichen Staatsdienerschaft zur Quartierleistung beantragt, sowie die theilweise Verlegung aufs Land in Anregung gebracht. Dem Antrage wurde jedoch von der Regierung nicht entsprochen. Im Jahre 1709 wurde von den Achtmännern (der Vertretung der Bürgerschaft) derselbe Antrag wiederholt; dabei wurden die bedeutenden Kosten, die der Hofstaat des General-Gouverneurs, des Obercommandanten und die Fortifikation verursachten, besonders betont. Es wurde in der Eingabe auf die Bestimmung des Landtags-Recesses vom 23. Juni 1652 hingewiesen, nach dem von den königlichen Commissaren ausdrücklich anerkannt sei, daß alle und jede in der Stadt belegenen Häuser und Höfe, wie schon früher, so auch fortan den den bürgerlichen Häusern obliegenden onera unterworfen seien, und sich Niemand eine Exemtion anmaßen, sondern die onera entweder von des Hauses Eigenthümern oder dessen Bewohnern abgetragen werden sollten, damit nicht solche Häuser dadurch, weil sie von Exemten bewohnt, befreit und dadurch die gemeine Last und Beschwerde auf etzliche wenige declarieret würde. In dieser Beziehung wurde in der Beschwerde noch angeführt, daß, wenn man die große Schmiedestraße auf und abgehe, nicht mehr als 10 Häuser zu erkennen sein würden, die bürgerpflichtig seien. Ja, in der Nähe des Sandes und nach dem Klosterhofe hin sei nicht ein einziges Haus, das der Stadt bei solcher Noth im geringsten zur Hülfe käme. Eine Resolution ist auf diese Eingabe nicht erfolgt.

Was die Anzahl der Exemten betrifft, so findet sich hierüber eine Notiz in einem Manuscripte des Geh. Justizraths v. Engelbrechten über die Verhandlungen der Regierung mit den Ständen, die ihren Abschluß durch den Receß von 1652 erhalten haben. Danach sind im Jahre 1650 vorhanden gewesen 786 Feuerstellen; von diesen sind benutzt worden von

Seiner hochgräflichen Gnaden vor sich und deren Leuthe an Häuser, Buden und Keller	25
dem Herrn Generalmajor vor sich und seine Leuthe	15
Herrn Oberst und Commandanten desgleichen	13
Herrn Kantzler, Landdrost und andere Ihro Majestät Bedienten nebst den Ober-Officieren der besten Häuser	48
Einem Ehrenfesten Rathe nebst deren Bedienten und Dienern	24
Gemeinen Leuten so unvermögend, keine Soldaten halten, und Häuser, Buden und Keller, so ledig stehen, davon ein Theil der Bürger weggezogen, weil die Last nicht können tragen	54
noch wo keine Betten vorhanden	8
Häuser, so von Kirchenbedienten bewohnt, und so Schule halten und kein Quartier tragen	10
Häuser oder Buden, darin die Leute wohnen, die Thore und Brücken schließen und Wache in Häusern haben	6
der Zevener- und Harsefelder Hof und drei besondere Hausplätze	5
Summa	208

Außer diesen 208 Häusern werden noch 47 andere aufgeführt, die durch eine Servis-Abgabe die Quartierlast abgelöst haben. Es bleiben also 531 Häuser, Buden und Keller für die Einquartierung von 1254 Personen, die aus 764 Soldaten, 241 Weibern und 249 Kindern bestanden. Dabei klagten die kleinen Handwerker die durch diese Last am schwersten bedrückt wurden, namentlich darüber, daß die Soldaten außer dem Logis noch auf besondere geheizte Stuben Anspruch machten, in denen sie selbst oder ihre Weiber irgend welchen Hantierungen wie Nähen, Waschen, Plätten nachgingen. In den Beschwerden wird darauf hingewiesen, daß in anderen benachbarten Fürstenthümern solche Anforderungen an die Bürger in Stadt und Land nicht gestellt seien.

In welcher Weise zur Schwedenzeit die Bequartierung geordnet wurde, ob durch ein städtisches Billetamt oder direct durch die Militärbehörde, ist aus den Acten nicht ersichtlich. In dänischer Zeit hat ein Billetamt bestanden, über dessen Verfahren im Einzelnen aber auch keine Angaben vorliegen. Aus dem vorhandenen Material ergiebt sich aber mit Sicherheit, daß die Einquartierungslast der Einwohnerschaft ganz gewaltige Drangsale auferlegt hat, und es erregt ein wahrhaftes Erstaunen, wie z. B. in dem Jahre 1663, also 4 Jahre nach dem Brande, in dem zwei Drittel der Stadt untergegangen waren, noch Quartier für 1442 Köpfe beschafft werden konnte.

Noch sind die Quartierverhältnisse in der Zeit der braunschweigisch-lüneburgischen Occupation (1676—79) zu erwähnen. Durch eine Ordonnanz der Herzöge Georg Wilhelm und Rudolf August von Braunschweig-Lüneburg d. d. Zelle 1. Nov. 1678 über den monatlichen Verpflegungssatz in den Winterquartieren für die Infanterie war der Satz für den Gemeinen auf je 3 ℳ, den Korporal $4^2/_3$ und Unterofficier $6^2/_3$ ℳ festgesetzt und daneben bestimmt, daß den Gemeinen $1^1/_2$, den Unterofficieren 3 ℔ Brod täglich zu verabreichen seien. Ferner heißt es:

„Soviel die Servicen anbelangt, wird darunter ein Mehres nicht als die Lagerstatt und Stallung, Salz, Holz und Licht verstanden. Es sollen auch die Unterofficiere und Gemeinen schuldig und gehalten sein, sich bei des Wirthes Feuer und Licht zu behelfen und deswegen sie sich absonderlich nichts zu fordern."

An Beschwerden sind zu jener Zeit zwei zu interessanter Erörterung gekommen. Einmal verlangt ein Feldbarbier für sich, seine Frau und 7 Kinder ein Quartier, das ihm aber nicht angewiesen werden kann. Schließlich wird er mit einem Geldbetrage abgefunden, um sich selbst eine Lagerstatt zu suchen. Ein Bürger, bei dem ein Sergeant mit Frau und Kindern eingerückt ist, behauptet, für eine so zahlreiche Familie keinen Raum zu haben Da wird der Sergeant mit einem monatlichen Betrage von 8 Mark Lübisch abgefunden, um sich selbst einzuquartieren.

Auch in der dänischen Zeit hat die Einquartierung zu schwerem Drucke gereicht. Anfänglich zählte die Garnison 8 allerdings nicht vollzählige Compagnien. Bald wurde diese aber schon auf 15 erhöht, von denen auf wiederholte Beschwerden des Magistrats im August 1713 wieder 3, im folgenden Jahre 4 abgenommen wurden, so daß nur noch die ursprünglichen 8 Compagnien verblieben, zu denen noch etwa 40 Artilleristen hinzukamen. In einer Vorstellung des Magistrats an die dänische Regierung vom 3. August 1713, wo noch 15 Compagnien in der Stadt lagen, war die Kopfzahl der einzuquartierenden Mannschaften (Unterofficieren und Gemeinen) auf 962 Mann mit 178 Frauen (die Kinder werden nicht gezählt) angegeben, und der dafür zu verabfolgende Servis wird auf 1213 Mark Lübisch berechnet. In einer Zusammenstellung der der Stadt obliegenden Lasten vom Jahre 1717, die auf Veranlassung der hannoverschen Regierung in den Verhandlungen über die Einziehung der dänischen Restanten aufgestellt war, wurde die Kopfzahl der Garnison auf 890 Mann mit 334 Weibern = 1224 Personen angegeben. Dabei wurden die Kosten der Einquartierung nur monatlich zu 1 Mark pro Kopf, also jährlich 4896 ℳ berechnet. Zu deren Illustration ist dann noch hervorgehoben, daß in Folge der Verwüstung der Stadt durch das Bombardement von 1712, wobei 80 Häuser ganz niedergebrannt, 78 aber derart beschädigt seien, daß sie noch nicht wieder bewohnt werden könnten, ferner in Folge der im selben Jahre ausgebrochenen Pest, an der viele Menschen gestorben, die Zahl der quartierleistungsfähigen Einwohner von 548 auf 414, darunter viele verarmte Bürger, herabgesunken sei.

2. Sonstige Beschwerungen.

In den erzbischöflichen Zeiten hatten die Leistungen der Lande Bremen und Verden für die Bestreitung der staatlichen Bedürfnisse in einer Contribution von monatlich 6000 ℳ und einer Vermögenssteuer, dem sogenannten Pfennigschatze, bestanden, die jährlich ca. 57000 ℳ aufbrachte. Zu diesen Leistungen hatten aber die Städte nichts beigetragen. Die schwedische Regierung brachte nun nicht nur die Einquartierung einer stehenden Heeresabtheilung, sondern auch die Kosten einer stärkeren staatlichen Verwaltung. Die Kosten hierfür waren von der ganzen Provinz aufzubringen. Von den neu eingeführten Steuern behielt die bedeutendste den Namen der Contribution. Diese war von dem platten Lande mit Ausnahme des ritterschaftlichen und städtischen Grundbesitzes zu entrichten. Die Abgabe wurde zunächst auf monatlich 10000 ℳ festgestellt, zu deren Veranlagung im Jahre 1657 eine aus Mitgliedern der Regierung, der Ritterschaft, einem Bürgermeister der Stadt Stade und einem königlichen Amtmann bestehende Commission niedergesetzt wurde. Deren Aufgabe war, die ganzen Herzogthümer zu durchziehen und unter Zuziehung von örtlichen Spezial-Commissaren den Unterschied aller Örter nach ihrem Vermögen und Habseligkeiten (worunter namentlich Viehbestand) anzumerken. Es hat sich die Ausführung dieses Geschäftes bis 1660 hingezogen. Nach einem von der Commission aufgestellten „Ungefähren Projecte, wie das hiesige Herzogthum (das Herz. Bremen) nach der eines jedweden Ortes vorhandenen Länderei an Marsch und Geest bei der monatlichen Contribution in eine durchgehende Proportion zu bringen sei“ ist die Marsch mit 271194 ℳ eingeschätzt worden; darunter zum höchsten das Alte Land, nach Abzug der Ländereien des Adels, des Reichsrats Salvius und der Klosterfreien mit 87107 ℳ, zum niedrigsten das Amt Hechthausen mit 2300 ℳ. Die Geest wurde eingeschätzt mit 115456 ℳ, hier sind gezählt 1524 ganze, 1116 halbe und 92⅓ viertel Bauhöfe, dazu 1257 Pflugkathen und 1456 Brinksitzer.

Im Jahre 1690 wurde die Contribution durch Verfügung der Regierung auf monatlich 12000 ℳ erhöht und zu deren Veranlagung abermals eine Commission, unter Leitung des Vicedirectors v. Engelbrechten, niedergesetzt, die „größte Kundschaft" einzuziehen habe

1) was von allen denjenigen Örtern, wo nach Morgen, Wenden, Jücken oder anderem Landmaße contribuieret wird, von jedem Morgen, (1 Kehdinger Morgen = 4 Calenberger Morgen = 480 □Ruthen) welcher nach billiger Heuer mit 8 ℳ verheuert werden kann, zu dem monatlichen ordinario von 12000 ℳ gegeben werden müsse. (Unter Berücksichtigung des Pachtzinses von 8 ℳ für das Kehdingerland wurde der Pachtzins der Ländereien in den übrigen Marschen, das Moor- und Außendeichs-Land einbegriffen, abgeschätzt.)

2) was ein Köthner (in der Marsch) jedes Ortes vor seine Habseligkeit und Hantierung contribuiere,

3) was auf der Geest in jedem Amte, Börde oder Gerichtsbezirke ein voll besetzter ganzer, halber Hof- oder Pflugköthner zu dem Quantum von 12000 ℳ zu geben schuldig und folglich

4) auch ein jeder Köthner des Ortes, sonderlich die in den Kirchdörfern gesessenen, ihrer Habseligkeiten wegen auch gleichfalls dazu beizutragen haben.

Unter dem 28. Januar 1692 ist von der Commission eine Designation aufgestellt, welcher Gestalt den beiden Herzogthümern Bremen und Verden monatlich eine Contribution von 12000 ℳ einzutheilen sei. Danach fallen auf das Herzogthum Bremen 11026 ℳ 24 ß, auf das Herzogthum Verden nur 973 ℳ 18 ß. Im Herzogthum Bremen fallen die höchsten Antheile auf das Alteland mit 1915 ℳ 14 ß, das Land Kehdingen mit 1483 ℳ 37 ß und das Amt Neuhaus mit 1064 ℳ 12 ß; die niedrigsten Säße sind der Flecken Langwedel 4 ℳ 34 ß, die Dorfschaft Schwachhausen mit 10 ℳ 25 ß und Apler mit 6 ℳ 30 ß.

Bei dieser Contribution von 12000 ℳ hat es jedoch nicht immer sein Bewenden gehabt; in den Kriegsjahren 1666/68 und in der dänischen Zeit ist das Doppelte erhoben.

Die zweite Abgabe war ein Consumtions-Accise von eingeführten Weinen, Branntweinen, Bieren, Tabak, Salz und verschiedenen Getreidearten. Die Erneuerung und Erhebung einer solchen, schon früher bestehenden Abgabe ist durch die Accise- und Consumtionsordnung vom 6. Juni 1692 erlassen. Bezüglich deren Entrichtung wurde durch Verordnung vom 8. September 1696 die Einrichtung getroffen, daß anstatt des bisherigen Modus, nach dem die Accise bei dem Ankaufe der genannten Gegenstände erledigt wurde, für jede Haushaltung nach Maßgabe des Bedürfnisses ein jährlicher

Betrag der Abgabe festgesetzt und quartaliter praenumerando an die Accise=Einnahme gezahlt werden solle. Von der Accise befreit waren alle Kirchendiener und Schulbediente, sowie deren Wittwen, ferner alle Klöster, Hospitäler, Armenhäuser und die studirende Jugend, die in den Gymnasien und Schulen das beneficium communis mensae oder der Communität genießen. In den Jahren 1703 und folgenden bis zur dänischen Zeit sind zur Aufbringung des Deficits der Staatskasse die von der Einwohnerschaft der Stadt zu leistenden Consumtions=Accise=Abgaben auf den dreifachen Betrag erhöht.

Viertens kam eine Stempelabgabe in Betracht, eingeführt durch Verordnung vom 26. März 1690. Die fünfte Abgabe, der Kopfschatz (capitatio) war eine Personensteuer, die nur zu Zeiten und in Fällen besonderer Noth, nach eingeholter Zustimmung der Landschaft erhoben wurde. Dies geschah zum Beispiel im Jahre 1664 in Gemäßheit einer von dem Gouverneur und der Regierung unter königlichem Insiegel erlassenen Verordnung vom 13. November 1663 zum Zweck der Unterhaltungskosten „der wider den Türken nach Ungarn geschickten Truppen und deren monatlichen Gage". Zufolge dieser Verordnung soll von der Steuer niemand, „er sei gleich Geistlicher oder Weltlicher, Adel oder Bürgerstand, oder wie es Namen haben mag, außer den notorie miserabiles Personen" ausgenommen sein. Die Steuer wurde in fünf Klassen eingetheilt und sollte nur für diesmal und ultra consequentiam erhoben werden. Von den fünf Klassen werden zugeschrieben in die erste Klasse die Ritterschaft, Bürgermeister und Rathmänner in den Städten, Doctores, Pröpste, Pastores und Prediger, Beamte, Grafen in der Marsch, Schulzen und Vögte auf dem Lande und andere Bediente, Advocati und Procuratores. Sie hatten zu geben: der Mann $1\frac{1}{2}$ ℳ, die Frau 1 ℳ, jedes Kind über 14 Jahre und im Hause 24 ß.

In die zweite Klasse: Bürger in den Städten, Bürgermeister und Rath in den Flecken, Notarii, Vieh= und Kornhändler, auch Brauer und Gastgeber, dazu auch die Erben und Meyer, so zweistellige und sonst große Höfe haben, item die zu Kamp=Heuer wohnen, auch die Schäfer so eigene Schafe haben; sie geben der Mann 1 ℳ, die Frau 32 ß, das Hauskind über 14 Jahre 16 ß.

In die dritte Klasse kommen die Schulmeister, Organisten und Küster auf dem Lande, Haus= und Holz=Meyer zu Geest und Marsch, so gemein auch halbe Höfe haben, die geringeren Bürger in den Städten und die Bürger in den Flecken; sie geben der Mann 36 ß, die Frau 24 ß, jedes Hauskind 12 ß.

In die vierte Klasse gehören die Tagelöhner in den Städten und Handwerker auf dem Lande, die Pflug= und Landköthner; sie geben der Mann 24 ß, die Frau 16 ß, jedes Hauskind 8 ß.

In die fünfte Klasse kommen die Bauknechte zur Marsch mit 32 ß, die Bauknechte zur Geest und Kleinknechte in der Marsch mit 24 ß, ein Pflugtreiber über 14 Jahre mit 16 ß, eine Magd 8 ß.

Wittwen und minderjährige Waisen geben ihrem Stande gleich; Klosterjungfern und volljährige Jungfern geben den Frauen gleich.

Die Officiere, so im Land und ihrem Dienst sind, werden von den Commissaren nach Gutbefinden angesehen.

Zur Ausführung der Steuerbeschreibung sind dann in jedem Bezirke besondere Commissionen bestellt, die aus einem Mitgliede der Ritterschaft und einem oder zwei Beamten (Amtmann, Richter, Voigt) bestehen. In den Jahren 1686 und 1690 sind abermals Kopfschätze erhoben und zwar nach derselben Ordnung wie im Jahre 1664, nur mit dem Unterschiede, daß der Beitrag des Mannes in der ersten Klasse von $1^1/_2$ auf 2 ₰, in der zweiten von 1 ₰ auf $1^1/_2$ ₰ erhöht wurde. Auch war bestimmt, daß diejenigen Beamten, welche im königlichen Dienste standen, nach einer besonderen Abstufung eingetheilt werden sollten.

Die Kopfsteuer hatte im Jahre 1664 für die Stadt Stade 1706 ₰ 32 ß betragen, im Jahre 1690 belief sie sich auf 1998 ₰ 24 ß, während die Gesammtsumme für das Herzogthum 49237 ₰ 6 ß betrug. Die stets steigenden Bedürfnisse des Staates, namentlich in den ersten beiden Jahrzehnten des 18. Jahrhunderts, veranlaßten abermalige Erhebungen des Kopfschatzes und zwar nach einem seit 1706 veränderten Beitragsfuße zur Erwirkung eines höheren Betrages. Danach war die Einwohnerschaft in 11 Klassen mit einem Simplum von 24, 16, 12, 9, 6, 5, 4, 3, 2, 1 ₰ und 32 ß eingeschätzt; in der letzten Klasse zu 32 ß standen die Schuhflicker und Nachtwächter, in der vorletzten die Tagelöhner. Zu diesem Kopfschatze wurden auch die sonst zu den bürgerlichen Abgaben nicht pflichtigen Exemten herangezogen, mit Ausnahme derer, welche von ihren Gehältsbeträgen den zehnten Theil zur Bestreitung der Staatsbedürfnisse beizutragen hatten.

Von diesen eingeführten Steuern trafen die Stadt nur mittelbar die Consumtions- und Tabaks-Accise, direct der Kopfschatz in den Jahren, in denen er erhoben wurde. Allein es fehlte zu verschiedenen Zeiten auch nicht an besonderen Opfern, die der Stadt auferlegt wurden. Was die Schicksale der Stadt im 30jährigen Kriege anbelangt, so sind diese in der Jobelmann'schen Geschichte eingehend dargestellt. Über die Hauptepochen, die Besetzung der Stadt nach der Eroberung durch Tilly 1628 bis zu dem Abzuge der ligistischen Truppen unter Pappenheim 1632, sodann die Eroberung der Stadt durch Königsmark 1645 und die Festsetzung der Schweden in der Stadt geben die wenigen Acten, welche nach der Vernichtung des Rathhauses durch den Brand übrig geblieben sind, wenig Auskunft. Es sind dies die Extrajudicial-Protokolle von 1632—1644; dann hören diese auf und beginnen erst wieder 1659. Es existiren noch einzelne Kämmereirechnungen vom Jahre 1641 an, doch enthalten diese keine Angaben über die Kriegslasten. Man wird aber nicht ohne Grund annehmen, daß die Schuldenlast der Kämmereirechnung vom Jahre 1656/57, die mit 5860 Mark jährlich zu verzinsen war, zum größten Theile aus der Zeit des 30 jährigen Krieges herrührte. Die vorhandene halbjährliche Kämmereirechnung von Pfingsten bis Martini 1645 weist allein eine Zinsenausgabe von 2523 Mark nach. Aus den Protokollen ist ersichtlich, daß zwar alljährlich zur Bestreitung der an die Stadt gestellten Anforderungen Collecten der Bürgerschaft ausgeschrieben wurden, die außerordentlichen Leistungen aber durch Anleihen bestritten sind. Zu diesen dürften zu rechnen sein die Contribution der Stadt zur Zeit der Occupation durch Tilly, die anfänglich von Mitte Mai bis Ende 1628 wöchentlich 1050 Thaler betrug und sich während der 7 Monate vom 12. Mai bis 11. December auf 22553 ₰ 40 ß belief, (s. Jobelmann) hienach allerdings mäßiger geworden ist. Ferner ist dahin zu rechnen der Antheil der Stadt zu den Kosten der Abführung der schwedischen Truppen aus dem Erzstifte 1634 zum Betrage von 1748 ₰ neben einer Summe von 1500 ₰, die anleiheweise der schwedischen Garnison zu deren Unterhalt überwiesen, aber nicht zurückerstattet wurde. Dazu kommt der Antheil der Stadt im Betrage von 2265 ₰ zu der Abfindungssumme des Erzstiftes an den kaiserlichen General Gallas im Jahre 1638. (Das Stift hatte den Abmarsch der kaiserlichen Truppen mit 60 000 Thalern erkauft.) Die in den Jahren 1644—49 aufgeführten Festungsbauten legten der Stadt eine Last von 70 277 M. 9 ß Lübisch auf. In der schwedischen und dänischen Zeit hörten solche außerordentliche Lasten nicht auf. Im Jahre 1657 wurden von der schwedischen Regierung zur Bestreitung der Kriegskosten im Kriege mit Dänemark, der mit einem kurzen Einfalle in das Herzogthum Bremen begann, Vorschüsse im Betrage von 8000 M. verlangt. Von diesen hatte die Stadt 5000 M. baar auszuzahlen, und 3000 wurden zur Berichtigung verschiedener Rechnungen an Handwerker angewiesen. Dabei wurde die Zusicherung gegeben, daß dies Anlehen innerhalb Jahresfrist aus der Contribution oder anderen zugänglichen Mitteln erstattet werden solle. Unter gleicher Zusicherung wurde bald darauf ein zweites Anlehen von 5000 M., im Ganzen also 13 000 M. verlangt. Über die erfolgte Auszahlung der 3000 M. an die Handwerker liegt in den Acten ein Verzeichnis vor.

Diese Vorschüsse wurden aufgebracht durch freiwillige Beiträge von 143 Bürgern zu 3—20 ₰ zum Gesammtbetrage von 933⅓ ₰ oder 2800 Mark, deren Erstattung innerhalb Jahresfrist von dem Rathe zugesichert wurde, und durch Anleihen von 10000 M. gegen Verzinsung.

Die Erstattung der geleisteten Vorschüsse von 13000 M. oder 4333⅓ ℳ ist nicht erfolgt, sodaß darum durch Immediat-Eingaben bei dem Könige in den Jahren 1663, 64, 65 gebeten werden mußte, jedoch ohne weiteren Erfolg, also daß durch die Regierung der Stadt mitgetheilt wurde, „daß man fördersamst sich einer allergnädigsten Resolution und Verordnung vermuthe, die Stadt sich aber bis dahin geduldigen möge, man inmittelst auch ihres Besten halber vigilieren und an höchstgedachtem Orte ihr Interesse zu beobachten wissen werde". Die allerhöchste Resolution ist aber ausgeblieben, ungeachtet des erneuten Immediatgesuches.

In dem Kriege des Königs Karl XI. mit Brandenburg, in dem Schweden als Reichsfeind erklärt und die Execution bezüglich der Herzogthümer Bremen und Verden den Herzögen Georg Wilhelm von Celle und Rudolf August von Wolfenbüttel, sowie dem streitbaren Bischof von Münster Bernhard von Galen aufgetragen war, wurde die Stadt wiederum durch außerordentliche Kriegslasten heimgesucht. Angesichts der Blockierung der Stadt durch die braunschweigischen Truppen wurden von der schwedischen Regierung verschiedene Anfragen über die Widerstandsfähigkeit der Stadt, die vorhandenen Lebensmittel ꝛc. gestellt. Aus der Beantwortung dieser Fragen ist hervorzuheben, daß die bewaffnete Bürgerschaft, auf deren Mitwirkung bei der Vertheidigung der Stadt gerechnet wurde, bei jüngst gehaltener Musterung ungefähr aus 600 Mann in 4 Compagnien bestand. In der Stadt befanden sich, zur Bürgerschaft gehörig, 6735 Personen ohne die königlichen Beamten. Die Belagerung der Stadt seitens der verbündeten Reichsarmee begann im Februar 1676, beschränkte sich jedoch im wesentlichen auf eine Berennung derselben. Die Stadt wurde durch eine Besatzung von 4000 Mann vertheidigt. Vom Commandanten Grafen Horn wurden die schwersten Anforderungen behufs der Verproviantierung der Besatzung und der Einwohnerschaft, die Verstärkung der Festungswerke und die Beschaffung des Kriegsmaterials an die Behörden gestellt. Nach einer vorliegenden Berechnung bezifferten sich diese auf

Ostern 1676 zum Betrage von	18000 M.
30. Mai „	6000 „
20. Juli „	12000 „
2. Aug. „ für gelieferte Materialien ...	470 „
sowie wegen einer geborstenen Feldschlange	
Materialien	1340 „
Summa	37810 M.

Auf diese Leistungen während der Blockade der Stadt wird sich eine Vorstellung des Rathes an den Gouverneur und die schwedische Regierung vom 8. Juni 1676 beziehen, in der aus Anlaß einer daraus ersichtlichen Anforderung wegen Completierung des Magazins, die von dem Rathe auf 8429 ₰ berechnet ist, in Erinnerung gebracht wird, daß von der Stadt zu diesem Zwecke bereits 8000 ₰ herbeigeschafft seien, die Stadt sich aber zu einer Zulage von 2000 ₰ wohl verstehen werde, so daß die Gesammtsumme an geleisteten Kriegskosten auf 10000 ₰ steigen würde. Unserer Vorstellung liegt noch eine Designation der in der Belagerung aufgenommenen und wiederum bezahlten Posten ohne Datum an. Es sind dies wohl vorläufige Anleihen auf die gezahlten 8000 ₰, sie bestehen aus einer großen Anzahl Vorschüsse von Privatpersonen von 12 M. an bis in die Hunderte.

Indeß wird die Stadt bereits am 13. August 1676 übergeben. Mit der braunschweigisch-lüneburgischen Regierung begannen nun sofort die Verhandlungen über die neu gestellten Anforderungen. Dabei wurde seitens der Stadt stets auf die Unmöglichkeit hingewiesen, neue Zahlungen zu leisten, da sie während der Belagerung über 12000 ₰ habe opfern müssen. Die Exactoren der braunschweigisch-lüneburgischen Regierung begannen schon im December 1676 mit dem Verlangen eines Vorschusses von 6000 ₰ zum Unterhalte der Garnison, die trotz aller Vorstellung des Rathes durch ein in Hamburg contrahiertes Anlehen herbeigeschafft werden mußte. Die Regierung gab dann freilich die Zusicherung, daß dieser Vorschuß im Monat October aus der bei der fürstlichen Kammer einkommenden Contribution zurückerstattet und bis dahin mit 6 % Zinsen vergütet werden solle. Die Rückzahlung ist dann später auch erfolgt. Schon im Februar des folgenden Jahres wurde der Stadt unter dem Titel eines Zuschusses zu den Subsidiengeldern eine neue Last von 2933⅓ ₰ auferlegt, die später auf die dringendsten Vorstellungen hin auf 2500 ₰ ermäßigt wurde. Dabei kam ein neuer Vertheilungsplan in Anwendung. Diese Steuer wurde von sämmtlichen Einwohnern, auch von den Exemten, aufgebracht. Die Hausbesitzer zahlten nach dem abgeschätzten Werthe der Häuser, und zwar 8 ß für jede 100 Mark des Werthes bis zum Höchstbetrage von 3000 M. Werth. Von jeder der 89 Braugerechtigkeiten wurden 10 M., von jeder Kuhgerechtigkeit 8 ß, von jedem Tagwerk Wiesenland 1 M., von jedem Flügel der 3 Windmühlen 3 M., für jedes Schiff 2 M. 8 ß, für jede Fuhrgerechtigkeit 1 M. 8 ß, ferner für die bürgerliche Nahrung und Vermögen von jedem, auch den Inquilinen, zum wenigsten 1 M., zum höchsten 60 M. bezahlt. Es wurden nach Maßgabe dieser in den Hebungsrollen specificierten Ansätze 8047 M. aufgebraucht.

Als nun aber im Sommer 1678 neue Anforderungen an die Stadt gestellt wurden, beschloß man, sich zur Abwehr direct an den

Fürsten zu wenden. Daher wurde eine Deputation, die aus dem Syndikus Benthen (dieser scheint zu jener Zeit in allen Militairsachen die Feder geführt zu haben) und den Herren Johannes Pahlen und Johann Jarchen (vermuthlich Achtmännern) bestand, an die braunschweigisch-lüneburgische Regierung nach Celle gesandt. Hier hatte sie mit den maßgebenden Persönlichkeiten Conferenzen, auch reiste sie von hier nach Braunschweig, um den beiden dort residierenden Herzögen Georg Wilhelm und Rudolf August das Anliegen der Stadt vorzutragen. Doch kam es nicht zu der erwarteten Audienz, da der eine Herzog sich auf Jagd befand, der andere nach Wolfenbüttel abgereist war. In dem schriftlichen Immediatgesuch wurde nun die traurige Lage der Stadt geschildert; es wurde hingewiesen auf die Heimsuchung durch den Brand, die Opfer, welche die Blockade von 1676 mit sich geführt, die schwere Belastung durch die Garnison von 1500 Köpfen ohne Frauen und Kinder, deren Unterhalt pro Tag und Kopf auf mindestens 1 ß zu berechnen sei, endlich die Höhe des Kopfschatzes. Die Herren Geheimräthe in Celle zeigten sich der Eingabe gegenüber sehr schwierig; sie meinten, die Verhältnisse der Stadt seien zu trübe geschildert, man würde wohl Anstalten zur Aufbringung der verlangten Summen treffen können, vielleicht besitze die Stadt noch Grundbesitz. Schließlich wurde die Summe um ein Geringes gekürzt.

Infolge des Friedens zu Nymwegen am 5. Februar 1679 wurde nun auch der Reichskrieg gegen die schwedische Krone beendet; in dem besonderen Friedensschlusse trat Schweden an Braunschweig die Voigtei Daverden und das Amt Stedinghausen, an Münster die Stadt Wildeshausen ab. Erst im Februar 1680 trat wieder das schwedische Regiment ein; die neu eingesetzte Regierung verstand sich wohl dazu, die von der Stadt Stade den Schweden geleisteten Subsidien zurückzuzahlen, aber von den Geldern, die an die braunschweigisch-lüneburgische Regierung gezahlt waren, war keine Rede. Jedenfalls wurden nach einer genauen Berechnung der früheren Leistungen der Stadt 26391 $^{5}/_{6}$ ℳ gutgeschrieben, deren Erstattung durch successive Überweisungen aus den „domierten Gütern" erfolgte. Diese beruhten auf einer Schenkung der Königin Christine, der Tochter Gustav Adolfs. Über diese für die damalige Finanzverwaltung der Stadt so wichtige Angelegenheit mögen einige Angaben folgen.

Die erste Schenkung, welche der Stadt zu Theil wurde, war die der sogenannten Reliquien des St. Georg-Klosters durch die **Resolutio regia** der Königin Christine vom 17. December 1645. Am selben Tage war zwischen der Stadt und den Schweden eine sog. Capitulation oder Accord abgeschlossen, jedoch **salvis juribus** des Heiligen römischen Reichs und des Erzstiftes Bremen, wonach die Königin der Stadt ihren Schutz zusicherte, diese aber ihre Botmäßigkeit betheuerte. In der Schenkungs-Urkunde wurde nun als Ursache der Schenkung der Ersatz für die der Stadt bei der Eroberung zugefügten Schäden, namentlich aber für die Zerstörung des Harschenflethes angegeben. Die Einkünfte der Schenkung sollten zur besseren Erhaltung der Kirchen und Armenhäuser und für sonstige pios usus verwendet werden. Ebenso wurden zu gleicher Berücksichtigung jener Schäden und der schwereren Schädigung, welche die Stadt durch die große Überschwemmung des Jahres 1647 erlitten hatte, und zu gleicher Verwendung ad pios usus durch die Resolution der Königin vom 7. April 1648 die Güter des sequestrierten Klosters U. L. Frauen (des Marienklosters) zugewendet. Um den Erlaß der Schenkung hatte sich der schon früher erwähnte Bürgermeister Dr. Höpken namentlich verdient gemacht. Die Verwaltung dieser domierten Güter wurde dann dem Rathe übertragen. In Folge der Beschwerden des schwedischen Reichstages über die Schenkungen der Königin Christine wurde dann am 4. August 1656 vom General-Gouverneur verfügt, daß von nun an der vierte Theil (die Quart) der Einkünfte dieser Güter von der Stadt an die königliche Rentkammer abzuliefern sei. In den 5 Jahren 1660—65 wurde die Quart in Berücksichtigung des Brandes und des erforderlichen Neubaues des Rathhauses erlassen. Diese Quart, welche zuletzt im Jahre 1680 abgeliefert wurde, betrug damals 657 ₰ 16 ß aus den Gütern des Marienklosters und 261 ₰ 23 ß aus den St. Georg-Klostergütern, zusammen 918 ₰ 34 ß, so daß die Einkünfte insgesammt sich auf ca. 3675 ₰ belaufen haben würden. Im Jahre 1680 erfolgte nun durch Beschluß des schwedischen Reichstages die vollständige Reduction der domierten Güter und deren Einziehung von den Donatarien; in Folge dessen wurde die sofortige Sequestration der bis dahin von der Stadt verwalteten Klostergüter verfügt. Um die dadurch der Stadt angesonnenen Schädigungen so weit als möglich abzuwenden, sandte man eine Deputation nach Stockholm, die sich dort über 1½ Jahre aufhielt. Diese erreichte allerdings eine Resolution des Königs Karl XI. vom 28. September 1682, worin verordnet wurde

1) daß der Stadt zur Abtragung einer Schuld der Rentkammer aus früherer Zeit an die Stadt, die sich auf 26391⅓ ₰ belief, die bis dahin sequestrierte Quart der Jahre 1680 und 1682 zu belassen sei, daß aber während 6 Jahre 1681 — inclusive 1688 die Stadt an die Rentkammer zu diesem Zwecke die doppelte Quart zu entrichten habe,

2) daß nach Ablauf dieser 6 Jahre die Stadt die bisherige Quart von 873 Thaler an die Rentkammer zu liefern habe, und

daneben noch eine zweite Quart bis zum Abtrage der ganzen Schuld der Renteikammer an die Stadt zu verwenden sei,

3) daß nach gänzlichem Abtrage dieser Schuld die Stadt aber nicht mehr als mit der einen Quart beschwert sein solle.

Diese Verordnung ist so zu verstehen, daß vom Jahre 1681 an bis Ende 1688 die Renteikammer zu eigener Verwendung aus den Einkünften der domierten Güter nichts zu erhalten habe, diese Einkünfte also bis dahin der Stadt verbleiben sollten. Diese sollte aber verpflichtet sein, von denselben wenigstens zwei Viertheile zur Abtragung der Schuld der Rentkammer zu verwenden, nicht also für die bisherigen städtischen Zwecke (ad pios usus). Über die Verwendung der pro 1681 und 1682 zu restitnierenden Quart war keine Bestimmung getroffen.

Vom Jahre 1689 an sollte dann die Rentkammer wieder eine Quart zu eigener Verwendung erhalten, und die Stadt sollte dann noch eine Quart bis zur endgültigen Tilgung jener Schuld zahlen. Von diesem Zeitpunkte an würden dann der Stadt wieder wie bis zum Jahre 1680 drei Viertel der Einkünfte zur stiftungsmäßigen Verwendung verbleiben. Über die Berechnung der Quart zu 873 ℛ anstatt der bisherigen 918 ℛ 39 ß liegt keine Angabe vor.

Diese für die Stadt durchaus günstige Verordnung vom 28. September 1682 gab natürlich sofort Anlaß zu einer entschiedenen Remonstration der Rentkammer bei dem Könige, da sie nicht nur über die Einkünfte aus den domierten Gütern während der Sequestration verfügte, sondern auch über diese Zeit hinaus assignierte. In Folge dieser Remonstration ist dann die Ausführung jener Verordnung ins Stocken gerathen. Wiederholte Immediatgesuche der Stadt an den König in den Jahren 1685 und 1686 um Erledigung dieser Angelegenheit blieben ohne Erfolg; ebenso auch die in der Person des Kämmerers Wetegrove, dem später der Prätor Knippenberg folgte, nach Stockholm entsandte Deputation. Im Jahre 1696 wurde schließlich in Stockholm eine Liquidations-Commission gebildet, welche die der Stadt zukommenden Gelder berechnen sollte. Ihre Verhandlungen haben sich sehr in die Länge gezogen und sind erst später von der hannoverschen Regierung zum Abschluß gebracht, nachdem sich jahrelange Processe mit den domierten Gütern beschäftigt hatten. Es mag noch erwähnt sein, daß die noch jetzt bestehende Stipendienstiftung für Schüler der Städte Stade und Verden auf jene Stiftung der domierten Güter zurückgeht.

In den letzten Decennien des 17. Jahrhunderts bestand zwar die schwerste Last in der starken Einquartierung, doch kamen auch neue Beiträge zu den Kosten der Staatsverwaltung hinzu. Bei einem Deficit oder wie es damals hieß, Manquement der Staatskasse wurde die Accise erhöht, verdoppelt, sogar verdreifacht. Bei den kriegsdrohenden Zeiten verfiel man im Jahre 1682 auf den Plan, ein Landes=Defensions=Contingent aus der Einwohnerschaft des Herzogthums Bremen, also eine Landwehr, zu errichten. Dieses Contingent sollte nach einem unter Vorbehalt der königlichen Genehmigung mit der Landschaft vereinbarten Recesse zunächst aus 600 Mann an tauglichen Leuten nebst 36 Unterofficieren bestehen, die von dem ganzen Lande zu stellen und zum Dienste einzuüben seien. Die Officiere würden von der königlichen Regierung gestellt werden. Dieser Receß erhielt im Jahre 1691 die königliche Genehmigung, kam aber erst im Jahre 1710 zur Ausführung. Die kriegsdrohenden Zeiten hatten sich wieder beruhigt, und auf die Unterstützung durch 600 Mann wird die schwedische Regierung wohl nicht allzu großes Gewicht gelegt haben. Ob diese Landmiliz überhaupt zur Thätigkeit gelangte, ist nicht mehr ersichtlich. Es wird aber berichtet, daß die Errichtung in der Provinz viel böses Blut erregte; im Februar 1711 mußte deshalb der General=Gouverneur die aufgeregten Gemüther durch mehrere Erlasse besonders beschwichtigen, aber noch im April des folgenden Jahres kam es zu einer Beschwerde der Marschländer über die angewandte Contributions=Ordnung; zweimal war eine Umlage zu je 5000 ℛ ausgeschrieben.

Die Kriege Karls XII. erforderten eine sich immer mehr erhöhende Deckung der Manquements der Staatskasse. Zu einigem Anhalte für die Anforderungen an die Provinz kann eine Acte der Bremen=Verdenschen Landschaft „Balancen des Bremischen Etats im Jahre 1695“ dienen. Die Einnahmen werden zu 233 428 ℛ 18 ß (aus der Contribution 145 738 ℛ 36 ß, aus Zöllen und Accise inclusive den Elbzoll 82 196 ℛ 12 ß, aus Straf= und Bruchgeldern 2993 ℛ 12 ß und aus der Stempel=Abgabe 2500 ℛ) berechnet. Die Ausgaben bleiben um einige Tausend Thaler zurück; den größten Theil bilden die Kosten für den Unterhalt der starken Besatzung, aber von einer besonderen Zahlung zur Aufbringung des Deficits der Staatskasse ist nicht die Rede. In den Jahren 1702—1712 sind aber für diese Zwecke von der Landschaft außerordentliche Auflagen im Gesammtbetrage von 1 575 000 ℛ ausgeschrieben. Da in jener Zeit die Herzogthümer Bremen und Verden selbst vom Kriege nicht berührt wurden, so traf die Belastung der Provinz den Unterhalt solcher Truppen, die außerhalb derselben verwendet wurden. Die in der Zusammenstellung genannten Regimenter der Obersten v. Brettholtz, v. Marschalk, Graf Schwerin, Graf Mellin lagen, soweit sie nicht im Felde standen, im Herzogthum Pommern und in der Stadt Wismar; die Kosten wurden daher zum Theil zwischen der Pommerschen und Bremen=Verdenschen Landschaft getheilt. Actenmäßig steht dies für einzelne Positionen fest, so bei den Ausgaben für das Brettholtz'sche

Regiment. Dies war im Jahre 1707 durch Werbungen neu gebildet. Die Instruction für die Werbung besagte, daß jegliche taugliche Mannschaft anzunehmen sei von deutscher und französischer Nation, auch Schweizer, aber keine Sachsen und keine unter 18 oder über 40 Jahren. In Folge allerhöchster Verfügung des Königs sollte der Unterhalt dieses Regiments — nachdem die für dessen Unterhalt von Allerhöchstdero verordneten Mittel mit Ende des Monats September 1707 consumieret sein würden — von den Bremen-Verdenschen Ständen nebst der Stadt Wismar bestritten werden, so lange das Regiment in Wismar verbleiben würde. In Betreff einer Vereinbarung für den beiderseitigen Antheil zu den Unterhaltungskosten kam es in Wismar zu einer Conferenz zwischen den Vertretern der Pommerschen und Bremenschen Landschaft. Die Kosten betrugen für diese in den Jahren 1707—10 im Ganzen ca. 70000 ℛ.

Eine ähnliche Verhandlung hat im Jahre 1707 wegen der pommerschen National-Rekruten stattgefunden, die in bremische Regimenter gesteckt waren; hier handelte es sich um zwei Posten von 10000 und 20000 ℛ. Nach vergeblichen Eingaben an den König wurde die erste Summe von der Landschaft übernommen, die andere aber wurde beanstandet. In der Überzeugung, daß bei dieser Überweisung die Bremen-Verdensche Landschaft zu Gunsten der pommerschen sehr benachtheiligt sei, ward eine Deputation an den König gesandt. Diese bestand aus dem Oberstlieutenant v. Medern für die Ritterschaft und dem Stader Bürgermeister Pfannenstiel für die Städte. Die Deputation reiste nach Leipzig, wohin sich damals Karl XII. im Kampfe gegen den Kurfürsten August von Sachsen gewandt hatte. Die Deputirten, die bei dem Könige unmittelbar um eine Ermäßigung der geforderten Summe nachsuchen sollten, hatten zwar während ihres langen Aufenthaltes in Leipzig vom 26. Februar bis zum 28. August 1708 nicht die Ehre, vom Könige empfangen zu werden. Aber durch die Verhandlungen mit dem Minister Grafen Piper erreichten sie doch eine Ermäßigung um 5000 ℛ; dabei hatten sie eine entschiedene Voreingenommenheit des Ministers für die pommerschen Stände bemerkt. Um nun jenes Deficit aufzubringen, wurde von der Landschaft mit Zustimmung der Regierung beschlossen, daß zu der allgemeinen Contribution von 144000 ℛ die Schatzpflichtigen noch je 4 Thaler zusteuern sollten und dazu noch ein Fünftel (die Quinte) der Contribution von den freien Ständen aufzubringen sei. In Bezug auf diese Quinte war dann genauer bestimmt, daß sie in einem Fünftel des jeweiligen Deficits oder Manquements bestehen sollte. Dabei war angeordnet, daß von je 5000 ℛ die bremische Ritterschaft 1600, die Stadt Stade 1857½, die Stadt Buxtehude 542½ und das Herzogthum

Verden 1000 ℳ entrichten sollten. Da hierbei die Stadt Stade verhältnismäßig sehr hart belastet war, so wurde später bestimmt, daß in diesem Falle das Service-Quantum der Stadt (im Jahre 1707 betrug es 2184 ℳ) auf alle übrigen Stände vertheilt werden solle. Trotzdem blieb die Beschwerung der Stadt durch die Zuschüsse zu den Manquements gewaltig groß; nach einer Zusammenstellung für die Jahre 1702—1710 hatte sie, unter Absetzung des ermäßigten Services, 46500 ℳ zu zahlen. Dazu kam die Erhöhung der Accise und des Kopfschatzes, sodaß es wohl verständlich ist, daß die Stadt wiederholt zu Anleihen ihre Zuflucht nehmen mußte. Unter anderem wurden von der Antoni-Brüderschaft in jenen Jahren einmal 900, dann 2800 ℳ geliehen. Dabei wurden von der Regierung die entstehenden Rückstände in den Beitragsleistungen von der Stadt mit unnachsichtlicher Strenge eingefordert. So wird in einer Verfügung vom 19. August 1711 der Stadt eine militärische Execution angedroht, falls sie nicht eine schuldige Summe von 2450 ℳ fördersamst an die königliche Renteikasse entrichte. Nach der dänischen Occupation Ende 1712 blieb diese Angelegenheit, die durch wiederholte Vorstellungen seitens der Stadt so lange hingeschleppt war, auf sich beruhen.

Welche Münz- und Geld-Calamitäten jene schwere Zeit zur Folge hatte, möge eine Angabe der Acten erläutern. Der pro 1712 ausgeschriebene Manquements-Beitrag betrug ursprünglich 39689 ℳ 5 ß, dieser war in folgenden Münzsorten eingezahlt:

In 2 Schillingsstücken	10863 ℳ	16 ß
In 8 und 4 Grotenstücken	9523 ℳ	16 ß
In 2 Grotenstücken	11409 ℳ	24 ß
In 1 Schillingsstücken	4311 ℳ	27 ß
In 1 Grotenstücken	3581 ℳ	18 ß
Summa	39689 ℳ	5 ß.

Da die Rentkammer in Dritteln auszahlen mußte, war deren Umwechselung geboten. In Hamburg hat man sich darauf nicht einlassen wollen; nur in Bremen war sie zu erreichen, aber gegen 3 % Vergütung.

Mit der Capitulation vom 7. September 1712 gingen die Herzogthümer an die dänische Herrschaft über, die bis zum Ankaufe durch die kurhannoversche Regierung mittelst Vertrages vom 11. Juli 1715 währte.

Die Stadt Stade befand sich bei dem Übergange an die dänische Herrschaft im Zustande der ärgsten Verwüstung in Folge des mehrmonatlichen Bombardements. Es waren dabei 83 Häuser und 10 Buden in Asche gelegt und 85 Häuser und 4 Buden derart ruiniert, daß sie erst nach mehreren Jahren wieder bewohnbar wurden. Nach einem Berichte vom 3. Juli 1713 waren nur 546

Bürger vorhanden, von denen wegen völliger Verarmung oder durch Eintritt in die Miliz noch 52 inbetreff der Zahlungsfähigkeit abzurechnen waren.

Daneben war das Jahr 1712 ein Pestjahr, das mancherlei Drangsale mit sich führte. Man hoffte nach dem Aufhören der schwedischen Herrschaft, die in den letzten 10 Jahren so schwere Bedrückungen mit sich gebracht hatte, von der dänischen sich Erleichterungen versprechen zu dürfen. Diese Hoffnung erfuhr aber bald eine bittere Enttäuschung. Im Gegentheil, die drei Jahre der dänischen Herrschaft wurden für die Provinz und für die Stadt noch drückender als die letzten Jahre der schwedischen. Der König Friedrich IV. inaugurierte seine Regierung mit einem salbungsvollen Mandate vom 20. October, wonach sich derselbe überzeugt hielt, daß Stände erkannt haben würden, wie sehr die beiden Herzogthümer nach nunmehr zweimonatlicher Erfahrung bei glücklicher Landung und Einrückung der dänischen Kriegsvölker vor allen Gewaltthätigkeiten, Brandschatzungen, Ausfouragierungen, Verwüstung, Raub und Plünderung aus angestammter königlicher Clemenz gänzlich befreit und verschont geblieben." Dann wurde den Ständen eröffnet, daß, obwohl Se. Majestät kraft des jus armorum sich berechtigt erachte, wegen der angewandten großen Kosten und dafür wegen der von sämmtlichen Unterthanen und Einwohnern abgehaltenen Exactionen und Gewaltthätigkeiten ein Großes zu fordern — dennoch auf beschehene Vorstellung ihres Zustandes sie aus königlicher Milde damit verschonen und es dabei bewenden lassen wolle, daß von nun an eine monatliche Contribution von 24000 ℳ (also das Doppelte der bisherigen) aufgebracht werde. Diese Contribution wurde durch Patent d. d. Copenhagen 20. Octob. 1712 zunächst für die 7 Monate vom 1. Octob. d. J. bis ultimo April 1713 mit 168000 ℳ, dann durch Patent vom 15. December für die 8 Monate vom 1. Mai bis ultimo December 1713 auf 192000 ℳ, mittelst Patent vom 23. Juni 1713 für 21 Monate vom 1. Januar 1714 bis ultimo September 1715 mit 504000 ℳ und zuletzt für den halben Monat 1.—15. October 1715 mit 12000 ℳ ausgeschrieben. Außer der eigentlichen Contribution wurde noch auf das Schatzpflichtige (das corpus contribuabile) an Stelle der Consumtions-Accise, die seit Beginn der dänischen Herrschaft nicht erhoben war, mittelst Patents d. d. Husum 25. März 1713 eine jährliche Steuer von 40000 ℳ eingeführt. Was nun aber die Anforderungen an die freien Stände anbelangt, so blieben diese nicht aus.

Die dänische Regierung nahm aus der Einführung der Quinte in der schwedischen Zeit seit 1703 Anlaß, diese Leistung beizubehalten, und zwar nicht nur zur Deckung eines Deficits der Regierungs-

Hauptkasse, sondern für alle in dieselben fließenden Steuern. Mit dieser Operation wurde im Patent vom 25. März 1713, durch das zunächst die jährliche Abgabe von 40000 ℛ︁ anstatt der bisherigen Consumtions=Accise eingeführt wurde, der Anfang gemacht. Am Schluß des Patentes heißt es: Wenn auch die gesammten immatriculirten getreuen Stände mehrbesagter Herzogthümer zu allen extraordinären Landes=Auflagen bisher den fünften Theil mit beitragen müssen: und damit dasjenige, was zeithero bis zum Ende April=Monate jetzigen Jahres auf beide Herzogthümer zur extraordinären Nothdurft in Anschlag gekommen, auch zum Theil von dem corpore contribuabili bereits abgehalten worden, jetzt erwähnte sämmtliche Stände annoch zur gebührlichen Quinta 33750 Reichsthaler (also pro Monat 4822 1/7 ℛ︁) zu concurrieren und abzuhalten schuldig sein: so werden jetzt diese getreuen Stände hiermit gleichfalls befehligt und ermahnt, die vorbedeutete, zur Quinta aller bisherigen Extraordinarien noch schuldige Summe von 33750 Reichsthalern a dato gegenwärtigen Patentes innerhalb der nächsten 6 Wochen beizubringen und nach obgedachter Unseres Kammerdirectors Weyse Verfügung unfehlbar abzuliefern.

Die Landschaft beschloß hierauf, eine Deputation an den König zu senden; diese bestand aus dem Landrath Marschalk für die Ritterschaft und dem Syndicus Heesling für die Städte Stade und Buxtehude. Man hoffte, die Rücknahme der Quinta, zu der die Stadt Stade 7200 ℛ︁ zu bezahlen hatte, zu erwirken. In der an den König gerichteten Petition war ausgeführt, daß die Landschaft unmöglich neben dem übernommenen don gratuit (als Äquivalent für die unterlassene Brandschatzung) noch eine in diesem Umfange noch niemals vorgekommene Quinta werde aufbringen können, auch die bisherige Bedeutung der Quinta zur Aufbringung eines Deficits des Staatshaushalts unmöglich in der kurzen Zeit der dänischen Herrschaft bereits Anwendung finden könne. Die hierauf erfolgte königliche Resolution d. d. Husum, 5. Juni 1713 ließ indessen die Deputation wissen, daß die Anforderungen nicht zu entbehren seien, man indessen nicht abgeneigt sei, das von der Ritterschaft wegen der Quinta geführte Gravamen untersuchen und nach Beschaffenheit der Zeiten, wie es sich bestens wird thun lassen, eine Erleichterung widerfahren zu lassen. In Bezugnahme auf diese Resolution richtete der Syndikus Heesling unter dem 7. Juni eine besondere Petition für die beiden Städte an den König, in der er hervorhob, daß in dieser Resolution für die Städte und insbesondere für die durch Feuer und Pest so schwer heimgesuchte Stadt Stade kein Trost zu befinden sei. Man bitte also dringend, ihn, den Deputierten, nicht trostlos heimziehen lassen zu wollen und dieserhalb den Kammerdirector Weyse mit weiterer Anweisung wegen der Erleichterung versehen zu wollen.

Unter dem 31. August erfolgte dann auf die Mittheilung des pp. Weyse, daß Sr. Majestät rescribieret habe, daß von der Stadt Stade zu dem don gratuit und der ausgeschriebenen Quinta nur 4000 ℛ beigetragen, das übrige remittiert und überdem der Magistrat mit allen dessen Subalternen und die Exemten als Advocaten und andere sogenannte freie und nicht zur Bürgerschaft gehörige Personen nach averso zu dem Beitrage von 4000 ℛ gezogen werden sollen. Es wurde daneben um eheste Benachrichtigung über die Repartition der Anlage und deren Beiträge gebeten. Darüber liegen aber keine Angaben vor, und ebenso wenig darüber, wie der ermäßigte Beitrag von 4000 ℛ, der für das frühere don gratuit und für die Quinta vom 23. März bestimmt war, in der einen oder anderen Abgabe zur Anrechnung gebracht wurde.

Zum zweiten Male wurde eine Quinta durch dasselbe Patent vom 17. December 1713, in dem zugleich die monatliche Contribution von 24 000 ℛ für die Zeit vom 1. Mai bis ultimo December 1713 ausgeschrieben war, von den freien Ständen verlangt. Jetzt wurden 3000 ℛ pro Monat, also für die 8 Monate 24 000 ℛ angesetzt. In diesem Patente wurde zugleich der Beitragsfuß der einzelnen Stände angegeben, wonach die Bremische Ritterschaft 11 520, die Stadt Stade 5120, die Stadt Buxtehude 2560 und die Stände und Stadt Verden 4800 ℛ zu zahlen hatten. Bei Vermeidung zulänglicher Executionsmittel wurde als Zahlungsfrist ein Termin von 4 Wochen festgestellt.

Diese Quinta von 3000 ℛ wurde nun weiter durch das Patent d. d. Gottorff den 23. Juni 1714 als regelmäßige monatliche Abgabe für die Zeit vom 1. Januar 1714 an ausgeschrieben. Dabei wurde bestimmt, daß dieselbe für die ersten 6 Monate des Jahres 1714 zusammen innerhalb 14 Tage a dato publicationis, von da an, sobald ein jeglicher Monat einfällt, an die K. Kammer zu zahlen sei, und zwar nach der Eintheilung vom 17. December 1713, wonach der monatliche Beitrag sich berechnet

für die Ritterschaft zu .... 1440 ℛ,
für die Stadt Stade zu .... 640 ℛ,
für die Stadt Buxtehude zu .... 320 ℛ,
für die Stände und Stadt Verden... 600 ℛ.

Der Gesammtbetrag dieser Quinta würde also gewesen sein für $21\frac{1}{2}$ Monate (1. Januar 1714 bis 15. October 1715) 64 500 Reichsthaler.

Durch eine Königliche Verordnung d. d. Segeberg 26. Juli 1714, also nur 4 Wochen nach der Festsetzung der monatlichen

Quinta, wurde nun eine neue Kriegs- und Vermögenssteuer eingeführt „um die annoch währenden Kriegsunruhen glücklich zu vollenden und einen sicheren Frieden zu erhalten, zur Abhaltung der bei Unserer Kriegsmacht zu Wasser und zu Lande immerzu erwachsenden sehr großen Ausgaben, und damit die jetzigen allgemeinen Lasten von den hiesigen löblichen Herren Ständen und dem schatzpflichtigen Corpore nicht ferner allein getragen werden dürfen."

Diese Kriegssteuer sollte enormer Weise bestehen aus dem dritten Theile der auf Grund eidlicher Deklaration, nach Maßgabe eines vorgeschriebenen Formulars, von allen zinsbaren Capitalien, von contributionsfreien Gütern, Ländereien, Häusern, Mühlen, Schäfereien erfolgenden Gelderhebung; ferner vom Gewinn und Verdienst aller Gewerbetreibenden an Geld und Geldwerth, von den jährlichen Besoldungen, Sporteln, Schreibgeldern oder sonstigen Accidentien aller Raths- oder Staatsbedienten, höheren und niederen, in Stadt und Land. Dazu kam endlich die Zahlung von 72 ₰ für jedes nach der Roßdienst-Rolle von den roßdienstpflichtigen freien Ständen zu stellendes Pferd; zur Zeit kamen in Anrechnung 80 Pferde, von denen das Herzogthum Verden 20, die Stadt Stade 4 zu stellen hatten.

Um diesen neuen schweren Druck abwendig zu machen, ward eine Deputation an den König gesandt, zu der von der Ritterschaft der Assessor Claus v. d. Decken auf Rittershausen und Benedix Bremer auf Dobrock, für die Städte wieder der Syndicus Heesling, für die Marschlande der Grefe v. Aspern erwählt wurden.

Diese Deputation hat sich nach den täglichen Notaten über ihre Thätigkeit vom 2. October bis 15. December 1714 in Copenhagen aufgehalten und mit verschiedenen Geheimräthen verhandelt. Die specificierte Kostenrechnung des Syndicus Heesling belief sich dabei auf 1329 M. 9 ß. Dieser hatte sich auf das angelegentlichste bemüht, die schwere Bedrückung der Stadt seit dem Jahre 1713 nachzuweisen. Ebenso energisch vertrat er auch die Interessen der Stadt Buxtehude. Indessen wurde nach der königlichen Resolution vom 11. December nichts Weiteres erreicht, als die Befreiung der Zinsen und Renten von ausstehenden Capitalien, sowie der Salär- und Accidentien der städtischen Bedienten. Das eigene Interesse scheint der Syndicus daher mit Glück verfochten zu haben. Was die Ritterschaft und die Marschlande erreichten, ist aus den Acten nicht zu ersehen. Ebenso lassen diese es ungewiß, in wie weit diese Kriegssteuer überhaupt zur Ausführung gekommen ist. Unter den aus der dänischen Zeit verbliebenen Restanten wird von einer extraordinären Kriegssteuer nur ein Beitrag von 7953 ₰ 9 ß 9 Pf. aufgeführt.

Was die von der Stadt verlangten Beiträge zu den sog. Quinten anbelangt, so findet sich in den Magistrats-Acten über ihre Einziehung folgende Bilance:

Die Stadt hatte zu zahlen:

Auf das sog. Don gratuit und Quintengeld laut Patent vom 25. März 1713 den ermäßigten Beitrag von	4000 ℛ	
auf die Quinte vom 15./12. 1713	5120 ℛ	
auf die Quinte vom 23./6. 1714	13440 ℛ	
auf die Verfügung von 26./7. 1714 für 4 Pferde ..	288 ℛ	
	22848 ℛ	

Hierauf ist bezahlt worden:

Im Jahre 1713 vom 16. August bis 31. December in 10 Posten von 112 bis 1000 ℛ	3720 ℛ	
im Jahre 1714 in 12 Posten vom 3. Mai bis 31. Decbr.	3746 ℛ	32 ß
im Jahre 1715 in 12 Posten vom 5. Februar bis 6. August je 50 ℛ bis $433^2/_3$ ℛ	2507 ℛ	37 ß
Beitrag der Exemten	314 ℛ	
	10288 ℛ	21 ß
Bleiben restiert	12559 ℛ	27 ß

Auf diesen Restantenbetrag wurden durch Königliche Resolution vom 8. Juli 1715 gut gerechnet:

An Zinsen eines fruchtbaren Capitals von 11760 ℛ 8 ß, welche die Stadt vermöge einer von Kgl. Schwedischer Liquidations-Commission sub dato Stockholm 22. October 1696 erhaltenen Berechnung annoch zu fordern hat	732 ℛ	15 ß
an restierenden Meiereigefällen bei der Kloster-Meierei zu Stade pro 1712, welche der Stadt hätten zufallen müssen	426 ℛ	
und ältere desfallige Restanten	175 ℛ	8 ß
an Kosten für den Unterhalt schwedischer Kranken und Blessierten, welche bei dem Abzuge der schwedischen Armee zurückgeblieben waren	167 ℛ	5 ß
für den der Stadt zukommenden dritten Antheil an Strafgeldern wegen des Elbzolls aus dänischer Zeit	83 ℛ	16 ß
	1983 ℛ	44 ß

sodaß der bis Ausgang September 1715 als schuldig verbliebene Restbetrag der Stadt berechnet und stadtseitig anerkannt worden ist auf 10575 ℛ 31 ß. Dieser Restbetrag ist erst im Jahre 1748 durch das Patent des Königs-Kurfürsten vom 5. August, wonach die bei Erwerb der Herzogthümer durch Kur-Hannover übernommenen und an Dänemark erstatteten Rückstände erlassen wurden, aus der Welt geschafft.

Nach dem Vertrage von Kur-Hannover mit dem Könige von Dänemark über die Erwerbung der beiden Herzogthümer war von der hannoverschen Seite außer der Zahlung von 6 Tonnen Goldes auch die Verpflichtung zur Erlegung der bei der Beendigung der dänischen Herrschaft verbliebenen Restanten an die dänische Rentkammer, also namentlich die der öffentlichen Abgaben übernommen. Die hannoversche Regierung ließ sich daher sehr bald nach der Übernahme der Herzogthümer (Mitte October 1715) in Verhandlungen mit der Landschaft ein. Sowohl die Ritterschaft wie auch der Magistrat von Stade, dieser zugleich auch für Buxtehude, erstatteten einen ausführlichen Bericht über diese Angelegenheit. In demselben wurde besonders die Auflage der Quinten berührt. Die Einführung zur Schwedenzeit habe nur den Zweck gehabt, ein Deficit der Staatskasse zu decken, soweit es nicht durch die ständigen Einkünfte bestritten werden konnte. Zu diesem Deficit-Betrage hätte das **corpus contribuabile**, also die zur allgemeinen Landes-Contribution schatzpflichtigen Landes-Eingesessenen des Herzogthums Bremen, 4 Theile, dagegen den fünften Theil, also die sog. Quinte, die bremische Ritterschaft, die Städte Stade und Buxtehude, sowie das Herzogthum Verden beisteuern müssen. Was aber von der dänischen Regierung verlangt worden, sei kein Deficit der laufenden Jahres-Rechnung, deren Einkünfte durch die verfügte Erhöhung der Landes-Contribution von monatlich 12000 ₰ auf 24000 ₰ zur Bestreitung des Bedarfes hätte ausreichen müssen; es sei wenigstens nie gesagt worden, das dies nicht der Fall gewesen sei. Auch sei der Repartitionsfuß geändert. Nach dem schwedischen Modus hätten von 50000 ₰ der Deficit-Steuer beigetragen:

Die Bremische Ritterschaft .	3536 1/4	₰
die Stadt Stade	1878	„
die Stadt Buxtehude	873	„
Stände und Stadt Verden.	737 1/4	„
das **corpus contribuabile** .	42975 1/2	„
	50000	₰

Die dänische Regierung habe aber diese Repartition nicht beibehalten, sondern eine neue willkürliche eingeführt, nach der die freien Stände zu Gunsten des **corpus contribuabile** um 30 % geschädigt seien. Das Resultat der Verhandlungen war der oben erwähnte Erlaß der hannoverschen Regierung vom 5. August 1748, wonach zur öffentlichen Kenntniß gebracht wurde, daß Se. Königliche Majestät auf Höchstderselben allerunterthänigste Fürstellung die auf hiesige Herzogthümer Bremen und Verden annoch haftenden Restanten von den zu Königlich Dänischen Zeiten ausgeschriebenen anhero überwiesenen Contribution, Consumtions-Accise-Kriegssteuern und vacanten Portionen in höchster Gnade dem Lande erlassen und geschenkt haben.

Über die Gesammtlasten der Herzogthümer zur dänischen Zeit giebt uns ein im Jahre 1796 von dem Landkassierer Plate verfaßter Extract aus den Acten der Bremen-Verdenschen Landschaft Aufschluß, „was die Königl. Dänische ehemalige Regierung zu Stade an Contribution, Consumtions-Accise, extraordinärer Kriegsleistung, auch vacanten Portionen über die Herzogthümer Bremen und Verden in annis 1712, 1713, 1714 und 1715 überwiesen und was in Rest geblieben, und was von solchen Restanten bisher von Contribuenten zur Kasse gezahlt worden, und wie viel sich gegenwärtig noch im Rückstande befindet."

Nach diesem Auszuge sind in den benannten Jahren ausgeschrieben:

An Contribution 168000, 192000, 504000, 12000 =	876000 ₰	
von der Ritterschaft, den Städten und Verdener Quintengelder 33750, 24000, 63000, 1500 ₰ =	122250 „	
an Consumtions-Accise	141350 „	
an extraordinärer Kriegssteuer	10368 „	
wegen der Roßdienstpflicht an vacanten Portionen und Rationen für Mannschaften und Pferde, als restant angegeben (also noch aus der Schwedenzeit)	12238 „	43 ß
Lieferung von 500 Reiterpferden	22989 „	
Summa	1185195 ₰	43 ß

Von diesen Geldern werden als restant aufgeführt:

An Contribution	236491 ₰	7 ß
an Consumtions-Accise.......................	12238 „	43 „
an Don gratuit und Quintengeldern............	36654 „	20 „
an verschiedene Posten, die nicht näher erläutert sind	71839 „	44 „
Summa	357227 ₰	18 ß
worauf seit 1715 abgetragen	26280 „	14 „

so daß der verbliebene, von der hannoverschen Regierung nach dem Vertrage mit dem Könige von Dänemark übernommene und dann der Provinz erlassene Restbetrag 330947 ₰ 4 ß betrug.

Bei der Durchsicht aller dieser Rechnungen kann man nicht genug die Resignation und Opferwilligkeit bewundern, mit der die Bewohner der Herzogthümer und besonders die Bürgerschaft der Stadt Stade die gewaltigen Lasten jener Zeiten zu tragen gewußt haben. Einen dauernden Verlust hatte die Stadt, abgesehen von der Tilgung zweier Anleihen von 3580 ₰ und 5933⅓ ₰, durch den Verkauf von Stadt-Ländereien zum Preise von 2000 ₰ erlitten, wodurch der Stadtkasse eine jährliche Pachteinnahme von p. p. 100 ₰ entzogen wurde.

II. Die Kurhannoversche Zeit von 1715 bis zur französischen Occupation.

Auch die Zeit der Kurhannoverschen Regierung brachte unserer Heimath schwere Einquartierungslasten. Die Stadt Stade hatte als Festung und Sitz des Obercommandos der in der Provinz stehenden Truppen stets eine besonders starke Garnison. Auch brachten die Kriegsereignisse außerordentliche Einquartierungen, namentlich im letzten Vierteljahrhundert zur Zeit der Kämpfe Englands mit den amerikanischen Staaten, Spanien und Frankreich.

Die Klagen und Beschwerden über die regelmäßige Einquartierung beginnen schon im Jahre 1720. In einer Immediat-Vorstellung an den König Georg II. vom 23. October 1720 wird der Bestand der Garnison auf 830 Mann Infanterie und 48 Artilleristen = 878 Mann mit 331 Weibern angegeben. In der dringlichen Bitte um Erleichterung der Quartierlast wird darauf hingewiesen, daß im Jahre 1703 die Stadt noch 547 Bürger gezählt habe, jetzt aber nach 17 Jahren, nach Ausweis der Servislisten nur noch 421 in Betracht kämen, zum großen Theil nahrungslose Handwerker, Krüger, Tagelöhner, die selbst nicht wüßten, wie sie sich von einem Tage zum andern ernähren sollten. Von den 85 Bürgerhäusern, die während des Bombardements 1712 zerstört seien, habe man jetzt erst 11 wieder aufgebaut. Die Servislast betrage monatlich 1687 Mark, wozu noch besondere Leistungen kämen, wie monatlich 14 Mk. für den Unterhalt von 8 Betten der Domestiken des Obercommandanten, der Zuschuß zur Instandhaltung einzelner Theile der Festungswerke, der Unterhalt der Wachthäuser und deren Versorgung mit Thran und Licht, alles Ausgaben, die jährlich auf 400 Thaler veranschlagt wurden. Handel und Wandel liege völlig darnieder, infolge dessen habe die Stadt im letzten Jahre 17 Bürger verloren. Auf diese Vorstellung erfolgte unter dem 17. November 1720 ein Bescheid seitens der Kriegscanzlei „daß vor der Hand dem Ansinnen nicht deferiert werden könne, man aber hiernächst über kurz oder lang auf eine Soutenierung der Stadt Bedacht nehmen wolle“. Diese Vertröstung wurde aber nicht verwirklicht; vielmehr fand in den Jahren 1720—26 eine Erhöhung der Garnison statt. Auf eine bewegliche Vorstellung des Magistrats hin wurde dann ein Kornmagazin nach Buxtehude verlegt.

Dabei wurde durch ein Rescript vom 18. April 1727 eine Designation aller und jeder den **oneribus publicis** unterworfenen, auch davon eximierten Häuser, und wieviel von jenen und wie stark jegliches mit Soldaten wirklich belegt sei, gefordert. Die darauf aufgestellte Designation ergab Folgendes:

1) Quartierpflichtige Häuser sind, inclus. Buden und Kellerwohnungen

im Sand-Quartiere	115
im Berg-Quartiere	102
im Bäcker-Quartiere	140
im Wasser-Quartiere	134
	491 Häuser.

Von diesen sind abzurechnen wegen Ausquartierung der zugeschriebenen Mannschaft seitens der Quartierpflichtigen 119. Es waren also thatsächlich belegt 372 Wohnungen. Die gesammte Servislast des Monats April war berechnet zu 2203 M., wovon auf die Kosten der Ausquartierung entfallen 284 M. 4 ß. Wie groß die Anzahl der bequartierten Mannschaft gewesen, ist nicht angegeben; dagegen hat sich die Zahl der von den Haus-, Keller- und Budenbewohnern selbst Beherbergten belaufen auf 253 beweibte und 427 ledige Mannspersonen.

2) Die Zahl der von der Einquartierung eximierten Königlichen und anderen Beamten betrug 54.

3) Die Zahl der Militair-Bedienten, die keine Einquartierung hatten, d. h. die von Militairpersonen selbst bewohnten Häuser (inclus. die von den ausquartierten Soldaten belegten) betrug 94.

4) Die Zahl der städtischen Exemten (städtische Beamte, Geistlichkeit, Schullehrer) betrug 49. Der Servis belief sich auf monatlich 3 M. für jeden beweibten, 1 M. 4 ß für den unbeweibten Soldaten. Viele Quartierpflichtige mußten 3—4 Soldaten und 2 Weiber aufnehmen. Im Mai wurde dann von 10 Compagnien à 97 Mann (ohne die Weiber) eine Compagnie fortgenommen. Unter Bezugnahme auf die sich nach der Designation ergebende schwere Last, die eine 7 malige außerordentliche Collecten-Erhöhung von der Bürgerschaft nothwendig gemacht hatte, wurden dann von der Kriegs-Canzlei Vorschläge erwartet, wohin etwa noch eine Compagnie verlegt werden könne.

Es wurde auch in der That die Verlegung einer Compagnie nach Ottersberg beschlossen und trotz des Widerspruchs des Infanterie-Commandos ausgeführt; denn am 19. October 1728 bestand die Garnison nur aus 8 Compagnien ohne den Artillerie-Etat. Um diese Zeit wird vom Magistrat wiederholt der Bau von Baracken beantragt, so in einer Eingabe an die Regierung vom 6. Februar 1736, infolge der Ankündigung, daß die damalige Garnison von 7 auf

9 Compagnien vermehrt werden sollte. In dieser Vorstellung wird besonders darauf hingewiesen, wie bei einer so starken Garnison einem mittelmäßigen Handwerker zu Muthe sein werde, der zu sich, seiner Frau, Kindern, Gesellen oder Lehrlingen zwei Soldaten und zwei Soldatenfrauen mit Kindern um und unter sich in einer Stube (welches die wenigsten ändern könnten) haben sollten; welche Zustände auch für die Garnison selbst zu wirklichen Beschwerden gereichen würden; so daß, wer irgend im stande sei, das onus der Einquartierung abzukaufen, sich zu einer desfälligen Ausgabe von 5,6 bis 9 M. lübisch verstehe.

Der Bau der Kasernen, oder Baracken genannt, ist dann auch im Jahre 1736 in Angriff genommen und 1737 vollendet. Die bis zur Vollendung der Wasserleitung ausgesetzte Belegung der Baracken erfolgte aber erst im September 1738. Inbetreff derselben war durch die Regierung verfügt, daß von den zur Zeit die Garnison bildenden 8 Compagnien eine der Stadt ganz abgenommen werden sollte; von den verbleibenden 7 seien 3 in die neuerbauten Baracken aufzunehmen gegen ein von der Stadt zu zahlendes monatliches Servis von 36 ₰ 30 *mgr.*, wogegen die Stadt aber den übrigen 4 Compagnien das Quartier in natura zu geben habe. Für jede Compagnie wurden 100 Mann angesetzt. Durch ein Rescript der Kriegskanzlei vom 13. August 1764 ist dann dies Abkommen weiter dahin declariert, daß die Stadt für jede ihr abgenommene (d. h. in die Baracken gelegte) Compagnie 36 ₰ 30 *mgr.* monatlich bar zu erlegen habe, wenn auch der Bestand der Compagnie weniger als 100 Mann wäre, ebensowenig aber auch der Stadt anzusinnen sei, wegen der eingetretenen veränderten Einquartierung in der Stadt ein Mehreres an Geld zu bezahlen. Bezüglich der Artillerie war bei dem Abkommen von 1737 nichts bestimmt worden. Gewöhnlich waren nur 36 Constabler bequartiert worden. Als jedoch später für eine größere Anzahl von Artilleristen Quartier verlangt wurde, ist in einer Resolution der K. Kriegskanzlei vom 19. December 1763 ausgeführt, daß der Etat einer Artillerie-Compagnie, der nach deren zeitlichen und örtlichen Verwendung verschieden sein könne, von 1748 an regelmäßig bestanden habe außer 1 Major, 1 Lieutenant, 1 Fähndrich, die den Servis aus der Kriegscasse erhalten, aus 5 Stückjunkern, 5 Feuerwerkern, 2 Sergeanten, 1 Tambour und 49 Constabeln, welche den Servis von der Stadt zu erhalten hätten, Dagegen wird anerkannt, daß die Verpflichtung der Stadt nur für eine Compagnie in Anspruch zu nehmen sei, und daß, da zur Zeit $1^1/_2$ Compagnien in der Stadt lägen, der Servis für eine halbe Compagnie aus der Kriegscasse zu vergüten sei. Dies Princip ist auch später noch 1778 anerkannt, wo der bisherige Stand der hiesigen Artillerie um 30 Mann vermehrt wurde; ebenso die

Bestimmung, daß die Stadt nur 4 Compagnien Infanterie zu 100 Mann einzuquartieren habe. Dies war der Fall im Jahre 1756, wo 3 Compagnien über jene Zahl hinaus hierher beordert wurden, dann 1757, wo an Stelle von 4 in das Feld gerückten Compagnien 4 Compagnien Invaliden à 200 Mann in der Stadt untergebracht werden mußten, auch in den 90er Jahren, wo wiederholt außerordentliche Einquartierungen stattgefunden haben. In allen diesen Fällen ist der Servis für die den pflichtmäßigen Bestand von 400 Mann überschreitende Anzahl von der Kriegscasse vergütet. Im letzten Jahrzehnt hat das Abkommen von 1737 Abbruch erlitten infolge der Zerstörung einer mit 2 Compagnien belegten Baracke durch eine Feuersbrunst (1792). Daher mußten diese beiden Compagnien in der Stadt untergebracht werden, gegen Erlaß des Baracken-Servis von 36 ₰ 30 *mgr.* monatlich für jede Compagnie.

In den Jahren 1793 und 1794 sind die 4 Compagnien, deren Natural-Verpflegung der Stadt oblag, zwar über die festgesetzte Stärke von 400 Mann hinaus vorübergehend erheblich vermehrt, ohne daß jedoch gegen diese verstärkte Natural-Bequartierung Einwendungen erhoben wurden. Es war dies in der Kriegszeit, in der hier eine Depotcompagnie vom 2. und 11., später vom 13. Infanterie-Regiment verblieb. Dagegen wurde der Bestand der regelmäßigen Garnison, der nach dem Abkommen von 1737 auf 8 Compagnien angenommen war, vom Jahre 1793 an erhöht. Das in diesem Jahre in Garnison liegende 4. Inf.-Regiment wurde auf 900 Mann vermehrt und bestand von da an aus 10 Compagnien, von denen 9 in die Stadt gelegt wurden. (4 reglementmäßig, 2 in Folge des vorjährigen Barackenbrandes, also 3 über das Abkommen hinaus). Eine Beschwerde seitens der Stadt wurde von der Kriegs-Canzlei mit der nicht ganz ungerechtfertigten Bemerkung zurückgewiesen, daß jenes Abkommen für Friedenszeiten berechnet sei, man jetzt aber bei den Kriegszeiten patriotische Opfer erwarten dürfte, trotzdem muß in der folgenden Zeit die Garnison vermindert sein, denn erst im Jahre 1796 wurde durch Heranziehung von 5 Compagnien, die in Buxtehude gelegen hatten, das Regiment in Stade wieder vereint. Auf eine erneute Vorstellung hin wurde demnächst das zweite Bataillon nach Harburg und Lüneburg verlegt, kehrte aber im April 1799 wieder hierher zurück, aber nur in einer Stärke von 347 Mann. Da vom ersten Bataillon damals nur 129 Mann in der Stadt untergebracht waren, so belief sich die gesammte Natural-Bequartierung der Stadt nur auf 476 Mann, und gegen diese geringe Erhöhung der Pflichtzahl wurde auch keine Einwendung erhoben. Das Regiment wurde bald zur sogenannten Observations-Armee am Rheine abcommandiert. An seine Stelle trat am 17. April 1801 ein preußisches Truppen-Contingent, das zur sogen. Cordon=Armee gehörte. Dies blieb jedoch nur bis zum 5. November, bis am 12. November wiederum das erste Bataillon des 4. Infanterie=Regiments eintraf. In der Zwischenzeit waren die vier Thorwachen unter Anführung des Bürgerwehr=Adjutanten von der Bürgerwehr besetzt gewesen. Nach der Rückkehr des Bataillons verlangte nun dessen Commandant, daß bis auf eine weitere Verstärkung der Garnison die Thorwachen vor dem Schiffer= und dem Kehdingerthore dauernd von der Bürgerschaft besetzt werden sollten. Diese Maßregel erregte große Mißstimmung, obwohl die Wachmannschaften aus der Servis=Kasse eine Vergütung erhielten. Von dem eingerückten Bataillon wurden 2 Compagnien in die „einzige, noch übrige" Baracke gelegt, die übrigen wurden einquartiert. Es erfolgte jedoch sehr bald die Benachrichtigung an den Magistrat, daß als Verstärkung der Garnison alsbaldigst auch das zweite Bataillon des 4. Infanterie=Regiments hierher verlegt werden würde und dann nicht nur dies, sondern auch die vorläufig in den Baracken untergebrachten zwei Compagnien des ersten Bataillons in der Stadt Quartiere beziehen müßten, da die einzige, noch übrige Baracke für die demnächst her zu verlegende Cavallerie ausgebaut und eingerichtet werden sollte. Der Magistrat war mit dieser Anordnung in Rücksicht auf den vermehrten Geschäftsbetrieb, der von der stärkeren Garnison zu erwarten war, nicht unzufrieden. Die Bürgerschaft erhielt sich aber der bevorstehenden Erhöhung der Quartierlast gegenüber ablehnend. Am 19. Mai 1801 rückte das zweite Bataillon des 4. Infanterie = Regiments in die Stadt ein. Inbetreff der Einquartierung kam es zu langen Verhandlungen, die erst in einem zwischen dem Staatsminister v. Hake und dem Magistrats=Secretär nebst zwei Achtmännern vollzogenen Vertrage am 6. April des Jahres 1803 zu Ende geführt wurden. In diesem Vertrage wurde der Bestand der einzuquartierenden Mannschaften sowie der ihnen und ihren Frauen zu zahlende Servis festgesetzt. Doch gelangten die Bestimmungen nicht mehr zur Ausführung, da infolge der Capitulation von Sulingen am 3. Juni 1803 die hannoverschen Truppen abzogen und dafür am 10. Juni die ersten französischen Occupations = Truppen einrückten. Nach Maßgabe jenes Vertrages würde sich der für 7 Compagnien zu gewährende Servis auf monatlich 276 ℛ︁ 4 *mgr.* oder jährlich 3313 ℛ︁ 12 *mgr.* belaufen, wogegen der Baracken = Servis mit jährlich 1326 ℛ︁ fortgefallen wäre. Die Anzahl der quartierpflichtigen Bürgerhäuser betrug im Jahre 1802 nur 317, unter denen viele sich befanden, die keine Betten aufzuweisen hatten. Thatsächlich waren nach einer anderen Aufstellung im Jahre 1801 von 314 quartierpflichtigen Häusern nur 264 belegt.

Die Zahl der Häuser war im Laufe des Jahrhunderts wieder beträchtlich vermindert. Als Servis war nach dem letzten Vertrage gerechnet monatlich für die Feldwebel und Sergeanten 30 *mgr.* (1 ₰ = 36 *mgr.*), die Corporale, Tambour und Gefreiten 24 *mgr.*, die Gemeinen 15 *mgr.*, die Unterofficierfrauen 24 *mgr.* und die Soldatenfrauen 21 *mgr.*

Zu den regelmäßigen Militärlasten der Stadt sind noch zu rechnen deren Leistungen für den Unterhalt der Festungswerke und Militär-Gebäude. Inbetreff derselben war es am 20. December 1755 zu einem Abkommen mit der Kriegskanzlei gekommen, wonach gegen Zahlung von 300 ₰ die Stadt von allen bisherigen Verpflichtungen als zum Unterhalte der alten Stadtmauern, Wälle, Thore, Wacht- und Schilderhäuser, des großen Baumes am Herschenfleth, der Stockhäuser, des von den Thoren bis an die Barriere gehenden Steinpflasters, ingleichen der Lieferung des Thranes und Lichtes an die Wachen und Stockhäuser oder sonst noch einige zur Festung gehörende königliche Gebäude und Werke, nicht weniger auch der Anfeisung des Burg- oder Stadtgrabens, der Pflicht Wege zu bauen, bessern und zu unterhalten — in Summa alles dessen, welches die Stadt und deren Bürgerschaft, Einwohnern und Unterthanen vermöge der Recesse, Resolutionen, Verträge oder anderer Ursachen wegen behufs des Fortifications-Bauwesens zu thun, beizutragen und zu leisten schuldig gewesen — entbunden und alle diese Leistungen von der Kriegs-Canzlei übernommen wurden.

Wenn wir nun zu den außerordentlichen Leistungen übergehen, die der Stadt während der verschiedenen Kriege dieses Zeitraumes auferlegt wurden, so kommt zunächst die Betheiligung der englisch-hannoverschen Regierung am österreichischen Erbfolgekriege in Betracht. Aber abgesehen von einem Durchmarsche dänischer Auxiliar-Truppen im Jahre 1742 auf dem Rückmarsche nach Holstein haben die Herzogthümer und die Stadt Stade von kriegerischen Unruhen nichts gespürt. Die Bundesgenossenschaft Englands mit Friedrich dem Großen während des siebenjährigen Krieges und vor allem der gleichzeitige Krieg mit Frankreich, der sich vorwiegend in den amerikanischen Colonien abspielte, machte sich mehr fühlbar. Zunächst handelte es sich um das Debarquement eines von England in Sold genommenen hessischen Truppencorps, das aus den 4 Infanterie-Regimentern Grenadiere, Erbprinz, Kanitz und Prinz Karl, sowie einer Artillerie-Abtheilung unter dem Oberbefehle des General-Lieutenants Grafen von Isenburg bestand; englische Transportschiffe, die vor der Schwinge lagen, sollten diese Truppen nach England führen. Die Stärke dieses Corps bestand aus 3849 Mann mit 600 Pferden und 46 Wagen; die Zahl der

Geschütze findet sich nicht besonders angegeben. Die Einschiffung dieses Truppencorps erfolgte in den Tagen vom 23. bis 28. April 1756 und zwar in der Weise, daß die in der näheren und weiteren Umgegend bis Harsefeld einquartierten Truppen in einzelnen Abtheilungen hier einzurücken hatten. Der Transport geschah durch die hiesigen Fährschiffer. Die Geschütze, Wagen, Bagage wurden auf dem Fischmarkte eingeladen; die Mannschaften hatten bis zur Symphonie den Deich hinabzugehen und wurden von dort in die Schiffe aufgenommen. Während der ganzen Dauer der Einschiffung waren der Generalstab, das Kriegs-Commissariat und das Hospital-Personal in der Stadt, zumeist in Wirthshäusern, untergebracht. Die einzelnen Abtheilungen der Mannschaften wurden an dem Einschiffungstage hier beköstigt, dazu waren mit den Bäckern, Schlächtern, Hökern und Wirthen besondere Contracte abgeschlossen.

In gleicher Weise wurde eine in englischen Sold übernommene Hannoversche Artillerie-Abtheilung von 5 Compagnien im Mai desselben Jahres nach England verschifft.

Diese hessischen und hannoverschen Truppen waren zunächst nur zum Schutz der englischen Küste gegen einen damals drohenden französischen Angriff bestimmt. Als diese Befürchtungen sich zerstreuten, kehrten sie bald in die Heimath zurück. Schon am 24. November kündigte die Regierung dem Magistrat den zu erwartenden Transport von 3341 Mann mit 8 Geschützen, 57 Wagen und 135 Pferden an. Die hannoversche Artillerie wurde zunächst in den hiesigen Baracken zurückbehalten, die hessischen Truppen marschierten weiter und stießen zur Armee des Herzogs von Cumberland. Im März 1757 folgten mit einem besonderen Hospitalschiffe die Aerzte mit dem Hospital-Personal und 112 Kranken. Die Kosten für diese Durchmärsche wurden von der Regierung pünktlich erstattet. Beiläufig möge hier noch erwähnt werden, daß im Jahre 1756 noch sogenannte Colonisten, die von der englischen Regierung zur Colonisation Neu-Englands (Canada) in der Pfalz angeworben waren und von einem Major Prevot geführt wurden, von hier aus hinübergeschafft wurden, aber stets unter militärischer Eskorte (Ende Mai 160, Ende Juni 214, Anfang Juli 140 Mann). Diese Transporte wurden stets in 10 Wirthshäusern untergebracht.

In die letzten Monate des Jahres 1757 fällt nun die Bequartierung des Herzogs von Cumberland mit seinem Hofstaate nach der Capitulation von Kloster Zeven. Schon am 30. August hatte die Regierung dem Magistrat mitgetheilt, daß eine solche zu erwarten sei; deshalb sollten auch die Exemten herangezogen werden, und der Magistrat sollte fördersamst für die nöthigen Räume in den Bürger- und Exemtenhäusern sorgen. Nach dem vorgelegten

Berichte waren in bürgerlichen Häusern und in den Häusern derjenigen Exemten, die unter der Gerichtsbarkeit des Rathes standen (Rathsverwandte, Geistliche, Lehrer) einquartiert 45 Offiziere, 84 Unteroffiziere (darunter 17 beweibte) und 1502 Soldaten (darunter 156 beweibte). In demselben Berichte ist aber die Gesammtzahl der Einquartierten auf 74 Beamte des Kriegs-Commissariates, 59 Offiziere, 173 beweibte und 1700 ledige Unteroffiziere und Gemeine angegeben. Die Differenz fällt auf die Häuser der königlichen Beamten. Daneben sind 3 Compagnien Artillerie in die neu erbaute Artillerie-Kaserne gelegt. Der enorme Hofstaat des Herzogs von Cumberland, dessen Personal in Jobelmanns Geschichte specialisiert ist, (52 Personen außer den Hofchargen), wurde noch besonders untergebracht. Diese Einquartierung dauerte bis zum Anfang des Januars 1758, wenn auch nicht in gleicher Stärke. Auch die Neugestaltung der Cumberland'schen Armee mit ihren fortwährenden Truppenaushebungen verursachte der Stadt große Lasten. Dabei zählte man im Jahre 1758 nur 350 einquartierungsfähige Bürger, die in ihren Häusern zum Theil auch nur wenig Gelaß hatten. Die Verhandlungen der Stadt mit der Regierung inbetreff der Entschädigung dauerten Jahre lang. Im August 1764 stellte die Kriegs-Canzlei an die Stadt die Forderung, den seit 1756 nicht bezahlten Baracken-Servis für 3 in die Baracken gelegten Compagnien von monatlich 36 ₰ 30 *mgr.* pro Compagnie laut Vertrag von 1737 zu entrichten. Stadtseitig wurden hierauf Gegenförderungen an Lieferungen und Leistungen für das bis dahin über die Verpflichtung der Stadt hinaus verpflegte Militär erhoben. Am 15. December 1764 kam es schließlich zu einem Vergleiche, wonach die Kriegs-Canzlei ihre Forderung von 14954 ß auf 4000 ₰ ermäßigte; diese Summe sollte zur Hälfte Ostern 1770, zur Hälfte Ostern 1771 ohne Zinsen zahlbar sein, dafür mußte aber die Stadt auf jede Entschädigung für die außerordentlichen Kriegsleistungen verzichten. Wenn dabei ganz besonders auf die Beschädigung von Kirchen und Schulen, die zu Lazarethen eingerichtet waren, sowie die anderer Gebäude, auf die entbehrte Nutzung von Kämmerei-Pertinenzien, die behufs der Magazine und Lager von der Garnison gebraucht waren, die Stellung von Bürgerwachen 2c. hingewiesen wird, so ersieht man daraus, daß die indirecte Schädigung, welche die Stadt erfahren hatte, auch beträchtlich gewesen sein muß.

Von 1775 an beginnen nun die Durchzüge der Truppen, die von der englischen Regierung im Kriege gegen die amerikanischen Kolonien und Frankreich angeworben waren. Den Beginn machten im September 1775 die nach Minorca bestimmten hannoverschen Bataillone Prinz Ernst und Goldast. Im März 1776 traf von der ersten Division der für den Krieg in Nordamerika angeworbenen braunschweigischen Truppen ein Grenadier=Bataillon und ein Regiment unberittener Dragoner in einer Stärke von 922 Mann zur Einschiffung hier ein. Im Mai folgte die zweite Division, die aus 3 Bataillonen bestand, in einer Stärke von 177 Offizieren, 1656 Gemeinen, 118 Knechten und 95 Weibern. Die Mannschaften wurden, soweit sie nicht in den Kasernen Aufnahme fanden, bei der Bürgerschaft einquartiert, ohne daß jedoch eine Vergütung gewährt wurde; nur die liquidierten Rationen für Pferde und die Wachtkosten wurden von dem englischen Kriegs=Commissar übernommen und zahlbar gemacht. Später wurden auf die in Rechnung gestellten Quartiergelder in der Höhe von 1091 ₰ 30 *mgr.* und die Fouragegelder von 82 ₰ 19 *mgr.* von der hannoverschen Kriegskanzlei nur 140 ₰ resp. 13 ₰ 27 *mgr.* vergütet.

Im Jahre 1778 erfolgten neue Durchmärsche, und zwar am 28. März und 1. April ein Bataillon Anhalt=Zerbst mit 25 Offizieren, und 455 Unteroffizieren und Gemeinen und einer Jäger=Abtheilung von 1 Offizier und 12 Gemeinen, ferner mit 22 Weibern und 10 Kindern. Dann folgte am 13. April ein Corps braunschweigischer Rekruten von ca. 500 Köpfen mit 100 Mann Escorte. Beide Truppen=Abtheilungen konnten nicht zu gleicher Zeit mit den vor der Schwinge liegenden Schiffen befördert werden. Zuerst wurden nach 3 Tagen die braunschweigischen Truppen, dann nach 3 wöchentlichem Aufenthalte die Zerbster eingeschifft. Auch inbetreff dieser wurde ein dringender Antrag auf Vergütung der Quartiergelder gestellt, der berechnet wurde

für die Zerbster Truppen auf 1073 ₰ 22 *mgr.*
für die braunschweigischen auf 62 ₰ 25 *mgr.*

Es wurden aber, unter Zustimmung der Kriegskanzlei, von dem englischen Commissär nur angewiesen und bezahlt für das Quartier 200 ₰, wegen der Wacht= und Krankenhäuser 71 ₰ 12 *mgr.* und für Honorar 7 ₰ 18 *mgr.*, in Summe 278 ₰ 30 *mgr.* Diese Vorgänge veranlaßten den Magistrat zu einer Beschwerde an das Königliche Cabinets=Ministerium vom 22. Juni 1878 unter Hinweis auf den Vertrag inbetreff der Bequartierung hannoverscher Truppen vom Jahre 1737, der noch bei der Anwesenheit der Cumberland'schen Armee 1757 festgehalten sei. Auf die Beschwerde hin antwortete die Regierung, daß die Bezugnahme des Magistrats auf den Vertrag von 1737 unzutreffend sei, da dieser nur von der Quartierung der regelmäßigen Garnison handele, hier aber komme der Durchmarsch der im englischen Solde stehenden Truppen in Frage, auf die jener Vertrag keine Anwendung finden könne. Seitens des englischen Commissars sei durch die übernommene freiwillige Abfindung für etwaigen Schaden ausreichend Genüge geleistet, zumal da (worauf der englische Commissar stets hingewiesen) die städtische bürgerliche

Einwohnerschaft durch die Beschaffung des Unterhaltes und der mitzunehmenden Vorräte der einzuschiffenden Truppen erheblichen Nutzen gezogen. Bemerkt wird noch zu letzterem Argumente, daß, jedesmal, auf besondere Anweisung der Regierung, wenn Truppen-Durchmärsche angemeldet wurden, der Magistrat mit den Gewerbetreibenden wegen einer möglichst niedrigen Taxe für die zu verabfolgenden Waaren in Verhandlung getreten ist. Auch ist noch in der Resolution der Regierung hervorgehoben, daß andere Städte wie z. B. Nienburg keinen Anspruch auf solche Quartiergelder erhoben hätten, auch von Seiner Majestät ausdrücklich bestimmt sei, daß solche für im englischen Solde stehende Truppen nicht zu berechnen seien. Für die damaligen Zustände bezeichnend sind die bezüglich der Zerbster Truppen aus den Acten ersichtlichen Notizen, daß der König von Preußen den Durchmarsch durch preußisches Gebiet untersagt habe, und daß das ursprünglich geworbene Corps von 7—800 Mann bei dem Durchzuge durch Kursächsisches und Kurmainzisches Gebiet (wohl das Eichsfeld) bis auf den hier eingetroffenen Bestand von p. p. 470 Mann durch Desertion zusammengeschmolzen sei.

Im Jahre 1774 trafen abermals im englischen Solde stehende Truppentheile zur Einschiffung hier ein: Im Februar 2 Offiziere und 63 Mann zur Verstärkung der in Gibraltar und Minorca stehenden beiden hannoverschen Bataillone Prinz Ernst und Goldast, und am 6. März 294 braunschweigische Rekruten mit 134 Mann Bedeckung, worunter 4 Offiziere und 1 Feldprediger sich befanden, ferner im April 147 Unteroffiziere und Gemeine Zerbster Truppen. An Quartiergeldern für diese Truppen wurden 467 ℱ 30 *mgr.* liquidiert, die abgesehen von dem Betrage für die hannoverschen Truppen (138 ℱ) bezahlt wurden.

Ueber die Frage einer unentgeltlichen Quartierpflicht kam es zwischen der Stadt und der Regierung auch im Jahre 1780 zur Differenz, als aus Anlaß einer größeren Schießübung in der Riensförder Haide die Generale von Scharnhorst und von Veltheim mit zahlreichem Gefolge bei der Bürgerschaft in Quartier gelegt werden sollten. Auch hier wurde seitens des Magistrats auf das ernstlichste gegen freie Bequartierung ohne Vergütung remonstriert, die früher der Stadt niemals angesonnen sei. Aber auch in diesem Falle erfolgte von der Kriegskanzlei ein ähnlicher Bescheid wie bei dem Durchmarsch der englischen Soldtruppen. Die aus diesem Anlaß an die Quartiergeber gezahlten Vergütungen beliefen sich auf 350 ℱ, die der Kämmerei-Rechnung zur Last fielen. Mit den braunschweigischen Rekruten-Transporten im Mai 1780 und April 1781 nahmen dann die Durchzüge englischer Söldlinge für den Krieg mit Amerika ein Ende.

Dagegen rückten hier in den Jahren 1781 und 1782 zwei neugebildete hannoversche Regimenter, die für den Dienst in Ostindien bestimmt waren, durch. Das 15. Regiment bestand aus 10 Compagnien à 100 Mann; es traf in 3 Abtheilungen in den Tagen vom 17. bis 21. October 1781 ein. Bei der Bürgerschaft der Stadt wurden 7 Compagnien untergebracht, in die Baracken 3 gelegt. Die in der Stadt gelegenen 7 Compagnien wurden in einer Stärke von 723 Unteroffizieren und Gemeinen mit 14 Frauen am 27. October eingeschifft. Die zu 207 ₰ 17 *mgr.* berechneten Quartiergelder wurden nach einem Abzuge seitens der Kriegskanzlei mit 174 ₰ 5 *mgr.* erstattet. Wie hoch sich die Stärke des Offiziercorps belaufen hat, ist aus den Acten nicht ersichtlich, ebenso wenig, wann die in den Baracken untergebrachten 3 Compagnien eingeschifft sind; vermuthlich zusammen mit dem 16. Regimente. Dies bestand gleichfalls aus 10 Compagnien à 100 Mann, denen später noch 50 Rekruten zugetheilt wurden. Das Regiment traf ebenfalls in 3 Abtheilungen am 4. Januar, 18. Januar und 15. Februar hier ein, wurde aber erst am 4. Juni eingeschifft. Die Verzögerung der Einschiffung wurde durch schwere Erkrankungen unter der Mannschaft veranlaßt. Das gesammte Regiment mußte bei der Bürgerschaft einquartiert werden, einzelne Häuser wurden zu Hospitälern eingerichtet. Es hatten nur 104 Bürgerhäuser belegt werden können, da die anderen quartierfähigen Häuser für die um dieselbe Zeit zurückkehrenden Beurlaubten des Garnison-Regiments (von Bock) reserviert werden mußten. Dabei waren die Baracken noch immer mit jenen 3 Compagnien des 15. Regiments belegt. Die Quartierlast war daher zur Zeit außerordentlich groß. Das Regiment ist in einer Stärke von 1016 Unteroffizieren und Gemeinen abgezogen. Die Anzahl der Offiziere, die für sich selbst zu sorgen hatten, ist wiederum nicht angegeben. Die Kosten der Einquartierung, die sich nur auf Logis und Lagerstroh erstreckt hatte, wurden später nach einigen Abzügen mit 510 ₰ 34 *mgr.* erstattet. Die Offiziere hatten übrigens ihr Unterkommen bei den Exemten finden können, die bei allen diesen Durchzügen nicht herangezogen wurden. In den Monaten August und September 1783 sind nach beendetem Kriege mit den Vereinigten Staaten die braunschweigischen und Zerbstischen Truppen über Stade in die Heimath zurückgekehrt, letztere noch in der Stärke von 394 Unteroffizieren und Gemeinen. Bei diesem Durchzuge hatten die Quartiergeber auch für die Verpflegung der Mannschaften zu sorgen.

Im Juni 1784 sind auch die beiden nach Minorca gesandten Bataillone zurückgekehrt; ihre Stärke betrug noch 19 Offiziere und 332 Unteroffiziere und Gemeine, resp. 16 Offiziere und 364 Unteroffiziere und Gemeine nebst zwei Auditeuren, Pastoren und Feldschern. Die auf 348 ₰ herabgesetzten Serviskosten sind von dem damals in Bremerhaven stationierten englischen Commissar zahlbar gemacht. Von den für den Dienst in Ostindien bestimmten Regimentern ist das 14. und 15. in der Zeit von December 1791 bis August 1792 in einzelnen kleineren und größeren Abtheilungen über Stade zurückgekehrt. Die Kosten der Ausschiffung und des kurzen Unterhaltes in der Stadt wurden von der ostindischen Compagnie vergütet.

Was die Steuerverhältnisse in der Periode von 1715—1803 betrifft, so bleiben die von der schwedischen und dänischen Regierung erhobenen Steuern bestehen, also namentlich die Contribution. Da aber die Steuern sehr unregelmäßig eingingen, so beantragte die Regierung bei der Landschaft des Herzogthums Bremen-Verden die Einführung eines Licentes, event. einer sog. Nonvalenten-Kasse zur Beschaffung der immer zunehmenden Restanten aus der Contribution. Der Licent sollte aus einer Contributionssteuer auf alle zum Gebrauche eingeführten Gegenstände bestehen. Nachdem die Regierung von dieser Vorlage zunächst Abstand genommen hatte, kam die Nonvalentenkasse mit den Ständen zur Verhandlung. In diese sollten fließen

1) der Ertrag eines einzuführenden Importes für alle aus dem Auslande bezogenen Luxusartikel wie Kaffee, Thee, wollene Spitzen, Spielkarten 2c.,

2) der Ertrag einer einzuführenden Kleider-Ordnung,

3) die Ansetzung des dienstlosen Gesindes zur Contribution.

4) Eine außerordentliche Contribution für diejenigen, welche ein großes Gewerbe und Nahrung treiben, aber keine contributionspflichtige Grundstücke besitzen, mithin nach Verhältnis ihres Erwerbes zu wenig bezahlen.

5) Desgleichen für die Schäfer auf der Geest, welche zwar anderen dienen, aber doch selbst ansehnliche Herden haben.

6) Die sogenannten Exemtengelder der Marschlande.

Bei dem entschiedenen Widerstande der Landstände wurde schließlich 1743 auch von diesem Projecte seitens der Regierung Abstand genommen.

Auf eine fernere Anregung der königlichen Regierung wurde im Jahre 1754 die Tabaks-Accise aufgehoben und an deren Stelle ein Personalsteuer-Tabaks-Äquivalentgeld eingeführt. Eine besondere landschaftliche Kasse sollte gebildet werden, in die diese Abgaben fließen sollten. Wenn die sonstigen Einnahmen der landesherrlichen Kassen an den übrigen Accise- und Stempelgebühren die Summe von 30 000 ₰ nicht erreichten, so sollte der fehlende Betrag aus der Äquivalentenkasse erstattet, der überschießende Rest aber zu gemeinnützigen Zwecken, wie Gründung eines Zucht- und Werkhauses,

Förderung von Manufactur-Unternehmungen 2c. verwendet werden. Die bezügliche Königliche Verordnung wurde unter dem 29. November 1754 erlassen. Danach ist die Abgabe zunächst nur auf 6 Jahre 1755—1760 eingeführt. Sie bestand aus einer jährlichen Personal-Steuer von 8 ß für jede männliche Person über 14 Jahre, ohne Unterschied des Standes. Ausgenommen waren nur die gemeinen Soldaten, für welche die Kriegscanzlei einen Betrag von 4 ß pro Kopf übernahm. Jeder Hauswirth hatte für die Abgabe für alle männlichen Personen seines Hausstandes, Söhne, Knechte, Dienstjungen und sonstige Hausgenossen aufzukommen. Dagegen wurde die bisherige Tabaks-Accise aufgehoben. Die Anzahl der männlichen Einwohner der Herzogthümer war nach ungefährer Schätzung auf 63000 angegeben. Sehr unzufrieden mit dieser Verordnung waren die Marschländer, weil ihre Zustimmung nicht eingeholt war. Im Jahre 1758 wurde das Äquivalent wegen der damaligen Kriegsbedrängnisse nicht bezahlt, deshalb wurde das sechste Jahr auf das Jahr 1761 ausgedehnt. Nach Ablauf dieses Jahres wurde, mit Zustimmung der Stände, die Steuer auf die weiteren 6 Jahre 1762—1767 fortgeführt.

In diesen Zeitraum fällt die Entwerthung der verschiedensten Münzen, in denen die Abgabe zum Theil gezahlt wurde; am schlimmsten wurden die mecklenburgischen Kleinmünzen hiervon betroffen, von denen 218—336 ℳ nominell nur einen Kurswerth von 100 ℳ Gold in Pistolen à 5 ℳ hatten. An derartigen geringwerthigen Münzsorten hatten sich in der Äquivalentenkasse schließlich 16610 ℳ 32 ß angesammelt. Nach mehrfachen Verhandlungen mit Hamburg und Bremen, auch einzelnen Juden in der Provinz, beschloß man diese Summen meistbietend zu versteigern. Bei dem öffentlich bekannt gemachten Licitations-Termine erschienen zahlreiche Juden aus der Provinz. Den Zuschlag erhielt der Schutzjude Simon Behrens aus Harburg für sein Höchstgebot von 10305 ℳ in Pistolen zu 5 ℳ. Noch ein anderer Umstand übte einen wesentlichen Einfluß auf die Abgabe. Die kriegerischen Ereignisse des siebenjährigen Krieges hatten die Finanzverhältnisse des Kurfürstenthums arg zerrüttet, so daß vom Könige an die einzelnen Landschaften die Forderung eines sogenannten don gratuit gestellt wurde. Auf die Bremen-Verdensche Landschaft fiel ein solches im Betrage von 75000 ℳ. Dieses sollte nun durch die Äquivalentengelder aufgebracht werden, und zwar zunächst 24000 ℳ aus den eingegangenen Steuern, der Rest durch Anleihen auf landschaftlichen Credit, deren allmähliche Abtragung dann weiter aus jener Klasse zu beschaffen war. Da nun aber eine so hohe Summe durch das nach der Verordnung von 1754 aufzubringende Simplum nicht zu beschaffen war, so wurde durch eine Regierungs-Verordnung vom

19. December 1766 zunächst nur auf 4—5 Jahre neben dem bisherigen Simplum noch ein erhöhtes Tabaks-Äquivalent-Geld eingeführt. Dies sollte von allen Personen, die durch die Verordnung von 1754 betroffen waren, gezahlt werden, nur wurden hierbei 4 Klassen zu je 32, 24, 16 und 8 ß gebildet. Die Fortdauer der ursprünglichen Abgaben hatten die Stände stets gut geheißen, gegen die neueste Leistung dieses Augmentum erhob sich jedoch lebhafter Widerspruch. Gleichwohl konnten sich die Stände der Fortführung dieser neuen Steuer nicht entziehen, da ihnen ja die Zurückzahlung der Anleihen für das don gratuit oblag. Seit dem Jahre 1774 wurde die Erhebung des Augmentum eingestellt, und von hier an wurde bis 1781 nur das Simplum bezahlt. Von 1784 bis 1808 wurde endlich, abgesehen von dem Jahre 1791, wieder das Augmentum hinzugefügt. Über die Einnahmen und Ausgaben der Äquivalentengelder-Kasse von 1755—1808 ergeben die Acten nichts Übersichtliches. Nur wird in einem Berichte der Landschaft an die Regierung vom 5. November 1789 angezeigt, daß bis Ende dieses Jahres die Anleihen wegen des don gratuit zurückgezahlt sein würden.

VII.

Corviniana.

Von G. Geisenhof, Pastor zu St. Gertrud in Hamburg.

I.[1])

Welchen Klöstern hat der niedersächsische Reformator M. Antonius Corvinus als Conventual angehört und hat derselbe als Mönch oder später auf einer Universität studiert?

Über der Entwicklungsgeschichte eines der bedeutendsten unter den niedersächsischen Reformatoren, des M. Antonius Corvinus (1501—53), lag bisher ein fast undurchdringliches Dunkel. Nur dürftige und ganz unbestimmte Andeutungen, die Corvinus gelegentlich in seinen Schriften macht, standen bisher den Biographen desselben zur Verfügung.

Die nachfolgende Untersuchung will nun, gestützt auf bisher noch nicht benutztes handschriftliches und gedrucktes Material, das Dunkel in etwas lichten helfen.

Doch zunächst gilt es, das Irrige, das sich in die Sache eingeschlichen hat, als solches zu erkennen und auszuscheiden.

G. J. Rosenkranz, der im Jahre 1855 in der Zeitschr. d. Ver. f. Gesch. u. Alterthumskunde Westfalens eine Biographie des Corvinus veröffentlichte, stellt S. 14 mit großer Bestimmtheit die Behauptung auf, daß Corvinus Mönch im Augustinerkloster zu Herford gewesen sei und stützt seine Behauptung auf zwei handschriftliche Quellen: 1) auf „Martin Klöckner, Gobelinus continuatus oder Cosmodromii Doct. Gobelini Personae continuatio, das ist Westphälische

---

[1]) Nr. II der Corviniana wird voraussichtlich im nächsten Jahre (1899) erscheinen und enthalten: „Bibliographie der Druckschriften des M. Antonius Corvinus und der gleichzeitigen von fremder Hand herrührenden Übersetzungen corvinischer Schriften sowie Nachweis ihrer Fundorte."

Chronica . . . . anno Salutis 1612" (374 Bll.) und 2) auf „P. Henrici Turck, Annales seu primae origines provinciae nostrae Rheni inferioris a mundo condito usque ad annum 1650".[1])

Eine eingehende Prüfung des sub Nr. 1 genannten und der K. Paulinischen Bibliothek in Münster i. W. gehörenden Werkes hat ergeben, daß die Rosenkranz'sche Behauptung auf sehr schwachen Füßen steht. Das handschriftliche Werk von Klöckner hat an der hier in Frage kommenden Stelle keinen selbstständigen Werth, da es, wie auch der Verfasser auf dem Titelblatte seines Werkes hervorhebt („sonderlich aber aus der geschriebenen Westphäl. Chronicken des . . . Kleinsorgen . . . gezogen"), an dieser Stelle und überhaupt bis zum Jahre 1582 nicht viel mehr als eine wörtliche Abschrift dessen gibt, was der im Jahre 1591 verstorbene kurkölnische Rath Gerh. von Kleinsorgen in seiner vom katholischen Standpunkte verfaßten „Kirchengeschichte von Westphalen" niedergeschrieben hat.[2]) G. v. Kleinsorgen streift aber nur im Vorbeigehen den Gedanken, daß Corvinus im Kloster zu Herford gewesen sei, und gibt wie an den meisten Stellen seines Werkes so auch hier für seine Behauptung keine Quelle an, er schreibt (Ed. Münster 1780, Bd. II, 389): „Unter andern besonders aber hat Antonius Corvinus oder Rabe von Warburg im Stifte Paderborn gebürtig (der zu Hervorden ein Mönch gewesen war, und nach verlassenem Orden sich nach Marburg im Hessenlande begeben hatte) in bemeldten wiedertäuferischen Handlungen sich gebrauchen lassen." Wir fügen hinzu, daß L. Hölscher, der Verfasser der Reformationsgeschichte der Stadt Herford (Gütersloh 1888) trotz gründlicher Nach-

---

[1]) Die Auffindung der beiden Manuscripte, deren Fundort Rosenkranz nicht angibt, verdanken wir den freundlichen Bemühungen des K. Bibliothekars, Herrn Dr. H. Detmer in Münster i. W., der auch die Prüfung des sub Nr. 1 genannten Manuscriptes vorzunehmen die Güte hatte. — [2]) Vergl. K. Kletke, Die Quellenschriftsteller zur Geschichte des Preuß. Staats. Berl. 1858, S. 528 u. J. D. von Steinen, Die Quellen der Westphäl. Historie. Dortmund 1741, S. 137 f.

forschungen keine Erinnerung an den Aufenthalt des Corvinus in Herford hat auffinden können; er schreibt S. 19 f.: „ob unter ihnen“ (d. i. den aus dem Augustinerkloster ausgetretenen Ordensgeistlichen) „ . . . . Anton Corvinus aus Warburg sich befunden habe, eine Ansicht, welche mit Entschiedenheit Rosenkranz gegen alle andern Behauptungen vertreten hat, muß bei der Unkenntnis seiner Gründe unentschieden bleiben.“ Was das sub Nr. 2 genannte handschriftliche Werk betrifft, so befindet sich dasselbe in 6 starken Foliobänden auf der Theodorianischen Bibliothek in Paderborn. Der 6. Band dieses Werkes, welcher den Titel führt: „R[everendi] P[atris] Henrici Turck S. J. Annales Provinciae Rheni inferioris et Westphaliae Ab anno 1500 usque ad annum 1650“ (888 S.), hat uns vorgelegen und wir haben den Inhalt desselben auf seinen geschichtlichen Werth prüfen können. Die Stelle, auf die Rosenkranz seine Behauptung stützt, lautet (pag. 209): „Corvinus Warburgi in Dioecesi Paderbornensi ortus, profugerat Hervordiae abjecto cucullo, e praedicatorum coenobio, et ut praeferebat multum eruditionis ac facundiae, Luthericos inter rabulas magni nominis haberi coeperat.“ Die Türck'schen Annalen sind, wie ein zweites Titelblatt angibt, „ex Collectis autographis Rdi Patris Turck S. J. subsecivis horis fideli calamo conscripti etc. â Joanne Everhardo Hallmann vicario Budericenti et Susatensi etc. Sex Illustr. S. R. E. Liberorum Baronum De Furstenberg per Annos 26. Moderatore“, und zwar ist diese Zusammenstellung nach dem Hallmann'schen Vorwort „Wichelen in loco Solitudinis Calendis Martiis Anno 1764“ beendigt worden. Wie stark die Annalen durch Hallmann überarbeitet worden sind, läßt sich ohne Vergleichung derselben mit den Türck'schen Vorlagen nicht feststellen. Einen selbständigen Werth können die Annalen des Jesuitenpaters H. Türck, welcher 1644—47 ein Amt im Jesuitencolleg zu Paderborn bekleidete, aber nicht beanspruchen; denn dieselben sind im wesentlichen eine kritiklose Zusammenstellung dessen, was die Werke der niedersächsischen Schriftsteller des 16. und des 17. Jahrhunderts geben, nur daß in den Annalen alles in römischer Färbung und Beleuchtung erscheint (Corvinus ist der auctor malorum omnium und der magister pestilentis doctrinae, pag. 281, 307). Die bezeichneten Schriftsteller werden stets am Rande genannt. Aber auch bei der bloßen Wiedergabe zusammengelesener Data verfährt der Verfasser der Annalen sehr ungenau; u. a. berichtet er unter ausdrücklicher Bezugnahme auf Meibom, der in seinem Chronic. Riddagsh. (S. 97) richtig schreibt, daß Corvinus aus dem Gefängnisse befreit („ex quo“ — sc. carcere — „liberatus“) und dann gestorben sei, ganz irrig (pag. 307): „Hunc hominem“ — sc. Corvinum — „. . . Catholicus princeps in carcerem Calenbergae conjiciendum curat; dedisset graviores impietatis poenas nequissimus perfuga, nisi Ao. 1553 illum mors in carcere ipsis paschalibus feriis rapuisset.“ Da der Verfasser der Annalen die „Kirchengeschichte von Westphalen“ von Gerh. von Kleinsorgen wiederholt citiert, so nehmen wir an, daß er die Stelle über Corvinus' Aufenthalt in Herford (pag. 209) diesem Werke entnommen hat, zumal da er die Notiz ohne Angabe der Quelle und an demselben Orte bringt, wo Gerh. von Kleinsorgen sie gebracht hat, nämlich bei Besprechung der Entsendung des Corvinus und des Kymens nach Münster i. J. 1536. Auch bei der Niederschrift der Begebenheiten dieses Jahres (pag. 201—212) hat ihm das Werk von G. v. Kleinsorgen vorgelegen, wie die Citierung desselben auf pag. 206 beweist.

Nach dem allen sind wir der Meinung, daß von dem Herforder Aufenthalt des Corvinus ganz abgesehen werden muß. Der Annahme desselben fehlt nicht allein in den beiden sub Nr. 1 und Nr. 2 angeführten handschriftlichen Werken die zureichende urkundliche Begründung, sondern dieselbe steht, wie wir weiter unten sehen werden, auch mit ganz bestimmten Äußerungen Corvins im Widerspruch.

Nach Corvins eigenen Worten steht Folgendes fest: 1) daß Corvinus, bevor er von der reformatorischen Bewegung ergriffen wurde, Mönch gewesen ist, denn in Corvins Schrift „Warhafftig bericht / Das das wort Gotts / ohn tumult / . . . zu

Gosler . . ." (G. Rhaw=Wittenb. 1529. 4°)[1]) heißt es Bl. A_{iii} a: „Ich gestehe es / denn es ist bey vi. iaren / das mich / wie einen Lutherischen buben / mein Abt veriagt hat;" und 2), daß er seine klösterliche Erziehung nicht in Westfalen (Herford), sondern in Niedersachsen genossen hat, denn in der Schrift „Bericht / wie sich ein edelman gegen Gott . . ." (M. Sachss.=Erff. 1539. 4°)[2]) schreibt Corvinus Bl. A_{iii} b und A_{iiii} a: „Das ichs aber euch vom Adel / jn̄ Sachssen zuschreibe / geschicht darümb / das ich euch gern eine ewige liebe gemeins frieds wolte einbilden / Desgleichen / dieweil ich lange zeit in Sachssen gewesen / vnd an den örten / da ewer Elteren viel hin gegeben / mein erst fundament gelangt / vn̄ von eweren almusen gelebt vnnd studirt habe / das ich mich dennoch nu gern / mit diesem geringen dienste gegen euch wie eyn danckbarer erzeigen wolte."

Man wird es verstehen können, wenn beim Fortgang Corvins aus seiner Geburtsvaterstadt Warburg sich hier oder da die irrige Meinung festsetzte, daß Corvinus ins Augustiner=kloster zu Herford gegangen sei, da der Eintritt in dieses Kloster für einen im Bisthum Paderborn geborenen Jüngling näher lag, als der Eintritt in eins der niedersächsischen Klöster. Wahrscheinlich waren die verwandtschaftlichen Beziehungen Corvins zu dem Mönch des Cistercienserklosters Riddagshausen Lambertus Balff, der ebenfalls ein Westfale war, entscheidend für die Wahl eines niedersächsischen Klosters. Lambertus Balff war gerade zu der Zeit, wo Corvinus ins Kloster eintrat (1519 s. u.), Mönch in Riddagshausen; denn im Sommer=semester 1520 wurde derselbe in Leipzig immatriculiert als „frater Lambertus Balff ex monasterio Rittershausen".[3])

---

[1]) Von dieser Schrift existieren nachweisbar nur noch 4 Exemplare, welche folgende Bibliotheken besitzen: 1. Stadtbibl. in Hannover, 2. Ehemal. Univ.=Bibl. in Helmstedt, 3. K. Bibl. in Berlin, 4. Frstl. Stolb.=Wernig. Bibl. in Wernigerode. — [2]) Stadtbibl. in Hannover. Von dieser Schrift sind nachweisbar noch 32 Exemplare vorhanden. — [3]) H. Meibom, Chron. Riddagsh., Ed. II. Helmaest. 1620. 4°. S. 98: „Lambertus à Baluen, natione Westualus". Derselbe war Abt des Klosters Riddags=hausen 1536—53. Corvinus schreibt im Vorwort zu seinem Dialogus Coruinus vinctus, captiuus, occisus, liberatus et rediuiuus (Henning

Aber welches war nun das niedersächsische Kloster, das den 18jährigen Jüngling Antonius Rabe aus Warburg aufnahm?[1]) In den bisherigen Verhandlungen über diese Frage werden 2 Klöster genannt, die beiden Cistercienserklöster Loccum und Riddagshausen.

Die Annahme, daß Corvinus Mönch des Klosters Loccum gewesen sei, stützt sich auf die handschriftliche Chronik des Loccumer Abtes Stracke (1600—1624; † 1629): „Chronica und beschreibung des keiserlichen freien Stiffts Lucka, vor dem Stifft Minden . . . zusamenbracht, Durch Theodorum Strackenium Abb. Lucc. Anno a Christo nato 1608. 3. Decemb.", welche, wie Herr Hospes Lucc. H. Sieffkes uns mitzutheilen die Güte hatte, an der hier in Frage kommenden Stelle lautet: „Anno 1543 ist Magister Anthonius Coruinus alhir aufsem Closter gelauffen, Zu Locken ist er ein Conventualis gewest, hernach im Braunschwigschen lande, zwischen Deister und leine Superintendt gewurden in hertzog Erich des Jungern lande, diefses hertzog Erichs frawmutter hatt Elizabeth geheisen, die hatt diefsen Coruinum lassen bestellen, er hatt auch eine Kirchenordnung gestellet, darnach sich dafs ganze landt mufsen richten In Summa er hatt auch andere Bücher mehr gemachet, allein alles nach seinem verwirrten Kopfe, do er ist aufs dem Closter gelauffen, umb seiner grofsen Kunst willen, denn er ist so voll Kunste gestecket, alfs die K—he voll p—ens, hatt ihm das Closter Locken noch mufsen eine Summe geldes geben, das ist der Dank und lohn gewest, das sie ihnen (!) zu liptzig haben studiren lassen, dem

Rüden-Hannov. 1545. 8⁰) an H. Winkel: „Bene vale, et Lambertum oeconomum Ritterhausanum, consanguineum meum, . . . amicos fyncerifsimos ex me saluta." Braunschw. Anzeigen, Jahrgang 1748. 98. Stck. S. 1985. Vergl. G. Erler, Die Matrikel der Univ. Leipzig (Leipzig 1895) I, 574.

[1]) F. Winter, Die Cistercienser des nordöstl. Deutschlands (Gotha 1868—71. 3 Bde.) I, 17. Erst das Conc. Trid. (sess. XXV. de regul. c. 15. 17) gestattete den Eintritt in den Noviciat schon mit dem 16. Lebensjahre. Richter, Kirchenrecht. 8. Aufl. (1886) § 295.

Closter viell gekostet. Dielser ist der erste Rabe gewest, die apostasiret hatt, darnach Anno 1602 ist noch eine andere schwartze Rabe gewesen aufs Bilfeldt bürtig, Jodocus genannt. Denselben hat das Closter Locken zu Hanober lassen studieren, und — viell gekostet, darnach hatt ihn das Closter nach Wittenberg[1]) geschicket, dar es auch hatt viel gekostet, ist aber darauf meineidig geworden, nach aufsweisung seiner eigenen handtschrift und verpflichtung, die er dem Closter hatt gethan, darumb hute sich das Closter hernach für den Raben".

Die Annahme, daß Corvinus dem Kloster Riddagshausen als Mönch angehört habe, geht zurück auf das Chronicon Riddagshusense von Henric. Meibomius (II. Ed. Helmaestad. 1620), in welchem es S. 97 heißt: „Non putaui praetermittendum, quod huic Phrontifterio perquam honorificum eft: nempe vixiffe in conuentu Riddagshufano hoc tempore Magiftrum Antonium Coruinum". Darnach nimmt Abt Dr. G. Uhlhorn in seiner Schrift „Antonius Corvinus, ein Märtyrer ... "(Halle 1892) S. 3 u. 32 an: „daß Corvin im Kloster Loccum (vielleicht vorher in Riddagshausen) gelebt hat, daß das Kloster Loccum ihn in Leipzig hat studieren lassen, und daß er nach seiner Rückkehr ins Kloster 1523 von dort vertrieben ist;" und in Bezug auf das Letztere folgt ihm Professor D. Tschackert in der Zeitschr. d. Ges. f. niedersächs. KG. II, 313.

Lassen wir die Frage, welches niedersächsische Kloster den Corvinus aufgenommen hat, zunächst einmal bei Seite und halten wir uns an das, was sich aus dem Klosterleben Corvins mit Sicherheit feststellen läßt. Und das ist Folgendes:

1) Nachdem am 12. November 1542 die Visitation und Reformation des Klosters Riddagshausen im Auftrage der schmalkaldischen Bundesgenossen durch Bugenhagen, Corvinus, Gorolitius u. A. stattgefunden hatte[2]), wurde am 20. No=

---

[1]) Nach d. Alb. academ. Viteberg. (II, 490) wurde derselbe im April 1602 immatriculiert als „Jodocus Coruinus Bilfeldensis Westphalus". — [2]) K. Kayser, Die reformatorischen Kirchenvisitationen in den welfischen Landen 1542—44. (Gött. 1897) S. 106—8.

vember 1543 ein zwischen der Bundesregierung einerseits und dem Abt und den Mönchen des Klosters Riddagshausen andererseits vereinbarter Vertrag betreffs Abfindung der letzteren von den Statthaltern und Räthen in Wolfenbüttel ratificiert, in welchem Vertrage es u. A. heißt: „Hern Antonio Coruino wilcher ein zeit lang auch ein Cloister-person gewesenn vnnd dissem landt in sachenn der religionn dienstlich sein kan sol zu gnaden zweihundert thaler oder sovil muntz aus des Cloisters einkommen gereicht werdenn, Wilchs alles gedachte personn" — das sind die dicht vorher genannten und entschädigten Klosterpersonen — „dermassen angenommen, auch darauf vor alle vnnd jede gerechtigkait die sie am Cloister Ritterszhausenn vnnd desselbenn guter in oder ausserhalb disses Furstenthumbs gelegenn, haben konten oder mochten, gentzlich auflassung vnnd vertzicht gethan one geverde".[1]) Der Vertrag befindet sich abschriftlich im Herzogl. Landeshauptarchiv in Wolfenbüttel in dem die Signatur II, 14 tragenden Copialbuch, welches die von den schmalkaldischen Bundesgenossen ausgestellten Schuld- und Pfandverschreibungen von 1542—47 enthält. Das Original des Vertrages befand sich i. J. 1868 im Besitz des Registrators Sack in Braunschweig, ist aber unter dem im Städtischen Archiv der Stadt Braunschweig befindlichen Nachlaß desselben wie in den übrigen Beständen dieses Archivs nicht vorhanden. Herr Schulrath Prof. D. Dr. Koldewey in Braunschweig, von dem das Original i. J. 1868 bei seiner Darstellung „Die Reformation des Herzogthums Braunschweig-Wolfenbüttel unter dem Regimente des Schmalkaldischen Bundes 1542—47"[2]) benutzt ist, hat uns jedoch die Versicherung gegeben, daß der obige Auszug in Bezug auf das, was derselbe über Corvinus berichtet, mit dem Original übereinstimmt.

---

[1]) Eine diplomatisch genaue Abschrift dieses Vertrages verdanken wir der Güte des Herrn Archivrath Dr. Zimmermann in Wolfenbüttel. — [2]) Zeitschr. des Hist. Vereins für Niedersachsen 1868, S. 288 f.

Aus dem Vertrage geht also hervor, daß Corvinus eine Zeit lang Mönch und zwar, wie die Gleichstellung des Corvinus mit den aus den Riddagshäuser Klostergütern abzufindenden Insassen dieses Klosters zeigt, Mönch des Klosters Riddagshausen gewesen ist.

2) Auf Riddagshausen weist auch folgende Äußerung des Corvinus hin. „Nach Ostern 1529“ (Bl. A_{ii} a) hatte Corvinus, der damals Prediger an St. Stephan in Goslar war, in Braunschweig eine Unterredung mit seinem Freunde Autor Sander über den Stand der Reformation in Goslar und Braunschweig. Diese Unterredung liegt in dialogischer Form vor in der Schrift des Corvinus „Warhafftig bericht . . .“ (Rhaw-Wittb. 1529). Bl. A_{iii} a lautet der Dialog: „AVCTOR / / . . . . wir haben vns lang nicht gesehen. ANTONIVS / / Ich gestehe es / denn es ist bey vi. iaren / das mich / wie einen Lutherischen buben / mein Abt veriagt hat. AVCT. So hab ich dich ynn solchen kleidern“ — d. i. in Mönchskleidern — „nicht mehr gesehen / “ u. Bl. (A_{iiii}) a: „ANTO . . . . / Do ich von dir gezogen byn am letsten warstu ein hübscher iunger knab / “ — dieses wie das folgende scherzhaft gesprochen — „Nu sihestu / als komestu gekrochen aus dem fegefeur Patritij / odder der spelunken Trophonij. AVC. Lieber Antoni viele vnde grosse sorge machen grawe köpfe.“ Darnach hatte ein freundschaftlicher Verkehr zwischen Corvinus und dem ungefähr gleichaltrigen Autor Sander, der in Braunschweig ca. 1500 geboren und seit dem Jahre 1524 in seiner Vaterstadt für die Reformation thätig war, [1]) schon früher und zwar während der Zeit stattgefunden, wo Corvinus Mönch war. Früher, d. i. bis vor 6 Jahren, also bis zum Jahre 1523 hatte Sander seinen Freund Corvinus nur im Mönchsgewande gesehen, jetzt (1529) sieht er ihn zum ersten Male in anderer

[1]) Im Jahre 1524 sehen wir Autor Sander auf dem in seiner Vaterstadt abgehaltenen Minoriten-Congreß den schriftwidrigen Lehren der Mönche energisch entgegentreten. H. Hamelmanni opera gen.-hist. de Westf. et Saxon. (Ed. Wasserbach 1711) pag. 906. Vergl. auch W. Bahrdt, Geschichte der Reform. der Stadt Hannover (Hannover 1891), S. 56—59.

Kleidung. Sodann drückt sich Corvinus hier so aus, als ob beide Freunde vor dem eben genannten Zeitpunkte (1523) an einem und demselben Orte gewohnt hätten („do ich von dir gezogen byn"). Dieser Ort müßte, da Sander als geborener Braunschweiger seine Kindheit und Jugend vorwiegend in seiner Vaterstadt verlebt haben wird, Braunschweig gewesen sein.[1]) Aber Corvinus konnte sich auch so ausdrücken, wenn er damals im Kloster Riddagshausen gelebt hatte, da Riddagshausen nur 3 km von Braunschweig entfernt liegt. Zwei Freunde, die so nahe beisammen gewohnt hatten, konnten wohl sagen, daß sie so gut wie an einem und demselben Orte gewohnt hatten, oder wie im vorliegenden Falle, daß vor 6 Jahren der eine von dem anderen fortgezogen sei. Unsere Stelle sagt also, daß Corvinus von seinem Freunde Autor Sander, der damals aller Wahrscheinlichkeit nach in Braunschweig wohnte, zu der Zeit fortgezogen ist, als er von seinem Abte verjagt wurde (1523).[2])

---

[1]) Die Behauptung Rehtmeyers (Kirch.-Hist. III, 33), daß Sander „zu Wittenberg studiret und D. Luthern selbst eine zeit lang gehöret" habe, wie die Behauptung Rud. Mollers in seinem dem Sander gewidmeten Epitaph Zeile 7: „Brunopoli natum docuit me Lipsia Musas" (Catalog. et hist. concionator., qui a repurgatione doctr. ev. in eccl. Brunsv. docuerunt . . ., ad ann. Christi 1584. App., fol. B. 6) finden ihre Bestätigung nicht in den Matrikeln der Univ. Wittenb. und Leipzig, da in denselben der Name „Sander" in den Jahren 1515—28 nicht vorkommt. Oder sollte der sub Nr. 34 des Sommersemesters 1520 in Leipzig immatriculierte „Auctor Alexander (de) Braueschwig" unser Autor Sander sein? Dann hätte derselbe bald darauf seinen Familiennamen um die ersten beiden Silben gekürzt, wie er später auch in seinem Vornamen das „c" weggelassen hat. — [2]) Vergl. hierzu den seiner hochdeutsch. Ev.-Postille de sanctis (G. Rhaw-Wittb. 1537. 8⁰) voraufgeschickten Widmungsbrief des Corvinus an die Bürgermeister zu Braunschweig v. 30. April 1536, wo es Bl. Aiii ab heißt: Diewiel ... mir auch jnn ewer Stad / jnn vorigen zeiten / viel guts widerfahren ist / Habe ich / wie ein danckbarer / euch meinen lieben herrn / solche Postillen de Sanctis / wöllen zu schreiben / ".

3) Es war im Jahre 1532, als zwei ehemalige Mönche des Klosters Riddagshausen gemeinsam eine Schrift [1]) an ihren ehemaligen, damals 90jährigen („Nonagenarius es", Bl. D 8a) Abt Hermannus Remus richteten, in welcher sie nach eingehender Beweisführung, daß das Mönchsgelübde mit dem Taufgelübde im Widerspruch stehe, und nach Darlegung der ev. Lehre von der Rechtfertigung ihren ehemaligen hochbetagten Abt inständig baten, um seiner Seele Seligkeit willen das Klosterleben aufzugeben und das Evangelium Christi zu ergreifen. Diese beiden ehemaligen Mönche des Klosters Riddagshausen waren: Helmoldus Poppius in Goslar, vermuthlich schon i. J. 1532 Diaconus zu St. Stephan daselbst,[2]) und Antonius Corvinus, Pfarrer in Witzenhausen.[3])

[1]) QVOD VOTA, QVAE IV- || XTA BENE-DICTI REGVLAM || fiunt, modis omnibus cum voto Ba- || ptifmi pugnent. Quòd praeterea Ab- || bates animaduertendi ius in eos, || qui Monafticum Votum || deferunt, non habeant, || Ἀπόδειξις Helmoldi || Poppij Brun || fuigia- || ni. || Adiecta eft Epiftola Antonij Coruini Zi- || thogalli, in qua Abbatem Rittershufianum, || vt deferto Monachifmo, ad Euangeli- || cam profeffiōem redeat, hor- || tatur, obiter iuftifi- || cationis fum || mā ostē || dēs. || Fruftra me colunt praece- || ptis hominum. In fine: Marpurgi Franciscus Rhodus ex- || cudebat, in Campo Elyfio. || Anno XXXIII. || 8⁰. Diese ebenso wichtige wie seltene und bisher noch nicht berücksichtigte Schrift haben wir unter den 263 Bibliotheken, die uns über ihre Bestände corvinischer Schriften Auskunft ertheilt haben, nur in der Stadtbibl. in Braunschweig (Sign. M. 726) gefunden. Ein photogr. Facsimile der Epistola Corvini besitzt die K. Univ.-Bibl. in Göttingen; dasselbe ist nach Mittheilung der Direction der gen. Bibl. nach einem auf der Nationalbibl. in Paris befindlichen Exemplar der Schrift angefertigt worden. Im Titel dieser Schrift lautet der Familienname des Verfassers Poppius, in der Vorrede aber Koppius; die letztere Schreibung wird ein Druckfehler sein, da Corvinus den Namen in seinen Colloq. theol. v. J. 1538 an zwei Stellen Poppius schreibt; dasselbe thut auch Melanchthon (Corp. Ref. II, 621) und Heineccius in seinen Antiq. Gosl. (s. folgd. Anm.) — [2]) J. M. Heineccii Antiq. Gosl. lib. VI, 464: „Helmboldus Poppius . . . . Diaconus S. Stephani vixit anno 1533". Derselbe wurde im Sommersemester 1512 in Leipzig immatriculiert als: „Helmoldus Brunfswigh professus monasterii Ridyefshusen." — [3]) Corvinus war 1528—30 Prediger zu St. Stephan in Goslar.

Helnoldus Poppius hatte, wie er in seinem Vorworte ausführt, das Kloster Riddagshausen i. J. 1527 verlassen;[1]) von einem Urlaub, den ihm sein Abt behufs Regulierung der Hinterlassenschaft seines in Braunschweig verstorbenen Vaters gegeben hatte, war er nicht wieder ins Kloster zurückgekehrt. Was Corvinus betrifft, so sagt derselbe allerdings auf den 28 Seiten seiner Epistel nirgends direct, daß er Riddagshäuser Mönch gewesen sei, indes zwingt uns der Inhalt der Epistel unbedingt, dieses anzunehmen. Corvinus redet in der Epistel von „all den Beleidigungen", die der Abt ihm zugefügt und von „dem brennenden Verlangen nach Rache",[2]) das ihn wegen der erfahrenen Beleidigungen gegen den Abt beseelt habe, und daß er aus dieser Stimmung heraus vor 7 Jahren, d. i. im Jahre 1525[3]) eine keineswegs zahnlose Schrift verfaßt habe, mit der er dem Abte und all seinen Kapuzen so habe zutrinken wollen, daß denselben alle Biedermänner hätten auslachen müssen. Diese Schrift sei jedoch auf Anrathen seiner Freunde, und insbesondere seines Freundes Autor Sander zu Braunschweig nicht veröffentlicht worden.[4]) Und andererseits berichtet Corvinus, daß die oben erwähnten jugendlichen Aufwallungen seines Inneren inzwischen, d. i. nach Verlauf von

---

[1]) Bl. Aii a: „Anno ab hinc quinto (ni fallor). — [2]) Bl. Ciii b: „flagrantem vindictae cupiditate animum." — [3]) Bl. Ciii a f: „Anno quidem abhinc ſeptimo aliter adfectus eram, cum libellum adornaſſem, non omnino edentulum, quo te vna cum tuis culionibus, omnibus bonis deridendum propinaturus, eram." — [4]) Um dieses auszudrücken, bedient sich Corvinus, wie er es liebte, in humorvoller Weise eines Bildes aus dem classischen Alterthum, er sagt (Bl. Ciii b): „paſſus ſum eum libellum cum Auguſti Aiace in ſpongiam incumbere." Wie einst der Kaiser Augustus seine mislungene Tragödie „Ajax" hatte in den Schwamm kriechen lassen, so ließ auch Corvinus seine von „puerilibus animi motibus" und „cupiditate vindictae" dictierte, aber von seinen Freunden widerrathene Schrift gegen den Riddagshäuser Abt in den Schwamm kriechen. Macrob. 2. Saturn. 4. init. de Augusto: Aiacem tragoediam scripserat, eandemque, quod sibi displicuisset, deleverat; postea Lucius gravis tragoediarum scriptor interrogabat eum, quid ageret Aiax suus; et ille „In spongiam", inquit, „incubuit". (Aeg. Forcellini Tot. Latin. Lexic. sub voce „spongia" — pag. 608 —.)

7 Jahren durch die Liebe zur heiligen Schrift und durch die Sehnsucht nach dem ewigen Leben besänftigt und gemildert wären. Darum vergebe er jetzt dem Abt alle Beleidigungen und wünsche nichts so sehr, als daß sie beide sich in gegenseitiger Eintracht wieder vereinigen, d. h. daß der Abt ihn als Sohn und er den Abt wiederum als Vater anerkenne.[1]) Nehmen wir hinzu, daß Corvinus Bl. D_i b von dem redet, was er im Kloster aus dem Munde des Abtes selbst oft gehört haben muß, wenn er dort auf den dem Abt in den Mund gelegten Einwand „Christus habe gesagt: ich habe euch noch viel zu sagen, aber ihr könnt es jetzt nicht tragen ꝛc.; woraus hervorgehe, daß Christus keineswegs alles zum Heil Nothwendige die Apostel gelehrt, sondern einen Rest den Vätern zu lehren aufgetragen habe", erwidert: „Ei, mein Hermann; bitte, was sagst Du? Woher hast Du diese so verkehrte Art zu schließen? Freilich ich weiß ja" — nämlich aus meinem Aufenthalt im Kloster Riddagshausen — „daß Du gerade an diesem Argumente stets eine ganz besondere Freude gehabt hast":[2]) so kommen wir zu dem Schluß, daß „all die Beleidigungen", die der Abt Hermannus Remus einst dem Corvinus zugefügt hat und um derentwillen Corvinus noch i. J. 1525 vor Verlangen nach Rache brannte, keine andere gewesen sein können, als die schimpfliche und wahrscheinlich auch mit Kerker- und Prügelstrafe verbundene Behandlung, die ihm seitens dieses Abtes kurz vor und bei seiner Ausstoßung aus dem Kloster zu Theil geworden war[3]); kurz, daß es das Kloster Riddagshausen gewesen ist, wo der Schlußact im Klosterleben des Corvinus, die Ausstoßung desselben aus dem Cistercienserorden stattfand.

---

[1]) Bl. C_{iii} b: „atque vt mutua concordia rurſus coeamus, hoc eſt, vt tu me filium, ego te viciſſim agnoſcam patrem." — [2]) Bl. D_i b: „Equidem ſcio hoc te argumento vnice ſemper delectatum eſſe." — [3]) Bl. [B_7] b: Diffin. Cist. Cap., Dist. XI, Cap. III: „Quicunq; monachus vel Conuerſus, iactando vel cōminando, dicere praesumpſerit, in audientia caeterorum, ſe velle exire ab Ordine, vel habitum deponere Regularem, per custodes Ordinis in cathenis, aut vinculis, aut carcere retruſus, tam diu teneatur, donec auſui temerario, ipſa poena tribuat intellectum."

Nach der Tradition des Cistercienserklosters Loccum soll Corvinus aber auch diesem Kloster als Conventual angehört haben. Die Loccumer Tradition enthält in der Form, wie sie uns in der oben erwähnten Stracke'schen Chronik vorliegt, mancherlei Unrichtigkeiten: 1) Die Chronik verlegt den Austritt des Corvinus aus dem Kloster Loccum ins Jahr 1543, während derselbe, die Richtigkeit der behaupteten Thatsache vorausgesetzt, bereits vor 1523 erfolgt sein müßte. „Anno 1543" kann auch nicht als bloßer Schreibfehler (statt 1523) angesehen werden,[1]) da die Chronik, welche chronologisch verfährt, den Abschnitt über Corvinus im Zusammenhang der Begebenheiten von 1540—50 berichtet; unmittelbar vor dem gen. Abschnitt referiert sie über den i. J. 1540 geschehenen Austritt des frater Conradus Fricke, wie über den i. J. 1542 erfolgten Abschluß eines Recesses und unmittelbar nach dem Abschnitt erzählt sie den Tod Luthers (1546).[2]) 2) Die Chronik be-

[1]) D. G. Uhlhorn, Antonius Corvinus, ein Märtyrer... (Halle 1892) S. 32: „Allerdings ist das Jahr 1543 falsch angegeben, vielleicht nur durch einen Schreibfehler statt 1523". — [2]) Derselbe Irrthum findet sich auch in „De origine et abbatibus monasterii Luccensis (Leibn., Scriptor. Brunsv. illustr. III, 698), wo es heißt: „Sub hoc Abbate" — sc. Hartmannus 1538 bis 51 — „M. Antonius Corvinus, Monachus Lucc..... rediit in seculum." — Die Loccumer Tradition hat allem Anschein nach zwei den Corvinus betreffende Thatsachen nicht auseinander zu halten vermocht: 1) Die Thatsache, daß Corvinus das Kloster Loccum verlassen hat (1520 s. u.) und 2) die Thatsache, daß dem Kloster Loccum, wie wir glauben annehmen zu dürfen, in Analogie mit dem Kloster Riddagshausen (s. o.) bei der unter Corvins Leitung vorgenommenen reformatorischen Kirchenvisitation im Herzogthum Calenberg-Göttingen (17. November 1542 — 30. April 1543), die sich auch auf die Klöster erstreckte und nach der Reiseroute der Visitatoren im März 1543 im Kloster Loccum vorgenommen sein muß, die an Corvinus zu leistende Zahlung einer Summe Geldes auferlegt wurde. So dürfte sich der Stracke'sche Bericht erklären, nach welchem das Kloster dem Corvin „noch eine Summe geldes" geben mußte. (K. Kayser, a. a. O., S. 249, Anm. 503 Abs. 2; die Protokolle dieser Visitation sind bisher nicht aufgefunden). Sollte sich unsere Annahme jedoch nicht als richtig erweisen, dann würde an dieser Stelle des Stracke'schen Berichtes die unbewußte Übertragung eines

hauptet an zwei Stellen, daß Corvinus „alhir aufsem Closter gelauffen" sei. Wäre dieses richtig, dann müßte Corvinus, da seine Ausstoßung aus dem Orden i. J. 1523 in Riddagshausen stattfand, von Loccum nach Riddagshausen geflohen sein und in diesem Kloster Aufnahme gefunden haben. Gegen diese Annahme spricht jedoch dies, daß es nach den Ordensgesetzen einem Abte aufs Strengste untersagt war, einen flüchtigen Mönch — und als solcher galt jeder Cistercienser, der von seinem Abte keinen Legitimationsschein aufweisen konnte — länger als eine Nacht in sein Kloster aufzunehmen.[1]) 3) Nach der Chronik hat das Kloster Loccum den Corvinus in Leipzig studieren lassen; dieses ist jedoch nach Corvins eigenen Worten (s. u.) wie nach Ausweis der Matrikel der Universität Leipzig nicht richtig; das Kloster Loccum sandte in dem Zeitraum von 1515—1530 nur einen frater nach Leipzig; derselbe trug aber nicht den Namen „Corvinus". Darnach müssen wir annehmen, daß dem Abt Stracke bei der Abfassung des Abschnittes seiner Chronik, der von Corvin handelt, historisches Material von Werth kaum vorgelegen hat, sondern daß derselbe im wesentlichen nur das niedergeschrieben hat, was man sich zu seiner Zeit, also etwa 90 Jahre nach den Ereignissen im Kloster Loccum von Corvinus erzählte.

Erweist sich somit der Bericht der Stracke'schen Chronik über Corvinus in mehrfacher Hinsicht als unzuverlässig, so ist damit die Unglaubwürdigkeit des ganzen Berichtes doch noch nicht erwiesen.

Corvinus schreibt in dem oben erwähnten „Bericht / wie sich ein edelman gegen Gott . . ." v. J. 1539: daß er die Schrift dem sächsischen Adel deshalb gewidmet habe, „dieweil ich", wie er sagt, „lange zeit in Sachssen gewesen / vnd an den örten / da ewer Elteren viel hin gegeben / mein erst fundament gelangt." / Aus diesem Citat geht hervor, daß Corvinus seine klösterliche Erziehung in mehreren Klöstern — „an den örten" —, also mindestens in zwei Klöstern genossen hat. Da der Auf-

zuges der Riddagshäuser Tradition auf Loccum vorliegen. (Vgl. auch u. S. 315.)

[1]) F. Winter, a. a. O. I 26 f.

enthalt des Corvinus im Kloster Riddagshausen, wie wir oben gezeigt haben, geschichtlich verbürgt ist, so fragt es sich, welchen Klöstern Corvinus außerdem angehört hat. So weit wir sehen, gibt es außer Riddagshausen nur noch ein niedersächsisches Kloster, an welches sich die Überlieferung knüpft, daß Corvinus demselben als Conventual angehört habe; dieses Kloster ist Loccum. Wir sind also lediglich auf dieses Kloster und seine Überlieferung angewiesen.

Die Überlieferung des Klosters Loccum liegt uns außer in der Strackeschen Chronik auch noch in einem anderen, dem Klosterarchiv zu Loccum gehörenden handschriftlichen Werke vor; dasselbe, ein Foliant, trägt den Titel: „Chronologisches Verzeichnis der Herren Äbte und Conventsglieder.“ Das Verzeichnis, das uns vorgelegen hat, enthält die Namen der Äbte und der Conventualen von der Zeit der Gründung des Klosters Loccum an (1163) bis zur Regierung des Abtes Georgius (1732—70), so viele davon zur Kenntnis des Verfassers gekommen sind. Die Schriftzüge im Verzeichnis rühren von einer und derselben Hand her, nur die letzten Seiten (S. 52—55) enthalten Nachträge von einer anderen Hand. Der Verfasser war vermuthlich der Abt Georgius selbst, was wir daraus schließen, daß der Todestag desselben von einer anderen Hand eingetragen ist. Die Anlage des Verzeichnisses ist folgende: Am Kopfe jeder Seite steht der Name und die Regierungszeit eines Abtes; darauf folgen die Namen der Conventualen, die während der Regierung desselben im Kloster lebten. Auf 3 Seiten fehlen jedoch die Namen der letzteren ganz, 6 Seiten haben einige wenige, 27 Seiten haben ca. 10 und 19 Seiten haben 11—43 Namen. Hinter den Namen der Conventualen stehen vielfach Zeitbestimmungen: entweder das Jahr eines Amtsantrittes (S. 39): „Bernardus Schwartze custos 1511. hofm.[eister] zu Hamelspringe 1516“, oder das Jahr des Wiedereintrittes ins Kloster (ibid.): „Hardmannus 1510 olim apostata jam in coenobium rediit“, oder das Todesjahr (ibid): „Henricus Kannengheter mortuus 1507“, oder das Jahr, in welchem der Genannte nach Absolvierung des Noviciates Profeß geleistet hat, oft mit Angabe seines Geburtsortes (S. 48): „Jodocus Rabe 1594 Aus bilfelt.“ [1]) Über die Quellen seines Verzeichnisses hat sich der Verfasser nicht näher ausgesprochen; ohne Zweifel waren es die Acten des Klosterarchivs, aus denen er schöpfte. Manches Mal findet sich hinter dem Namen eines Conventualen der Hinweis: „V. Abb. Strack. project. Chron. Lucc. pag. etc.“ Wir sind der Meinung, daß der Verfasser damit nicht auf die letzte Quelle der qu. Einträge hinweisen, sondern nur andeuten wollte, daß sich die Namen auch in der bekannten Stracke-schen Chronik finden. Wäre die Sache anders aufzufassen, dann wäre das Verfahren des Verfassers sehr inconsequent gewesen, sofern er bei einigen Namen die Quelle (Stracke) angegeben hätte, bei den übrigen Namen, die auf diese oder jene Acte des Klosterarchivs als ihre Quelle zurückgehen, aber nicht.

Auf S. 40 des Verzeichnisses, an deren Kopfende wir lesen: „Burchardus II. Stöter Abbas XL. Electus Anno 1519. Mortuus Ao. 1528“, werden nun unter einer Anzahl von 25 Conventualen an 3. u. 4. Stelle und zwar auf diesem Blatte zum ersten Male genannt: „Ludolfus Hertzoge f. 1520“ und „Antonius Corvinus 1520, postea Apostata“. Nach unserer obigen Ausführung bedeutet die Jahreszahl hinter den beiden Namen, daß die Genannten, nachdem sie ihren einjährigen Noviciat beendet hatten, i. J. 1520 unter die Zahl der Conventualen, der fratres aufgenommen sind. Für die Richtigkeit dieser Annahme spricht auch der Umstand, daß die beiden auf dieser Seite überhaupt zum ersten Male genannt werden. Wir heben hervor, daß sich hinter den beiden Namen kein Hinweis auf die Stracke'sche Chronik findet, während dieses bei den auf derselben Seite an 1., 2., 5. bis 12., 14., 20., 21. und 25. Stelle genannten Conventualen der Fall

---

[1]) Die letztere Annahme findet ihre Bestätigung in der Weidemann'schen Gesch. d. Klost. Loccum (Gött. 1822), wo es S. 63 in wörtlicher Wiedergabe einer allem Anschein nach gleichzeitigen Niederschrift heißt: „Am 28sten Jun. 1594 sind sieben novitii eingekleidet, und haben im Kloster Profeß gethan: . . . . . Jodocus Rabe aus Bielefeld, ...“

ist; der Verfasser des Verzeichnisses muß also den Inhalt dieser beiden Einträge in der Stracke'schen Chronik nicht gefunden haben. Die Belege für dieselben, die vermuthlich dem Abt Stracke nicht zu Gesicht gekommen waren, wird er wahrscheinlich in den Acten des Klosterarchivs gefunden haben.

Eine andere Überlieferung über die beiden Genannten ist uns in der Weidemann'schen Geschichte des Klosters Loccum aufbewahrt, wo es S. 42 heißt: „Burchard schickte i. J. 1520 zwey Klosterbrüder, Ludolfum Herzog und Antonium Corvinum, welcher späterhin so berühmt wurde, nach Leipzig, um daselbst zu studieren." Darnach wären die beiden in demselben Jahre, wo sie Profeß geleistet hatten, von ihrem Abt ins Bernhardinercolleg nach Leipzig geschickt worden. Bezüglich des Erstgenannten findet diese Überlieferung ihre urkundliche Bestätigung in der Matrikel der Universität Leipzig. Nach derselben wurde im Sommersemester 1520 sub Nr. 26 immatriculiert: „frater Ludolffus Herzog ex monasterio Luca" (cod. A': Hertzoch). Von einer Immatriculation des Corvinus lesen wir jedoch in der genannten Matrikel nichts; demgemäß müssen wir diesen Theil der Überlieferung als unhaltbar ausscheiden.

Überblicken wir die Loccumer Tradition, wie wir sie im Obigen vorgeführt haben, so tritt uns dieselbe bezüglich des Corvinus als ein Gemisch von Wahrheit und Dichtung entgegen. Sie ganz als Sage und Dichtung zu bezeichnen, ist unmöglich, da es unmöglich ist, die Entstehung der Loccume Tradition ohne Annahme eines geschichtlichen Kernes derselben zu erklären. Die innerhalb eines Zeitraumes von ca. 90 Jahren erfolgte Übertragung eines Hauptzuges der Riddagshäuser Tradition, nämlich des Schlußactes im Klosterleben des Corvinus auf Loccum ist bei den lebhaften Beziehungen der beiden Cistercienserklöster zu einander leicht erklärlich; doch war diese Übertragung nur möglich, wenn der Loccumer Aufenthalt des Corvinus im Bewußtsein der unbewußt Übertragenden feststand.

Als historischen Kern in der Loccumer Tradition nehmen wir Folgendes an: daß Corvinus als Novize ins Kloster Loccum eingetreten ist und in demselben i. J. 1520

Profeß geleistet hat. Damit stimmt auch das Folgende: Nach den Ordensgesetzen konnte Corvinus erst nach zurückgelegtem 18. Lebensjahr als Novize in ein Cistercienserkloster eintreten. Corvinus wurde am 27. Februar 1501 geboren;[1]) der Anfang seines Noviciates fällt darnach frühstens in das Jahr 1519 und, da der Noviciat ein volles Jahr währte, seine Profeßleistung in das Jahr 1520, wie die Loccumer Tradition angibt.

Doch der Zeitpunkt dürfte sich noch etwas genauer bestimmen lassen. Ludolf Herzog legte das Mönchsgelübde ab zwischen dem 8. December 1519 und dem Anfang des Sommersemesters 1520; vor dem 8. December 1519 geschah dieses nicht, denn sonst stände sein Name bereits unter den Conventualen, die unter der Regierung des am 18. November 1519 verstorbenen Abtes Boldewin im Kloster lebten (S. 39 des „Chronol. Verz."; in der Vacanzzeit vom 18. November bis zum 8. December 1519 fand keine Profeßleistung statt).[2]) Ant. Corvinus dagegen konnte das Mönchsgelübde erst nach dem 27. Februar 1520, nämlich nach zurückgelegtem 19. Lebensjahre ablegen. Die Nebeneinanderstellung der beiden fratres Herzog und Corvinus auf S. 40 des „Chronol. Verz." (vergl. dazu auch die Nebeneinanderstellung derselben auf S. 42 der Weidemann'schen Geschichte des Klosters Loccum), welche zusammenfällt mit der ersten Erwähnung derselben als Conventualen, legt die Vermuthung nahe, daß dieselben pari passu ihren Noviciat durchgemacht haben und an einem und demselben Tage des Jahres 1520 unter die Zahl der fratres aufgenommen sind. Ist diese Vermuthung richtig, dann hat die Profeßleistung der beiden zwischen dem 28. Febr.

[1]) G. Uhlhorn, Ein Sendbrief von Antonius Corvinus ... (Gött. 1853), S. 1 und C. L. Collmann, Anton Corvinus Leben. (Leipz. u. Dresd. 1864.) S. 1. Beide gehen zurück auf D. E. Baring, Leben d. berühmt. M. Ant. Corvini ... (Hannov. 1749), S. 13: „Ant. Coruinus a. 1501. feria ſeptima poſt Matthiae noctu in punctu 12 ſcil. in hanc lucem editus eſt." Die Baring'sche Quelle „Ein Astrologisches Buch von Jo. Montanus Brunſvic. a. 1546" haben wir trotz vielfacher Bemühungen bisher nicht auffinden können. — [2]) Weidemann, a. a. O. S. 40 und 41.

und dem Anfang des Sommersemesters, d. i. dem 23. April 1520 stattgefunden, denn in Leipzig begannen die Immatriculationen „nach St. Georg“, d. i. nach dem 23. April.[1]) Damit hätten wir für die Bestimmung des Zeitpunktes der Profeßleistung des Corvinus nur einen Spielraum von knapp 2 Monaten. Als das Wahrscheinlichste erscheint uns daher dieses: daß Corvinus gleich nach Zurücklegung des 18. Lebensjahres, d. i. gleich nach dem 27. Februar 1519 seinen Noviciat in Loccum angetreten hat und um dieselbe Zeit des Jahres 1520 unter die Zahl der Conventualen aufgenommen ist.

Es drängt sich nun aber von selbst die Frage auf: aus welchem Grunde Corvinus das Kloster Loccum verlassen hat und in das Kloster Riddagshausen eingetreten ist? Ein solcher Wechsel kam im Leben eines Mönches in der Regel nicht vor. Helmoldus Poppius hat uns die Form des Mönchsgelübdes aufbewahrt, das er bei seiner Aufnahme in den Orden hatte ablegen müssen. Bl. Av a b heißt es: Professio vero Benedictini monachi haec eſt, Ego frater Helmoldus Clericus, promitto ſtabilitatem meam, & conuerſionem morum meorum, & obedientiam ſecundum Regulam ſancti Benedicti Abbatis, in hoc loco, qui vocatur Ritershuſen, Ciſtertienſis Ordinis, conſtructo in honore (!) beatiſſimae Dei genitricis, ſemperque virginis Mariae, nec non & aliorum Sanctorum, Quorum reliquiae continenter in hac Eccleſia, in praesentia Domini Hermanni Abbatis, &c.“ Und in seiner Kritik der Mönchsgelübde hebt Helmoldus Poppius mit besonderem Nachdruck hervor „Promittis ſtabilitatem in uno Monaſterio & certo quodam loco.“ Darnach mußte der Cistercienſermönch beständig in dem einen Kloster, das ihn aufgenommen hatte, und an dem ganz bestimmten Orte zeitlebens verbleiben. Das war die Regel.[2]) Und von dieser Regel gab es im vorliegenden Falle, so weit wir sehen können, nur zwei Ausnahmen: Die strafweise Versetzung wegen Ungehorsams oder die zeitweilige Entsendung in ein anderes Kloster der Studien halben. Was

[1]) G. Erler, Die Matrikel d. Univ. Leipzig, Bd. I. pag. XXXIII. — [2]) F. Winter, a. a. O., I, 18.

die erstere Möglichkeit betrifft, so könnten wir es uns vorstellen, daß Corvinus schon als Loccumer Conventual auf Luthers Seite getreten sei und sich dieserhalb eine Strafversetzung zugezogen habe. Dieser Annahme steht indes entgegen, daß Corvinus dann nicht dem Abt von Riddagshausen überwiesen worden wäre, sondern dem Vaterabt von Loccum, dem Abt von Volkerode oder — weiter aufwärts in der Abstammung des Klosters Loccum — den Äbten von Altencampen, Morimund oder Citeaux.[1]) Es bleibt also nur noch die andere Möglichkeit, daß Corvinus der Studien wegen nach Riddagshausen versetzt worden sei. Die Generalcapitel des 15. Jahrhunderts[2]) hatten wiederholt für jedes Kloster eine Ordensschule gefordert, in der die Primitivwissenschaften getrieben werden sollten, aber beim Fehlen der Mittel auch gestattet, daß mehrere Klöster derselben Provinz sich gemeinsam eine Ordensschule einrichteten (1432). Solche Schulen bestanden nachweisbar in den norddeutschen Klöstern Buch (1486) und Altcelle (1397 u. 1427) und wir müssen annehmen, daß auch die Klöster Pforte und Riddagshausen eine Ordensschule gehabt haben, denn nur unter dieser Voraussetzung dürfte sich die große Zahl der Studenten erklären, die in dem Zeitraum von 1428—1522 aus Pforte (35) und Riddagshausen (25; in den Jahren 1508—21 allein: 13 frates) in Leipzig studierten. Auch die Bezugnahme des Corvinus auf die im Kloster Riddagshausen stattgehabten theologischen Disputationen deutet auf das Vorhandensein einer Ordensschule in Riddagshausen hin.[3]) Andererseits müssen wir aus der geringen Zahl von Studenten, die Loccum in demselben Zeitraum nach Leipzig sandte (5)[4]) schließen, daß Loccum damals keine Ordensschule besaß.

[1]) F. Winter, a. a. O., I, 58. 33. 9. Dieser Ordnung gemäß wurde i. J. 1487 ein ungehorsamer Loccumer Mönch nach Volkerode und kurz vor 1510 ein solcher nach Citeaux strafversetzt. Vergl. C. E. Weidemanns Gesch. d. Klost. Loccum, (Gött. 1822) S. 37 u. 39. — [2]) Vergl. für das Folgende: F. Winter, a. a. O., III, 55—79. — [3]) Quod vota, quae iuxta Benedicti Regulam fiunt etc Marb. 1533, Bl. D i b. — [4]) F. Winter (a. a. O. III, 74) zählt nur 4 Loccumer Studenten, die während des genannten Zeitraumes in Leipzig studierten; nach der Leipziger Matrikel waren es jedoch 5;

Aus dieser Sachlage würde sich ergeben, daß Corvinus, nachdem er i. J. 1520 in Loccum das Mönchsgelübde abgelegt hatte, in demselben Jahre zeitweilig dem Kloster Riddagshausen überwiesen wurde, um die dortige Ordensschule zu besuchen. In diese Zeit fiel dann seine Ausstoßung aus dem Orden (1523). Dieselbe stand im Einklang mit dem scharfen Beschluß des Generalcapitels v. J. 1522, welcher das Lesen lutherischer Bücher in den Studienanstalten verbot und die ungehorsamen Schüler mit Ausstoßung bedrohte.[1]) Corvins Ausstoßung war vielleicht die erste Wirkung dieses Beschlusses in Riddagshausen.

Wenn die Loccumer Tradition Corvinus i. J. 1520 irrthümlich mit dem frater Herzog nach Leipzig gehen läßt, so dürfte sich dieser Zug der Tradition in Erinnerung daran gebildet haben, daß beide fratres zu derselben Zeit und zu demselben Zwecke, der eine, um in Leipzig, der andere, um in Riddagshausen zu studieren, das Kloster Loccum verlassen hatten.

Nach dem allem sprechen wir unsere Überzeugung dahin aus: daß Antonius Corvinus (geb. 27. Febr. 1501), veranlaßt durch seinen Landsmann und Verwandten, den Riddagshäuser Mönch Lambertus Balff im Alter von 18 Jahren, etwa im März des Jahres 1519 in das Cistercienserkloster Loccum als Novize eingetreten ist und genau ein Jahr später in diesem Kloster das Mönchsgelübde abgelegt hat (1520); daß derselbe in demselben Jahre vom Kloster Loccum in die Ordensschule zu Riddagshausen geschickt ist, in diesem Kloster bis 1523 gelebt hat, dann aber wegen seiner Hinneigung zu Luther durch den Riddagshäuser Abt Hermannus Remus aus dem Orden ausgestoßen ist.

Mit der oben erörterten Frage hängt noch eine andere Frage zusammen, nämlich die: ob Corvinus als Mönch

dieselben wurden immatriculiert: S. 1471, S. 1481, S. 1493. W. 1507 u. S. 1520.

[1]) F. Winter a. a. O. III, 148f.

oder nach seiner Ausstoßung aus dem Kloster auf einer Universität studiert hat? Die handschriftliche Chronik des Loccumer Abtes Stracke behauptet, daß das Kloster Loccum ihn in Leipzig habe studieren lassen; „das ist der Dank und lohn gewest, das sie ihnen (!) zu liptzig haben studiren lassen.“ Dies ist jedoch ein Irrthum, denn in der Erlerschen Matrikel der Universität Leipzig findet sich in den Jahren 1515—30 der Name des Corvinus nicht.[1]) Es steht freilich fest, daß die Matrikel der Universität Leipzig — und dasselbe gilt auch von den Matrikeln der anderen Universitäten — nicht allein ausschlaggebend ist für die Frage, ob jemand dort studiert hat oder nicht, da nachweisbar eine ganze Reihe von Männern in Leipzig studiert hat, die sich der Pflicht, „bei ihrer Ankunft ihren Namen dem Rector oder dessen Stellvertreter anzugeben“, entzogen haben. Die Universität stand dieser Unsitte machtlos gegenüber; sie war auch nicht im Stande, auf die Bürger einen Druck auszuüben, die einem nichtimmatriculierten Studenten eine Unterkunft in ihren Häusern gewährten; selbst das Statut v. J. 1543, welches jeden Universitätsangehörigen mit Strafe bedrohte, der einen nichtimmatriculierten Studenten lägger als einen Monat bei sich im Hause behielt, blieb vielfach wirkungslos. Indes wenn es sich wie in dem vorliegenden Falle um den Namen eines Cisterciensers handelt, so müssen wir aus dem Fehlen dieses Namens in der Leipziger Matrikel schließen, daß der Träger dieses Namens in Leipzig nicht studiert hat; denn es muß als ausgeschlossen gelten, daß die Leipziger Studienanstalt, das Bernhardinercolleg, in welchem die Cistercienser unter der Aufsicht eines Provisors ihre Studien trieben, ein derartiges Versäumnis der Universität

[1]) Obgleich es feststeht, daß die Cistercienser aus Sachsen damals ausschließlich in Leipzig studierten, so wollen wir doch noch hinzufügen, daß der Name des Corvinus sich in demselben Zeitraum auch nicht in den Matrikeln der Universitäten Wittenberg, Rostock, Erfurt, Marburg und Heidelberg findet, wie dieses die Matrikeln von Förstemann, Hofmeister, Weißenborn, Caesar und Töpke ausweisen.

gegenüber hätte hingehen lassen. Die Umgehung dieser akademischen Ordnung war für einen Cistercienser auch deshalb unmöglich, weil der Orden gerade damals in einer möglichst hohen Zahl von Conventualen, die in Leipzig studiert hatten und dort graduiert waren, seinen Stolz und seine Ehre suchte. Kurz, wir können keinen Grund finden, der es einem Cistercienser in Leipzig ermöglicht haben könnte, sich der Immatriculationspflicht zu entziehen. Aus der Leipziger Matrikel, die die Reihenfolge der Inscribierten innerhalb der vier Nationen — natio Saxonum, n. Misnensium, n. Bavarorum und n. Polonorum — chronologisch gibt, sehen wir, wie die Cistercienser nach ihrer Ankunft im Bernhardinum zu fünfen,[1]) zu dreien,[2]) zu zweien[3]) und einzeln[4]) zum Rector gegangen sind, um sich immatriculieren zu lassen.[5])

Doch die Frage nach dem Universitätsstudium des Corvinus findet ihre Beantwortung durch ganz bestimmte Äußerungen des Corvinus. Abt Dr. G. Uhlhorn folgt in seiner Schrift „Antonius Corvinus, ein Märtyrer“ . . . . (Halle 1892) der Stracke'schen Chronik und nimmt an, daß der Ausdruck in dem oben angeführten Worte des Corvinus „von eweren almusen . . . . studirt“ vom Universitätsstudium verstanden werden muß. Dieser Annahme dürfte jedoch der Wortlaut jener Stelle nicht günstig sein. Corvinus sagt (s. o. S. 302): Er habe diese Schrift dem niedersächsischen Adel darum gewidmet, „weil er lange Zeit in Sachsen gewesen sei (nämlich als Mönch und als Prediger in Goslar) und weil er an den Orten (d. i. in den Klöstern), wohin ihre Eltern viel gestiftet hätten, sein erstes Fundament (d. i. seine klösterliche Erziehung) erlangt und (an diesen Orten, also nicht auf einer Universität) von ihren Almosen gelebt und

[1]) S. 1520 zweimal: Nr. 3—7 und Nr. 22—26 ex natione Saxon., unter ihnen als letzter (Nr. 26) fr. Ludolffus Herzog ex monasterio Luca, nicht aber Anton. Corvinus — [2]) S. 1522: Nr. 15—17 ex natione Misnens. — [3]) S. 1521: Nr. 1 u. 2 ex natione Polon. — [4]) S. 1517: Nr. 3 u. Nr. 24 ex natione Saxon. — [5]) G. Erler, a. a. O. I, XXX—XXXIII (II, 1. Art und Zeit der Immatriculationen) und F. Winter, a. a. O. III, S. 55—79.

studiert habe." Weiter begründet D. Uhlhorn in der oben erwähnten Schrift „Antonius Corvinus, ein Märtyrer . . ." S. 32 die Annahme eines Universitätsstudiums des Corvinus in Leipzig damit, daß Corvinus in dem seiner Schrift „Der Vierde Psalm" (H. Walther-Magdb. 1539; Vorr. 1538. 4°) angehängten Dialog den Pfarrherrn zum Bürgermeister (Bl. [Fiiii] b) sagen läßt: „Ir habt fur etlichen jaren / wie jr wisset / mit mir zu Leipsig studirt / ", indem er voraussetzt, daß Corvinus sich selbst unter dem Pfarrherrn dargestellt hat. Diese Annahme dürfte aber schon deshalb unhaltbar sein, da Corvinus i. J. 1538, d. i. 18 Jahre nach dem Beginn seines von der Loccumer Tradition behaupteten Universitätsstudiums (1520) nicht sagen konnte, daß der Bürgermeister mit ihm „fur etlichen jaren" studiert habe. Wie „etliche dreißig Männer" nur heißen kann: 32—35 Männer, so hier „fur etlichen jaren" nur: vor einigen wenigen Jahren, vielleicht höchstens vor 6 oder 7 Jahren, auf keinen Fall aber vor 18 Jahren.[1]) Die Entscheidung über die vorliegende Frage gibt ein bisher nicht beachtetes Wort des Corvinus. In dem vom 2. Dec. 1537 datierten Vorwort des Corvinus zu seiner großen hochdeutschen Postille (G. Rhaw-Wittb. 1538, in Folio),[2]) wo sich Corvinus gegen den Vorwurf vertheidigt, daß er seine homiletischen Schriften aus Ruhmsucht herausgegeben habe, schreibt er Bl. C iiii a: „Jch weis jnn diesem fal seer wol / was ich von mir / als ein vnuerstendiger / der seine beste Zeit / bey den vermeinten Geistlichen schendlich zugepracht / vnd darnach bey nahe alles / ex mutis magistris / das ist aus büchern / der ich ein zeitlang nicht fast viel hatte / hat schepffen müssen / halten sol." Corvinus unterscheidet hier zwei Abschnitte in seinen Lehrjahren: 1) die Zeit seines Aufenthaltes im Kloster und 2) die darauf folgende Zeit („vnd darnach"); jene, seine beste Zeit, erachtet er, weil er sie unter Mönchen verlebt hatte, als nutzlos zugebracht und von dieser sagt er, daß er während derselben „bey nahe alles" aus Büchern habe schöpfen müssen. Damit

[1]) M. Heyne, Deutsches Wörterbuch, 1890, sub voce „Etlich". — [2]) K. Kreisbibl. in Regensburg. — „Datum zu Marpurg am ersten Sontage des Aduents. Im jar der minner zal. xxxvij."

bezeugt Corvinus in unzweideutiger Weise, daß er **weder während seines Aufenthaltes im Kloster noch nach demselben auf einer Universität studiert hat.** Nach seiner Ausstoßung aus dem Kloster hat er „bey nahe alles", was ihm an gelehrter Bildung fehlte, aus Büchern geschöpft, aber daneben Einiges auch auf anderem Wege, nämlich im persönlichen Verkehr mit gelehrten Männern gewonnen.[1])

[1]) Hieraus ergibt sich, daß der i. J. 1533 zu Marburg immatriculierte „**Antonius Rabe Marpurg**" (vergl. die Caesar'sche Matrikel der Univ. Marburg, S. 11) nicht unser Corvinus sein kann

(Juli 1898.)

Anmerkung der Redaction: Wir machen darauf aufmerksam, daß in der uns erst nach Schluß dieses Druckes zugegangenen „Zeitschrift für Kirchengeschichte", XIX, 3299, Prof. Tschackert dieselben Fragen, wie hier Pastor Geisenhof behandelt hat.

VIII.

Niedersächsische Litteratur 1897/98.

Gesammelt von **Eduard Bodemann.**

I. Hannover.

1. Geographie. — Karten.

v. Bomsdorff. Neueste Spezialkarte vom Harz 1 : 100000. Neue Ausg. 1898. 4 Bl. Magdeburg, Rathke. 3 *M*.

Harzkarte von Osterode und Umgegend, gezeichnet von Fluerbaum, 1 : 50000. Osterode, Sorge. 60 *₰*.

Karte von Bad Harzburg und Umgebung; gezeichnet von Jordan & Rösler 1 : 10000. Harzburg, Woldag. 2 *M*.

Karte vom Sollinger Wald 1 : 200000. Hannover, Schmorl & v. Seefeld Nachf. 50 *₰*.

Kniep. Reise- und Wanderbuch durch die Gebiete von Niedersachsen: Hannover, Braunschweig, Bremen, Hamburg &c. Hannover, Borgmayer. 3 *M*.

2. Naturwissenschaft.

Bley. Flora des Brockens. Nebst einer naturhistorischen und geschichtlichen Skizze des Brockengebiets. Berlin, Bornträger. 3 *M*.

Brandes. Flora der Provinz Hannover. Hannover, Hahn. 4 *M*.

Festschrift zur Feier des 100jährigen Bestehens der naturhistorischen Gesellschaft zu Hannover. Geschichte und 44.—47. Jahresbericht der naturhistorischen Gesellschaft zu Hannover. Hannover, Hahn. 4 *M*.

Behme. Geologischer Führer durch die Umgebung der Stadt Clausthal im Harz, einschließlich Wildemann, Grund und Osterode. Mit 260 Abbild. und 5 geologischen Karten. Hannover, Hahn. 1 *M* 80 *₰*.

3. Land- und Forstwirthschaft.

Hildesheimer land- und forstwirthschaftliches Vereinsblatt. Jahrg. 1898. Hildesheim, v. Witzleben. 2 ℳ.

Jahresbericht der Königl. Landwirthschaftlichen Gesellschaft zu Hannover 1897.

Mündener forstliche Hefte. Herausgegeben von Weise. Hefte 10—13. Berlin, Springer. à 4 ℳ.

Protokolle der Sitzungen des Central-Ausschusses der Königl. Landwirthschaftlichen Gesellschaft, Central-Verein für die Provinz Hannover. Heft 71. Celle, Schulze. 2 ℳ 50 ₰.

4. Handel.

Jahresbericht der Handelskammer zu Hannover für das Jahr 1897. Hannover, Schulbuchhandlung. 75 ₰.

Jahresbericht der Handelskammer für Ostfriesland und Papenburg für das Jahr 1896. 1897, 1. Emden. Haynel. à 1 ℳ.

5. Kunstgeschichte.

Haupt. Heidnisches und Fratzenhaftes in nordelbischen Kirchen. = Zeitschr. für christliche Kunst X, 7.

6. Kirche und Schule.

Balkenholl. Geschichte des Collegium und Gymnasium Josephinum zu Hildesheim. Hildesheim, Lax. 1 ℳ.

Blanckenhorn. Gesetze, Verordnungen, Ausschreiben 2c. in Schulsachen für die Provinz Hannover, Band 3. Hannover Helwing. 12 ℳ.

Dulheuer. Das Volksschulwesen in der Provinz Hannover, insbesondere im Regierungsbezirk Osnabrück, in systematischer Ordnung der Gesetze, der Verfügungen, der Schulaufsichtsbehörden, der Entscheidungen der Gerichte 2c. Osnabrück, Rackhorst 1898. 5 ℳ.

Hilling. Die westfälischen Diöcesansynoden bis zur Mitte des 13. Jahrhunderts. Ein Beitrag zur geistlichen Verfassungsgeschichte der Bisthümer Münster, Osnabrück 2c. Lingen, van Acken. 1 ℳ 20 ₰.

Der Monatsbote aus dem Stephanstift. Jahrg. 1897. 1 ℳ.

Stegemann. Die Gesetze, Verordnungen und Bekanntmachungen für die christliche Volksschule in der Provinz Hannover aus der Zeit vom 26. Mai 1845 bis 1. Januar 1898. Hannover, Meyer. 1 ℳ 50 ₰.

Zeitschrift der Gesellschaft für niedersächsische Kirchengeschichte. Herausgeg. von Kayser. 2. Jahrg. Braunschweig, Limbach. 4 ℳ 70 ₰.

7. Gerichtswesen und Verwaltung.

Böttger. Das bäuerliche Erbrecht in der Provinz Hannover. = Das Land VI, 1. 2.

Der Regierungsbezirk Hannover. Verwaltungsbericht über dessen Sanitäts- und Medicinalwesen in den Jahren 1892—94. Nach amtlichen Quellen bearbeitet von Becker. Berlin, Springer. 3 ℳ.

v. Schilgen. Das Gesetz betr. die Fischerei der Ufereigenthümer und die Koppelfischerei in der Provinz Hannover vom 26. Juni 1897, nebst den übrigen für die Provinz Hannover ergangenen, die Binnenfischerei betr. Gesetze und Verordnungen. Hamm, Griebsch. 1 ℳ 25 ₰.

8. Landesgeschichte.

Bettinghaus. Zur Heimathskunde des Lüneburg. Landes, mit besonderer Berücksichtigung des Klosters und der Gemeinde Wienhausen. Theil 1. Celle, Strähne. 1 ℳ.

Ernst August von Hannover und das Jahr 1848. = Grenzboten 57, 12.

Fiesel. Aus 18 Jahrhunderten. Geschichten und Bilder aus dem Papenteiche. Theil 1: Allgem. Geschichte des Papenteichs; Theil 2: Chronik des Kirchspiels Ribbesbüttel. Gifhorn Schulze. 70 ₰.

Gehrkens. Historische Nachrichten über die Elbinsel Wilhelmsburg. Wilhelmsburg, Kämmerer. 12 ℳ.

Geschichte der Burgen und Klöster des Harzes III: Die Burg Questenberg; IV: Das Kloster Michaelstein. Leipzig, Franke. 1 ℳ 95 ₰.

v. Hassell. Geschichte des Königreichs Hannover. Band 1. Bremen, Heinsius. 12 ℳ.

v. Langwerth-Simmern. Aus meinem Leben. 1. 2. Gotha, Perthes. 6 ℳ.

v. Meier. Hannoversche Verfassungs- und Verwaltungsgeschichte. Band 1. Leipzig, Duncker & Humblot. 11 ℳ 60 ₰.

Mittheilungen des Vereins für Geschichte und Landeskunde von Osnabrück. Band 22. Osnabrück, Rackhorst. 6 ℳ.

Müller-Brauel. Die Bohlenbrücken im Teufelsmoor der Provinz Hannover. = Globus 73, 1. 2.

Niedersachsen. Halbmonatsschrift für Geschichte, Landes- und Volkskunde, Sprache und Litteratur Niedersachsens. 3. Jahrgang. Bremen, Schünemann. 6 ℳ.

Osnabrücker Urkundenbuch III, 1 (1251—1259); bearbeitet von Philippi. Osnabrück, Rackhorst. 4 ℳ.

Schönermark. Die Wüstungen des Harzgebirges. Göttingen, Wunder. 1 ℳ.

Zeitschrift des Harz-Vereins für Geschichte und Alterthumskunde. 30. Jahrg. 1897. Quedlinburg, Huch. 6 ℳ.

9. Städte-Geschichte.

Ellissen. Chronologischer Abriß der Geschichte Einbecks. Einbeck, Ehlers. 1 ℳ.

Jobelmann und Wittpenning. Geschichte der Stadt Stade. Neu bearbeitet von Bahrfeldt. Stade, Pockwitz.

Mittheilungen aus dem Roemer-Museum zu Hildesheim Nr. 9. Hildesheim, Lax. 80 ₰.

Pinkepank. Das Hildesheimer Rathhaus. Gedenkblätter zu seinem 500jähr. Bestehen 2c. Hildesheim, Helmke. 1 ℳ.

Protokolle über die Sitzungen des Vereins für die Geschichte Göttingens 1896/97 und 1897/98. Göttingen, Peppmüller. 3 ℳ 20 ₰.

Tecklenburg, Geschichte von Göttingen und Umgegend. Hannover, Meyer. 50 ₰.

10. Militärwesen und Kriegsgeschichte.

v. Sichart. Geschichte der Königlich-Hannoverschen Armee. Band 5. Hannover, Hahn. 10 ℳ.

v. d. Wengen. Rückblicke auf den Hannoverschen Feldzug von 1866 I. = Deutsche Heereszeitung 1897, Nr. 69—78.

11. Biographie.

Merkel. Heinrich Husanus (1536—1587), Lüneburg. Syndicus rc. Göttingen, Horstmann.

Knopp. Ludw. Windthorst. Ein Lebensbild. Leipzig, Reissner. 3 ℳ.

12. Schöne Litteratur.

Göttinger Musenalmanach für 1898. Herausgeg. von Göttinger Studenten. Göttingen, Horstmann. 2 ℳ 50 ₰.

Gedichte der Hannoverschen Volksdichterin Marie Kupfer. Herausgeg. von Bube. Leipzig, Meyer.

II. Braunschweig.

Beiträge zur Geologie und Paläontologie des Herzogthums Braunschweig und der angrenzenden Landestheile. Heft 1. Braunschweig, Vieweg. 4 ℳ 50 ₰.

Bertram. Exkursionsflora des Herzogth. Braunschweig mit Einschluß des Harzes. 4. gänzlich umgearb. Aufl. von Kretzer. Braunschweig, Vieweg. 4 ℳ 50 ₰.

Beste. Das Kloster Riddagshausen. Ein Geschichtsbild. Wolfenbüttel, Zwiszler. 75 ₰.

Blasius. Die faunistische Litteratur Braunschweigs und der Nachbargebiete mit Einschluß des Harzes. Braunschweig, Vieweg. 4 ℳ.

Braunschweig im Jahre 1897. Festschrift. Herausgeg. von Blasius. Braunschweig, Meyer. 10 ℳ.

Braunschweigische Bibliographie. Verzeichnis der auf die Landeskunde des Herzogthums Braunschweig bezügl. Litteratur. Bearbeitet und herausgeg. vom Verein für Naturwissenschaft zu Braunschweig. I. Braunschw. Schulbuchhandlung. 9 M.

Braunschweigisches Magazin. Herausgeg. von Zimmermann. Band 3 (1897). Wolfenbüttel, Zwiszler. 4 M.

Hänselmann. Das erste Jahrhundert der Waisenhausschule in Braunschweig. Braunschweig, Limbach. 15 M.

Kloos. Repertorium der auf die Geologie, Mineralogie und Paläontologie des Herzogth. Braunschweig und der angrenzenden Landestheile bezüglichen Litteratur. Braunschweig, Vieweg. 3 M 60 ₰.

Aus dem kirchlichen Leben Braunschweigs. Festgabe für die Theilnehmer der 9. allgem. luther. Konferenz in Braunschweig. Dargereicht von H. Wollermann. Braunschweig, Wollermann. 2 M.

IX.

Geschäftsbericht

des

Vereins für Geschichte und Alterthümer der Herzogthümer Bremen und Verden und des Landes Hadeln zu Stade.

(September 1898.)

In dem seit der letzten Berichterstattung verflossenen Jahre hat sich die Zahl der Vereinsmitglieder um 164 vermehrt und ist infolge dessen auf 372 gestiegen. Auch innerhalb des Vorstandes sind einige Neuaufnahmen erfolgt: zunächst wurde die Wahl des Herrn Landgerichts-Präsidenten von Schmidt-Phiseldeck zum Vorstandsmitgliede, welche in der Ausschußsitzung vom 24. April 1897 provisorisch vorgenommen worden war, in der Generalversammlung vom 6. Oktober 1897 definitiv bestätigt; in gleicher Weise trat Herr Buchdruckereibesitzer L. Pockwitz in den Vorstand ein, auf Grund seiner Wahl in der Ausschußsitzung vom 5. Januar 1898 und seiner Bestätigung durch die Generalversammlung vom 24. August 1898, und endlich wählte die letztgenannte Generalversammlung Herrn Landschaftsrath Dr. Schrader zum Vorstandsmitgliede.

Von den Sammlungen des Vereins hat die Bibliothek in dem abgelaufenen Jahre wieder einen erheblichen Zuwachs theils durch Ankauf neuer Bücher, besonders aber durch den mit auswärtigen Instituten bestehenden Schriftenaustausch erhalten. Auch bezüglich des Münzkabinetts sind einige Neuerwerbungen zu verzeichnen gewesen, und inwiefern das Museum alterthümlicher Gegenstände eine Vermehrung erfahren hat, ist aus dem als Anlage Nr. 2 abgedruckten Verzeichnis der eingegangenen Geschenke zu ersehen, für welche der Verein hiermit den gebührenden Dank ausspricht.

Auf litterarischem Gebiete bethätigte sich der Verein, indem er die in früheren Geschäftsberichten angekündigte Herausgabe einer gemeinverständlich geschriebenen Geschichte der Stadt Stade vor einem halben Jahre zur Ausführung brachte. Da diese Veröffentlichung in Gemeinschaft mit dem Stader Bürger- und Gewerbe-Verein unternommen war und auch von andern Vereinen sowie von mehreren Privatpersonen in liberaler Weise unterstützt wurde, so konnte das Schriftwerk, dessen Text von Herrn Major Bahrfeldt in Breslau auf Grundlage der Jobelmann-Wittpenning'schen Geschichte Stades zusammengestellt war, nicht nur mit einer ansehnlichen Zahl wohlgelungener Bilder aus Stades Vergangenheit und Gegenwart ausgestattet, sondern auch den Vereinsmitgliedern ohne Entgelt für uneingebundene Exemplare überlassen werden. Zu einer andern litterarischen Publikation haben die Mannscripte Veranlassung gegeben, welche der frühere langjährige Präsident des Vereins, weiland Herr Geheimrath Neubourg, hinterlassen hat. Ein Theil dieses schriftlichen Materials ist von dem Sohne des Verstorbenen, dem Herrn Professor Neubourg in Bensberg, für den Druck fertiggestellt worden und wird voraussichtlich noch in demselben Bande des Vereinsarchivs wie der vorliegende Geschäftsbericht, unter dem Titel „Beiträge zur Stader Geschichte des 17. und 18. Jahrhunderts", veröffentlicht werden.

Da der Verein die Pflege und Erhaltung von alterthümlichen Denkmälern und Kunstgegenständen als eine besondere Seite seiner Aufgabe betrachtet, so war es für ihn eine erwünschte Genugthuung, daß er in dem verflossenen Jahre das lange erstrebte Ziel erreichte, die innerhalb seines Bezirkes bei Grund-Oldendorf befindlichen prähistorischen Steindenkmäler, welche eine so hervorragende Bedeutung haben, von dem bisherigen Privat-Eigenthümer für den öffentlichen Besitz erwerben zu können. Die dieserhalb schon früher eingeleiteten Unterhandlungen fanden diesmal einen günstigen Abschluß, und nachdem die Kosten des Erwerbs zum kleinern Theil von der Provinzial-Verwaltung, zum größern von dem Verein übernommen worden waren, gingen die merkwürdigen Denkmäler, zu deren Besichtigung den Vereinsmitgliedern durch einen dahin unternommenen gemeinschaftlichen Ausflug Gelegenheit gegeben wurde, in den Besitz und die Obhut des Landesdirektoriums der Provinz Hannover über. Der Verein aber hatte die Freude, daß er die größere Hälfte der hohen Ausgaben, welche er für jenen Ankauf geleistet hatte, nachträglich ersetzt erhielt, insofern ihm durch die Güte des Herrn Ministers für die geistlichen, Unterrichts- und Medizinal-Angelegenheiten eine Zuwendung von 1000 Mark aus besonderem Fonds zu Theil wurde. Noch einer anderen Angelegenheit ähnlicher Art wandte der Verein sein lebhaftes Interesse zu, wenn er auch nicht an ihrer Förderung selbstthätigen Antheil nehmen konnte: es ist dies die Erneuerung des bekannten Altarschreines in der Kirche zu Altenbruch, eines Kunstwerkes von überaus hohem Werthe, dessen Beschreibung und Abbildung frühere Hefte des Vereinsarchivs gebracht haben. Die Renovation desselben geschah auf Kosten des Staates, der Provinz Hannover und der Gemeinde Altenbruch und wurde von Herrn Professor Küsthart in Hildesheim ausgeführt; über die Art der Wiederherstellung wurden in der Generalversammlung vom 6. Oktober 1897 an der Hand einer Photographie eingehende Mittheilungen gemacht, die demnächst durch eine Besichtigung des Altarschreines an Ort und Stelle Ergänzung und Veranschaulichung finden sollen.

Zum Schluß sei erwähnt, daß die nachfolgend als Anlage Nr. 1 abgedruckte Rechnung für das Jahr 1897 einen Überblick über die finanzielle Lage des Vereins gewährt. Wenn dieselbe als eine befriedigende zu bezeichnen ist, so wird dies wesentlich der obenerwähnten Zuwendung des Herrn Kultusministers verdankt, sowie der Unterstützung von 700 Mark, welche das Landesdirektorium der Provinz Hannover auch diesmal dem Verein zu gewähren die Geneigtheit hatte.

Anlage Nr. 1.

Rechnung
für das Jahr 1897.

Einnahme.

A. Überschuß aus der Rechnung vom Jahre 1896 ..... 261 ℳ 09 ₰

B. Ordentliche Einnahmen:

a. Beiträge

1) v. 168 Mitgliedern à 3 ℳ — ₰ = 504 ℳ — ₰

2) „ 199 „ à 1 „ 50 „ = 298 „ 50 „ 802 „ 50 „

b. Zinsen von den bei der Stader Sparkasse für bestimmte Zwecke belegten Geldern .... 152 „ 92 „

C. Außerordentliche Einnahmen:

1) an Beihülfe aus dem Provinzialfonds für das Jahr 1. April 1897/98. 700 ℳ — ₰

2) Beitrag der Provinzialverwaltung zum Ankaufe der Steindenkmäler in Grundoldendorf für die Provinz. 1200 ℳ — ₰

3) Staatsbeihülfe zu diesem Ankaufe I. Rate .... 500 ℳ — ₰

4) für verkaufte Archivhefte .... 16 „ 50 „ 2416 „ 50 „

D. Dem Capitalienfonds entnommen .... 3500 „ — „

Summa der Einnahme 7133 ℳ 04 ₰

Ausgabe.

A. Für die Bibliothek und das Archiv:

1) an den Historischen Verein für Niedersachsen in Hannover in Gemäßheit des Vertrages d. d. 9. November 1891,

a. für 180 Exempl. der Zeitschr. à 3 ℳ = 540 ℳ
b. „ 200 „ der Geschäftsb. 7 ℳ 50 ₰

2) Anschaffung von Büchern ...... 199 „ 10 „ 746 ℳ 60 ₰

B. Für das Museum und die Münzsammlung .... 32 „ 35 „

C. An Verwaltungs- und sonstigen Unkosten als Hausmiethe, Rechnungsführung, Aufwartung, Porto, Feuerversicherungsprämie ꝛc. .... 867 „ 98 „

(Darunter 400 ℳ an den Fonds zur Erwerbung der Denkmäler in Grundoldendorf.)

D. Ankauf der Denkmäler in Grundoldendorf .... 3000 „ — „

E. Herstellungskosten des Buches „Geschichte der Stadt Stade" .... 750 „ 75 ₰

Summa der Ausgabe 5397 ℳ 68 ₰

Resultat der Rechnung.

Einnahme 7133 ℳ 04 ₰
Ausgabe 5397 „ 68 „
Bleibt Überschuß 1735 ℳ 36 ₰

Von diesem Überschuß sind 1700 ℳ dem Capitalienfonds, weil vorübergehend entnommen, wieder zugeführt, so daß der wirkliche Überschuß der Rechnung pro 1897 35 ℳ 36 ₰ beträgt.

Anlage Nr. 2.

Verzeichnis

der eingegangenen Geschenke.

Abgesehen von den anderweitig registrierten Geschenken und Beihülfen zur „Geschichte der Stadt Stade" sind verehrt von:

1) Herrn Schlachthof=Inspector Schöttler: 1 Band Pratje A. und N. 2) Herrn Justizrath Dr. Freudentheil: Eine Urne und der Schädel eines Bären, die 2 Meter tief in Schölisch gefunden sind. 3) Herrn Landrath Dr. Lessing in Zeven: Altdeutsche Teller. 4) Herrn Hofbesitzer v. Borstel, Stadersand: Alte Eisenwaffe. 5) Herrn Stadtbmstr. Steinbach: Geschnitzter Balkenkopf mit Inschrift vom alten Krahn. 6) Herrn Schlachtermstr. Müller: 1/16 Thaler Stade 1616. 7) Herrn Kaufmann Tomforde: Siegelstempel des früheren Stader Notars Riefenstahl. 8) Herrn Landrath Heidmann in Rotenburg: 1 Bernsteinstück und 1 Belemnit, gefunden zu Elmloh.

Anlage Nr. 3.

Verzeichnis der Vereins-Mitglieder.

a. Geschäftsführender Vorstand.

Die Herren:

1. Vorsitzender: Regierungs-Präsident Himly.
2. Stellvertretender Vorsitzender: Senator Holtermann.
3. Bibliothekar: Professor Reibstein.
4. Schriftführer: Prof. Bartsch.
5. Conservator der Münzen: Uhrmacher Jarck.
6. Generalsuperintendent Steinmetz.
7. Rittergutsbesitzer E. v. Marschalck.
8. Landgerichts-Präsident von Schmidt-Phiseldeck.
9. Buchdruckereibesitzer L. Pockwitz.
10. Landschaftsrath Dr. Schrader.

b. Ehrenmitglieder.

1. Herr Oberstabsarzt Dr. med. Weiß in Meiningen.
2. Herr Major Bahrfeldt in Brieg.

c. Ordentliche Mitglieder.

1. In Stade.

Die Herren:

1. Bartsch, Professor.
2. Bennemann, Buchbinder.
3. Borchers, Tischlermstr.
4. Brandt, Professor.
5. Brauer, Fr., Gastwirth.
6. Büttner, Canzleirath.
7. Bösch, J., Zimmermstr.
8. Borcholte, Senator.
9. v. d. Borstel, Major a. D.
10. Brockmann, Landgerichtsrath.
11. Bültzing, H., Maurermstr.
12. Cornelsen, Dr. jur., Regierungs-Referendar.
13. Caemmerer, Gendarmerie-Major.
14. Delius, C., Weinhändler.
15. v. Düring, Amtsgerichtsrath.
16. Erdmann, Reg.-Baumeister.
17. Eichstaedt, Apotheker.
18. Freudentheil, Dr. jur., Justizrath.
19. Freise, L., Rentier.
20. Fischer, Seminarlehrer.
21. Fromme, Pastor.
22. Fritsch, Professor.
23. Grube, Weinhändler.
24. Grothmann, Mühlenbauer.
25. Heimberg, Buchdruckereibesitzer.
26. Heyderich, H. W., Senator.
27. Holtermann, H., Senator.
28. Himly, E., Reg.-Präsident.
29. Hain, F., Malermstr.
30. Hagedorn, Oberstlieutenant.
31. Horn, Reg.- und Baurath.
32. Hattendorf, Reg.-Assessor.
33. Jarck, Uhrmacher.
34. Jürgens, Zimmergeselle.
35. Kerstens, Ziegeleibesitzer.
36. Kohrs, W., Bankier.
37. Kruse, Lehrer.
38. Körner, Bankier.
39. v. d. Knesebeck, A., General-lieutenant z. D.
40. Leeser, A., Bankier.
41. Luckhans, Dr., Reg.-Referendar.

42. Müller, Uhrmacher.
43. Müller, W., Oberlehrer.
44. Müller, Dr. phil., Gymnasial-Oberlehrer.
45. v. Marschalck, Baron.
46. Mirow, Reg.-Assessor.
47. Nagel, J., Rechtsanwalt.
48. Naumann, A., Ober-Reg.-Rath.
49. Plate, H., Kaufmann.
50. Pockwitz, Buchhändler.
51. Pockwitz, Buchdruckereibesitzer.
52. Reibstein, Professor.
53. Rechten, Gymnasiallehrer.
54. Roth, Landgerichtsrath.
55. Roscher, Regierungs-Assessor.
56. Sander, Dr. phil., Gymnasial-Oberlehrer.
57. Schaumburg, Buchhändler.
58. Schröder, Seminarlehrer.
59. v. d. Schulenburg, Freiherr und Landschaftsrath.
60. Schwägermann, Baurath.
61. Söhl, Mandatar.
62. Spreckels, Rentier.
63. Stecher, Apotheker.
64. Steinmetz, Generalsuperintend.
65. Sternberg, Kaufmann.
66. Streuer, Seminarlehrer.
67. Stubbe, Hotelbesitzer.
68. v. Staden, Pastor.
69. Spickendorff, Regierungsrath.
70. Stelling, Staatsanwalt.
71. Stümcke, Gymnasial-Oberlehrer.
72. Sattler, Pastor emer.
73. Spreckels, Juwelier.
74. Suche, Regierungs-Assessor.
75. v. Schmidt-Phiseldeck, Landgerichts-Präsident.
76. Schreiner, Postdirektor.
77. Schrader, Dr., Landschaftsrath.
78. Stahl, Reg.-Baumeister.
79. Thölecke, Uhrmacher.
80. Tibcke, Photograph.
81. Tiedemann, Dr., Sanitätsrath.
82. Tiedemann, Dr. Fr., Arzt.
83. Vogelei, Oberger.-Secret. a. D.
84. Vogel, Dr., Sanitätsrath.
85. Walter, Herm., Mandatar.
86. v. Wangenheim, Freiherr, Landgerichtsrath.
87. Wedekind, Major a. D.
88. Wyneken, J., Justizrath.
89. Woltmann, Senior.
90. Willemer, A., Rentier.
91. Weise, Dr., Stabsarzt a. D.
92. Widuwilt, Taubstummenlehrer.
93. Dankers, H., Senator.
94. Erythropel, Dr., Arzt.
95. Werner, Taubstummenlehrer.
96. Steinbach, Stadtbaumeister.

2. Außerhalb Stade.

Die Herren:

97. v. d. Decken, Rittergutsbes., Schwinge.
98. Müller, G., Seminarlehrer in Campe.
99. Kolster, Cl., Gutsbes., Stadersand.
100. Lemcke, Lehrer, Campe.
101. Eylmann, Gutsbes., Döschof.
102. Nagel, C., Hofbes., Bassenfleth.
103. v. Stemmen, Hofbes., Brunshausen.
104. v. Borstel, Fr., Hofbesitzer, Brunshausen.
105. Jöhnck, Fabrikbesitzer, Brunshausen.
106. Rathjens, Gemeindevorsteher, Dollern.
107. Tamcke, J. E., Brennereibes., Dollern.
108. v. Riegen, H., Vollhöfner, Dollern.
109. Vollmer, Mühlenbes., Dollern.
110. Dreyer, Lehrer, Dollern.
111. Steffens, Mühlenbesitzer, Deinstermühle.
112. Klindworth, Lehrer, Klein-Fredenbeck.
113. Bremer, H., Vollhöfner, Kl.-Fredenbeck.
114. Hoops, Gemeindevorsteher, Kl.-Fredenbeck.
115. Tomfohrde, J., Vollhöfner, Kl.-Fredenbeck.
116. Ropers, Lehrer, Kutenholz.
117. Kröger, J., Gemeindevorst., Schwinge.
118. Tiedemann, H., Lehrer, Schwinge.
119. Tomforde, Cl., Vollhöfner, Schwinge.
120. Klöskorn, H., Hofpächter, Schwinge.
121. Cordes, Joh., Gastwirth, Schwinge.
122. Meyer, Carl, Gastwirth, Schwinger-Steindamm.

123. Thaden, G., Apotheker, Achim.
124. v. Kemnitz, Landrath, Achim.
125. Rieckenberg, Dr. med., Achim.
126. Weidenhöfer, G., Baumann und Mühlenbesitzer, Achim.
127. Blohme Fr., Baumann, Hagen.
128. Wendt, Hinr., Baumann, Baden.
129. Bischoff, Brüne, Baumann, Baden.
130. Wolff, W., Brauereidirector, Hemelingen.
131. Wilkens, H, Fabrikbesitzer, Hemelingen.
132. Mindermann, C., Baumann, Bassen.
133. Blanken, L. Baumann, Fischerhude.
134. Schumacher, G., Baumann, Magen.
135. Osmers, D., Braumann, Hemelingen.
136. Schwerdtfeger, C, Gemeindevorsteher, Hemelingen.
137. Gellner, H., Gemeindevorst., Giersdorf.
138. Müller, C. H., Bürger, Ottersberg.
139. Schmidt, H., Lehrer, Quelkhorn.
140. Schmidt, Pastor, Assel.
141. Lepper, C. W., Gutsbesitzer, Warningsacker.
142. Degener, Pastor, Balje.
143. v. d. Decken, Rittergutsbesitzer, Hörne.
144. Ringleben, Joh., Hofbes. in Bützflether-Außendeich.
145. Sibbern, Pastor, Basbeck.
146. v. Issendorf, Pastor, Wremen.
147. Hahn, Dr. phil., Berlin.
148. Berthold, Landrath in Blumenthal.
149. Gaehde, Dr., Kreisphysikus, Blumenthal.
150. Dunker, A., Kreisausschuß-Mitglied, Blumenthal.
151. Mahlstedt, Gemeindevorsteher, St. Magnus.
152. Seekamp, Gemeindevorsteher, Burgdamm.
153. Wieting, E., Kaufmann, Rönnebeck.
154. Michelsen, C. H., Fabrikbesitzer, Grohn.
155. Dubbers, Fr., Kaufmann, Schönebeck.
156. Albrecht. G., Consul, St. Magnus.
157. Heumann, Joh., Hofbesitzer, Steudorf.
158. Wahls, G. H., Hofbesitzer, Rade.
159. v. Wersebe, A., Ritterschafts-Präsident, Meyenburg.
160. Römermann, L. Gemeindevorst. Lüssum.
161. Seebeck, Gemeindevorsteher, Vorbruch.
162. Seegelken, Gemeindevorsteher, Lesum.
163. Ahlers, C., Gemeindevorsteher, Schukamp.
164. Mahlstedt, Gemeindevorsteher, Hinnebeck.
165. Bischoff, D., Kreisausschuß-Mitglied, Rekum.
166. Wolde, Georg, Kaufmann, St. Magnus.
167. Rebstje, Gemeindevorsteher, Grohn.
168. Lenz, Osk., Gutsbes., Leuchtenberg.
169. Biermann, Dr. phil., Oberlehrer, Brandenburg.
170. Hagenah, Senator, Bremervörde.
171. Schmidt, Bürgermeister, Bremervörde.
172. Wolters, Apotheker, Bremervörde.
173. Brackmann, Dr. med., Bremervörde.
174. Ocker, Pastor coll., Bremervörde.
175. Scherf, Dr. med., Bremervörde.
176. Brockhoff, Landrath, Bremervörde.
177. Ritter, R., Dr. med., Bremervörde.
178. v. Wick, Ger.-Assessor, Bremervörde.
179. Dr. Höltje, Gerichts-Assessor, Bremervörde.
180. Matthias, Kreissekretär, Bremervörde.
181. Clausen, Steuerinspektor, Bremervörde.
182. Fortmann, Dr., G., Chemiker, Bremervörde.

183. v. Gruben, Gutsbes., Niederochtenhausen.
184. Quick, Lehrer, Oese.
185. Parisius, Pastor, Bevern.
186. Mahler, Pastor, Kirchwistedt.
187. Sanne, Lehrer, Basdahl.
188. Möseritz, Lehrer, Mulsum.
189. Brenning, Landschaftsrath, Buxtehude.
190. Magistrat Buxtehude.
191. Peper, Gastwirth, Buxtehude.
192. v. Weyhe, Amtsrichter, Buxtehude.
193. Gempt, Dr., Kreisphysikus, Buxtehude.
194. Frank, Amtsrichter, Buxtehude.
195. Jünemann, Lehrer, Gräpslingen.
196. Dankers, Fr., Hofbesitzer, Buchholz.
197. Buchholz, G., Dr., Universitäts-Professor, Leipzig.
198. Ringleben, Johs., Gutsbesitzer, Götzdorf.
199. Neubourg, Professor an der Cadettenanstalt, Bensberg am Rhein.
200. Bröhan, Ziegeleibesitzer, Cranz a. E.
201. Richter, Dr., Oberlehrer, Hamburg-Eilbeck.
202. Walker, Dr. theol., Professor, Rostock i. M.
203. Ruge, Dr. phil., Professor, Dresden.
204. Spreckels, Agnes, Miß, Dresden A.
205. v. d. Decken, Major a. D., Kammerherr in Dresden.
206. Ruete, Schulrath, Frankfurt a. O.
207. Langelotz, Pastor, Drochtersen.
208. Kröncke, Joh., Rentier, Sietwende.
209. Ahrens, Dr. med., Drochtersen.
210. Beyermann, Lehrer in Dornbusch.
211. Oltmann, Jul., Lehrer in Dornbusch.
212. Kröncke, H., Gutsbesitzer, Wolfsbruch.
213. Heinsohn, Gutsbesitzer, Wolfsbruch.
214. v. Schulte, Baron, Estebrügge.
215. Wedekind, Superintendent, Oederquart.
216. Wonneberg, Oberstlieutenant, Freiburg i. Breisgau.
217. Bade, W., Geestemünde.
218. Wiebalck, Dr. med., Geestemünde.
219. Dyes, Dr., Landrath, Geestemünde.
220. Barckhausen, Amtsgerichtsrath, Geestemünde.
221. Waßmann, Regierungs-Baumeister, Geestemünde.
222. Voigt, Dr., Arzt, Hamburg.
223. Müller, J., Lehrer, Hamburg.
224. Goetze, A., Geh. Reg.-Rath, Hannover.
225. Doebner, Dr., Staatsarchivar, Hannover.
226. Mügge, Landgerichtsrath, Stettin.
227. Alpers, Rector a. D., Hannover.
228. Seekamp, Pastor, Hamelwörden.
229. Prüßing, Fabrikdirector, Hemmoor.
230. Pfannkuche, Dr. med., Harburg.
231. v. Düring, E., Rittmeister in Harburg.
232. Katt, Kaufmann, Harsefeld.
233. König, Apotheker, Harsefeld.
234. Lübs, Pastor, Harsefeld.
235. Glawatz, Dr. med., Harsefeld.
236. Behrendt, Oberförster, Harsefeld.
237. Günther, Fleckensvorsteher, Harsefeld.
238. Schulte, Dr. med., Harsefeld.
239. Dening, Postverwalter in Harsefeld.
240. Wiedemann, Superintendent a. D., Buxtehude.
241. Leyding, Superintendent, Harsefeld.
242. Vogelsang, Superintendent, Bargstadt.
243. Arfken, Pastor, Ahlerstedt.
244. Lemmermann, Organist, Ahlerstedt.
245. Tomforde, J., 1/4-Höfner, Ahlerstedt.
246. Schreiber, W., 1/4-Höfner, Ahlerstedt.

247. Bammann, Joh., 1/4-Höfner, Ahlerstedt.
248. Alpers, Cl., Anbauer, Ahlerstedt.
249. Benecke, M., 1/2-Höfner, Ahlerstedt.
250. Meinke, Joh., Vollhöfner, Apensen.
251. Weseloh, Fritz, Gastwirth, Apensen.
252. Willers, J., Gemeindevorst., Apensen.
253. Schmidt, H., Dr. med., Ohrensen.
254. Fittschen, Ch., Mühlenbesitzer, Bokel.
255. v. Düring, Major a. D., Horneburg.
256. Ruge, Sanitätsrath, Horneburg.
257. Heitmann, Bürgermstr. a. D., Horneburg.
258. Meiners, Pastor, Horneburg.
259. Mattfeld, Hauptlehrer, Horneburg.
260. Schering, Kaufmann, Horneburg.
261. Martinins, Kaufmann, Horneburg.
262. Müller, Thierarzt, Horneburg.
263. Moje, Lehrer, Horneburg.
264. Arp, Lehrer, Horneburg.
265. Schulz, Lehrer, Horneburg.
266. Plötzky, Kaufmann, Horneburg.
267. Rabbe, Apotheker, Horneburg.
268. Kaufherr, Kaufmann, Horneburg.
269. Jobmann, Gemeindevorsteher, Hedendorf.
270. Becker, Kurhotelbesitzer, Neukloster.
271. Dammann, J., Kurhotelbes., Nottensdorf.
272. Albers, J., Gemeindevorsteher, Altkloster.
273. v. d. Heyde, G., Buchhalter, Altkloster.
274. Jank, Mart., Maurermeister, Altkloster.
275. Peters, W., Gastwirth, Altkloster.
276. Sauer, H., Fabrikant, Altkloster.
277. Christ, C., Director, Altkloster.
278. Kück, F., Direcor, Altkloster.
279. Ehlers, Chaussee-Aufseher, Bornberg.
280. v. Issendorf, Baron, Hofmarschall in Hechthausen.
281. Marschalck v. Bachtenbroch, Lieutenant a. D., Ovelgönne b. Hechthausen.
282. Dröge, Ober-Reg.-Rath a. D., Hildesheim.
283. Wittkopf, Landgerichtsrath, Hildesheim.
284. Henkel, Dr. med., Himmelpforten.
285. Sinang, Revierförst., Himmelpforten.
286. Wehber, Mühlenbes., Himmelpforten.
287. Arkken, Pastor, Himmelpforten.
288. Bösch, Mandatar, Himmelpforten.
289. Sonnenkalb, Stat.-Vorsteher, Himmelpforten.
290. Hancken, M., Gastwirth, Himmelpforten.
291. Thom. Fonde, Lehrer em., Himmelpforten.
292. Dömland, Lehrer, Himmelpforten.
293. Witt, Lehrer, Horst.
294. v. Marschalck, Major, Karlsruhe.
295. v. Düring, Frhr., Hauptmann i. Inf.-Reg. 107, Leipzig.
296. Riper, Jac., Hofbes., Jork.
297. Olters, P. jun., Hofbes., Jork.
298. Schmidt, Amtsgerichtsrath, Jork.
299. Teßmar, Landrath, Jork.
300. Köster, Gutsbesitzer, Vogelsang.
301. Havemann, Superintendent, Jork.
302. Buhrfeind, Rektor in Hoya a. W.
303. Oppermann, Dr., Landschaftsrath in Krefeld.
304. Zechlin, Dr., Schuldirector, Lüneburg.
305. v. Hollenser, Amtsgerichtsrath in Lüneburg.
306. Mahlstedt, Hofbesitzer, Lesum.
307. Kronenschröder, Pastor, St. Jürgen.
308. Ruckert, Dr. med., Lilienthal.
309. Krull, Superintendent, Trupe.

310. Kunze, Ed., Kaiserl. Rechn.-Rath, Mölln.
311. Nutbohm, Lehrer, Neuenfelde.
312. Brüning, Lehrer, Lüdingworth-Seehausen.
313. Beyme, Rittergutsbesitzer, Eichenhorst.
314. Wyneken, Dr., Edesheim.
315. Hahn, Bauunternehmer, Osten.
316. Wölber, A., Lehrer a. D., Osten.
317. Goldbeck, Pastor, Großenwörden.
318. Borchers, Pastor, Osterholz.
319. Franzius, Geh. Reg.-Rath und Landschaftsrath, Osterholz.
320. Ulrichs, Hofbes., Buschhausen.
321. Hottendorf, J. G., Gutsbes., O. E. Otterndorf.
322. v. Seth, Ferd., Gutsbesitzer, O. E. Otterndorf.
323. Sostmann, Landrath, O. E. Otterndorf.
324. Bayer, Landrath in Otterndorf.
325. Wettwer, Kreissecretair a. D., O. E. Otterndorf.
326. Kottmeier, Superintendent, Rotenburg.
327. Stelling, Amtsgerichtsrath, Rotenburg.
328. Röhrs, Dr. med., Kreisphysikus, Rotenburg.
329. Wattenberg, O., Weinhändler, Rotenburg.
330. Heidmann, F., Landrath, Rotenburg.
331. Lohmann, Fr., Ingenieur in Rostock i. M.
332. Helmke, Fr., Hofbesitzer, Schwitschen.
333. Wichers, D., Hofbesitzer, Rindorf.
334. Meyer, G., Hofbesitzer, Juershof b. Hildingen.
335. Wittkopf, Pastor, Neuenkirchen.
336. Allmers, Herm., Gutsbesitzer, Rechtenfleth.
337. Garbade, Rittergutsbesitzer, Ritterhude.
338. v. Gröning, Rittergutsbesitzer, Ritterhude.
339. Degener, Pastor, Ritterhude.
340. Büttner, Sanitätsrath und Kreisphysikus, Ritterhude.
341. Schlemmer, H., Seminar-Director, Sagan i. Schl.
342. v. Hodenberg, Frhr., Geh. Reg.-Rath a. D. und Rittergutsbesitzer, Sandbeck.
343. Ehlers, Thierarzt, Soltau.
344. v. Lütcken, Amtsgerichtsrath in Sieke.
345. Müller, W., Oekonomierath, Scheeßel.
346. v. Roden, A., Apotheker, Scheeßel.
347. Müller, Fr., Gutsbes., Veerse.
348. Dieckmann, Superintendent, Verden.
349. Schorcht, Landschaftsrath, Verden.
350. Brandes, Seminarlehrer, Verden.
351. Jerxsen, Dr., Professor, Verden.
352. Stüncken, Dr. med., Verden.
353. v. Roth, Hauptmann, Verden.
354. Seiferth, Dr., Landrath, Verden.
355. v. Ortenberg, Professor, Verden.
356. Vollmer, Seminarlehrer in Verden.
357. Fedderken, Heinr., Rathsherr, Visselhövede.
358. Schröder, Fr., Bürgermeister, Visselhövede.
359. Zollikofer, E., Winterschuldirector, Visselhövede.
360. Brandes, W., Rathsherr, Visselhövede.
361. Steinecke, Spark.-Rechnungsführer, Bürgermeister a. D., Visselhövede.
362. Meyer, H. C., Lehrer, Visselhövede.
363. Koll, Amtsgerichtssecretair, Winsen a. L.
364 Müller, W., Uhrmacher in Warstade.
365. Reimers, Hofbes. und Landtagsabgeordneter, Worpswede.
366. Meyer, Superintend., Zeven.
367. Bellermann, Kgl. Oberförster, Zeven.
368. Freudenthal, Kaufm., Zeven.
369. Lessing, Dr., Landrath, Zeven.
370. Meyer, Gemeindevorsteher, Wilstedt.
371. Schröder, Lehrer, Hepstedt.
372. Müller, H., Archäol., Brauel.

X.

Geschäftsbericht

des

Vorstandes des Historischen Vereins für Niedersachsen (7. Novbr. 1898).

Seit der am 15. November vorigen Jahres zusammengetretenen General-Versammlung unsers Vereins sind im geschäftsführenden Ausschuß und Vorstande (Präsident: Herr Abt D. Uhlhorn, Sekretär: Herr Professor Dr. Köcher, Schatzmeister: Herr Archivrath Dr. Doebner) keine Veränderungen vorgekommen. Die Zahl der Vereinsmitglieder, die damals 382 betrug, stellt sich heute auf 362.

Die wissenschaftlichen Beziehungen unsers Vereins zu den andern historischen Vereinen und Instituten sind immer regere geworden. Wir stehen jetzt mit nicht weniger als 165 Gesellschaften und Instituten in und außerhalb Deutschlands in Schriftenaustausch. Auch in diesem Jahre ist die an den deutschen Historikertag zu Nürnberg angeschlossene Conferenz von Vertretern landesgeschichtlicher Publicationsinstitute von uns beschickt. Indessen unser Bemühen, eine Ergänzung der Walther-Koner'schen Repertorien von 1850 bis zur Gegenwart ins Werk zu setzen, ist gescheitert, vornehmlich daran, daß von den 163 Vereinen im deutschen Reiche, die zu wissenschaftlicher und finanzieller Mitwirkung eingeladen waren, nur 41 sich zu den unabweisbaren finanziellen Opfern bereiterklärten. Wir werden uns dadurch nicht abhalten lassen, den von anderer Seite angeregten Unternehmungen nach Kräften entgegenzukommen.

Mit den wissenschaftlichen Vereinen hiesiger Stadt ist zufolge einer Anregung, die das hundertjährige Stiftungsfest der Naturhistorischen Gesellschaft gab, ein lebendigerer Austausch eingeleitet. Wir haben uns mit 1) der Naturhistorischen Gesellschaft, 2) dem Architekten- und Ingenieur-Verein, 3) dem Verein für Geschichte der Stadt Hannover dahin verständigt, daß fortan alle Mitglieder des einen Vereins ein für alle Mal jedem der drei Vereine willkommen sein werden als Theilnehmer an allen Vortragsabenden, Ausflügen und sonstigen Veranstaltungen, die durch die Tagespresse bekanntgegeben werden. Indem wir unsern Vereinsmitgliedern davon Kunde geben, daß sie fortan als Gäste Zutritt zu den Versammlungen der genannten Vereine haben, laden wir unsrerseits hiermit alle Mitglieder der genannten Vereine zur Theilnahme an allen unsern Vortragsversammlungen und sonstigen Veranstaltungen ein.

Der Vertrag, den wir mit dem Verein für Geschichte der Stadt Hannover am 15. März 1893 errichtet hatten, ist unsererseits im Januar dieses Jahres aufgekündigt worden, weil verschiedene Mißstände sich daran angeknüpft hatten. Unsere Hoffnung, auf neuer Basis das freundschaftliche Verhältniß wiederherzustellen, hat uns nicht getäuscht. Am 4./14. October ist ein neuer Vertrag vereinbart worden folgenden Inhalts:

§ 1.

Zur Wahrnehmung der gemeinsamen Interessen entsendet der Historische Verein für Niedersachsen eins seiner Ausschußmitglieder in den Vorstand des Vereins für Geschichte der Stadt Hannover und umgekehrt der letztere Verein eins seiner Mitglieder in den Ausschuß des Historischen Vereins für Niedersachsen.

§ 2.

Den Mitgliedern jeder der beiden Vereine steht die Theilnahme an den von dem anderen Vereine veranstalteten Vorträgen und Ausflügen frei.

§ 3.

Falls der Verein für Geschichte der Stadt Hannover die Aufnahme solcher Aufsätze, welche sich auf die Geschichte der Stadt Hannover beziehen, in die Zeitschrift des Historischen Vereins für Niedersachsen wünscht, so hat er das betreffende Manuscript bis zum 1. Juni dem Schriftführer des Historischen Vereins für Niedersachsen einzuliefern.

§ 4.

Die Redactionscommission des Historischen Vereins für Niedersachsen entscheidet darüber, ob Aufsätze, welche ihr vom Verein für Geschichte der Stadt Hannover vorgelegt sind, in die Zeitschrift des Historischen Vereins für Niedersachsen aufgenommen werden sollen.

§ 5.

Die Anzahl der vom Verein für Geschichte der Stadt Hannover gewünschten Sonderabzüge ist bis zum 1. Juni des betr. Jahres dem Schriftführer des Historischen Vereins für Niedersachsen mitzutheilen. Der vom Verein für Geschichte der Stadt Hannover zu zahlende Preis beträgt für jeden Bogen jedes Sonderabdruckes 30 Pfennige.

§ 6.

Beiden Vereinen steht eine Kündigung dieses Vertrages zu; doch muß dieselbe vor dem 1. Juni des Jahres, in dem der Vertrag aufgehoben werden soll, dem Vorstande des anderen Vereins mitgetheilt werden.

Ueber die wissenschaftlichen Arbeiten unsers Vereins ist weiter zu berichten, daß Vorträge hielten im vorigen Winter 1) Herr Archivrath Dr. Doebner zur Erläuterung der von ihm ausgestellten Siegelabdrücke des Königl. Staatsarchivs, 2) Herr Archivar Dr. Hoogeweg über Bischof Konrad II von Hildesheim als Reichsfürst, 3) Herr Oberlehrer Dr. Schaer über Hannovers Antheil an Krieg und Politik der Jahre 1813—1815, 4) Herr von Stoltzenberg-Luttmersen über die Gräfte vor Driburg und die Heisterburg auf dem Deister, 5) Herr Museumsdirector Dr. Schuchhardt über die Irminsul, 6) Herr Archivar Dr. Baer über die deutsche Flotte von 1848—1852, 7) Herr Dr. Thimme über König Friedrich Wilhelm IV. und die Konvention von Tauroggen.

Von dem „Atlas vorgeschichtlicher Befestigungen in Niedersachsen" ist das sechste Heft nunmehr ausgegeben. Dasselbe stellt dar: die Barenburg im Osterwald bei Wülfinghausen, den Hallermundskopf im Saupark bei Springe, den Galgenberg bei Hildesheim, die Gehrdener Burg, die Obensburg bei Hastenbeck, die Amelungsburg bei Hess. Oldendorf, die Hünenburg bei Todenman nächst Rinteln, die Hohensyburg (Sigiburg) an der Ruhr, den Höhbock (Hohbuoki) und Hexentanzplanz bei Gartow an der Elbe, die Gräfte bei Driburg, den Burgwall bei Hünxe und die Hügel bei Gartrop. Diesen Aufnahmen hat der Autor, Herr Dr. Schuchhardt, zugleich den erläuternden Text für Heft 5 und 6 beigegeben.

Für die „Quellen und Darstellungen zur Geschichte Niedersachsens", deren Fortführung durch die von Seiten des Provinzialverbandes und der Königl. Archivverwaltung uns gewährten Beihülfe gesichert ist, sind fünf Bände in Angriff genommen.

Über den Stand dieser Publikationen ist Folgendes zu berichten.

1) Von der Geschichte des Klosters Ebstorf sind die Abschnitte über die Anfänge des Klosters und seine Entwickelung bis 1300, sowie über die Reformationszeit durch Herrn Dr. P. Schulz in Wolfenbüttel vollendet. 2) Die Arbeiten an der Verwaltungsgeschichte des Fürstenthums Calenberg (1495 bis 1584) wurden stetig fortgesetzt. 3) Die Fortsetzung des Urkundenbuches des Hochstifts Hildesheim durch Herrn Archivar Dr. Hoogeweg ist bereits so vorgeschritten, daß der Druck noch im Laufe des nächsten Jahres beginnen wird. 4) Die Herausgabe einer noch nicht bekannten Chronik der Brüder des gemeinsamen Lebens zu Hildesheim aus dem 15. Jahrhundert hofft Herr Archivrath Dr. Doebner zur gleichen Zeit im Manuscripte fertigstellen zu können. 5) Herr Archiv-Hülfsarbeiter Dr. Fink hat die Bearbeitung eines zweiten Bandes des Urkundenbuches des Stiftes und der Stadt Hameln

in Angriff genommen, zu dessen Kosten die städtischen Collegien dieser Stadt mit dankenswerther Bereitwilligkeit 1000 Mark bewilligten.

Über die Vermehrung der Vereinsbibliothek durch Geschenke, Schriftenaustausch und Ankäufe giebt die Anlage A. nähere Auskunft. Auch an dieser Stelle aber wiederholen wir unsern Dank für die überaus werthvolle Bereicherung unserer Urkunden-Sammlung durch die uns von Herrn Sanitätsrath Dr. Weiß in Bückeburg geschenkte Sammlung der Lehnbriefe der Familie Reiche. Diese in ihrer Vollständigkeit einzigartige Sammlung umfaßt die sämmtlichen Lehnsdocumente von der Errichtung des Lehens im Jahre 1484 bis zur Auflösung im Jahre 1844; es sind 76 Pergamenturkunden und 28 Papierdocumente.

Die Benutzung der Bibliothek war nicht so rege wie im Vorjahre; es sind vom 1. October 1897 bis 1. October 1898 nur 367 Bände ausgeliehen.

Die Sammlungen der historischen Abtheilung des Provinzialmuseums sind seit October vorigen Jahres durch eine Reihe von Geschenken vermehrt, aus denen ich nur das künstlerisch beste Skulpturwerk hervorheben will, das in den Besitz des Museums gelangt ist, eine große Kreuzigungsgruppe in Sandstein vom Jahre 1693 aus dem Kloster Frenswegen. Durch Ankauf sind erworben u. a. ein unter dem Moore bei Eystrup gemachter prähistorischer Fund von zwei Bronceringen mit 20 Bernsteinperlen und zahlreiche kirchliche Alterthümer, darunter ein gothischer Kronenleuchter aus Bronce aus Neuenkirchen im Alten Lande, ein figurenreiches Triptychon (Ende 15. Jahrhunderts) aus Haverbeck bei Hameln und eine große Anzahl von Kunstgegenständen aus dem Dome zu Bardowiek.

Über die Finanzlage unseres Vereins ist Folgendes zu berichten:

Auch im verflossenen Jahre hat die Calenberg-Grubenhagensche Landschaft dem Verein 500 ℳ für seine wissenschaftlichen Aufgaben zur Verfügung gestellt, wofür wir unsern herzlichen Dank bezeugen.

Für die Fortsetzung der „Quellen und Darstellungen zur Geschichte Niedersachsens“, deren oben gedacht wurde, haben die Provinzialverwaltung und das Directorium der Staatsarchive die zweite Jahresrate von 3000 bezw. 1000 ℳ bereitgestellt und auch die Bewilligung der dritten steht zu erwarten. Diese thatkräftige Unterstützung unserer Bestrebungen erfüllt uns stets mit tiefgefühltem Danke.

Die allgemeine Jahresrechnung für 1897, die diesem Berichte als Anlage B. angeschlossen ist, liefert folgendes Ergebnis: Einer Einnahme von 4206 ℳ 51 ₰ steht eine Ausgabe von 3845 ℳ 42 ₰ gegenüber, so daß sich ein Baarbestand von 361 ℳ 9 ₰ ergiebt.

Laut Anlage C. schließt das Separatconto für die größeren litterarischen Publikationen des Vereins mit einem Baarbestande von 97 ℳ 3 ₰ und einem Depot von Werthpapieren im Betrage von 2836 ℳ 25 ₰ ab.

Der Revision der Rechnungen haben sich auch in diesem Jahre die Herren Rendant Busch und Buchhändler Th. Schulze unterzogen und den Verein zum Danke für ihre Mühewaltung verpflichtet.

Anlage A.

Verzeichnis

der

Acquisitionen für die Bibliothek des Vereins.

I. Geschenke von Behörden und Gesellschaften.

Von dem Historischen Verein zu Bamberg.

8953. Pfister, M. Der Dom zu Bamberg. Bamberg, 1896. 8⁰.

Von der Bibliothek des Hauses der Abgeordneten in Berlin.

6950. Stenographische Berichte über die Verhandlungen des Hauses der Abgeordneten 1897/98, Band 1—3 nebst Anlagen Band 1—3. Berlin 1898. 4⁰.

Vom Düsseldorfer Geschichtsverein zu Düsseldorf.

8963. Schaarschmidt, F. Zur Erinnerung an Jakobe von Baden, Herzogin von Jülich-Cleve-Berg, gest. am 3. Septbr. 1597. Düsseldorf 1897. 8⁰.

Von der rügisch-pommerschen Abtheilung der Gesellschaft für pommersche Geschichte und Alterthumskunde zu Greifswald.

8457. Pyl, Th. Nachträge zur Geschichte der Greifswalder Kirchen. Heft 2. Greifswald 1899. 8⁰.

Von der Naturhistorischen Gesellschaft zu Hannover.

8949. Festschrift der Naturhistorischen Gesellschaft zu Hannover 1897. Hannover 1897. 8⁰.

Vom Verein für Thüringische Geschichte und Alterthumskunde zu Jena.

8841. Dobenecker, O. Regesta diplomatica necnon epistolaria historiae Thuringiae, II. Band, 1. Theil (1152—1210). Jena 1898. 4⁰.

Von der k. b. Akademie der Wissenschaften zu München.

8971. Baumann, F. L. Der bayerische Geschichtsschreiber Karl Meichelbeck 1669—1734. München 1897. 4⁰.

Vom Verein für vaterländische Geschichte und Alterthumskunde zu Münster.

3636. Westfälisches Urkundenbuch VI. Band, 4. Heft. Hoogeweg, H. Die Urkunden des Bisthums Minden vom Jahre 1201—1300. Münster 1898. 4⁰.

Vom Magistrat der Stadt Nordhausen.

8962. Heineck, H. Der Kämmerei-Etat der Kayserl. Freien Reichsstadt Nordhausen am Ausgang des 18. Jahrhunderts. Theil 1: Die Einnahmen. Nordhausen 1898. 8⁰.

Vom Historischen Verein zu Osnabrück.

8771. Philippi, F. Osnabrücker Urkundenbuch. Band III, Heft 1. Die Urkunden der Jahre 1251—1259. Osnabrück 1898. 8⁰.

Von dem Nordiska Museet in Stockholm.

8955. Ring, H. A. Skansen Friluftsmuseet a Kongl. Djurgården. Stockholm 1897. 8⁰.

8956. Passarge, L. Das Nordische Museum und Skansen. Stockholm 1897. 8⁰.

8957. Passarge, L. Nordiska Museet och Skansen. Stockholm 1897. 8⁰.

8958. König, W. Ein eigenartiges Museum für Natur- und Völkerkunde. Stockholm 1898. 8⁰.

8959. Karta öfver Nordiska Museets Anläggningar pa Skansen. o. O. u. J.

Von der Königlichen Universität in Upsala.

8948. Geiger, R. Festskrift med anledning of Konung Oscars II.s tjugofemars regeringsjubileum den 18. September 1897. Upsala 1897. 4⁰.

II. Privatgeschenke.

Von der Buchhandlung C. Beck in München.

8961. Beck. Die römischen Straßen Regenburgs. Ottobeuren 1894. 8⁰.

Von dem Kaufmann Brückmann in Hamburg.

8950. Biographische Aufzeichnungen von Joh. Jacob Brückmann. Hamburg 1898. 8⁰.

Von der Hahn'schen Buchhandlung hier.

2519. Monumenta Germaniae historica. Legum Sectio II. Capitularia regum francorum Tom. II pars 3. Hannover 1897. 4⁰.

8976. Weber, G. Die Freien bei Hannover. Hannover und Leipzig 1898. 8⁰.

8977. Grotefend, H. Taschenbuch der Zeitrechnung des deutschen Mittelalters und der Neuzeit. Hannover u. Leipzig 1898. 8⁰.

Von der Verlagsbuchhandlung L. Horstmann in Göttingen.

8954. Merkel, J. Heinrich Husanus (1536—1587), Herzoglich Sächsischer Rath, Mecklenburgischer Kanzler, Lüneburgischer Syndicus. Eine Lebensschilderung. Göttingen 1898. 8⁰.

Von der Verlagsbuchhandlung Th. Janke in Apenrade.

8970. Bruhn, H. Erinnerungen eines Nordschleswigers aus den Kriegsjahren 1848/49 und 1864. Apenrade 1898. 8⁰.

Von dem Major von Mandelsloh in Lemberg.

8965. Mandelsloh, W. v. Dietrich von Mandelsloh und seine Brüder Heineke und Statius in den Wirren des Lüneburger Erfolgestreites und der „Sate". Berlin 1898. 8⁰.

Von dem Oberst B. Poten in Berlin.

8952. Poten, B. Georg Freiherr v. Baring, Königl. Hannov. General-Lieutenant 1773—1848. Berlin 1898. 8⁰.

Von E. Freiherr v. Uslar-Gleichen hier.

8951. Uslar-Gleichen, E. v. Die Belagerung von Hameln und die Schlacht bei Hessisch-Oldendorf im 30jährigen Kriege 1633. Hannover 1897. 4⁰.

8967. Uslar-Gleichen, E. v. Die Befreiung der Stadt Lüneburg durch ein russisch-deutsches Corps unter dem General-Major Freiherr von Dörnberg am 2. April 1813. Hannover 1898. 4⁰.

Von dem Sanitätsrath Dr. Weiß in Bückeburg.

Urkunden Nr. 1176—1252. Vollständige Sammlung der Lehnbriefe der Familie Reiche (76 Pergamenturkunden und 28 Dokumente auf Papier) 1484—1844.

8969. Weiß, R. Stammeswanderungen der großen und kleinen Chausseen, nachgewiesen an Ortsnamen. Berlin 1898. 8⁰.

III. Angekaufte Bücher.

12. Adreßbuch der Königlichen Haupt- und Residenzstadt Hannover und der Stadt Linden nebst Nachtrag. Hannover 1898. 8⁰.

5819a. Neues Archiv der Gesellschaft für ältere deutsche Geschichtskunde. 23. Jahrgang. Hannover 1898. 8⁰.

8972. Friedjung, H. Der Kampf um die Vorherrschaft in Deutschland 1859 bis 1866. I. u. II. Band. Stuttgart 1898. 8⁰.

8948. Hassell, W. v. Geschichte des Königreichs Hannover, I. Theil von 1813 bis 1848. Bremen 1898. 8⁰.

8576. Historische Vierteljahrsschrift von G. Seeliger. 3. Jahrgang. Leipzig 1898. 8⁰.

5821. Historische Zeitschrift (begründet von H. v. Sybel) 79. u. 80. Jahrgang. München und Leipzig 1897/98. 8⁰.

8901. Miller, K. Die ältesten Weltkarten. VI. Heft. Reconstruierte Karten. Stuttgart 1898. 4⁰.

8964. Rosenmund, R. Die Fortschritte der Diplomatik seit Mabillon vornehmlich in Deutschland-Oesterreich. München und Leipzig 1897. 8⁰.

Anlage B.

Auszug

aus der

Rechnung des Historischen Vereins für Niedersachsen vom Jahre 1897.

I. Einnahme.

			M	₰
Tit. 1.	Ueberschuß aus letzter Rechnung	660 M	06 ₰
„ 2.	Erstattung aus den Revisions-Bemerkungen	2 „	— „
„ 3.	Rückstände aus Vorjahren	— „	— „
„ 4.	Jahresbeiträge der Mitglieder	1558 „	50 „
„ 5.	Ertrag der Publikationen	683 „	45 „
„ 6.	Außerordentlicher Zuschuß der Calenb.-Grubenhagenschen Landschaft ꝛc.	503 „	— „
„ 7.	Erstattete Vorschüsse und Insgemein	— „	— „
„ 8.	Beitrag des Stader Vereins	547 „	50 „
„ 9.	Beitrag des Vereins für Geschichte der Stadt Hannover	252 „	— „
	Summa aller Einnahmen	4206 M	51 ₰

II. Ausgabe.

Tit. 1.	Vorschuß aus letzter Rechnung			— M	— ₰
„ 2.	Ausgleichungen aus den Revisions-Bemerkungen			— „	— „
„ 3.	Nicht eingegangene Beiträge			4 „	50 „
„ 4.	Büreaukosten:				
	a. b. Remunerationen	682 M	— ₰		
	c. d. Feuerung und Licht, Reinhaltung der Locale	24 „	65 „		
	e. Benutzung des Vortragssaales	28 „	— „		
	f. Für Schreibmaterialien, Copialien, Porto, Inserate und Druckkosten	339 „	14 „		
				1073 „	79 „
„ 5.	Behuf wissenschaftlicher Aufgaben			7 „	10 „
„ 6.	Behuf der Sammlungen: Bücher und Dokumente	— „	— „		
				152 „	90 „
„ 7.	Behuf der Publikationen			2586 „	73 „
„ 8.	Außerordentliche Ausgaben			20 „	40 „
	Summa aller Ausgaben			3845 M	42 ₰

Bilance.

Die Einnahme beträgt	4206 M	51 ₰
Die Ausgabe dagegen	3845 „	42 „
Mithin verbleibt ein Baarbestand von	361 M	09 ₰

Dr. Doebner,
als zeitiger Schatzmeister.

Anlage C.

Separat-Conten

für die

litterarischen Publikationen des Historischen Vereins für Niedersachsen vom Jahre 1897.

I. Einnahme.

Als Vortrag der Baar-Ueberschuß der letzten Rechnung	296 ℳ 23 ₰
An Beihülfen für kartographische Aufnahmen im Laufe des Jahres 1897 vereinnahmt	1500 „ — „
Zinsen-Einnahme	108 „ — „
Summa...	1904 ℳ 23 ₰.

und belegt für die Quellen und Darstellungen aus der Geschichte Niedersachsens 1700 ℳ in Werthpapieren.

II. Ausgabe.

Ausgabe für kartographische Aufnahmen 2c.	707 ℳ 20 ₰
Belegt bei der Sparkasse der Hannoverschen Capital-Versicherungs-Anstalt	1100 „ — „
Summa...	1807 ℳ 20 ₰

Bilance.

Einnahme	1904 ℳ 23 ₰
Ausgabe	1807 „ 20 „
Mithin verbleibt ein Baarbestand von	97 ℳ 03 ₰.

und belegt für die Quellen und Darstellungen aus der Geschichte Niedersachsens 2836 ℳ 25 ₰ theils in Werthpapieren, theils bei der Sparkasse der Hannoverschen Capital-Versicherungs-Anstalt:

3½ % Pfandbriefe der Braunschweig-Hannoverschen Hypothekenbank	1700 ℳ — ₰
Sparkassenbuch	1136 „ 25 „
	2836 ℳ 25 ₰

Dr. Doebner.

Anlage D.

Verzeichnis
der
Vereins-Mitglieder und correspondierenden Vereine und Institute.

1. Correspondierende Mitglieder.*)

Die Herren:

1. Frensdorff, Dr., Geh. Justizrath u. Professor in Göttingen.
2. Hänselmann, Prof., Dr., Stadtarchivar in Braunschweig.
3. v. Heinemann, Prof. Dr., Oberbibliothekar in Wolfenbüttel.
4. Koppmann, Dr., Stadtarchivar in Rostock.

2. Geschäftsführender Ausschuß.

Die Herren:

a. In Hannover.

1. Blumenbach, Oberst a. D.
2. Bodemann, Dr., Geh. Reg.-Rath u. Ober-Bibliothekar.
3. Doebner, Dr., Staatsarchivar und Archivrath: Vereins-Schatzmeister.
4. Hase, Geh. Regierungsrath und Professor.
5. Haupt, Dr., Architekt, Professor.
6. Jürgens, Dr., Stadtarchivar.
7. von Knigge, Freiherr W.
8. Köcher, Dr., Professor: Vereins-Sekretär.
9. König, Dr., Schatzrath a. D.
10. Müller, Landesdirektor.
11. Müller, Dr., Geh. Regierungs-Rath, Gymnasial-Direktor a. D.
12. Osann, F., Civil-Ingenieur und General-Agent.
13. v. Rössing, Freiherr, Landschaftsrath.
14. Schaer, Dr., Oberlehrer.
15. Schuchhardt, Dr., Direktor des Kestner-Museums.
16. Uhlhorn, D., Abt und Oberconsistorialrath: Vereins-Präsident.

b. Außerhalb Hannover.

1. Pfannenschmid, Dr., Kaiserl. Archiv-Direktor u. Archivrath in Colmar.

*) Diese haben mit den wirklichen Mitgliedern gleiche Rechte, sind jedoch zur Leistung von Jahresbeiträgen nicht verpflichtet.

3. Wirkliche Mitglieder.

NB. Die mit * bezeichneten Mitglieder sind neu eingetreten. Die Herren Vereinsmitglieder werden ersucht, von jeder Veränderung in der Stellung, Titulatur und dergl. dem Schatzmeister Anzeige zu machen.

Die Herren:

Adlum bei Hildesheim.

1. Wiecker, Dechant.

Alfeld.

2. Kuhlmann, General der Artillerie z. D. Exc.

Schloß Allerburg i. Elsaß.

3. v. Minnigerode-Allerburg, Freiherr, Major a. D., Majoratsherr.

Baden-Baden.

4. v. Reitzenstein, Freiherr, Hauptmann a. D.

Barterode b. Dransfeld.

5. Holscher, Pastor.

Bennigsen.

6. v. Bennigsen, Dr., Wirkl. Geh. Rath, Ober-Präsident a. D. Exc.

Bentheim.

7. Hacke, Eisenbahn-Bau- und Betriebs-Inspektor a. D.

Berlin.

8. Königliche Bibliothek.
9. v. Cramm, Freiherr, Wirkl. Geheimer Rath, Exc.
10. von Hammerstein-Loxten, Freiherr, Staatsminister, Exc.
11. Köhler, Dr., Wirkl. Geh. Ober-Regierungsrath, Direktor des Kaiserl. Gesundheits-Amts.
12. Landsberg, Forstassessor.
13. v. Meier, Dr., Geh. Ober-Regierungsrath.
14. v. Windheim, Major im Generalstabe.
15. Zenner, Dr., Professor.

Bisperode.

16. Röpke, Lehrer.

Blankenburg am Harz.

17. Steinhoff, Gymnasial-Professor.

Bochum.

18. v. Borries, Landrichter.

Braunschweig.

19. Blasius, Prof., Dr.
20. Bode, Erster Staatsanwalt und Oberlandesgerichtsrath.
21. Magistrat, löblicher.
22. Museum, Herzogliches.
23. Rhamm, Landsyndikus.
24. Sattler, Buchhändler.

Geestemünde.

25. Schmidt, A., Senator.

Breslau.

26. Heye, Gymnasiallehrer.
27. Langenbeck, Dr., Oberlehrer.

Bückeburg.

28. v. Alten.
29. Meyer, Redakteur.
30. Sturtzkopf, Bernh.
31. Weiß, Dr., Sanitätsrath.

Bültum bei Bockenem.

32. Bauer, Lehrer.

Buxtehude.

33. Brenning, Bürgermeister.

Calenberg.

34. Baudel, Amtsrath.

Celle.

35. Bibliothek des Realgymnasiums.
36. Bomann, Fabrikbesitzer.
37. Bibliothek der höheren Mädchenschule.
38. Brendecke, Buchhalter.
39. Denicke, Oberbürgermeister.
40. v. Hodenberg, Staatsminister a. D.

41. Kreusler, Pastor.
42. Langerhans, Dr. med., Kreisphysikus.
43 Martin, Dr., Ober-Landesgerichtsrath.
44. v. Reden, Oberlandesgerichtsrath.
45. Wittrock, Professor.

Charlottenburg.

46. Heiligenstadt, C., Dr., Königl. Bankdirektor.

Coeslin.

47. v. Hohnhorst, Ger.-Assessor.

Colmar im Elsaß.

48. Pfannenschmid, Dr., Kaiserl. Archiv-Direktor und Archivrath.

Corvin bei Clenze.

49. v. d. Knesebeck, Werner.

Danzig.

50. v. Strauß u. Torney, Reg.-Assessor.

Diepholz.

51. Prejawa, Bauinspektor.

Döbeln in Sachsen.

52. v. Uslar-Gleichen, Freiherr, Oberst.

Dresden.

53. v. Hodenberg, Frhr., General der Infanterie a. D.
*54. v. Klenck, Major a. D.

Eboldshausen b. Edesheim.

55. Meyer, Ad., Pastor.

Echte.

56. v. Bötticher, Pastor.

Eime.

57. Bauer, Pastor.

Einbeck.

58. Jürgens, Stadtbaumeister.
59. Rumann, Rechtsanwalt und Notar.

Eisenach.

60. Kürschner, Dr., Geh. Hofrath.

Elbing.

61. v. Schack, Rittmeister a. D.

Endorf bei Ermsleben.

62. Knigge, Freiherr, Kammerherr.

Erfurt.

63. Schmidt, Dr., Ober-Bürgermeister.

Eschershausen i. Braunschweig.

64. Cohrs, Pastor prim.

Esteburg b. Estebrügge.

65. v. Schulte, Baron, Rittergutsbesitzer.

Fallersleben.

66. Schmidt, Amtsrichter.

Fahrenhorst bei Brome.

67. v. Weyhe, Hauptmann a. D.

Fiume (in Ungarn).

68. Wickenburg, Graf, Kgl. ungar. Minist.-Sekretär.

Frankfurt a. O.

*69. Transfeldt, Lieutenant.

Fredelsloh.

*70. Dreyer, Pastor.

Freiburg a. E.

71. Lindig, Landrath.

Gadenstedt bei Peine.

72. Bergholter, Pastor.

Goslar.

73. Both, Dr., Gymnas.-Direktor.

Göttingen.

74. v. Bar, Professor, Geheimer Justizrath.
75. Kayser, Superintendent.
*76. Kehr, Dr., Professor.
77. v. Limburg, Hauptmann und Comp.-Chef.
78. Priesack, Dr. phil.
*79. Roethe, Dr., Professor.

80. Schwalm, Dr., Mitarbeiter der Monum. Germ.
81. Woltmann, Legge-Inspektor.
82. Wrede, Dr. phil.

Grone bei Göttingen.

83. v. Helmolt, Pastor.

Groß-Ilde bei Bodenburg.

84. Ehlerding, Pastor.

Groß-Munzel bei Wunstorf.

85. v. Hugo, Rittergutsbesitzer.

Hamburg.

86. Alpers, Lehrer.
87. von Ohlendorff, Freiherr, Heinrich.

Hameln.

88. Dörries, Dr., Gymnasial-Direktor.
89. Forcke, Dr., Professor.
90. Hübener, Regierungsrath.
91. Leseverein, historischer.
92. v. Unger, Amtmann a. D.
93. Meißel, F., Lehrer.

Hämelschenburg bei Emmerthal.

94. v. Klencke, Rittergutsbesitzer.

Hannover und Linden.

*95. Ahlburg, Sattlermeister.
96. Ahrens, Inspektor.
*97. Albrecht, Referendar.
98. v. Alten, Baron, Karl.
99. v. Alten-Goltern, Baron, Rittmeister a. D.
*100. Andreae, W., General-Lieutenant, Exc.
101. Asche, Lehrer.
*102. Bahrdt, W., Dr.
103. Bartling, Hauptmann der Landwehr.
104. v. Berger, Consistorialrath.
105. Berthold, Dr., Stabsarzt a. D. und Fabrikbesitzer.
106. Blumenbach, Oberst a. D.
107. v. Bock-Wülfingen, Regierungsrath a. D.
108. Bodemann, Dr., Geh. Reg.-Rath u. Ober-Bibliothekar.
109. Börgemann, Architekt.
110. v. Brandis, Hauptm. a. D.
111. Busch, Rendant.
112. v. Campe, Dr. med.
113. v. Diebitsch, Oberstlieut. z. D.
114. Doebner, Dr., Staatsarchivar und Archivrath.
*115. v. Domarus, Dr., Archiv-Hülfsarbeiter.
116. Domino, Ad., Kaufmann.
117. Dommes, Dr. jur.
118. Dopmeyer, Prof., Bildhauer.
*119. Graf Eckbrecht v. Dürckheim-Montmartin, Lieutenant.
120. Ebeling, D., Dr., Gymnasial-Director a. D.
121. Ebert, Geh. Regierungsrath.
122. Ebhardt, Commerzienrath u. Fabrikbesitzer.
123. Ey, Buchhändler.
124. Fastenau, Präsident der General-Commission.
125. Feesche, Friedr., Buchhdlr.
*126. Fink, Dr., Archiv-Hülfsarbeiter.
*127. Francke, W. Ch., Oberlandesgerichtsrath a. D.
128. Franke, C., Fabrikant.
129. Frankenfeld, Geheimer Regierungsrath.
130. Freudenstein, Dr., Rechtsanwalt.
131. Friedrichs, Postdirektor a. D.
132. Fritsche, Dr., Oberlehrer a. D.
133. Gaeßner, Professor.
134. Georg, Buchhändler.
135. Goedel, Buchhändler.
136. Göhmann, Buchdrucker.
137. Götze, Dr., Oberlehrer.
138. Greve, Kunstmaler.
139. Groß, Professor.
140. Guden, Dr., Ober-Consistorialrath.
141. de Haën, Dr., Commerzrath.
142. Hagen, Baurath.
143. Haustein, Wilhelm.
144. Hantelmann, Architekt.
145. Hase, Geheimer Reg.-Rath, Professor.
146. Haupt, Dr., Professor.
147. Havemann, Major a. D.
148. Heine, Paul, Kaufmann.
149. Heinzelmann, Buchhändler.
150. Herwig, Präsident der Klosterkammer.
151. Hilmer, Dr., Pastor.

152. Hillebrand, Stadtbau-Inspektor a. D.
153. Höpfner, Pastor.
154. Hoogeweg, Dr. Archivar.
155. Hornemann, Professor.
156. v. Hugo, Hauptmann a. D.
157. Jänecke, G., Geh. Commerzienrath.
158. Jänecke, Louis, Commerzr., Hof-Buchdrucker.
159. Jänecke, Max, Dr. phil.
160. Jüdell, Justizrath, Rechtsanwalt und Notar.
161. Jürgens, Dr., Stadtarchivar.
162. Kiel, Dr., Professor.
163. Kniep, Buchhändler.
164. v. Knigge, Freiherr, Wilh.
165. v. Knobelsdorff, Generalmajor z. D.
166. Koppe, Landgerichtsrath.
167. Köcher, Dr., Professor.
168. Köllner, Amtsgerichtsrath.
169. König, Dr., Schatzrath a. D.
*170. Kretzschmar, Dr., Archivar.
171. Krusch, Dr., Archivar.
172. Kugelmann, Dr. med.
*173. Kukuk, Pastor.
174. Lameyer, Hofjuwelier.
175. Laves, Historienmaler.
176. Lengner, Landrichter.
177. Leisching, H., Kupferstecher und Lehrer an der Kunstgewerbeschule.
178. Liebsch, Kunstmaler.
179. v. Limburg, Rentier.
180. Lichtenberg, Schatzrath.
181. Lindemann, Landgerichtsrath.
182. Lindemann, Justizrath.
183. List, Dr., General-Agent.
184. Loomann, Gymnasial-Oberlehrer.
185. Lütgen, Geh. Reg.-Rath.
186. Mackensen, Professor.
*187. Meyer, D., Consistorialrath.
188. Meyer, Emil L., Banquier.
189. Mohrmann, Dr., Professor.
190. Mohrmann, Hochschul-Professor.
191. Müller, Landesdirektor.
192. Müller, Dr., Geh. Sanitätsrath.
193. Müller, Geh. Reg.- und Provinzial-Schulrath a. D.
194. Müller, Dr., Geh. Regierungsrath und Gymnasial-Director a. D.
195. v. Münchhausen, Börries, Freiherr.
196. Nicol, Dr., Stabsarzt a. D.
197. v. Oeynhausen, Freiherr, Major a. D.
*198. Götz v. Olenhusen, Kammerherr, Major a. D.
199. Osann, Civil-Ingenieur.
*200. Panse, Amtsrichter.
*201. Petersen, Oberregierungsrath a. D.
202. Prinzhorn, Direktor der Cont.-Caoutchouc-Comp.
203. Ramdohr, Realgymnasial-Direktor.
204. Redepenning, Dr., Professor.
205. Reimers, Dr., Direktor des Provinzial-Museums.
206. Reinecke, Fahnen-Fabrikant.
207. Reissert, Dr., Oberlehrer.
208. Renner, Kreis-Schulinspektor.
209. Rheinhold, Armeelieferant.
210. Rocholl, Dr., Militär-Oberpfarrer, Consistorial-Rath.
211. v. Rössing, Freiherr, Landschaftsrath.
212. Roscher, Dr., Rechtsanwalt.
213. Rudorff, Amtsgerichtsrath.
214. Rump, W., Kaufmann.
215. Schaer, Dr., Oberlehrer.
216. Schaper, Prof., Historienmaler.
217. v. Schaumberg, Pr.-Lieut.
218. v. Schele, Frhr., Major a. D.
219. v. Schimmelmann, Landrath.
220. Schlöbcke, Regierungs-Baumeister.
221. Schlüter, H., Buchdruckereibesitzer.
222. Schmidt, Amtsgerichtsrath.
223. Schmidt, Dr., Dirigent der höh. Töchterschule III.
224. Schröder, Landmesser.
225. Schuchhardt, Dr., Direktor des Kestner-Museums.
226. Schultz, O., Weinhändler.
227. Schulze, Th., Buchhändler.
228. Semme, Dr. Oberlehrer.
229. Siegel, Amtsgerichtsrath.
230. Sievers, Rentmeister a. D.
231. Stadt-Archiv.

232. v. Steinwehr, Oberst z. D.
233. Struckmann, Dr., Amtsrath.
234. Tewes, Archäolog.
235. v. Thielen, Herbert.
236. Thimme, Dr. phil.
237. Tramm, Stadtdirektor.
238. Uhlhorn, D., Abt u. Ober-Consistorialrath.
239. Ulrich, O., Lehrer.
240. v. Uslar-Gleichen, Edm., Freih.
241. v. Voigt, Hauptmann a. D.
242. Voigts, Präsident d. Landes-Consistoriums.
243. Volger, Consistorial-Sekretär a. D.
244. Wachsmuth, Dr., Gymnasial-Direktor.
245. Waitz, Pastor.
246. Wallbrecht, Baur., Senat.
247. Wehrhahn, Dr., Stadt-Schulrath.
248. Wecken, Pastor.
249. Weise, Dr., Oberlehrer.
250. Wendebourg, Architekt.
251. Westernacher, Rentier.
252. Willecke, Amtsrichter.
253. Wolff, Buchhändler.
254. Wundram, Buchbindermeister.
255. Wüstefeld, Dr., Generalarzt a. D.
256. Zuckermann, Lehrer.

Heiligenkirchen b. Detmold.

257. Rötteken, Schriftführer des Lippeschen Fischereivereins.

Heiligenrode b. Bremen.

258. Borée, Pastor.

Herzberg a. Harz.

259. Roscher, Amtsgerichtsrath.

Hildesheim.

260. Beverin'sche Bibliothek.
261. Bertram, Dr., Domcapitular.
262. Braun, W., Grossist.
263. von Hammerstein-Equord, Freiherr, Landschaftsrath.
264. Hotzen, Baurath.
265. Kraut, Landgerichtsdirektor.
*266. Lewinsky, Dr., Landrabbiner.
267. Niemeyer, Dr., Landgerichtsrath.
268. Ohnesorge, Pastor.
*269. v. Rose, Gerichts-Assessor.
270. Stadt-Bibliothek.

Höver b. Ahlten.

271. Düvel, Lehrer.

Homburg v. d. Höhe.

272. Ziegenmeyer, Forstmeister a. D.

Hornsen bei Lamspringe.

273. Sommer, Oberamtmann.

Hoya.

274. v. Behr, Werner, Rittergutsbesitzer.
275. Heye, Baurath.

Hülseburg, Mecklenburg-Schwerin.

276. v. Campe, Kammerherr.

Ippenburg bei Wittlage.

277. v. d. Bussche-Ippenburg, Graf.

Jüterbog.

278. v. Bardeleben, Lieutenant.

Karlsruhe in Baden.

279. v. Grone, Generallieutenant v. d. Armee, Exc.

Kiel.

280. Ratjen, Landger.-Präsident.

Kirchhorst.

281. Uhlhorn, Pastor.

Klausenburg.

282. v. Mansberg, Freiherr.

Knutbühren b. Dransfeld.

283. Mecke, Lehrer.

Lauban in Schlesien.

284. Sommerbrodt, Dr., Gymnasial-Direktor.

Lauterberg, Bad.

285. Bartels, Dr., Realschul-Dir.

Lehrte.

286. Lüthcke, Postmeister.

Leipzig.

287. Helmolt, Dr. phil.
288. v. Dincklage, Frhr., Reichsgerichtsrath.

Lemberg.

289. v. Mandelsloh, Major und Landwehr-Commando-Adjutant.

Lemmie b. Weetzen.

290. v. Hattorf, Major a. D. und Rittergutsbesitzer.

Ludwigshafen a. Bodensee.

291. Callenberg, Gutsbesitzer.

Lübeck.

292. Hinrichs, Eisenb.-Büreauassistent.

Lüneburg.

293. v. Holleufer, Amtsgerichtsrath.
294. Rabius, Landes-Oekonomie-Rath.
295. Reinecke, Dr., Stadtarchivar.

Lützburg bei Norden.

296. v. Knyphausen, Graf.

Luttmersen bei Mandelsloh.

297. v. Stoltzenberg, Rittergutsbesitzer.

Magdeburg.

298. Merx, Dr., Archivar.

Marburg.

299. Eggers, Archiv-Aspirant.
300. Haeberlin, Dr., Bibliothekar.

München.

301. von Dachenhausen, Prem.-Lieut. a. D.
302. Verlage, Theilhaber der Verlagshandlung Ackermann.

Nette bei Bockenem.

303. Spitta, Pastor.

Neuhaus a. E.

304. Twele, Superintendent em.

Neuhaus a. O.

*305. Heidborn, Landrath.

Neustadt a. R.

306. Pohle, Amtsgerichtsrath.

Neustrelitz.

307. Grote, Frhr., Rittmeister und Flügel-Adjutant.

Nienburg a. d. Weser.

308. Hintze, Dr., Notar.

Nordstemmen.

309. Windhausen, Postverwalter.

Nörten.

310. v. Roden, Forstaufseher.

Northeim.

311. Falkenhagen, Amtsrath.
312. Kricheldorff, Landrath.
313. Röhrs, Redakteur.
314. Vennigerholz, Rektor a. D.
315. Wedekind, Amtsgerichtsrath.

Obernigk b. Breslau.

316. Gudewill, A. W.

Ohr bei Hameln.

317. v. Hake, Landschaftsrath.

Oldenburg.

318. Narten, Direktor des Gewerbemuseums.
319. Zoppa, Carl.

Osnabrück.

320. Bär, Dr., Archivar.
321. Grahn, Wegbau-Inspektor.
322. v. Hugo, Landgerichtsrath.

Otterndorf.

*323. Bayer, Landrath.

Peine.
324. Heine, Lehrer.

Preten bei Neuhaus.
325. v. d. Decken.

Rathenow.
326. Müller, W., Dr., Professor.

Rethem a. Aller.
327. Gewerbe- und Gemeinde-Bibliothek.

Haus Rethmar b. Sehnde.
328. Schulenburg, Graf.

Rodenberg b. Bad Nenndorf.
329. Diedelmeier, Metropolitan und Pastor.
330. Ramme, Dr., Amtsrichter.

Römstedt b. Bevensen.
331. Wecken, Pastor.

Salzhausen im Lüneburgschen.
332. Meyer, Pastor.

Schellerten bei Hildesheim.
333. Loning, Pastor.

Schmalkalden.
334. Engel, Bürgermeister.

Springe.
335. v. Bennigsen, Landrath.

Stade.
*336. Schrader, Dr., Bürgermeister u. Landschaftsrath.

Steinhude.
337. Helmke, Gymnasiallehrer.
338. Willerding, Dr. med., prakt. Arzt.

Stettin.
339. Eggers, H., Major.

Stuttgart.
340. Kroner, Dr., Kirchenrath.

Taltal in Chile.
341. Braun, Julius.

Uslar.
342. Hardeland, Superintendent.

Vegesack.
343. Bibliothek des Realgymnasiums.

Verden a. A.
344. Müller, Rob., Referendar.

Volpriehausen bei Uslar.
345. Engel, Pastor.

Rittergut Oberhof bei Wahlhausen a. d. Werra.
346. v. Minnigerode-Rositten, Freiherr.

Weimar.
347. von Alten, Baron, Rittmeister und Kammerherr.
348. v. Goeben, Kammerherr.

Wichtringhausen bei Barsinghausen.
349. von Langwerth-Simmern, Freiherr.

Winsen a. L.
350. Keetz, Postassistent.

Wollershausen b. Gieboldehausen.
351. Schloemer, W., Pastor.

Wolfenbüttel.
352. Bibliothek, Herzogliche.
353. von Bothmer, Freiherr, Archivsekretär.
354. Schulz, Dr. phil.
355. Zimmermann, Dr., Archivar.

Wunstorf.
356. Marquardt, Seminar-Oberlehrer.

4. Correspondierende Vereine und Institute*).

1. Geschichtsverein zu Aachen.
2. Historische Gesellschaft des Kantons Aargau zu Aarau. St.
3. Alterthumsforschender Verein des Osterlandes zu Altenburg. St.
4. Société des antiquaires de Picardie zu Amiens.
5. Historischer Verein für Mittelfranken zu Ansbach. St.
6. Académie Royale d'Archéologie de Belgique zu Antwerpen.
7. Provinziaal Museum van Oudheden in de Provincie Drenthe zu Assen.
8. Historischer Verein für Schwaben und Neuburg zu Augsburg. St.
9. J. Hopkins university zu Baltimore.
10. Historischer Verein für Oberfranken zu Bamberg. St.
11. Historische Gesellschaft zu Basel. St.
12. Historischer Verein für Oberfranken zu Bayreuth. St.
13. Königl. Statistisches Büreau zu Berlin. St.
14. Verein für Geschichte der Mark Brandenburg zu Berlin. St.
15. Verein für die Geschichte der Stadt Berlin. St.
16. Heraldisch-genealog.-sphragist. Verein „Herold" zu Berlin. St.
17. Gesammt-Verein der deutschen Geschichts- und Alterthums-Vereine zu Berlin. St.
18. Berliner Gesellschaft für Anthropologie, Ethnologie u. Urgeschichte zu Berlin.
19. Verein für Alterthumskunde zu Birkenfeld.
20. Verein von Alterthumsfreunden im Rheinlande zu Bonn. St.
21. Historischer Verein zu Brandenburg a. H.
22. Abtheilung des Künstlervereins für bremische Geschichte und Alterthümer zu Bremen. St.
23. Schlesische Gesellschaft für vaterländische Cultur zu Breslau.
24. Verein für Geschichte und Alterthum Schlesiens zu Breslau. St.
25. K. K. mährisch-schlesische Gesellschaft des Ackerbaues, der Natur- und Landeskunde zu Brünn. St.
26. Académie royale des sciences, des lettres et des beaux arts de Belgique (Commission royale d'Histoire) zu Brüssel.
27. Société de la Numismatique belge zu Brüssel.
28. Verein für Chemnitzer Geschichte zu Chemnitz. St.
29. Königliche Universität zu Christiania. St.
30. Westpreußischer Geschichtsverein zu Danzig.
31. Historischer Verein für das Großherzogthum Hessen zu Darmstadt. St.
32. Gelehrte esthnische Gesellschaft zu Dorpat. St.
33. Königlich sächsischer Alterthumsverein zu Dresden. St.
34. Düsseldorfer Geschichtsverein zu Düsseldorf.

---

*) Die Chiffre St. bezeichnet diejenigen Vereine und Institute, mit denen auch der Verein für Geschichte und Alterthümer zu Stade in Schriftenaustausch steht.

35. Geschichts- u. Alterthumsforschender Verein zu Eisenberg (Sachsen-Altenburg).
36. Verein für Geschichte und Alterthümer der Grafschaft Mansfeld zu Eisleben.
37. Bergischer Geschichtsverein zu Elberfeld. St.
38. Gesellschaft für bildende Kunst und vaterländische Alterthümer zu Emden.
39. Verein für Geschichte und Alterthumskunde von Erfurt zu Erfurt. St.
40. Historischer Verein für Stift und Stadt Essen.
41. Litterarische Gesellschaft zu Fellin (Livland-Rußland).
42. Verein für Geschichte und Alterthumskunde zu Frankfurt a. Main. St.
43. Freiberger Alterthumsverein zu Freiberg in Sachsen. St.
44. Historische Gesellschaft zu Freiburg im Breisgau. St.
45. Historischer Verein zu St. Gallen.
46. Société royale des Beaux-Arts et de la Littérature zu Gent.
47. Oberhessischer Geschichtsverein in Gießen. St.
48. Oberlausitzische Gesellschaft der Wissenschaften zu Görlitz. St.
49. Gesellschaft für Anthropologie und Urgeschichte der Oberlausitz zu Görlitz.
50. Verein für Gothaische Geschichte und Alterthumsforschung zu Gotha.
51. Historischer Verein für Steiermark zu Graz. St.
52. Akademischer Leseverein zu Graz.
53. Rügisch-pommersche Abtheilung der Gesellschaft für pommersche Geschichte zu Greifswald. St.
54. Historischer Verein für das württembergische Franken zu Schwäbisch-Hall.
55. Thüringisch-sächsischer Verein zur Erforschung des vaterländischen Alterthums und Erhaltung seiner Denkmale zu Halle. St.
56. Verein für hamburgische Geschichte zu Hamburg. St.
57. Bezirksverein für hessische Geschichte und Landeskunde zu Hanau. St.
58. Handelskammer zu Hannover.
59. Heraldischer Verein zum Kleeblatt zu Hannover.
60. Historisch-philosophischer Verein zu Heidelberg.
61. Verein für siebenbürgische Landeskunde zu Hermannstadt.
62. Provinziaal Genootschap von Kunsten en Wetenschappen in Nordbrabant zu Hertogenbusch. St.
63. Verein für Meiningensche Geschichte und Alterthumskunde in Hildburghausen.
64. Voigtländischer alterthumsforschender Verein zu Hohenleuben. St.
65. Verein für thüringische Geschichte und Alterthumskunde zu Jena. St.
66. Ferdinandeum für Tyrol und Vorarlberg zu Innsbruck.
67. Verein für Geschichte und Alterthumskunde in Kahla (Herzogthum Sachsen-Altenburg).
68. Badische historische Kommission zu Karlsruhe.
69. Verein für hessische Geschichte und Landeskunde zu Kassel. St.

70. Schleswig-holstein-lauenburgische Gesellschaft für die Sammlung und Erhaltung vaterländischer Alterthümer zu Kiel. St.
71. Schleswig-holstein-lauenburgische Gesellschaft für vaterländische Geschichte zu Kiel.
72. Gesellschaft für Kieler Stadtgeschichte zu Kiel.
73. Anthropologischer Verein von Schleswig-Holstein zu Kiel.
74. Historischer Verein für den Niederrhein zu Köln. St.
75. Historisches Archiv der Stadt Köln.
76. Physikalisch-ökonomische Gesellschaft zu Königsberg i. Pr.
77. Königliche Gesellschaft für nordische Alterthumskunde zu Kopenhagen.
78. Genealogisk Institut zu Kopenhagen.
79. Antiquarisch-historischer Verein für Nahe und Hunsrück zu Kreuznach.
80. Historischer Verein für Krain zu Laibach. St.
81. Krainischer Musealverein zu Laibach.
82. Verein für Geschichte der Neumark zu Landsberg a. Warthe.
83. Historischer Verein für Niederbayern zu Landshut. St.
84. Genootschap van Geschied-, Oudheid- en Taalkunde zu Leeuwarden. St.
85. Maatschappij der Nederlandsche Letterkunde zu Leyden. St.
86. Verein für die Geschichte der Stadt Leipzig.
87. Museum für Völkerkunde in Leipzig. St.
88. Geschichts- und alterthumsforschender Verein für Leisnig und Umgegend zu Leisnig. St.
89. Akademischer Leseverein zu Lemberg.
90. Verein für Geschichte des Bodensees u. seiner Umgebung zu Lindau. St.
91. Archeological Institute of Great Britain and Ireland zu London.
92. Society of Antiquaries zu London.
93. Verein für lübeckische Geschichte u. Alterthumskunde zu Lübeck. St.
94. Museumsverein zu Lüneburg. St.
95. Institut archéologique Liégeois zu Lüttich.
96. Gesellschaft für Aufsuchung und Erhaltung geschichtlicher Denkmäler im Großherzogthum Luxemburg zu Luxemburg. St.
97. Verein für Luxemburger Geschichte, Litteratur und Kunst zu Luxemburg.
98. Historischer Verein der fünf Orte: Luzern, Uri, Schwyz, Unterwalden und Zug, zu Luzern.
99. Verein für Geschichte und Alterthumskunde des Herzogthums und Erzstifts Magdeburg in Magdeburg. St.
100. Verein zur Erforschung der rheinischen Geschichte und Alterthümer zu Mainz. St.
101. Revue Bénédictine zu Maredsous in Belgien.
102. Historischer Verein für den Regierungsbezirk Marienwerder zu Marienwerder. St.
103. Hennebergischer alterthumsforschender Verein zu Meiningen. St.

104. Verein für Geschichte der Stadt Meißen zu Meißen. St.
105. Gesellschaft für lothringische Geschichte und Alterthumskunde zu Metz.
106. Kurländische Gesellschaft für Litteratur und Kunst, Section für Genealogie 2c. zu Mitau (Kurland).
107. Verein für Geschichte des Herzogthums Lauenburg zu Mölln i. L.
108. Numismatic and Antiquarian Society of Montreal (Chateau de Ramezay) Montreal.
109. Königliche Akademie der Wissenschaften zu München. St.
110. Historischer Verein von und für Oberbayern zu München.
111. Akademische Lesehalle zu München.
112. Verein für die Geschichte und Alterthumskunde Westfalens zu Münster. St.
113. Société archéologique zu Namur.
114. Gesellschaft Philomathie zu Neisse.
115. Historischer Verein zu Neuburg a. Donau.
116. Germanisches National-Museum zu Nürnberg. St.
117. Verein für Geschichte der Stadt Nürnberg. St.
118. Landesverein für Alterthumskunde zu Oldenburg. St.
119. Verein für Geschichte und Landeskunde zu Osnabrück. St.
120. Verein für die Geschichte und Alterthumskunde Westfalens zu Paderborn. St.
121. Société des études historiques zu Paris (rue Garancière 6).
122. Kaiserliche archäologisch-numismatische Gesellschaft zu Petersburg. St.
123. Alterthumsverein zu Plauen i. V.
124. Historische Gesellschaft für die Provinz Posen zu Posen. St.
125. Historische Section der Königlich böhmischen Gesellschaft der Wissenschaften zu Prag. St.
126. Verein für Geschichte der Deutschen in Böhmen zu Prag. St.
127. Lesehalle der deutschen Studenten zu Prag.
128. Diöcesanarchiv für Schwaben und Ravensburg zu Ravensburg.
129. Verein für Orts- und Heimathskunde zu Recklinghausen.
130. Historischer Verein f. Oberpfalz u. Regensburg zu Regensburg. St.
131. Gesellschaft für Geschichte und Alterthumskunde der Russischen Ostsee-Provinzen zu Riga. St.
132. Reale academia dei Lincei zu Rom.
133. Verein für Rostocks Alterthümer zu Rostock.
134. Carolino-Augusteum zu Salzburg.
135. Gesellschaft für salzburger Landeskunde zu Salzburg.
136. Altmärkischer Verein für vaterländische Geschichte und Industrie zu Salzwedel. St.
137. Historisch-antiquarischer Verein zu Schaffhausen. St.
138. Verein f. hennebergische Geschichte u. Landeskunde zu Schmalkalden. St.
139. Verein für mecklenburgische Geschichte und Alterthumskunde zu Schwerin. St.

140. Historischer Verein der Pfalz zu Speyer. St.
141. Verein für Geschichte und Alterthümer der Herzogthümer Bremen und Verden und des Landes Hadeln zu Stade.
142. Gesellschaft für pommersche Geschichte und Alterthumskunde zu Stettin. St.
143. Königliche Akademie der schönen Wissenschaften, der Geschichte und Alterthumskunde zu Stockholm. St.
144. Nordiska Museet zu Stockholm.
145. Historisch-Litterarischer Zweigverein des Vogesenclubs in Elsaß-Lothringen zu Straßburg.
146. Württembergischer Alterthumsverein zu Stuttgart. St.
147. Verein für Geschichte, Alterthumskunde, Kunst und Kultur der Diöcese Rottenburg und der angrenzenden Gebiete in Stuttgart.
148. Copernikus-Verein für Wissenschaft und Kunst zu Thorn.
149. Société scientifique et litéraire du Limbourg zu Tongern.
150. Canadian Institute zu Toronto.
151. Gesellschaft für nützliche Forschungen zu Trier.
152. Verein f. Kunst u. Alterthum in Ulm u. Oberschwaben zu Ulm. St.
153. Humanistiska Vetenskaps Samfundet zu Upsala.
154. Historische Genootschap zu Utrecht.
155. Smithsonian Institution zu Washington. St.
156. Historischer Verein für das Gebiet des ehemaligen Stifts Werden a. d. Ruhr.
157. Harzverein f. Geschichte u. Alterthumskunde zu Wernigerode. St.
158. Kaiserliche Akademie der Wissenschaften zu Wien. St.
159. Verein für Landeskunde von Niederösterreich zu Wien. St.
160. Verein für Nassauische Alterthumskunde und Geschichtsforschung in Wiesbaden. St.
161. Ortsverein für Geschichte und Alterthumskunde zu Wolfenbüttel.
162. Alterthumsverein zu Worms.
163. Historischer Verein für Unterfranken zu Würzburg. St.
164. Gesellschaft für vaterländische Alterthumskunde zu Zürich.
165. Allgemeine geschichtsforschende Gesellschaft für die Schweiz zu Zürich.
166. Alterthumsverein für Zwickau und Umgegend zu Zwickau.

Anlage F.

Publikationen des Vereins.

Mitglieder können nachfolgende Publikationen des Vereins zu den beigesetzten Preisen direct vom Vereine beziehen: vollständige Exemplare sämmtlicher Jahrgänge des „Archivs" sind nicht mehr zu haben, es fehlen mehrere Bände gänzlich; längere Reihen von Jahrgängen der „Zeitschrift" werden nach vorhergehendem Beschlusse des Ausschusses zu etwas ermäßigten Preisen abgegeben.

1. Neues vaterländ. Archiv 1821—1833 (à 4 Hefte).
   1821—1829 .... à Jahrg. 3 M, à Heft — M 75 ₰
   1830—1833 .... à Jahrg. 1 M 50 ₰, à „ — „ 40 „
   (Heft 1 des Jahrgangs 1832 fehlt. Die Jahrg. 1821, 1827, 1828 u. 1829 werden nicht mehr abgegeben.)
2. Vaterländ. Archiv des histor. Vereins für Niedersachsen 1834—1844 (à 4 Hefte).
   1834—1841........... à Jahrg. 1 M 50 ₰, à Heft — „ 40 „
   1842—1844........... à „ 3 „ — „ à „ — „ 75 „
   (Jahrg. 1844 wird nicht mehr abgegeben.)
3. Archiv des histor. Vereins für Niedersachsen 1845 bis 1849.
   1845—1849........... à Jahrg. 3 M, à Doppelheft 1 „ 50 „
   (1849 ist nicht in Hefte getheilt.)
4. Zeitschrift des histor. Vereins für Niedersachsen 1850 bis 1897.
   1850—1858........... à Jahrg. 3 M, à Doppelheft 1 „ 50 „
   (1850, 54, 55, 57 zerfallen nicht in Hefte.)
   1859—1891, 1893—1898 ....der Jahrgang 3 „ — „
   (Preis der Jahrgänge 1859, 1866, 1872 u. 1877 nur à 2 M. Jahrg. 1874 u. 1875 bilden nur einen Band zu 3 M.) (Jahrgang 1892 ist vergriffen.)
5. Urkundenbuch des histor. Vereins für Niedersachsen 1.—9. Heft. 8.
   Heft 1. Urkunden der Bischöfe von Hildesheim 1846. — „ 50 „
   „ 2. Walkenrieder Urkundenbuch. Abth. 1. 1852............ 2 „ — „
   „ 3. Walkenrieder Urkundenbuch. Abth. 2. 1855 .... 2 „ — „
   „ 4. Urkunden des Klosters Marienrode bis 1440. (4. Abth. des Calenberger Urkundenbuchs von W. von Hodenberg.) 1859 .... 2 „ — „
   „ 5. Urkundenbuch der Stadt Hannover bis zum Jahre 1369. 1863 .... 3 „ — „
   „ 6. Urkundenbuch der Stadt Göttingen bis zum Jahre 1400. 1863 .... 3 „ — „
   „ 7. Urkundenbuch der Stadt Göttingen vom Jahre 1401—1500. 1867 .... 3 „ — „
   „ 8. Urkundenbuch der Stadt Lüneburg bis zum Jahre 1369. 1872............ 3 „ — „
   „ 9. Urkundenbuch der Stadt Lüneburg vom Jahre 370—1388. 1875 .... 3 „ — „

6. Lüneburger Urkundenbuch. Abth. V. und VII. 4.
Abth. V. Urkundenbuch des Klosters Isenhagen. 1870. 3 M. 35 ₰
Abth. VII. Urkundenbuch des Klosters St. Michaelis zu Lüneburg. 1870. 3 Hefte. Jedes Heft à 2 „ — „
7. Wächter, J. C., Statistik der im Königreiche Hannover vorhandenen heidnischen Denkmäler. (Mit 8 lithographischen Tafeln.) 1841. 8. .... 1 „ 50 „
8. Grote, J., Reichsfreiherr zu Schauen, Urkundliche Beiträge zur Geschichte des Königreichs Hannover und des Herzogthums Braunschweig von 1243—1570. Wernigerode 1852. 8. .... — „ 50 „
9. von Hammerstein, Staatsminister, Die Besitzungen der Grafen von Schwerin am linken Elbufer. Nebst Nachtrag. Mit Karten und Abbild. (Abdruck aus der Zeitschrift des Vereins 1857.) 8. .... 1 „ 50 „
10. Brockhausen, Pastor, Die Pflanzenwelt Niedersachsens in ihren Beziehungen zur Götterlehre. (Abdruck aus der Zeitschrift des Vereins 1865.) 8. .... 1 „ — „
11. Mithoff, H. W. H., Kirchen und Kapellen im Königreich Hannover, Nachrichten über deren Stiftung ꝛc. 1. Heft, Gotteshäuser im Fürstenthum Hildesheim. 1865. 4. 1 „ 50 „
12. Das Staatsbudget und das Bedürfnis für Kunst und Wissenschaft im Königreiche Hannover. 1866. 4. ... — „ 50 „
13. Sommerbrodt, E., Afrika auf der Ebstorfer Weltkarte. 4. .... 1 „ 20 „
14. Bodemann, E., Leibnizens Entwürfe zu seinen Annalen von 1691 und 1692. (Abdruck aus der Zeitschrift des Vereins 1885.) .... — „ 75 „
15. v. Oppermann und Schuchhardt, Atlas vorgeschichtlicher Befestigungen in Niedersachsen. Original-Aufnahmen und Ortsuntersuchungen, 1. bis 6. Heft. Folio. 1887—1898. Jedes Heft .... 2 „ 50 „
16. Katalog der Bibliothek des historischen Vereins.
Erstes Heft: Repertorium d. Urkunden, Akten, Handschriften, Karten, Portraits, Stammtafeln, Gedenkblätter, Ansichten, u. d. gräfl. Oeynhausenschen Handschriften. 1888. ...... 1 „ — „
Zweites Heft: Bücher. 1890. .... 1 „ 20 „
17. Janicke, Dr., K., Geschichte der Stadt Uelzen. Mit 5 Kunstbeilagen. Lex.-Octav. 1889. .... 1 „ — „
18. Jürgens, Dr., O., Geschichte der Stadt Lüneburg. Mit 6 Kunstbeilagen. Lex.-Octav. 1891. .... 2 „ — „
(Sonderabdrücke aus dem Hannoverschen Städtebuch.)
19. Sommerbrodt, E., Die Ebstorfer Weltkarte. 25 Taf. in Lichtdruck in Mappe und ein Textheft in Groß-Quart. 1891. .... 24 „ — „
20. Quellen und Darstellungen zur Geschichte Niedersachsens. Lex.-Octav.
(Verlag der Hahnschen Buchhandlung in Hannover.)
1. Band: Bodemann, Ed., Die älteren Zunfturkunden der Stadt Lüneburg. 1882. .... 5 „ — „
2. Band: Meinardus, O., Urkundenbuch des Stiftes und der Stadt Hameln bis zum Jahre 1407. 1887 .... 12 „ — „

Geschäfts-Bericht

des

Vorstandes des Historischen Vereins für Niedersachsen (23. October 1899).

Es geschieht heute zum letzten Mal, daß im Namen des geschäftsführenden Ausschusses der Jahresbericht des Vereins erstattet wird. Denn mit dem Schluß der heutigen Versammlung erlischt die Wirksamkeit des durch Cooptation fortgepflanzten Ausschusses, der den Verein seit seiner Gründung im Jahre 1835 geleitet hat, und die Leitung des Vereins geht auf den Vorstand über, der auf Grund der neuen Satzungen heute zum ersten Mal durch Wahl constituiert werden soll.

Die ältesten Statuten unseres Vereins haben 23 Jahre (19. Mai 1835 bis 24. April 1858) gegolten; die Statuten vom 24. April 1858 haben bis zum 30. September dieses Jahres, also $41\frac{1}{2}$ Jahr in Kraft gestanden. Ihr Ersatz durch die in den Generalversammlungen vom 1. und 8. Mai dieses Jahres vereinbarten neuen Satzungen macht das Hauptereignis des Geschäftsjahres aus, auf das wir heute zurückblicken. Worin der wesentlichste Unterschied der neuen von den alten Satzungen besteht, ist in den Vorbemerkungen erläutert, die dem Abdruck der neuen Satzungen an der Spitze der diesjährigen Vereinszeitschrift beigegeben sind. Möge auf Grund der neuen Satzungen unser Verein die Theilnahme an der Geschichte in immer weitere Kreise tragen und sich um die wissenschaftliche Erforschung und Kenntnis der Vergangenheit Niedersachsens ebenso verdient machen wie bisher.

Die Zahl der Vereinsmitglieder, die am 7. November 1898 sich auf 362 stellte, beträgt heute 385; wir haben 28 Mitglieder durch Austritt oder durch den Tod verloren und dafür 51 neu gewonnen.

Vorträge sind im Laufe des vorigen Winters fünf gehalten. Es sprachen: 1) Herr Consistorialrath Dr. Rocholl über Frankreichs Politik zur Besitzergreifung des Elsaß nach dem westfälischen Frieden, 2) Herr Dr. phil. Willers über die römischen Silberbarren von Nenndorf (bei Uchte), 3) Herr Professor Dr. Köcher über den Ursprung des Krieges von 1870 im Lichte der neuesten Forschungen, 4) Herr Pastor W. Uhlhorn über die Kirche zu Kirchhorst und ihre Denkwürdigkeiten, 5) Herr Museumsdirektor Dr. Schuchhardt über stadthannoversche Bildhauer von 1550—1650.

Im Sommer wurden zwei Ausflüge unternommen. Der erste, an dem sich auch Vereinsmitglieder aus Celle und Braunschweig betheiligten, fand am 28. Mai statt und richtete sich nach Königslutter. Die dortige Stiftskirche mit dem Grabe Kaiser Lothars II., 1135 geweiht, eine dreischiffige Pfeiler-Basilika, deren Grundriß und ornamentaler Schmuck in der hiesigen Garnisonkirche nachgebildet ist, sowie der überaus reich ornamentierte Kreuzgang und die uralte mächtige Linde im Stiftshofe erregten allgemeine Bewunderung. Nach gemeinschaftlichem Mittagessen im Rathskeller wurde bei herrlichem Wetter der quellenreiche Buchenwald des Elm durchwandert, auf dessen Höhe ein alter Gedenkstein und ein neueres Monument die Erinnerung an die bekannte Ausplünderung des Ablaßpredigers Tetzel bewahrt. Beim Abstieg nach Schöppenstedt eröffnete sich am südlichen Waldesrande ein überraschender Rundblick über den ganzen alten Derlingau und Harzgau: im Süden der prachtvoll beleuchtete hohe Harz in seiner ganzen Länge, im Mittelgrunde die Höhenzüge des Fallsteins, des

Dribergs, des Huywaldes und des Hackelwaldes, im Vordergrunde die Asse und ihre Ausläufer. Nach kurzer Rast in dem schwankreichen Schöppenstedt wurde die Rückfahrt so eingerichtet, daß man in Braunschweig noch zum Abendessen beisammenblieb.

Der am 17. September Nachmittags unternommene zweite Ausflug, an dem sich einige zwanzig Herren betheiligten, galt der Besichtigung der Kirche zu Kirchhorst bei Warmbüchen, einer kleinen gothischen Kirche mit Wandgemälden aus dem 15. Jahrhundert, die im 17. Jahrhundert durch Ausweißung der Wände und Einbau von Priechen völlig verdorben war und erst im vorigen Jahre dank den Bemühungen des Herrn Pastors Uhlhorn, der unter den zerstörenden Zuthaten die Reste der einstigen Bemalung entdeckte, in alter Schönheit wiederhergestellt ist. Die stimmungsvolle Harmonie der Architektur und alles malerischen und bildnerischen Schmuckes, die das kleine Gotteshaus unter den Dorfkirchen auszeichnet, machte auf alle Theilnehmer Eindruck.

Die Arbeiten für den „Atlas vorgeschichtlicher Befestigungen in Niedersachsen" haben sich dies Jahr wesentlich im Emmerthale, von Hameln gegen Altenbeken zu, bewegt.

Es sind dort neu aufgenommen und untersucht: 1) Die „Hünenburg" bei Amelgatzen, die Vorgängerin der Hämelschen Burg. 2) „Schell-Pyrmont". 3) Die Burg auf dem „Schildberge" bei Lügde. 4) Die „Herlingsburg" (Skidroburg der Sachsen). 5) „Altschieder". 6) Die „Schanze" im Siekholze bei Schieder. 7) Der „Stoppelberg" bei Steinheim. 8) Das sog. „Römerlager" bei Nieheim.

Herr Museumsdirektor Dr. Schuchhardt, in dessen Händen bekanntlich diese Untersuchungen ruhen, sieht das wichtigste Ergebnis derselben darin, daß sich die beiden Befestigungen „Altschieder" und die „Schanze" im Siekholze bei Schieder, die vorher zumeist für römisch gehalten wurden, als Lager Karls d. Gr. herausgestellt haben. Sie sind in der Anlage Karls d. Gr. Kastell Hohbuoki (Höhbeck) an der Elbe

(s. „Atlas“ Heft VI Taf. XLVI) am nächsten verwandt. Die Ausgrabungen haben keinerlei römische, aber eine Menge karolingischer Funde geliefert. Die Befestigungen werden somit die Lager sein, in denen Karl d. Gr. nach dem Text der sog. Einhard=Annalen ad a. 784 „an der Emmer, neben der Skidroburg“ Weihnachten gefeiert hat.

Neben diesen mit den Mitteln der Provinz Hannover gemachten Untersuchungen werden dem Atlas zu Gute kommen die Aufnahmen und Ausgrabungen, die der Herausgeber des Atlas für den westfälischen Alterthums=Verein in drei Befestigungen an der Lippe machen durfte, nämlich bei Dolberg, in der Bummannsburg und bei Haltern. An letzterer Stelle fand sich die sichere Spur eines Römerkastells mit Thonwaaren aus der augusteischen Zeit.

Die Ausgrabungen bei Schieder werden auf Kosten der Fürstl. Lippischen Regierung, die bei Dolberg und Haltern auf Kosten des Deutschen Reiches noch in diesem Jahre fortgesetzt werden. So zieht die Unternehmung unseres Atlas jetzt in erfreulicher Weise immer weitere Kreise.

An den für die „Quellen und Darstellungen zur Geschichte Niedersachsens“ in Angriff genommenen fünf Bänden ist ebenfalls weitergearbeitet worden. 1) Herr Dr. Schulz in Wolfenbüttel hat für seine Geschichte des Klosters Ebstorf nun auch die Darstellung des späteren Mittelalters in der Hauptsache vollendet und hofft bis zum nächsten Herbst sein Manuscript abzuschließen. 2) Für die Verwaltungsgeschichte des Fürstenthums Calenberg sind die archivalischen Voarbeiten wirksam gefördert. 3) Die Fortsetzung des Urkundenbuchs des Hochstifts Hildesheim ist von Herrn Archivar Dr. Hoogeweg so weit geführt, daß der Druck des zweiten Bandes im nächsten Frühjahr beginnen kann. 4) Auch Herr Archivrath Dr. Doebner hofft, trotzdem zu der Chronik der Brüder vom gemeinsamen Leben zu Hildesheim noch werthvolles neues Material hinzugekommen ist, auf das Erscheinen dieses Bandes noch im nächsten Jahre. 5) Herr Dr. Fink hat für den zweiten Band des Hameler Urkundenbuchs alle im hiesigen Staatsarchiv aufbewahrten

Original-Urkunden des Bonifatiusstifts bearbeitet und gedenkt sein Manuscript bis Ende nächsten Jahres zu vollenden. 6) Erst Mitte dieses Monats ging dem Vorstande von einem hervorragenden Gelehrten der Antrag zu, in die „Quellen und Darstellungen zur Geschichte Niedersachsens" zwei Werke zur Geschichte des Antonius Corvinus zu übernehmen, eine Sammlung seiner Briefe und eine von demselben Gelehrten verfaßte Biographie dieses größten niedersächsischen Reformators. Präsident und Sekretär des Vereins haben diesen Antrag um so freudiger begrüßt, da das Manuscript der Briefsammlung druckfertig vorliegt und die Biographie bis zum März nächsten Jahres vollendet sein wird. Allein da ihr Mandat mit dem heutigen Abend erlischt, so muß dem neu zu wählenden Vorstande die weitere Verhandlung überlassen bleiben.

Die Sammlungen der historischen Abtheilung des Provinzial-Museums sind durch eine Reihe von Geschenken und Ankäufen vermehrt, aus denen ich nur die aus der Kirche in Buer, sowie die aus der Kirche in Assel erworbenen Holzfiguren aus dem 15. Jahrhundert hervorheben will, Maria, Johannes und andere Apostel darstellend, sowie fein gearbeitete Reliefdarstellungen des Lebens Jesu aus Assel und eine alabasterne Pietà des 14. Jahrhunderts aus Hildesheim.

Ueber die Vermehrung der Vereinsbibliothek giebt die Anlage A nähere Auskunft. Von der regen Benutzung zeugt die Zahl der vom 1. October 1898 bis 1. October 1899 ausgeliehenen Bände: 809, also doppelt soviel wie im Vorjahr.

Indem wir nun noch über die Finanzlage des Vereins Rechenschaft ablegen, haben wir auch an dieser Stelle unsern Dank auszusprechen für die huldvollen Unterstützungen, die uns von hohen Behörden und Corporationen, von der Calenberg-Grubenhagenschen Landschaft, von dem Hannoverschen Provinzialverbande und von dem Directorium der Königlich preußischen Staatsarchive, gewährt worden sind.

Die allgemeine Jahresrechnung für 1898/99, die diesem Berichte als Anlage B angeschlossen ist, liefert folgendes Ergebnis: Einer Einnahme von 4387 *M* 55 *ℌ* steht eine

Ausgabe von 4385 ℳ 71 ₰ gegenüber. Es verbleibt ein Baarbestand von 1 ℳ 84 ₰ und dazu der bei der Hannoverschen Capital-Versicherungs-Anstalt belegte Betrag von 506 ℳ 65 ₰.

Das Separat-Conto für die größeren litterarischen Publicationen des Vereins schließt laut Anlage C mit einem Baarbestande von 25 ℳ und einem Depot von Werthpapieren im Betrage von 14687 ℳ 62 ₰ ab.

Der Revision der vorjährigen Rechnungen haben sich die Herren Rendant Busch und Buchhändler Th. Schulze in dankenswerthester Mühewaltung unterzogen.

Anlage A.

Verzeichnis
der
Acquisitionen für die Bibliothek des Vereins.

I. Geschenke von Behörden und Gesellschaften.

Von der Königlichen Universität zu Christiania.

8991. Bang, A. Chr. Dokumenter og studier vedrorende den lutherske Katekismus' historie. Nordens Kirker I. Christiania 1893. 8⁰.

8992. Storm, G. Afgifter den Norske Kirkeprovins till det apostoliske Kammer och kardinalkollegiet 1311—1523. Christiania 1898. 8⁰.

Von dem Westpreußischen Geschichtsverein in Danzig.

9001. Maercker, H. Geschichte der ländlichen Ortschaften und der drei kleineren Städte des Kreises Thorn. Lieferung 1. Danzig 1899. 8⁰.

Von dem historischen Verein für das Großherzogthum Hessen zu Darmstadt.

8978. Adamy, R. und Wagner, E., Die ehemalige frühromanische Centralkirche des Stifts Sanct Peter zu Wimpfen im Thal. Darmstadt 1898. 8⁰.

Von der gelehrten esthnischen Gesellschaft zu Dorpat.

9002. Sitzka, F. Archäologische Karte von Liv-, Est- und Kurland. Dorpat 1896. 8⁰.

Von dem Königlich Sächsischen Alterthumsverein zu Dresden

8975. Die Sammlung des Königlich Sächsischen Alterthumsvereins zu Dresden in ihren Hauptwerken. Lieferung I. Blatt 1—10. Dresden 1898. 4⁰.

Von dem Verein für Geschichte und Alterthumskunde zu Frankfurt a. M.

8802. Mittheilungen über römische Funde in Heidenheim II Frankfurt a. M. 1898. 4⁰.

Von der rügisch-pommerschen Abtheilung der Gesellschaft für Pommersche Geschichte und Alterthumskunde zu Greifswald.

8457. Pyl, Th. Nachträge zur Geschichte der Greifswalder Kirchen und Klöster. Heft 3. Greifswald 1900. 8⁰.

Von dem Verein für siebenbürgische Landeskunde zu Hermannstadt.

8966. Zimmermann, F. und Werner, C. Urkundenbuch zur Geschichte der Deutschen in Siebenbürgen. I. Band 1191 bis 1341. Hermannstadt 1892. 8⁰.

Von der Provinziaal Genootschap von Kunsten en Wetenschappen in Nordbrabant zu Hertogenbusch.

9013. Mollenberg, C. J. Onuitgegeven Bronnen voor de Geschiedenis van Geertruidenberg. Hertogenbusch 1899. 8⁰.

Von dem Magistrat der Stadt Hildesheim.

7665. Doebner, R., Urkundenbuch der Stadt Hildesheim. 7. Theil von 1451—1480. Hildesheim 1899. 8⁰.

Von dem Verein für Geschichte und Alterthumskunde in Kahla.

9018. Bergner, H. Urkunden zur Geschichte der Stadt Kahla. Kahla 1899. 8⁰.

Von dem Verein für hessische Geschichte und Landeskunde in Cassel.

8993. Boehlau, Joh. und Gilsa zu Gilsa, F. v. Neolitische Denkmäler aus Hessen, Cassel 1898. 4⁰.

Von der k. b. Akademie der Wissenschaften in München.

8323. Druffel, A. v. und Brandi, K. Mommenta Tridentina. Beiträge zur Geschichte des Concils von Trient. Heft IV, V März - Juni 1546. München 1897/99. 4⁰.

Von der königlich böhmischen Gesellschaft der Wissenschaften zu Prag.

9004. Klimesch, M. Norbert Heermanns Rosenbergsche Chronik. Prag 1898. 8⁰.

Von dem historisch-antiquarischen Verein zu Schaffhausen.

9005. Wanner, G. Die römischen Alterthümer des Kantons Schaffhausen. Schaffhausen 1899. 8⁰.

Von dem Verein für meklenburgische Geschichte und Alterthumskunde in Schwerin.

5743. Meklenburgisches Urkundenbuch. 19. Band 1376—1380. Schwerin 1899. 4⁰.

Von der Gesellschaft für pommersche Geschichte und Alterthumskunde in Stettin.

8996. Lange, E. Die Greifswalder Sammlung Vitae Pomeranorum. Greifswald 1898. 8°.

8999. Beiträge zur Geschichte und Alterthumskunde Pommerns. Festschrift zum 25jährigen Jubiläum des Gymnasialdirektors Professor H. Lemcke. Stettin 1898. 8°.

Von dem Nordiska Museet in Stockholm.

8690. Hazelius, A., Samfundet for Nordiska Museets främjande 1897. Stockholm 1898. 8°.

8979. Hazelius, A. Bilder Fran Skansen. Heft 1—4. Stockholm 1896/97. 4°.

8980. Hazelius, A. Ringlekar pa Skansen. Stockholm 1898. 8°.

9006. Hazelius, A. Meddelanden Fran Nordiska Museet, 1893. Stockholm 1898. 8°.

Von dem Verein für Landeskunde von Niederösterreich in Wien.

6956. Topographie von Niederösterreich, 4. Band, 1.—6. Heft. Wien 1897/98. 4°.

II. Privatgeschenke.

Von dem Dr. phil. C. Borchling in Göttingen.

9011. Borchling, C. Mittelniederdeutsche Handschriften in Norddeutschland und den Niederlanden. Göttingen 1898. 8°.

Von dem Dr. phil. W. Grotefend in Cassel.

9003. Grotefend, W. Regesten zur Geschichte des Gräflich und Freiherrlich Grote'schen Geschlechts. Cassel 1899. 4°.

Von der Hahn'schen Buchhandlung hier.

6128. Sichart, A. und R. v. Geschichte der Königlich Hannoverschen Armee. 5. Band 1803—1866. Hannover und Leipzig 1898. 8°.

Von dem Referendar Dr. jur. Freiherrn v. d. Horst in Aachen.

8998. v. d. Horst. Die im Mannesstamm erloschene Familie v. d. Horst in der Provinz Hannover. Berlin 1898. 8°.

Von dem Professor Dr. Rehnisch in Göttingen.

9010. Rehnisch, E. Zur Biographie Hermann Lotzes. Leipzig 1899. 8°.

Von dem Lehrer Röpke in Bisperode.

8994. Reichart, Chr. Land- und Garten-Schatzes V. Theil. Von vieljähriger Nutzung der Äcker. Erfurt 1754. 8°.

8995. Kittel, M. B. Taschenbuch der Flora Deutschlands. Leipzig 1853. 8⁰.

Von dem Freiherrn Emil Orgies-Rutenberg in Doblen.

8997. Orgies-Rutenberg, E. Frhr. Geschichte der von Rutenberg und von Orgies-Rutenberg. Doblen 1899. 8⁰.

Von dem Rittmeister a. D. v. Schack in Elbing.

9000. v. Schack. Dem Gedächtnis Seiner Durchlaucht weiland des Fürsten Otto von Bismarck ehrfurchtsvoll gewidmet. Elbing 1898. 4⁰.

9007. v. Schack. Die deutsche Eiche. Landeskundliche Betrachtung. Pr. Holland (1898). 8⁰.

Von dem Buchhändler Th. Schulze hier.

9017. Reimers, J. Handbuch für die Denkmalspflege. Hannover 1899. 8⁰.

Von dem Oberst a. D. von Steinwehr hier.

9012. v. Steinwehr. Idistaviso aus „Studien über Römerfeldzüge in Norddeutschland". Berlin 1899. 4⁰.

Von F. Thudichum in Tübingen.

8973. Thudichum, F. Instruction für die Herstellung der Grundkarten 1 : 100 000. Tübingen 1896. 4⁰.

Von Dr. phil. Willers hier.

8974. Willers, H. Römische Silberbarren mit Stempeln. Wien 1898. 8⁰.

III. Angekaufte Bücher.

12. Adreßbuch der Königlichen Haupt- und Residenzstadt Hannover und der Stadt Linden 1899 nebst Nachtrag. Hannover 1899. 8⁰.

5819 a. Neues Archiv der Gesellschaft für ältere deutsche Geschichtskunde. 24. Jahrgang 1899. 8⁰.

9008. Bertram, Ad. Geschichte des Bisthums Hildesheim. I. Band. Hildesheim 1899. 8⁰.

8948. Hassel, W. v. Geschichte des Königreichs Hannover. 2. Theil, 1. Abtheilung von 1849—1862. Leipzig 1899. 8⁰.

5821. Historische Zeitschrift (begründet von H. v. Sybel). 81. und 82. Jahrgang. München und Leipzig 1898. 8⁰.

8576. Historische Vierteljahrsschrift von G. Seeliger. N. F. II. Jahrgang. Leipzig 1899. 8⁰.

Anlage B.

Auszug

aus der

Rechnung des Historischen Vereins für Niedersachsen vom Jahre 1898/99.

I. Einnahme.

		M	₰
Tit. 1.	Ueberschuß aus letzter Rechnung	361 M	09 ₰
„ 2.	Erstattung aus den Revisions-Bemerkungen	73 „	— „
„ 3.	Rückstände aus Vorjahren	4 „	50 „
„ 4.	Jahresbeiträge der Mitglieder	1590 „	— „
„ 5.	Ertrag der Publikationen	744 „	70 „
„ 6.	Außerordentlicher Zuschuß der Calenb.-Grubenhagenschen Landschaft 2c.	1000 „	— „
„ 7.	Erstattete Vorschüsse und Insgemein	32 „	01 „
„ 8.	Beitrag des Stader Vereins	582 „	25 „
	Summa aller Einnahmen	4387 M	55 ₰.

II. Ausgabe.

Tit. 1.	Vorschuß aus letzter Rechnung		— M — ₰
„ 2.	Ausgleichungen aus den Revisions-Bemerkungen		— „ — „
„ 3.	Nicht eingegangene Beiträge		— „ — „
„ 4.	Büreaukosten:		
	a. b. Remunerationen	1231 M — ₰	
	c. d. Feuerung und Licht, Reinhaltung der Locale	8 „ 75 „	
	e. Benutzung des Vortragssaales	24 „ — „	
	f. Für Schreibmaterialien, Copialien, Porto, Inserate und Druckkosten	473 „ 96 „	
			1737 „ 71 „
„ 5.	Behuf wissenschaftlicher Aufgaben		90 „ 30 „
„ 6.	Behuf der Sammlungen: Bücher und Dokumente		216 „ 65 „
„ 7.	Behuf der Publikationen		1790 „ 35 „
„ 8.	Außerordentliche Ausgaben		550 „ 70 „
	Summa aller Ausgaben		4385 M 71 ₰

Bilance.

Die Einnahme beträgt	4387 M 55 ₰
Die Ausgabe dagegen	4385 „ 71 „
Mithin verbleibt ein Baarbestand von	1 M 84 ₰

und belegt bei der Sparkasse der Hannoverschen Capital-Versicherungs-Anstalt .... 506 M 65 ₰.

Dr. Doebner, als zeitiger Schatzmeister.

Anlage C.

Separat-Conto

für die

litterarischen Publikationen des Historischen Vereins für Niedersachsen

vom Jahre 1898/99.

I. Einnahme.

Als Vortrag der Baar-Ueberschuß der letzten Rechnung	97 ℳ 03 ₰
An Beihülfen für kartographische Aufnahmen im Laufe des Jahres 1898	1500 „ — „
Zur Veröffentlichung von Urkunden und Akten zur Geschichte der Provinz Hannover	12000 „ — „
Zinsen-Einnahme ꝛc.	251 „ 08 „
Summa...	13848 ℳ 11 ₰.

und belegt für die Quellen und Darstellungen aus der Geschichte Niedersachsens 2836 ℳ 25 ₰, theils in Werthpapieren, theils bei der Sparkasse der Hannoverschen Capital-Versicherungs-Anstalt.

II. Ausgabe.

Ausgabe für kartographische Aufnahmen ꝛc.	1810 ℳ 80 ₰
Belegt bei der Sparkasse der Hannoverschen Capital-Versicherungs-Anstalt	12012 „ 31 „
Summa...	13823 ℳ 11 ₰

Bilance.

Einnahme	13848 ℳ 11 ₰
Ausgabe	13823 „ 11 „
Mithin verbleibt ein Baarbestand von	25 ℳ — ₰.

und belegt für die Quellen und Darstellungen aus der Geschichte Niedersachsens 14687 ℳ 62 ₰ theils in Werthpapieren, theils bei der Sparkasse der Hannoverschen Capital-Versicherungs-Anstalt:

3½ % Pfandbriefe der Braunschweig-Hannoverschen Hypothekenbank	1700 ℳ — ₰
Sparkassenbuch	12987 „ 62 „
	14687 ℳ 62 ₰

Dr. Doebner.

Anlage D.

Verzeichnis

der

Vereins-Mitglieder und correspondierenden Vereine und Institute.

1. Patrone des Vereins.

1. Provinzialverband von Hannover.
2. Calenberg-Grubenhagensche Landschaft.
3. Direktorium der Königlich Preußischen Staatsarchive.

2. Ehren-Mitglieder.

Die Herren:

1. Frensdorff, Dr., Geh. Justizrath und Professor in Göttingen.
2. Hänselmann, Prof., Dr., Stadtarchivar in Braunschweig.
3. v. Heinemann, Prof. Dr., Oberbibliothekar in Wolfenbüttel.
4. Holtermann, Senator a. D. in Stade.
5. Koppmann, Dr., Stadtarchivar in Rostock.
6. Koser, Dr., Geh. Ober-Regierungsrath, Direktor der Staatsarchive in Berlin.

3. Vorstand.

In der am 23. October 1899 abgehaltenen Mitgliederversammlung wurden für das Geschäftsjahr 1899/1900 folgende Herren in den Vorstand gewählt:

a. In Hannover.

1. Bodemann, Dr., Geh. Regierungsrath und Ober-Bibliothekar.
3. Doebner, Dr., Staatsarchivar und Archivrath.
3. Jürgens, Dr., Stadtarchivar.
4. Köcher, Dr., Professor.
5. Müller, Landesdirektor a. D.
6. Schuchhardt, Dr., Direktor des Kestner-Museums.
7. Siegel, Amtsgerichtsrath.
8. Uhlhorn, D. Dr., Abt und Oberconsistorialrath.
9. Weise, Dr., Professor.

*

b. Außerhalb Hannover.

10. Bomann, Fabrikbesitzer in Celle.
11. Holtermann, Senator a. D. in Stade.
12. Weiß, Dr., Sanitätsrath in Bückeburg.

Der Vorstand constituierte sich am 30. October und wählte zum Vorsitzenden Abt D. Uhlhorn und zum Stellvertreter des Vorsitzenden Prof. Dr. Köcher, zum Schriftführer Archivrath Dr. Doebner und zu dessen Stellvertreter Stadtarchivar Dr. Jürgens, zum Schatzmeister Professor Dr. Weise und zu dessen Stellvertreter Amtsgerichtsrath Siegel. Mit der Verwaltung der Bibliothek bleibt Professor Köcher, mit der Redaction der Zeitschrift die auf dem Titelblatt genannte Commission betraut.

4. Mitglieder.

NB. Die mit * bezeichneten Mitglieder sind neu eingetreten. Die Herren Vereinsmitglieder werden ersucht, von jeder Veränderung in der Stellung, Titulatur und dergl. dem Schatzmeister Anzeige zu machen.

Die Herren:

Alfeld.

1. v. Kuhlmann, General der Artillerie z. D. Exc.

Baden-Baden.

2. v. Reitzenstein, Freiherr, Hauptmann a. D.

Barterode b. Dransfeld.

3. Holscher, Pastor.

Bennigsen.

4. v. Bennigsen, Dr., Wirkl. Geh. Rath, Ober-Präsident a. D. Exc.

Bentheim.

5. Hacke, Eisenbahn-Bau- und Betriebs-Inspektor a. D.

Berlin.

6. Königliche Bibliothek.
7. v. Cramm, Freiherr, Wirkl. Geheimer Rath, Exc.
8. von Hammerstein-Loxten, Freiherr, Staatsminister, Exc.
9. Köhler, Dr., Wirkl. Geh. Ober-Regierungsrath, Direktor des Kaiserl. Gesundheits-Amts.
10. Landsberg, Forstassessor.
11. v. Meier, Dr., Geh. Ober-Regierungsrath.
12. v. Windheim, Major im Generalstabe.
13. Zeumer, Dr., Professor.

Bisperode.

14. Röpke, Lehrer.

Bleckede.

*15. Wagemann, Superintendent.

Bochum.

16. v. Borries, Landrichter.

Braunschweig.

17. Blasius, Wilh., Geh. Hofrath, Prof., Dr.
18. Bode, Landgerichtsdirektor.
19. Magistrat, löblicher.
20. Museum, Herzogliches.
21. Rhamm, Landsyndikus.
22. Sattler, Buchhändler.

Bremen.

23. Schmidt, A., Senator.

Breslau.

24. Langenbeck, Dr., Oberlehrer

Bückeburg.
25. v. Alten.
26. Meyer, Redakteur.
27. Sturtzkopf, Bernh.
28. Weiß, Dr., Sanitätsrath.

Bültum bei Bockenem.
29. Bauer, Lehrer.

Buxtehude.
30. Brenning, Bürgermeister.

Cammin in Pommern.
31. Marquardt, Seminardirektor.

Celle.
32. Bibliothek des Realgymnasiums.
*33. Bock v. Willsingen, General-Major z. D.
34. Bomann, Fabrikbesitzer.
35. Bibliothek der höheren Mädchenschule.
36. Denicke, Oberbürgermeister.
37. v. Hodenberg, Staatsminister a. D.
38. Kreusler, Pastor.
39. Langerhans, Dr. med., Kreisphysikus.
40. Martin, Dr., Ober-Landesgerichtsrath.
41. v. Reden, Senatspräsident.
42. Wittrock, Professor.

Charlottenburg.
43. Heiligenstadt, C., Dr., Königl. Bankdirektor.

Chemnitz.
*44. v. Dassel, Hauptmann und Compagnie-Chef.

Coeslin.
45. v. Hohnhorst, Ger.-Assessor.

Colmar im Elsaß.
46. Pfannenschmid, Dr., Kaiserl. Archiv-Direktor und Archivrath.

Corvin bei Clenze.
47. v. d. Knesebeck, Werner.

Dresden.
48. v. Hodenberg, Frhr., General der Infanterie a. D.
49. v. Klenck, Major a. D.

Eboldshausen b. Edesheim.
50. Meyer, Ad., Pastor.

Echte.
51. v. Böttischer, Pastor.

Eime.
52. Bauer, Pastor.

Einbeck.
*53. Feise, Oberlehrer.
54. Jürgens, Stadtbaumeister.
55. Rumann, Rechtsanwalt und Notar.

Elbing.
56. v. Schack, Rittmeister a. D.

Endorf bei Ermsleben.
57. Knigge, Freiherr, Kammerherr.

Erfurt.
58. Schmidt, Dr., Ober-Bürgermeister.

Eschershausen i. Braunschweig.
59. Cohrs, Pastor prim.

Fahrenhorst bei Brome.
61. v. Weyhe, Hauptmann a. D.

Fallersleben.
60. Schmidt, Amtsrichter.

Fiume (in Ungarn).
62. Wickenburg, Graf, Kgl. ungar. Minist.-Sekretär.

Frankfurt a. O.
63. Transfeldt, Lieutenant.

Fredelsloh.
64. Dreyer, Pastor.

Freiburg a. E.
65. Lindig, Landrath.

Gadenstedt bei Peine.
66. Bergholter, Pastor.

Gillersheim b. Catlenburg.

67. v. Roden, Förster.

Goslar.

68. Voth, Dr., Gymnas.-Direktor.
*69. Hölscher, Dr., Professor.

Göttingen.

70. v. Bar, Professor, Geheimer Justizrath.
71. Kayser, D., Superintendent.
72. Kehr, Dr., Professor.
73. v. Limburg, Hauptmann und Comp.-Chef.
74. Priesack, Dr. phil.
75. Roethe, Dr., Professor.
*76. Tschackert, D. Dr., Professor.
77. Woltmann, Legge-Inspektor.
78. Wrede, Dr. phil.

Grone bei Göttingen.

79. v. Helmolt, Pastor.

Groß-Ilde bei Bodenburg.

80. Ehlerding, Pastor.

Groß-Munzel bei Wunstorf.

81. v. Hugo, Rittergutsbesitzer.

Hamburg.

82. Alpers, Lehrer.
83. von Ohlendorff, Freiherr, Heinrich.

Hameln.

*84. Bachrach, S., Lehrer.
85. Dörries, Dr., Gymn.-Dir.
86. Forcke, Dr., Professor.
87. Leseverein, historischer.
*88. Museums-Verein.
89. Meißel, F., Lehrer.

Hämelschenburg bei Emmerthal.

90. v. Klencke, Rittergutsbesitzer.

Hannover und Linden.

91. Ahlburg, Sattlermeister.
92. Ahrens, Inspektor.
93. Albrecht, Referendar.
94. v. Alten, Baron, Karl.
95. v. Alten-Goltern, Baron, Rittmeister a. D.
96. Andreae, W., General-Lieutenant z. D., Exc.
97. Asche, Lehrer.
98. Bartling, Kaufmann.
*99. Beck, Regierungsrath.
100. v. Berger, Consistorialrath.
101. Berthold, Dr., Stabsarzt a. D. und Fabrikbesitzer.
102. Blumenbach, Oberst a. D.
103. Bock v. Wülfingen, Regierungsrath a. D.
104. Bodemann, Dr., Geh. Reg.-Rath u. Ober-Bibliothekar.
105. Börgemann, Architekt.
106. v. Brandis, Hauptm. a. D.
107. Busch, Rendant.
*108. Busse, W., Rechtsanwalt.
109. v. Campe, Dr. med.
*110. Chappuzeau, Provinzial-Steuersekretär.
*111. Dehmann, G., Fabrikant.
*112. Deiter, Dr., Professor.
113. v. Diebitsch, Oberstlieut. z. D.
114. Doebner, Dr., Staatsarchivar und Archivrath.
115. v. Domarus, Dr., Archiv-Assistent.
116. Domino, Ad., Kaufmann.
117. Dommes, Dr. jur.
118. Dopmeyer, Prof., Bildhauer.
*119. Duncker, Amtsgerichtsrath.
120. Graf Eckbrecht v. Dürckheim-Montmartin, Lieutenant.
121. Ebeling, D., Dr., Gymnasial-Direktor a. D.
122. Ebert, Geh. Regierungsrath.
123. Ebhardt, Commerzienrath u. Fabrikbesitzer.
124. Ey, Buchhändler.
125. Fastenau, Präsident der General-Commission.
126. Feesche, Friedr., Buchhdlr.
127. Fink, Dr., Archiv-Hülfsarbeiter.
128. Francke, W. Ch., Oberlandesgerichtsrath a. D.
129. Franke, C., Fabrikant.
130. Frankenfeld, Geheimer Regierungsrath.
131. Freudenstein, Dr., Rechtsanwalt.
132. Friedrichs, Postdirektor a. D.
133. Fritsche, Dr., Oberlehrer a. D.
134. Gaeßner, Professor.
135. Georg, Buchhändler.
*136. Gericke, Oberst a. D.
*137. Goebel, Dr. phil.
138. Goedel, Buchhändler.

139. Göhmann, Buchdrucker.
140. Greve, Kunstmaler.
141. Groß, Professor.
142. Guden, Dr., Ober-Consistorialrath.
143. de Haën, Dr., Commerzrath.
144. Hagen, Baurath.
145. Hantelmann, Architekt.
146. Hase, Geheimer Reg.-Rath, Professor.
147. Haupt, Dr., Professor.
148. Havemann, Major a. D.
*149. Heiliger II, Rechtsanwalt.
*150. v. Heimburg, O., Eisenbahnstations-Assistent.
151. Heine, Paul, Kaufmann.
*152. Heinrichs, Regierungsrath.
153. Heinzelmann, Buchhändler.
154. Herwig, Dr., Präsident der Klosterkammer.
155. Hilmer, Dr., Pastor.
156. Hillebrand, Stadtbau-Inspektor a. D.
157. Höpfner, Pastor.
*158. Holst, Leopold, Dr. phil.
159. Hoogeweg, Dr. Archivar.
160. Hornemann, Professor.
161. v. Hugo, Hauptmann a. D.
*162. Hurtzig, Th., Geh. Reg.-Rath, Direktor der landschaftl. Brandkasse.
*163. Jacobi, Dr., Chefredakteur.
164. Jänecke, G., Geh. Commerzienrath.
165. Jänecke, Louis, Commerzr., Hof-Buchdrucker.
166. Jänecke, Max, Dr. phil.
167. Jüdell, Justizrath, Rechtsanwalt und Notar.
168. Jürgens, Dr., Stadtarchivar.
169. Kiel, Dr., Professor.
*170. Klindworth, Herm., Fabrik.
171. Kniep, Buchhändler.
*172 Kluge, Oberlehrer.
173. v. Knigge, Freiherr, Wilh.
174. v. Knobelsdorff, Generalmajor z. D.
175. Koppe, Landgerichtsrath.
176. Köcher, Dr., Professor.
*177. Köhler, J., Lic. th. Schloßprediger.
178. Köllner, Amtsgerichtsrath.
*179. Köllner, Dr. med.
180. König, Dr., Schatzrath a. D.
181. Kretzschmar, Dr., Archivar.
182. Krusch, Dr., Archivar.
183. Kugelmann, Dr. med.
184. Kukuk, Pastor.
185. Lameyer, Hofjuwelier.
*186. Lampe, Gerichtsassessor.
187. Laves, Historienmaler.
188. Leisching, H., Kupferstecher und Lehrer an der Kunstgewerbeschule.
*189. Levison, Dr. phil., Mitarbeiter der Monum. Germ.
190. Liebsch, Kunstmaler.
191. v. Limburg, Rentier.
192. Lichtenberg, Landesdirector.
193. Lindemann, Landger.-Rath.
194. Lindemann, Justizrath.
195. List, Dr., General-Agent.
196. Loomann, Gymnasial-Oberlehrer.
197. Lütgen, Geh. Reg.-Rath.
198. Mackensen, Professor.
*199. Mehl, A.
*200. Mejer, Wilhelm, Kaufmann.
201. Meyer, D., Consistorialrath.
202. Meyer, Emil L., Banquier.
203. Mohrmann, Dr., Professor.
204. Mohrmann, Hochschul-Professor.
205. Müller, Landesdirektor a. D.
206. Müller, Dr., Geh. Sanitätsrath.
207. Müller, Geh. Reg.- und Provinzial-Schulrath a. D.
208. Müller, Dr., Geh. Regierungsrath und Gymnasial-Director a. D.
209. v. Münchhausen, Börries, Freiherr.
210. Nicol, Dr., Stabsarzt a. D.
211. v. Oeynhausen, Freiherr, Major a. D.
212. Götz v. Olenhusen, Kammerherr, Major a. D.
213. Osann, Civil-Ingenieur.
214. Panse, Amtsrichter.
215. Petersen, Oberregierungsrath a. D.
*216. v. Plato, Oberst z. D.
*217. Pommer, G.
218. Prinzhorn, Direktor der Cont.-Caoutchouc-Comp.
219. Ramdohr, Realgymnasial-Direktor.
*220. v. Rappard, Bankdirektor.

221. Redepenning, Dr., Professor.
222. Reimers, Dr., Direktor des Provinzial-Museums.
223. Reinecke, Fahnen-Fabrikant.
224. Reissert, Dr., Oberlehrer.
225. Renner, Kreis-Schulinspektor.
226. Rheinhold, Armeelieferant.
227. Rocholl, Dr., Militär-Oberpfarrer, Consistorial-Rath.
*228. Röchling, Landrichter.
229. v. Rössing, Freiherr, Landschaftsrath.
230. Roscher, Dr., Rechtsanwalt.
231. Rudorff, Amtsgerichtsrath.
232. Schaer, Dr., Oberlehrer.
233. Schaper, Prof., Historienmaler.
234. v. Schele, Frhr., Major a. D.
235. v. Schimmelmann, Landrath.
236. Schlöbcke, Regierungs-Baumeister.
*237 Schlomka, Dr., Reg.-Rath.
238. Schlüter, H., Buchdruckereibesitzer.
239. Schmidt, Amtsgerichtsrath.
240. Schmidt, Dr., Dirigent der höh. Töchterschule III.
241. Schröder, Landmesser.
242. Schuchhardt, Dr., Direktor des Kestner-Museums.
*243. Schütze, Ferd., Kaufmann.
244. Schultz, O., Weinhändler.
245. Schulze, Th., Buchhändler.
246. Seume, Dr. Oberlehrer.
247. Siegel, Amtsgerichtsrath.
248. Stadt-Archiv.
249. v. Steinwehr, Oberst z. D.
250. Tewes, Archäolog.
251. v. Thielen, Herbert.
252. Thimme, Dr. phil.
253. Tramm, Stadtdirektor.
254. Uhlhorn, D. Dr., Abt und Ober-Consistorialrath.
255. Ulrich, O., Lehrer.
256. v. Uslar-Gleichen, Edm., Freih.
257. v. Voigt, Hauptmann a. D.
258. Voigts, Präsident d. Landes-Consistoriums.
259. Volger, Consistorial-Sekretär a. D.
260. Wachsmuth, Dr., Gymnasial-Direktor.
261. Waitz, Pastor.
262. Wallbrecht, Baur., Senat.
263. Wehrhahn, Dr., Stadt-Schulrath.
264. Wecken, Pastor.
265. Weise, Dr., Professor.
266. Wendebourg, Architekt.
267. Westernacher, Rentier.
268. Willecke, Landgerichtsrath.
*269. Willers, Dr., Hülfsarbeiter am Kestner-Museum.
*270. Wolff, Dr., Landes-Baurath.
271. Wolff, Buchhändler.
272. Wundram, Buchbindermeister.
273. Wüstefeld, Dr., Generalarzt a. D.
274. Zuckermann, Lehrer.

Heiligenkirchen b. Detmold.

275. Rötteken, Schriftführer des Lippeschen Fischereivereins.

Heiligenrode b. Bremen.

276. Borée, Pastor.

Herzberg a. Harz.

277. Roscher, Amtsgerichtsrath.

Hildesheim.

278. Beverin'sche Bibliothek.
279. Bertram, Dr., Domcapitular.
280. Braun, W., Grossist.
*281. Buhlers, Major a. D.
282. Hotzen, Baurath.
*283. Kluge, Professor.
284. Kraut, Landgerichtsdirektor.
285. Lewinsky, Dr., Landrabbiner.
286. Niemeyer, Dr., Landgerichtsrath.
287. Ohnesorge, Pastor.
*288. v. Rose, Gerichts-Assessor.
289. Spitta, L. Pastor emer.
290. Stadt-Bibliothek.
*291. Struckmann, Forst-Assessor.
292. Wiecker, Domcapitular.

Höver b. Ahlten.

293. Düvel, Lehrer.

Holtensen b. Hameln.

*294. Landwehr, G., Pastor.

Homburg v. d. Höhe.
295. Ziegenmeyer, Forstmeister a. D.

Horusen bei Lamspringe.
296. Sommer, Oberamtmann.

Hoya.
297. v. Behr, Werner, Rittergutsbesitzer.
298. Heye, Baurath.

Ilten.
*299. Weber, Pastor.

Ippenburg bei Wittlage.
300. v. d. Bussche-Ippenburg, Graf.

Jüterbog.
301. v. Bardeleben, Lieutenant.

Karlsruhe.
302. Eggers, Dr. phil.

Klausenburg.
303. v. Mansberg, Freiherr.

Knutbühren b. Dransfeld.
304. Mecke, Lehrer.

Köln a. Rh.
305. Heye, Gymnasiallehrer.

Schloß Langenberg bei Weißenburg i. Elsaß.
306. v. Minnigerode-Allerburg, Major a. D. u. Majoratsherr.

Lauterberg, Bad.
307. Bartels, Dr., Realschul-Dir.

Lehrte.
308. Lüthcke, Postmeister.

Leipzig.
309. v. Dincklage, Frhr., Reichsgerichtsrath.
310. Helmolt, Dr. phil.

Lemberg.
311. v. Mandelsloh, Major und Landwehr-Commando-Adjutant.

Liethe b. Wunstorf.
*312. Kern, Rittergutsbesitzer.

Ludwigshafen a. Bodensee.
313. Callenberg, Gutsbesitzer.

Lübeck.
314. Hinrichs, Eisenb.-Büreauassistent.

Lüneburg.
315. v. Holleufer, Amtsgerichtsrath.
316. Rabius, Landes-Oekonomie-Rath.
317. Reinecke, Dr., Stadtarchivar.

Lützburg bei Norden.
318. v. Knyphausen, Graf.

Luttmersen bei Mandelsloh.
319. v. Stoltzenberg, Rittergutsbesitzer.

Magdeburg.
320. Merx, Dr., Archivar.
*321. Trautmann, E., Kaufmann.

Marburg.
322. Haeberlin, Dr., Bibliothekar.

Mariensee b. Neustadt a. R.
*323. Mercker, Pastor.

Minden i. W.
324. Hübener, Regierungsrath.

Münden i. H.
*325. Uhl, Bernh., cand. geogr.

München.
326. von Dachenhausen, Prem.-Lieut. a. D.
327. Verlage, Theilhaber der Verlagshandlung Ackermann.

Neuhaus a. E.

328. Twele, Superintendent em.

Neuhaus a. O.

329. Heidborn, Landrath.

Neustadt a. R.

330. Pohle, Amtsgerichtsrath.

Neustrelitz.

331. Grote, Frhr., Major und Flügel-Adjutant.

Nienburg a. d. Weser.

332. Hintze, Dr., Notar.

Nordstemmen.

333. Windhausen, Postverwalter.

Northeim.

334. Falkenhagen, Amtsrath.
335. Kricheldorff, Landrath.
336. Röhrs, Redakteur.
337. Bennigerholz, Rektor a. D.

Obernigk b. Breslau.

338. Gudewill, A. W.

Ohr bei Hameln.

339. v. Hake, Landschaftsrath.

Oldenburg.

340. Narten, Direktor des Gewerbemuseums.
341. Zoppa, Carl.

Osnabrück.

342. Bär, Dr., Staats-Archivar.
343. Grahn, Wegbau-Inspektor.
344. v. Hugo, Landgerichtsrath.

Otterndorf.

345. Bayer, Landrath.

Peine.

346. Heine, Lehrer.

Preten bei Neuhaus.

347. v. d. Decken.

Rathenow.

348. Müller, W., Dr., Professor.

Rethem a. Aller.

349. Gewerbe- und Gemeinde-Bibliothek.

Haus Rethmar b. Sehnde.

350. Schulenburg, Graf.

Ricklingen.

351. Uhlhorn, Pastor.

Rodenberg b. Bad Nenndorf.

352. Diedelmeier, Metropolitan und Pastor.
353. Ramme, Dr., Amtsrichter.

Römstedt b. Bevensen.

354. Wecken, Pastor.

Salzhausen im Lüneburgschen.

*355. Kinghorst, Lehrer.
356. Meyer, Pastor.

Salzwedel.

357. Prejawa, Bauinspector.

Schellerten bei Hildesheim.

358. Loning, Pastor.

Schleswig.

359. v. Strauß und Torney, Regierungs-Assessor.

Schmalkalden.

360. Engel, Bürgermeister.

Sehlde b. Elze.

*361. Lauenstein, Robert, Rittergutsbesitzer.

Springe.

362. v. Bennigsen, Landrath.

Steinhude.

363. Helmke, Gymnasiallehrer.
364. Willerding, Dr. med., prakt. Arzt.

Stettin.

365. Eggers, H., Major und Batl.-Commandeur.

Stuttgart.

366. Kroner, Dr., Kirchenrath.

Taltal in Chile.
367. Braun, Julius.

Uslar.
368. Hardeland, Superintendent.

Vegesack.
369. Bibliothek des Realgymnasiums.

Verden a. A.
370. Müller, Rob., Referendar.

Volpriehausen bei Uslar.
371. Engel, Pastor.

Rittergut Oberhof bei Wahlhausen a. d. Werra.
372. v. Minnigerode-Rositten, Freiherr.

Wandsbek.
*373. Schade, G.

Wehlheiden-Cassel.
*374. v. Witzendorff, Hauptmann.

Weimar.
375. von Alten, Baron, Rittmeister und Kammerherr.
376. v. Goeben, Kammerherr.

Westerbrak b. Kirchbrak.
377. v. Grone, Gen.-Leutn. z. D.

Wichtringhausen bei Barsinghausen.
378. von Langwerth-Simmern, Freiherr.

Winsen a. L.
379. Keetz, Postassistent.

Wollershausen b. Gieboldehausen.
380 Schloemer, W., Pastor.

Wolfenbüttel.
381. Bibliothek, Herzogliche.
382. von Bothmer, Freiherr, Archivar.
383. Schulz, Dr. phil.
384. Zimmermann, Dr., Archivrath.

Zwickau.
385. v. Uslar-Gleichen, Freiherr, Gen.-Major und Brigade-Commandeur.

4. Correspondierende Vereine und Institute*).

1. Geschichtsverein zu Aachen.
2. Historische Gesellschaft des Kantons Aargau zu Aarau. St.
3. Alterthumsforschender Verein des Osterlandes zu Altenburg. St.
4. Société des antiquaires de Picardie zu Amiens.
5. Historischer Verein für Mittelfranken zu Ansbach. St.
6. Académie Royale d'Archéologie de Belgique zu Antwerpen.
7. Provinziaal Museum van Oudheden in de Provincie Drenthe zu Assen.
8. Historischer Verein für Schwaben und Neuburg zu Augsburg. St.
9. J. Hopkins university zu Baltimore.
10. Historischer Verein für Oberfranken zu Bamberg. St.
11. Historische Gesellschaft zu Basel. St.
12. Historischer Verein für Oberfranken zu Bayreuth. St.
13. Königl. Statistisches Büreau zu Berlin. St.
14. Verein für Geschichte der Mark Brandenburg zu Berlin. St.
15. Verein für die Geschichte der Stadt Berlin. St.
16. Heraldisch-genealog.-sphragist. Verein „Herold" zu Berlin. St.
17. Gesammt-Verein der deutschen Geschichts- und Alterthums-Vereine zu Berlin. St.
18. Berliner Gesellschaft für Anthropologie, Ethnologie u. Urgeschichte zu Berlin.
19. Verein für Alterthumskunde zu Birkenfeld.
20. Verein von Alterthumsfreunden im Rheinlande zu Bonn. St.
21. Historischer Verein zu Brandenburg a. H.
22. Abtheilung des Künstlervereins für bremische Geschichte und Alterthümer zu Bremen. St.
23. Schlesische Gesellschaft für vaterländische Cultur zu Breslau.
24. Verein für Geschichte und Alterthum Schlesiens zu Breslau. St.
25. K. K. mährisch-schlesische Gesellschaft des Ackerbaues, der Natur- und Landeskunde zu Brünn. St.
26. Académie royale des sciences, des lettres et des beaux arts de Belgique (Commission royale d'Histoire) zu Brüssel.
27. Société de la Numismatique belge zu Brüssel.
28. Verein für Chemnitzer Geschichte zu Chemnitz. St.
29. Königliche Universität zu Christiania. St.
30. Westpreußischer Geschichtsverein zu Danzig.
31. Historischer Verein für das Großherzogthum Hessen zu Darmstadt. St.
32. Gelehrte esthnische Gesellschaft zu Dorpat. St.
33. Königlich sächsischer Alterthumsverein zu Dresden. St.
34. Düsseldorfer Geschichtsverein zu Düsseldorf.

---

*) Die Chiffre St. bezeichnet diejenigen Vereine und Institute, mit denen auch der Verein für Geschichte und Alterthümer zu Stade in Schriftenaustausch steht.

35. Geschichts- u. Alterthumsforschender Verein zu Eisenberg (Sachsen-Altenburg).
36. Verein für Geschichte und Alterthümer der Grafschaft Mansfeld zu Eisleben.
37. Bergischer Geschichtsverein zu Elberfeld. St.
38. Gesellschaft für bildende Kunst und vaterländische Alterthümer zu Emden.
39. Verein für Geschichte und Alterthumskunde von Erfurt zu Erfurt. St.
40. Historischer Verein für Stift und Stadt Essen.
41. Litterarische Gesellschaft zu Fellin (Livland-Rußland).
42. Verein für Geschichte und Alterthumskunde zu Frankfurt a. Main. St.
43. Freiberger Alterthumsverein zu Freiberg in Sachsen. St.
44. Historische Gesellschaft zu Freiburg im Breisgau. St.
45. Historischer Verein zu St. Gallen.
46. Société royale des Beaux-Arts et de la Littérature zu Gent.
47. Oberhessischer Geschichtsverein in Gießen. St.
48. Oberlausitzische Gesellschaft der Wissenschaften zu Görlitz. St.
49. Gesellschaft für Anthropologie und Urgeschichte der Oberlausitz zu Görlitz.
50. Verein für Gothaische Geschichte und Alterthumsforschung zu Gotha.
51. Historischer Verein für Steiermark zu Graz. St.
52. Akademischer Leseverein zu Graz.
53. Rügisch-pommersche Abtheilung der Gesellschaft für pommersche Geschichte zu Greifswald. St.
54. Historischer Verein für das württembergische Franken zu Schwäbisch-Hall.
55. Thüringisch-sächsischer Verein zur Erforschung des vaterländischen Alterthums und Erhaltung seiner Denkmale zu Halle. St.
56. Verein für hamburgische Geschichte zu Hamburg. St.
57. Bezirksverein für hessische Geschichte und Landeskunde zu Hanau. St.
58. Handelskammer zu Hannover.
59. Heraldischer Verein zum Kleeblatt zu Hannover.
60. Historisch-philosophischer Verein zu Heidelberg.
61. Verein für siebenbürgische Landeskunde zu Hermannstadt.
62. Provinziaal Genootschap von Kunsten en Wetenschappen in Nordbrabant zu Hertogenbusch. St.
63. Verein für Meiningensche Geschichte und Alterthumskunde in Hildburghausen.
64. Voigtländischer alterthumsforschender Verein zu Hohenleuben. St.
65. Verein für thüringische Geschichte und Alterthumskunde zu Jena. St.
66. Ferdinandeum für Tyrol und Vorarlberg zu Innsbruck.
67. Verein für Geschichte und Alterthumskunde in Kahla (Herzogthum Sachsen-Altenburg).
68. Badische historische Kommission zu Karlsruhe.
69. Verein für hessische Geschichte und Landeskunde zu Kassel. St.

70. Schleswig-holstein-lauenburgische Gesellschaft für die Sammlung und Erhaltung vaterländischer Alterthümer zu Kiel. St.
71. Schleswig-holstein-lauenburgische Gesellschaft für vaterländische Geschichte zu Kiel.
72. Gesellschaft für Kieler Stadtgeschichte zu Kiel.
73. Anthropologischer Verein von Schleswig-Holstein zu Kiel.
74. Historischer Verein für den Niederrhein zu Köln. St.
75. Historisches Archiv der Stadt Köln.
76. Physikalisch-ökonomische Gesellschaft zu Königsberg i. Pr.
77. Königliche Gesellschaft für nordische Alterthumskunde zu Kopenhagen.
78. Genealogisk Institut zu Kopenhagen.
79. Antiquarisch-historischer Verein für Nahe und Hunsrück zu Kreuznach.
80. Historischer Verein für Krain zu Laibach. St.
81. Krainischer Musealverein zu Laibach.
82. Verein für Geschichte der Neumark zu Landsberg a. Warthe.
83. Historischer Verein für Niederbayern zu Landshut. St.
84. Genootschap van Geschied-, Oudheid- en Taalkunde zu Leeuwarden. St.
85. Maatschappij der Nederlandsche Letterkunde zu Leyden. St.
86. Verein für die Geschichte der Stadt Leipzig.
87. Museum für Völkerkunde in Leipzig. St.
88. Geschichts- und alterthumsforschender Verein für Leisnig und Umgegend zu Leisnig. St.
89. Akademischer Leseverein zu Lemberg.
90. Verein für Geschichte des Bodensees u. seiner Umgebung zu Lindau. St.
91. Archeological Institute of Great Britain and Ireland zu London.
92. Society of Antiquaries zu London.
93. Verein für lübeckische Geschichte u. Alterthumskunde zu Lübeck. St.
94. Museumsverein zu Lüneburg. St.
95. Institut archéologique Liégeois zu Lüttich.
96. Gesellschaft für Aufsuchung und Erhaltung geschichtlicher Denkmäler im Großherzogthum Luxemburg zu Luxemburg. St.
97. Verein für Luxemburger Geschichte, Litteratur und Kunst zu Luxemburg.
98. Historischer Verein der fünf Orte: Luzern, Uri, Schwyz, Unterwalden und Zug, zu Luzern.
99. Verein für Geschichte und Alterthumskunde des Herzogthums und Erzstifts Magdeburg in Magdeburg. St.
100. Verein zur Erforschung der rheinischen Geschichte und Alterthümer zu Mainz. St.
101. Revue Bénédictine zu Maredsous in Belgien.
102. Historischer Verein für den Regierungsbezirk Marienwerder zu Marienwerder. St.
103. Hennebergischer alterthumsforschender Verein zu Meiningen. St.

104. Verein für Geschichte der Stadt Meißen zu Meißen. St.
105. Gesellschaft für lothringische Geschichte und Alterthumskunde zu Metz.
106. Kurländische Gesellschaft für Litteratur und Kunst, Section für Genealogie zc. zu Mitau (Kurland).
107. Verein für Geschichte des Herzogthums Lauenburg zu Mölln i. L.
108. **Numismatic and Antiquarian Society of Montreal (Chateau de Ramezay) Montreal.**
109. Königliche Akademie der Wissenschaften zu München. St.
110. Historischer Verein von und für Oberbayern zu München.
111. Akademische Lesehalle zu München.
112. Verein für die Geschichte und Alterthumskunde Westfalens zu Münster. St.
113. Société archéologique zu Namur.
114. Gesellschaft Philomathie zu Neiße.
115. Historischer Verein zu Neuburg a. Donau.
116. Germanisches National-Museum zu Nürnberg. St.
117. Verein für Geschichte der Stadt Nürnberg. St.
118. Landesverein für Alterthumskunde zu Oldenburg. St.
119. Verein für Geschichte und Landeskunde zu Osnabrück. St.
120. Verein für die Geschichte und Alterthumskunde Westfalens zu Paderborn. St.
121. Société des études historiques zu Paris (rue Garancière 6)
122. Kaiserliche archäologisch-numismatische Gesellschaft zu Petersburg. St
123. Alterthumsverein zu Plauen i. V.
124. Historische Gesellschaft für die Provinz Posen zu Posen. St.
125. Historische Section der Königlich böhmischen Gesellschaft der Wissenschaften zu Prag. St.
126. Verein für Geschichte der Deutschen in Böhmen zu Prag. St.
127. Lesehalle der deutschen Studenten zu Prag.
128. Diöcesanarchiv für Schwaben und Ravensburg zu Ravensburg.
129. Verein für Orts- und Heimathskunde zu Recklinghausen.
130. Historischer Verein f. Oberpfalz u. Regensburg zu Regensburg. St.
131. Gesellschaft für Geschichte und Alterthumskunde der Russischen Ostsee-Provinzen zu Riga. St.
132. Reale academia dei Lincei zu Rom.
133. Verein für Rostocks Alterthümer zu Rostock.
134. Carolino-Augusteum zu Salzburg.
135. Gesellschaft für salzburger Landeskunde zu Salzburg.
136. Altmärkischer Verein für vaterländische Geschichte und Industrie zu Salzwedel. St.
137. Historisch-antiquarischer Verein zu Schaffhausen. St.
138. Verein f. hennebergische Geschichte u. Landeskunde zu Schmalkalden. St.
139. Verein für mecklenburgische Geschichte und Alterthumskunde zu Schwerin. St.

140. Historischer Verein der Pfalz zu Speyer. St.
141. Verein für Geschichte und Alterthümer der Herzogthümer Bremen und Verden und des Landes Hadeln zu Stade.
142. Gesellschaft für pommersche Geschichte und Alterthumskunde zu Stettin. St.
143. Königliche Akademie der schönen Wissenschaften, der Geschichte und Alterthumskunde zu Stockholm. St.
144. Nordiska Museet zu Stockholm.
145. Historisch-Litterarischer Zweigverein des Vogesenclubs in Elsaß-Lothringen zu Straßburg.
146. Württembergischer Alterthumsverein zu Stuttgart. St.
147. Verein für Geschichte, Alterthumskunde, Kunst und Kultur der Diöcese Rottenburg und der angrenzenden Gebiete in Stuttgart.
148. Copernikus-Verein für Wissenschaft und Kunst zu Thorn.
149. Société scientifique et litéraire du Limbourg zu Tongern.
150. Canadian Institute zu Toronto.
151. Gesellschaft für nützliche Forschungen zu Trier.
152. Verein f. Kunst u. Alterthum in Ulm u. Oberschwaben zu Ulm. St.
153. Humanistiska Vetenskaps Samfundet zu Upsala.
154. Historische Genootschap zu Utrecht.
155. Smithsonian Institution zu Washington. St.
156. Historischer Verein für das Gebiet des ehemaligen Stifts Werden a. d. Ruhr.
157. Harzverein f. Geschichte u. Alterthumskunde zu Wernigerode. St.
158. Kaiserliche Akademie der Wissenschaften zu Wien. St.
159. Verein für Landeskunde von Niederösterreich zu Wien. St.
160. Verein für Nassauische Alterthumskunde und Geschichtsforschung in Wiesbaden. St.
161. Ortsverein für Geschichte und Alterthumskunde zu Wolfenbüttel.
162. Alterthumsverein zu Worms.
163. Historischer Verein für Unterfranken zu Würzburg. St.
164. Gesellschaft für vaterländische Alterthumskunde zu Zürich.
165. Schweizerisches Landesmuseum in Zürich.
166. Allgemeine geschichtsforschende Gesellschaft für die Schweiz zu Zürich.
167. Alterthumsverein für Zwickau und Umgegend zu Zwickau.

Anlage F.

Publikationen des Vereins.

Mitglieder können nachfolgende Publikationen des Vereins zu den beigesetzten Preisen direct vom Vereine beziehen: vollständige Exemplare sämmtlicher Jahrgänge des „Archivs" sind nicht mehr zu haben, es fehlen mehrere Bände gänzlich; längere Reihen von Jahrgängen der „Zeitschrift" werden nach vorhergehendem Beschlusse des Ausschusses zu etwas ermäßigten Preisen abgegeben.

---

1. Neues vaterländ. Archiv 1821—1833 (à 4 Hefte).
   1821—1829 .... à Jahrg. 3 M., à Heft — M. 75 ₰
   1830—1833 .... à Jahrg. 1 M. 50 ₰, à „ — „ 40 „
   (Heft 1 des Jahrgangs 1832 fehlt. Die Jahrg. 1821, 1827, 1828 u. 1829 werden nicht mehr abgegeben.)
2. Vaterländ. Archiv des histor. Vereins für Niedersachsen 1834—1844 (à 4 Hefte).
   1834—1841 .... à Jahrg. 1 M. 50 ₰, à Heft — „ 40 „
   1842—1844 .... à „ 3 „ — „ à „ — „ 75 „
   (Jahrg. 1844 wird nicht mehr abgegeben.)
3. Archiv des histor. Vereins für Niedersachsen 1845 bis 1849.
   1845—1849 .... à Jahrg. 3 M., à Doppelheft 1 „ 50 „
   (1849 ist nicht in Hefte getheilt.)
4. Zeitschrift des histor. Vereins für Niedersachsen 1850 bis 1899.
   1850—1858 .... à Jahrg. 3 M., à Doppelheft 1 „ 50 „
   (1850, 54, 55, 57 zerfallen nicht in Hefte.)
   1859—1891, 1893—1899 .... der Jahrgang 3 „ — „
   (Preis der Jahrgänge 1859, 1866, 1872 u. 1877 nur à 2 M. Jahrg. 1874 u. 1875 bilden nur einen Band zu 3 M.) (Jahrgang 1892 ist vergriffen.)
5. Urkundenbuch des histor. Vereins für Niedersachsen 1.—9. Heft. 8.
   Heft 1. Urkunden der Bischöfe von Hildesheim 1846. — „ 50 „
   „ 2. Walkenrieder Urkundenbuch. Abth. 1. 1852 .... 2 „ — „
   „ 3. Walkenrieder Urkundenbuch. Abth. 2. 1855 .... 2 „ — „
   „ 4. Urkunden des Klosters Marienrode bis 1440. (4. Abth. des Calenberger Urkundenbuchs von W. von Hodenberg.) 1859 .... 2 „ — „
   „ 5. Urkundenbuch der Stadt Hannover bis zum Jahre 1369. 1863 .... 3 „ — „
   „ 6. Urkundenbuch der Stadt Göttingen bis zum Jahre 1400. 1863 .... 3 „ — „
   „ 7. Urkundenbuch der Stadt Göttingen vom Jahre 1401—1500. 1867 .... 3 „ — „
   „ 8. Urkundenbuch der Stadt Lüneburg bis zum Jahre 1369. 1872 .... 3 „ — „
   „ 9. Urkundenbuch der Stadt Lüneburg vom Jahre 370—1388. 1875 .... 3 „ — „

6. Lüneburger Urkundenbuch. Abth. V. und VII. 4.
Abth. V. Urkundenbuch des Klosters Isenhagen. 1870. 3 ℳ. 35 ₰
Abth. VII. Urkundenbuch des Klosters St. Michaelis zu Lüneburg. 1870. 3 Hefte. Jedes Heft à 2 „ — „
7. Wächter, J. C., Statistik der im Königreiche Hannover vorhandenen heidnischen Denkmäler. (Mit 8 lithographischen Tafeln.) 1841. 8. .... 1 „ 50 „
8. Grote, J., Reichsfreiherr zu Schauen, Urkundliche Beiträge zur Geschichte des Königreichs Hannover und des Herzogthums Braunschweig von 1243—1570. Wernigerode 1852. 8. .... — „ 50 „
9. von Hammerstein, Staatsminister, Die Besitzungen der Grafen von Schwerin am linken Elbufer. Nebst Nachtrag. Mit Karten und Abbild. (Abdruck aus der Zeitschrift des Vereins 1857.) 8. .... 1 „ 50 „
10. Brockhausen, Pastor, Die Pflanzenwelt Niedersachsens in ihren Beziehungen zur Götterlehre. (Abdruck aus der Zeitschrift des Vereins 1865.) 8. .... 1 „ — „
11. Mithoff, H. W. H., Kirchen und Kapellen im Königreich Hannover, Nachrichten über deren Stiftung 2c. 1. Heft, Gotteshäuser im Fürstenthum Hildesheim. 1865. 4. 1 „ 50 „
12. Das Staatsbudget und das Bedürfnis für Kunst und Wissenschaft im Königreiche Hannover. 1866. 4. ... — „ 50 „
13. Sommerbrodt, E., Afrika auf der Ebstorfer Weltkarte. 4. .... 1 „ 20 „
14. Bodemann, E., Leibnizens Entwürfe zu seinen Annalen von 1691 und 1692. (Abdruck aus der Zeitschrift des Vereins 1885.) .... — „ 75 „
15. v. Oppermann und Schuchhardt, Atlas vorgeschichtlicher Befestigungen in Niedersachsen. Original-Aufnahmen und Ortsuntersuchungen, 1. bis 6. Heft. Folio. 1887—1898. Jedes Heft .... 2 „ 50 „
16. Katalog der Bibliothek des historischen Vereins.
Erstes Heft: Repertorium d. Urkunden, Akten, Handschriften, Karten, Portraits, Stammtafeln, Gedenkblätter, Ansichten, u. d. gräfl. Oeynhausenschen Handschriften. 1888. ...... 1 „ — „
Zweites Heft: Bücher. 1890. .... 1 „ 20 „
17. Janicke, Dr., K., Geschichte der Stadt Uelzen. Mit 5 Kunstbeilagen. Lex.-Octav. 1889. .... 1 „ — „
18. Jürgens, Dr., O., Geschichte der Stadt Lüneburg. Mit 6 Kunstbeilagen. Lex.-Octav. 1891. 2 „ — „
(Sonderabdrücke aus dem Hannoverschen Städtebuch.)
19. Sommerbrodt, E., Die Ebstorfer Weltkarte. 25 Taf. in Lichtdruck in Mappe und ein Textheft in Groß-Quart. 1891. .... 24 „ — „
20. Quellen und Darstellungen zur Geschichte Niedersachsens. Lex.-Octav.
(Verlag der Hahnschen Buchhandlung in Hannover.)
1. Band: Bodemann, Ed., Die älteren Zunfturkunden der Stadt Lüneburg. 1882. .... 5 „ — „
2. Band: Meinardus, O., Urkundenbuch des Stiftes und der Stadt Hameln bis zum Jahre 1407. 1887 .... 12 „ — „

CPSIA information can be obtained
at www.ICGtesting.com
Printed in the USA
LVHW042036300123
738241LV00002B/307

9 783382 401283